中国艺术研究院
基本科研业务费项目

中国美术年鉴2019

中国艺术研究院美术研究所 编

文化藝術出版社
Culture and Art Publishing House

图书在版编目（CIP）数据

中国美术年鉴. 2019 / 中国艺术研究院美术研究所
编.— 北京 : 文化艺术出版社, 2021.3
ISBN 978-7-5039-7046-7

Ⅰ. ①中… Ⅱ. ①郑… Ⅲ. ①美术—中国—2019—年
鉴 Ⅳ. ①J12-54

中国版本图书馆CIP数据核字（2020）第256852号

中国美术年鉴 · 2019

编　　者　中国艺术研究院美术研究所
主　　编　郑　工
副 主 编　蔡　祐　吴　爽　黄　琳
责任编辑　刘利健　贾　茜
责任校对　董　斌
书籍设计　马夕雯　赵　矗
出版发行　文化艺术出版社
地　　址　北京市东城区东四八条52号（100700）
网　　址　www.caaph.com
电子邮箱　s@caaph.com
电　　话　（010）84057666（总编室）　84057667（办公室）
　　　　　84057696—84057699（发行部）
传　　真　（010）84057660（总编室）　84057670（办公室）
　　　　　84057690（发行部）
经　　销　新华书店
印　　刷　北京雅昌艺术印刷有限公司
版　　次　2021 年 6 月第 1 版
印　　次　2021 年 6 月第 1 次印刷
开　　本　787 毫米 × 1092 毫米　1/16
印　　张　31.25
字　　数　650千字　图片90余幅
书　　号　ISBN 978-7-5039-7046-7
定　　价　220.00 元

《中国美术年鉴·2019》

专家咨询组名单

（排名以姓氏笔画为序）

丁　宁　北京大学教授

王　镛　《中华书画家》杂志主编

尚　辉　《美术》杂志主编

殷双喜　中央美术学院教授，《美术研究》杂志主编

卷首语

主编　郑　工

2019年的中国美术创作十分活跃，成果不少，主要是第十三届全国美术作品展览在年底推出，出现不少新人新作；再就是一些20世纪五六十年代出生的艺术家陆续推出一批研究性的成果。如尚扬的《白内障—保鲜》、王克举的油画长卷《黄河》、隋建国的《云中花园》系列、李象群的《风云行—1》以及喻红的《婆娑之境》系列油画，而在中国画创作方面，有第十三届全国美展获奖作品《使命》，这是一件主题性创作，而王天德的"雪景山水"系列《林泉问道》在图像和材料方面有着新探索。这些作品多是跨年度创作，展出时间都与2019年有关，而在创作题材、主题及艺术表达的问题上，艺术家们的思考比较深入，有着独特视角与方法，课题意识较为突出，这是选择其为年度作品的理由。

2019年的中国美术研究存在不少学术热点。比如在美术理论方面，涉及主题性美术创作中的叙事性、图像与美术创作的关系、当代中国美术理论话语的建构等。这些话题持续多年，在2019年第二届全国美术高峰论坛（扬州）及"国家美术形塑——新中国美术70年学术研讨会"（西安）上，依然有不少学者展开分析，提出新的见解。与理论方面相比，美术批评的声音比较突出，尤其针对当下中国的美术创作现状，讨论其发展的可能性。2019年，恰逢"五四"新文化运动100周年，各种纪念性活动频频推出，各种反思性文章也频频见刊，其议论的焦点也就在现实主义美术创作与现代转型的关系。在科学与民主的旗帜下，中国美术由"雅"入"俗"，在语言上不断强化写实性的艺术表达，在观念上不断推出大众化的艺术主张。"推陈出新"是新文化运动的口号，而新问题、新材料、新观点也是我们把握当前理论研究动向的重要指标，体现了其学术走势。对共同问题的关心也是一种趋势，比如海内外学术界研究中国古代美术史，不同文化范式的研究视野必然打开不同的观察角度，发现不同的研究路径。差异化也是一种创新。

美术学学科的发展建立在各个专业的发展之上，故学科报道的侧重点在各分支学科，且以综述为主。从目前的学科分级分类情况看，除了美术历史与理论外，都是创作实践类的专业，如绘画、雕塑、摄影，包括特设的中国画和书法专业。2019年的学科综述虽然兼顾了理论与实践两方面，但创作理论还是一个薄弱环节，难以有新的进展。或者说，有新的作品，也有新的创作理念，相关的美术展览不少，就是难以推出系统的新理论，更谈不上以此贯彻到专业院校的教学，形成一种学说，构成一门学派。目前的理论只停留在批评与阐释的层面，这与国内美术学的学科发展状况并不匹配。现在，全国各地设立了不少美术学的博士点或博士后流动站，每年都招收不少博士研究生或博士后研究员，其中许多人都是以创作实践为主，包括那些博士研究生导师，可在他们的博士论文选题上，难得见到针对创作或教学中的问题进行实验性研究，并取得相应的理论成果的。每年申报立项的国家社科基金艺术学项目中，这类选题也不多见。

编辑年鉴，一在于其学术视线所关注的“点”，二在于其学术视野所涉及的“面”。在一个学科领域，年鉴的第一要务是“面面俱到”，第二要务才是“以点带面”。为了突出年度现象，我们往往更看重年度作品及学术热点问题，而在学科层面上，只能以综述的方式加以总结，期望能发现问题，引起同仁们的关注。其实，我们的关键词还是“关注”与“发现”。在一个年度总会发生许许多多事件，没有“关注”与“发现”，那些事件就会被铺天盖地的各种信息所淹没。随着信息化时代的到来，大数据已十分流行，纸媒的工作显得比较小众。尽管我们不断地利用网络资源，可总是以人工检索为主。人，会有许多局限，时间、精力、学识都有限，或许限制也能成就某项工作，比如一旦盯住某件东西，便会一查到底，解决一个问题。其实，我们的年鉴还会留有许多空隙，欢迎有识者进入。

2021年5月22日于广州

目录

总论

年度焦点

年度作品

年度展览 / 吴　爽

学术文摘

专题讨论

学科报道

总论

2019年中国美术报告

蔡 祐

2019年度中国美术整体上延续了2018年的发展态势，在各个方面都取得了较为丰硕的成果。同时，在逆全球化浪潮的冲击和中美经济贸易战的影响下，2019年的中国美术也在发展中出现了新的特征，如“全球化”与“国家形象”，科技创新下的艺术创作与生态等都成为备受关注的话题。

一、年度特征

（一）新中国70年的多元诠释

2019年是中华人民共和国成立70周年，也是决胜全面建成小康社会第一个百年奋斗目标的关键之年。在这个特殊的时间节点，追溯新中国辉煌历史、展现当下主流叙事成为2019年美术界各类美术活动的主题。其中，2019年9月26日，由中华人民共和国文化和旅游部主办，文化和旅游部艺术司、中国美术馆承办的“伟大历程 壮丽画卷——庆祝中华人民共和国成立70周年美术作品展”可以说正是此类主题的最佳诠释，该展览共分成“浴血奋斗：人民解放之路”“艰苦奋斗：国家建设之路”“团结奋斗：改革开放之路”“伟大梦想：民族复兴之路”4个篇章，系统地呈现了中华人民共和国成立70年来各个时期的重要人物与事件。构成此次展览的作品除了有中国美术馆以及国内19个重要学术机构、美术博物馆的经典藏品之外，还包括了一批国家主题性美术创作项目的作品，该成果来自2016年由文化和旅游部组织实施的“国家主题性美术创作项目”的阶段性成果。作为新时期以来的第三次大型主题性美术创作工程，本次创作有以下两个特点，其一是创作队伍主要由中青年艺术家组成，更好地充实与加强中青年美术人才的现实题材美术创作实力，其二是绝大部分作品表现了改革开放以来国家诸多的伟大成就以及重大事件的现实题材作品，有效地填补了中国从改革开放至今在主题性创作上的空白，使新中国70年在美术方面有了更为完整的历史图像叙事。

除“国家主题性美术创作项目”之外，为庆祝新中国成立70周年，也涌现了一大批由地方组织的美术创作工程。例如由上海市文化广播影视管理局、上海市文学艺术界联合会和解放日报社于2017年6月20日组织实施的“时代风采——上海现实题材美术创作工程”，该创作工程以“上海文艺创作重点选题”为范围，重点关注改革开放近40年来特别是党的十八大、十九大以来，反映当下社会生活、生产实践的重大事件和重要人物，最终共产生85件作品在2019年9月18日中华文化宫举行的“时代风采——上海现实题材美术作品展览”上亮相；2019年6月21日，“草原四季　亮丽北疆”全国美术作品展览在中国美术馆举行。此次展览展出的作品是对2017年12月至2018年12月期间由中国美术家协会、内蒙古自治区党委宣传部、内蒙古自治区文学艺术界联合会主办的“中国美术家草原四季采风写生活动”的总结。在一年时间中，该采风写生活动共邀请了国内120位著名美术家，奔赴内蒙古自治区各地进行采风写生创作，主要视点是关注内蒙古自治区在改革开放40年中所发生的巨变。

2019年出现的以中华人民共和国成立70周年为名的专题展和综合展同样值得注意。在专题展部分，比较有代表性的展览如3月2日在北京中国美术馆举办的“民族大团结——全国雕塑艺术作品展”，该展览以习近平总书记在十九大报告中所提出的中华民族共同体意识为主题，通过雕塑的形式反映各民族间的历史、生活、风俗以及重要人物事迹，在反映全国各族人民团结向上的精神气象的同时，呈现中国当代雕塑艺术在内容与形式上的新探索与新突破。12月29日，由中国国家博物馆主办的“培根铸魂——庆祝新中国成立七十周年　七十人美术作品展”则甄选了70位在新中国美术教育体系培养下，至今依然活跃在美术界的艺术家，反映了来自“五四”美术、左翼美术以及延安模式糅合下的新中国美术传统在70年发展变革中对本土现代美术形态的构建。

理论研究方面，2019年10月18日至19日，由中国美术家协会美术理论委员会、陕西省美术家协会和西安美术学院共同策划召开了“国家美术形塑——新中国美术70年学术研讨会”，为期两天的会议共汇集了40多位专家，在“新中国美术的现代性”“转型与借鉴”“新中国的公共艺术”“美术研究与批评”和“新中国美术教育与西北美术”五个议题中展开深度探讨与交流，这对于重新认识新中国70年的美术发展无疑有重要意义，正如中国美术家协会美术理论委员会主任、《美术》杂志社社长兼主编尚辉所言：“中国当代艺术理论的困惑，就是没有一个完整的理论能够描述这种艺术的发展。我们举行新中国美术70年的学术探讨会，其中一个重要的问题就是用什么样的理论来概括、提炼和书写这70年。”2019年12月23日，由中国美术馆主办的“新时代之声——全国美术理论研讨会”在中国美术馆举行，研讨会分为两个会场，第一个会场为“向作品致敬——新中国的美术视野”，主要立足于中国美术馆的馆藏作品展开对新中国美术的探讨，主要关注当代如何以一种新的视野、角度、方法来对新中国美术作品进行诠释，从而展现新中国美术在新时期的创新意识；第二个会场为“借鉴与开拓——新中国的美术馆学构建”，讨论的重点则放在近20年来美术馆建设中的收藏、展览、研究、教育等话题上。

（二）逆全球化下的艺术市场

2019 年，逆全球化的浪潮持续升温发酵，国际特别是中美之间的经济贸易争端与摩擦深刻影响了全球艺术市场的发展。7 月 8 日，全球知名画廊佩斯画廊宣布将关闭位于北京 798 艺术区的原有展厅成为中国当代艺术界的一大年度事件。作为一个具有标志性意义的国际画廊，佩斯画廊在中国“离场”的原因，一方面是中国当代艺术生态早已和 10 年前产生了巨大的差异，另一方面则来自商业因素，除了中国购买国外艺术品要缴纳 38% 的奢侈品税之外，佩斯画廊的创始人阿恩·格里姆彻也提到了压垮佩斯北京的“最后一根稻草”是来自“中美双方对彼此艺术家（作品）征收的关税”，例如在中美贸易战中，美国总统特朗普便提议对从中国进口的具有 100 年以上历史的艺术品和古董征收 25% 的关税。这种相互征收艺术品关税的行为无疑会减弱画廊在推进艺术品交易以及文化交流方面的热情。从这点看，佩斯北京空间的撤离不仅仅代表的是一家国际大画廊的离去，也预示着画廊行业在逆全球化下的艺术市场现状中不得不面临转型问题。

作为全球化的受益者与支持者，中国在这场逆全球化浪潮中尝试树立起更为开放包容的国际形象。在艺术市场领域方面，2019 年 9 月 24 日，中国（上海）自贸试验区版权服务中心和上海国际艺术品保税服务中心的正式启动是中国在 2019 年推进艺术市场国际化的新举措。其中，新建成的上海国际艺术品保税服务中心从设计、运营、硬件设施、安防、功能等方面对标国际最高标准，是目前全球面积最大的艺术品保税综合服务体。得益于上海自贸区政策加持，服务中心的艺术品享受“先入区，后报关”，进出口收付汇手续合规快捷，文物艺术品暂时进出境等便利。上海国际艺术品保税服务中心的种种举措与野心，无疑促进了中外艺术品贸易的快速发展，助推上海自贸区的文化战略进一步升级。

受中国经济增长放缓以及逆全球化影响，2019 年的中国艺术市场依然处在深度调整阶段，稳中求进是未来一段时期内中国艺术市场的常态。2019 年度拍卖的数量和成交总额对比 2018 年有明显不足，比如 2019 年度国内共有 8 件拍品成交价超过亿元，相比 2018 年数量减少 2 件，但包括赵孟頫《致郭右之二帖卷》（2.67 亿元人民币）、李可染《万水千山图》（2.07 亿元人民币）、潘天寿《初晴》（2.06 亿元人民币）在内的 3 件超过 2 亿元人民币的拍品成绩却优于 2018 年的 2 件。从拍卖总额上看，近现代书画依然是占比最重的版块，其中李可染的作品在年度近现代书画中表现最为突出，有 6 件作品成交价超过千万元，共计 5.21 亿元人民币。今年秋季北京保利推出的李可染《万水千山图》以 2.07 亿元人民币成交，成为 2019 年度全球最贵的中国近现代书画作品，同时这也是李可染目前第二高价的作品，仅次于北京保利在 2012 年春拍中以 2.9325 亿元人民币拍出的《万山红遍》。

另一个值得注意的是古代书画版块，在 2019 年度，古代书画版块成交在 1000 万元人民币以上的拍品有 43 件（套），总成交额 14.96 亿元人民币。其中，成交在 5000 万元人民币以上的拍品 9 件（套），亿元以上拍品 2 件，虽然在拍卖数量与金额上与近现代书画依然有不少差距，但值得注意的是，在某些高端拍卖场次中，古代书画的表现并不逊色于近现代书画，这是今年出现的特殊现象。例如中国嘉德2019年秋季的“大观——中国书画珍品之夜·古代”以42件拍品获得了6.247亿元人民币的成交额，“大观——中国书画珍品之夜·近现代”以81件拍品收获6.6145亿元人民币的成交额，这是中国国内拍卖夜场有史以来首次出现近现代与古代取得旗鼓相当的成绩。在外部环境日趋残酷、形势愈加严峻、市场持续调整的大背景下，2019年度的艺术品拍卖市场总体呈现一定程度的下滑，这点并不出人意料，但整体市场也向着更为合理化、规范化的方向挺进。

（三）中外艺术交流呈现新特征

2019年，中外艺术交流展继续呈现多元并进的发展态势。在“引进来”与“走出去”文化战略引导下，2019年在国外举办的中国艺术展览数量越来越多，参与展览的艺术门类也愈加丰富，特别是围绕“一带一路”主题所展开的一系列展览成为新风尚，但应该正视的是这些由官方或个人组织的海外展览大多存在“自说自话”的情况，没有与当地的文化、社会、人群产生太多的互动，展览本身所要展现的文化交流意义还有待挖掘。换言之，2019年度的中国赴海外艺术展在数量与门类上的增加并没有为中国艺术在国际上的关注度与影响力提供太多助力。如何将中国艺术推向海外，让国际学界和公众能更加正面地去认识和了解中国的艺术，无疑是一项任重道远的工作。

2019年度的“引进来”艺术交流展除了一如既往的国外优秀艺术家、作品输入、展陈与推介之外，一个比较突出的特点是中国艺术家与机构尝试在中外美术交流中进行深度对话，谋求以中国为视角来诠释与建立中外文化交流的新路径。例如2019年8月30日在中国美术馆举办了第八届“北京国际美术双年展”，本届展览以“构建人类命运共同体”为理念，提出了“多彩世界与共同命运”的主题，显然是对逐渐兴起的逆全球化浪潮的回应。该展共展出作品640件，其中外国作品446件，中国作品194件，共吸引了破纪录的113个国家参加，这点从侧面也说明了北京国际美术双年展经过十几年的经营之后国际影响力的显著上升。与诸如卡塞尔、威尼斯等国际知名双年展注重艺术的社会批判性及实验性不同的是，北京双年展无疑是以中国视角来看待与解释全球艺术的未来发展。这点在历届双年展的主题如“创新：当代性与地域性”“当代艺术的人文关怀”“色彩与奥林匹克”“生态与家园”“未来与现实”“记忆与梦想”“丝路与世界文明”上都有所体现，今年的主题“多彩世界与共同命运”同样关注的是如何通过艺术实现文明交流互鉴，建设和谐世界，为人类美好的未来寻找路径和方法。与北京双年展关注绘画、雕塑等传统架上艺术范畴不同的是，2019年3月30日举办的“时间开始了——2019乌镇当代艺术邀请展”将展览作品的类型进行了极大的拓展，该展览共邀请了来自全球23个地区和国家的60位/组艺术家出席，共计90件/组作品参与展出，参展作品不仅涵盖装置、影像、行为、绘画等较常见的艺术类型，还包括声音、气味、灯光、交互（设计）、网络艺术等仍在探索中的艺术形式。有了2016年“乌托邦·异托邦——乌镇国际当代艺术邀请展”的成功经验之后，其背后地方生态与艺术共生共赢的文化模式被社会大众广泛讨论，并最终促成了2019年度的乌镇当代艺术邀请展。

在中外当代艺术家交流方面，由德国策展人索菲－夏洛特·邦贝克策划的“风格派及未来——中欧当代抽象艺术家联展”分别于武汉合美术馆（1月11日）和广东顺德华侨城盒子美术馆（3月22日）展出，本次展览邀请了中外共11名艺术家参与到展览之中，共展出包括绘画、装置及影像艺术类近60件抽象作品，展览以100年前荷兰风格派绘画为起点，探讨了当代抽象艺术家对传统抽象艺术源头之一的“风格派”在百年间的传承与发展，同时也展现了中外艺术家对于抽象艺术的不同理解与呈现。同样邀请了当代中外艺术家共同参与的展览是2019年1月11日在中国国家博物馆开幕的“新考工记：中法手工之美”，展览以中法传统手工艺的当代创新为主线，突显中法手工艺术家的“匠心精神”。作为庆祝中法建交55周年的系列活动之一，此次展览共邀请了15位法国顶级手工艺大师与11位中国手工艺大师、国家级非物质文化遗产传承人和知名艺术家参与，共展出作品180余件（套），涉及中法两国传统手工艺作品。该展览以中法手工艺术家作品共存一个空间的展陈形式，形象地阐释了中国视野下的当代“匠人精神”。

如果说上述展览更多呈现的是“引进来”的交流展，更多是以艺术家、作品来展开交流对话，那么上海西岸美术馆与法国蓬皮杜中心的合作项目则开拓了“引进来”的新思路。2019年11月8日，上海西岸美术馆推出常设展“时间的形态——蓬皮杜中心典藏展（一）”和特展“观察——蓬皮杜中心新媒体典藏展”，拉开了上海西岸美术馆与法国蓬皮杜中心合作项目的序幕。此次合作项目中，西岸美术馆与蓬皮杜中心计划在5年的时间内，通过共同策划的形式在西岸美术馆举办3个展期不少于18个月的常设展，和平均展期为半年的10个特展，法国巴黎蓬皮杜中心也将呈现3场聚焦中国现当代艺术作品的展览，来展现中国当代艺术在历史进程中的视野与实践。除展览活动之外，西岸美术馆与蓬皮杜中心还将在运营文化机构等方面展开深入探索与合作，这点无疑对于中国本土美术馆接轨国际方面大有裨益；类似的中外艺术机构合作项目同样出现在2019年的上海，10月31日，上海余德耀美术馆、洛杉矶郡艺术博物馆和卡塔尔博物馆群宣布一项历史性的合作，三家机构将联合开发、共享展览和项目。这一伙伴关系旨在鼓励这三座在各自文化领域都处于领先地位的城市之间的艺术和思想的交流，以独特的专长、藏品和观众，打造一个真正具有全球视野的多地点展览项目。这些项目的落地，无疑使上海在中外艺术交流方面、在国际与中国的连接当中成为2019年最为前沿的城市。随着上海艺术机构前所未有的国际化合作和艺博会的活跃交易的达成，这座城市正朝着“未来亚洲的艺术口岸”的方向发展。

（四）图像时代的绘画性讨论

2019年引发最广泛关注的美术活动莫过于第十三届全国美术作品展览。作为五年一届的国内规模最大、参与范围最广、作品种类最多、最具影响力和权威性的国家级综合性美术大展，全国美展向来不缺乏话题。在本届全国美展中引起广泛争议的事件莫过于大量的“照片画”的出现，此类“照片画”无论从构图、造型、色彩上都有抄袭照片的嫌疑。为此，中国美协专门发布了《中国美协对抄袭侵权作品坚决说：不！——关于监督美术展览作品抄袭侵权行为的公告》，表示凡参展作品侵权问题一经核实，均第一时间从展览中撤除。事实上“照片画”出现的背后除了抄袭其他创作成果之外，也折射出了在当代美术创作中，包括照片在内的图像信息对于美术创作的深远影响。在2019年10月30日至11月1日的北京画院举办的工作年会中，与会专家也针对这一话题展开了讨论，其中北京画院艺术委员会主任王明明谈到在某次看创作草稿的经历时发现：“很多草稿几乎就是对照片影像进行排列组合，这种倾向如果蔓延开，中国写意人物画将会走向何方?”《美术》杂志主编尚辉也提到了：“一些重大历史题材创作中，有的画家在网络上搜索形象，重新处理一下，例如用喷绘涂一涂，用笔描一描，就画好了草稿。画家们不会绘画了，而是用屏幕上的图像代替他们对形象本身的认识，这个危机才是最大的。”这些言论都指向了在图像时代的海量视觉资源中，美术创作正在逐渐丧失其创造力，而美术创作日益图像化带来的直观可见的问题则是作品中绘画性的减弱。

关于绘画性的减弱，争议声最大的是中国画领域。自第十届全国美展开始，工笔画与写意画在获奖入选方面差距越来越大。写意绘画在展览上的式微与其绘画性减弱有着直接的关系，传统写意画对作品文学性、书写性、精神性的强调在今日图像时代的展览模式中似乎变得“不合时宜”，这点在国画界中早有广泛共识。但作为曾经的图像时代受益者，工笔画创作在当代也逐渐面临创作的瓶颈，在第十三届全国美展中国画作品展学术研讨会上，不少参会专家学者都提到了图像介入绘画的话题，例如中国美协美术理论委员会副主任吕品田认为现在绘画创作一味追求“视觉冲击力”，以致带来审美取向上的“摹拟化”，构图结体上的“模式化”和画风格调上的“制作化”三个问题。同时吕品田也将问题与工笔画创作联系起来，批评道：“这或许就是‘工笔画风’流行，以及一些画作视觉效果虽好却难以打动人心的根本原因。”可以说在图像的冲击下，工笔跟写意一样面临绘画性减弱与转型的问题，本次研讨会上，尚辉也承认工笔写实在本届全国美展所呈现的压倒性局面，也在一定程度上体现了绘画对机械图像（照片之类）的借用，这是图像时代一种最基本的视觉经验，但他也一针见血地指出了“当代中国画的学术命题可能并非工笔与写意的孰重孰轻，更关键的是图像与造型形象的被混淆而凸显出的对绘画性或造型艺术特征的重新激发”。将图像与造型放置于中国画的范畴中进行新的诠释，无疑将中国画的问题从工笔写意二元对立中抽离出来，使我们在看待中国画创作的未来时有了一种新的角度。基于这点，上海大学美术学院教授林木认为一种全新的中国画趋势正在产生：“工笔与写意的对立在减弱，工写融合的成分在增多。比如说工笔画，像陈治、武欣及他们的老师何家英那种很成熟的工笔画样式作品的比例现在在大大减少。另外，写意画弱化了笔墨豪放之大写意风貌，也在弱化自身特点向工笔方向靠拢。由于全国美展对主题性创作的需要，尤其是主题性人物画创作的写实需要，水墨写意大刀阔斧的豪放画法在细节刻画上亦有不便之处。”图像时代的来临，使中国画在传统绘画性上出现了减退的危机，但与此同时，也为中国画的转型提供了新的可能性。

（五）科技与新媒介艺术

2019 年 11 月 3 日，由清华大学与中国国家博物馆共同主办的第五届艺术与科学国际作品展暨学术研讨会开幕式在中国国家博物馆西大厅举办。本届展览邀请了来自美国、英国、法国、德国、加拿大、意大利、瑞士、荷兰、奥地利、澳大利亚、土耳其、俄罗斯、波兰、日本、印度以及中国国内多所艺术院校、研究机构等。展览通过“人类认知的边界”“技术创新的艺术范式”“技术与艺术的协同创新”三个主题共同探讨了在科技与艺术的协同融合中，如何改变人类对现有世界的认知，如何以哪些新的艺术范式来呈现这种新认知。本次展览执行策展人赵超在解读活动主题“AS-Helix”时说道：“A 代表艺术的英文首字母大写，S 代表科学的英文首字母大写，Helix 是艺术和科学的双螺旋结构，这样一个主题寓意艺术和科学深度融合，创新协同螺旋式发展。”从此次展览的 120 余件参展作品涉及新媒体艺术、工业设计、建筑与环境设计、视觉传达设计、纺织与时尚设计、陶瓷设计以及其他体现艺术与科学融合的创作来看，似乎也从侧面证明了艺术与科技在未来协同融合的多种可能性与广阔前景。

科技介入艺术在当代已是不可逆转的大趋势，科学变革与发展推动的不再只是科技进步，更将带来全新文明的嬗变与人类新的自我认识。受益于科技发展与普及，以往高新的“智能技术”“互联网技术”“影像处理技术”等的成本极大降低，新媒介艺术家借助科技将思想与感受上的具体诉求以更为多元的方式进行呈现。在 2019 年，科技在推动新媒介艺术的发展过程中显得愈发重要也愈发多元，例如在“第五届艺术与科学国际作品展”获“吴冠中艺术与科学创新奖”的作品之一，来自意大利浮思*工作室的装置作品《多重宇宙 .pan》，该作品使用了两个投影和两个大型镜面，使观众置身于一个由数字绘画生成的无边宇宙之中，作品所要传达的永恒空间概念也通过互动的形式得到了体现。王之纲、孙瑜的《城市记忆》同为本次展览的获奖作品，作品通过三维扫描技术构建的创意化数字视觉为我们呈现了一个如真似幻的北京发展剪影。该作品运用了有着 5G 技术加持的三维扫描技术，对此《城市记忆》的作者之一孙瑜说道：“技术给艺术家带来更多的想象力，5G 会把虚拟的东西带进现实，打破了数字和现实的界限。”

“5G”是 2019 年科技界讨论最多的关键词之一，从 5G 延伸出来的诸如大数据建设、万物互联以及人工智能等话题使我们对未来世界的发展与走向充满无限遐想，而 5G 在未来艺术创作中的运用同样值得期待。在 2019 年，中国正式启动 5G 商用服务，使新媒介艺术的创作得以借助这项最新的科技进行艺术试验以及问题讨论。12 月 13 日在清华大学美术学院 A 区一层多功能厅举办的“《镜 · 界》科技艺术概念展暨 OPPO TOP 高校创新科技大赛

5G 赛季”中便通过 10 件新媒介艺术作品从不同视角去探索在 5G 和人工智能时代，艺术家应该如何用新的艺术形式去表达属于人类的传统、当下和未来。作为本次展览的策展人王之纲也谈到 5G 时代对新型艺术创作的助力：“作为新型的网络方式，5G 技术为图像信息的清晰程度、应用场景的实时显示、情感体验的仿真模式提供了更广泛的可能性。”

对于即将到来的 5G 时代，中国明显走在世界的前列。在 2019 年 5 月 11 日开幕的第 58 届威尼斯国际艺术双年展上，艺术家费俊带来一件基于地理位置的场域体验作品，该作品由手机 APP“睿・寻”作为引导，通过“睿・寻”手机应用程序，观众可以在其中的“睿・建”（Re-Build）与其他人一同参与到建设新世界的互动游戏之中，也可以用“睿・联”（Re-Connect）配合 VR 眼镜，拥有在虚拟的中国馆内自由行走、观看的体验。同时，“睿・寻”APP 还承担了地图导航的功能，用 25 座桥梁串联起通向中国馆的路径，让走向中国馆的漫长路程变得如游戏寻宝般充满体验的乐趣。但由于意大利数字化基础设施的落后，许多观众在体验“睿・寻”时出现了不少状况，这也让费俊感慨中国今天的互联网科技在很多方面已经远远地超过了欧洲。这种科技上的领先，除了让中国在迎接新一波工业革命时占据优势地位之外，对于新媒介艺术家而言，国家对新科技的大力投入以及国人对于新技术的热情与适应能力为他们的创作提供了良好的外部条件，驱动艺术家们萌发更多新的灵感与想象。可以预见，中国的新媒介艺术在未来将会在科技的引领下呈现更多出乎意外的新形态。

二、呈现的问题与对策

在 2019 年这一重要的历史节点，中国文化艺术领域出现了诸多具有年度特征的话题与事件，为我们记录与研究当代中国美术提供了大量有益的材料。与此同时，2019 年度中国美术发展中所出现的一些问题也同样值得关注。

第一，在 2019 年度，全国各地都举办了大量以庆祝中华人民共和国成立 70 周年为名的美术活动，但实际上却有一些活动只是打着国庆的旗号走走过场，流于形式与表面。除了以“国庆”为主题之外，在内容上与一般美术活动并无两样，或者是停留在浅表的颂歌，难以给人留下深刻印象。一方面是由于主题创作在一定程度上限制了积极主动性和自主创造的空间。另一方面，排除这些客观因素，回归到“国庆”美术活动本身，我们也可以发现其中存在趋同化的问题，事实上 70 年来全国各地都发生了翻天覆地的变化，围绕“国庆”的美术活动无论在视觉文化还是在图像历史的诠释与呈现上都不应局限于表现国家与民族主义等宏大叙事方面，而更应有效地结合时代特征与区域文化来展开铺陈。例如 2019 年 5 月 30 日在中国美术馆举办的“京彩 70 年绘画精品展”便选取中华人民共和国成立以来 70 余位画家创作的 100 余件以北京风貌为主题的画作。其中，既有 1959 年由北京画院 6 位画家创作完成的 46 米经典长卷《首都之春》，也有表现当下的以北京城市副中心、大兴国际新机场等为描绘对象的精品新作，以及对即将举办的2022年北京冬季奥运会的畅想之作，从各个角度展现了北京市70年以来的自然风光、人文底蕴、都市生活。与主打城市主题的“京彩70年绘画精品展”有异曲同工之处的展览是3月29日由中共深圳市委宣传部、中国美术馆等机构主办的“打开的窗口是美丽的——庆祝新中国成立70周年暨深圳建市40周年美术作品展”。与北京拥有悠久历史与深厚人文底蕴不同的是，深圳是一座年轻的城市，但深圳在40年来取得的成就也使其成为中国改革开放的缩影，此次展览汇聚了深圳本土艺术家的创作和深圳收藏的艺术精品172件，除了有2/3的作品是深圳本土艺术家历年积累创作的优秀作品及深圳国有美术机构收藏的中国美术史上具有代表意义的艺术家经典作品以外，还有30余件是深圳市本土艺术家近一两年创作的首次参展的作品。虽然北京与深圳这两座城市在“国庆”叙事上各有其天然的地域优势，但这两个展览在主题表达上都体现了一种对于区域的时代特征、历史文化的深度关照与诠释，进而避免了让活动沦为某种“国庆”文化符号的转码器，这无疑为同类型的活动提供了某种借鉴。

第二，作为全球化新的推动力量，中国在党的十八大以来陆续提出的“人类命运共同体”“建设新型国际关系”“一带一路”等一系列新理念、新倡议，客观上促进了全球化朝着健康有序的方向前进。在2019年，国家层面上的政策倾向依然为中国的艺术市场转型升级、结构调整提供了助力，正如2019年艺术市场所关注的主题“因势而谋”所寓意的，唯有破除陈旧壁垒，艺术市场才能走出困境，在这方面官方与学界对于艺术市场的引导与建议就显得格外重要。例如2019年4月12日，中国拍卖行业协会文化艺术品拍卖专业委员会在上海举办了2019中国文物艺术品拍卖市场年度峰会，该峰会以“再创价值”为主题，邀请了政府、商界、学界以及拍卖行相关人员共同探讨文物艺术品拍卖如何在新趋势下再创价值、重塑自我。在本次峰会上还发布了《文物艺术品拍卖标的信息说明指导规范》，对拍卖标的的信息说明原则、基本程序、基本内容和基本要求等提出指导意见。同时，雅昌艺术市场监测中心总监徐翠耘发布了《中国文物艺术品拍卖25周年报告》，该报告通过对艺术品拍卖市场从业人员进行一系列访谈及报道，总结梳理了市场的发展历程和成就。5月25日在首都师范大学举办的“守恒拓远——第四届艺术市场·北京论坛”，邀请一批国内知名专家学者对艺术与经济领域的交融与互动、艺术品市场27年来发展至今而产生的新兴业态、艺术品金融工具、中国拍卖系统与国际老牌拍卖企业模式发展问题、当前美术馆的艺术教育及研究方法等问题展开研讨。如果说“守恒拓远——第四届艺术市场·北京论坛”更多关注的是国内艺术市场的变革与转型，那么11月30日在中央美术学院举办的“结构与创新：2019全球艺术品市场研究国际研讨会”则将视野扩展到全球，该研讨会邀请中国、德国、意大利、荷兰、瑞士、英国、法国、波兰、韩国等诸多地区和国家的20位具有代表性的学界研究者参会，以“结构与创新”为主轴，将最前沿、最专业、最深入的艺术市场研究通过演讲形式进行分享，共同探讨国际语境下，当前国际艺术品市场动向与区域竞合、艺术品市场商业及服务模式创新、艺术品市场与金融创新、艺术品市场技术创新、艺术市场类机构运营创新、艺术品市场研究全球化等诸多议题。诸如此类的论坛与峰会，汇聚国内乃至全球业界专家学者共同对中国艺术市场未来发展的新趋势、新动向进行深入剖析，无疑将对中国艺术市场健康有序地发展起到积极的促进作用。

第三，从2019年的中外艺术交流展呈现越来越多元化的发展趋势可以看出，中国艺术界在中外艺术交流中已然不再单纯满足于单方面的学习与借鉴，而更愿意以一种开放包容的姿态与外国同道进行交流、互鉴与合作，这一转变无疑是新时期文化自信的具体展现。事实上，文化自信是一个开放包容的概念，只有对于不同文化要有兼收并蓄的心态和推陈出新的能力，才能进一步推动中国艺术向前发展，从而为世界文化添彩。在越来越蓬勃发展的中外文化交流活动中，除了肯定其积极意义之外，出现的问题也值得关注，特别是对“引进来”的展览以及美术活动信息的判断与审核无时无刻不在考验着美术馆、博物馆等文化部门的专业水准。例如在2019年9月12日在中央美术学院美术馆举办的纪念达·芬奇逝世500周年展“达·芬奇与他的艺术群体”在未开展之前就在社交平台上掀起了不少波浪，有网友撰文质疑该展中所谓的达·芬奇画作从笔触、风格、构图等画作鉴赏角度来说，都与目前已知的达·芬奇真迹大相径庭。诸如此类的事件证明了在新时期的中外艺术交流展中，建立一支通晓国际规则、具有世界眼光和国际视野的专业人才队伍的紧迫性，同样，围绕着中外艺术交流的相关法律保障机制也亟须得到完善与健全。

第四，绘画性在美术领域算是一个老生常谈的话题，2019年，这一话题随着第十三届全国美展中出现“照片画”的风波被再次热议。事实上，在图像时代，以照片作为素材在当下的美术创作中并不罕见，照片提供的丰富细节往往能让艺术家在作品表达方面有更为精准的把握，但也时常有艺术家深陷照片窠臼之中，沦为图像的搬运工。造成图像时代绘画性减弱的原因首先是绘画向“再现”技术靠拢，回溯历史可以发现照相术面世之初便是作为“再现”真实的技术而存在，若在创作之中过于依赖外部图像资源，艺术家的思想观念会被图像生态所牵引，失去艺术家自身的文化判断和立场，特别是基于现实进行思考、观察和感受创造的动机，最终陷入无意识的“再现”技术追逐之中。其次是观念艺术的兴起，在当代美术创作中，通过对海量图像的并置、拼贴来创造一种新的视觉文化符号已然成为时尚的做法，这种图式符号化的创作方式使作品中的绘画性沦为观念的载体，而不再具有承载作品艺术视觉特征的功能。

具有讽刺意味的是，在图像时代中无论是基于“技术”还是“观念”的艺术创作，在减弱作品的绘画性之后都显得格外的苍白与空洞，迫使我们又不得不承认绘画性是绘画区别于其他艺术门类的基础，这或许是图像时代绘画性时常被探讨的原因。规避这一情况的方法是当艺术家在参考照片进行创作的时候，首先应该对图像保持一种质疑的态度，这种质疑指的是对于照片背后摄影师的观察、制作逻辑进行深层次的思考，避免陷入对于照片表面形式的模仿与抄袭。其次，从现实主义创作的角度来看，深入生活，在观察体验中去锤炼与升华个人情感与思想，在当下依然对于艺术家的创作有着重要的指导意义。

第五，科技的迅猛发展对于中国的新媒介艺术前行起到越来越重要的作用，推动着中国的新媒介艺术家以更加多元的方式去诠释艺术。但这其中也出现了一些值得深思的问题，例如第五届艺术与科学国际作品展暨学术研讨会中所提到的主题词“AS-Helix”，如若按 A（艺术）前 S（科学）后的排序，似乎容易给人“艺术”在两者中更为重要或者起码是平等的关系的感觉，但现实中恐怕并非如此理想。在科技的引领下，艺术向各类新的媒介延伸并呈现新的形态，成就了新媒介艺术，但科技有着不断追求更新换代的属性，这亦促使依托科技的新媒介艺术需要不断更迭。一件艺术品的诞生中，科技究竟是作为新媒介艺术家创作的一种手段和媒介，还是说科技已经主导创作走向，艺术家沦为它的附属？这种困惑或许应该还需要时间去加以验证，正如清华大学美术学院院长鲁晓波在第五届艺术与科学国际作品展暨学术研讨会的主旨演讲中所提到的忧虑：“当代社会是一个高速发展的社会，科学技术不断进步，新的观念不断涌现，艺术虽然更加多元，但似乎失去了原来共有的范式——对美的追求、对本体内力的坚守。在探索新方向的过程中，人文价值尤为重要，艺术与设计就是以科学精神和人文情怀驱动创新。”

此外，对于中国新媒介艺术的问题还在于，近几年随着科技水平的提升，中国新媒介艺术逐渐成了中国先锋艺术实践中的重要组成力量，相关的展览活动接连不断，也取得了不俗的成绩。但应该正视的是，作为中国先锋艺术中属于较新艺术种类的新媒介艺术，事实上在外国已经有超过半个世纪的历史，遗憾的是，中国目前对于西方媒介和新媒介艺术的实践成果与文化思潮还缺乏全面深入的理论研究与梳理，而对于中国新兴起的新媒介艺术也缺乏一种系统的理论诠释，理论工作的滞后无疑将会在不久的未来制约中国新媒介艺术的发展，同时也影响中国的新媒介艺术与世界同行们的相互交流。

2019 年是中华人民共和国成立 70 周年，借此契机，中国美术出现了一大批以历史回顾为主题的美术展览活动，与此同时，当代主流价值观也通过一系列主题性创作得到了更为充分的诠释。2019 年也是逆全球化浪潮全面升级的一年，中国与世界的关系发生了悄然的变化，如何在变局中加强沟通与合作、树立新现象成了年度关键词。这个特殊的历史节点与现实语境使 2019 年的中国美术出现了对自身定位的审视与总结、转型与拓进两种年度特征，由此延伸的诸多现象与事件的发展轨迹也与新时代以来所强调的文化自信、国家形象塑造相契合。相信围绕着 2019 年中国美术所出现的转变、成果、问题及其影响，如何在“修于内而形于外”的道路上挺进将在此后成为持续关注与探讨的重点。

（蔡祜　中国艺术研究院 2019 级美术学博士研究生）

年度焦点

第十三届全国美术作品展览的成果及面临的问题

陈 明

由中华人民共和国文化和旅游部、中国文学艺术界联合会、中国美术家协会主办的第十三届全国美术作品展览自2019年9月开始陆续在全国各地开幕，此次美展暨第三届中国美术奖、进京作品展12月20日在中国美术馆展出。第十三届全国美展暨第三届中国美术奖、进京作品展的获奖作品共37件，获奖提名作品62件，进京作品474件，涵盖了中国画、油画、版画、水彩、粉画、年画、连环画、插图、漫画、漆画、综合材料绘画、雕塑、建筑、动漫、陶艺、实验艺术、平面设计、装帧设计、工业设计、环境设计、服装与服饰设计和工艺美术等。与往届美展一样，本届美展在创作思想上确立了正确导向，以反映时代和人民的生活现实为核心，以多彩的艺术形式和丰富的创作门类描绘中华民族伟大复兴新征程中的壮美篇章，展现新时代的典型特征以彰显中国特色、中国风格、中国气派。不可否认，本届美展在取得不少成果的同时，也面临着一些问题。这些问题体现出当代美术创作在时代要求和艺术本体之间所形成的某种冲突和矛盾，而这种矛盾也是艺术发展中常见的。本文从现实题材和写实手法、形式语言的发展与问题、题材与内容的丰富与局限等几个方面进行阐述和总结，以期为当代美术创作提供可资参考的经验。

一、现实题材与写实手法

从题材上说，本届美展的作品体现出对国家、民族、人民生活的深切关注，洋溢着深入生活、扎根人民的精神，特别是将注意力集中到普通老百姓的现实生活上，从而呈现十分广阔的现实生活图景。相对而言，此次展览的作品在对现实的体认方面明显更为深入，将表现对象落实到现实中的某一个人，从而避免了大而化之认识和描绘，在细节上更能体现生活的真实。从某种意义上来说，现实生活的多彩为艺术家们提供了丰富的题材，毕竟深入生活的要求是：既要在行动上深入到现实中，也应该在情感上深入生活中。从作品中可以看到，在表现现实生活的作品中，对于人的塑造成为最常见的内容。特别是在中国画、油画、版画、雕塑、水彩水粉画等传统艺术门类中，很多优秀之作都是面向当代人进行塑造和刻画的。创作手法上，多以写实手法来进行塑造和描绘，但在具体的表现手法中也有所不同，这种不同是写实手法和现实题材作品得以吸引人的地方。

客观而言，油画在表现现实题材上具有明显的优势，此次展览的油画部分突出地体现了对现实题材的深入挖掘。在参展的595件入选作品中，以写实手法表现现实题材的作品占据了油画创作的大半壁江山，不折不扣地成为主流。从革命先驱到中华人民共和国劳动者，从著名学者到春运回家的打工仔，所涵盖的人物形象几乎囊括了当代社会的所有阶层。值得注意的是，在描绘对象中，普通百姓的形象最为丰富多见，这些朴素而平凡的形象在过去的很多展览作品中并不常见，这也是油画部分最能打动人的地方之一。从另一个方面看，表现内容也是比较丰富的，如军人的抗洪抢险、快递小哥的日常工作、农民工的辛勤劳作、退休老人的安逸生活、新农村的热闹快乐等，均不胜枚举。在表现内心世界上，油画作品也给予了一定的空间，比如表现都市人的沉思苦闷、年轻人的萌动彷徨等，也都体现出了油画创作一定的精神空间。油画创作对于当代社会、经济、文化的发展所给予的关注，通过小人物的日常生活表现出来，改变了过去我们所习惯的“高大上”风格，视点下移到大多数人所熟悉的那个生活空间中，实际上为普通观众提供了一个可以艺术地看待生活，在生活中寻找艺术的机会。像封治国的《艺术的故事》、韩博的《一路向北——冬日里的红》、李善阳的《吉祥祖国》、罗文勇的《幸福的歌》、肖海波的《知识的力量》、谢郴安的《和煦时光》、杨世斌的《家庭系列之花样年华》、袁元和季承禹的《敦煌女儿》、赵晓东的《果蔬欢·百姓乐》等作品都是选取了平凡得不能再平凡的生活场景，表现社会发展过程中中国人的日常景象。当然在描绘现实场景时并非只有写实手法，意象性的表现在油画创作中依然是一个不可或缺的部分，尽管所占的比重不大。这样的作品如陈新宇的《一声喊呐》、李学峰的《吉祥蒙古系列·博克》、李雪嵩的《望·东看》、白羽平的《丽日》、陈树东的《岁月如歌》、黄礼攸的《造房图51号——秋山行旅图》等，还有少量的抽象油画，如党朝阳的《蔚蓝色风景》、黄少鹏的《太湖石与竹》、蓝威的《渡江云》、刘可的《叠绿之一》、杨荣孙的《老房——三堡》等，这也说明此次展览组委会在选取作品时照顾到了语言的多样性，使得油画作品在风格语言上呈现较为丰富的面貌，尽管这种丰富性没有改变整体作品的写实性占据主导的局面。

作为另一大画种，中国画作品在分量上自然不亚于油画，参展作品有604件。与后者相似的是，本届美展的中国画作品在题材上也触及了社会生活、经济文化的方方面面，具有鲜明的现实性特征。对于中国画创作来说，用传统笔墨语言表现当代社会生活是有一定难度的，这届美展的中国画创作通过工笔和兼工代写的手法，较好地完成了这些题材和内容，体现出当下中国画创作较高的总体水平。在表现现实生活的题材时，工笔手法有着较为明显的优势，从获奖的几件作品如《尖峰食刻》《使命》等可以看到，扎实的造型、沉着的色彩、完美的构图是这些优秀工笔画作品的共同特征。这样的方式在很多其他类似题材作品中也可见到，比如王聪的《中国行》、詹勇的《非洲在路上》、陈三石的《大国工匠》、郭洪蕖的《渔村三月》、侯媛媛和韩正法的《护航归来》、任乘鋆的《盛世·和风》、孙震生的《雪域欢歌》、王海滨的《塔吉克祝福》、杨可和张琳的《早上好》、袁玲玲的《开放的中国——文明·互鉴》、臧玉琴的《周末》、张帅的《青春日记之灼灼其华》、张艺的《文明之约》、郑迪的《都市晨妆》、陈敏的《天山脚下的璞玉》、陈雯佳的《箭在弦上》、丁明的《新时代中国钢铁巨龙在起航》、丁阳的《路在脚下》、黄援朝和唐秀玲的《敬礼·祖国》、季颁的《春到高原》、贾佳的《收工前的喜悦》、刘锐的《华盛街印象》、史广信的《秀》等。从审美角度来看，这些作品以充满积极向上的趣味表现社会生活中的正能量和和谐精神，具有"美丽、亲密、向善、关怀、和谐"的审美特点。写意画方面，主要集中在山水画和一部分人物画题材上，山水画创作在笔墨语言上有多元化的取向，但主要集中在小写意方面，比如邱佳铭的《八君子图》、黄涛的《天堑变通途》、王顾宇和王艺的《匠心筑梦——建设中的天眼》、王珂的《都是热血儿郎》、常朝晖的《在希望的田野上》、李弘林的《绝壁有路》、马明耀的《浴尘》、庞飞的《月照千山远》、刘西洁的《蔡元培》、齐然的《同学》、石劲松的《春意正当时》、孙春龙和张园园的《逐梦太空》、王保安的《中国声音》、卞文学的《烽火》、陈虹的《早春》等。这些作品在题材上与工笔画创作基本一致，语言上体现出较为扎实的功底。在花鸟画方面，工写手法均可见到，又以工笔为多，比如李恩成的《芳华》、牛克诚的《花开富贵——向伟大的民间艺术致敬》、乔宜男的《鹤鸣九皋》、刘洋初的《花影扶疏自满庭》、郭子良的《生命之歌》、李凤龙的《家园新韵》、罗剑华的《珍禽图》、罗喜东的《仙湖之歌》等，有强烈的"学院风"。相对于工笔和小写意作品，像何水法、陈一峰、陈优清这样的大写意作品就显得十分稀少，这形成这次美展中国画部分的显著特点。另外，在语言上也有值得注意的部分，有超现实主义意味的作品如李晓柱的《幻影》和尚可的《考察的视角》，语言较具现代性的作品如刘明波的《经纬1921》和樊杰颖的《石窟造像系列·1-6》，还有以传统青绿长卷为手法描绘现代人生活的作品如罗小颜、陈煜璧的《晨练》等。

此次美展的雕塑创作有三个特点：1. 紧扣时代主题，表现现实生活。2. 手法写实为主。3. 人物雕塑占据主流。十三届美展的雕塑作品整体水平较高，且有浓厚的学院派气息。从焦兴涛的《烈焰青春》、李震的《为新中国雕塑》、刘政的《仲夏夜之梦》、尚荣的《艺舟扬四海》，到景育民的《高山流水》、李树的《索玛花开》、柳青的《13号线·新时代》、任艳明的《洗星海》等作品，尽管在具体手法上有一些差异，但都有这样的特点：准确的造型、形体的唯美与端庄、色调的和谐统一。相对于油画、国画的多样，雕塑作品反而显得统一，如同一个严整的“方阵”。值得注意的是，在这个“方阵”中，还可以见到在语言形式上体现个性化的作品，比如杨恒清的《传承》、阿茹娜和陈栓柱的《达那巴拉——离别》、陈浪华和朱汝栩的《平衡年代》、陈晓春的《丝路禅院》、陈政的《故城——被拼贴的记忆》、冯仕华的《时间的轨迹》、郭兵要的《六尺巷》、姜晓梅和刘大顺的《志在千里》，这些作品要么触摸到了传统的深处，要么受到了当代艺术的影响，总之在学院风的基础上有了一些不一样的气味。

过去被看作最传统老套的版画，在本届美展上所表现出的当代精神、手法的多样和制作的精良，已经超出了我们固有的印象，完全成为具有多元开放特点的创作群体。这次美展上的版画作品既有如曹丹的《阳光下的大桥浇筑工》、罗贵荣的《时间·时间》、马力平和石旭的《钢骨铁筋》、沙永汇的《金秋时代》、徐娜的《上善若水——丝路文明》、程国亮的《文化经纬》这样传统的版画作品，也有张辉的《向光注视》组画、韩有强的《地球风景线》、何佳荣的《迷途之三》、黄芸芸的《盛世观灯》、曹雪飞的《180605》、李芳的《夏有凉风之八》这样的新媒介作品。即使是铜版、水印这样的传统手法，也没有妨碍版画创作在题材、语言上的多样性。如王连敏的《顶光·1921》、周蕴智的《铁马冰河伴青春》、宝乌兰巴拉的《风之子》、边宏强的《乐园》、陈小凤的《BUD#5》、崔尚华的《西部赞歌——赛驼》、顾亦鸣的《百嶂峰迴绿万重》、何乃庆的《相约蔚蓝之二》、贺金开和司粉瑜的《家——山水之城，美丽之地》、连卓奇的《艳阳天》、邵小萍和王华俊的《纸笺记忆系列·经与阶》、袁炽彬的《大道有痕之二》、张川的《千山万壑》等。此次美展的漆画作品也体现出相似的特点，以传统漆画为载体的创作尽管在题材上仍以表现现实生活为主，在手法上以写实为主，但却在面貌上较为多样。描绘现实人物生活的写实性作品如江文佳的《花儿为什么这样红》、伍栋坤的《中国维和部队》、陈郁菲的《秋瞑切切如私语》、崔琳和夏鑫的《海港风光》，表现梦境、心境的意象性作品如李小军的《折山入梦》、王忠民和杨启胜的《沉默》、白阅雨的《秩序的光·屏风》、程康琪的《一名武士的回忆》、戴燕怡的《空白典故》、林涛的《2009 年 6 月 8 日星期一》、潘草原的《三才新说·天文》、陈秀春的《山的那一边》等，也有单纯探索新形式的作品如吴竟诚的《无尽 程式》、林晓莺的《网》、张温帙的《梦苍穹·白》、钟声和庄青春的《城市系列之一》等。语言的丰富性构成了此次美展漆画作品的丰富，一定程度上突破了漆画传统技巧的束缚。

除了上述的画种外，水彩、粉画、年画、连环画、插图、漫画、综合材料绘画、建筑、动漫、陶艺、实验艺术、平面设计、装帧设计、工业设计、环境设计、服装与服饰设计和工艺美术等共同构成了庞大的创作群落。在这当中，动漫、实验艺术在创作媒介上结合了科技的发展，突破常见的媒材，以声、光、电的形式与四维的空间表达作者在历史、文化和现实纠缠下的观念和感受。与动漫表现某个连续性的故事不同，实验艺术更注重某种观念的表达，如郑达的《上传者》、石森等人的《火柴在黑暗中擦亮》、郑闻卿的《透明的声音 -III》等。相比较以往，本届美展的实验艺术在表现内容和媒介上更加自由和成熟，体现出近年来这一领域的发展成果。跟实验艺术相比，水彩、粉画、年画、连环画、插图、漫画、综合材料绘画等画种尽管相对传统，但也在形式语言方面有了多样化的迹象，体现出这几个领域的画家试图改变固有面貌的取向。本届美展中的建筑、平面设计、装帧设计、工业设计、环境设计、服装与服饰设计和工艺美术作品紧密结合社会经济、文化的发展现实，通过多样的语言来表达设计者的意图。比如张烈和孔翠婷的《"飞跃号"磁悬浮列车概念设计》运用仿生学的设计方法从虎鲸的躯体形态和飞跃姿态中提取出飞跃感、力量感、速度感的流线型线条，结合列车的功能结构要求、人机工程标准和规范以及当前人们出行的交通模式和要求，最终形成了这样的设计。袁由敏和方宏章的《二十国集团领导人杭州峰会视觉形象设计》则利用杭州常见的拱桥形式，来表达"对中国传统的回望"，体现出对于传统资源的智慧利用。

二、形式语言的发展与问题

客观而言，在历届美术展览中，作为老画种的中国画、油画、版画、水彩、粉画、年画、连环画、插图、漫画在语言形式上有很强的连贯性。在本次全国美展中，上述这些画种的作品在形式语言上尽管变化不大，但体现出作者们探索新语言、新形式的心态。工笔语言的运用在中国画作品部分十分突出，一是因为工笔写实具有表现现实题材的优势；二是可以充分表现细节，体现作者的绘画功夫。基于这样的特点，此次美展的中国画中依然以工笔画为主流的情形就自然可以理解了。例如获得金奖的作品《使命》，就是以消防员为描绘对象的工笔画作品。这件作品既照顾到人物造型的细节，又考虑到人物的精神状态，而色彩的沉着稳重为画面增加了不少厚重感。写实性的造型和尊重客观的色调为这幅画赢得不少加分。陈治和武欣的获奖作品《尖峰食刻》也是如此，描绘现实题材加上细腻严谨的造型，几乎挑不出什么毛病。细节的丰富和造型的讲究使这幅画充溢着唯美的气氛。相对于工笔绘画，写意画就显得比较弱，大写意画则显得更少。有不少专家指出，本届美展中国画写意画作品的弱势反映出中国画创作一直存在的写意语言和精神不足的问题。

写实性语言在其他艺术门类中也是较为普遍的。在获奖的名单中，张玉惠的漆画《盛世花开》、颉元芳的水粉画《远方》、曹丹的版画《阳光下的大桥浇筑工》、徐强的工艺美术作品《铸梦》、焦兴涛的雕塑《烈焰青春》、袁元和季承禹的油画《敦煌女儿》、沈璐的连环画《马克思》、陆庆龙的油画《格桑花开》、封治国的油画《艺术的故事》、杨世斌的油画《家庭系列之花样年华》等，无不是采用了写实性的手法。油画自不必说了，《敦煌女儿》《家庭系列之花样年华》《格桑花开》《艺术的故事》均是以写实语言表现的，其特征较为一致：稳定的构图、沉着的色彩、准确的造型。像张玉惠的漆画《盛世花开》

也没有脱离开工笔写实的笔法范畴。漆画的材料性质比较特殊，它既不同于画布上的油画，也不同于绢上的工笔画，但在造型色彩上却又有很强的相似性。特别是在造型上，这件作品的繁复程度甚至超出了一般的工笔画。焦兴涛的雕塑作品《烈焰青春》则以木雕着色的手法成功表现出一位年轻的消防队员，塑像散发出的青春气息和昂扬精神打动了很多观众。水粉画《远方》有所不同，画家在写实手法的基础上突出了画面的“拙”的感觉，用色的厚重和稍稍夸张的拙朴造型表达出蒙古族夫妇如山石一样的形体和宁静和谐的氛围。另外，工艺美术作品《铸梦》在表现形态上也运用了写实的手法。

纵观此次美展作品的架上作品，可以看到写实手法依然是艺术家们最主要的艺术手法。回顾历史，从中华人民共和国成立初期开始，写实语言就成为表现现实题材的主要手段，特别是在重大题材创作和五年一届的美展中更加常见。从新时期开始，随着观念和思潮的多元化，艺术语言也发生了多样的变化，诸如意象性语言、抽象性语言成为重要的创作手法，而超现实主义、象征主义、观念主义也开始频繁出现在绘画创作中，改变了写实性语言一家独大的局面。值得注意的是，在最近几届全国美展中，写实性语言又成为主流的局面几乎在每个画种中都能见到，就像本届美展的获奖作品，写实性绘画占据了一多半。关于写实性语言表现现实题材的优势前文已经阐述，这里不再赘述，但它造成的问题也是有的，即单一化和同质化现象。在很多写实性绘画中，造型的同质化现象、构图色彩的单一化现象是明显存在的，因此在看完数量庞大的作品之后，总有个性不足的感受，而这也是最近几届全国美展和主题性创作共同面临的问题。其背后的原因是多方面的，但复制、抄袭、懒惰思想的作祟应当是最重要的原因，照搬照片或他人作品而毫无创新精神只能造成刻板的重复和绘画的单一化、同质化。正如牛克诚在《第十三届全国美展中国画：建构中国当代艺术之可能》一文中认为的那样：“绘画既有积极借用、转用图像的一面，像莫奈、克洛斯、安迪·沃霍尔、里希特，甚至大卫·霍克尼等，也有消极偷用、抄袭图像的一面，当代油画、中国画中那些缺乏造型能力的画家，就时常抄袭照片。这种现象应当坚决抑制杜绝！”[1] 对于写实语言，应该一分为二地看，既要看到它在表现现实题材、重大题材上的优势，也要警惕它所带来的问题。进一步而言，在纷繁多元的绘画领域，任何一种语言形式都不可能涵盖所有绘画门类和题材，只有多元化的语言形式才能符合当前文化艺术发展的需求。此外，有批评者认为，绘画性的缺失也是一些造型作品同质化、单一化问题的原因，绘画性是绘画作品的重要特性，照搬照片式的那种描摹和制作，而非投入感情的描绘结果只能是冷冰冰的图像，感动不了观众。这也是值得注意的一个方面。

三、题材与内容的丰富与局限

全国美展作品的庞大数量体现出当代中国美术创作的繁荣，在美术专业教育和创作研究已经进入发展的“深水区”背景下，美术创作的方向就显得尤为重要。习近平总书记在 2014 年 10 月 15 日的文艺工作座谈会上的讲话指出，“人民的需要是文艺存在的根本价值所在。能不能搞出优秀作品，最根本的决定于是否能为人民抒写、为人民抒情、为人民抒怀。一切轰动当时、传之后世的文艺作品，反映的都是时代要求和人民心声”。此次美展的创作围绕新时代的社会、经济、文化发展，作品题材十分广泛，包括历史名人、各行各业劳动者、大国重器、援非队员、快递小哥、日常饮食、少儿教育、老年生活、都市青年、边疆风情、休闲娱乐等，可以说涉及中国当代现实生活的方方面面，堪称一幅当代中国的全景图卷。应该说，本届美展的作品在深入生活方面已经达到了前所未有的高度，正如中国美术家协会分党组书记、驻会副主席徐里所说的，“热情拥抱新时代、饱含人民情怀”是本届全国美展最大且共同的特点。

从题材上分析，本届美展中绘画门类的题材大致可以分为以下几个方面：1. 少数民族生活和地方特色风俗。2. 历史重大题材。3. 城市生活题材。4. 军旅题材。5. 风景题材。6. 室内场景或静物题材。7. 纯表现性绘画。以油画为例，在 595 件油画作品中，关于少数民族生活和地方特色风俗的作品有 185 张，约占总数的 31%，数量最大。描绘城市生活的约 157 件，约占总数的 26%。描绘风景的作品有 105 张，约占总数的 18%。描绘室内场景和静物的作品共计 58 张，约占总数的 10% 。关于历史重大题材的共计 54 张，约占总数的 9%。最少的是军旅题材和纯表现类题材，约占总数的 3%。[2]这样的比例在中国画、版画、漆画、雕塑、水彩水粉画等门类中有类似的反映，基本反映了传统美术门类题材的基本状况。其他门类如综合材料、动漫艺术、实验艺术及各类设计艺术因其特殊性没有按照题材来进行分类。从题材上的分类可以看出，艺术家们对于现实生活的关注主要聚焦在少数民族生活、地方特色风俗和城市生活中，少数民族生活和地方特色风俗题材因为其形态色彩的丰富最易为艺术家所青睐；而城市生活因为艺术家们尤其熟悉也成为最常表达的对象；风景题材紧随其后。在描绘自己熟悉或熟知的现实生活时，艺术家们倾注热情和精力，从而能够充分刻画细节而赢得较好的艺术感染力。应该说，中国当代社会的丰富性为艺术家们提供了取之不尽的题材，为艺术创作的多元化提供了条件。

不过，具体到某一类题材时就会发现，很多作品在表现内容和表现手法上有较明显的同质化现象。比如在表现日常生活中，就出现很多描绘家居生活的作品，场景多为一家人坐在一起看书、弹钢琴、唱歌、跳舞。在表现少数民族生活的时候多为少数民族的劳动场景。在表现城市题材时则多为打工者的工作场景。军旅题材的又多集中于抗洪抢险的场面。如果回顾一下第十二届美展的题材，就会发现两届美展之间的题材有不少相似性，这无可厚非，问题是在具体的题材选择和艺术加工上，很多作者并没有深入挖掘题材，而是人云亦云，从而有“撞车”的现象。在表现题材中图解化的现象也是有的，比如英雄总是叉着腰站立于画中，农民工总是木讷地看着画外，少数民族总是一幅劳作的场景，等等。中国文联副主席、中国美协名誉主席冯远在谈到主题性美术创作时曾提到存在的某些问题，例如写实图片化、同质化、概念化，画面的堆砌罗列等现象，都一针见血地触及现实题材创作的深处。在美展创作中，是不是也有这样的问题有待讨论，但对此保持一定的警惕是必要的，毕竟五年一次的全国美展代表了五年来中国美术创作的最高水平，最终要成为中国美术史的一部分。

（陈明 中国国家画院理论研究所副所长、研究员）

注释

［1］ 牛克诚：《第十三届全国美展中国画：建构中国当代艺术之可能》，《美术》2020年第1期。

［2］ 薛靖楠：《从绘画内容浅析第十三届全国美展油画展》，《明日风尚》2020年第9期。

国家主题性美术创作项目的叙事语言与价值建构

崔晓蕾

2019年完成的“国家主题性美术创作项目”是继原文化部组织实施的“国家重大历史题材美术创作工程”之后，再次由国家层面组织实施的现实题材美术创作项目。该项目的实施，旨在进一步加强对重大题材特别是现实题材美术创作的引导和扶持，推出一批优秀的现实题材美术作品和中青年创作人才。该项目自2016年启动，历时近3年，180余位中青年作者参与了创作，共完成134件作品，包括中国画38件，油画61件，版画9件，雕塑26件，其中，表现党的十八大以来的重大成就、重大事件现实题材作品超过70%。这批现实题材作品于2019年9月26日首次在“伟大历程 壮丽画卷——庆祝中华人民共和国成立70周年美术作品展”上集中展出，这是党的十九大以来现实题材美术创作成果最大规模的一次集中展示。

在此之前，从2005年文化部、财政部组织实施的“国家重大历史题材美术创作工程”，到2011年的“中华文明历史题材美术创作工程”；从2016年的“纪念长征胜利80周年大型美术创作工程”，到2018年的“纪念马克思诞辰200周年主题美术创作工程”和“庆祝中国共产党成立100周年大型美术创作工程”，均可以看出，不管是以历史题材为主的主题性美术创作工程，还是如2019年完成并展示的以现实题材为主的国家主题性美术创作项目，由国家主导、组织、斥资、推动的主题性美术创作逐渐成为新世纪中国主题性美术创作的主要话语体系，由此产生的重大历史题材主题性美术创作和重大现实题材主题性美术创作作品，逐渐成了新时期国家主流意识形态在图像话语层面的建构模式。

一、“民族国家”的文艺观：爱国主义主旋律和以人民为中心的创作导向

21世纪以来，由国家主导的、以爱国主义为艺术创作主旋律和以人民为中心的艺术创作导向的思想来源可以上溯到1942年5月毛泽东《在延安文艺座谈会上的讲话》中所确

立的“民族国家”的文艺观，在此讲话中，以人民大众为艺术表现的核心不但成了延安美术创作的主流思想，更成了中华人民共和国十七年建设时期以及改革开放后，尤其是由国家主导、组织、实施的艺术创作的主要指导思想，其中，20世纪50年代的“革命历史画”创作潮流就是这一“民族国家”文艺思想的典型实践。在这一文艺观指导下，也形成了国家层面的、重大题材的、主题性的美术创作的典型代表图式，这种图像范式以爱国主义为主旋律，以人民为中心，以现实主义为创作方法，以写实主义为表现手法，以宏大叙事为表现形式，不仅为人民大众所喜闻乐见，而且以图像政治的形式参与了新中国的建设、发展历程，起到了图像记录、图像宣传、价值建构的关键作用。

及至21世纪，2014年10月15日，习近平《在文艺工作座谈会上的讲话》中提出了“在社会主义核心价值观中，最深层、最根本、最永恒的是爱国主义”“坚持以人民为中心的创作导向”的新世纪文艺观。他强调“爱国主义是常写常新的主题。拥有家国情怀的作品，最能感召中华儿女团结奋斗”，“社会主义文艺，从本质上讲，就是人民的文艺”，“人民既是历史的创造者、也是历史的见证者，既是历史的‘剧中人’、也是历史的‘剧作者’”，“以人民为中心，就是要把满足人民精神文化需求作为文艺和文艺工作的出发点和落脚点，把人民作为文艺表现的主体，把人民作为文艺审美的鉴赏家和评判者，把为人民服务作为文艺工作者的天职”。[1]这不仅需要新世纪的艺术家创作富有家国情怀的艺术作品，以期形成一种可以跨越时间、空间概念的宏观认知层面的以爱国主义为核心的家国情怀的图像语言，而且，对于建构多元融合发展的新世纪背景下的社会主义核心价值观，可以起到典型的中国形象和中国精神的引导作用。而坚持以人民为中心的创作导向，更需要艺术家深入生活、扎根人民，在切身体会了人民的生活状态和精神面貌之后，进行以人民为中心的艺术创作，不是简单的图解，而是在深入体会、感受了人民的情感和精神状态之后，进行的人本主义的、现实主义的艺术创造和情感传达。

从毛泽东《在延安文艺座谈会上的讲话》中所确立的“民族国家”的文艺观，到习近平《在文艺工作座谈会上的讲话》中所深化的社会主义核心价值观中的爱国主义和以人民为中心的创作导向，两者文艺观的重点都是在于以此建立代表国家形象和民族精神的、符合文化群体认同的典型图式。那么，在中华人民共和国成立70年的历程中，这种具有民族精神和群体文化认同的典型中国形象，又具有怎样的变迁历史呢？对此，郑工的研究观点具有代表性，他不仅从中国社会群体的阶层意识着眼，分析了新中国发展历程中中国形象的主题经历了从工、农、商、学、兵到劳动人民，再到人民群众的发展历史，而且从强化人的存在为切入点，提出了“中国建设”主题美术创作的形象塑造有两种倾向，“一是从单一性身份向复合性身份转换，二是从寻求形象的共性特征转为突出其个性特征”[2]。因为以人民为中心的创作导向，归根到底是要关注不同历史时期、不同社会阶层中具有典型代表性的人民，对作为独立存在的人的情感关怀与精神关怀。

21世纪的主题性美术创作对中国形象的重视、对民族精神的重视，离不开对历史变迁中关键转折点的原因进行溯源，也离不开对代表国家形象的不同时期的人民身份的透析，以此，才能在新世纪的宏大时空、文化、审美背景下，形成一种典型的国家民族的精神旨归和文化定位。

二、国家“主题性”的阐释维度

纵观完成于2019年的“国家主题性美术创作项目”中的134幅作品，可知它们是在爱国主义和以人民为中心的创作导向指导下，以现实题材为主、以历史题材为辅，以宏大叙事模式为主、以日常叙事模式为辅，以现实主义创作手法为主、以浪漫主义创作手法为辅，以此创作代表国家形象和民族精神的主题性美术创作，这其中“国家主题性”和“现实主义”是两个核心关键词，它们不仅串联起主题性美术创作与国家形象塑造和民族精神建构的关联，而且凸显出以现实主义创作手法为主所表现的典型人民形象“从单一性身份向复合性身份转换，从寻求形象的共性特征转为突出其个性特征”的时代变化过程。

（一）主题性的概念

何为“主题”?《简明美学辞典》中对于主题的解释是指“艺术家在艺术作品中提出的，并且根据一定的生活素材揭示出来的问题范围；它是这部作品的艺术内容的最重要因素。主题是通过题材、主要内容、情节提炼出来的”[3]。而“主题性”则是对这种“主题”概念的进一步深刻和强化，因此，“‘主题性’并不是狭义上的‘意识形态’‘政治路线’等，而是有关民族精神、历史认知、文化传承、时代担当的写照”[4]。不同主题性创作所承载的审美关照和情感认知，以及这些主题性美术创作中产生的典型人物、典型时间、典型思想也就是民族精神、历史认知、文化传承、时代担当的写照。

而对“主题性”一词的概念比较集中的讨论则是在1999年由中华文化画报社主办的名为“21世纪中国主题性美术创作研讨会”上，会议虽然提出了五个方面的议题，包括现代中国主题性美术创作的历史、现状、成就及问题；主题性美术创作在中国美术史上的意义与价值；主题性美术创作在建设社会主义精神文明和繁荣社会主义美术创作中的作用；中、西方主题性美术创作比较研究以及在当前如何借鉴外来经验丰富我们的美术创作；主题性美术创作个案研究与美术家创作体会等[5]，但是，这次研讨会集中讨论的却是“主题性”一词的概念。

钟涵提出了主题性与主旋律是有差异的，王宏建对此进一步详细分析了主题性和主旋律的主要区别，主题性在关注现实的基础上，可以是批判的、消极的，但是主旋律对社会现实的关注和表现一定是积极的、正面的、歌颂的。虽然对主旋律和主题性的概念做了如此细致的区分，但是目前由国家主导、组织、推动的主题性美术创作，主要仍然以主旋律的主题性创作为主，这种主题性创作的目的就是以图史的形式对国家发展、社会变革、国家形象、民族精神进行传播和弘扬，因此，这些主题性美术创作的主题性内涵虽然不够宏观，但是却比较全面地代表了民族精神、历史认知、文化传承和时代担当。

邵大箴对主题性特定内涵的定义包括了重大题材、重要主题和重大意义等几个方面。其实这不仅仅是主题性艺术创作应该有的内涵，更是“国家”这一特定范畴应该具有的阐释内涵，即2019年推出的国家主题性美术创作项目，在强调其应该定位的主题性美术创作之前，更应该对其所表现的“重大”一词进行分析，与国家发展有关的、与社会变革有关的、与时代进步有关的、与人文关怀有关的，必然应该是重大题材、重大主题和具有重大意义的，因此，“国家的”和“主题性的”这对范畴，在此就自然而然地建立起了一种不可分割的链接关系，而这一对范畴所生发出的在图像学层面上的意义，则是对国家形象和民族精神的本质阐释。2019年完成并推出的国家主题性美术创作项目中的134幅作品，表现党的十八大以来的重大成就、重大事件的现实题材作品超过70%，可以说这90多幅作品所构成的典型人物形象、典型事件基本代表了自2012年以来中国经济发展、社会变革、文化进步的主要面貌和方向。其他占据总量30%的40余幅作品，亦呈现了中华人民共和国成立之后至2012年之间的、与国家发展和社会变革息息相关的、有代表性的事件和人物。

（二）主题性的范畴

20世纪以来与抗战及中华人民共和国成立、建设、发展、改革开放相关的“主题性”美术创作，包括的主题主要有25个：“民国”“旗帜”“建党”“星火”“长征”“苦难”“抗日”“延安”“解放”“开国”“援朝”“国际”“缅怀”“跃进”“农村”“建设”“新象”“军事”“领袖”“文革”“开放”“英模”“救灾”“崛起”“综合”等[6]。这25个主题是以一种追溯的形式总结而来的，是根据中国各个历史时期中已经出现的典型图像总结而来的，是在顺应20世纪以来的历史、社会、文化发展特点基础上建构起来的，因此，这25个主题基本囊括了20世纪以来的所有主题性美术创作主题，也基本代表了20世纪以来的典型的、重大的历史发展节点和历史人物、历史事件。虽然主题性绘画包括大主题、中主题、小主题，但是通常意义上的主题性绘画往往就是指反映重大思想、重大社会题材、重大历史题材的重大题材美术创作。[7]因为每个时期所形成的主题性美术创作都是对这个时期典型的历史图像和精神文化图像的缩影和总结，所以，与其说以主题性的美术创作来进行图像证史，不如说是以主题性的美术创作来进行图像载史。

而自21世纪以来、自党的十八大以来的主题性美术创作囊括的主题既包括上述提到的典型主题，如与早期的“中华文明”一脉相承的“文明”主题，袁元、季承禹创作的《敦煌女儿》中对樊锦诗和敦煌壁画的表现，张义波在《山村的夜晚》中对农村皮影戏演出场景的表现和对在中心位置表演皮影的老艺人的生动刻画，张元稼在《秦腔人生》中从对戏曲开演前秦腔青年团的演员们在后台紧张排练场景的表现突出“保护文化遗产，传承民族文脉”的主题思想，汪耀民的中国画《大境生晖》等，都是“中华文明”主题性创作的组成部分。如与早期的“新气象”主题一脉相承的新时代的“建设”主题，如贺鹏琪的《城市建设者》、马佳伟的《唱响明天——打造千年雄安》、王睿的《南海建设交响曲》，这里的“建设”，不同于中华人民共和国成立之初的百废待兴的建设，而是在深入分析城市发展和人民生活基础上的更加理性、更加人性化的现代化建设。与承续自早期“农村”主题而又根据新世纪的时代特色有所发展的表现新农村的“新农村”主题的代表作品是王晓伟的《春至山乡》和赵红雨、张晓东的版画作品《社会主义新农村——美丽乡村》。表现改革开放以及改革开放带来的国家新的发展面貌的“开放”主题的作品有李荣林的《点燃改革开放之火——1978年邓小平东北之行》、陈治和武欣的《春的消息》、张晓雪的《社会主义市场经济诞生了》、孔凡博的《远航——中国自由贸易区》。脱胎于早期的“开放”主题而又表现了新世纪新的对外交流状态和新的对外交流模式的“交流”主题的作品有中央美术学院国家主题性美术创作研究中心团队的《G20杭州峰会：向世界传递中国声音》（主创人：孙博）和卢志强的《建设中的巴基斯坦瓜达尔港》。以“英模”为主题的表现新世纪典型劳动工人以及新的工人相处模式的作品是张峻明的《老英雄孟泰》。表现全民万众一心抗击自然灾害、实施救援的“救灾”主题的作品有李卓的《抗震壮歌》、张文平的《激流壮歌》、阮梅和韩博的《众志成城》、张姝的《我们一起面对——援非抗击埃博拉》、邓柯的雕塑作品《凝融——2008抗击冰雪》、李烜峰的雕塑作品《脊梁——汶川救援感怀》。

同时又在这些主题的基础上根据时代的发展、科技的进步、社会的变革而生发出了与时代、科技、人文、环境息息相关的新主题——“科技”“生态”“信息”“民族”“教育”等主题。如表现对科学技术探索与创新的“科技”主题，这一主题中既有对科技带头人的表现，又有对科技改变生活的表现，还有对先进的科技设备的表现，董卓的《国家的脊梁》、韩晓冬的《“杂交水稻之父”袁隆平》、马蕾和张彩翼的《呦呦鹿鸣》、曹巍的《科技创业的年轻人》、罗小珊的《互联网+创业时代》、周吉荣的《中国“天眼”》、张振江的《重器——海洋石油981》、时卫平的《极地科考·雪龙号驶进北冰洋》、许杨和廉南宁的《辽宁号航母》等都是以科技改变生活、科技促进发展作为创作背景的，这一表现主题是改革开放尤其是21世纪以来代表探索发展和民族进步的最典型主题。对生态环境的保护、对人与自然和谐相处的重视是21世纪以来全球普遍关注的典型问题，在国家主题性美术创作项目中亦有两幅作品突出表现了“生态”这一新世纪的新主题，如孔亮的《生态母亲河》、任志忠和金临的《河长巡河》。与早期“新气象”主题相关的、表现新时代信息化背景下便捷生活的“信息”主题的作品有马鑫的《共享单车》、王巍的《时代节奏》、柳青的雕塑作品《快递！快递！》，这是党的十八大以来人与社会、人与人、人与物之间所呈现的新的交流模式，也是在“科技”主题影响下的，近几年社会网络化、通讯化、科技化、信息化快速发展的一个典型面貌。表现各民族团结一心、安定有序生活的“民族”主题的作品有马刚的《草原红色轻骑兵》、刘金贵的《“人畜两旺”的内蒙古》、李丹的《美丽新疆》、王树山的雕塑作品《转场》、申红飙的雕塑作品《乌兰牧骑》。表现日常家庭、平凡人民安居乐业生活的“日常”主题的作品有孙昌武的《小康之家》。表现新时期典型教育家以及新时代背景下新的学习环境和新的师生关系的“教育”主题的作品有王子锟的《育新人》、商长虹的雕塑作品《共和国工艺美术教育事业的奠基者·庞薰琹》。

而对主题的判断与定位则决定了主题性美术创作能否恰当表达时代、关照历史，能否创作出代表国家形象和民族精神的图像史诗，能否创作出真正以人民为中心、人民喜闻乐见的艺术作品，如杭间所言：“‘主题性美术创作’并不是社会主义意识形态的专利，而是在不同历史时期不同社会背景下文艺对社会、对政治的回应，它往往滋生于艺术内部。对‘主题性美术创作’的评价关键在于对‘主题’的判断，绘画对象所要反映的主题是否真正经得起时间、思想和实践的检验。”[8]在2019年完成的国家主题性美术创作项目中，除却历史上已经存在的、已经被历史验证、被人民接受的主题外，这些根据时代发展挖掘出的新主题，其对时代的表述和概括是否准确呢？其所创作出的形象是否能代表国家形象呢？其所传达出的精神是否代表了民族精神呢？回答这个问题，就应该回归到郑工所提出的艺术家对表现主体的身份认知和身份转化的问题，如郑工所言：“美术作品中新的社会形象不仅反映了社会结构的变化，也有助于人们产生新的认识，如身份的可变性或不确定性与作为人而存在的主体性，进而加深对生活问题及外部世界的理解。复合身份就是对自我身份的重构。”[9]

三、“现实主义”中“人”的地位与价值

对“现实主义”的定义，恩格斯有过明确的解释：“除了细节的真实外，还要真实地再现典型环境中的典型人物。”“真实”“细节”“再现”“典型”“环境”“人物”等名词集中建构起了现实主义创作方法和表现手法的基本认知概念，加之受理性主义和唯物主义的影响，使得现实主义在理论本源的基础上呈现一种人本主义的价值取向，所以，现实主义既是一种创作方法，也是一种表现手法，既指涉艺术的表现题材，又涉及艺术的价值取向。

在西方，现实主义创作方法和表现手法经历了一个由“摹仿”到“再现”的过程。较早提出“摹仿说”的是柏拉图，他认为艺术的本质就是对外部世界的模仿，并提出“镜子说”，即对艺术的表现要从直接模仿外部世界开始。其后，亚里士多德将早期这种对外部世界的直接模仿式创作方法进行了升华，强调艺术创作、文学创作不仅要直接模仿外部世界，而且要在模仿外部自然和现实的时候注入个人情感和人文关怀，这就在现实主义创作方法中揭示并强化了“人”的地位和“人”的价值，对此，车尔尼雪夫斯基对亚里士多德的评价较有代表性，“亚里士多德的《诗学》没有一字提及自然；他说人、人的行为、人的遭遇就是诗所摹仿的对象”[10]。进入19世纪，俄国文艺理论家车尔尼雪夫斯基正式提出“再现说”，他在文艺理论中反复强调和论证艺术与再现的关系，提出“艺术的第一个目的就是再现现实”“艺术是现实的再现”[11]。而发生于19世纪中叶的法国现实主义艺术运动的两位领

袖库尔贝和尚弗勒里则以追溯性的形式，开始重新为那场运动进行现实主义的命名，并提出了“艺术之美，是一种被反映出来的美，而它的根源，存在于现实之中”[12]的理念。

在中国，现实主义是伴随着20世纪初期的新文化运动而被引入中国的，它作为革新传统文学和中国画的主要手段，而成为其后整个20世纪艺术创作和文学创作的典型方法和手段。但是现实主义创作方法和表现手法在中国的较早使用则可以追溯到中国古代画论中，如南齐谢赫在《画品》中提出的“应物象形，随类赋彩”之说，唐代张璪提出的“外师造化，中得心源”之说，这是强调艺术创作要真实地再现外部世界、细致地观察与再现自然环境的较早理论依据。

在现实主义理论建构的过程中，现实主义也在人本主义理念的支撑下形成了它最重要的艺术创作原则，即面向生活、介入社会、表现人文、关注民生，人的生存状态、精神面貌，人在国家发展、社会变革中所具有的身份、价值、地位，成了现实主义艺术创作的表现核心，也使得“艺术为人生”成了20世纪以来长期占据主流地位的艺术创作理念。而要完成现实主义创作方法对生活和社会的表现、对人文和人性的表现，则有赖于典型化表现语言的使用和写实主义表现手法的使用，有赖于主题性艺术创作叙事语言的使用，所以现实主义与写实主义、与主题性艺术创作、与典型化语言体系有着与生俱来的天然联系，也只有让四者形成一个相互依存的有机空间，才能凸显出“人”在历史进程中、在社会变革中、在建设发展中的地位与价值，才能强化人的存在价值。

2016年立项，2019年完成的“国家主题性美术创作项目”中的134件作品，均指向了那些社会现实题材或具有现实意义的历史题材，并且其中大部分作品采用宏大叙事模式进行表现，以此突出画面表现主体的崇高感和精神性，如以历史视角表现现实题材的作品有李荣林的油画作品《点燃改革开放之火——1978年邓小平东北之行》、马辉的雕塑作品《狼牙山五壮士》、刘伟佳的油画作品《穿越江河湖海——中国奇迹工程南水北调》、李卓的油画作品《抗震壮歌》等，这些均是来自历史现实中的重大题材，是对国家发展有重要影响的历史节点、历史人物和历史时间的典型代表，由个体而彰显出的精神力度和审美品格代表了国家的形象，代表了民族精神，当然，这些具有现实意义的历史题材创作并不是对历史形象的简单图解，而是建立在对历史事件和历史人物深刻理解、产生深刻情感共鸣基础上的艺术性再创造，所以，对历史视角的、现实题材的、现实主义创作手法的、写实主义表现手法的主题性艺术创作的欣赏和评价，仍然以强化人的存在为根本立足点。

通过对比历史视角表现现实题材主题性艺术创作和现实视角表现现实题材主题性艺术创作可知，历史视角表现现实题材的现实主义主题性美术创作，不管在主题的选择还是表现主体的选择上，都始终遵循着现实主义概念中强调的典型性特点，所以，在国家主题性美术创作项目中呈现的这类作品，很容易使其表现的典型形象和传达的典型精神与观者产生情感上的共鸣，这是现实主义主题性艺术创作在20世纪近百年的时间中形成的图像叙事和精神表达范式。而在从现实视角表现现实题材的现实主义主题性美术创作中，如表现

"信息"主题的作品马鑫的《共享单车》、王巍的《时代节奏》、柳青的雕塑作品《快递！快递！》等，那种传统的、典型的图像叙事范式和精神建构范式则并不明显，这类主题往往掌握了现实主义的主题性美术创作中所强调的整体的、综合的、概括性的叙事语言，却并不追求画面表现主体的主要形象的共性特点，而着重强调组成画面主体的个性特点，由个性凸显出主题的共性和由独立的人凸显出群体的人显然就是完成于2019年的国家主题性美术创作项目的主要特点。

中国的现实主义主题性创作伴随着20世纪初期的新文化运动而来，虽然主要的创作语言仍然承袭于西方的现实主义和古典主义，但是受科学主义、理性主义和唯物主义思想的影响，这一创作思潮并没有延续西方以神话故事、宗教题材为主的创作模式，而是同20世纪中国的革命历程、历史发展脉络紧密相连，凸显了人在社会变革和历史发展中的主体地位，并形成了以人民为中心的创作导向。20世纪50年代的革命历史画创作潮流，"在延安美术的基础上确立了以'民族国家'为价值内涵的新中国美术范式"[13]。这种美术范式的形成是时代发展的必然。今天，在21世纪信息化快速发展、科技化快速发展的当代语境中，人的存在、人的地位、人的价值、人的身份与以往相比都发生了不同程度的变化，而现实主义主题性艺术创作作为传播主流意识形态核心价值观的主要叙事语言，仍有其存在的价值和意义，图像载史、图像证史仍然有着不可替代的作用。在这样的背景下，"如何架构一种与民族国家主流意识形态相匹配的视觉叙事模式，如何以一种当代视野的自觉实现基于个体生命体验的民族国家历史与现实的审美创造"[14]，仍然是现实主义主题性艺术创作需要不断探索的方向。

（崔晓蕾　中国艺术研究院美术学博士、中国国家画院雕塑院院长助理）

注释

[1]　习近平:《在文艺工作座谈会上的讲话》,《人民日报》2015年10月15日。
[2]　郑工:《"中国建设"主题美术创作与国家形象》,《西北美术》2019年第3期。
[3]　[苏]奥夫相尼柯夫、拉祖姆内依主编:《简明美学辞典》,转引自沈宝莲《论主题性绘画创作的当代性价值》,《美术》2019年第11期。
[4]　寇思、牛国栋:《论新时代"主题性"美术创作与大众审美接受》,《中国美术研究》2020年第1期。
[5]　陆军:《历史的使命——"21世纪中国主题性美术创作研讨会"发言纪要》,《美术》1999年第11期。
[6]　陈履生:《红旗飘飘:20世纪主题绘画创作研究》,人民美术出版社2014年版。
[7]　陆军:《历史的使命——"21世纪中国主题性美术创作研讨会"发言纪要》,《美术》1999年第11期。
[8]　陆军:《历史的使命——"21世纪中国主题性美术创作研讨会"发言纪要》,《美术》1999年第11期。
[9]　郑工:《"中国建设"主题美术创作与国家形象》,《西北美术》2019年第3期。
[10]　[俄]车尔尼雪夫斯基:《美学论文选》,缪灵珠译,人民文学出版社1957年版。
[11]　[俄]车尔尼雪夫斯基:《艺术与现实的审美关系》,周扬译,人民文学出版社1979年版。
[12]　[波]瓦迪斯瓦夫·塔塔尔凯维奇:《西方六大美学观念史》,刘文潭译,上海译文出版社2006年版。
[13]　马刚:《与时代同行——新中国70年主题性美术创作历程与现状概述》,《美术研究》2019年第5期。
[14]　马刚:《与时代同行——新中国70年主题性美术创作历程与现状概述》,《美术研究》2019年第5期。

乡村振兴背景下美丽乡村与公共艺术的互融式发展

林夏瀚

长期以来，乡村建设与发展是我国国民经济和社会发展中的重要内容，妥善处理农村问题也是我国现代化进程中的重要议题。新世纪以来，党中央、国务院高度重视“三农”问题，自2004年起连续发布“三农”为主题的“一号文件”，乡村发展的政策重点也逐步由新农村建设向美丽乡村建设转变。近年来，针对我国乡村发展中出现的农业生产要素非农化、人口老弱化、环境污损化、传统乡土文化式微等问题，党的十九大提出要全面实施“乡村振兴”战略，有序推动乡村产业、人才、文化、生态等方面的振兴。

在乡村振兴的背景下，我国社会各界开始重新反思城市与乡村之间的关系，乡村建设与发展的视角、内容、形式等均发生着转变。从视角上来看，乡村不再处于需要被城市支配的被动局面中，我国已不再强调城市对乡村的“反哺”，而是将乡村放置于与城市平等的地位上，强调发挥乡村地区的主动性和创造性，增强乡村地区可持续发展的内生动力。从内容上来看，乡村振兴不再局限于乡村的经济发展与物质环境建设，更加强调弘扬乡村传统文化、构建乡村公共文化。从形式上来看，乡村振兴更加强调发挥村民的自治作用，鼓励全民参与乡村建设。为此，由政府、企业、专家、社区精英等多种主体引导或参与的乡村建设活动日益增多，艺术家或艺术团队也通过人居环境改造、驻场社会实践、引导艺术产业发展等方式积极参与乡村的建设与发展，多种形式的“艺术介入乡村”实践活动与项目正在我国广大乡村地域轰轰烈烈地开展着。[1]“艺术介入乡村”不仅源自乡村自身乡土文化修复、公共文化营造的需要，更是我国艺术家寻求新的创作场域、主动承担社会责任的结果。王一川在《文化自信视角下公共艺术教育的三重维度》中指出，把握好乡村公共文化艺术，融入时代的新动向，可以全面提升乡村人民对文化遗产的审美和鉴赏能力，有助于增强文化自信，提升对于各地文化遗产保护的自觉意识。[2]在刚刚过去的2019年，以乡村振兴和美丽乡村为目标的公共艺术实践如雨后春笋般涌现出来。它们在活动举行、政策推进及理念深化等方面都取得了一系列的进展。本文将择要进行讨论分析，对乡村振兴背景下美丽乡村和公共艺术的互融式发展进行经验总结。

一、公共艺术柔性介入乡村景观改造

早在20世纪初期，晏阳初、梁漱溟等一批知识分子为解决当时的农村问题，提出了“向农村去”的口号，并开展了各种形式的乡村建设运动，彼时“艺术介入乡村”便已在我国大地上发端、造势。自从2012年党的十八大提出“美丽中国”的重大特色部署以来，以生态文明和精神文明并重的美丽乡村建设在广大的农村地区热烈开展，受到各级基层政府的广泛重视，也获得了各地艺术家的倾力支持。美丽乡村建设由此成为新时代文明的一种走向，也成为保存和展示乡村文化的一个良好契机。随着创意时代的到来，以城市家居、城市小品为主体的公共艺术装置，以及各类公共艺术活动在城市中得到了迅猛发展，公共艺术也因此成为塑造城市特色、保存城市记忆、展示城市传统风貌的重要手段。如果把艺术的创意群体转移到乡村，结合乡村的地域文化，在发展公共艺术方面应该会呈现不同的优势。公共艺术在乡村中的改造和介入也就成了艺术领域的重要研究和探索方向。公共艺术常常通过公共雕塑或艺术衍生品的形式参与到乡村建设中，进而将新的理念植入到乡村环境中，产生新的交流和碰撞磁场，让乡村重新焕发出新的活力，也让公共艺术得以真正地落地生长，更进一步体现出地域的文化特色与艺术精神，形成新的人文循环系统。[3]

2019年10月，重庆酉阳县政府打造的酉阳乡村艺术季，是当地2019年度文化农旅盛事，旨在通过艺术介入乡建，打造创新型文化艺术旅游IP，让艺术回归农村，进而探索艺术振兴乡村的新道路。整体项目切合“在地性、话题性、艺术性”三大要素，涵盖酉阳叠石花谷景区、菖蒲花田、红花村三个地区。艺术季的主题活动包含但不限于以邀请和征集的形式邀约世界各地艺术家、建筑师、设计师、非遗传承人、民间能工巧匠等跨界联合并深入现场，和当地居民一起参与艺术创作。酉阳乡村艺术季以乡村生活环境为背景和载体，将现场、公众、艺术、生态、功能有机结合，以艺术的方式重建乡村文化与秩序，呈现乡民需要的艺术，从而使公共艺术与新农村建设一同生长起来。其中最博人眼球的是装置作品《13896152193》，由艺术家焦兴涛创作，这是用当地的劈柴堆出一组长达35米的数字柴堆，也是作者真实的电话号码。艺术季开幕后，作者将在公告艺术活动之后接听每一个愿意打进电话的人，和他们对话、互动，回答他们任何感兴趣的问题。如此，公共艺术不单是从形式上融入了乡村，还有进一步的延伸意义和探索空间。在酉阳乡村，柴火堆是农户的必备之物，一家人围坐于火铺，或是炊煮或是闲聊，其乐融融，代表了当地典型的日常生活场景。但是，手机通讯的出现及在乡村的广泛运用，极大地改变了乡居生活信息沟通和传播的方式，传统牢固的生活方式也正在慢慢被打破。这件装置作品用传统媒介表达了最现实的思考，让质朴乡居的意义得以提炼和升华，并具有了当代艺术气息。它不仅从形式上柔性介入了乡村环境的改造，而且就地取材，让这种介入有地域性、可探索性和深层的文化内涵，是较为优秀的探索案例。

2019年8月，2019武隆·懒坝国际大地艺术季在重庆武隆成功举办，此次展览活动的主题为“把艺术还给人民”，以征集和邀请为主，分为“我从山中来”“大地的声音”“村落共生计划”三个版块，共有39位艺术家的41件作品参与展出。[4]在此次艺术季中，日本艺术家浅井裕介通过采集武隆泥土，经过晒干，碾碎，调和制成19种不同的颜色，在懒坝苔藓博物馆15米高的穹顶上，同前后到来的40名志愿者共同绘制出一幅大型壁画——《大地从天而降》，将他在武隆感受到的森林气息、当地神话故事以及土地的温度都展现在他充满灵性的大型壁画作品之中。浅井裕介来到武隆后，受到武隆本地神话故事的影响，并尝试将这些故事融合到其创作中，其作品穹顶的“风”“火”“土”“水”分别代表着风神、火神、土神以及水神，而最大的木神遍布整个场馆，他们代表着在这个场馆中上层的神话世界，由他们播撒种子，为人间世界孕育生命。占满墙壁的是一个巨大的卡通形象，它象征着森林的守护神张开两手拥抱着进来观看的每一个人。在浅井裕介的作品中，我们能看到很多被种子孕育出来的、象征着森林的奇幻形象，如鹿、狐狸、鸟、发芽的植物和奇怪的大脚丫，同时他也借用这些可爱又富有个性的形象来装点着画面。历时30天的驻地创作，浅井裕介和志愿者们一起在武隆懒坝的苔藓博物馆共同完成了这一场精彩的大地协奏曲，为公共艺术的在地性和互动参与提供了很好的示范。

2019年10月12日，由华侨城OCAT当代艺术馆群、华侨城西部投资有限公司指导的第二届安仁双年展在安仁古镇拉开帷幕。此次双年展的主题为“共同的神话”，借用东西方两个历史的隐喻来表达全球化时代当代艺术的主题：在复杂而充满戏剧性冲突的时代，不同文明对世界的观望、相互之间的对话以及交流该如何进行。[5]策展人吕澎谈及：“艺术家的敏感性和艺术思想的丰富性是本届双年展要呈现的面貌，尤其是在世界的格局正在发生深刻变化的时候，艺术的声音会显得特别具有感染力和启发性。”[6]来自世界各地的60余位艺术家的绘画、摄影、装置、影像、雕塑、电影、文献及建筑作品，用当代艺术赋予安仁古镇新的生机与活力。[7]可以说，安仁在全球化与地域性相互交叉的语境中，以多层的历史变迁为基础，为双年展提供了承载空间和文化积淀。此次安仁双年展在整合本地人文资源与文化场馆的基础上，搭建文化艺术交流平台，塑造了安仁历史特色与当下结合的“共生”状态。同时，双年展的国际化视野不仅强化了国际国内文化交流，也使得文化品牌影响力不断增强，从而实现美丽乡村与公共艺术的互融式发展。

2019年5月31日，桐庐大地艺术节发布会在浙江省桐庐县举行。桐庐大地艺术节由桐庐县人民政府主办，北川富朗担任总策展人和综合艺术总监。艺术节将艺术三年展形式与长效运营机制相结合，本着长期计划、全域布局、分区发展的策略，坚持按照“以文化为核心的系统工程”这一原则付诸实施，第一届艺术节计划于2020年秋天开幕。[8]北川富朗谈道：“大地艺术节从一开始，就是为了解决问题而生的。它从一开始，就不单纯是城市里、艺术圈里的事情。”策展人认识到，桐庐大地艺术节是大地与乡土、艺术家和作品共同架构的综合体，其中，政府人员、艺术家、建筑师、村民、志愿者、观众，都是这一生态的作用者与参与者。桐庐大地艺术节以艺术作为驱动力，不仅带动全域旅游升级发展，提升乡风文明建设，还进一步引导青年人才聚集，把桐庐打造成文创乡创蓬勃发展的创意之城，从而实现产业、人才及文明方面的振兴。

2019 年 11 月 9 日，上海城市空间艺术季“水 COOL 2019 田园实验——水库村公共艺术季”在水库村五组稻田拉开序幕。作为今年上海地区最大的一次“当代艺术下乡”活动，旨在与大家共同见证一个时代的文化更新，见证乡村与新时代文化的更新与延续，共同关注自然与人类内心世界的共鸣。水库村位于金山区漕泾镇北部，过去被称为“水库里”，因水网纵横密布、河宽水足而得名，是金山区水面覆盖面积最大的村落，曾经获得过“中国美丽休闲乡村”的荣誉称号。本届艺术季由大型户外公共艺术、展出表演和工作坊三部分内容共同组成，设计师陈涛的脚手架装置与雕塑家陈剑生的雕塑《方舟》矗立在稻田盛宴舞台旁。脚手架本身是钢铁时代的产物，而农田则代表着原生态，当脚手架介入田园环境中，能让人引发对于时间呈现和艺术分类的思考，同时也会激发现代与农业时代两者内在融合的趋势。此外，还有彩色装置艺术陈列其中，展览场地的置换不仅能够带来新鲜视觉，而且公共艺术在与乡村结合的过程中，两者之间的矛盾性有所弱化，新鲜有趣的生机被注入一成不变的乡村，从而拓展了乡村的承载性和文化视野。

总的来说，2019 年公共艺术和乡村景观的结合整体态势良好，公共艺术在和乡村环境的结合中体现出对于乡土文化的尊重，但是也保留了艺术自身的敏锐性和探索性，整体上是以柔性的力量介入，并且注重与当地居民的互动交流，促使村民文化观念的与时俱进，既美化了乡村环境，又提升了乡村的文化品质和知名度，为乡村的文化振兴做出一定的贡献。

二、美丽乡村与公共艺术理论研究逐渐专业化

事实上，国内外都存在大量用公共艺术重塑农村的正面案例，用少量的资金投入换取了巨大的经济和综合成果，不仅解决农村地处封闭、人口流失等问题，让本地人能够安心留下，而且让外地人愿意驻留，尤其是让艺术得以驻留。在刚刚过去的 2019 年，无论是乡村建设的具体实践，还是理论研究，都呈现新的进展，体现出日趋专业化和多元化的研究态势，对未来的公共艺术实践提供了较多的可行性方案。

例如，陈研然针对乡村公共艺术的在地性进行理论研究，并结合具体地域阐述了相关实施方案。在调研中，陈研然首先分析待提升和改善的地域环境与其人文特质，挖掘当地的优势和弊端，找到当地人对于艺术的潜在需求。通过对休宁县黄村的地理分析，陈研然得出“无论是对于村民的日常生活还是游客旅游都存在休息座椅、指示牌等基础设施，以及提升村庄整体形象的公共艺术缺失的问题”[9]。在此之后，陈研然从多个角度探讨了在黄村本地实施公共艺术的地域性特征。正如文章所质疑的，设计的落地只是这件作品生命的开始，并不是它的终结，因此乡村的公共作品要考虑到作品的生长性以及可改变性。[10]公

共艺术作品在乡村的可持续发展是近年来艺术乡村建设中的重要问题。如果公共艺术在完成之后即成为一种废物式的存在，甚至带来新的污染，加重当地负担，这是一个得不偿失的方案。从这篇调查论文中，我们可以看到美丽乡村和公共艺术的结合现在不仅是一个简单的艺术行为，其中也渗透着学者们的实际性思考，这对于指导具体活动方案的实施非常有利。

除了带有前瞻性和指导性的专业规划和设想，更多的理论方向在于对已经存在的乡村公共艺术项目进行总结和描述，从中吸取经验教训。例如《三明尤溪桂峰村乡村社区营造中公共艺术的特征解析》，文章主要使用个案分析法进行研究，选取已有较完善的公共艺术作品的桂峰村为研究个案，通过实地调研考察，分析其乡村社区营造中的公共艺术作品现状，并从“选址特征”“风格特征”“材料特征”“受众特征”四个方面展开讨论。[11]

福建中西部地区多山区，山区的居住分布方式是以血缘关系为主的近亲聚集。在这种特别重视传统宗族文化的地域，日常性家族聚集和宗族活动较多，公共环境的建设显得尤为重要，这不仅关系到聚集的实用性，更关系到家族的维系、文化的传承性，所以在选择公共艺术的地址方面也多考虑交通方便的场地。艺术家们在对桂峰村进行艺术考察时，发现当地的“晒秋节”是具有独特文化气息和典型特性的非物质文化遗产之后，就加强了对其内涵和形式的挖掘，以此为主题制作了一系列的公共艺术作品。“无论从建筑风格或是村民的精神气质、行为习惯都展现着桂峰村典型山区聚落的‘质朴和憨厚’之感，其公共艺术作品的风格特征透露着‘淳朴厚实’的意志特征。”[12]

公共艺术的制作需要消耗大量的材料，因此材料的来源和选取以及运输便成为重要问题。以桂峰村为例，那里的公共艺术基本以就地取材为主。这种方法的选择与当地经济资源的有限、难以投入巨大的财力支持有关系。当然，这种取材方式也有其非常大的优势，一方面，能够容易与当地的民众共情，让村民更好地接受艺术；另一方面，这也是一种地域文化的良性转化和提取方式。以桂峰村为例，正如调研者所写：“在晒秋节作品中所使用到的材料均来自村民日常生活中晒秋时的主要作物，以及当地常见的农产品和材料，并且‘晒秋’作为一项村民的传统生活习俗能够自然而然地引发村民主动地参与作品的制作和维护保养。”[13]作为艺术家，当计划好在乡村实施公共艺术的时候，就要进行详细的调查研究，深入了解当地的民俗习惯，与当地文化受众的情感体验相勾连。只有艺术家在充分尊重当地民俗，并在某种程度上迎合和传承了当地思想文化体系的前提下，才能够在艺术创作、展示以及传播方面起到很好的效果，才能够真正将公共艺术行为变成一项有意义的工程嵌入乡村建设和振兴的大业之中。

此外，孙振华的《公共艺术的乡村实践》以第三届中国设计大展及公共艺术专题展的作品为线索，讨论了近来兴起的公共艺术乡村实践的由来以及当代艺术参与乡建的复杂关系，介绍了六种介入的路径和类型，并指出其成就及存在的问题。[14]孙振华长期参与“艺术介入乡村”的相关工作，使得其研究经验与总结富有借鉴意义。

以上只是2019年美丽乡村和公共艺术综合研究理论成果的冰山一角，但是从中可见在当下美丽乡村和公共艺术的携手创新发展中，不仅在艺术实践方面取得了很好的成绩，而且在理论建设方面也取得了有质量的进展，总结其经验教训，为促进乡村公共艺术的发展提出合乎地域性、民俗性、可行性的举措，有助于为其他地域的公共艺术实践指明方向。

三、美丽乡村与公共艺术依旧面临挑战

农村占据中国国土百分之八十的区域，居住着数亿人民，细访乡村文明，尤其是那些历史比较长、留存大量有价值的古代建筑文化遗存的村落，正面临着某种危机。由于乡村文明赖以生存的原生态载体已被破坏，乡村文化文明传统被人为阻断而不能良性循环发展，因此，美丽乡村建设担负的不仅是一种文明的传承和传播，还有一定的抢救作用。

在后工业时代的背景下，原始的农村生产生活方式也发生了翻天覆地的变化，农村相比于城市依旧处于半落后状态，农村地区非物质文化遗产的继承和发展也显得困难。由于时代断层导致的手艺失传已经不再是新鲜的言谈，越来越多的农村年轻人远离自己的文化，去大城市追求所谓的都市文明，乡村文明在失去传承人的情况下面临着日渐衰败的危机。其危险程度如冯骥才先生所言："民间文化就像雨一样，一丝一丝的，如果每根线都断了，文化也就越来越稀薄了。"因此，切实有效地拯救乡村文明是迫在眉睫的重要使命。

近年来，关于乡村公共艺术的呼声越来越高，在意识形态领域和地方文化建设方面所起到的重要性也越来越高，所以乡村公共艺术的发展已经不再是一个可有可无的地方性行为，而是上升到了时代的高度，被赋予了高度的价值和责任。[15]而且，城市发展公共艺术的阻力在一些现实条件下逐渐增大，组建与公众联系的对话场域是当下中国公共艺术追求的方向之一。由于公共艺术本身就要求具有强烈的"在域性"特征，这决定了作品在即时即地的唯一可能，一旦脱离了原境场域的文化内涵，艺术作品的生命即立刻消失殆尽。当今新型公共艺术发展所呈现的载体性和社区化转向即是淡化了艺术家在创作活动中的领导地位，将目光聚焦于公众——社会历史真正的书写者。[16]例如福建噶玛兰设计服务有限公司对福清市沙埔镇美丽乡村的改造，将四处可见的海蛎壳废弃物遵循传统小瓦片的堆栈方式改造成候车厅等公共建筑，不仅是对废弃资源的重新绿色利用，还在公共空间中植入沿海渔村特有的历史记忆。福建工程学院建筑学院的老师团队动员全村人民收集客家生活旧物，打造大岭下乡村记忆馆，为乡村保留一个值得述说历史的见证。所以，在公共艺术的发展中，呼唤和引发的不是单一的情感元素，而是具有历史深度的综合文化记忆。在这个基础上，美丽乡村和公共艺术的结合是时代之所向，肩负着寻找文化记忆的方向和目标。进一步说，中国目前仍存在着区域经济发展不平衡、人口大量流入城市、乡村城镇化进程缓慢等问题，美丽乡村和公共艺术的结合是打破一系列矛盾的粿合剂。站在国家转型的视角高度，以艺术介入乡村的发展形式承载着城市文化与乡村文化共生、共存、共兴的重要

使命。[17]

当前美丽乡村建设与公共艺术结合的推动首先在于政策导向，虽然各级政府和民间机构积极响应，但尚未建立起固定的艺术实践运行机制，很多具体政策还没有得到落实。这往往会直接和间接影响到创作资金投入的稳定性，进而导致“艺术介入乡村”实践活动创作水准的不确定性与随意性。如果“艺术介入乡村”的政策不被纳入整体的规划，那么乡村公共艺术可能会时不时陷入一种不规范的商业化开发状态。在这一方面，福建省无疑成为了解决此类问题的正面典型。福建省出台“惠台 66 条”和“融合发展 42 条”以来，政府积极推动闽台乡建乡创合作，2018 年起委托福建省青年建筑师协会开展闽台乡建乡创辅导工作，同步安排省级专项补助资金为项目提供资金支持，打通两岸交流合作的联系通道。开展闽台乡建乡创合作以来，包含中华教科文创新发展协会、大台中建筑师公会、台湾见学馆团队等 7 个台湾地区建筑师行业协会和组织，以及台湾台北大学、台北艺术大学等 12 个台湾高校的文创团队积极参与，踊跃入闽开展服务。仅 2019 年就新增了 66 个闽台乡建乡创项目，开展了 23 场闽台交流活动。在闽台乡建乡创合作的过程中，涌现出一批优秀的两岸合作项目，台湾建筑师团队给乡镇注入新的理念、方法和经验，如台湾乡建乡创青年全面参与闽清县 1 个历史街区、3 个省级传统村落、16 个美丽乡村的全产业链服务，打造了一批闽台乡建乡创合作示范典型。拥有 30 年乡村建设和社区营造经验的台湾建筑师团队，在两岸团队合作的过程中互相交流，促进了两岸公共艺术专业水准的提高及团队人员的情感融合。

在整个乡村公共艺术的发展中，艺术家无疑是其中的一个重要环节，而艺术家的生存现状也一直是个问题。艺术创作是一种结合了脑力和体力的双重劳动，“发展范式中，艺术家及从业者往往是面向收益的，这个收益既指代商品艺术所创造的经济价值，同时也包含着文创产业探索与开发过程中所积累的理念与技术进步，甚至是社会效益的维度”[18]。所以，我们不能仅仅把关注点放在农村文明和地域文化等方面，还要注意到整个公共艺术链条中的从业者，他们虽然可以作为一种“公益”的姿态出现，但这毕竟不是一个长久之计。为了保证整个产业的良性发展，如何建立起对于艺术家的关怀和收益保障机制也是一个值得思考的问题。当艺术与产业相结合，势必要产生一定的附带经济效益，所以以政策性导向解决从业人员的基本经济问题和创作成本问题也是一个合理化的诉求。

除此之外，有学者也指出，知识精英主导的艺术参与是乡村振兴的积极因素之一，但是问题也非常明显，曲高和寡的艺术如何成为乡村可持续发展的一部分？艺术除了要参与乡建之外，还要试图主动维护自身和当代艺术机制之间的联系。究竟是艺术被乡村所利用，还是乡村被艺术所利用？[19]因此，在美丽乡村和公共艺术的发展大趋势下，还有学术导向、发展思路、政策、资金和利益区分等问题亟待解决。[20]

结 语

在刚刚过去的2019年，“艺术介入乡村”取得了一系列可喜的成绩，在多地的乡村发展中有了明确的阶段性成果，在理论研究方面也结合西方的思路和本土的情况取得了明显进展。“艺术介入乡村”在学术的支撑和引领下，在地方政府的政策推动和保障下，在艺术主题、表现形式、材料制作等方面与乡村本土资源进行了合理有效的结合。但是，这些活动也暴露出一些小的问题，例如各地政策不够具体、各级政府的行政意见对艺术介入过多等，实践证明，这些问题都可以在发展中得到切实有效的解决。整体而言，在祖国大地上，美丽乡村与公共艺术的结合正以一种健康的态势快速有力地发展着。

（林夏瀚 中国艺术研究院美术学博士、文化和旅游部民族民间文艺发展中心助理研究员）

注释

[1] 曾莉、齐君：《环境、文化、产业——论艺术乡建历程上的三个主要范式》，《南京艺术学院学报》（美术与设计）2020年第2期。

[2] 王一川：《文化自信视角下公共艺术教育的三重维度》，《天津社会科学》2018年第1期。

[3] 汪大伟：《地方重塑——公共艺术的永恒主题》，《装饰》2013年第9期。

[4] 徐可、吴雪莲：《为乡村导入艺术，把艺术还给人民——2019武隆·懒坝国际大地艺术季》，《艺术当代》2019年第5期。

[5] 李国华：《“共同的神话”还能继续吗？》，《艺术当代》2020年第1期。

[6] 吕澎：《从地域的视角出发——吕澎访谈》，《当代美术家》2019年第4期。

[7] 何桂彦：《反思与构建》，《艺术当代》2020年第1期。

[8] 梁毅：《何海洋：大地艺术节，可以中国“造”》，《艺术市场》2019年第8期。

[9] 陈研然：《乡村公共艺术的在地性探索——以休宁县黄村为例》，《艺术与设计》（理论）2019年第9期。

[10] 陈研然：《乡村公共艺术的在地性探索——以休宁县黄村为例》，《艺术与设计》（理论）2019年第9期。

[11] 赵一静、管幸生：《三明尤溪桂峰村乡村社区营造中公共艺术的特征解析》，《艺术与设计》（理论）2020年第1期。

[12] 赵一静、管幸生：《三明尤溪桂峰村乡村社区营造中公共艺术的特征解析》，《艺术与设计》（理论）2020年第1期。

[13] 赵一静、管幸生：《三明尤溪桂峰村乡村社区营造中公共艺术的特征解析》，《艺术与设计》（理论）2020年第1期。

[14] 孙振华：《公共艺术的乡村实践》，《公共艺术》2019年第2期。

[15] 黄诗雨、李险峰：《艺术参与下的乡村空间重构》，《地理研究》2020年第3期。

[16] 徐顺华：《新类型公共艺术中的话语权力转移——以西湖国际雕塑展为例》，《宁波大学学报》（人文科学版）2020年第3期。

[17] 渠岩：《艺术乡建：中国乡村建设的第三条路径》，《民族艺术》2020年第3期。

[18] 曾莉、齐君：《环境、文化、产业——论艺术乡建历程上的三个主要范式》，《南京艺术学院学报》（美术与设计）2020年第2期。

[19] 缑梦媛、张译丹：《谁的艺术乡建？》，《美术观察》2019年第1期；伍诗妮：《共生：当代语境下的社区艺术实践》，《公共艺术》2020年第2期。

[20] 潘鲁生：《乡村公共艺术发展思路》，《公共艺术》2019年第6期。

中国国家美术形象的塑造

陈　都

2019年时值中华人民共和国成立70周年，系统梳理、深入研究新中国美术70年的艺术成就及展望中国美术的发展方向，成为这一年度的美术热点。比如由中国美术家协会美术理论委员会、陕西省美术家协会和西安美术学院共同策划、举办的“国家美术形塑——新中国美术70年学术研讨会”；中国艺术研究院美术研究所举办的“新中国美术学七十年发展”学术发表会。还有一些报社、出版单位也设立、开展了一系列颇具影响力的选题，比如人民日报社文艺部开设的“逐梦70年”栏目，通过新中国美术的经典作品逐一回顾新中国历史上的重要时刻，以及新中国美术随着历史进程一步步拓展的足迹。再如由江西美术出版社出版，并受2019年度国家出版基金资助的《共和国画卷上的红色经典》，从全国主要美术馆、博物馆中，辑选了创作于1949年至2019年间的千余幅美术作品。此外，中国文学艺术界联合会、中国美术家协会还主办了纪念钱松喦、王朝闻、尹瘦石、古元、石鲁、吴冠中百年诞辰座谈会等。

综合来讲，中国美术界对新中国美术70年的历史脉络已经形成了相对统一的认识，即革命美术传统、现实主义美术传统、传统文人画传统和民间美术传统，而新中国美术的每个历史发展时期的表征，即是在此基础之上进行综合运用并加以创新性地发展、创造性地转换的成果。

一、革命美术传统

1949年后，中国美术形成了以毛泽东思想为指导原则，以表现党和国家意识形态为核心，以服务工农兵大众为宗旨，以社会主义现实主义为创作方法，以“中国作风，中国气派”为美学特征的，高度体制化、政治化的新美术形态与规范。新中国美术的文化特质，表现为广大的美术工作者自觉地把深入、反映现实生活，表现、服务人民作为自己的志向，在社会主义建设、生活中，敏锐地感受、捕捉劳动人民及其生产劳动的美，并付诸画笔、刻刀中。从长城内外的农村到大江南北的工厂都成为美术工作者的画室，他们不断创作出令人赞叹的作品，这些作品既反映了社会主义建设的现实成就，也描绘了人民群众所憧憬的美好愿景，这些作品所展现出来的劳动生活之美，在内容、造型、色彩等方面散发着朴素无华、真实可感的气息。

而基于革命美术传统的基本形态，美术界的学者提出了新中国美术现代性的命题，在“国家美术形塑——新中国美术70年学术研讨会”上，尚辉认为，中国美术的现代性是中国进入现代社会所呈现的艺术命题，它不只是中国从农耕文明转向工业文明、信息文明所发生的传统与现代的冲突和转换，而且，中国的思想文化启蒙本身，就是“五四”运动以来西学东渐、引西入中的结晶。这便决定了中国美术的现代性必然存在东西美术的冲突与融合这个中国独特的现代性命题[1]。张晓凌也持相近的看法，他认为中国美术现代性的具体特征体现在政治化、大众化、民族化、科学化四个方面。政治化是指新中国美术作为中国社会革命整体性历史进程的写照，在观念、题材、图像、语言和审美等方面，无不鲜明地呈现以政治功利为主导的现代性特征与意涵；大众化是以人民大众喜闻乐见为美学核心的具有明确政治目的的文艺策略；民族化强调将新中国美术的视觉体系自觉地构筑于民族独立、民族文化认同的基础上；科学化则是指现实主义、科学写实的唯一视觉方法。[2]所以，在2019年中，有相当一部分创作、展览旨在更广泛地推动大众美术运动，更深刻地实现现实主义的人文关怀，更积极地促进外来美术的本土化，以及在与世界美术发展态势并行互动中凸显中国经验。[3]比如“‘光辉历程 红色经典——庆祝新中国成立70周年’第六届全国架上连环画展”就充分发挥当代连环画思想性与艺术性并重的审美优势，以图文并茂的艺术形式讲述中华儿女的忘我奉献，把握民族奋进脉搏，弘扬时代精神。再如获第三届“中国美术奖”铜奖的作品《生生不息》（动画），主题鲜明深邃，笔法虚实相生，把生生不息的精神转化成了人之爱、国之爱和民族之爱。作品以中国传统的水墨写意画为表现形式讲述了颇具传统文化内涵的故事，表达了人们积极向上的奋斗精神，彰显了中国生生不息的民族原力。

而在延续中国革命美术传统，继承“以人民为中心”的文艺观，归纳、总结改革开放后的中国现代美术创作的价值取向方面，郑工则从建设主题的美术创作中分析中国国家形象的演变。他认为，因为提倡现实主义，中国建设主题在美术创作的视野与祖国建设事业紧密联系在一起，因而美术作品不断地表达建设祖国日新月异的成就、劳动建设者勇于奋斗的精神。从工、农、商、学、兵到劳动人民，再到人民群众，建设主题的美术创作反映出的倾向是社会群体的阶层意识淡化，消解职业身份而强化人的存在。这一主题美术创作的演变所塑造的国家形象也包含着一定的文化想象。[4]这一特征在2019年的主题创作中比较明显，比如第三届“中国美术奖”金奖作品《烈焰青春》《阳光下的大桥浇筑工》《使命》均在内容与形式之间找到了恰到好处的平衡点，突出了普通劳动者的日常，不夸张、不矫情的姿态，平静而全力以赴的职责。所以正如吴为山所说：“今天的艺术家们视野广阔，又沉得下心，他们深入生活、扎根人民，研究传统，吸收世界先进的文化，这些都可以在作品当中体现出来。”

在2019年，除“国家美术形塑——新中国美术70年学术研讨会”外，还有一些重要的展览、研讨会反映了继承、发展中国革命美术传统的方向，比如“全国美术高峰论坛（扬州）”、国家艺术基金资助项目“陕甘宁青新主题性美术作品巡展”和“全国太行山主题绘画与文献研究展”等。

二、现实主义美术传统

以《开国大典》和《人民英雄纪念碑浮雕》为代表的革命历史题材作品，确立了以现实主义美术创作思想为主流的中国美术发展之路。美术工作者以饱满的热忱，创作了一大批具有公共审美价值的作品。除了油画、雕塑，年画、宣传画、连环画、壁画等艺术形式也从不同角度反映了中国的新气象和社会的新风貌，达到了雅俗共赏、人民群众喜闻乐见的传播效果，许多作品也因此成为人们心中的美术经典。

进入21世纪，尤其是党的十八大以来，中国美术界越来越关注时代，重视现实主义绘画传统。在艺术实践方面，表现出愈加明显的回归写生传统的趋势。在《人民日报》开设的“逐梦70年”栏目中，陈池瑜、黄宗贤、郑工、田黎明、许向群、于洋等人对中国的现实主义美术传统的继承与发展问题进行了充分的讨论。

“以人民为中心”，坚守人文关怀，是文艺创作的导向，既是对现实主义文艺创作价值取向的归纳与总结，更是改革开放以来中国当代文艺精神的凝练。40余年来，中国的主流美术承继、发扬了在漫长历史发展进程中积淀下来的优秀传统，为人民服务、为时代放歌、为祖国抒怀。因此，在2019年，出现了一系列以写生为核心的学术展览、活动，比如“纪念古田会议90周年全国著名画家走进闽西中央苏区写生学术展”以及中国文联、中国美协、中国书协赴甘肃陇南武都开展文艺培训、写生创作活动，这些活动响应党的号召，为时代画像、为时代立传、为时代明德，意图让艺术走向生活、让艺术为人民服务。另外，第十三届全国美展中所曝出的“照片画”的问题，引起了舆论的广泛批评，而现场写生、现场创作的方法不仅使美术工作者直接感受劳动人民、当代社会的精神，更能有效解决当代美术工作者闭门造车的问题。

党的十八大以来，努力用真情实感和创造性的艺术语言“为人民抒写、为人民抒情、为人民抒怀”已经成为广大美术工作者的自觉追求。艺术家关注现实生活的范围进一步扩大，农民工、环卫工、服务员等都在丹青中得到体现。比如，第十三届全国美展送展作品中，就出现了许多“快递小哥”的形象。像“快递小哥”这样的平凡劳动者还有很多，他们从事的虽不是什么惊天动地的大事业，但却坚持不懈、任劳任怨。当美术工作者自觉地将目光投向“快递小哥”时，现实主义的创作方法发掘出了他们身上焕发出的朴实自然、吃苦耐劳的美好品格。就美术创作方式而言，现场写生成为许多艺术家的不二之选。现场写生“即时即兴”的表现特征易于激发艺术家的创作灵感，一些生动的细节与偶然的发现可以被迅速演化为艺术美，谱写出一部属于现实生活的灿烂诗篇。随着美术界近年来持续举办的“深入生活、扎根人民”的主题实践活动、“中国精神·中国梦——美丽乡村行”写生采风创作等系列活动的推进，“以人民为中心”的文艺观必将进一步贯穿于美术创作实践和美术活动之中，“以人民为中心”的中国特色社会主义现实主义文艺的本质特征在美术创作中必将得到更好的彰显。树立精品意识、注重艺术创新是文艺创作的准则。

正如陈池瑜所论述美术工作者以参与中华人民共和国伟大建设之使命谱写了劳动之美。劳动与时代，以艺术的方式更加紧密地贴合在一起。这种贴合同样表现在改革开放后新的美术创作高潮中。随着改革开放的进程，美术创作在多种思潮影响下呈现多元取向，但现实主义创作依然是美术领域的主要创作方法，劳动题材依然是美术工作者热衷的重要题材。[5]

三、传统文人画传统

中华民族始终关注万物自然之美，将宇宙、社会、自然、人生整合成为中华美学。对天地自然之美的表现，成就无数古今中国画名家，并形成了诸多流派，更构建起内涵深厚的笔墨语言体系。中华人民共和国成立后，美术工作者坚持走向自然，既上承文人画传统，表现祖国的自然之美，又下启“笔墨当随时代”的文化追求，在行万里路、搜尽奇峰的实践中，努力开拓笔墨语言，“为祖国山河立传”，而这一过程极大地拓宽了山水画、花鸟画的题材内容，使之成为美术工作者贯注主题创作意识、赋予时代象征意义的载体。

在新中国70年的中国画经验方面，邓福星认为21世纪中国画虽没有明显标志，但可以看到的一个现象是对文脉和传统美术的再发现、再认识和对艺术创新的强调。[6]张鹏则以新中国70年中国人物画为例，回溯了70年来中国人物画的创作状态和发展脉络，并将中国画分为三期，认为2000年至今的中国画发展呈现为多元与反思，即中国画的人物画创作在传统与现代、守护与新变之间必须明晰自我定位，即任何缺失对民族历史的感知、对传统文化的领悟，缺少真情实感和深度刻画的人物画，必不能蕴含隽永的诗意与健朗的风神，更不能充分具备瞩目的图绘现实人生的能力。[7]

在中国画中的文人画传统与现实主义美术传统的继承与发展问题上，以林木和许向群最有代表性。许向群认为当代中国画创作进一步继承、发展了现实主义传统的中国画。他认为中国画进入新时代之后，美术工作者着眼现实主义创作以及当代水墨研究，在文化与精神的表达中创新笔墨语言，展现诗性的生命意义、现实的丰富内涵、时代的审美体验，以更为开阔广远的视野展开多元艺术探索。年青一代美术工作者的艺术语言更趋鲜活、更富独立性。老一辈美术工作者的画风画格朝向更深一层的生命体悟迈进，在不断地自省和进取中，将个体融入社会，从生活感知到形式品评，从心性表达到情感凝聚，从观念转型到深刻领悟传统人文精神，从审美体验到笔墨完善，从多元画风向着时代新境深耕。[8]正如第十三届全国美展的中国画展，一件件中国画作品汇聚为中国当代现实生活的全景图卷。对现实体认的趋于深入超越了对于不同身份、职业人们的概念性认识，而以准确、丰富的细节真切地表现现实生活的场景。以往那种表现小我、小情调、麻木寂寥人物神情的简单罗列的形象，这届展览中已几乎见不到。这次展览的作品很多具有国家情怀和宏大意识，并用它来观照现实生活。而与许向群关注现实主义传统的继承与延续不同，林木重点阐述了改革开放以后中国画的现代转型的类型和特点。他认为中国画现代转型是改革开放以来的一个说法，亦即古老的传统中国画在进入现代社会后所出现的符合时代的形态演变。即中国画出现写实倾向、西方现代艺术倾向和传统内生倾向三大转型类型。与西方革命性突变不同，中国传统文化中艺术的演进是以中庸平和为文化基础的借古开今、推陈出新，是柔和的渐变与递进，而非西方式革命的突变。[9]

但是，当今的中国画发展依然面临着一些亟待解决的新老问题，比如创作上的注意力更多地集中在方法论上，较少关注价值取向。“唯视觉的盛宴”“为眼睛而画画”比较普遍。中国绘画传统一贯重视心灵，强调“物我合一”，要求感化人心，而非单纯吸引眼球。现在绘画创作一味追求“视觉化”的“视觉冲击力”，以致带来比较突出的三方面问题：一是审美取向上的“摹拟化”，因为“唯视觉”，用写实手法来摹拟那些直观感觉的物质形态、肌理或质感的作风颇为流行，为了稳定视网膜的感觉，用照相机拍照并临摹照片也很普遍；二是构图结体上的“模式化”，由于强调视觉冲击力，画幅尺寸越来越大，为应对大尺幅，拼贴、拼构、打散重构等方式成为一种普遍模式，现在作品上多见现代感较强的“硬边”，这是满足“构成”需要的一种模式化处理；三是画风格调上的“制作化”，因为大尺幅，创作上需要相应的“工力的投入”。原本是见情见性、关乎心灵的“一次性”意写功夫，现在则需要长时间的修为历练。因此以分解处理空间碎片的“工力”代替生命时间所凝结的“功夫”，便成为一种“见效”的手段。[10]

上述原因造成当下中国画创作“工笔画风”流行，以笔墨为中心的写意画作品正在逐渐失去话语权，虽然已经引起美术界的极大关注，但依然不容乐观。水墨写意画需要时间的锤炼和修养的升华，需要在机制上鼓励更多功力深厚的画家参与到水墨写意画的创作中来，让中国画以一个完整的面貌展示在公众面前。在这方面，中国美协组织的一些展览，如“纪念林风眠先生诞辰120周年——‘客都梅州·风眠故里’全国中国画（山水·花鸟）作品展”，也在鼓励中国画作品集思想性、学术性、艺术性为一体，既有传统的笔情墨趣，又有现代手法和元素，更有大胆探索、追求个性之作。

四、民间美术传统

民间美术是人民的艺术，是生活的艺术。千百年来，年画纸马、剪纸皮影、陶瓷器用、雕刻彩塑、印染织绣、编结扎作、民间玩具等，存续在生产劳动、衣食住行、礼节礼仪、节日风俗的各个方面，是劳动者的艺术创造，也是民族的艺术之源。中华人民共和国成立以来，民间美术被纳入国家的文化建设与发展视野中，成为重要的文化资源。进入新世纪，民间美术作为维系文化乡愁的纽带、表达人民心声的载体，充满新的生机和活力。中华人民共和国成立后，过去被视为雕虫小技的民间美术进入国家的主流文化领域，“新年画运动”的展开使广大民间艺人及众多的“大画种”画家积极参与到普及性美术运动中，在党和国家的宣教工作中，传统民间美术的形式语言得到尊重与运用，诸如剪纸语言、年画语言等民间美术语言成为表现新中国重大历史题材的重要形式。

20世纪50年代，由农民担当创作主体，由民间绘画发展而来的“农民画”更成为人民美术的新潮流。今天，基层人民拿起画笔，抒胸怀、状时事，以生动的民间绘画语言表现时代主题、人民面貌，实现了民间美术的现代转型。比如展览于广西美术馆的“‘壮美广西・大美靖西’——靖西壮族农民画（广西）展”比较全面而真实地反映了中华人民共和国成立70周年来的边疆安宁、民族团结和社会进步，以及靖西人民与时俱进的时代风貌，成为展现新中国走向伟大复兴的美术文本，既展示了新时代所取得的伟大成绩，又具有向中华人民共和国成立70周年献礼、向纪念百色起义暨龙州起义90周年致敬的现实意义。

改革开放后，在注重发展民间文化、倡导学术和教育传承的背景下，民间美术创作更加繁荣。在艺术创作和设计领域，许多美术工作者主动从民间美术中汲取养分，在民间美术资源中发现具有现代性的艺术元素，借鉴民间美术的绘画、雕塑，工艺美术作品不断涌现。其中以漆画的成就最高，其创作理念逐步从保守走向开放，通过大胆吸收、借鉴其他画种的优点与长处，更加具有时代精神、民族气派、地域特色。如今，漆画艺术创作题材日渐丰富，已呈现具象、意象与抽象等多种艺术形态，全方位地表现出漆画作为一门纯艺术绘画形式所应有的状态，并彰显出时代性、民族性、本土性等特色，融入了现代人的精神情感和审美风尚，成为现代艺术的标志，对新时代美术事业的繁荣发展起到了积极的推动作用。比如第三届“中国美术奖”的金奖作品《盛世花开》（漆画）采用了大漆材料，一方面利用中国传统漆画的堆漆、罩明、莳绘等技法，经过层层打磨使画面呈现神秘含蓄、丰富多变、温润富丽的高贵品质。另一方面，亦融入了现代绘画艺术构成元素，以直线表现形式丰富了画面，强调东方艺术特有的“线”的表现魅力，彰显了作品的时代精神和民族情怀，让作品在艺术语言层面实现了守正创新。再如铜奖作品《折山入梦》（漆画）结合了材料的厚重肌理及质感，突显了漆画艺术语言的纯正表达，探索着当前现代漆画创作的方向，它是作者多年来在漆画创作中关注时代性、民族性、意象性的一个阶段性成果。作品造型汲取了秦汉石刻雄浑质朴的气象，融合了传统图形元素和现代构成图式，明暗色调表达层次丰富，技法材料应用简约精微，画面凝练出崇高静穆的气息，传统文化的内涵，充盈饱满的艺术形式及创新精神在这件作品中得到充分发挥，

一些平面设计、产品设计也汲取民间美术元素，形成富有民族意味、传统文化内涵和鲜明的“中国风格”的当代设计。在文化创意产业繁荣发展的趋势下，年画、剪纸、刺绣等民间美术回归民众生活，以个体作坊或集体生产等形态发展，生产富有历史感、民族审美价值的文化产品，创新了文化产业的发展路径。比如获第三届“中国美术奖”银奖的作品《一路温暖》（艺术设计），其创作灵感来自具有千年历史的侗族服饰材料亮布，作者受其启发，以对传统服饰文化进行活化应用作为创作的思考基点，将传统手工制作的侗族棉布面料与现代科技相结合，在当下使传统材料迸发出东方时尚的魅力。

在党的文艺方针政策指引下，广大文艺工作者将艺术创作与社会主义建设相结合，不断从基层、大众和民间汲取养料，对民间美术价值的认识和认同不断深化，深入学习和研究木版年画、剪纸、彩塑、木刻等艺术形式，力求形成主题性创作“民族化”“大众化”的风格特征。新中国70年的文化传承中，民间美术所蕴含的积极向上的审美理想滋养了民族精神，支持经济发展和文化繁荣。70年的社会发展中，民间美术在更新迭变中积蓄了新的生命力。70年的坚实步履中，民间美术作为人民群众生活的真实写照，体现了民生、民情和民风特色，更描绘着广大群众对美好生活的愿景和期盼。传续民族文脉、创造生活之美的民间美术必将迎来新时代的繁荣与发展。

新中国美术源远流长、积淀深厚，既以描绘历史和现实彰显文以载道、以图证史的社会功能，又以独特的造型体系和笔墨语言展现出中华美学的风范，在世界美术之林中享有崇高的声誉，在文化交流、文明互鉴中产生了深远的影响。中华人民共和国成立之后，中国美术家以满腔的热情感受时代的变迁，以油画《开国大典》、中国画《江山如此多娇》为代表的绘画作品，以《人民英雄纪念碑浮雕》为代表的雕塑作品，表现革命历史，讴歌人民英雄，形象地表现了中华人民共和国屹立东方的大国气象；以国徽、政协会徽、人民币设计为代表的大量设计与公共艺术，体现了中国美术为新中国造型、为人民服务的崭新理想。大量反映祖国山河、美好家园，描绘社会主义建设事业蓬勃生机，刻画人民群众崭新精神风貌的作品在这一时期涌现。改革开放给中国社会带来了巨大的变迁，也为文化艺术的发展带来了全新的机遇。现实生活的变化和中外文化艺术的进一步交融，为美术创作提供了更加宽阔的舞台。美术工作者一方面思考民族艺术传统的创造性继承和创新性发展；另一方面借鉴吸收外国美术的有益经验，站在更高的台阶上观察时代的新面貌，并融入了国际艺术的交流中。国家建设的蒸蒸日上、人民群众的奋发进取为中国文艺创作提供了最为丰富的素材，描绘时代新貌、讴歌奋斗精神成为美术创作的热点。党的十八大以来，习近平总书记关于文艺工作的系列重要讲话精神为中国文艺指明了前进方向。广大美术工作者认真学习贯彻习近平新时代中国特色社会主义思想，以习近平总书记关于文化和文艺的

重要论述为根本遵循，深入生活、扎根人民，更加注重立足中国大地，表现中国主题，反映时代新貌，在主题构思、形象塑造、笔墨语言上都体现出新时代中国美术守正创新的精神追求，涌现出一大批讴歌党、讴歌时代、讴歌人民、讴歌英雄的精品力作，以思想精深、艺术精湛、制作精良的高水平向社会传播，向世界推广。在重大主题和现实题材创作上，美术工作者踊跃争先、潜心研究，深入生活成为自觉追求。“从当代中国的伟大创造中发现创作的主题、捕捉创新的灵感，深刻反映我们这个时代的历史巨变，描绘我们这个时代的精神图谱。”

（陈都　上海大学美术学院2020级博士研究生）

注释

[1] 尚辉:《新中国美术现代性的命题与特征》,《美术》2020年第5期。

[2] 张晓凌:《新中国美术的现代性叙事》,《美术》2020年第5期。

[3] 尚辉:《新中国美术现代性的命题与特征》,《美术》2020年第5期。

[4] 范淑英:《国家美术形塑——新中国美术70年学术研讨会综述》,《美术》2019年第12期。

[5] 陈池瑜:《平凡的形象 不平凡的创造——新中国劳动题材美术创作的成就与意义》,《人民日报》2019年5月5日。

[6] 范淑英:《国家美术形塑——新中国美术70年学术研讨会综述》,《美术》2019年第12期。

[7] 范淑英:《国家美术形塑——新中国美术70年学术研讨会综述》,《美术》2019年第12期。

[8] 田黎明:《中国画为时代创作》,《人民日报》2019年12月8日。

[9] 范淑英:《国家美术形塑——新中国美术70年学术研讨会综述》,《美术》2019年第12期。

[10] 吕品田:《三种新气象及存在问题——在第十三届全国美展中国画作品展学术研讨会上的发言》,2019年10月1日,https://www.caanet.org.cn/newsdetail.mx?id=7321。

关于美术抄袭问题的讨论

陈　烨

有关抄袭等学术不端的问题，一直是学术界和公众所关注的。近年来，随着资讯交流越来越便利，一些关于学术不端的行为被报道后，常常引起公众的热议。2019年，一篇名曰《开撕？中国艺术圈著名大咖被怒斥抄袭30年！》[1]的网络文章引起社会的高度关注。

2019年2月中旬，比利时艺术家克里斯蒂安·西尔万（Christian Silvain）通过RTBF比利时法语区国营电视台、比利时布鲁塞尔的荷兰语报纸《最近新闻报》（*Het Laatste Nieuws*）等多家媒体指责中国艺术家叶永青抄袭其作品长达30年并以此获得荣誉和巨大利益。在一系列画作对比中，高度相似的作品加之叶永青在艺术界的地位使这一事件引起轰动。随后，叶永青回应称西尔万是对他影响至深的一位艺术家，并发表公开信前往布鲁塞尔争取与西尔万取得联系。3月7日，叶永青退休前供职的四川美术学院成立工作组展开调查，并发布声明称高度重视该抄袭事件，称“对学术不端等师德问题坚决采取零容忍的态度”[2]。与此同时，不少收藏家以及画廊业人士谴责该抄袭行为，更有艺术机构“取消仍在进行中的新作收藏，正式提出退款要求”[3]。3月18日，叶永青发声否认抄袭。事件继续发酵，苏富比拍卖行撤下原定于4月1日在香港拍卖的叶永青作品《鸟》、西尔万基金会和艺术家西尔万聘请比利时布鲁塞尔贝伦布姆（Berenboom）律师事务所代理起诉叶永青剽窃作品侵权。

事件引起轰动的同时也带来了一系列关于美术抄袭的讨论，专家学者、理论批评家、策展人、收藏家、画廊从业者等纷纷就“图像挪用”“移植”“模仿”“抄袭”等问题表达见解，甚至有法律界人士就该事件对艺术版权知识问题发表观点。

一、关于模仿与挪用的讨论

有人提出：“不是说在中国就几乎不可能维权，并进一步说山寨之国或版权约束不明晰这些问题。而是得回到波普艺术上面，模仿和再创作本身就是这个艺术领域最典型的手段，究竟该怎么去定性呢？”[4]当代艺术的创作手段让人困惑，关于什么是抄袭、剽窃，什么是临摹、模仿、借鉴、挪用，学者们就这些问题发表了观点。贾方舟就该事件发文道：

"'抄袭'不同于'模仿'，更不等同于'挪用'。模仿是将喜欢的作品作为参照，吸收其中的某些元素，属借鉴范畴，是学习必经的过程，也是艺术不成熟的表现；抄袭是原样照搬别人作品的图式结构，只做局部和细节的变更，是将他人的创造成果据为己有，是侵权行为；'挪用'虽然在法律上与'抄袭'难以划清界限，但作为一种后现代手法，在艺术领域视为正常，不存在伦理问题。"[5] 朱其称："不少人以后现代理论'挪用'的概念为叶辩护。关于抄袭和后现代的'挪用'概念，我想稍有常识的人，都不难分清两者是有区别的，不是一回事。'挪用'是指在一个新的语言模式下使用过去艺术中现成的因素，而不是指完全照搬别人作品的整体风格，乃至大部分细节。……从模仿到抄袭仅一步之遥。从三级模式到抄袭，模仿到了一定高比例，模仿就是抄袭。这次叶从整体风格到大部分细节都差不多，模仿度达到 70%，如果属实，那就不是什么'模仿'，而是抄袭了。"[6] 黄剑武认为："（叶永青）多幅作品在构图上和表现技法上和西尔万高度雷同，形成极其相似的艺术符号，是结果的挪用或套用，基本上没有自己的感受和认识参与，虽局部内容不同，但仍是抄袭。"[7] 陈履生直指"整个事件的来龙去脉以及事件的性质基本上都清楚，尽管还存在着少数人的不同意见，但绝大多数和主流的看法是一致的。抄袭就是抄袭，因为就绘画和当代艺术的一般认知，以及人们对艺术创造的认同，尤其是图像比较的直接性，一般性的鉴别都比较容易。所以，就这一事件的任何辩解都是徒劳的，只会增加笑话中的笑话"[8]。

临摹、模仿是对原作完全或部分的仿制，是图像创作初始阶段的学习过程，也是艺术家吸收前人成果常用的一种练习方式。临摹、模仿其他作品的风格、内容、造型、构图、画法等，从临摹和模仿中吸收养分，为自身的创作打下基础和积累，这几乎是每个艺术家都经历过的学习阶段。临摹、模仿是允许的，但前提是需要承认这是临摹作品，指出出处，合理地使用临摹、模仿手段是基本的共识，否则，就会构成侵权。如清初"四王"的许多作品的题名均为"仿某某某山水"等。借鉴，是指与别的人或事相对照，以便取长补短或吸取教训。在艺术创作中，借鉴也是一种常用的、吸取养分的手法，其与抄袭的区别在于借鉴是参考，不是照搬，是对其他作品的优点的吸取并且是经过自己的消化后形成的新的创作。毕加索便是借鉴的一个好例子，他的艺术创作有些从古代壁画的形象中借鉴而来，有些从印象派中借鉴而来。挪用与借鉴也有所区别，借鉴是学习、吸收借鉴对象后的重新诠释，挪用则可能是一种反叛、一种不同语境下故意的转换，被挪用的对象一般是广泛被认知的图像或符号。对艺术或生活中的经典图像（符号）的挪用可以令观者从自己的文化背景出发，辨认出图像符号后将作品与挪用图像进行互文解读。挪用也不是照搬，而是再处理、再描绘，它应该是新的诠释。挪用最著名的例子是马赛尔·杜尚的《*L.H.O.O.Q.*》，他给《蒙娜丽莎》的图像印刷品画上两道胡子，颠覆了图像原来高贵典雅的审美意义，赋予了作品新的艺术观念。

特里·巴雷特在《为什么那是艺术》中对后现代艺术的原创与借鉴挪用做了解释，他说："现代主义者看重并提倡艺术家即'天才'的说法，能体现'天才'的，正是艺术家在构思和表现方面的‘原创性’（originality）……后现代主义者则对艺术原创性的概念提出质疑，他们对原创的可能性本身持怀疑态度。他们主张不要把原创性当成审美价值之一。”[9]突出的例子是辛迪·舍曼装扮成流行文化图像拍摄的摄影作品实质上是对流行文化的抵制。而借用（挪用）更是直接地“挑战了现代主义的原创性概念”[10]。巴雷特引用哈尔·福斯特对借用的界定：“借用艺术揭示出每一幅图像之下总会有另一幅图像……借用的重要性在于它突显了位置转换的必要性。”[11]剽窃、抄袭与借用（挪用）的根本性区别在于其“隐匿性”，前者以隐藏剽窃、抄袭图像为核心，而后者则是显露出挪用图像并希望观众可以看出挪用图像的行为，从而产生互文作用，加深作品的创作内涵与语境。

二、从法律角度展开的讨论

在法律用语上，“剽窃”比“抄袭”更符合规范。我国著作权法第一次修正后删去了“抄袭”一词，但对“剽窃”有明确规定：《中华人民共和国著作权法》第四十七条第五款列“剽窃他人作品”的行为构成侵权，而“抄袭”与“剽窃”是同一概念，根据《国家版权局版权管理司关于如何认定抄袭行为给青岛市版权局的答复》（权司〔1999〕第6号）中认为，在《著作权法》的维度上，抄袭和剽窃是等同使用的概念。[12]从司法角度界定“剽窃”通常是从侵权人的行为具有违法性、有损害的客观事实存在、侵权行为和损害事实有因果关系、行为人有过错这四个方面入手，而对艺术作品是否构成抄袭的界定会以创作时间先后、是否是演绎作品、是否纯属巧合、是否只是临摹学习等角度考虑。抄袭与临摹、模仿、借鉴、挪用都有着根本上的区别，它既不是新的诠释，也没有注明作品来源与出处，是对原作产生了侵权的行为。我国《著作权法》第十二条规定：“改编、翻译、注释、整理已有作品而产生的作品，其著作权由改编、翻译、注释、整理人享有，但行使著作权时不得侵犯原作品的著作权。”[13]可见，抄袭的行为并不适用于该条款中的“演绎作品”。

关于剽窃、抄袭的认定是从创作时间先后、是否是演绎作品、是否纯属巧合、是否是临摹学习四个方面考虑。[14]举个例子，马奈著名的作品《草地上的午餐》，其人物造型与构图是从拉斐尔与莱蒙特共同创作的版画《帕里斯的审判》中的局部而来，而马奈对这个局部进行了新的诠释，并将自己对于光感与色彩表现的探索加入创作之中，形成新的创作。同样的例子有很多，诸如弗朗西斯·培根的《尖叫的教皇》与委拉斯贵支的《教皇英诺森十世》。从上文的抄袭案例中可以看到，抄袭作品虽局部细节有所不同，但整体高度相似，抄袭作品从表现形式到内容并无太多新的创作成分和新的诠释，看不出转换演绎与图像互文，即缺乏艺术“独创性”。另外，抄袭作品创作年份后于原作，并有证据显示双方存在接触性活动，从“接触＋实质性相似”角度看，基本构成抄袭的性质。从《答复》（权司〔1999〕第6号）中可以找到关于抄袭的解读：“从抄袭的形式看，有原封不动或者基本原封不动地复制他人作品的行为，也有经改头换面后将他人受著作权保护的独创成分窃为己有的行为，前者在著作权执法领域被称为低级抄袭，后者被称为高级抄袭。低级抄袭的认定比较容易。高级抄袭需经过认真辨别，甚至需经过专家鉴定后方能认定。”[15]

三、从文化发展角度的思考

抄袭事件也引起部分学者从中国画传统学习、创作模式中对某些沿袭的陋习以及30多年来中国当代艺术发展的反思。

正如王进玉所说的“我们一贯的教育理念与创作思维都在不断灌输和强化着所谓继承、临摹、借鉴的重要性，甚至将其看作艺术实践的全部内容，而普遍轻视原创、创新的力量”。有的学者就关于传统绘画多有相似之作，是否也属抄袭之疑问做出回应：中国传统绘画除了临摹的学习方法之外，还有“匠人基因”[16]和“粉本”问题，在文人画兴起之前，绘画更多的是起“成教化助人伦”的教育作用以及装饰作用，作者的身份多为匠人而非现代概念下的艺术家。在实用意义之下的绘画在传道授业以及趋向于风格化和程式化的发展过程中催生出粉本。然而，粉本思维却也带来了关于临摹和抄袭的问题，进而引出一系列不规范的做法，还带来抄袭的不良意识。端正艺术创作中对于“临摹”“粉本”“借鉴”“抄袭”等概念的态度，以良好的态度对待古人的创作和现在的艺术创作才是正确的，诚如吴二棒之言：“如果你要以现代意义上的画家自居，并且想取得成就，那么就应该努力克服历史带来的‘匠人基因’，具体来说就是可以适当借鉴和复制，但最终的成果一定是原创更多。”[17]

宋永进曾质疑道：“移植于西方文化土壤的中国当代艺术，其核心问题不是如何走向国际，而是如何认识当下的自己——一个与传统完全不同的、在吸取多元文化后迷失了自我的自己。”[18]由于叶永青是中国当代艺术的重要代表，甚至可以说是开拓中国当代艺术的领军人物，中国当代艺术30年来的骄傲居然是他长达30年的抄袭，这一极具讽刺意味的事件让不少学者对中国当代艺术的发展进行反思。“30年抄袭事件折射出中国艺术生态的问题和危机，如果批评家和艺术理论家们发自内心曾经肯定甚至赞扬过叶永青的艺术成就，说明批评家和艺术家们存在认识误区和知识缺陷。”[19]（黄剑武）“当中国‘当代艺术’的信徒们，非要认定一种异质文化为普世的先进文化，非要把跻身此种与自己的文化传统和自己的人生体验无关或至少关系不大的文化当成一生追逐的目标，以致形成‘当代艺术’集体性的无知、抄袭与模仿，则叶永青的抄袭事件及连带的若干评论家们的尴尬，就绝对不只是叶永青个人的偶然，而是中国‘当代艺术’必然的宿命了。”（林木）陈履生与“谭天说地”更是不约而同地回顾了从20世纪80年代开始发展起来的中国当代艺术历程，从中反思这30年来当代艺术在中国的发展问题，反思中国当代艺术成长的根基与养分，反思对西方文化的信仰与推崇，反思中国传统文化与当代的割裂……

四、关于抄袭照片现象的分析

美术抄袭，除了上文讨论的典型例子之外，还有一种近年来艺术界十分关注的争议：照片抄袭。随着图像时代的到来，大量的图像信息充斥着我们的日常生活，艺术创作也受到图像时代的影响，许多创作方法和手段在图像化时代也发生着变化，尤其是借助照片进行创作似乎已经成了当下许多艺术家们的选择和方法，甚至可以说是普遍现象，由此，也引发出一些学术不端的现象。

2019 年 9 月开始，由文化和旅游部、中国文学艺术界联合会、中国美术家协会共同主办的“第十三届全国美术作品展览”各画种展览陆续在全国各地开幕。全国美展是我国历时最久、规模最大、参与范围最广、作品种类最多的国家级综合性美术大展，每五年举办一次。全国美展是全面展示和检阅五年来我国美术事业蓬勃发展的新成就，鼓励全国美术家创作出奉献给人民、奉献给伟大新时代的艺术精品的盛事，然而，在这件艺术盛事上，发生了个别学术不端的情况。4200 多件入选作品向社会公开、公示后，有个别作品涉嫌侵权，全国美展组委会办公室收到反映后高度重视，严肃对待，并于 9 月 26 日在官网上发布了《中国美协对抄袭侵权作品坚决说：不！关于监督美术展览作品抄袭侵权行为的公告》。该公告强调了著作权是创作者的知识产权，受法律保护，中国美术家协会成立的著作权维权办公室一直致力于维护展览评选工作的公平、公正原则，针对第十三届全国美展的入选作品，组委会成立专家组与相关处室联合对涉嫌侵权的作品进行核查，并对涉嫌侵权的作品予以严肃处理。

全国美展中出现的涉嫌侵权的作品抄袭照片的情况引起社会热议。参展作品与照片高度雷同，有些作品基本就是在画照片。反映问题的群众将全国美展入选作品图像进行网络图像搜索，得出许多内容、构图、角度高度相似的网络照片。通过一系列的对比，可以简单地看出，的确有部分入选作品是在“画”照片，大部分内容一致，构图、角度甚至颜色均相似，除了绘画媒介不同之外，画面相似度高达九成。摄影技术以及图像处理确实可以为艺术创作提供便利和素材，但同时，艺术家的视觉经验也相应地从真实生活转移到照片之中，照片的运用有利有弊，只有恰当地使用才能使之成为帮手；如若过度依赖照片，对照片的使用超出参考的范围，逾越界限，令照片成为创作的主宰的话，艺术创作便失去了自身的意义。

十年前的一起绘画“克隆”摄影的侵权事件曾经引起热议。2009 年的第七届中国体育美术作品展上，浙江省丽水市油画院副院长李跃亮的作品《我小时候》是对陕西省摄影家协会主席胡武功在 1996 年拍摄的作品《俯卧撑》的模仿，这一抄袭照片的行为在当时引起高度的关注与热议：山东艺术学院教授曾毅发文《绘画剽窃摄影的风气该刹一刹了！》。中国摄影著作权协会总干事解海龙探讨了绘画对摄影作品的“改编”问题，认为应该从法律属性进行深入探讨；有学者发文谴责这种“荒唐”，也有学者呼吁学界正视这种不端的现象，认为“缺乏原创性的艺术作品应该受到谴责”[20]。

也有人认为摄影与绘画门类不同，不构成对原作品的复制，况且，即使画面一致，绘画作品的制作也是再创作的过程。这种说法未免过于偏颇。我国《著作权法》将作品区分为思想与表达两部分，法律保护表达而不保护思想，《著作权法》第十五条规定：“由不同作者就同一题材创作的作品，作品的表达系独立完成并且有创作性的，应当认定作者各自享有独立著作权。”如果认为简单地根据摄影作品进行的绘画制作是再创作、是原创的话，那对于摄影作品的著作权便是一种侵犯。从摄影到油画这种“转译”没有新的独创性，没有对图像“挪用”的多层图像意义。简单的复制可以视为上文提到的《著作权法》第十二条中的“改编”说法，即便是“演绎作品”也不能抹杀掉原来的摄影作品的著作权，在未取得原作品作者同意也未注明原作出处的情况下，是一种侵权行为。（当然，绘画作品的著作权仍受保护）

2017 年国外有个案例可以作为照片抄袭属性的定义参考。法国法院裁定美国波普艺术家杰夫·昆斯（Jeff Koons）的知名雕塑《裸体，1988》（*Naked, 1988*）剽窃了摄影师让·弗朗索瓦·鲍雷（Jean-Francois Bauret）1975 年拍摄的作品《儿童》（*Enfants*）。昆斯的公司被判定需支付已故的摄影师家庭 40000 欧元，其中一半用于支付他们的诉讼费用。该法院认为，虽然两件作品有少许不同（昆斯的雕塑加了鲜花和奶油，作品更为甜美），但也“不能阻止人们识别雕塑模型和姿势”，昆斯的行为依然属于抄袭。[21]

当机器时代来临，新的科技给绘画艺术带来冲击性的影响。摄影术的出现使“再现”有了新的媒介，不再仅仅是绘画，摄影能非常精准地再现现实。这撼动了绘画艺术的传统地位，但同时也激发了其新一轮的变革，由此，艺术家们思考绘画艺术的出路并逐渐开拓出新的艺术形式，并借由机器与科技的能力开创新的艺术面貌。有了机器时代的图像，绘画艺术的创作便有了更多的挑战，从外在视觉呈现到内在精神表达都遭遇了更深入、更具挑战意味的冲击。中国美协美术理论委员会副主任吕品田就呼吁美术工作者应未雨绸缪，更多去思考美术创作作为一种手工劳动，其终极价值追求是什么，如何才能和智能化艺术生产拉开距离。[22]由此可见，艺术创作应该迎接现代图像时代的这种挑战而不是屈服于机器科技、智能化的迅猛发展，令绘画沦为图像的奴隶，成为“制造”而非“创造”。

五、创作与照片的再讨论

为杜绝作品抄袭侵权的行为，从 2016 年开始，中国美术家协会便启动智能识别查重系统，而至今已在各类展览排查中查出了近五万件作品存在抄袭侵权情况。而本次全国美展对群众所反映的情况也进行了调查，经核实后取消了 25 件作品的参展与入选资格。而此次事件也引起学者们对创作方法和照片（图像）关系的讨论。以写生、速写等为传统记录方式和素材搜集方式的创作方法面临科技发展下的图像处理和拼贴技术等，艺术创作的伦理规范值得深入思考和探讨。有艺术家从创作角度发表观点，认为摄影作为辅助，“创作的第一手资料必须是自己拍摄，而且不能在媒体公布”，并且拍摄只能作为参考，艺术家需要履行社会规范的义务。[23]吴山明也回应道：“近段时间讨论很多的全国美展‘画照片’作品，在现在越来越多。这很糟糕，它既是时代的现象，也是教育在这个时代的缺陷。我经常鼓励大家要多去写生，其实，参照照片、依赖照片画画，与到具体环境中写生的感觉完全不同。”[24]

面对抄袭照片事件，不少学者表示担忧。在第十三届全国美术作品展览中国画作品展学术研讨会上，罗世平表示：“中国画越来越史实化、照片化，是好？是坏？需要大家思考。现在的中国画也愈发依赖照片，依赖细腻写实，这是需要我们警惕的。”[25]陈履生也发表了观点：“我们应该正面回应，因为这些社会的关切和质疑都是专业的人发现的。发现的问题毕竟是冰山一角，我们有没有章法来杜绝这样的问题发生？这样才有益于第十四届全国美展。”徐里认为：“‘画照片’其本质是美术创作对照片（图像）的借鉴和使用问题。画家肯定不能与照相机‘争功’，在创作中合理、合法、恰当地使用照片（图像）也是十分必要的，关键就在于如何在保证美术创作、手工绘画原则的基础上把握好一个合理的限度，努力发挥自己的能动性和艺术创造力。”所以，照片作为工具，使用应有分寸。照片抄袭不但损害了图片原创作者的著作权，这种“转译”也不能算是艺术创作，仅仅是“制造”替代“创作”而已。没有创造力的艺术是没有意义的，正如苏刚回应抄袭照片时说：“写实绘画对于摄影表象化的复制似乎是一条捷径，其实荆棘密布。因为它抽掉了艺术对来源于生活的最真切、最重要的感性认识。画家们忙于复制，忘记了为心灵感受到的真善美歌唱才是绘画的理由。”[26]“制造”替代“创作”是一种倒退，这种倒退不但抹杀了艺术的创造力，还会有碍原创艺术的发展。

余　论

抄袭，是急功近利最方便的捷径。信息不对等以及信息落差所带来的空隙为抄袭提供了机会，利用人们的信息空白而进行的抄袭行为严重损害了原创艺术家的著作权，这是对原创艺术的不尊重，也是对艺术创作的亵渎。

抄袭的背后是荣誉与利益的追逐，也有市场的因素左右。陈履生在其文章《受市场影响的“抄袭”正严重影响到当代美术的评价体系》中写道：“市场决定了创作方法，市场决定了艺术语言和艺术风格，市场也决定了人们取舍的基本态度。”[27]这就能够理解本文上述所论抄袭行为的发生。然而，抄袭行为最重要的是对社会与对业界的负面影响。抄袭行为使中国当代艺术发展如同空中楼阁，其发展基础居然是虚空的，建立在这个虚空基础上的所有生发将迎来根本性的质疑。

一系列的抄袭事件也给艺术界和艺术创作带来反思和启示。科技的发展为艺术界带来了新的课题：面对大型艺术活动，完善评审机制、提高识别系统效能，为艺术界建立良好的生态环境是艺术发展的保证；而在创作方面，创作技术与手段越来越多元是趋势，但艺术精神仍然是至关重要的。端正企图取巧的错误创作态度，踏实地潜心创作才是正道，正如习近平总书记在2013年的欧美同学会成立100周年庆祝大会上的讲话中的那句："惟创新者进，惟创新者强，惟创新者胜。"

（陈烨　中国艺术研究院2020级美术学博士研究生、
广州美术学院美术馆助理研究员）

注释

[1] 抄袭菌：《开撕？中国艺术圈著名大咖被怒斥抄袭30年！》，2019年2月27日，"抄尼玛艺术"微信公众号（https://mp.weixin.qq.com/s/mOHVpv_Ede20k0xw—uszLA）。

[2] 四川美术学院：《声明》，2019年3月7日，四川美术学院官方微信公众号（https://mp.weixin.qq.com/s/HN6bFaxxZwqV9SFpTBmiLQ）。

[3] 王从卉：《当代艺术是时候翻篇了！》，2019年3月22日，知美术馆官方微信公众号（https://mp.weixin.qq.com/s/di9cpwx1L5eUbYr_AU8wtw）。

[4] 转引自张海律《中国艺术家抄袭外国作品三十年？艺术圈为何沉默？》，腾讯《大家》独家稿件，2019年2月27日（https://new.qq.com/cmsn/20190227/20190227009832.html）。

[5] 贾方舟：《关于"抄袭门"之我见》，《中国美术报》2019年3月11日。

[6] 朱其：《请不要把抄袭说成"挪用"》，《中国美术报》2019年3月1日。

[7] 黄剑武：《抄袭30年：艺术史不可忽视艺术创作规律》，《中国美术报》2019年3月2日。

[8] 陈履生：《从模仿到抄袭的个案说明当代艺术的发展在中国的问题》，《文艺报》2019年3月20日。

[9] [美]特里·巴雷特：《为什么那是艺术——当代艺术的美学和批评》，徐文涛、邓峻译，江苏凤凰美术出版社2018年版。

[10] [美]特里·巴雷特：《为什么那是艺术——当代艺术的美学和批评》，徐文涛、邓峻译，江苏凤凰美术出版社2018年版。

[11] [美]特里·巴雷特：《为什么那是艺术——当代艺术的美学和批评》，徐文涛、邓峻译，江苏凤凰美术出版社2018年版。

[12] 张晔：《文字、音乐、美术作品剽窃认定》，《法制与社会》2016年第25期。

[13] 王迁：《著作权法》，北京大学出版社2007年版。

[14] 柏洪：《如何认定美术作品的"抄袭"？》，《艺术市场》2018年第11期。

[15] 《国家版权局版权管理司关于如何认定抄袭行为给某某市版权局的答复》（权司〔1999〕第6号），转引自周宁《雷同多少算抄袭》，《中国文化报》2010年11月4日。

[16] 吴二棒：《中国古代相似的画那么多，为什么没人指控抄袭？》，2019年3月11日，腾讯《大家》独家稿件（https://new.qq.com/omn/20190311/20190311A0QYC1.html）。

[17] 吴二棒：《中国古代相似的画那么多，为什么没人指控抄袭？》，2019年3月11日，腾讯《大家》独家稿件（https://new.qq.com/omn/20190311/20190311A0QYC1.html）。

[18] 转引自《叶永青"抄袭"事件》，2019年3月8日，腾讯网（中国影响力美术人物专业平台）（https://new.qq.com/omn/20190308/20190308A0LAG1.html）。

[19] 黄剑武：《抄袭30年：艺术史不可忽视艺术创作规律》，《中国美术报》2019年3月2日。

[20] 曾毅、解海龙、方宁、祝帅：《绘画"克隆"摄影，引起争议》，《中国摄影家》2010年第1期。

[21] 编辑社：《杰夫·昆斯的雕塑剽窃罪名成立 抄袭法国摄影师》，《中国摄影家》2017年第4期。

[22] 徐红梅、吴艳丽、马苏薇:《在时代浪潮中激发出澎湃的艺术原创力——第十三届全国美展的启示》,《人民日报》2019年12月29日。
[23] 王根:《我看全国美展抄袭现象》,2019年11月28日,“当代美术大家”微信公众号(https://mp.weixin.qq.com/s/j08bb—Fq6umiPQK9Stzwuw)。
[24] 朱杨健:《艺术家,请尊重艺术作品的生命属性》,《美术报》2019年11月16日。
[25] 锐风:《对于十三届全国美展,不满的仅仅是抄袭本身吗?》,2019年9月29日,“美网艺术”微信公众号https://mp.weixin.qq.com/s/WdNJKBrRa9_uJcPnS5g—4w)。
[26] 朱杨健:《艺术家,请尊重艺术作品的生命属性》,《美术报》2019年11月16日。
[27] 陈履生:《受市场影响的“抄袭”正严重影响到当代美术的评价体系》,《文艺报》2020年6月12日。

年度作品

《白内障—保鲜》

尚　扬

尚扬《白内障—保鲜》布面综合材料 131 cm × 251 cm × 19 cm × 2 2019年

作者简介

尚扬，1942 年生于湖北省，重庆开县人，1965 年湖北艺术学院美术系油画专业本科毕业，1981 年湖北艺术学院油画硕士研究生毕业。历任湖北人民出版社美术编辑，湖北美术学院副院长、教授，华南师范大学教授、美术研究所所长，首都师范大学美术学院教授、中国油画学会副主席、中国美术家协会油画艺术委员会副主任、中国国家画院院务委员、研究员。

创作手记

从 2017 年开始，我以《白内障》为题，进行了一系列创作。我采用一种化工产品作为作品的主要媒材，正是今天唾手可得的这类物质，浸漫在当代人类生活的几乎所有范畴。它们无所不在，覆盖一切。它们覆盖了风景，覆盖了食品和每一个家庭，也覆盖了我们的思想，几至我们无法去真正看见和正确判断我们所处的现实世界。《白内障—保鲜》即是这一系列的延续和扩展。

早在 1991 年，我即在一张蒙娜丽莎肖像上，贴上了各种在商店购物所得的食品包装袋。这些五颜六色的、印着各种图案和文字的塑料袋，像一件美丽而奇特的婚纱，将这位著名的女士包裹了起来。这是我最早用塑料这种工业材料对画面进行覆盖的尝试。1996 年 4 月，美国《艺术新闻》刊发了琼・莱伯德・柯恩女士关于我的评论文章，文章的标题即是《尚扬：贴有食品标签的蒙娜丽莎》。

《白内障》系列创作草图 1

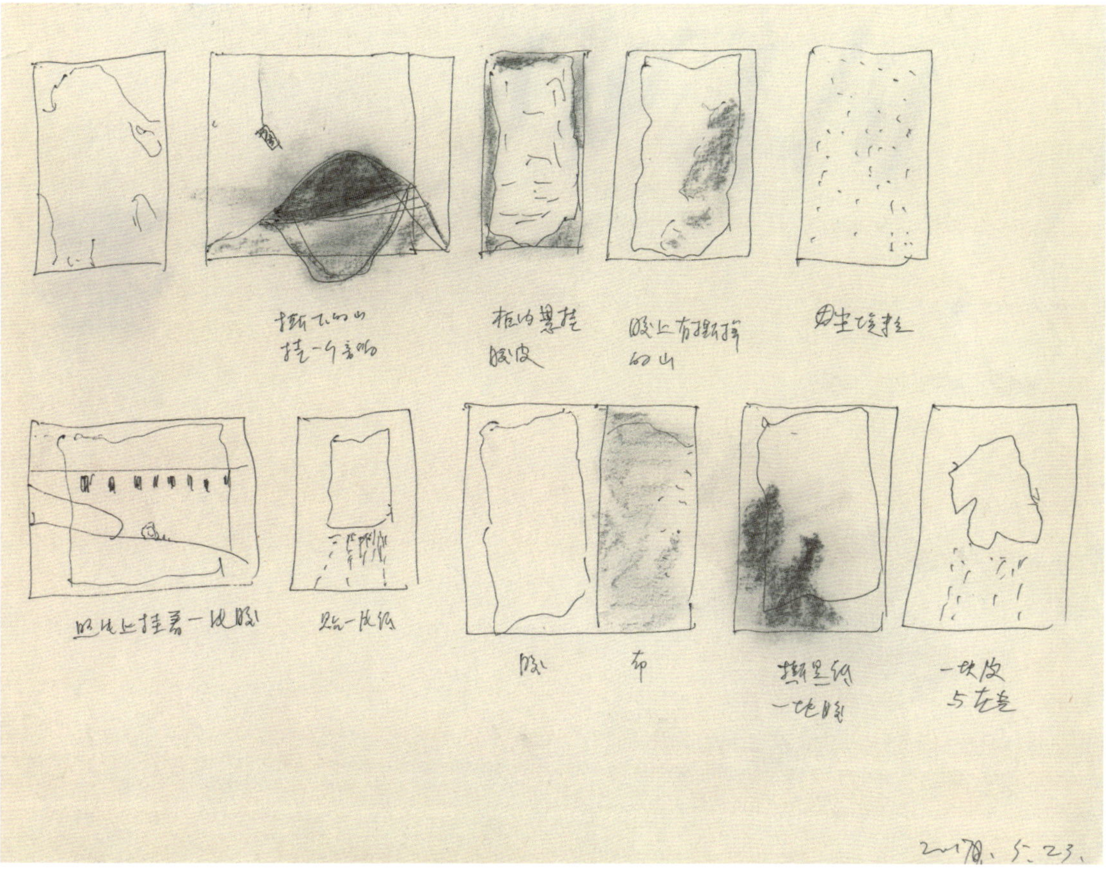

《白内障》系列创作草图2

《白内障》系列创作草图3

《白内障一保鲜》（局部）

《白内障—保鲜》也在用这种方式讲一个惯常的故事，这个故事既来自此刻这个时代，也来自我个人及众多人的日常生活。这件作品就是我在当下体验到的现实。在今天，当代生活呈现这样一种普遍现象：就像一次日常点餐或网购，所有的欲望在点击中被下载为商品，同时，这些商品在电子空间中被标注上一段时间，然后，这些商品被包裹上一层层透明或半透明的“塑料皮肤”，传递到快递小哥手上，并重叠在他们穿越城市路障的身影中。最后，这些“塑料皮肤”中的物，无论是食物、衣物、用具还是活物，都在空间中移动，从一个地点到另一个地点，永不停歇。这是在1991年、在20世纪末无从想象的景象。今天，所有当代生活都在这种“塑料皮肤”的包裹中流动，我们把这种流动称为“保鲜”。

今天的人们，毋庸我多加言说，即能从作品中读出它应有之义，这是基于通感。今天的艺术品也无法独立于这种不停的流动状态之外，或者说，恰恰处于这种状态之中。一方面是在现实空间中作为物质的流动，另一方面是在数字空间中作为资本增值的流动。今天的艺术品不仅已经进入画廊、收藏家、博物馆等系统，它们还会以某种特殊的方式，经由保险及各种法律制度的保证，漂洋过海，穿越各种民族国家的疆域与意识形态的边界，在飞机、码头与集装箱中，在不断反复的包裹与拆装后，重新进入新的美术馆或画廊、拍卖会空间，参与到无止尽的新的流动中。在这种状态下，没有一个地点能够让艺术品稳定停留。今天的艺术品越是处于物理空间的流动状态，在数字资本空间中就越能升值。越是在不同场景中不断地开幕与展示，就越会加速艺术品在数字资本世界的升值频率。就这样，艺术品从一个某人到另一个某人，从一个数字资本账户到另一个数字资本账户，以至于流动状态占用的时间往往超过了临时性停留的时间。艺术品今天在流动过程中呈现的状态，成为它新的本质。具体地说，艺术品就是使得资本在流动中增值的工具，在不断曝光中使资本“保鲜”的载体。

因此，首先，我所展示的不是处于工作室 / 美术馆中静止状态下的作品，而是处于运动状态中的作品。今天的艺术品，恰恰以表面的静止状态掩盖了其在实际空间中的流动状态，掩盖了当代艺术品以这种状态，在谈判中不停穿越社会空间中那些看不见的边界的事实。其次，我想展示的并非当代艺术品早已具有的本质，而是它新的呈相——这个时代裹挟出的新本质，是去蔽，是对今天艺术品以商品形态存在的本质的揭示，也是对今天艺术品在美术馆系统中被审美化展示的批判，提示人们，他们所观赏的艺术品并非作品完整的本相。最后，我想把艺术品运输过程中的媒介工具与操作状态提炼、转化为一种当代艺术的新语言。矛盾的是，这种语言的答案显然就存在于艺术流通体系与机制本身——越是司空见惯的，它的深层体系就隐藏得越深，我们也就越是忽略它。这也许就是这件作品的些许意义。

（内容由作者本人提供）

《黄河》

王克举

王克举《黄河》（局部）油画 2019年

《黄河》长卷由101幅高200cm宽160cm的单幅作品组合成，按省份分布，青海22幅，甘肃6幅，宁夏3幅，内蒙古12幅，山西和陕西23幅，河南10幅，山东25幅。

《黄河》

作者简介

王克举，1956 年生于山东省青岛市，中国美术家协会会员，中国人民大学艺术学院教授，中国艺术研究院油画院特聘画家，中国国家画院油画院创作研究员。

创作手记

画黄河的起因是 2009 年去山西黄河岸边的碛口，带学生下乡写生，我在那里画了《天下黄河》独幅油画，从那时开始就萌发了画黄河的念头。

我深知黄河这个主题的分量，也知道《黄河》长卷在艺术创作上的难度。就我自身而言，艺术的表现力和精力，还有支持创作的人力、物力，都需要长时间的筹备和谋划，所以画《黄河》长卷就成为我近 10 年来的梦想，这个梦想促使我去更多地认识和思考黄河。

现在回想起来，如何画黄河对我来说难度并不是最大的，因为毕竟对景写生、画大画创作 20 年了，好像前 20 年的探索、积累就是为了画黄河，所以在技术上或者是在艺术处理上都不是最大的困难，最大的难度是我如何能靠近黄河，黄河在哪里？黄河魂在何处？

我从黄河的源头画到入海口，越发觉得黄河的伟大与不朽。虽然我画的是一条自然的黄河，但在我的内心，它始终是汹涌澎湃的，我要把整条黄河画得波涛汹涌、气势磅礴。

从黄河发源地一路画到家乡山东段的时候，广袤的大平原上，黄河已经没有了大江大河的波澜壮阔，因此在画那些庄稼的时候，我也想让它们像黄河水一样，呈现汹涌澎湃的状态。

事实上，黄河从上游到下游，河道基本上是被镶嵌在峡谷之间的，中上游除壶口外，基本上没有河水奔腾的展现，小浪底是我后期有意增加的一段，放大了翻滚汹涌的河水用以增加汹涌澎湃的气势。

壶口是我画黄河的开端，为的是给整条黄河的创作定下一个气势磅礴、波涛汹涌的基调。小浪底是整幅作品的收笔之作，画到这里的时候，我异常的兴奋，画得特别快，也特别爽！笔法来自我被小浪底放水冲沙的那种气势震撼后的抒发，当然画的时候也需要同样的激越，这种激烈的感觉非常贴切地表达了我当时汹涌澎湃的心情。

我深深感受到，隐隐之中是一种“黄河精神”指引着我一个画面一个画面地从开始画到最后。黄河博大雄浑、气势恢宏，我心中暗生敬仰和敬畏，虽然它给我的主要印象是苍茫苍凉、多灾多难，但它是母亲河，孕育了这个民族！黄河永远是养育华夏子孙的母亲河！它俯瞰着中华民族的跌宕起伏，在风雨飘摇中矗立，我打心底崇敬它！

我在画黄河的时候，内心有一种去朝圣的感觉，我的朝圣就是从黄河源头到入海口，用画笔一笔笔地将心中的黄河堆积在画布上，怀揣着一种崇敬的心理，就像藏民匍匐在朝圣的路上，我用画笔和色彩把黄河丈量出来。

《黄河》草图1

《黄河》草图2

《黄河》炳灵寺部分

《黄河》巩义石窟寺部分

《黄河》乾坤湾部分

《黄河》鹊华春色部分

2018年秋天，我们将《黄河》长卷展现在山东东营黄河入海口处，我想给自己看，给同道看，给朋友们看，更重要的是要给黄河看，向黄河母亲汇报。我在那里向黄河母亲鞠躬，感谢黄河哺育了华夏这片土地，这个民族。感恩它的召唤，唤醒了我去画黄河的想法和勇气！做完这个仪式，我才觉得自己给黄河、给自己都有了一个完整的交代。

就像是黄河从源头一路奔腾到大海，大海是它的归宿，归于平静和永恒。我也让自己能够平静下来，仿佛完成了历史交给我的一个任务，责无旁贷！

黄河这个主题，我在画之前就意识到它的重要意义。我觉得这件作品不应属于哪个人，而应该是这个民族的，属于国家的。

今天，《黄河》呈现在中国美术馆这个国家最高美术殿堂，我心里觉得特别感慨和自豪！能够进入国家最高美术殿堂，圆了我的梦想，使《黄河》长卷作品有了自己的位置。

感谢方圆美术馆自始至终对《黄河》作品创作、捐赠的帮助与支持，同时由衷地感谢中国美术馆使《黄河》这件作品有了自己的家，自己的归宿！

（内容由作者本人提供）

《云中花园》系列

隋建国

隋建国《云中花园 — 折枝》光敏树脂3D 打印 2009—2019年

《云中花园》系列在隋建国个展“体系:隋建国 2008—2018”(2019年1月,OCAT 深圳馆)、“体系的回响:隋建国1997—2019”(2019年9月,北京民生现代美术馆)、“生灭与真如 —— 隋建国雕塑展”(2019年11月,北京壹美美术馆)中展出。

作者简介

隋建国，1956年生于山东省青岛市，1984年毕业于山东艺术学院美术系，获得学士学位，1989年毕业于中央美术学院雕塑系，获得硕士学位，现居住和工作在北京，为中央美术学院雕塑系教授。

创作手记

我从2008年做“盲人肖像”起，就开始去揉，去捏泥巴，捏完后的泥巴形状表面布满了我手上指掌的纹理、皮肤上的皱褶等肢体外表痕迹，以及柔软的泥巴在与我的手互动过程中形成的叠压扭折运动，所有这些细节，都通过3D放大程序以及光敏树脂打印被显示出来，形成了一个个体私密痕迹公共化的完整过程。这些手稿放大模型打印完成后，我会将它们铸造成青铜材料，作为作品最终的完成，因为青铜等金属材料的铸造技术差不多是泥塑效果最忠实的反映。后来，为了更细致和精确地反映和捕捉手稿表面的手纹细节，我又尝试捏握石膏。捏握石膏的过程是不一样的，因为你要把石膏浆静静地攥在手里，等着它一点一点地变硬。

当然，石膏手稿上的指掌和皮肤纹路以及其他细节的清晰度比泥巴要精密许多倍。这使我意识到之前用铸铜材料方法作为作品的最终完成效果并不是一个最恰当的方法。原来相当精密的3D光敏树脂打印模型在铸铜工艺过程中，经过翻模、刷蜡，再在蜡型上制作失蜡铸造模型，几次翻模制模，会损失模型表面不少细节的清晰度。再加上铸铜之后的焊接打磨，细节就损失得更多了，因此必须找到一种可以减少铸铜材料带来的细节损耗的办法。

想到这里我幡然醒悟，何不就用3D数字技术及其携带的高分子光敏树脂打印材料作为作品的最终完成？只不过需要找到一种表面涂料，解决展览时的紫外线照射导致的光敏树脂衰老问题。同时，如果3D打印完成的作品尺度太大，光敏树脂材料自身坚实的话，用钢架支撑起来即可，这样才是一个全面运用并尊重3D数字技术的做法。这样的选择也避免了青铜铸造自身携带的古典气息。3D数字系统及其生产的材料与技术，从它被创造出来的那天起，就根据“摩尔定律”不停地在迭代更新，它的不完满、它的临时性同时也是进化中的技术与材料所携带的时代气息，进入了我的作品之中。这一气息赋予了从“盲人肖像”以来我的这一系列作品以某种面向未来的批判性。

于是，2019年1月我就在OCAT深圳馆的展览中，布置了一个用脚手架支撑起来的，以光敏树脂作为最终完成材料的3D打印作品的巨大装置，并将其命名为“云中花园”。这个标题的用意是暗示所有这些作品的数字文件全部储存在“云盘”之中。如果我们能像科幻小说描绘的那样，利用脑部植入芯片进入储存这些文件的云盘中，也许就能用肉眼看到这些文件在“云”中的形式，看到这样一个“云中花园”。

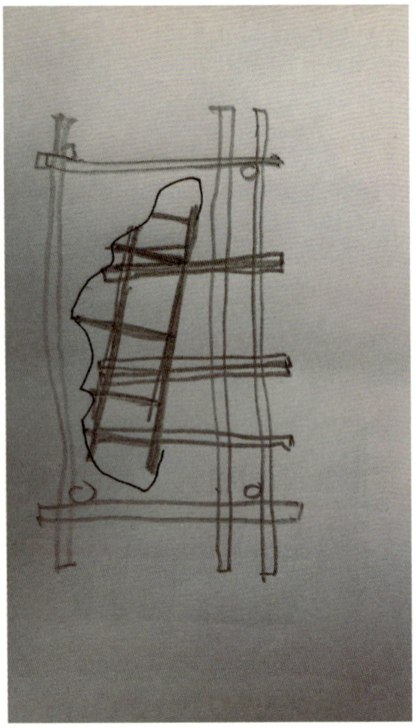

《云中花园 — 手迹3#》搭建手绘示意图

《云中花园 — 手迹3#》光敏树脂 3D 打印与钢架
700cm × 300cm × 600cm 2019年9月展于北京
民生现代美术馆

银灰色的脚手架与涂上银灰防紫外线涂料的树脂造型静静地矗立在展厅中，制造了某种近似梦幻的现场，观众可以穿行其中。

再后来 2019 年 9 月在北京民生现代美术馆的展览中，我根据展厅的空间和光线，再次布置了这样一个“云中花园”。

到 2019 年底在北京壹美美术馆的展览，策展人苏磊根据我的这一系列作品，干脆利用展墙贴银箔、刷灰等手段，布置了一个沉浸式的全景装置，将“云盘”中的视觉空间形式彻底镜像到展览现场，极好地呼应了壹美美术馆所在地“永丰国家硬核科技园”这样一个充满着科技气息的环境。

我在“云中花园”系列作品中加入了镀锌钢管和铝管作为光敏树脂材料的支撑。其实，之前在不少的作品中我就用过不同材料的架构作为作品的主体部分或者辅助结构。

现在我用它们来支撑这些放大之后的 3D 打印光敏树脂造型，一方面是因为 3D 打印光敏树脂材料本身很脆弱，另一方面它本身又是拼接而成，到了这样巨大的尺度它自己立不住，这个尺度的造型就需要钢管进行支撑。

但是，怎么就会自觉不自觉地运用这些钢管，让它们作为作品的一个组成部分参与到光敏树脂造型里面？

30 年前的“卫生肖像”，也许可以看作这样一种形式的根源性感觉。或者可能更早一年的“平衡器”，就埋下了伏笔。

30 年前的“卫生肖像”“平衡器”的调性，为今天的“云中花园”渗透了一丝别样的意

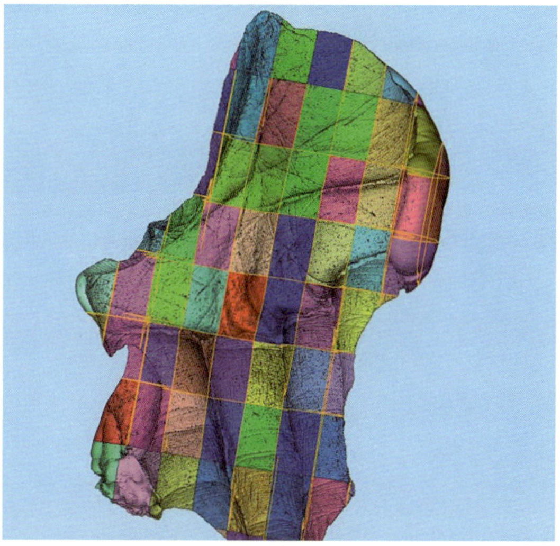

《云中花园 — 手迹3#》3D 打印分片配置图

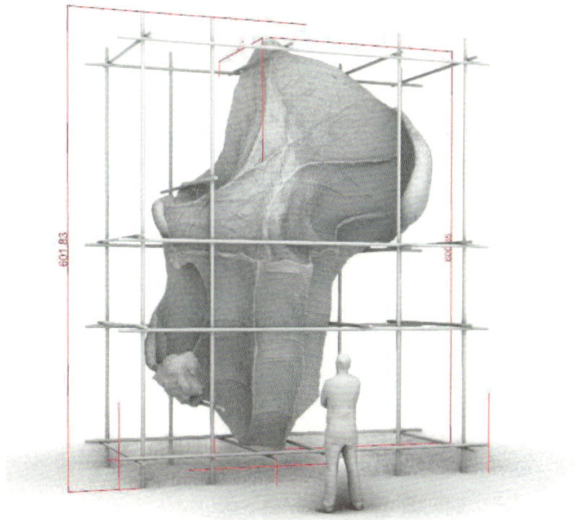

《云中花园 — 手迹3#》搭建示意图

味。这意味着它不完全是一种天外来物的完美、一种宏大闪烁的光华。它也可以被看作某种意义上的对于某种并不完美、发展变化中的景观的一种支撑；一种未完成，或者有待完成，一种有缺陷的未来存在的远景。

科学技术发展到今天，已经撕裂了现代文明之前的人与自然的原始关系，甚至所谓的传统智慧也已经失去了它原来的药力，因为它无法与已经发达的自成一体的现代科技相匹敌。

于是我们现在恰恰还真是离不开科技，因为我们就是需要这些科学技术本身来发现和拯救这些科学技术所造成的某些后果。想起博伊斯在一次行为艺术里面所做的，有人拿刀割伤了博伊斯，但当纱布被拿来时，博伊斯没有包扎自己的伤口，而是用纱布把刀刃包了起来。“伤口只有用造成伤口的枪矛才能治愈。”在德国文化传统里面，大家是知道这个说法的，这其实也就是科学作为工具与我们今天人类的关系的隐喻。它是造成伤口的器具，但是要治疗这个伤口，也要靠这个器具。这是人类传统文明中人与自己创造的技术系统的关系，也必将是我们与未来所有科学技术的关系。科学技术作为工具，它既是有毒之药，也可以是治愈之药。就像斯蒂格勒所说，毒药也可以是治愈的药，它有双重的身份。

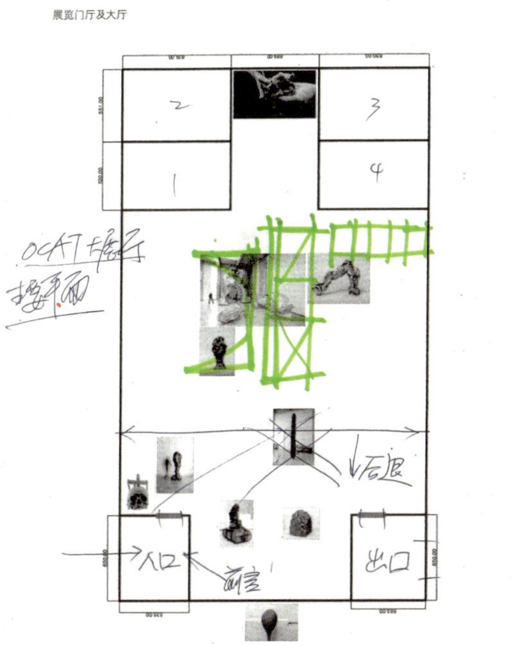

OCAT 深圳馆现场展览示意图

《云中花园》(局部)

《云中花园》光敏树脂 3D 打印 2019 年 1 月展于 OCAT 深圳馆

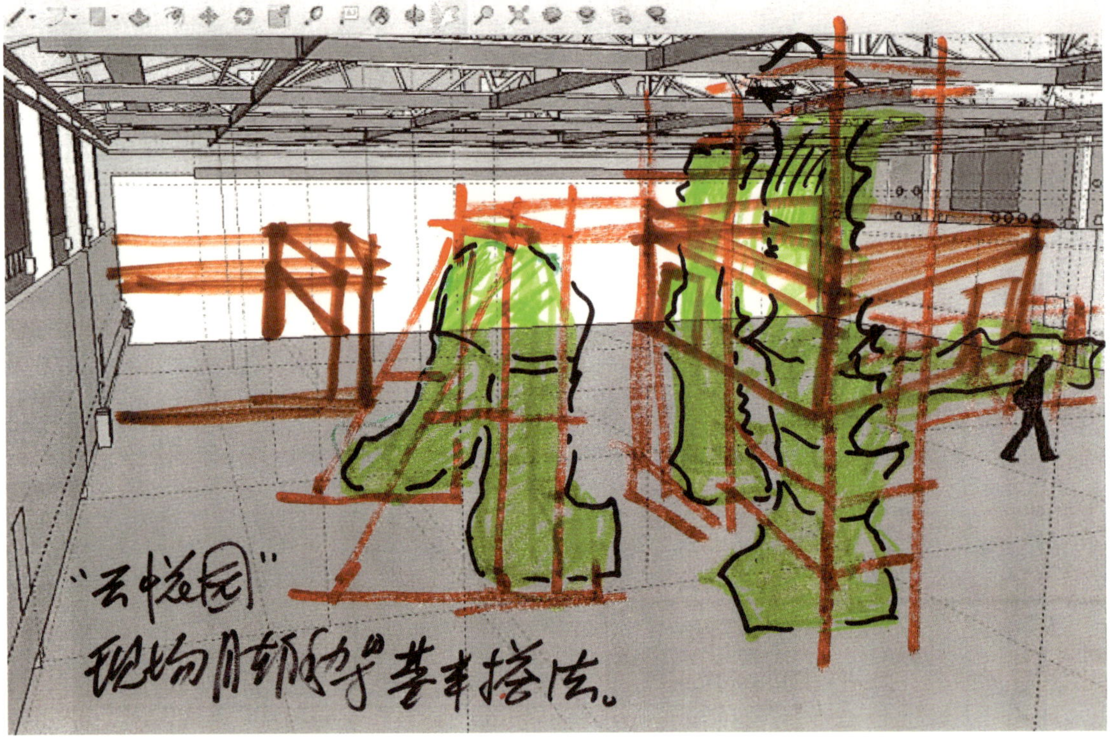

OCAT 深圳馆现场脚手架示意图

（内容由作者本人提供）

《荒原》系列

苏新平

苏新平《荒原6号》纸上铅笔 336cm × 224cm（56cm × 56cm × 24）2019年

*《荒原》系列在苏新平同名个展“苏新平”（2019年4月，北京民生现代美术馆）中展出。

作者简介

苏新平，1960年生于内蒙古自治区，1977年入部队服兵役，1983年毕业于天津美术学院绘画系，毕业后在内蒙古师范大学美术系任教。1989年毕业于中央美术学院版画系，获得硕士学位，并留校任教。现为中央美术学院副院长、教授、博士生导师。

创作手记

细致的手工素描可看作石版画制作方式的延续，而执笔排线勾描时那种平静、专注的状态也随着工作量的累积而超越了绘画的界定，成为与日常生活融为一体的仪式化行为。以碎片式的艺术方法进行的日常表达看似是艺术家迷恋于顺势而为的语言实验，其实远不止于此。面对每一天的所作所为、所听所感，我总是会在纸上用铅笔涂涂画画，如同记日记那样天天记录着，表面看似乎是抽象的线与面，其实代表了我每时每刻的感觉和感受。我这样日复一日，记录了碎片化的生活方式，造成无数的碎片图像，它们汇集起来又构成意想不到的视觉景观。看似是偶然得来的结果，其实拼合的过程也引发了艺术家思想观念的植入。

（内容由作者本人提供）

作品评析

不论是油画《荒原》还是铜版《荒原》还是铅笔《荒原2号》，画面上都没有人。因此那些忧郁的色彩、笔触和铅笔痕迹可以说都是人的心情的映射。苏新平画面上的天空总像是傍晚或者夜晚的天空，很安静。凡有乡村生活或乡村旅行经验的人都知道，安静是有体积的，安静可以一直压到耳边。苏新平画出了安静的体积感。

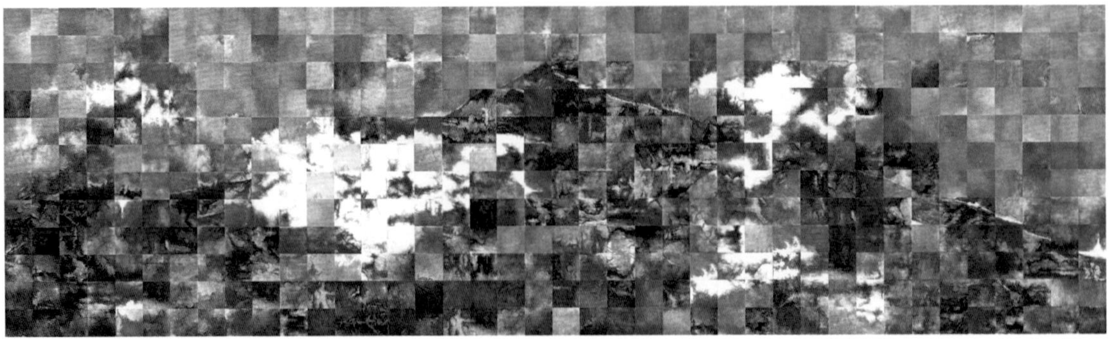

苏新平《荒原》铜版画 336cm × 1120cm 2017年

苏新平《荒原3号》铜版画 300cm × 200cm 2017年

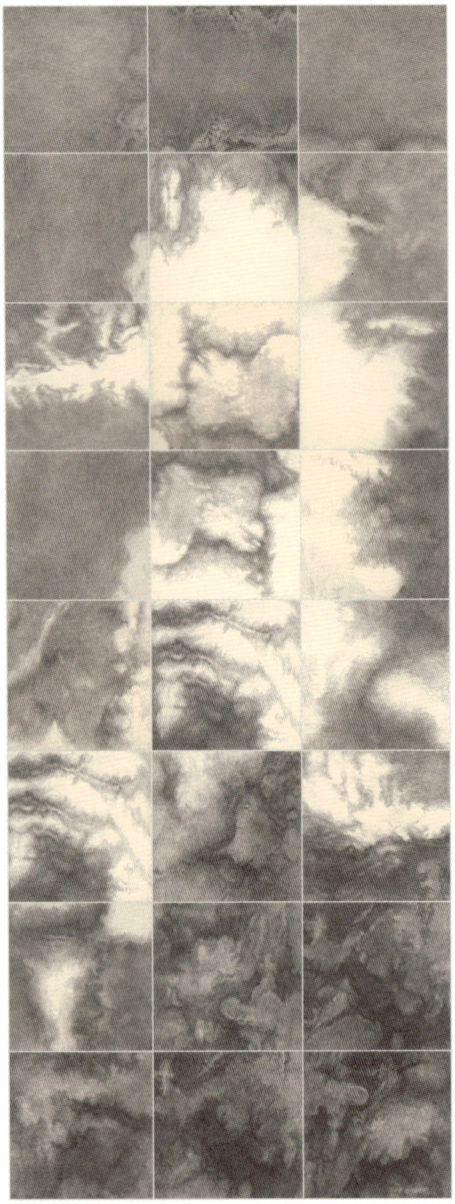

苏新平《荒原7号》 纸上铅笔 448cm × 168cm
(56cm × 56cm × 24) 2019年

我们在中国古代的山水画上只能感受到自然时间，却感受不到历史事件，这是古代山水画的超越性使然。但我在苏新平的作品中感受到了历史时间。看他的画，总觉得画面所传达的是什么事情闹过之后的感觉。生活在当下的中国，各种事件让人目不暇接，总是一个事件套一个事件，一个事件接一个事件。而每一事件之后，其实总会有一段“事件后时间”，哪怕极其短暂。但我们似乎丧失了在每一事件发生后认识事件的能力，这也就是说我们丧失了事件发生之后的时间感。现实中，事件发生之后，我们往往就是“傻”在那儿了，就是被动地等待下一个事件的到来。而苏新平的作品似乎提醒着我们“事件后时间”的存在。

其作品所传达的单调、空旷、废弃与荒芜，你接受也得接受，不接受也得接受，它们对观看者构成了一种隐隐的压迫感，而且我觉得这里面还有一种说不清道不明的东西，这种东西其实就是暧昧。到目前为止，我还很少——或者说不曾，在中国其他画家的作品中感受过这种东西。

（文章节选自西川《荒原，以及未知：观苏新平作品笔记》，内容由作者本人提供）

“雪景山水”系列

王天德

王天德《林泉问道》宣纸、墨、火焰、拓片 221.5cm × 121cm 2019年

《林泉问道》创作草图1

《林泉问道》创作草图2

《林泉问道》创作草图3

作者简介

王天德，1960年生于上海，毕业于浙江美术学院（现中国美术学院），书法博士，现任复旦大学教授。曾在今日美术馆、苏州博物馆、北京故宫博物院、广东美术馆等重要美术馆以及国内外重要艺术机构举办个人艺术展。作品被英国大英博物馆、牛津大学博物馆、美国大都会艺术博物馆、波士顿美术馆、旧金山亚洲艺术博物馆、芝加哥艺术博物馆、纽约布鲁克林博物馆、加州大学伯克利分校美术博物馆、加拿大皇家安大略博物馆、蒙特利尔现代艺术博物馆、中国美术馆、上海美术馆、广东美术馆、香港艺术馆、苏州博物馆等国内外重要美术馆收藏。

创作手记

寻找一种极具个人艺术表达形态的水墨创作，作为艺术创造者可能需要十年，乃至二十年的时间；抑或终其一生也未能找到自我满意的水墨表现性情与艺术表达语言。这便是艺术生涯的喜悦至悲的艺术之道。

托物起兴，乃是近六年来我将不断寻找到的古人书法与石碑拓片，将其作为作品的有机组成部分，犹如郑簠的“闭门静居，琴书自娱”。这是一种从情绪至心境的转化。从早期作品以二层叠加为主，转化到植入明清书法原件，再后来与碑拓相衬托，借此作品的表现形制不仅暗示了传统与当代文化之间的并存与时间跨度，更是在有序传承传统文化的古朴愿景，并且表明了当代社会变革所带来的文化核心。

在此，我将作品创作方式以循序渐进的阶段性进行不断更迭，也是自身人生年轮在不断增长中的递进，以及在当下艺术发展中对人生观和价值观的判断。

（内容由作者本人提供）

《风云行一1》

李象群

李象群《风云行一1》白铜 310cm × 274cm × 147cm 2019年

作者简介

李象群，1961 年生于黑龙江省，现为鲁迅美术学院院长，全国政协委员，辽宁省人大常务委员会委员，清华大学美术学院双聘教授、博士生导师、学术委员会委员，东北大学博士生导师，教育部高等学校美术学类专业教指委副主任委员，中国文联全委会委员、中国美术家协会副主席，中国国家博物馆展览审查委员会委员，全国城市雕塑指导委员会艺委会副主任，北京国际艺术双年展策委会委员。荣获中宣部第三届全国中青年德艺双馨文艺工作者称号、入选全国文化系统“四个一批人才”、享受国务院政府特殊津贴、入选国家高层次人才特殊支持计划领军人才、荣获第 54 届佛罗伦萨国际缪斯艺术奖，入选第三批万人计划。

创作手记

作品中的智者通过不断的变化寻找到了自己的态势。失重是一种游走、变化的状态。智者在动态中突破自己、寻找自己，驶向彼岸。

“有信仰的人百折不挠，奋斗在属于自己的这块平台上，与历史同向，与时代同行，驶向理想的彼岸。”

（内容由作者本人提供）

《风云行 —1》石膏小稿

《风云行 —1》泥稿

婆娑之境:《新世纪》《愚公还在移山》《天上人间》*

喻　红

喻红《新世纪》布面丙烯 250cm × 300cm × 3 2017年

*《新世纪》《愚公还在移山》《天上人间》在喻红个展“婆娑之境”（2019年3月，上海龙美术馆）中展出。

作者简介

喻红，1966 年生于陕西省西安市，1984—1988 年于中央美术学院油画系攻读学士学位，1994—1996 年于中央美术学院油画系攻读硕士学位，1988 至今任教于中央美术学院油画系。

创作手记

“婆娑之境”的概念来源于佛教。我一直对宗教绘画很感兴趣，我上学的时候去过敦煌莫高窟、新疆克孜尔千佛洞等地临摹写生，它们在我心中埋下了一粒种子，等有了一定的积累才开始慢慢发芽，与我的创作发生交融。“婆娑之境”意为“需要承担忍耐的世界”。在佛教的宇宙观中，宇宙中存在无数个大千世界，浩如烟海，有一个小世界就是“婆娑之境”，也是我们生活的世界。这个世界在整个宇宙中是非常渺小的一个点，但充满着矛盾、纠结、困扰、焦虑、不安和对抗。我们把这个世界看得非常大，我们也因此面临着非常艰巨的问题，但是站在佛教宇宙观的角度上来看，我们的世界其实是一个非常小的世界，一些如粉尘般的细节被我们忽视。“婆娑之境”既可以看作人类以退为进的抵抗，也是人类渴求在逆境中超越伤痛的寄托。对一名画家来说，我的工作是观察世界，保持一定距离地观察世界。我也生活在这个“婆娑之境”中，弥散在我作品之中的，是我想表达的关于这个世界的纷扰、困惑和焦虑，以及对于世界未来走向的设想和担忧。

第一篇章“重生之时”包括了三件比较大的作品，《愚公还在移山》《新世纪》和《天

喻红《愚公还在移山》布面丙烯 500cm × 900cm 2017 年

上人间》都是为龙美术馆的空间而创作的。因为龙美术馆的建筑本身非常有特点，空间的体量很强，包括它的水泥墙体，上面有很多安装的预留孔，都是非常抢眼的东西，这些强烈的元素会对作品，尤其是绘画作品产生很强的冲击力，因此需要作品本身具有足够的张力，才可以和美术馆建筑相匹配。比如《愚公还在移山》，这幅画是借用《愚公移山》的传统寓言故事，诠释其对当下世界的意义。画面中的每个人都在做关于山的事情，有人推山，有人爬山，有人在山顶观山景，有人往上推巨石，有人凿山。每个人的行为综合起来看或许很混乱，但是每个人都认为自己在做正确的事情。三联画《天上人间》也是从描绘山开始，不过这是一座冰山，向上连接到多云的天空，画面中的男女形象被定格在各式的动作里，好似在搜寻着什么，来强调生活的戏剧性和不确定性。而作品《新世纪》通过对米开朗基罗《创造亚当》的重新解读，传达了“重生之时”这一概念。我希望作品能在当下的数字世界中建立起一种来往于虚构与现实之间的平衡。

（内容节选自白家峰、夏清绮《喻红个展：以绘画喻人生》，《艺术当代》2019 年第 3 期）

喻红《天上人间》布面丙烯 750cmx300cm 2018年

《使命》

李玉旺

李玉旺《使命》中国画 195cm × 178cm 2019年

作者简介

李玉旺，1966 年生，山东德州人，中国美术家协会会员，中国工笔画学会理事，中国艺术研究院访问学者。山东画院专职画家，国家一级美术师。《使命》入选“第十三届全国美术作品展览”，获第三届中国美术奖金奖，《瑶・殇》入选“工・在当代第十届全国工笔画大展”，《逆行・三人组》入选“‘泾上丹青’全国中国画作品展”，国家重大历史题材美术创作项目《助梦》（合作）入选庆祝建国七十周年国家重大历史题材主题创作项目，《逆行・第一组》入选庆祝中国人民解放军建军 90 周年全国美术作品展览暨第十三届全军美术作品展览。《敦煌—2》由中国艺术研究院收藏，《逆行・第一组》由中国美术馆收藏。

创作手记

与很多同代人一样，我从小就有一种英雄情结，不过那只是一种模糊的、感性的、单纯的情感，无论是欧美的“英雄”“骑士”还是中国的“侠”，一切能够在危难时刻挺身而出、勇于担当的人物，都能够在我幼小的世界里光芒四射。但是，随着自己慢慢成长，我一度有过感慨失落——大概是意识到我们生活的现实世界大多数时间都是波澜不惊的日常生活，我跟许多人一样只是这日常生活中的“小人物”，不是每个人都有机会拥有像电影、文学中那些英雄的“高光时刻”。直到我开始关注、创作消防题材，才有了新的认识和感悟。因为偶然的契机，我居住在消防队家属宿舍，常常被年轻的消防员所吸引。我在每天清晨看他们做早操、看他们日常训练，看他们吃饭、欢笑、打闹，他们就像隔壁邻居家的阳光男孩；而一旦响起出警信号后，他们会瞬间切换进入另一种状态，毫无畏惧、迎向未知生死的灾难。我经常想，平凡日常的生活与生死攸关的危险是如何在他们内心世界并行不悖呢？2015 年

《使命》草图 1

《使命》草图 2

《使命》细节图1

《使命》细节图2

"8·12天津滨海新区爆炸事故"，一百多位消防人员壮烈牺牲，其中就有我朋友的孩子，这极大地震撼了我。在逢年过节这种日常生活语境里，我总在心理上觉得这个孩子是晚辈、是年轻人，对社会的判断和思考还远不如我们深刻……诸如此类，但是在面对灾难和生死的时候，他在精神和行为上其实远远超越了我们这些年长的人，超越了他的年龄，这让我开始陷入长久的思考。伴随着思考，我开始搜集素材进行写生和创作。2017年创作的《逆行·第一组》在参加庆祝中国人民解放军建军90周年全国美术作品展览暨第十三届全军美术作品展览中入选，被中国美术馆收藏；《逆行·三人组》在"径上丹青——全国中国画作品展"中获奖。今年正值第十三届全国美展，我在前几幅作品的基础上经过进一步的思考和感悟创作了《使命》这件作品。

《使命》不仅仅是一件"题材决定"的作品，更重要的是，它回答了我多年来思考的问题：平凡时代、日常生活，"英雄"何为？在我朋友的孩子牺牲之前，在很多日常时刻，我从来没有觉得他是"英雄"，但正是无数个像他一样平常的年轻人，在灾难来临的时候，无论是大楼失火，还是山体坍塌；无论是粉尘爆炸，还是剧烈地震，他们在一瞬间变成英雄。英雄并不是一种先天的身份设定，也不是为了成为"英雄"而迎向灾难，更不是只有在聚光灯下才闪亮登场；英雄精神是生命力自然而然地释放，是日常生活中点滴积累的勇敢、责任、担当、奉献等美好品质的集中展现；灾难只是激活了平凡人内心的使命感，使之成为英雄。

因此，《使命》所描绘的其实是一个平静、普通的场景：消防员们灭火抢险后整装小憩，疲乏中透露出坚毅和欣慰，安静地伫立在硝烟未烬的火场，等待着再赴险地的指令。这件作品并没有那种动态、激昂的文学化描述，我尽可能去掉那种史诗、传奇般的情绪渲染，着力体现真实的、未经过度美化的生命个体。在这个维度上，我们与英雄变得亲切，不再有道德层面、阶级层面的距离，“英雄”也不再是一个被膜拜的符号；“英雄”的本义是充实、真实、正向的普通个体，这样的个体，往往会在关键的时刻被激活，绽放出人性光芒。

《使命》细节图3

在这件作品里，我想呈现一群“大写的人”，而不是“大写的英雄”，我感觉传统绘画语言与这些形象的气质特别契合。其一，从日常的人与物中看到伟大之处，这是中国传统绘画的价值取向；其二，这些年轻的当代英雄们身上延续、闪烁着中国古典观念体系里“士”“侠”的光芒，他们本身就是当代文明和古典文明共同生成的生命个体。

因此，我以中国传统山水画的语言来重建一种新的“丰碑式”构图，人物的起伏、重心、设色隐约可见北宋山水画纯粹、庄严、厚重、静穆的气质；将“英雄屹立如山”从单纯的视觉比喻中剥离出来，更深入地将“英雄”与中国山水画中“山”的精神含义产生共鸣，将其溯源到中国延绵不断的文脉之中。在色彩和笔触上，我借鉴中国传统工笔重彩和壁画的语言元素，丰富细致的色彩强化了场景的真实感，使观者感觉人物确实与自己共存于尘世之中；而常见于传统壁画的线条与秩序感，则将传统壁画的“纪念”功能转用于当下时代的英雄人物，使之产生一种节奏感、仪式感。

对我而言，《使命》是一件具有里程碑意义的作品，它承载了我对中国新时代英雄主义的重新理解：“英雄”并不遥远和虚幻，而是真实存在于我们的日常生活之中，甚至存在于很多被我们熟视无睹的细微之处。成为英雄是一种选择，我们身边那些不起眼的“小人物”，那些平凡生活中奔波的普通人，包括你我，都可以在某个关键的时刻“选择”成为英雄。而支撑我们做出这个选择的，是数千年以来我们代代相传、早已融入生活的、不被我们察觉的那些优良品质；它植根于我们的血脉，植根于我们的文化，成为我们这个民族的共同基因。

（内容选自李玉旺《日常的英雄主义——〈使命〉的创作体会》，《山东艺术》2020年第3期）

《折山入梦》

李小军

李小军《折山入梦》漆画 200cm × 160cm 2019年

作者简介

李小军，1974 年生，广东丰顺人，1997 年广州美术学院教育系装饰艺术专业本科毕业，2007 年广州美术学院教育系设计艺术学硕士研究生毕业，2011 年清华大学美术学院漆画艺术创作语言研究访问学者结业，2016 年广州美术学院城市学院写意油画高级研修班结业，现任肇庆学院美术学院教授、副院长，中国美术家协会会员，广东省美术家协会漆画艺委会委员，广东青年美协漆画艺委会主任。发表漆艺方面论文十余篇，出版《漆画技法》教材一本，漆画作品获第四届全国青年美展优秀奖（最高奖）、第三届中国美术奖铜奖，入选包括全国美展、全国漆画展等国家级、省级漆画展览二十余次，作品被广东美术馆、福建美术馆、肇庆学院美术馆收藏。

创作手记

正如第十三届全国美展漆画展开幕时鲁晓波教授指出：漆画作为一门既年轻又古老的绘画品类，经历了一个与众不同的成长过程，特别是改革开放之后，创作理念逐步从保守走向开放，通过大胆吸收、借鉴其他画种的优点与长处，更加具有体现时代精神、民族气派、地域特色的创作理念。如今，漆画艺术创作题材日渐丰富，已呈现具象、意象与抽象等多种艺术形态，全方位地表现出漆画作为一门纯艺术的绘画形式所应有的状态，并彰显出时代性、民族性、本土性等特色，融入了现代人的精神情感和审美风尚，成为现代艺术的标志，为新时代美术事业的繁荣发展起到了积极的推动作用。

在此次大展中，我创作的漆画《折山入梦》有幸入选并获得了中国美术奖铜奖，它是我多年来对漆画创作中关注时代性、民族性、意象性的一个阶段性成果。作品以山和折线为创作题材，采用纪念碑式的构图，以平视、层叠、剪影的传统造型手法，把山型概括为简约粗犷、雄浑有力的图式，将折线根据山势塑造得简洁有力，有机地融为一体。在材料技法和色调上，采用了大漆、箔料、蛋壳、堆灰、平涂、皱漆等。利用大面积反复髹涂、推光揩清后的黑色作为画面的基调，凝练出静穆的气息，和山形的粗粝漆灰造型、银箔罩染后的一抹亮色形成强烈的对比，通过明暗色块的反复层递加强了空间的表达，丰富了画面的细节，同时也彰显出漆画特有的气质。总之，《折山入梦》以自然为表现对象，汲取了秦汉石刻雄浑大气的艺术基因，以现代的造型手法和意象表现礼赞人类开天辟地、气壮山河的勇气，创造和梦想的永恒主题。

《折山入梦》在作品的时代性、民族性和意象表现方面进行了较为深入的探索，这也是我近年漆画创作追求的一个目标，其中，“闳约深美”则始终贯穿在我的漆画创作之中。“闳约深美”乃蔡元培先生所题，原为文学评论，上海美专校长刘海粟先生后又加以详细诠释并作为治学思想。简言之，治学需要广博、开阔的基础与知识结构，能集中学术研究方向并进行深入研究，最后达到完美之境。“闳约深美”既是治学的思想，也是一种治学的规律。我深信在漆画创作中，将它的内涵和治学精神结合当下去思考、拓展和实践，精研创作之道，对创作出具有时代性、民族性和意象性的作品具有重要意义。

漆画创作需要构建“闳”的视界。现代漆画从数千年的传统漆文化中演进而来，兼有工艺和绘画属性，既流淌着传统技艺的血脉与品质，又深受现代绘画造型的滋养。现代漆画要医治当下面貌单调、精神贫瘠的状态，创作者的综合素养必须得到全面提升，在绘画造型、表现技艺、人文素养、审美精神等方面要不断拓展，善于不断汲取有价值的传统文化精华并融入当下的文化思潮和艺术创作以实现质变，凝练表达宏大永恒的主题和普遍的价值观，使漆画发展具有强大后劲和当代精神。

漆画创作当以“约”来坚守品质。漆材承载并发挥着漆画家们的想象与创造并通过技艺使漆画创作得以实现。正如诸多艺术门类，漆画的品质往往存乎于材质的微妙之间。乔十光先生曾谈道：“大凡有天然漆使用经验的人，都会被其谜一样的性能所吸引，为其谜一样的效果欣喜若狂。这正是天然漆的特性，是任何材料也不能代替的，这也是漆画立足的根基。”漆材必须坚守天然漆的规定性，这样才能守住画种、学科发展的底线并保持漆画基因的纯正性，才存在对话、交流与批评的可能。“约”不是守旧，也不是对天然漆及传统技艺的迷恋。正因为有“约”，才成就了这个画种并确立其独特的艺术价值及品质。没有这个“约”，漫无边际地使用辅助材料并冠之为当代观念，无疑是把漆画等同于综合材料的范畴，必将全面瓦解这个画种的学科基础和文化身份。真正具有艺术创造力的漆画家治漆时深谙漆的表现极限，既善于利用“约”来成就漆画的艺术品质，又善于突破“约”的束缚来开创一片自由的创作天地。

漆画创作对漆性与技法的研究需要“深”。漆本身蕴涵于物质与精神之中的品性使其在漆画中的表现具有坚实的基础。治漆时需要对漆性、漆画技法语言、技法与造型表现之间的融合进行深入研究。天然漆的物质性与表现上的不确定性要求对漆的特性、差异、提炼及调制乃至施漆环境、工艺都应有一个深入研究，谙熟漆性是进行漆性与技法研究的基础。漆艺专著《髹饰录》及漆画前辈们的研究成果为后学提供了漆艺技法研究的经典，研究时对漆的厚薄、肌理、色域、触痕、黏稠度、稀释度、透明度、研磨度进行各种技法与层次的“开放”性实验，借助髹涂、描绘、堆塑、渲染、堆积、镶嵌等技法表现来释放漆的皱结、流淌、偶发、干裂、窑变、穿透、含蓄、温润、深邃等特性和艺术效果。漆画技法语言是漆画的重要载体，当代多元化的漆画创作及审美需求则推动着漆画技法研究要根据时代做出应变、拓展及创新，突破一直以来为繁复工艺所束缚、遮蔽及消磨掉的艺术表现力及创作激情，呈现更为丰富的当代艺术形态。此外，治漆时也应对漆的技法表现和绘画造型之间的契合有一个正确认识，善于顺应漆性，因势利导使两者相得益彰而不是无原则地逆袭。只有对漆性、漆艺技法与造型表现之间的融合进行深入研究，把它们和创作思想、艺术追求完美融合才能真正成就一件漆画精品。

《折山入梦》草稿

漆画创作要追求艺术的“美”。漆画可以璀璨华滋、温润质朴、凝重淳厚，也可以深邃迷离、含蓄蕴藉……审美的需求与价值一直是推动漆画发展的重要动力。漆画是画，和其他艺术门类对审美的要求是一致的，它必须对当下的艺术课题做出思考与应答，必须赋予作品内在的生命和审美并创造出有价值的形象。现代漆画早期曾在装饰美方面进行过许多有益的探索，由于它本身继承了传统漆艺的装饰特性而产生了一批代表时代发展的经典之作。随着时代与文化的多元发展，漆画需要大力开拓美的疆域，从传统的装饰美提升到更为宽广的艺术美之中来融入当下。首先，治漆需要大力发掘漆材本体之美。漆材本身具备的物质和人文属性是构成漆画视觉美感的基础，也是漆画审美的重要指标和审美拓展的方向之一。正如一些漆画家指出：漆是东方独有的，西方之所以对漆感兴趣，就是漆中隐含着东方特有的情趣，东方的哲理……漆艺还是要有自身的特征，那就是在优雅静穆的气息和东方古韵的基础上创新和拓展，才更符合漆艺本身的审美特征和发展路径。由于时代和审美的发展，漆材已由载体位置向表现主体演进，它使漆材本身蕴藏的精神属性得到释放，逐渐承载更多的情感内容，漆材的艺术特质和表现力得到重视与彰显。可以认为，漆的物质和人文特性成就了漆画的艺术形式，也满足了人们的视觉审美及心理需求。其次，治漆时对漆画的造型语言美也要进行深入研究。如何使漆画的美自然外化，关键在于参透漆性、漆艺技法与造型语言之间的融合与相互生长。无论是彩绘的绚丽多姿、金银箔的华美高贵、堆漆的古朴厚重、磨绘的变幻迷离、莳绘的细密精致还是泼漆的流逸酣畅，抑或追求漆的平与涩、光与素、亮与隐之间的审美对比，治漆者在不断探索漆画形式美感的同时也不断拓展和提升了美的表现力度和空间。此外，治漆时不但要向传统溯源，还要向当代、向生活、向精神取经，以当代的视角、丰盈的精神取向来提升漆画的艺术美感和精神品质，不断拓展和繁荣它的艺术面貌，向更广阔的艺术天地推进。

漆画创作是人文内涵、艺术品质和审美品格的综合体现，“闳约深美”的治学精神一直牵引着我的漆画创作之路：博采人文理论知识，夯实造型能力，立足漆艺材质及技法，深入研究漆性与艺术表现力，追求漆画的艺术之美，实现漆画创作的不断超越。不知先生知否，他当年题下的四字竟为后学的漆画创作不断带来意味深长的启示。

（内容选自李小军《闳约深美——漆画创作的研究与实践》，《美术》2019 年第 11 期）

《当庄子遇见卡夫卡……》

魏惠东

魏惠东《当庄子遇见卡夫卡……》综合材料绘画 180cm × 180cm 2019年

作者简介

魏惠东，1979 年生于浙江省嵊州市，2004 年毕业于中国美术学院版画系，获学士学位；2011 年毕业于中国美术学院版画系，获硕士学位；2018 年结业于中国国家画院胡伟综合材料高研班。国家一级美术师，中国美术家协会会员，浙江省美术家协会理事，浙江省版画家协会副秘书长，浙江师范大学兼职硕导，宁波市美术家协会副主席兼秘书长，宁波市青年联合会常委委员，宁波市“六个一批”文艺人才。

创作手记

卢梭认为“人生而自由，却无往不在枷锁之中”。生命个体在红尘浮世中会面对各种各样的束缚与诱惑，每每在抗争中又显得如此无奈，而艺术创作是我试图表现迷雾中的自我，探索罗素所说的“What I Have Lived For”。

2017 年，我进入中国国家画院学习，在胡伟先生的教导下，对综合材料绘画进行系统的学习和研究，国家艺术基金西北采风之行，我领略了敦煌、榆林、克孜尔等石窟，生长

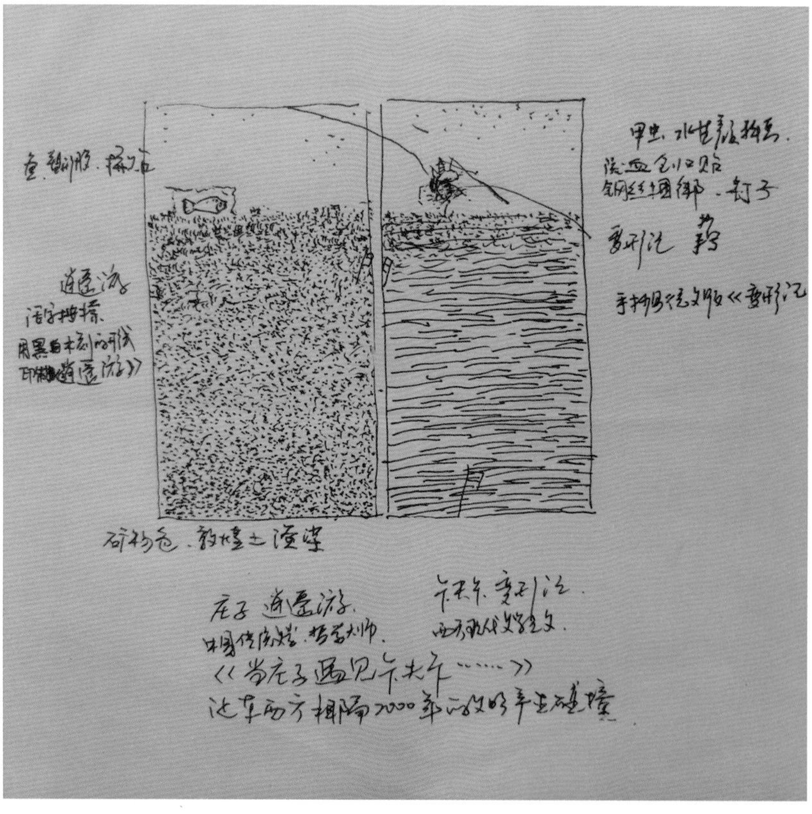

《当庄子遇见卡夫卡……》草图1

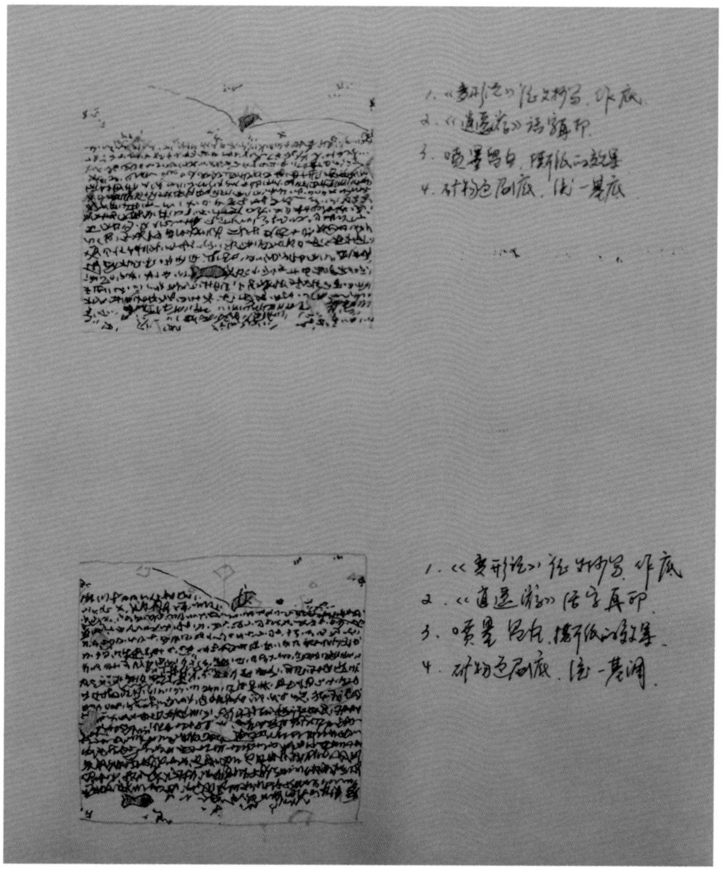

《当庄子遇见卡夫卡……》草图2

的艺术、生长的古典、生长的美使得我从当下进入古典，从古典回到当下有了“心向往之”的可能。

伴随着多年阅读的习惯，从余华、村上春树、昆德拉等作家，又追溯到对他们产生重要影响的西方现代文学之父——弗朗茨·卡夫卡，沿着他们的笔迹回到自我内心的思考，并且与东方传统形成2000年的对话与延传，我至此开始创作《当庄子遇见卡夫卡……》系列作品。

《逍遥游》是《庄子》的首篇，追求一种绝对自由的人生观，只有忘却物我的界限，达到无己、无功、无名的境界，无所依凭而游于无穷，才是真正的“逍遥游”。卡夫卡的《变形记》是人“非人的”思想变形。当人的“个体性”与自我心灵被忽视时，就不可避免与他人产生“公共性”矛盾而导致命运毁灭。人自然异化成了“非人”，成了身不由己的物，人成了物的“奴隶”，这展示了现代人的社会命运，即无法摆脱蒙受异化之苦的丧失自我的悲哀与寻找“自我”的徒劳挣扎。

《当庄子遇见卡夫卡……》作品分为左右两个部分，左边是代表东方文学与哲学结合典范的庄子，运用活字印刷的手法把庄子的《逍遥游》叠印在皮纸上，以及代表庄子与惠子对话的凹凸斑驳的古化石鱼，这是2000多年来的经典延传。在创作手法上我还特地运用从世界各地采集来的风化石粉末，进行一层层的渲染，赋予它时间的光泽和历史的温度，让古典走到今天，产生现代的美感。右边是西方现代文学之父——卡夫卡，运用手抄经书的方式把德文版《变形记》的内容抄写在上面，以及文字上方《变形记》里流血、束缚、受困的甲虫（《变形记》里主人公裂变为甲虫，以甲虫的视野观察世界）。两者都是以自我处世的体验切入社会观照，无论是东方的《逍遥游》还是西方的《变形记》都产生了异曲同工的妙处，让人感受东西方经典穿越时空、跨越地域的碰撞与对话。在文化复兴的中国当代，中国传统文化释放出的优秀思想在与现代西方以技术为核心的异变意识走到了一起，最终留给抑或引领人类的会不会是华夏文明的老庄?

习总书记曾讲:“文艺工作者要志存高远，就要有‘望尽天涯路’的追求，耐得住‘昨夜西风凋碧树’的清冷和‘独上高楼’的寂寞……”感谢在艺术寂寞道路上给予我帮助和扶持的所有人，谢谢!

（内容由作者本人提供）

作品评析

《当庄子遇见卡夫卡……》是一个世界文明史中不同文化体系和价值观念既分离又融合的哲辩性主题，是一件颇有哲学性意味和思考深度，具有技法突破的优秀综合材料绘画作品。

画面内容分为左右两个部分，分别使用活字印刷技术和手抄经书的方法，记录了庄子的《逍遥游》和卡夫卡的《变形记》。画面中刻画的古化石鱼和甲虫又形象地表现了庄子与惠子对话以及《变形记》中分裂为甲虫的主人公。

作品的主题表现使人感受到东西方经典穿越时空、跨越地域的碰撞与对话。

在技法表现上，作者大量使用在世界各地采集的风化石粉末，通过一层层渲染，赋予作品时间的光泽和历史的温度。

（《胡伟评〈当庄子遇见卡夫卡……〉》，内容由作者本人提供）

年度展览

综合展览

1. 殊方共享——丝绸之路国家博物馆文物精品展

主办单位：中国国家博物馆及“一带一路”沿线12个国家级博物馆

展览地点：中国国家博物馆

展览时间：2019年4月11日—2019年7月14日

展览前言：

横跨欧亚的陆地丝绸之路和连接亚非的海上丝绸之路是在漫长的历史发展过程中逐渐形成的，张骞、班超、玄奘、郑和、马可·波罗等古代先驱们为开拓建设这两条人类文明交流大通道做出了重要贡献。2013年，中国国家主席习近平提出共同建设“丝绸之路经济带”和“21世纪海上丝绸之路”的重大倡议，就是中国人民为延续丝绸之路辉煌历史并努力开创灿烂未来而贡献的卓越智慧。正是根据习近平主席的倡议，中国国家博物馆于2018年11月牵头举办了首届丝绸之路国际博物馆联盟大会，签署了“丝绸之路国际博物馆联盟展览合作框架协议”。这次展览就是落实联盟大会框架下合作协议的具体举措。

这次展览的主旨是倡导丝路精神。古代丝绸之路绵亘几万里，延续数千年，积淀形成了跨越时空、超越国界、富有永恒魅力、具有当代价值的丝路精神，即“和平合作、开放包容、互学互鉴、互利共赢”。中国国家博物馆联合“一带一路”沿线的柬埔寨、日本、哈萨克斯坦、拉脱维亚、蒙古国、阿曼、波兰、韩国、罗马尼亚、俄罗斯、斯洛文尼亚、塔吉克斯坦等12个国家的国家级博物馆共同举办这次展览，就是要通过精挑细选的各个时期、不同门类的234件（套）历史文物，实证丝绸之路沿线国家丰富多样的文化交流，包括人口迁徙、经贸往来、科技交流、宗教传播以及生产生活方式、文化艺术的相互影响等。为更好体现这种交流互鉴的多样性，我们特地邀请每个国家的博物馆分头撰写说明文字，介绍本国在丝绸之路上的历史地位以及与其他国家地区之间交流互鉴的丰硕成果。

这次展览的主题是“殊方共享”。“殊方”一词源出中国汉朝班固所著《西都赋》，意为远方异域，唐朝诗人王维诗“人作殊方语，莺为故国声”即其本义。“殊方共享”就是要让世界人民共享人类文明之光。举办这次展览，促成展览成功，就是要实现殊方共享，努力达到费孝通先生倡导的“各美其美，美人之美，美美与共，天下大同”那样一种境界，而做到这一点，当然有赖于丝绸之路沿线各国的大力支持和积极配合。在此，我们对各方在展览筹备期间的支持配合表示真诚感谢，同时热切期待沿线各国家博物馆加强合作，共同将“一带一路”建成和平之路、繁荣之路、开放之路、创新之路、文明之路，共享人类文明成果。

这次展览的结构是陆海统筹。展览通过陆上丝绸之路和海上丝绸之路两个版块来表现和展示主题，并按照地理方位将丝绸之路沿线国家纳入人类文明交流互鉴的宏观视野之中来观察和思考。陆上丝绸之路沿线国家的展品中，既有俄罗斯国家历史博物馆藏的叶形矛头、波兰华沙国家博物馆藏具有中国风格的伊朗瓷盘，也有哈萨克斯坦国家博物馆藏的黄金武士；海上丝绸之路沿线国家的展品中，既有柬埔寨国家博物馆藏铜鼓、韩国国立中央博物馆藏唐三彩三足罐，也有日本东京国立博物馆藏突线钮铜铎、阿曼国家博物馆藏哈德拉毛语雕刻饰板，凡此种种，不一而足。这些精美文物充分展示了“一带一路”沿线各国在科技艺术方面融合互鉴、交汇碰撞的广度和深度，深刻揭示了构建人类命运共同体作为世界未来发展方向的历史必然性。

中国国家博物馆是世界上单体建筑面积最大的博物馆，拥有140万余件文物藏品，在实证中华五千年文明发展、充当国家文化客厅方面具有特殊地位，发挥着重要作用。下一步，我们将按照“丝绸之路国际博物馆联盟展览合作框架协议”要求，继续深化和各国博物馆的交流与合作，畅通联合办展渠道，优化联合策展人制度，搭建人才交流平台，为促进各国文明交流互鉴，推动构建人类命运共同体做出新的更大贡献。

（中国国家博物馆馆长　王春法）

2. 器服物佩好无疆——东西文明交汇的阿富汗国家宝藏

主办单位：中华人民共和国文化和旅游部、中国国家文物局、阿富汗信息文化部

展览地点：清华大学艺术博物馆

展览时间：2019年4月18日—2019年6月23日

展览前言：

阿富汗伊斯兰共和国，简称阿富汗，是位于亚洲中西部的内陆国家，国土面积647500平方千米，首都为喀布尔市，总人口约3680万（IMF，2017年），民族众多。境内多高原和山地，超过49%的土地海拔在2000米以上，长约1600千米、平均海拔约5000米的兴都库什山脉沿东北—西南走向横亘中央，将国家分为南北两个部分。尽管这片土地干旱少雨，但高山雪水融化后形成的河流则成为主要水源，北部平原地区相对肥沃。

阿富汗被东方的帕米尔高原、南方的南亚次大陆、西方的伊朗高原和北方的中亚草原地带所包围，处于欧亚大陆中特殊的心脏地带，自古即是多种文化和文明交汇的中心，有“文明的十字路口”之称。

阿富汗的历史跨越了五千年，不仅有高度发达的青铜时代文明，还通过青金石贸易，与最早的两河流域文明、古埃及文明建立了紧密的联系。约从公元前2000年开始，起源于东欧大草原（今乌克兰东部和俄罗斯南部）的古印欧人的一支——雅利安人（Aryan），在向南不断迁徙的过程中进入阿富汗，随后再分为两支，分别向西方的伊朗高原和南方的南亚次大陆迁徙，并分别成为伊朗人（Iranian）和印度种姓制度中地位最高的雅利安人（Indo-Aryan）：掌管宗教祭祀的婆罗门和掌握军政大权的刹帝利。进入历史时期，阿富汗曾先后是来自伊朗高原的米底王国（约前678—前549）和波斯帝国阿契美尼德王朝（约前550—前330）的东方辖地。公元前327—前326年，征服了整个波斯帝国的亚历山大大帝（前356—前323）进入阿富汗，使这里开始成为希腊化的土地。公元前323年，亚历山大在巴比伦去世后，其政治遗产被其继业者们瓜分，公元前305年，巴比伦总督塞琉古一世建立塞琉古王朝（前312—前64），领土东起阿富汗和印度河西部。约公元前320年至公元前187年，阿富汗南部是印度孔雀王朝的领地。在以伊朗高原为中心的帕提亚王朝（中国史籍称安息，前247—224）崛起之后，约公元前256年，希腊人后裔在阿富汗建立了巴克特里亚王国，直至约公元前2世纪中期被游牧的塞克（塞种）人所取代，随后又被另一支游牧的月氏人所占，希腊人的统治中心则移至今巴基斯坦西北部的犍陀罗地区。1世纪中期，月氏五部之一的贵霜统一诸郡，扩张为强大的贵霜王朝（55—425），后渐衰，分裂为若干小国，5世纪上半叶被从北方袭来的被称为“白匈奴”的人所灭。约565年，恹哒政权被萨珊王朝（224—651）和突厥的联军击败

后，阿富汗隶属于萨珊。

7世纪中期开始，随着阿拉伯人的入侵，伊斯兰教在阿富汗崛起，尽管此后政权更迭频繁，但阿富汗隶属于伊斯兰教世界的属性几乎没有改变过，且一直延续至今。1919年，现代阿富汗独立于英国的殖民统治，1973年以前是相对稳定的时期，其后便陷入了长时间的混乱，整个国家被各种政变、革命、侵略、抗战和内战所充斥，1979—1989年苏联入侵和1996—2001年的"塔利班"政权使人民长期生活在压抑和恐怖之中。这期间，不仅国家发展几乎陷入停滞，而且历史文化遗产也遭受了严重的摧残，如闻名于世的巴米扬石窟佛像被"塔利班"组织炸毁，阿富汗国家博物馆也被多次劫掠，馆藏的10万件物品损失了70%。2001年，"塔利班"政权被推翻，2004年，建立民选政权至今，国家逐渐恢复生机，并孕育未来的希望。

本次展出的阿富汗珍宝，按四个出土地点，即法罗尔丘地、阿伊哈努姆古城遗址、蒂拉丘地和贝格拉姆古城遗址划分单元，分别展示了青铜时代、希腊化时期、月氏人入侵至贵霜王朝建立之前、贵霜王朝四个历史时期的珍贵文化遗产，是古代多文明互融交汇的见证。它们均出土于1979年苏联入侵阿富汗以前，战争期间因藏于喀布尔中央银行大楼下的秘密金库中而得以幸存，并于2003年重现天日。

自2006年10月起，法国、意大利、荷兰、美国、加拿大、德国、英国、澳大利亚、日本和韩国等国家的20多家博物馆先后巡回展出了这批珍宝。2017年3月起，它们开始在中国巡展，并于2019年4—6月，在清华大学艺术博物馆以"器服物佩好无疆"为题展出，此主题取自中国古代典籍《穆天子传》，书中记载了周穆王辞海为（？—前922）曾经到西方巡游，除了见到西王母，还见到西方的奇珍异宝，并用"器服物佩好无疆"来形容它们。为增强展览的学术性，我们还邀请多位专家从多个角度撰写论文，并在展览最后增加了一个"阿富汗考古与艺术文献"单元，我们相信，这批经过重新整理和研究的承担了向世界介绍阿富汗作为东西文明交汇中心重任的珍宝，会再次散发出新的迷人光辉。

3. 几暇怡情——乾隆朝君臣书画特展

主办单位：故宫博物院

展览地点：故宫博物院文华殿展厅

展览时间：2019年4月30日—2019年6月30日

展览前言：

清代乾隆一朝，开疆拓宇，国盛民安，是备受称道的乾隆盛世。

清高宗乾隆帝（1711—1799），名爱新觉罗·弘历，在位60年。乾隆帝自幼接受满、汉、蒙、藏多元文化教育，得皇祖康熙帝和皇父雍正帝两位的悉心栽培，并受名师硕儒的启迪。继承皇位后，乾隆帝励精图治，勤政为民，使社会稳定，经济繁荣，清朝基业达到鼎盛。

乾隆帝平生崇尚汉族文化，注重文化修养。对四书五经、诗词歌赋、书法绘画，无一不通。不仅如此，他性尚风雅，对文人士大夫浸透闲情逸致的文翰墨缘颇为推崇，在治国理政之余，即"几暇怡情"，以翰墨为事，为后人留下了大量的书画作品。

乾隆帝对书画的喜好为宫廷书画的发展奠定了基础。绘画方面，他所倡导的"四王"山水画、常州派花鸟画以及人物画都有突出的成就。书法方面，宫廷书法仍然以传统的帖学为主导，形成庞大的馆阁书势。朝中宗室、词臣亦辅佐乾隆帝左右，奉敕、应制、唱和进行书画创作，歌功颂德，彰显社会承平、文化昌盛。

本次展览遴选院藏乾隆朝君臣书画文物60余件（套），旨在以乾隆帝、宗室、词臣的书画为主线，通过他们的作品，展现乾隆帝"几暇怡情"的风雅情怀。

4.美丽中国——色彩意象中的世界

主办单位：中国美术馆

展览地点：中国美术馆

展览时间：2019年7月17日—2019年12月30日

展览前言：

伟大的自然与智慧的人民之和同，是千古不朽的诗篇。自然因人而富于文化生命，人因自然而获得生命空间。

以文字而礼赞的自然，以绘画而美化的自然，皆为心灵的歌唱，启迪着人们在体察、静观中进入审美的境界。

古往今来，无数艺术家以自己的画笔描绘了祖国的自然风貌，在海洋文化、农耕文化、草原文化的不同背景下，谱写了一部丰富多彩的美的史章。这些留存下来的经典作品，不仅将自然的神形刻画得入微入骨，更熔铸了艺术家们的人文理想、诗性情怀。它见证了不同时代的审美，体现了“道法自然”“天人合一”的哲学理念，也诠释了笔墨当随时代的艺术创作规律，为世世代代在这片诗意所栖的大地上自强不息的中华儿女，呈现了美的形式。这是爱国主义的筋骨，是渗透于艺术家灵魂深处的道德力量，是自然、生活赋予艺术家情感的温度。

有中国特色社会主义的新时代，党和国家明确提出建设富强民主文明和谐美丽中国的奋斗目标，更加重视绿色发展的理念，积极推动人与自然和谐共处。绿水青山总是诗，中国社会发展的丰富现实，长城内外、大江南北多姿多彩的自然环境、人文景观，博大深厚的历史文化底蕴激发出艺术家创作上的激情与灵感，情景交汇，诗画相融。艺术家以画笔吟咏河山之美，表达对自然和家园的热爱：湖上春风、大漠皓月、长天厚土、小桥流水、楼船雪夜无不充满隽永的情、浩荡的气、永恒的美！

展览精选前辈大师大家如：刘海粟、颜文樑、吴冠中、苏天赐、朱乃正、靳尚谊等人的油画风景经典之作，李剑晨、李超士、潘思同、关广志、杨云龙等水彩大家的水彩风景精品，也有当下在形式语言和思想观念上的多元创新作品，写实、表现、意象、抽象，缤纷万象，各竟其美，呈现色彩绘画中特有的东方意蕴。不同时期的艺术家以诗意文心体察无限的自然，与天地精神相往来，感受自然造化的优美与壮丽，借自然中高山流水、月之阴晴圆缺抒发情怀，抚琴欲令众山皆响，纵一苇之所如，凌万顷之茫然，含道映物，主客交融，物我两忘，创造出一片瑰丽清奇之境。展览中的油画和水彩都是以色彩作为主要表现元素和语言进行表达的艺术画种，通过这个展览，不仅向人们展示出富有诗意美感和人文活力的中国，一个多元一体的和谐家园，还通过对作品的“视觉阅读”，透过这些激情的线条笔触、缤纷的色彩意象，也让人们认识中国绘画特有的东方神韵，感受中国艺术家如何从原始岩画的强烈、古典主义的沉静、浪漫主义的热烈、现代主义的缤纷中吸取养分，结合中国传统青绿、墨分五色的艺术创作方式和法则，在反映与表现自然的心路历程中，创造出富有中国现代特征的色彩语言体系。相对于西方古典写实和现代抽象，饱含中国诗性文化和哲学理念的中国油画、水彩凝聚着东方文化超越客观物象、直抵精神世界的灵动与飘逸，炽烈与沉静，体现着悠久古韵和当代情怀。

我期待，在这色彩的意象中，广大观众心领神会艺术家们的一片真情。

（中国美术馆馆长 吴为山）

5. 多彩世界与共同命运——2019第八届中国北京国际美术双年展

主办单位：中国文学艺术界联合会、北京市人民政府、中国美术家协会

展览地点：中国美术馆

展览时间：2019 年 8 月 30 日—2019 年 9 月 20 日

展览前言：

2002 年，我们参照国际艺术双年展的惯例，创办了中国北京国际美术双年展（简称北京双年展），由中国文学艺术界联合会、北京市人民政府、中国美术家协会共同主办。北京双年展一直坚持以绘画和雕塑作品作为展览的主要形式，形成了不同于其他国际艺术双年展的品牌特色，被誉为“当代国际绘画、雕塑艺术展示的中心”。北京双年展现已成功举办了七届，参展国从 2003 年首届的 45 个国家增加到 2017 年第七届的 102 个国家，打破了国际艺术双年展参展国数量的世界纪录。2019 年第八届北京双年展更有多达 113 个国家参展，表明北京双年展的国际影响日益扩大，其品牌特色已获得世界越来越多国家的艺术家的认同。

2019 年 8 月 30 日至 9 月 20 日，由中国文学艺术界联合会、北京市人民政府、中国美术家协会共同主办的“2019 第八届中国北京国际美术双年展”在北京中国美术馆举办。本届北京双年展参展国 113 个，参展艺术家共 595 人，参展作品共计 640 件，外国（含特展）作品 446 件，中国（含港澳台地区）作品 194 件。除了主题展以外，第八届北京双年展还设有“白俄罗斯当代艺术”“韩国当代艺术”“新西兰当代艺术”“上合组织国家当代艺术”“从西班牙到南美洲当代艺术”“美国当代艺术”6 个特展。第八届北京双年展国际学术研讨会与展览同期在京举行。

第八届北京双年展的主题为“多彩世界与共同命运”。“多彩世界”是指世界文明多样性，“共同命运”是指人类命运共同体。在古代，圣经故事的“诺亚方舟”与中国成语的“同舟共济”，都蕴含着人类命运休戚与共、共渡危难的寓意。在当今全球化的时代，世界各国人民的命运比以往更加紧密地联系在一起，冷战思维与零和博弈早已过时，单边主义让位给多边主义。尽管国际形势纷繁复杂，局部冲突仍未解决，经济复苏尚需时日，生态环境有待改善，但世界各国人民是一个相互依存、命运与共的整体，无论发达国家还是发展中国家，都不能单独应对各种全球性问题的挑战，都需要和睦相处、同舟共济，化解矛盾冲突，克服经济危机，改善生态环境，促进和平发展，以期人类逐渐进入“太平世界，环球同此凉热”的理想境界。近年来，中国国家领导人积极倡导“构建人类

开幕式嘉宾合影

命运共同体”的理念，为解决全球治理问题提供了中国方案，已多次被写入联合国决议和文件。构建人类命运共同体，其核心是和平发展、合作共赢，这不仅适用于国际政治、经济，而且适用于国际文化交流。世界文明多样性是人类命运共同体的人文基础，人类命运共同体是世界文明多样性的融合成果。世界文明是多彩的、平等的、包容的，文明交流互鉴是推动人类文明进步和世界和平发展的重要动力。我们提倡尊重世界文明多样性，以文明交流互鉴破除文化隔阂、消解文明冲突，让文明交流互鉴成为增进各国人民友谊的桥梁、维护世界和平的纽带。

第八届北京双年展的主题，就是通过世界文明多样性的展示，促进人类命运共同体的构建。诠释“多彩世界与共同命运”主题的标志，以地球经纬线交织构成美妙的图案，包含传说中“诺亚方舟”上的人类曾经企盼的和平鸽的五彩纹样。第八届北京双年展的主题吸引着世界各国艺术家踊跃投稿，热情参与。尽管“多彩世界与共同命运”的主题比较抽象，但精神内涵相当宽泛而深刻，为世界各国艺术家提供了广阔而丰富的艺术想象空间。当代东西方各国艺术家站在人类命运共同体的制高点上俯瞰一切，不再纠结于东方与西方的对立观念或传统与现代的两难选择，一切人类创造的艺术形式都可能创造性地转化为当代的新艺术形式。本届北京双年展参展的中外作品，充分体现了世界多样性文明交流互鉴的精神，既保持着东西方各国不同文明的艺术特色，又吸收了其他国家文明的艺术元素，在艺术创作上，一方面“以我为主、我自为我”，另一方面“我中有你、你中有我”，呈现多元互补、万紫千红、奇花竞放、异彩纷呈的艺术风格，这也正符合构建人类命运共同体的要求。例如，参展的中国绘画作品不仅广泛运用中国传统壁画、卷轴画、民间绘画等元素，而且借鉴了西方古典与现代绘画元素，还借鉴了东方其他国家（如波斯细密画等）的艺术元素。外国绘画作品发挥了各国本土艺术想象力异常丰富、色彩异常鲜明的优长，也借鉴了中国图像元素，甚至有些作品吸收了中国传统绘画的水墨技法。正如我们所期待的，第八届北京双年展的主题创作以全球视野与人类情怀，敏锐把握时代精神的脉搏，密切关注人类的共同命运，努力提高作品的文化品格和表现力度，以独特的视角和个性化的艺术语言，创造出多姿多彩的世界各国故事、各国形象，以多彩的画笔描绘人类和平、安宁、繁荣、开放、美好的世界，绘制人类命运共同体的宏伟蓝图。

（2019 第八届中国北京国际美术双年展组织委员会、策划委员会
2019 年 8 月）

6. 与天久长——周秦汉唐文化与艺术特展

主办单位：陕西省文物局、清华大学

展览地点：清华大学艺术博物馆

展览时间：2019 年 9 月 10 日—2019 年 12 月 17 日

展览前言：

人类历史发展至今而呈现的多元样态，是世界诸文明体系长期交融互织的结果。历史悠久的中华文明，有着相对独立的发展体系，在不断吸收和融合外来文化因素的过程中，通过能动地自我调适与自我创新，描绘出一种未曾中断且绵延至今的灿烂图景。

古代中国，从有史、物可徵的夏（距今约 4000—3600 年）开始，迄于 1949 年中华人民共和国成立，其间产生了周、秦、汉、唐等几个最为重要和对后世最具影响力的朝代。周（前 1046—前 256），上承夏商，下开秦汉，以“制礼作乐”确立中华礼乐文明的典范，使“礼制”成为嗣后历代王朝政治与文化的基石；秦（前 221—前 206 年）统一六国，

开创中央集权的帝制，是中国历史上第一个大一统的王朝，其设郡立县、统一文字、货币和度量衡等，确立了中国两千多年的政治制度和传统；汉（前 206—25，25—220），推尊儒术，有效统治西域，开辟丝绸之路，文化艺术多元而繁荣，不仅国力盛极一时，更在多个方面为后世中国奠定基础；唐（618—907），是中国历史上最为鼎盛的时代，经济发达、文化昌盛，中外交流空前频繁和深入，与汉代并称“汉唐盛世”，流传至今的丰富文献和精美文物，足以引发国人无尽的怀想和追慕。

上述诸王朝的一个共同特征是，政治中心均长期建立于今陕西省境内的关中地带。陕西省省会西安市，古称长安，西周、秦、西汉、隋、唐等十多个王朝在此及其周边建都，历时约 1100 年，是中国古都之首。近代以来，陕西省境内出土了大量古代珍贵文物，彰显出该省在中华文明历史进程中所发挥的令人惊叹的作用。这些文物作为现身说法的实物证据，无疑是最能激发我们文化自信的中华优秀传统文化的集中体现。

习近平总书记曾指出：“中华文明绵延数千年，有其独特的价值体系。中华优秀传统文化已经成为中华民族的基因，植根在中国人内心，潜移默化影响着中国人的思想方式和行为方式。”如何宣传好中华优秀传统文化和增强文化自信，时代为我们提出了“加强研究和利用，让历史说话，让文物说话”的要求。清华大学长期以来肩负着传承中华优秀传统文化的使命，清华大学艺术博物馆亦坚持中西融汇、古今贯通、文理渗透，致力于打造世界一流的大学博物馆，理应向公众特别是青年学生宣传好、解释好中华优秀传统文化的精髓，从而为优秀传统文化的创造性转化与创新性发展提供更多有效的可能性。

2019 年时值中华人民共和国成立 70 周年，经陕西省文物局与清华大学（艺术博物馆）共同商议，以周、秦、汉、唐历朝精品文物为基础（兼及唐以前其他历史时期）举办“周秦汉唐文化与艺术特展”，向中华人民共和国生日献礼。主题确定为“与天久长”，典出汉代吉语，以此祝福中华人民共和国国运昌隆、中华文明和中华优秀传统文化代代相传、汉唐盛世的精神和中华民族伟大复兴的精神薪火永续、与天久长，寓意丰富，深刻而美好。特展展期为 99 天，寓意“作九九之数以合天道”和“九九大运，与天终始”。

诚如习近平总书记所提出：“中国人民在实现中国梦的进程中，将按照时代的新进步，推动中华文明创造性转化和创新性发展，激活其生命力，把跨越时空、超越国度、富有永恒魅力、具有当代价值的文化精神弘扬起来，让收藏在博物馆里的文物、陈列在广阔大地上的遗产、书写在古籍里的文字都活起来，让中华文明同世界各国人民创造的丰富多彩的文明一道，为人类提供正确的精神指引和强大的精神动力。”这，正是我们的心愿，也是我们共同努力的方向。

7. 回归之路——新中国成立70周年流失文物回归成果展

主办单位：中华人民共和国文化和旅游部、国家文物局

展览地点：中国国家博物馆

展览时间：2019 年 9 月 17 日—2019 年 11 月 17 日

展览前言：

这是一条回归之路。

这也是一条中华民族梦圆之路。

中华文明绵延五千年，孕育创造的璀璨文物是中华民族根魂所寄、中华儿女精神所系。晚清以降，列强东顾，国力衰微，山河破碎，大量珍贵文物惨遭劫掠、倒卖、走私，如游子飘零、流散他乡，成为国人心中难以抚平的伤痛、无时或忘的惦念、梦牵魂绕的等候。彼时散去，那每一件文物所担负的，又何尝不是时代之重、民族之殇？

中华人民共和国成立后，中国共产党和站起来的中国人民，未曾忘却祖国流散飘零的文化遗产。中华人民共和国成立伊始，中央人民政府建章立制、严控国门，迅速扭转珍贵文物流失局面；改革开放以来，实践创新，合作共赢，摸索探寻文物回归可行路径；进入新时代，布局谋篇，大国外交，拓展塑造文物追索返还新格局。70年不懈努力，党和政府成功促成300余批次、15万余件流失文物回归。今朝归来，这每一件文物所书写的，又何尝不是复兴之路、中国之梦？

70年回溯，中华民族从屈辱危亡走向伟大复兴的历史脚步，成就了流失文物从颠沛散失到盛世重光的命运变迁。70年回溯，中国共产党传承中华民族优秀传统文化的不变初心，各级人民政府保护祖国文化遗产免遭侵害的坚定决心，亿万中华儿女守护民族根脉的爱国之心，始终是推动流失文物回归的最根本力量。70年回溯，流失文物从昔往今归、殊途同归到四海归心的回归之路，见证的正是中华民族从站起来、富起来走向强起来的伟大历程。

谨以此展，献给中华人民共和国70周年华诞！

8. 伟大历程 壮丽画卷——庆祝中华人民共和国成立70周年美术作品展

主办单位：中华人民共和国文化和旅游部

展览地点：中国美术馆

展览时间：2019年9月26日—2019年11月2日

展览前言：

为庆祝中华人民共和国成立70周年，由中华人民共和国文化和旅游部主办，文化和旅游部艺术司、中国美术馆承办的“伟大历程 壮丽画卷——庆祝中华人民共和国成立70周年美术作品展”隆重举办。展览紧扣庆祝中华人民共和国成立70周年主题，以生动丰富的视觉语言勾勒波澜壮阔的伟大历程，气势恢弘的丹青画卷向中华人民共和国70华诞献礼，鼓舞中华儿女在习近平新时代中国特色社会主义思想引领下，昂首阔步迈向中华民族伟大复兴的新征程！

伟大的历史征程，记载于壮丽画卷。中华人民共和国成立以来，美术家们满怀激情，肩负历史使命，紧扣时代脉搏，以独特的视野，新颖的画笔，讴歌党、讴歌祖国、讴歌人民、讴歌英雄，赞美时代。党的十八大以来，美术家们在习近平总书记关于文艺工作重要论述的指引下，在火热的生活中寻找灵感，创造形式，追梦逐梦，矢志复兴，新作迭出，气象万千，充分表现了蓄聚于美术家内心深处的文化自信，也展现了人民蓬勃向上的精神风貌，他们以大爱之心、大美之艺所书写的山川、所塑造的人物、所表现的历史、所描绘的现实，成就了70年来中国美术的丰碑。

本次展览分为一个序篇和四个篇章：第一篇章“浴血奋斗：人民解放之路”，回顾了中国自近代以来遭受的剧痛与屈辱，中国人民在中国共产党领导下顽强斗争，最终走向光明的不平凡的救亡抗争历程。第二篇章“艰苦奋斗：国家建设之路”，展示中华人民共和国成立后，中国人民自力更生，艰苦奋斗的精神，以及改天换地的英勇气概和祖国建设所取得的光辉成就。第三篇章“团结奋斗：改革开放之路”，展示1978年中国进入改革开放新时期，中国社会所经历的伟大变革和社会进步，讴歌新时期昂扬向上的时代精神。第四篇章“伟大梦想：民族复兴之路”，展示党的十八大以来，在以习近平同志为核心的党中央领导下，全国人民在走向伟大复兴的历史新征程上，不忘初心，牢记使命，继续奋斗的精神面貌。

参展作品以中国美术馆经典藏品为主，补充了全国20多家美术馆及相关机构收藏的部分优秀作品，同时文化和旅游部组织实施的“国家主题性美术创作”的130余件新创优秀现实题材作品也首次集中亮相。相信此次展览必将为进一步拓展新时代美术创作格局、激励未来的创新与创造提供有益的启示。

习近平总书记指出，文艺是时代前进的号角。中国特色社会主义进入了新时代，希望广大美术工作者自觉担当起美术反映时代风貌、引领时代风气、培根铸魂的神圣职责，坚持与时代同步伐，以人民为中心，以精品奉献人民，以明德引领风尚；坚持创造性转化、创新性发展，把创作生产优秀作品作为生命线，努力攀登文艺高峰，为决胜全面建成小康社会、夺取新时代中国特色社会主义伟大胜利、实现中华民族伟大复兴的中国梦不懈奋斗！

9. 又见大唐

主办单位：国家文物局、中共辽宁省委宣传部

展览地点：辽宁省博物馆

展览时间：2019 年 10 月 7 日—2020 年 1 月 5 日

展览前言：

中华文明五千年，大唐王朝（618—907）光耀古今。它承秦继汉，开拓进取，开放包容，影响世界，开创了政治清明、经济发展、文化繁荣、民族融合、社会和谐的大唐盛世，成就了中华文化的辉煌高峰，奠定了中华文明的国际地位。

传世唐代法书、绘画是大唐盛世的历史见证，展示着唐代社会政治、文化、宗教等诸多方面的缤纷与雍容，凝聚着中华民族的文明记忆与文化基因，是最宝贵的民族文化遗产。透过展览，又见大唐盛世，感受大唐文明的独特气息和无限魅力；抚古思今，今日的中国屹立于世界东方，我们坚守文化自信，深化对中华文明的认知；透过展览，又见东方古国的延绵不息，太平盛世！

10. 千年遗墨——中国历代简帛书法展

主办单位：湖南省文化和旅游厅

展览地点：湖南省博物馆

展览时间：2019 年 11 月 10 日—2019 年 11 月 30 日

展览前言：

书于竹帛，对今人而言是新鲜而陌生的事，我们认识它始于 20 世纪初的考古发现，但在纸张普及以前却是书手的日常。从已出土的简帛来看，时段跨越战国至魏晋近千年，这一时期恰恰是原有书法体系因墨迹缺失而选用金文、碑刻等代替的时段。清代碑学将“金石气”纳入书法的审美体系，且不论功过，它对当下的习书者从审美趣味到对于范本的选择，依然发生着深刻的影响。

而现在面对数量巨大、风格多样的简帛书法墨迹，我们看到了改写书法史的可能。它真实记载了书手的书写习惯、书写轨迹，不同时代的审美趣味、不同地域的风俗、不同的书写工具和方式都影响着书写的效果。已有的书法理论体系已很难诠释简帛书法中字体演变的复杂性、章法布局的时代特征，我们只有抛开传统认知，不抱任何意见地沉浸其中，才能感受简帛书法的美。

本展览旨在尽可能还原简帛书法本身的多样性、丰富性，勾勒战国至魏晋时期简帛书法的大致发展历程，开启中国书法艺术新的思考。

（郜福初）

11. 第十三届全国美术作品展览暨第三届中国美术奖、进京作品展

主办单位：中华人民共和国文化和旅游部、中国文学艺术界联合会、中国美术家协会

展览地点：中国美术馆

展览时间：2019 年 12 月 20 日—2020 年 1 月 14 日

展览前言：

在《习近平在文艺工作座谈会上的讲话》发表5周年之际，我们迎来了期待已久的第十三届全国美术作品展览的绚丽开幕。这是对美术界深入贯彻落实习近平总书记一系列关于文艺工作重要论述而结出创作果实的盛大检阅，也是美术界以丹青书写的当代视觉史诗向中华人民共和国70华诞的献礼！

这5年，习近平总书记对文艺工作寄予深切厚望，殷殷教诲嘱托——主持召开文艺工作座谈会，出席中国文联十大、中国作协九大开幕式，党的十九大以来，曾先后给内蒙古乌兰牧骑队员们、老艺术家牛犇、中央美术学院老教授等写信回信，亲切看望参加全国政协联组会的文艺界代表，前不久又为中国文联、中国作协成立70周年发来贺信。习近平总书记关于文艺工作的重要论述，丰富和发展了马克思主义文艺理论，为新时代中国特色社会主义文艺道路指明了方向。

这5年，全国美术家、美术工作者莫不为习近平新时代中国特色社会主义思想所感召、所激励。他们自觉肩负起举精神之旗、铸时代之魂、展人民形象的光荣使命，在不断增强脚力、眼力、脑力和笔力的过程中，深入生活、扎根人民。这些作品的构思酝酿，大多来自他们对人民生活的真切体验；这些作品中的人物形象，大多采撷于日常生活中时代领跑者与筑梦人的原型；这些作品的艺术技巧，更体现了美术家们勇于并善于学习借鉴古今中外艺术经典及其进行的时代性、个性化的创新性探索。

这5年，美术界的艺术生态得到了良好改善，以人民为中心的创作导向深入人心。一系列描绘中华民族奋勇崛起的重大历史题材美术创作工程、一系列讲述中国人民改革奋斗故事的主题性美术创作，已汇聚成一曲华美的乐章，如黄钟大吕，恢弘庄严，又如一篇气势浩荡的视觉史诗。贴近人民、扎根人民的创作风尚引领了当代美术的发展新风。广大美术工作者在全球化艺术格局中更加坚定了民族文化自信，他们的艺术创作也越来越鲜明地呈现中国精神、中国气派、中国风度。

由中华人民共和国文化和旅游部、中国文学艺术界联合会、中国美术家协会共同主办的第十三届全国美展，正是对这5年美术生态新风、美术创作新貌进行的全面深度的总揽与提升。本届全国美展分两个阶段举行。第一阶段以分展区的方式展出各美术门类的作品，从2009年9月至10月，13个展区分别开展。其中，中国画展区、艺术设计展区设在济南，油画展区、雕塑展区设在重庆，版画展区设在成都，水彩・粉画展区设在深圳，漆画展区设在厦门，陶艺展区设在景德镇，综合画种・动漫展区、港澳台海外华人作品展区设在广州，综合材料绘画展区设在宁波，壁画展区设在郑州，实验艺术展区设在廊坊。各展区共计展出作品4600余件。第二阶段为获奖作品、获奖题名作品和优秀作品展，展出从各展区评选出来的获奖题名作品、优秀作品，于2019年12月在北京展出，其中将产生第十三届全国美展获奖作品暨“中国美术奖・创作奖”40件，包括10件金奖、14件银奖、16件铜奖。本届全国美展首次施行网上报名系统和初评电子评选系统，并在评选评奖规则制定、评委推荐遴选、评选评奖程序组织、纪检监督全程介入和排重系统同步使用等方面进行了多项改革和完善。

与共和国相伴同行的全国美展，至今已走过70年的风雨岁月，每届全国美展的举办都以视觉审美的方式见证和凝固了中华人民共和国建设、发展与繁荣的辉煌历程；而每届全国美展汇聚的作品，也书写了中华人民共和国美术进行现代性变革与转型的艺术史。第十三届全国美展的举办，既是中国当代艺术史的新篇，更是美术家为中华人民共和国70华诞书写的中国人民继续奋斗的当代视觉史诗。

（中华人民共和国文化和旅游部、中国文学艺术界联合会、中国美术家协会　2019年9月）

专题展览（含个人展览）

1. 先驱之路：留法艺术家与中国现代美术（1911—1949）

主办单位：中央美术学院美术馆

展览地点：中央美术学院美术馆

展览时间：2019 年 1 月 12 日—2019 年 3 月 3 日

展览前言：

在 20 世纪中国美术波澜壮阔的历史长河中，留学到法国的一代中国艺术家的经历与创造是最初的光彩浪花。处在社会剧烈变革的情势之中，他们胸怀抱负，远涉重洋，前往当时的世界艺术之都法国巴黎，不畏艰难，努力求索，书写了既是中西艺术交流也是现代中国美术创业开拓的壮丽篇章。此次展览是对一代留法艺术家的学术研究和成果展示，让人透过历史的帷幕，将目光驻落于这条充满创造并带有传奇色彩的“先驱之路”，对于完整地建构中国现代美术历史有着重要的学术价值。

走向异国他乡，所有留法艺术家都在克服生活艰窘困难的同时，极为勤奋地投入学习与研究。尚俭而乐学，驰光无时憩，面对与中国传统美术截然不同的西方美术文化体系，他们以高度的求知热情、坚韧的学习毅力，既从学理上研究西方造型语言及其规律，也从文化角度体悟西方美术的历史文脉和智识系统，尤其是从中感受到艺术于社会的重要功能，这些都在无形中凝聚成他们坚定的文化信念和艺术使命。

今年是中华人民共和国成立 70 周年，是中法两国建交 55 周年，也是留法勤工俭学运动 100 周年。中法两国艺术交流的历史源远流长，到法国留学的一代艺术家为中法文化交流搭起了宽阔的桥梁，并且作为文化的种子在中国和法国都盛开绽放。在走向新时代的今天，中法两国艺术文化交流更加丰富多彩，历史留给我们的经验也弥足珍贵。先驱者开拓的道路正向着未来延伸。

（中国美术家协会主席、中央美术学院院长 范迪安）

展览现场 资料提供：中央美术学院美术馆

展览现场 资料提供：中央美术学院美术馆

2. 西方绘画500年——东京富士美术馆藏品展

主办单位：东京富士美术馆、上海天协文化发展有限公司

展览地点：上海宝龙美术馆

展览时间：2019 年 1 月 12 日—2019 年 4 月 30 日

展览前言：

“西方绘画 500 年——东京富士美术馆藏品展”精选了 60 幅东京富士美术馆 30 年收藏之精华（其中，马奈的《漫步》和莫里索的《露台上》这两幅作品只展出至 3 月下旬），完美演绎了西方艺术史上的经典艺术流派，堪称一部壮丽的西洋艺术史。从文艺复兴起，历经巴洛克与洛可可、写实主义与古典主义，到新古典主义与浪漫主义、现实主义、印象主义与后印象主义，最后延伸至现代主义与后现代主义。以“人性和个性的觉醒”“奢华和情感的统一”“理性和浪漫的追寻”“现实和光色的融汇”“理念和思维的革新”的表现形式诠释了西方艺术 500 年曲折迂回的发展历程，旨在引导观众透过艺术家的笔触，更深入地探索西洋绘画的奥秘。

人性和个性的觉醒

文艺复兴是西方现代绘画的黎明。那个时代确立了“人文主义”思想体系，提倡人性和个性解放，在追溯古希腊、古罗马艺术精神的旗帜下，创造了最符合现实人性的崭新艺术。其中，威尼斯画派作为文艺复兴发展的重要支脉，向我们展现了绘画从 15 世纪中后期开始的惊人发展。此次展览中，《行政长官的肖像》这幅作品为意大利文艺复兴威尼斯画派创始人——乔凡尼・贝利尼（约 1430—1516）在 1507 年左右所作，作品无不透露出主人公作为威尼斯高级行政长官的威严。丢勒在同期的一封信中写道：“他（贝利尼）已经很老了，但他依然是所有人中最好的画家。”

奢华和情感的统一

17—18 世纪的欧洲受启蒙运动的影响，艺术呈现多姿多彩的面貌。巴洛克、洛可可、写实主义、古典主义等各种风格相互交织，并行发展，各领风骚。鲁本斯、哈尔斯、布歇、夏尔丹等都是在此时期内极具代表性的艺术大师，他们的作品均亮相此次展览。透过这些作品，传递出一种对现实生活的深刻凝视和无限遐想。

理性和浪漫的追寻

18—19 世纪初，法国社会剧烈动荡，资产阶级对古希腊英雄主义精神的追求，催生了强调理性与和谐的新古典主义，他们从古典美中得到一种简练而单纯的风格，力求作品严谨典雅，崇高无瑕。雅克－路易・大卫作为新古典主义画派的奠基人，画风严谨，技法精工。《拿破仑越过圣贝尔纳山》是其最广为人知的描绘拿破仑的作品之一。画中他精湛的构图和色彩搭配为拿破仑塑造了一个威风凛凛、十分理想化的英雄形象。后来，随着艺术家们对道德和固定价值观的转变，浪漫主义潮流以显露感性和自由精神为目的登场。本次展览将会呈现其代表人物安格尔、德拉克洛瓦、戈雅、透纳等大师的作品。

现实和光色的融汇

19 世纪中叶是描绘现世生活的现实主义异彩纷呈的时代。以库尔贝、柯罗、米勒等为代表的现实主义艺术家在传统绘画题材方面进行了大胆的革新，这也为之后以印象派为首的近现代艺术发展带来了深远的影响。处在绘画变革的动荡期，一批在艺术上有创新精神的艺术家用画笔描述着远离尘世的自然风景和风土人情，这就是巴比松派的初始。此次展览中库尔贝的风景画真实地展现了大自然的无穷魅力，巴比松派刻画的自然风貌流露出了深刻的出世意义。19 世纪后半叶，印象派以创新的姿态出现，他们受到现代光学和色彩学的启示，注重在绘画中表现光的效果，因此又被称为“外光派”，马奈、莫奈、毕沙罗、西斯莱、

雷诺阿、莫里索等人的画作无不折射出这个特点。此后，“后印象派”改变了现实主义和印象主义的禁锢思维，塞尚、凡·高、高更等艺术家开始注重对色彩的主观创造，丰富了视觉感官的表达，给现代绘画领域带来了新的希望。

理念和思维的革新

19世纪末20世纪初以来，立体主义、野兽主义、超现实主义、形而上画派、巴黎画派等各种现代主义思潮跌宕起伏，呈现千姿百态的局面。毕加索、莱热、马尔凯、弗拉曼克、马格利特、米罗、契里柯、莫兰迪、莫迪利亚尼、夏加尔等众多具有代表性的知名艺术家的作品将汇聚于此次展览。20世纪50年代，西方艺术处于现代艺术和后现代艺术的分水岭，诞生了抽象表现主义、波普艺术、极少主义等诸多新兴视觉艺术形式，构建了纷繁复杂、包罗万象的艺术世界。

3. 美在河山——中国美术馆藏风景题材作品展（1949—2018）

主办单位：中国美术馆

展览地点：中国美术馆

展览时间：2019年1月22日—2019年2月24日

展览前言：

河山之美，在于自然伟大的构造。

河山之美，在于不同时代人对自然的再造。

河山之美，在于艺术家表现自然时对美的创造。

古往今来，无数艺术家以自己的画笔描绘了祖国的自然风貌，在海洋文化、农耕文化、草原文化的不同背景下，谱写了一部丰富多彩的美的史章。这些留存下来的经典作品，不仅将自然的神形刻画得入微入骨，更熔铸了艺术家们的人文理想、诗性情怀。它见证了不同时代的审美，体现了“道法自然”“天人合一”的哲学理念，也诠释了笔墨当随时代的艺术创作规律，为世世代代自强不息的中华儿女，在这片诗意所栖的大地上，呈现了美的形式。

今年是伟大祖国70华诞，回顾70年来中国美术走过的道路，可以用“继承”与“发展”二词概括。在继承优秀传统的基础上，吸收世界先进文化，扎根现实生活，创造艺术经典，在创新中体现融合的力量，在融合中彰显传统的价值，弘扬时代的精神。

中华人民共和国成立以来，以表现山水、风景为题材的创作层出不穷，艺术家们面对新山河，感念社会主义建设的新气象。以写生为基础，结合传统山水画的程式，拓展了中国画的表现力；借鉴西洋画的光色，使得中国传统的“青绿”和“水墨”焕发出异彩；以建设者奋斗的形象与梯田、防沙林、矿山等新景象同构，创造了山水画的新审美、新形式。

这些作品，为有着深厚、悠长的中国山水画史翻开了新的一页。

在己亥新春佳节即将到来之际，中国美术馆从馆藏作品中梳理并遴选出251件，分成六大篇章，以“美在河山”为主题，用“美”向广大观众致以问候，也为中国美术馆庆祝中华人民共和国成立70周年系列展览开启序幕。

本次展览的学术策划，以神州大江南北不同风光为透视散点，以时代变迁为观察原点，以美为纽带，以爱国主义为创作核心，形成展览的整体格局。六个篇章，篇篇关联。

从北国风光、青山妩媚，到古都新貌、山川巨变，再到山川不朽、民族精神，皆以物传情，以美言志，以山河壮丽赞美祖国，赞美时代。通过展示70年以来艺术家的不懈追求、不断创新，歌颂党的文艺路线的正确引领，歌颂习近平新时代中国特色社会主义道路建设的文化自信。

从“仁者乐山”“智者乐水”的传统美学思想，到今天“绿水青山就是金山银山”的生态发展理念，我们可以看到广大艺术家对自然的认识和态度，已经从文人士大夫的怡然与逍遥升华到对人类生存环境的历史担当。从石涛“搜尽奇峰打草稿”的艺术探索，到李可染的“为祖国河山立传”，我们可以感受到随着时代的发展，艺术家们已从对创作的艺术性追求升华为对民族精神的构建。这是爱国主义的筋骨，是渗透于艺术家灵魂深处的道德力量，是自然、生活赋予艺术家情感的温度。

展览中，我们通过作品可以看到，黄宾虹“浑厚华滋本民族”的水墨气象、傅抱石“待细把江山图画”的淋漓与磅礴、潘天寿“强其骨”笔墨之下的雁荡山花、刘海粟云海苍苍的泼墨黄山、吴作人视野里的黄河急流、李可染万山红遍的壮阔雄厚、朱德群色光交融的朦胧之美、吴冠中点线面构成的形式乐章、苏天赐太湖春晓的东方色韵、靳尚谊笔下的现实山川……以及当代诸多不同流派、不同风格的艺术家们多彩纷呈的新作。

综上所述，本次展览，千岩竞秀、万壑争流，春花秋月、冬雪夏云，可谓“江山如此多娇”，即使《二十四诗品》也不能充分形容其美。

春天来了！藏于中国美术馆的十多万件作品都是美的种子，在新时代温暖的阳光下、清新的空气中，都将不断发出新绿。典藏活化系列展也必然为人民对幸福生活的向往再添美的生姿！

（中国美术馆馆长 吴为山）

4. 美即惊骇之始——玛吉·汉布林的绘画艺术，1960—

主办单位：中央美术学院美术馆

展览地点：中央美术学院美术馆

展览时间：2019 年 3 月 8 日—2019 年 5 月 1 日

展览前言：

现年 73 岁的玛吉·汉布林于 20 世纪 80 年代即获得国际声誉，至今仍处于旺盛的创作期。她曾是英国国家美术馆任命的首位驻地艺术家，亦是少数几位在大英博物馆、英国国家美术馆、英国国家肖像美术馆、俄罗斯圣彼得堡埃尔米塔日博物馆等地举办展览的在世艺术家。英国泰特美术馆收藏有汉布林 19 幅作品，大英博物馆、耶鲁英国艺术中心、维多利亚与阿尔伯特博物馆、澳大利亚国家美术馆等世界级艺术机构均藏有她的作品。

“美即惊骇之始”将展出这位传奇女艺术家包括油画、版画、素描写生和雕塑在内的作品，是对她自 20 世纪 60 年代以来至今的艺术职业生涯的一次全面回顾和总结。展览由英国著名策展人菲利普·多德（Philip Dodd）担任策展人。

“美即惊骇之始”取自奥地利伟大诗人里尔克（Rainer Maria Rilke）的《杜伊诺哀歌》，是汉布林贯穿其艺术始终的对美、爱与宇宙的感受与思考。玛吉·汉布林最具标志性的作品——包括在国际广泛展出的“水之墙”系列，以及她传奇性的肖像

展览现场 资料提供：中央美术学院美术馆

展览现场 资料提供：中央美术学院美术馆

画系列，均将呈现在展览中。在“水之墙”系列中，她以抽象的笔触和强烈的情感，一遍遍描绘大海冲击防波堤的情景，惊涛裂岸的声响仿佛穿透画面而来；这些画作是艺术家面对美丽而令人惊骇的大自然的感受，亦可被视为爱的写照。汉布林的肖像画则描绘了她深爱的对象：过世的父亲、母亲、情人、老师，亦包括自画像。约翰·伯格曾写过《235天》一文，讲述她与恋人亨丽埃塔·莫莱伊斯（Henrietta Moraes，亦为弗朗西斯·培根等艺术家的缪斯）长达235天的动人故事。她一遍一遍描摹深爱的人，直至他们濒死和过世，仍不停止。对汉布林来说，“爱是所有艺术创作的基础”，激情的、混乱的、温柔的、脆弱的。汉布林的画是她内心的真实写照。

汉布林关于大海的绘画与肖像画息息相关，正如约翰·伯格（John Berger）所评论：“世界上没有任何东西的颤动比人脸更复杂——颤动宛如波浪涌过一生的海洋，描绘的人成为观察者，站在水的边缘……”伯格亦曾指出，汉布林的素描堪比伦勃朗。

中央美术学院美术馆馆长张子康则评论道：“艺术家对描绘对象的深入理解和情感共鸣，使得无论是人物肖像作品还是对海浪的表现，都在清晰的笔触中获得了活力的搏动，这种起始于对表现对象的好奇和迷恋，终止于超越传统、难以定位的风格，正是令我们赞叹的所在。”

过去半个世纪以来，玛吉·汉布林置身于各种潮流与派别之外，个人生活亦远离伦敦艺术圈。她始终居住在出生地附近的英国萨福克郡海滩边——一个只有一百多个居民的小村庄里。她说，“只有画室里的时光是真正的时光，其他时间不过是装模作样”，亦反复表示，“艺术比现实更为真实”。

玛吉·汉布林的大量拥趸中不乏英国查尔斯王子、作家珍妮特·温特森（Jeanette Winterson）、英国桂冠诗人卡罗尔·安·杜菲（Carol Ann Duffy）等名人。在配合“美即惊骇之始：玛吉·汉布林的绘画艺术，1960—”展览出版的图录中，将收录有卡罗尔·安·杜菲为《水之墙》的赋诗、约翰·伯格的《235天》一文、中央美术学院美术馆馆长张子康、广东美术馆馆长王绍强、英国皇家艺术学院查尔斯·索马里兹·史密斯（Charles Saumares Smith）等人的艺术评论，以及策展人菲利普·多德与汉布林的对话。

5. 春风化雨——原中央大学的美术教育实践作品文献展

主办单位：江苏省美术馆

展览地点：江苏省美术馆

展览时间：2019年4月12日—2019年6月30日

展览前言：

20世纪初，一改师徒相授的模式，中国开始出现现代意义上的美术教育。作为这一时期美术教学的重镇之一，国立中央大学在美术专业上的教育实践不仅走在中国的前列，更作为示范性的美术教育模式，如春风化雨般孕育和培养了许多优秀的创作和教育人才，为整个20世纪的中国美术发展奠定了重要的基础。为回顾这段美术教育的发展历程，江苏省美术馆策划举办“春风化雨——原中央大学的美术教育实践作品文献展”，呈现名师荟萃、桃李累累的树人硕果，此展览为“文化和旅游部2018年全国美术馆青年策展人扶持计划入选项目”。

由于先后设立在教育学院和师范学院之下，国立中央大学的美术专业初衷一方面是为了培养“艺术专才”，另一方面是为了培养“各种艺术师资”。在中西文化碰撞的时代，在教学和创作风格上也体现出更丰富的格局，既有对传统素养的传承，也重视对西方美术的学习，兼容和多元可以说既是这一时期美术教育的特点，同时也是艺术风格的特点。这种特点如何呈现，如何理解人才引进、课程设置等实际教学策略的实施，在西画和中国画的教学上各有什么倾向……这些问题不仅关系着其美术教学的历史脉络，更关联于我们如何看待整个20世纪中国高等美术教育的深远影响。

此次展览展出国立中央大学美术专业的教员和学生作品100余幅，其中包括徐悲鸿、吕凤子、陈之佛、秦宣夫、吴作人、傅抱石、吕斯百等诸多20世纪中国美术史上熠熠生辉的名家作品。通过对他们作品的展示和国立中央大学艺术科系的历史沿革、师资结构、课程设置等多方面的分析与讨论，展览分为名师之光、教学相长、桃李灼灼三个部分进行梳理和呈现，一方面力图突出这一时期的美术家在中西交融的艺术大环境下所做的创作尝试与探索，另一方面旨在呈现教学思想的传承与发展。以作品和文献的相互呼应勾勒出该系科在艺术创作和教学实践等多方面的面貌，并借此探析中国现代美术教育在形成和发展过程中出现的问题和实践经验。

在中国现代美术教育的选择与发展问题上，国立中央大学美术专业师生的创作和教育探索不仅是先行者，同时也为当下的美术教育模式带来启发。事实上，如何通过美术教育的机制培养具有创作意识、创新意识的美术人才，是我们今天仍然广泛面临的问题。此次展览希望能以史为鉴，进一步引申出对当下的美术教育及其与美术创作之间关系的更多思考。

（江苏省美术馆馆长 徐惠泉）

6. 叶锦添：全观

主办单位：今日美术馆

展览地点：今日美术馆

展览时间：2019年4月13日—2019年7月21日

展览前言：

“全观”艺术大展是叶锦添整个艺术生涯的回顾与展望，涵盖了他过去以及当下对未来的独特定义，作为世界知名的电影、舞台美术指导，服装造型设计师和视觉艺术家，他不断探索与介绍他的“新东方主义”美学理念，不断游走于多个领域，从不重复自己。21世纪正要面临全球自我转化的问题使他思索着人类的未来发展，新的维度介入挑战着人类面临的种种危机。当下我们困于时空之中，他却已跃出时空之限，追溯世间之源所在——精神DNA。“从古至今人类走过无尽岁月，那人类精神世界究竟从何而来？”“世间万物本身是如何被驱动的？”是本次展览他所要探究的主题之一，亦是他的一趟艺术与科学结合的旅程。整个展览横跨三层，超过1000平方米的场地，展品包括有大型装置、多媒体装置、雕塑、服装等，展览为期3个月，它的创新与未来将为艺术界带来强大的冲击，激发新一轮对未来与我们自身和世界之间关系的思辨。

7. 挑战的灵魂：伊夫·克莱因、李禹焕、丁乙

主办单位：上海当代艺术博物馆

展览地点：上海当代艺术博物馆

展览时间：2019年4月28日—2019年7月28日

展览前言：

2019年4月28日，上海当代艺术博物馆推出特展“挑战的灵魂：伊夫·克莱因、李禹焕、丁乙”。通过百余件文献、绘画和装置作品，观众感受三位来自不同时代不同文化的艺术家对实验、创新和发现的不懈追求，感受他们如何以个人之力或群体之力发明崭新的艺术语言、媒介和形式，挑战约定俗成和流行。本次展览亦是在中国境内第一次大规模展出伊夫·克莱因和李禹焕的作品。

34岁英年早逝的艺术家伊夫·克莱因是法国

20世纪50年代至年代60年代前卫艺术的代表人物；李禹焕是20世纪60年代日本“物派”运动的理论支持者，也是19世纪70年代韩国“单色画”运动的代表人物。自20世纪80年代起就以“十字”作画的丁乙是中国改革开放以及中国当代艺术发展的见证者和参与者，他标志性的“+”诞生于中国当代艺术的萌芽期，犹如中国城市化进程的当代考古坐标。

三位艺术家跨时空的相遇，让我们得以批判性地审视发生于20世纪中叶亚欧两地并仍在进行的实验艺术运动。在亚欧两大洲之间，他们平行或间歇开展的美学实践，皆可被视为一种“变化”的新精神，为东方与西方前卫艺术的比较研究提供了全新的视野，也赋予了当前艺术与社会、与公众新的解读关系。因此，“挑战的灵魂”不仅是一次对艺术史的回溯，更是一项超越展览的特别计划。

“挑战的灵魂”对当代艺术提出几个基本问题。首先，是什么激励着艺术家的真正的前卫精神，为什么艺术家能够通过实验和反叛，对如何走在时代之先并取得个人自足的问题提供具有启发性的意义和解答？其次，艺术仅仅是自我表达的审美工具，还是建立社会意识的媒介？本次展览为艺术史和艺术评论提供了不同社会情境与文化脉络下前卫艺术比较的基础。前卫精神不仅是流变，也是时代平台，在其上我们提出陌生而全新的社会价值和准则，并不断延展体验。

撼动艺术圈的为何往往是市场和艺术权力，而非关于艺术本质问题的探索？当“前卫”一词已然成为市场和品牌标签之时，伊夫·克莱因、李禹焕、丁乙三位艺术家的严肃研究和实践或许对艺术正面临的扭曲的外部环境具有启示意义。

8. 人间指南（上、下）

主办单位：UCCA 尤伦斯当代艺术中心

展览地点：UCCA 尤伦斯当代艺术中心

展览时间：2019年5月18日—2019年8月18日；8月31日—11月24日

展览前言一：

群展“人间指南（上）”展出艺术家陈劭雄、任戬和新历史小组、王晋与20世纪90年代相关的一系列创作。展览聚焦和梳理中国艺术家在20世纪90年代初期，以不断深化和加速的经济改革引起的大规模社会转型为背景进行的艺术实践。此次展览引导观众重新审视20世纪90年代早期——尽管艺术家个体在其创作中详尽地探究了这一时期，但在艺术历史叙事中，它更多地被视为一个过渡时期，而非一个自有其鲜明特征的独立时代。“人间指南”分为上、下两个部分，从多学科路径出发展开研究，将艺术品与汇集了档案资料的阅览室并置展示。在此背景之下，展览的话题重新转向那个关键的时间节点，勾勒出一道从80年代知识分子普遍的精英主义想象，到90年代初消费和开放社会来临后的价值坍塌、自我放逐或重建想象的“曲线路径”，并审视艺术家们所采取的或退出社会领域，或一头扎进新兴消费文化的应对策略。

展览标题取自1991年上映的一部国产室内喜剧《编辑部的故事》，该剧由葛优和吕丽萍等著名演员出演，以幽默的方式介绍了彼时新兴的社会现象，更塑造了当时的公众形象。《人间指南》是电视剧中的一份杂志，这个词也因此暗示了90年代初那个流变不居的年代——特别是经济结构转型的社会背景下，面对价值的虚焦和断裂，公众所产生的焦虑、困惑和对价值重建的期待。

20世纪90年代，随着经济制度与社会结构的急剧变革，中国在整体价值观积淀尚不完备的状况下急速进入消费型社会，这场“消费革命”对中国的私人生活与公共社交均产生了深远影响。这一时期，知识界和社会个体均在消费主义的经济驱动力的影响下，呈现了前所未有的丰富性和矛盾性。展览聚焦于艺术家们如何审视和解构这种尚未完全成型的“现代性”，其叙事既关乎艺术家作为知识分子群体的一部分所面临的价值困境，同时也是关于今天我们的文化状况的溯源，以及对当下中国奇观式的社会景观的反向管窥。

中国各地的艺术家以各种方式对这些变化做出了回应，并特别强调新媒体——这得益于相机和视频设备的日益普及，以及全球经济的标志性符号。广州是一座在对外贸易和交流中具有关键枢纽意义的南方城市，而陈劭雄的作品“街景”系列即取材于当时广州的城市景观：艺术家将在城市各地拍摄的景观进行拼贴与重组，将自己转变成熟悉城市中“永远的旅客”。影像装置《视力矫正器—7》使观众置身于广州的街景投影画面中，模拟出个体在街头进行扫视的状态，借此探讨景观、媒体设备与观看之间的关联。《集体记忆—大裤衩》中，艺术家让公众通过指印来参与城市绘像，借助切身接触将城市记忆重新留存，以公众参与唤起城市记忆。“风景”系列作品和陈劭雄为大尾象工作组展览创作的《七天的沉寂》相关文献资料亦于展览中呈现，以串联艺术家针对变化的现实所设定的自我和“观看”的他者身份。

随着中国进入这一有些陌生的新时代，王晋于90年代初期创作了一组现成品绘画《叩门》，将美元的7种面额的图像印在故宫旧城墙砖上。这组作品最早被艺术家称为“敲门砖”，意在喻指美元是打开中国当代贸易大门、促使中国进入全球金融系统的符号。此次展览中，作品被以大幅图片的方式重新呈现，艺术家转而强调图像的绘画性趣味，通过凸显美元上人物形象的绘画技巧与逸趣来“覆盖”掉意识形态的纠葛。这组被重新呈现的作品被赋予了一个副标题——“美元上的总统”。

通过直接指涉甚至仿拟消费文化，任戬的个人创作及其新历史小组时期的工作开辟了新的讨论路径。展览在中展厅设立“新历史小组阅览室”，将之构建成一个阅读与对话的空间，呈现艺术家任戬80年代的个人艺术创作，及其90年代初期作为新历史小组成员所开展实践的一系列相关资料，从具体的实践维度出发，勾勒出90年代初消费社会转向时期，艺术家创作轨迹所经历的清晰转向。“新历史小组阅览室”将艺术家的创作文本资料与创作发生的时代背景并置，让观众在对照中重温那个时代的情景。

展览以回顾的视角观看当下，亦基于当下的现实来回溯问题的发端。“消费”在今天不再只是一种为满足经济需求而产生的购买行为，更成了一种渗透于知识、欲望甚至是主体建构过程内部的要素。在当今的中国社会高度参与全球化进程、成为全球化系统不可或缺的一部分之时，内化于知识界和社会个体中的矛盾性并未消失，反而被展现得更为充分。在此背景之下，展览“人间指南”将艺术作品视为过去时刻的“方位浮标”，在时间轴中重新理解深刻塑造了我们当下的中国艺术与艺术家的工作简史，并获得一种“温故知新”。

展览前言二：

群展“人间指南（下）”展出艺术家陈箴、黄静远、李巨川、双飞艺术中心、施勇、邢丹文、徐坦、徐勇与20世纪90年代相关的一系列创作，并以“展中展”的展陈方式，呈现90年代实施完成的独特艺术项目——“野生”艺术计划。这是继“人间指南（上）”通过艺术品与汇集档案资料的阅览室并置展示，为观者勾勒出20世纪90年代经济制度和社会结构急剧变革的大背景，并对艺术家面对道德价值转换和消费主义冲击，或退出社会领域，或一头扎进新兴消费文化的应对策略审视之后的继续探索。“人间指南”的下半部分将时间推至改革深入的90年代后期。在经历了90年代初面对经济制度、社会结构、文化生活整体变革的困惑与迷茫，随着80年代启蒙思想的逐渐消解与沉淀、互联网诞生，以及对外部多姿多彩世界的更多了解，展览聚焦于艺术家如何基于自身对时代的理解与感应，采用相对多样化、风格化的艺术语言开展在地实践，探讨自我身份、女性意识、市场化、城市化进程、人的流动性等命题，并试图在不断变化的现实中寻找自我精神支撑以及艺术落脚点。“人间指南（下）”描述了90年代多重向度的发轫时期的状况，同时也将展示其多重向度“未完成”的文化景观。

而论述90年代的中国当代艺术并不困难，这10年的开始与结束在大社会背景下看非常清晰——皆处于时代的转折点。但这并不意味着90年代可以以一种样板化的方式被定义，它无法像挂在墙上装裱好的名画那样盖棺定论。“90年代”依然是一个开放的结构，其开放性源于自身“未完成”的状态。这种“未完成”可理解为艺术家自身“语言”仍在实验进程中，也可以理解为艺术家生存社会空间转型尚未完成而带来的艺术表述的不确定性。

90年代最后的两三年，中国的一些年轻人已可以通过调制解调器（Modem，俗称“猫”）连接电话线，实现异地网上聊天，但真正意义上的互联网时代仍远未到来。在网络时代前夕，90年代仍然是传统媒体的时代，但彼时的人们已经开始想象如何成为一个“国际化”的人。这一时期生活窘迫的艺术家们也在努力“走向世界”，游离于现实和国际化图景之间。事实上，当时的他们既无法获得现实的支持，也没形成如今天这样全球性的艺术系统生态。腹背受敌的艺术家前进的动力来自文化自觉，他们相信通过自身的文化实践，在某个时刻能获得文化解放。从这个意义上来说，90年代的艺术家是乐观的，他们寄望于未来。

90年代中国当代艺术的“未完成”状态不仅指具体现实——维持生存与艺术创作的挣扎和游离于官方体制的半地下状态，更来自当代艺术自身成长和青春期的不确定性。在尚无商业和美术馆机制的90年代，艺术家最重要的工作在于“做艺术”本身，而非追求“完成品”。而另外，由于城市化进程和人际关系的复杂性，艺术家的社会身份也处于模糊地带。徐坦和施勇生活在中国的南部和东部，是全中国最富裕的地区，这里有足够的空间容纳艺术家，但艺术家在社会关系的层面却受到质疑，“压力”成为他们最为直接的身体经验；邢丹文和徐勇都在北京手持照相机工作，在那个时期并没积极进入艺术系统，而是在外围游走；李巨川则以建筑师的身份主动“居无定所”，形成了城市空间的概念；陈箴旅居法国，全球身份和议题在其身上始终会回到中国式的典故哲思；而作为90年代一项实验艺术活动，“野生”艺术计划强调“非展览空间、非展览形式”的理念，不限制场地，由艺术家根据自身情况，在相对长且统一的时间内，于全国各地实施创作。这个集合了27位艺术家的计划比较全面地呈现了90年代中国艺术家们的工作，亦从侧面展现了当代艺术当时“野生”和半地下的生存状况。整个90年代，艺术家们都在割裂中组合不同的认知、结构以及图像，无法在身份和身体的碎片中获得完整性。这是“人间指南”下半部分所尝试呈现的90年代非全景的表述。而双飞艺术中心和黄静远的加入，则让我们从千禧年之后投入艺术的新一代艺术家的作品中，得见90年代的一道尾痕和残影。年轻艺术家们对于90年代并没有想象，也没有致敬，而是审视和重温，从而扩展了我们对中国当代艺术进入新世纪之前最后10年的认知。

9. 毕加索：一位天才的诞生

主办单位：UCCA 尤伦斯当代艺术中心

展览地点：UCCA 尤伦斯当代艺术中心

展览时间：2019年6月15日—2019年9月1日

展览前言：

展览基于巴黎毕加索博物馆的馆藏，从中精心挑选出103件作品，全面回顾毕加索创作生涯的前30年，力求呈现毕加索从早期到中期的艺术成长经历。此次展览由巴黎毕加索博物馆藏品总监艾米利娅·菲利普策划，并专为此次在中国于UCCA的呈现而进行构思设计与组织，囊括34件绘画、14件雕塑以及55件纸上作品。这些创作于1893—1921年间的作品，共同展示了这位现代艺术史上最为大胆、最具原创性、最为多产的天才——毕加索的艺术创作的形成与演变过程。

展览作品涵盖其早期的全部代表性阶段，展览中所呈现的30年则涵盖了青年毕加索的艺术发现与酝酿时期，其风格经历了从学徒时代的学院派现实主义，到战后向古典风格的回归；从蓝色时期和粉色时期交替出现的忧郁和情感相关主题，到他具有开创性的原始主义探索等诸多变化。

“毕加索：一位天才的诞生”划分为六个不同章节：“早期毕加索”聚焦于毕加索自童年时期开始的创作及艺术家早期受到的影响，在这一阶段，他创作了《戴帽子的男人》(1895)和《古典雕塑石膏像写生习作》(1893—1894)；在“蓝色和粉色毕加索”阶段，艺术家放弃模仿前辈的后印象派绘画风格，转而塑造真正意义上最早的个人风格，并逐渐确立了最初的艺术身份，其作品包括《疯子》(1905)和《兄弟俩》(1906)；“驱魔人毕加索：《阿维尼翁的少女》的革命”展现了艺术家对简化形式和空间的探索，在寻找、发明新的艺术语言的过程中，他创作了《自画像》(1906)等作品，并孕育杰作《阿维尼翁的少女》(纽约现代艺术博物馆，1907)，开启了一场彻底改变20世纪艺术的革命；“立体主义者毕加索”中，艺术家对“标志物”等符号元素的运用催生出了立体派作品，如《弹曼陀林的男子》(1911)和《壁炉旁的男人》(1916)；“多变毕加索”着眼于艺术家对古典的致敬、引用与革新，《恋人》(1919)、《习作》(1920)等作品均展现出毕加索独特的艺术探索，艺术家为俄罗斯芭蕾舞团出品的舞剧《三角帽》(1919)设计的舞台布景、服装和幕布亦在这一部分中呈现；展览的最后部分展示了艺术家1927—1972年较为晚期的一系列杰出绘画和雕塑作品，这些作品清晰地展示了毕加索青年时期的艺术实验所产生的影响，亦勾勒出贯穿他创作生涯的主题与基本原则。

10. 雷安德罗·埃利希：太虚之境

主办单位：中央美术学院美术馆

展览地点：中央美术学院美术馆

展览时间：2019年7月11日—2019年8月25日

展览前言：

我更倾向于介绍自己是一名工作在真实与感知领域的观念艺术家。我的作品主题围绕现实、符号和潜在意义展开。我持续在创作这样一批作品，尤其在公共领域，它们充满想象、颠覆常态，重新思考了表现手法，并提倡通过构建和解构情境来打破现实的行为。总体来说，我的作品是在公共领域展开的一种叙事性体验。我从日常生活中构建视觉上的故事，唤起一系列日常的场景，既源于现实、共享经验，但又不具备人们所期待的功能。我喜欢制作一些突破观众观念极限的项目，也喜欢运用各种媒介和表达形式。我的作品包含装置、现成品、雕塑、视频，甚至绘画。我创造的情境结构能够触发画面和想法，进而指向新的现实。我喜欢把这些作品视为能够激发观众之间互动和玩耍的关联工具。我把艺术理解为一种媒介，用于培养一些从身体上、精神上、政治上和象征上理解这个世界的新方式。

——雷安德罗·埃利希

雷安德罗·埃利希——惊奇之始，看见与相信的对弈

中央美术学院美术馆为备受关注的艺术家雷安德罗·埃利希(Leandro Erlich)举办继2015年德国卡尔斯鲁厄艺术与媒体中心和2017年日本东京森美术馆个展之后，又一次重要的个人展览“雷

安德罗·埃利希：太虚之境”。

在此之前，雷安的作品已经吸引了全世界范围内许多观众的参与和体验，并且经由互联网和社交媒体的发酵而被更广泛的观众群体所了解，激发了世界各地观众源源不断的灵感，产生了无数的社交媒体照片和互动参与。在某种意义上，雷安的艺术正是通过观众参与创作的最终环节，成就了其作品观念的最终彰显，也让人们意识到，艺术的形态正以如此深入公共空间的存在，被观众和艺术家共同改变，我想这正是雷安德罗·埃利希的作品所具有的独特魅力。借由雷安

展览现场 资料提供：中央美术学院美术馆

展览现场 资料提供：中央美术学院美术馆

德罗·埃利希的作品，我们有机会思考当代艺术及其展览如何在新媒体文化的催化下，与观众形成全新的观看关系。

迷失、模糊、感知的困惑——这些都是艺术家雷安德罗·埃利希作品常常带给观者的感觉，正如雷安所说，在看见与相信之间存在着一个富饶的实验领域，雷安以空间位移、建筑错觉等对寻常空间的心理颠覆为手段，探讨了存在现实与意识模糊边界的错置问题，创造真实与虚幻叠合的情境，引发了对感知及其多样性的重新思考。

为了最恰当地表达他所要阐述的观念，装置、现成品、雕塑、视频，甚至绘画等媒介和视觉形式都进入了雷安的创作视野，并且成功制造了众多挑战我们感知惯性的文化景观。在中国的俗语中，有句话叫“眼见为实”，而这位出生在南美大陆的视觉艺术家，让我们很自然地联想到南美大陆上魔幻现实主义文化基因是否深深影响了他，他的作品提供了一种眼见之物也许并非真实的可能。雷安德罗·埃利希的作品创造了诸多无明确边界的场所，一座好似从天而降的《游泳池》、从地面《连根拔起》的房子、一扇门缝里露出光亮的紧闭的《门》、几只漂浮在如镜水面上的小船……经由这些唤起观者现实感的日常场景，就像一个个“异托邦”入口，与老子所言的“恍兮惚兮，其中有物，窈兮冥兮，其中有精”的太虚境界隔着文化的时空两相契合，现实和表象的彼此交融给观众带来虚幻之感，恍惚了人类眼睛这一感官系统的直接感知，进入镜像世界的想象视域。

雷安德罗·埃利希的作品所到之处，总会带来一场拥抱视觉艺术的狂欢，而狂欢的下一站，雷安的幽默是犀利的，惊奇只是前奏，在故事慢慢展开的过程中，他埋下的多条伏笔值得我们细细品味。

（中央美术学院美术馆馆长　张子康）

11. 向海洋——广州美术学院藏20世纪50—70年代“海洋建设”主题作品展

主办单位：广州美术学院

展览地点：广州美术学院美术馆（昌岗校区）

展览时间：2019年7月14日—2019年8月16日

展览前言：

自中华人民共和国成立以来，为了展现社会主义火热建设与新生活面貌，美术家们不遗余力地投入到对这些新事物的表现之中，体现出锐意革新、紧随时代的创作精神，由此涌现了一大批关于工农建设的代表性作品，成就了新中国美术史的一代经典。关于社会主义建设的美术作品的回顾展览一直是国内美术馆的重要课题，而在这当中，有关海洋建设方面的题材却鲜少予以专题展示和研究。

作为华南地区的重要美术学府——广州美术学院，20世纪50—70年代是其迁移至广州的早期阶段，这种迁移不仅涉及不同区域艺术版图的结构变化、历史传承与资源的重组，也意味着美术家们创作生态和环境的大变动。由于临近东南沿海，学院师生通过深入生活，极其频密地进行与海洋有关的写生和创作，从而产生了大量关于沿海建设、边防以及社会生活与斗争的作品。实际上，在当时的国家生产建设中，海洋资源以及海疆保卫受到高度的关注和重视。广州美术学院师生的创作不仅体现了某些共同的文化艺术政策和时代风尚，而且从区域的角度见证了中华人民共和国海洋建设的历史进程。也正是这种充分调动多种历史和区域因素，追随时代、积极介入现实生活的传统，让广州美术学院形成了独具自身特色鲜明的教学与创作取向，为新中国美术做出了应有的贡献。

展览现场 资料提供：广州美术学院美术馆

展览现场 资料提供：广州美术学院美术馆

本次展览以广州美术学院藏“海洋建设”主题作品为基础，涵盖了国画、油画、版画、水彩、素描以及连环画等美术门类，梳理了20世纪50—70年代有关东南沿海的美术创作活动和社会活动，辅以相关文献和档案，以构建围绕藏品而展开的更为立体和丰富的时空网络，探讨美术创作与地域文化以及时代精神之间的深层关系。

近些年来，如何激活藏品，形成以点带面的整体的艺术史观；如何从区域美术的观察中发掘新的研究视角，为既有的美术史书写增加新的维度，是我们美术馆孜孜以求的目标。“海洋建设”主题的切入无疑是在这一思考线索上的又一尝试，它贴合我们自身所在的区域，参与到有关中华人民共和国社会建设的美术创作全景之中，同时又与我们当下国家“一带一路”发展策略中所展开的世界格局形成某种隐在的呼应关系。

（广州美术学院美术馆）

12. 图绘新中国——广东国画的改造与转型（1949—1978）

主办单位：广东美术馆

展览地点：广东美术馆

展览时间：2019 年 7 月 26 日—2019 年 8 月 25 日

展览前言：

中华人民共和国成立前夕，《人民日报》发表了《中共中央给中华全国文学艺术工作者代表大会的贺电》，提出“在革命胜利以后，我们的任务主要地就是发展生产和发展文化教育。人民革命的胜利和人民政权的建立，给人民的文化教育和人民的文学艺术开辟了发展的道路”。坚持毛泽东《在延安文艺座谈会上的讲话》中所指明的文艺为人民群众服务的发展方向，而第一届全国文代会又再次强调该指导对新中国美术创作的重要性。

1949 年 7 月，“中华全国美术工作者协会”在北京成立，李桦、古元被选为常务委员。1950 年 9 月，华南文学艺术工作者第一次代表大会在广州召开，华南文学艺术界联合会、广东省文学艺术界联合会宣告成立，黄新波任部长。面对这一新的课题，广东地区的艺术家们也以高度的社会责任感与历史使命感积极地参与到波澜壮阔的社会变革中去。“笔墨当随时代，犹诗文风气所转”，秉持着“文艺为工农兵服务”的思想指导，美术创作走上了为工农兵服务，为社会主义建设服务的道路。艺术跟随时代的变化发展出新的特征，不仅是一种自娱的文化存在，同时也担当着理想与道义、建设契合时代的精神家园这般无法回避的使命。

在彼时新的时代背景下，中国画创作的传统价值取向、评价体系和审美趣味也在发生着演变，随之带来的是题材内容、表现方法的适应性改造。为迎接中华人民共和国成立 70 周年，在广东省委宣传部与广东省文化和旅游厅的大力支持下，广东美术馆策划了“图绘新中国——广东国画的改造与转型（1949—1978）”这一馆藏研究展，以 1949 年—1978 年广东中国画的改造与转型为主题，集中展现了广东艺术家特有的时代性。展览将分为四大版块：第一版块“江山如此多娇”，突出艺术家对往昔革命岁月的追忆与纪念，对新政权下中国山河景象的重新诠释，如黎雄才《井冈山朱砂冲哨口》、关山月《黄洋界炮位工事遗址》；第二版块“管叫山河换新装”则着重于当时新国画对于题材的改造，以纪实的手法表现社会主义建设的风貌，有林丰俗《石谷新田》、林墉《西沙风光》；第三版块“我们走在大路上”又展示了诸如杨之光《雪夜送饭》、王玉珏《农场新兵》等新社会中的劳动人民形象，描绘了中国人民追求理想、实现自我价值的新面貌；而汇聚了苏卧农《环宇和平图》、陈永锵《鱼跃图》的第四版块“风景这边独好”，体现了在忙碌的劳动生活之余，人民群众对大自然的热爱，对美好、丰富的精神生活的向往。

展览现场 资料提供：广东美术馆

展览现场 资料提供：广东美术馆

习近平总书记强调，“要系统梳理传统文化资源，让收藏在禁宫里的文物、陈列在广阔大地上的遗产、书写在古籍里的文字都活起来”。为响应习总书记的号召，近年来广东美术馆自主策划了多个馆藏展览，荣获了由国家文化和旅游部所颁发的全国美术馆馆藏精品展出季优秀项目，本次展览也入选了“2019年全国美术馆馆藏精品展出季活动目录”。我们希望通过展览，能够清晰地梳理归纳艺术家创作流变中的语言变革与风格转向，感受到艺术家在时代进程中个人的脉搏跳动与意识升扬，并通过作品中的精神向度、历史情怀、社会关注等方面来突出广东艺术家在各个时期的责任意识与独立思考精神。另外，通过艺术家个人艺术源流的纵向梳理，以及不同艺术家在语言探索的横向比较，我们希望观众可以从丰富而驳杂的图像中感受到真实而具体的艺术嬗变，探讨社会进程与美术创作的辩证关系。本次展览将从内容到形式为广东美术建立一个相对完整的文脉逻辑，同时也构成我馆在新中国美术史研究中的一个重要组成部分。

最后，我谨代表广东美术馆，感谢国家文化和旅游部艺术司的指导与支持，感谢广东画院、广东省立中山图书馆、广州艺术博物院、关山月美术馆、广州美术学院美术馆的大力支持，同时感谢为本次展览日夜辛劳的广东美术馆工作团队。未来我们还将推出更多优秀的馆藏展示项目，实现藏品活化、服务人民的文化理想。

（广东美术馆馆长 王绍强）

13.轻舟已过万重山——关山月与近代以来的江峡图景

主办单位：深圳市关山月美术馆、重庆中国三峡博物馆

展览地点：深圳市关山月美术馆

展览时间：2019年7月30日—2019年9月26日

展览前言：

长江，作为中华民族的母亲河，一直以来都是历代文人墨客吟哦的对象，也是画家们追摹与表现的重要题材。今年是中华人民共和国成立70周年，亦是深圳建市40周年，关山月美术馆以馆藏关山月《江峡图卷》及其晚年表现长江三峡的画作为基础，携手重庆中国三峡博物馆，推出“轻舟已过万重山——关山月与近代以来的江峡图景”，该展已入选国家文化和旅游部“2019年全国美术馆馆藏精品展出季”。

展览共分三个篇章，第一章以“长江万里”为始，通过展示相关文献以及重庆中国三峡博物馆馆藏明清至民国的长江主题作品，呈现传统山水画中的笔墨与意趣；第二章以“江峡图卷”为中心，主要展出关山月美术馆馆藏关山月的《江峡图卷》及其表现长江三峡的画作和相关的速写，同时还展出借展自各兄弟单位的包括黎雄才、陆俨少、宋文治等同代艺术家的相关题材作品，旨在探讨在不同的时代背景下，面对长江三峡题材，不同的艺术家通过各自的思考和实践，来处理传统技法与现实关系的艰辛探索，来探讨中国画笔墨的传承与发展；在最后一章“江山无尽”中，展出本馆馆藏和借展的关山月晚年创作的长江三峡题材作品，以及关山月学生的作品。可以看出长江三峡题材已经成为关山月晚年“祖国大地河山”创作计划内容之一，也成为关山月和他的学生们，以至同代中国画家共同关注的主题。

“轻舟已过万重山”出自李白的《早发白帝城》，表达了诗人在遇赦后顺水行舟过江峡时的畅快心情。关山月创作了不少描绘长江三峡题材的作品，更数次将“轻舟已过万重山”的诗句付诸画卷，其中重要的三幅《轻舟已过万重山》分别藏于关山月美术馆、广州艺术博物院、中南海紫光阁，因此，我们也将“轻舟已过万重山”作为这次展览的主题。通过这个展览，让我们和观众一起共同感受

以关山月为代表的那一辈中国画家，通过长江三峡题材，主动地把握时代精神和自己的独特气质，以及那种对新的社会环境、新的表现题材始终保持着一种理性、奋发有为的姿态和付出的艰辛努力。特别是关山月，他善于在自己的作品中把握时代精神，融入社会生活的鲜活感受，通过他那气势强劲及任情挥洒的艺术创作风格，以及对传统文人审美习惯的不断突破，有效地拓展了传统中国画笔墨的可能性，使中国画走出昔日狭隘视野，而为现代民众所普遍接受和喜爱。

（陈湘波）

14. 消失的技法——让·鲍德里亚的摄影

主办单位：上海当代艺术博物馆

展览地点：上海当代艺术博物馆

展览时间：2019 年 8 月 24 日—2019 年 9 月 28 日

展览前言：

时值法国思想家让·鲍德里亚（1929—2007）诞辰 90 周年之际，上海当代艺术博物馆于 2019 年 8 月 24 日—9 月 28 日举办“消失的技法——让·鲍德里亚的摄影”展览。展览由费大为策划，鲍德里亚太太玛琳·鲍德里亚担任联合策展人，展出 50 幅鲍德里亚不同时期的代表性摄影作品。摄影之外，展览还纳入鲍德里亚的影像、照片集及语录，在艺术与哲学的漫谈中，引诱观者在新的视觉景观与图像经验中，重思这位思想家对摄影的独特贡献，深入其广袤的理论世界。

鲍德里亚被称作“后现代主义的大祭司”，他的拟像、符号消费和象征交换理论已成为后现代文化研究不可或缺的思想坐标。鲍德里亚认为在消费主义的社会中，符号化的商品和“超真实”的符号逻辑击碎了主体、真理与意义。他将自己戏谑为“理论恐怖分子”，试图以退出游戏的姿态去参与游戏，以理论的暴力、爆发力去反抗符号的暴力。

鲍德里亚在摄影方面的理论和实践也是独树一帜的。与其从事理论的作风相似，他对待摄影始终保持一种“外行”的眼光。就像他坚称自己不是哲学家一样，他也坚称自己不是摄影家。20 世纪 80 年代初期，鲍德里亚基于一次偶然的契机获得了一台照相机，随后开展了他在摄影方面的思考与实践。他主要在学术交流或个人旅行的途中进行拍摄，同时也会聚焦于日常场所的生活片段。相较于人物肖像，他专注于拍摄“景”与“物”，意在剔除与抵抗意义与语境，让客体呈现自己想要表达的面貌。

正如摄影批评家顾铮所言，鲍德里亚对摄影最为独特的理论贡献是“他完全抛开了从来的从作为主体的摄影者的立场出发对摄影的解释，从被拍摄对象的立场出发来认识摄影的本质”。1998 年，鲍德里亚在一篇与展览标题同名的文章（法语原题意为《因为幻象并不与现实对立》）中指出：“一切都在消失的技法之中。只有以消失的模式生成的物体才是世界的他者。”如果“他者”存在的唯一方式是基于主体自身的消失，那么拍摄照片是将埋藏在现实之下的“他者性”挖掘出来，让世界作为奇怪的吸引者出现，并且将其奇妙的吸引力在影像中固定。所以，对于鲍德里亚而言，摄影是一种丧失自己身份的行为。他曾言：“我发现在拍摄的时候，对象与我（主体）实际上是处于一种双向的、互相诱惑的关系中。在这个时候，主体和客体都不存在了，主客体成为一体，我是被这种整体性所吸引而对摄影产生兴趣的。”

本场展览中的摄影作品曾先后于第十五届连州国际摄影年展、广东时代美术馆以及中央美术学院美术馆呈现，此次则为上海地区首展。全新升级的展览通过图像与理论的交汇，带领观者体悟鲍德里亚视角下的现实与幻景。

15. 我和我的祖国——庆祝中华人民共和国成立70周年·中国百家金陵典藏作品主题展

主办单位：江苏省美术馆

展览地点：江苏省美术馆新馆、江苏省美术馆陈列馆

展览时间：2019年8月1日—2019年9月5日、2019年9月15日—2019年11月18日

展览前言：

2019年是中华人民共和国成立70周年，这70年既是中国社会主义现代化建设取得不俗成就的70年，也是中国美术长足发展的70年。回顾这段历史，我们和祖国一起走过的每一个瞬间，都共同凝结成一段时代的变迁和缩影，勾勒出中国社会发展历程的时代脉络。与此同时，美术创作一方面以独特的视角记录和见证了山河风貌、时代足迹的瞬间影像，另一方面则以其自身的面貌演绎出一页不断继承创新、开阔视野的美术篇章。

中国百家金陵画展是江苏的品牌展览，由中国美术家协会、江苏省委宣传部、江苏省文化和旅游厅、江苏省文学艺术界联合会主办，旨在倡导美术家以高度的文化自觉和使命担当，深入生活、扎根人民，记录人民生活、展现时代风貌、凝聚中国力量。自2005年创立至今已举办了14届，展览创办以来，高扬现实主义的艺术精神，贴近时代、体悟生活、关注民生、求善求真，推出了一大批优秀美术创作人才。江苏省美术馆共收藏历届中国百家金陵画展作品300余件（其中获奖作品138件），此外还在获奖作品之外自主收藏了部分优秀作品。此次展览在其中遴选出100余件精品呈现。这些作品反映的每一个看似平凡的瞬间画面实则都是人民和国家不断向前迈进的脚步，它们以艺术的眼光共同汇聚成70年来社会的变迁和缩影。因此，此次展览以“我和我的祖国”为主题，将分江山多娇、时代精神和现实超越篇三个版块，在山河新貌、社会人文、美好生活、艺术探索等各个方面勾勒出时代的印记和美术的发展。展览为“2019年全国美术馆馆藏精品展出季”入选项目。通过对这些作品的梳理，遵循时代、历史和美学的线索，以艺术家的视角捕捉历史的细节瞬间，以小见大，全方位地呈现社会建设、祖国河山和人民生活的各个方面，同时以中国画、油画、版画等不同门类的作品，展示出美术创作在新的历史时期如何在承袭传统的基础上，不断探索新内容、新形式，建构起中国美术的主体价值。展览不仅是对中华人民共和国成立70周年的纪念，也是对当代中国美术发展进程的学术梳理与回顾。同时期望能够通过这段中华民族实现中国梦的历程回顾，以审美价值和艺术品位感染人民群众，激发他们的民族荣誉感和自信心，让观众通过品读作品，得到美的熏陶和品位的提升，更希望他们在回顾和感受中华人民共和国成立70周年以来带来的累累硕果时，树立继续砥砺前行的信念和决心。

（江苏省美术馆）

16. 百幅精品　百年回顾——致敬古元暨古元生平与艺术精品展

主办单位：中国美术家协会、中央美术学院

展览地点：珠海市古元美术馆

展览时间：2019年8月5日—2019年8月28日

展览前言：

2019年是古元先生诞辰100周年，而先生离开我们不知不觉也已经23年了。回顾古元先生的艺术人生和艺术创造历程，他为中国现代版画和新中国美术事业发展所做的贡献，都镌刻在中国美术的史册之中。他创作的大量作品是他的艺术精神最好的诠释，如一篇篇记录时代的史诗，一首首赞美讴歌劳动人民的乐章，闪现着真善美的光彩。

古元先生曾任中央美术学院院长和中国美术家协会副主席。我们分别在首都北京和古元先生的家乡举办“纪念古元诞辰100周年系列活动”，其目的就在于向古元先生致敬，学习和弘扬他的艺术精神，彰显他为中国美术和美术教育事业所做出的卓越贡献。

古元先生早年即投身革命，在抗日战争的烽火硝烟中奔赴延安，以画笔和刻刀表现中国军民抗击外来侵略的英勇事迹，描绘抗日民主根据地新的生活气象，创作了大批脍炙人口的木刻作品，为中国现代版画增添了崭新的篇章。他关注生活，热爱人民，在艺术实践中躬身向人民群众学习，也以自己的创造才华为人民群众服务，他的这份文化情怀和艺术理想始终贯穿着他的全部人生，堪称坚定和赤诚的人民艺术家。

中华人民共和国成立以来，他以宽阔的视野和抒情的笔调讴歌崭新的时代风貌，表现壮丽的祖国山河和优美的生活家园，刻画人民群众新的精神风采。他的版画、水彩和素描、速写都以清新明朗的语言传递了新的美学内涵，成为新中国美术视觉样式的重要标识。他艺术中的现实性、民族性和抒情性相统一的风格产生了深远的影响，他以积极向上的精神品格和对美好事物的讴歌颂扬成为20世纪杰出的抒情现实主义艺术大师。

古元先生在美术教育岗位上辛勤耕耘、教书育人，以高尚的思想品格成为学生的楷模，培养了大量优秀的版画艺术人才，他朴素的情怀和温和的性情为青年学子树立了无声的榜样，是坚持立德树人和言传身教的美术教育家楷模。长期以来，他关心和支持中国美术事业的发展，坚持中国美术正确的发展方向，得到了全国美术家的由衷敬重。

在迎接中华人民共和国成立70周年的日子里，举办古元先生100周年诞辰的艺术展，对于美术界重温前辈艺术名家的光辉业绩和创造成果，坚持以人民为中心的艺术方向，更好地在新时代创造思想精深、技艺精湛、制作精良的艺术作品，具有重要的现实意义。

（中国美术家协会主席、中央美术学院院长 范迪安）

17. 丹心育美——姜丹书与近现代美术教育

主办单位：浙江美术馆

展览地点：浙江美术馆

展览时间：2019年8月9日—2019年9月8日

展览前言：

姜丹书（1885—1962），字敬庐，号赤石道人，斋名丹枫红叶楼，江苏溧阳人，与吕凤子、李健、汪采白、沈企桥等成为中国第一批美术教师。曾游日本、朝鲜及国内各地，考察艺术教育。历任上海、杭州、华东各艺术院校教师达50余年之久。1917年商务印书馆出版其编写的《美术史》《美术史参考书》，是当时美术教育急需的普及性读物。其后转向解剖学、透视学和摄影等学科的研究。

姜丹书先生擅艺术理论，如解剖、透视、摄影等课，均为我国之创始者。他终生在艺术教育园地上辛勤耕耘，为培养我国艺苑中的奇花异卉贡献了毕生的精力，著有《艺术论文集》《敬庐画集》《美术史》《艺用解剖学》《透视学》等10余种。教授、影响学生甚众，艺术成就较高者有潘天寿、丰子恺、来楚生、郑午昌、赵丹等。

姜丹书先生喜作国画，尤长于画红柿、红叶。传世作品有《黄山图》，收录于《现代书画集》。晚年迁居杭州，参加浙江各种美术活动，曾当选中国美术家协会浙江分会副主席。

2007年12月，姜书凯先生将其父姜丹书先生的作品、文献100余件交浙江美术馆寄存代管。这批藏品题材丰富，包括姜丹书文稿、诗稿、著作、照片、遗物、绘画作品，以及李叔同为其母所书《姜母强太夫人墓志铭》原石和拓片，多数具有相当高的历史文物价值，此宗藏品为浙江美术馆首宗寄存代管藏品。

2019年4月至5月，姜书凯先生再次整理出姜丹书生前作品、藏品326件，包括姜丹书书画作品、师友作品以及写给姜丹书的书信、各个学校颁给姜丹书的聘书等，种类繁多，内容丰富。这批藏品中多是他的师友翰墨，均为现当代名家之作，不乏大家手笔，如：曾熙、萧俊贤、李瑞清、陈师曾、经亨颐、张宗祥、马叙伦、吕凤子、马公愚、俞剑华、刘海粟、潘天寿、丰子恺、钱松嵒等人的作品、书信，数量可观，许多作品可以填补浙江美术馆馆藏空白，具有极高的艺术与文献价值。

姜书凯先生将前后两批作品捐赠浙江美术馆，大大丰富了浙江美术馆馆藏，为研究姜丹书及中国近现代美术教育提供了大量艺术作品和文献资料，对浙江美术事业贡献巨大。这批由寄存代管转变为捐赠的征集成果，是浙江美术馆在征集方式上的创新，为美术馆典藏建设提供了新的经验。

2019年适逢中华人民共和国成立70周年，也是浙江美术馆开馆10周年，为缅怀与弘扬我国近代美术教育先驱姜丹书先生的历史贡献与艺术成就，鼓励社会捐赠，拓宽藏品征集渠道，特举办“丹心育美——姜丹书与近现代美术教育”展览。

（浙江美术馆）

18. 大漆世界：器·象——2019湖北国际漆艺三年展

主办单位：湖北美术馆

展览地点：湖北美术馆

展览时间：2019年8月16日—2019年9月15日

展览前言：

第四届“湖北国际漆艺三年展”以“器·象”为主题，意在聚“气”为“场”，营造心理与精神时空，表达对诗意生活的追求向往，更意在以其承载对历史与生命的反思。“湖北国际漆艺三年展”自2010年创办，至今已是第四届。从最初的六七个国家四五十位漆艺家参展的规模，到本届三年展形成9个国家125位漆艺家参展的体量，“湖北国际漆艺三年展”收获了社会各界越来越广泛的关注与支持。

本届三年展在世界范围内遴选优秀的漆艺作品参展，以更广阔的视野和格局来构建当今这个时代的“大漆世界”。东方漆艺绵延八千多年的发展历程，其前世今生都是全球化语境下东方文化的一朵奇葩。前世的传统漆器精彩绝伦，让世人瞩目，远传到欧洲大陆；今生当代漆艺的创新与发展则面临挑战和机遇。新时代、新语境下，传统艺术样式如何对接当下的趣味和审美、功能与需求，如何实现传统漆艺在迈向现代性的过程中，实现其创新性发展和创造性转换，这是“湖北国际漆艺三年展”不断推进的学术课题。我馆力图通过制度性的展览搭建高端的国际漆艺交流平台，同时推动漆艺的学科建设和后备人才的培养机制以及漆艺多向度和跨领域的发展，让漆艺重回我们的日常生活，走向广阔的公共空间。

经过连续三届“湖北国际漆艺三年展”的成功举办，中国漆艺的面貌已经发生了显著变化，并呈现新的气象和活力。我们鼓励当代漆艺作品作为传统文脉与当代精神之载体，以其有形之“物”言说其无形之“道”。希望本届三年展能够呈现更深层次的文化思考和更多样化的形式语言，湖北美术馆亦将不遗余力地继续发掘与推介优秀的漆艺家及作品。

谨祝展览圆满。

（湖北美术馆馆长 冀少峰）

19. 摄影180年在中国

主办单位：银川当代美术馆

展览地点：银川当代美术馆

展览时间：2019 年 8 月 19 日—2019 年 11 月 24 日

展览前言：

“摄影 180 年在中国”是国内迄今为止第一次将中国摄影的历史完整呈现出来的展览，500 多件、数千张原版原作让观众可以通过实物系统了解到摄影在中国的发展以及各个阶段的主题、特征和意义，唤起人们对这一百多年来的历史变迁的身临其境般的认识。

自从达盖尔之后，西方的艺术收藏产生了新的变化。人们获得了新的观看方式——与其说摄影是一种对流动图像的凝固和显影艺术，倒不如说艺术家本就是一台无比精确但效率缓慢的摄影机。在摄影术刚刚发明的银版时代，曝光时间大约是 30 分钟，这速度让习惯按动快门的我们来说是不堪忍受的，但如果你将它与艺术家的成像速度相比，却已经有了很大的优势。这也就能够回答为什么西方不再出现下一个荷尔拜因，但却拥有了彼得 · 爱默生、鲁滨逊和斯蒂格利茨。

将西方摄影术的发展过程和中国 180 年参照起来思考是非常有趣的。我们会发现一个完全平行的时空，中国拥有深厚广博的历史和文明，摄影术这个魔法盒子的打开，给中国艺术家带来了新的思想激荡。一方面，在中国工作的（西方 / 中国）摄影师如同他们的西方同行一样，逐渐从零星的带有英雄主义的个人冒险成长为有组织的商业行为或艺术团体，并用自己独特的方式探索摄影作为一种艺术的形式语言。

展览追溯了几乎整个早期摄影史。1839 年摄影在法国和英国同时发明；1842 年鸦片战争结束后摄影传入中国；到了 19 世纪 50 年代末，中国香港的芳华照相馆（赖阿芳）等有才华的中国摄影师成功地开了自己的照相馆，他们拥有兴旺的肖像摄影生意。

这些早期行为虽然带有商业动机，但却在无意中产生了巨大的历史意义和艺术价值，因为广阔的内需市场和不断变动的社会环境，我们看到一代又一代的中国“布列松”和“尤金 · 阿杰特”不断涌现。在油画上或可以说，中国艺术家跟随在西方身后亦步亦趋，但在摄影上，由于缺少了形式与技术上的阻碍，以及层出不穷的重大历史更迭，反倒让摄影这个领域活力四射，充满了戏剧性的特殊魅力。

在中华民国时期，中国的第一批摄影团体兴起，20 世纪初期，在“五四运动”的背景下出现了一批民间成立的摄影协会，例如上海最早的摄影组织之一的中国摄影协会，以及后来成长为中国最大的艺术摄影组织的“黑白影社”。这些社团的成员随后成了中国有限的摄影传统的中坚力量，例如沙飞这样的摄影师，他既带有黑白影社的诗化理想气质，又用这种气质坚持着极端现实主义的摄影方式。一幅斐迪南大公被刺杀的现场摄影刺激了沙飞，让他开始期待成为这样零距离拍摄的摄影师。民国时期，在现实主义和充满幻想与艺术趣味的交互实验中，涌现出很多出色的摄影艺术家。

随着历史语境的变化，库尔贝式的现实主义很快就被革命理想主义所取代，人们越来越重视高度戏剧化的摄影。和西方一样，摄影在画意和抓拍、理想和现实之间反复徘徊。1979 年悼念周恩来所自发形成的“四月影会”，发展出多种多样的摄影形态，涌现出一批推动中国摄影发展的中坚人物；1979 年在广州成立了“人人影会”，并将有影响力的纪实摄影师安哥列为其成员，还有上海的“北河盟”和厦门的“五个一”。随着社会急剧转型，又一次现实主义摄影浪潮开始出现——侯登科的陕西农民工系列；张新民的珠三角城市农民工的报道；徐勇的北京历史写照。20 世纪 90

年代初，宜居的胡同开始被拆除；姜健对农村家庭的写照；吕楠对中国精神病医院忽视患者情感的扣人心弦的系列报道。这些作品从各个角度切入了现实，在理想的拷问中摄影师们完成了集体的嬗变，如果忽略历史沿革，我们会觉得改革后的中国忽然凭空冒出了许多尤金·阿杰特。然而事实却是，中国摄影史 180 年间从未缺少过这两种传统的出席：对图像的浪漫主义和现实主义。是这一组基本的矛盾塑造了我们对摄影的态度，甚至塑造了今天的社会文化。

180 年前，当摄影刚刚被发明出来的时候，人们高呼架上绘画就要终结了。今天，架上绘画并没有消失，反而迎来更加辉煌的全球化时代。一方面，摄影面对着数字革命的挑战，但另一方面，许多接受过绘画、雕塑培训的中国年轻实验艺术家开始进入摄影。他们用独特的方式去回应中国城市令人眼花缭乱的景象。对于中国年轻艺术家来说，数字革命是他们的第二自然，从出生伊始他们就被包围在数字化网络图像主导的文化中。这将是又一个新世界的开端，中国摄影师从 19 世纪到现在创造了非凡的视觉世界，这些丰硕的成果理应被纳入一切严肃艺术品收藏体系之列。更不用说直至今天，人们仍然普遍相信着摄影的历史任务，人们仍然希望从摄影中看到文明的演变与历史的变迁。

“摄影 180 年在中国”的目的正是：回顾文明史、图像史以及以摄影为表现方式的艺术史。

（吕澎）

20. 大美之艺——中央美术学院的艺术创造与美育影响

主办单位：中央美术学院

展览地点：中央美术学院美术馆

展览时间：2019 年 8 月 30 日—2019 年 10 月 7 日

展览前言：

在中央美术学院建校 100 周年之际，习近平总书记给我院老教授亲切回信，高度评价老一辈美术家、美术教育家致力教书育人、专心艺术创作、为党和人民做出的重要贡献，指出美术教育是美育的重要组成部分，提出加强美育、弘扬中华美育精神的重要思想，为我们在新时代发展美术教育、加强美育和推动美术创作指明了方向。

百年央美之路，乃至百年中国美术教育之路、中国美术创作之路，也是一条百年美育之路。在 20 世纪中国社会波澜起伏、沧桑巨变的历史进程中，美的理想与美的创造、美的传播与美的接受始终承载着中国艺术家的文化使命和人民群众的审美期待，体现出我们民族对美的事物、美的生活和美的境界的向往，成为美术作品发挥社会功能、体现艺术价值的表征。

百年来，中央美术学院师生特别是艺术名家创作的作品，许多已成为现代中国美术经典，大量

展览现场 资料提供：中央美术学院美术馆

展览现场 资料提供：中央美术学院美术馆

作品被各大博物馆、美术馆收藏陈列或矗立于公共空间，发挥着营造社会文化氛围、满足人民群众文化需求、提高公众审美水平的积极作用。事实证明，优秀的艺术作品只有在人民喜闻乐见的欣赏中，才能拥有永久的生命力。

（中国美术家协会主席、中央美术学院院长 范迪安）

21. 春睡梦先觉——纪念高剑父诞辰一百四十周年展

主办单位：故宫博物院、中国美术馆、上海博物馆、天津博物馆、广西壮族自治区博物馆、广东省博物馆、东莞市博物馆、岭南画派纪念馆、广州艺术博物院

展览地点：广州艺术博物院

展览时间：2019 年 8 月 30 日—2019 年 11 月 30 日

展览前言：

高剑父是我国现代杰出的国画家和美术教育家，岭南画派的主要创始人。1879 年生于广东番禺（今属广州）。1892 年开始随居廉学画。1905 年赴日本研习美术。在日本期间加入中国同盟会。辛亥革命后退出政治舞台，致力于“新国画”的探索。1921 年任广东省第一回美术展览会副会长，确立了自己在广东美术界的地位。1923 年在广州创办春睡画院，作为其“艺术革命”的大本营。1930 年赴印度及其周边各国考察美术。1934 年和 1936 年先后受聘为中山大学教授及中央大学教授。1946 年和 1947 年先后创办南中美术专科学校及广州市立艺术专科学校。1951 年在澳门病逝。

高剑父是近现代中国画从古典向现代转型进程中的先驱之一，也是近现代岭南文化史上为中国美术事业做出卓越贡献的第一人。辛亥革命后他在中国画坛逐渐崛起，最终成为引人瞩目的画坛盟主和一代宗师。他所创立的岭南画派也不断发展壮大，成为在全国具有影响的绘画流派。

高剑父认为中国画应随社会的进步而进步，反对清末以来中国画因循守旧的流弊。他提倡“艺术革命”，主张吸取东西洋写实主义绘画的经验，进而将古今中外的艺术精华熔为一炉，创造出一种适应新时代的“新国画”。他的这一思想被后人概括为“折衷中西，融会古今”，成为岭南画派最重要的特征。

高剑父“新国画”的艺术渊源最主要是居巢、居廉所创立的居派绘画，以及以竹内栖凤等作品为代表的近代新日本画。但高剑父成熟期的作品却有效地消解了居派艺术纤巧婉约的风格，也不同于日本绘画清寂幽玄的“物哀”情调。他惯于通过如刀削斧砍的笔触来塑造棱角峻硬、锋锷峥嵘的形象，强调线条凌厉张扬的力度和艰涩凄厉的美感，在作品中形成强烈的视觉冲击效果和苍劲沉郁的艺术风格，体现出一种岭南历代绘画中罕见的霸悍之气。

高剑父走在了时代前列，引领了时代潮流，具有重要的开创性意义。虽然今天人们已经认识到，借古开今之路比“折衷中西”之路更加符合中国画的发展规律，但高剑父的艺术理论与实践依然是现代中国美术革新运动中不可或缺的重要资源。

在高剑父诞辰 140 周年之际，广州艺术博物院联合故宫博物院、中国美术馆、上海博物馆、天津博物馆、广西壮族自治区博物馆、广东省博物馆、东莞市博物馆、岭南画派纪念馆等机构，精选各自收藏的高剑父绘画作品举办本次展览，力图展示高剑父一生力学精研的创作历程和卓然独立的艺术风貌，以纪念这位岭南画派的一代宗师。

（翁泽文）

22. 画屏：传统与未来

主办单位：苏州博物馆

展览地点：苏州博物馆

展览时间：2019 年 9 月 6 日—2019 年 12 月 6 日

展览前言：

序言一

“君写我诗盈寺壁，我题君句满屏风。”这是唐代诗人白居易《答微之》中的句子。1200 年前，元、白二人远隔万里，写诗互倾衷肠。千载以下，每诵此诗，依稀还能想见那扇写满元稹绝句的六曲连屏。

在中国传统语境中，画屏是一个内涵独特而外延丰富的存在。它跨越了历史与艺术，洋溢着生活的气息，见证了朝代更迭、新皇旧帝，坐拥其前；见证了诗酒流连、骚人墨客，欢宴于前；见证了生死离别、才子佳人，啼笑于前。它上登庙堂，下陈闺房，傅于毫素，传之四方，甚而随斯人入于地下，逾千百年而重光，相对无言，满是寂寞，满是沧桑。

正是画屏这种多面、立体的艺术特性，催生了今人对中国古代屏风多元而灵活的研究。从传世或出土的实物屏风、书画中的图像类屏风、文献中屏风史料等多个维度，相互结合，相互碰撞，来探究这一充满迷人魅力、富于神秘气质的现象。摒弃固有的视角，不为专业所限，尝试全方位、多角度来发掘、研究、欣赏画屏，是本次展览的契机。

尽管画屏的实用功能在不断蜕化，逐渐脱离现实生活，但它同时也在转变与升华，努力于无形中融入当下。如何将之转化成当代艺术创作的主题，如何将之与未来的艺术创作产生链接，立足当下，回顾传统，面向未来，是本次展览探索的方向。

本次展览得到故宫博物院、上海博物馆、南京博物院、河北博物院、山西博物院、湖南省博物馆、浙江省博物馆、四川博物院、重庆中国三峡博物馆、新疆维吾尔自治区博物馆、河北省避暑山庄博物馆、河北省文物研究所、四川泸县宋代石刻博物馆、深圳市金石艺术博物馆、朵云轩木版水印分公司以及美国纳尔逊·阿特金斯艺术博物馆、美国芝加哥艺术博物馆、美国波士顿美术博物馆等单位的大力支持，在此谨表示最诚挚的感谢。

是为序。

（苏州博物馆馆长 陈瑞近）

序言二

画屏在古代中国美术中具有独特的“三位一体”身份：它既是一种极为重要的绘画媒材，又是可供近距离欣赏的以不同材料制成的物品，还是协助建构室内外空间的准建筑构件。这一特性使屏风在传统美术中扮演了耐人寻味的角色，把图像、空间和物品这三个视觉艺术中的基本元素凝聚在综合性的艺术创造之中。这种情况不但在中国美术中是独特的，而且在世界艺术史中也不多见。由于这个原因，虽然屏风这一形式在现代时期退出了人们的日常生活，但它的素质已经化为中国艺术基因的一部分。它持续的生命力不是表面的，而是潜藏在中国文化的底蕴和中国艺术家的深层思维之中。

本展览是对“画屏“这一艺术形式的首次大型展示，把精心选择的一批具有代表性的作品和艺术家系统地介绍给公众。对于古代艺术的研究和欣赏，我们希望这个展览可以揭示画屏在中国传统文化和艺术发展中的关键作用，探讨其跨越书画、建筑和器物的综合性能，从而扩展艺术史研究的方法和角度。对于当代艺术的介绍和理解，我们希望这个展览可以引入一个新的角度，通过建立与传统艺术的对话，在发掘一个古老艺术传统的持续生命力的同时，彰显中国当代艺术的一种特殊文化渊源。

（策展人 巫鸿）

23. 庆祝中华人民共和国成立七十周年：人民的纪程——主题性与纪念性雕塑大展

主办单位：中国美术学院

展览地点：中国美术学院美术馆

展览时间：2019年9月19日—2019年10月6日

展览前言：

1949年10月1日，中华人民共和国宣告成立。70年来，整个国家如同一艘满载社会主义革命、现代化、国际主义理想之巨轮乘风破浪，无论是在中华民族的历史上，还是在世界历史上，这都是一部感天动地的奋斗史诗。雕塑家们以其铸造之艺、理想之姿淬炼出史诗般的中华人民寻求解放与和平、向往美好生活的时代群像。

由国家艺术基金支持、中国美术学院主办的“人民的纪程——主题性与纪念性雕塑大展”将呈现一段伴随着中华人民共和国人民成长的雕塑历程。展览基于雕塑艺术的本体语言和中华人民共和国雕塑的历程，挑选了200余件作品、小稿、手稿、文献等，以此呈现雕塑家塑造出的历史与时代的知觉、个体与群体的知觉、自然与生命的知觉。

“人民的纪程”确定了雕塑所要描绘的精神空间及语言的关切，并且渗透在具体的塑造之中，即艺术家通过自己的自觉与自省，通过典型的形象来表现人民不同的面貌、姿态、性格，甚至思想与感情。没有环境描写也没有多余的情节，用洗练概括的形象来表现尽可能多的形象内容。因为雕塑艺术本身的纯粹及其建造具有集体与公共的特征，它是在摄影和影像出现之前，进行公共表达最精准的形式。

展览循着“塑形”“丰碑”“群像”“纪念”“情志”“湖山”这几条关于塑造的思考展开，与进行严格的定义和互相封闭的版块方式不同，展览在雕塑家的创作内容和时代之间保留一种穿越，力求呈现中华人民共和国雕塑艺术主题性的坚守与发展以及纪念性的文化脉络。

本次展览包括了中国三代百余位雕塑家的作品，以他们所经历的物质性与精神性的记录，呈现雕塑所叙述的国家、社会和个体。社会性政治的古老神话、个体经验的哲学共栖于此。盘踞在现代中国的百年雕塑的时间历程，也在这三代雕塑创作者及他们的下一代之间传递与相会，在不同的时代文化与语境，留给我们共通的意义理解。

展览开幕的同时，还将于9月20日举行以“塑造知觉”为主题的学术论坛。雕塑艺术本身的意志和精神渗透进了每一件我们熟知的雕塑作品当中。作为一项同时包括建造和塑造的艺术，雕塑本身具有留存历史，尤其是精神史和视觉认知史的功能，许多线索就潜藏在艺术家的创作、创作对象、委托关系、写作与收藏等范畴之中。我们将其称之为“时代知识的感觉”。

我们将从雕塑的角度探讨艺术是如何塑造国家、人民的视觉历史的，从中得以一窥国家建立和发展历程的新气质、新创造、新时代。公共空间中的雕塑展示的首要原则是审美平等。雕塑家的创作是从我出发，以其超越“我”的无数个体获得共同的经验。

丰沛饱满的历史感悟、深厚博大的人民之心、有筋有骨的艺术塑造都是雕塑艺术献给中华人民共和国成立70周年的礼赞！

24. 江山如画——12—20世纪中国山水画艺术展

主办单位：北京市文物局

展览地点：首都博物馆

展览时间：2019年9月28日—2019年12月1日

展览前言：

“山川之美，古来共谈。”

中国人将山水作为审美对象有着悠久的历史，古人常用美好的品行比德山水，因而山水之乐又被誉为“仁智之乐”。人们通过登高临远，澄怀观道，静照忘求的独特方式，最终达到回归自然，与造化冥合为一的精神境界。这极好地诠释了中国人特有的审美方式与精神旨趣，深刻地体现了中华民族的文化特征。

纵观画史，山水画在晋宋之际已初具规模，到唐末五代已然成熟。宋代，北方出现“三家鼎峙”的繁盛局面，南方则有“董、巨”等，名家辈出，百代楷模。元代山水画在传承中创新，达到抒情写意的高峰。明、清乃至近现代，更是派别林立，灿若星河。

古人认为好的山水画必须具备“可行、可望、可游、可居”的功能，如此方臻“妙品”。现在，请与我们一起在壮丽的江山画图中登山、临水、揽胜，在如诗的意境中栖居、卧游……

25. 吮毫描来影欲飞——明清写意人物画的象与神

主办单位：故宫博物院、浙江省博物馆、广东省博物馆、重庆中国三峡博物馆、天津博物馆、中央美术学院美术馆、广州艺术博物院、北京画院

展览地点：北京画院美术馆

展览时间：2019 年 10 月 25 日—2019 年 12 月 15 日

展览现场 资料提供：北京画院美术馆

展览现场 资料提供：北京画院美术馆

展览前言：

继“越无人识越安闲——齐白石笔下的人物神情”之后，北京画院携手故宫博物院、浙江省博物馆、广东省博物馆、重庆中国三峡博物馆、天津博物馆、中央美术学院美术馆、广州艺术博物院等七家文博机构，合力打造“吮毫描来影欲飞——明清写意人物画的象与神”。这是“中国古代书画研究系列展”的第六场专题展。展览从写意角度入手，旨在寻找中国绘画绵延千载的内在精神，并以此为当前的人物画创作提供借鉴与思考。

“吮毫描来影欲飞”，源自本次展览中罗聘所绘《丁敬像》的一首题诗。“古极龙泓像，描来影欲飞”将写意人物的气质与神姿描述得入木三分。此次展览为了向观众清晰、全面地展示明清写意人物画的面貌，特别向各大博物馆与美术馆商借到诸多名家精品：徐渭的墨趣横生、文徵明的浅淡用笔、戴进的顿挫有力、陈洪绶的高古奇骇……将在这里一一呈现。

26. 安尼施·卡普尔个展

主办单位：中央美术学院、北京市总工会

展览地点：中央美术学院美术馆、太庙艺术馆

展览时间：2019 年 10 月 25 日—2020 年 1 月 1 日

展览前言：

安尼施·卡普尔先生是当代西方艺术的代表人物，也是在国际当代艺术界享有盛誉的艺术家。他的作品在国际艺术大展中频频亮相，引人注目，尤其是那些矗立在都市公共空间的大型作品，作为跨越世纪的艺术奇观而产生巨大的影响。时值2019年秋天，他的回顾性艺术展首航中国，以盛大的规模在中央美术学院美术馆和太庙艺术馆同期相继展出，堪称卡普尔艺术壮观的中国之旅。

在20世纪末西方艺术文化的变更趋势中，卡普尔的艺术以既具个性又兼公共性的观念和形态崭露头角，其缜密的思维、神秘的玄想和狂放的想象力交织在一起，使他的艺术迸发出超越过往程式、创造崭新感知的光彩，成为一种具有复合意涵和充沛能量的文化表征。他的创作植根于古印度哲学思想，将东方文化的精神内核与西方文化的现代象征结合起来，在材料媒介与文化隐喻之间、在自足形态与生态环境之间建立起独特的关联。他崇尚色彩是洗礼和信仰，空间是心智与灵魂，材料是精神的附体，使作品在物质与非物质、存在与超越、本质与外延这些二元复合的语言中激荡起神秘而强大的共振力量。在20世纪80年代，他就成为“新英国雕塑”的代表艺术家，也获得过彰显西方创新探险精神的“特纳奖”，由于他的观念对应并反映了全球语境下新的文化现实与文化心理征候，他的艺术更多的是走向世界，在跨文化的传播交流中形成广泛的影响。

艺术家的才能在于把复杂的意绪落实为单纯的视觉形态，又以单纯的视觉形态提示形而上的意涵。卡普尔在把握纯粹性和多义性的关联上是一位高手，他善于运用作品所置的空间，形成作品生成的现场，制造迷幻式的观感，使人获得沉浸式的感知。有些语言符号属于他的专利，例如运用富有生命起源象征的红色，体现“皆空”观念的粉末和犹如旋涡、深穴、黑洞般的“凹陷”。他最拿手的材料和形式莫过于不锈钢的装置巨构，这类作品极为纯粹，形态总有弧面，由此使得光洁的表面不仅是自身发亮的物体，还是周遭景观的载体，而折射和反射的景象构成一种从“常象”变成“异象”的转换，制造出令人炫目的“镜像”。

卡普尔先生本人对他艺术的中国之行十分重视，与展览主办方及我的同事们一起做了策划筹备，我们双方都希望这个展览能在学术上呈现卡普尔迄今的主要艺术历程，也构筑起直接体验他

展览现场 资料提供：中央美术学院美术馆

展览现场 资料提供：中央美术学院美术馆

大型作品的场域。当代中国艺术在立足中国本土创新发展的基础上仍然需要放眼世界，展开广泛的交流，形成深度的文化对话。卡普尔的艺术是如此智慧地对应了当今世界的复杂性，又如此玄奥地让人感受到形而上的精神秘响，在这个金秋，让我们应卡普尔“想邀请人们来追寻”这一愿望之约，一起在他艺术的宏大场景中畅游和畅谈。

（中国美术家协会主席、中央美术学院院长 范迪安 2019 年 10 月）

27. 共同空间：后非遗时代的大运河叙事

主办单位：北京时代美术馆

展览地点：北京时代美术馆

展览时间：2019 年 10 月 27 日—2019 年 11 月 27 日

展览前言：

人类逐水而居，文明薪火相传 2000 多年，大运河水系生命繁衍，世代不息。从历史上的南粮北运、盐运通道到北煤南运、防洪灌溉，大运河始终在时代变换中焕发着活力。大运河是活态的遗产，它关乎民族的历史和命运，它承载着时代的变迁和流变的文化。大运河既是中华文明的重要载体，也是全球化时代最具代表性的历史隐喻。它是人类与自然共同创造的奇迹，蕴含着与自然和谐共处之道。

水意味着流动与自由。当“运河”作为一个概念被发明，交换、贸易、文化、文明也开始自由流动。历史学家告诉我们，文明是如何在尼罗河、幼发拉底河、底格里斯河、印度河、恒河，以及中国的黄河流域诞生的。人类创造了运河，使得农业成为可能，使得土地肥沃，万物生长；使得船舶往来，商旅辐辏；使得沿河城市繁荣和发展；更是催生了被称之为“艺术”的精神产物。

此次展览中，艺术家们并非以命题作文的形式描绘大运河，相反，他们试图发掘运河文化的底蕴与象征，通过人类与水与生俱来的关联，以自由的想象力与多元的艺术语言进行创作。展览共邀请了 26 位 / 组中国当代艺术家，参展的 30 余件 / 组作品涵盖绘画、雕塑、装置、影像、多媒体、VR 技术等不同类型。从大运河文化、运河沿线非遗、当代艺术三个核心关键词出发，试图以当代艺术的视角重新构建中国传统文化在当下现实中的作用与意义。

如果说长城是中华民族挺立的脊梁，大运河就是中华民族流动的血脉，一条贯穿南北承载着文化基因的大动脉。北京的文化就是源远流长的运河文化，它曾是一切故事的始源，而此时此刻，大运河北京段也因艺术而再起波澜。

今日中国，建立了一条条数字运河、国际运河、速度运河。“运河”不只有自然的意义，更具有科技与未来的当代性。在一个以高铁、高速公路、飞机、全球化互联网通信，甚至是 5G 时代的大环境

展览现场

展览现场

展览现场

中，我们都将找到一个与文化遗产内涵相呼应的契合点，从而继续书写属于这一代人的新史诗。

回溯历史，中国大运河推动了经济的变革、文化的传播、思想的交流、社会的发展，它是人类改变自然而不破坏自然，并使得利益最大化的共同财富。在未来的发展中，更需要人们融通彼此、齐心协力、共创未来。就如同展览中的每一件作品，由不同个体创造，自言自语，却于一个共同空间中汇聚交融、能量互动，诉说着同一个故事：在新时代，如何保护利用好文化遗产，使其在数字运河与国际运河之中发挥核心作用，则是当代人的使命。

今天，在中国大运河“后非遗时代”这一语境中，这条与民族相生相伴的生命之河在当代艺术中重释价值，继续探讨人类该如何面对自然，如何面对传统，如何传承与创新，这些都可以从“大运河”之中获得对未来的启示。

（策展人 肖戈）

28. 白咬着黑——新兴木刻运动中的“现代版画会”馆藏作品展

主办单位：广州美术学院美术馆

展览地点：广州美术学院美术馆

展览时间：2019 年 11 月 5 日—2019 年 11 月 27 日

展览前言：

在中国的新兴木刻运动中，由李桦 1934 年于广州发起成立的“现代创作版画研究会”至今还没有过系统的研究和展览。这个团体集合了唐英伟、赖少其、刘仑等在内的 27 名艺术家，受鲁迅先生倡导的新兴木刻运动影响，凭借广州当时有利的地缘关系与上海、杭州的木刻活动遥相呼应。因为广州市立美术学校以及广州文化艺术的地域特征和所面对的国际化情境，现代版画会既是整体的新兴木刻运动的有机组成部分，有着相似的思想主旨和艺术倾向，同时又不乏自身独特的面貌。那么，关于这样一个团体的研究和展览，对于 20 世纪广东美术现代性进程的揭示以及中国新兴木刻的全面梳理无疑都具有重要的意义。

今年，广州美术学院美术馆受学校委托策划“抗战时期木刻创作展”，与图书馆紧密合作，在特藏文献中爬梳出与新兴木刻有关的书籍和图像，其中便含有两套民国版画原作。一函写着“暴露旧中国面貌的木刻原作”，有作品 88 件，创作于抗战及解放战争时期；另一函写着“解放前版画原作”，有作品 146 件，从风格、部分署名可以看出皆是现代版画会成员之作。经学校研究决定，这两套作品移交到美术馆收藏。可以说，这批作品的来源、入藏本身就是值得讨论的话题。对于后者，我们作了细致的考订工作，依照现代版画会曾出版的刊物《现代版画》《木刻界》以及《鲁迅藏中国现代版画全集》进行了核对，辨识出大部分作品的名称、作者，但也有部分作品暂无从考证，不过这也表明，或许这些尚未见于各种出版物的作品只此一份而愈显珍贵。正是因为有了这批作品作为支撑，我们才得以组织起现代版画会的专题研究展。

在对作品和史料进行梳理的基础上，我们提出“现代主义”和“现实主义”两条线索。一方面，现代版画会很明显受到当时广州作为现代洋画引进的重要一站的时代氛围影响，他们的不少作品呈现后印象派、野兽派、表现主义、立体主义、未来派等风格倾向；另一方面，他们又不赞成纯粹的形式主义，而主张关注社会现实，走出“象牙之塔”，描写“十字街头”。尤其是随着抗日形势的紧迫，他们对于推行木刻的大众化、唤醒民族精神的诉求越来越强烈。可以说，在他们那里，我们后来经常视作对立的两个概念——“现代主义”与“现实主义”是同时进行的，除了学习西方、日本的木刻和洋画，还兼顾汲取中国传统及民间因素，并保留了艺术探索初创阶段的朴拙与蓬勃的活力。展览主题“白咬着黑”既表明木刻语言中黑白分明和纠绕的关系，又隐喻在当时的社会环境下，这些艺术家如何饱含激情，在时代的峥嵘中初露锋芒。还需要指出的是，现代版画会的活动除了举办展览会、出版画册及刊物，还有对农村的宣传。他们的作品不少是反映农村生活和农民疾苦的，或许是受当时民俗学研究风潮的影响，他们还专门出版了《现代版画》“新春风俗专号”“民间风俗专号”以及《南中国乡土玩具集》《北中国乡土玩具集》等。这些放在当时整个新兴木刻运动的语境下都是别具特色的，它们不但是艺术大众化的一种有益尝试，同时也留下了弥足珍贵的民俗学样本。

展览现场 资料提供：广州美术学院美术馆

展览现场 资料提供：广州美术学院美术馆

依循着现代版画会的作品取向与工作架构，结合大量的文献和手印出版物，我们建立起它的叙述脉络，并试图找到其与整个中国新兴木刻运动的关系和差异。在庆祝中华人民共和国成立70周年之际，我们希望这个展览所提供的资料和思考能够引起广大学者和观众的关注，从而对于构成中国革命美术的基因和线索获得更多具体而微的认知和精神上的启示。

（广州美术学院美术馆常务副馆长 胡斌）

29. 山川悠远——“山水”艺术的当代衍变创作与文献展

主办单位：上海油画雕塑院

展览地点：上海油画雕塑院美术馆

展览时间：2019年11月14日—2019年12月13日

展览前言：

上海油画雕塑院“文献系列展”是上海油画雕塑院的重要学术品牌展览项目之一。该展项通过系列艺术大师（名家）个案研究和“群体”“流派”专题研究，以文献、作品、实物相结合的方式推出展览，不仅体现了上海油画雕塑院的艺术创作和学术研究实力，而且在专业领域和社会层面均获得了积极的肯定与反响。本次由院理论研究室策划的“山川悠远——‘山水’艺术的当代衍变创作与文献展”即为该“文献系列展”之一。

山水艺术是中国古典文化的重要代表，体现着中国人的审美和精神追求，也享誉世界，一直以来都是中国与亚洲乃至世界沟通的文化名片。物质的山水是生命的依靠和寄托，人文的山水则传递了代代相传的艺术传统、人文精神和哲学思考。在中国美术史上，以上海为中心的江南山水艺术占有着相当的篇幅和重要的地位；上海也曾是20世纪西学东渐、新文化运动的重镇。此次展览围绕山水主题展开，希望通过梳理20世纪以来中国传统山水艺术在受到西方艺术的冲击、影响，并对其进行吸收、融合、发展后所产生的艺术语言、观念和风格衍变的脉络，展现全球化语境下中国当代艺术的独特品位和格调，同时也为时下的中国传统艺术的当代传承和文化自信的展现提供具有价值的视野、思路和样本。

今天，随着科技的进步和城市的迅猛发展，各种环境问题、都市化问题日益突出，山水艺术所体现的“和谐共生”的自然观、生命观对于当代城市和人类社会的作用和意义显得更为重要。在上海积极响应国家的文化发展战略、打响文化品牌、加快建设国际文化大都市的过程中，我们认为对山水艺术及其精神的传承、沿革以及当代性转换和发展进行较为系统的梳理和研究十分有价值，这不仅对于该专题学术研究具有意义，也让山水艺术能够更好地为城市发展和提高市民生活品质做出有益的贡献。

（上海油画雕塑院）

30. 仰之弥高——二十世纪中国画大家展

主办单位：南京博物院、中国美术馆、北京画院、徐悲鸿纪念馆、李可染艺术基金会、天津博物馆、龙美术馆、苏州博物馆、南京市博物总馆

展览地点：南京博物院

展览时间：2019年11月27日—2020年2月28日

展览前言：

如果把20世纪中国画史比喻成一条银河，那他们一定是银河中最闪亮的巨星：齐白石、黄宾虹、徐悲鸿、潘天寿、张大千、林风眠、傅抱石、李可染。他们的名字和艺术成就，代表着这个时代中国画的最高水平。

20世纪是中国历史上最为波澜壮阔的时代，动荡和机遇、传承和革新交相辉映，而传承沿袭和创新发展成为时代的主流。20世纪更是古老中国获得新生的历史时期，在内忧外患中，中国人民在中国共产党的领导下，经过浴血奋斗和艰难蜕变，在70年前成立了中华人民共和国，并且走出了一条具有中国特色的社会主义道路。

美术史论家一般把20世纪早期作为中国现代绘画史的开端。清代“四王”之后，中国画坛因守旧之风而每况愈下。康有为先生说：“如仍守旧不变，则中国画学应遂灭绝。”20世纪一二十年代，随着“西学东渐”之风的兴起，一些学生和画家走出国门，去接受西方的美术教育。西方绘画理念和技法的传入开启了中西方绘画多元并存、融汇创变的新局面。

在这前所未有的社会和文化背景下成长起来的这八位中国画大家，尽管他们的成长环境、人生经历等各不相同，但大时代变革浪潮使他们具有共同的文化特点和精神面貌。他们的中国画创作实践推进了中国画的变革，拓展了中国画的艺术范畴，将中国画推向了新的发展阶段，在20世纪中国画史上写下了辉煌的篇章。

艺术家个人的天赋灵性、人生际遇以及中西文化影响程度的不同，造就了他们独特的艺术个性和绘画气质。这八位大家大致可分为以下两种类型，基本上代表了当时中国画的两种主要走向和价值追求。

第一类以齐白石、黄宾虹、潘天寿、张大千为代表，为传统的新型画家。他们重视传统画要素的继承，既“师古人”，也“师造化”，并不囿于中国画传统，勇于打破其藩篱，走出了一条传承、变革从而获得成功的道路。齐白石的质朴传神、黄宾虹的浑厚华滋、潘天寿的一味霸悍、张大千的富丽堂皇在画坛影响深远，给人们留下了极为深刻

的印象。

第二类以徐悲鸿、林风眠、傅抱石、李可染为代表，为中西结合型画家。他们多有求学欧洲或者日本的经历，其创作受到了西方或日本绘画的影响，走出了一条中西结合、融通创新从而获得成功的道路。徐悲鸿的传神写照、林风眠的灿烂辉煌、傅抱石的蓊郁淋漓、李可染的深邃厚重给人以精神上极大的震撼和享受。

《论语·子罕》曰：“仰之弥高，钻之弥坚”。越仰望越觉得高远，越钻研越觉得坚厚。《诗经·小雅》云：“高山仰止，景行行止”。这八位大家的技艺、成就以及传承创新的精神，像高山一样，让人敬仰，垂范后世，百代标程。

习近平总书记指出：“文化是一个国家、一个民族的灵魂。”“抛弃传统、丢掉根本，就等于割断了自己的精神命脉。”这八位画家之所以取得如此杰出成就，正是因为他们尊重并传承优秀传统文化，与时俱进，兼容并蓄，求新求变。体悟他们的绘画艺术所具有的审美境界、精神内蕴和理想价值，对于传承、复兴优秀传统文化，增强文化自信，促进今天的文化艺术建设，无疑具有重要的意义。

此次展览由南京博物院会同中国美术馆、北京画院、徐悲鸿纪念馆、李可染艺术基金会、天津博物馆、龙美术馆、苏州博物馆、南京市博物总馆这八家美术、文博机构联合举办，在此向上述单位的大力支持表示衷心感谢！

八位巨星的经典力作同堂展示，让我们一起回眸20世纪中国画的衍变轨迹和取得的最高成就，聆听这个时代中国画传承、发展与创新的澎湃涛声。

（南京博物院

2019年11月26日）

31. 心画——纪念陆维钊诞辰一百二十周年文献展

主办单位：中国美术学院、浙江省文学艺术界联合会

展览地点：中国美术学院美术馆

展览时间：2019年12月9日—2019年12月20日

展览前言：

陆维钊（1899—1980），字微昭，晚年自署劭翁，斋名庄徽室、圆赏楼，浙江平湖人。陆维钊先生是现当代杰出的学者、书画大家，也是中华人民共和国高等书法教育的拓荒者和奠基人之一。

20世纪60年代初，在周恩来总理的直接关心下，潘天寿院长亲自主持，陆维钊先生作为科主任，开创了中华人民共和国第一个高等书法专业。在那个百废待兴的年代，老一辈艺术家们以“为往圣继绝学”的使命感和责任感，深谋远虑，筚路蓝缕，奠教学之基，辟艺创之路。陆维钊先生的教学理念和教育思想深深地影响着中华人民共和国书学之路上的一代代接力者。世人眼里作为艺术家的陆维钊先生更是一位饱学的经史学者、诗文大家。在他沉雄豪迈、清奇殊胜的书画艺术背后是通达的学养、隽远的情怀。垂暮之年的他仍以“诗人”自称，满怀传统文士的豪情壮志。他时常教导学生：“书家之传于后者，类多人格高尚，学问深湛，文辞华美。非此者，其修养之不足，必不易于寿世。”人格高尚、学问深湛、文辞华美又何尝不是陆维钊先生崇高人生的三大基石！

此次文献展以数百件陆维钊先生的珍贵手稿为主体，展览分五个部分：一、万山青拥一诗人；二、此身端拟蠹书终；三、书笔苍茫起鬼神；四、树木十年梁栋在；五、回春一瞬雪霜融。分别从诗词、学术、书法、教育、医学等方面彰显这位杰出书法家、教育家卓绝的艺术才华、深厚的学术修养、严谨的治学精神。陆维钊先生的成就为世

人所共仰，睹其书迹如见其人。正所谓“书者，如也”。古人云：“夫求格之高，其道有四：一曰清心地以消俗虑，二曰善读书以明理境，三曰却早誉以几远到，四曰亲风雅以正体裁。具此四者，格不求高而自高矣。”正是陆维钊先生的真实写照。

32. 第四届今日文献展：缝合

主办单位：今日美术馆

展览地点：今日美术馆

展览时间：2019 年 12 月 13 日—2020 年 3 月 15 日

展览前言：

“今日文献展”是北京今日美术馆主办的常设性大型国际三年展，它自诞生起即从中国国情出发，不断发现和提升中国当代艺术的实验性和学术性，同时在全球视野中洞悉和把握变化的国际当代艺术走向。自 2007 年首次举办以来，经过 12 年实践和经验的积累，该项目在国内和国际上产生了不同凡响的影响，不仅展现了中国的艺术理论和实践，还反映了亚洲地区和世界其他地区当代艺术创作的新动向。2019 年举办的第四届今日文献展以“缝合”（A Stitch in Time）为主题，邀请策展人黄笃与乔纳森·哈里斯（Jonathan Harris）联合策展，邀请来自不同国家及地区的 37 位艺术家参展。展览主题是基于全球最新的社会、政治、经济、文化复杂变化的现实而提出的。这些世界景观的新动向及不确定的状态，类似于国际经济发展的失衡、贸易保护壁垒与逆全球化的抬头、被迫流离失所的移民、狭隘的民粹主义与宗教极端主义和恐怖暴力的不断浮现，高科技技术的竞争及跨越地理界限的网络渗透和攻击、环境问题，及英国脱欧的困惑等，直接或间接影响和威胁到人类生存和发展的进程。

2019年度展览总目

展览名称	时 间	地 点	主办/策展
看画·读画——历代名迹选萃	2019.01.01—2019.03.25	台北故宫博物院	台北故宫博物院
2019喜迎新年——扬州市国画院书画作品展	2019.01.01—2019.02.15	扬州市美术馆	扬州市国画院
来禽图——翎毛与花果的和谐奏鸣	2019.01.01—2019.03.25	台北故宫博物院	台北故宫博物院
其命维新——傅抱石的艺术世界	2019.01.01—2019.03.31	天津博物馆	天津博物馆、南京博物院
不忘初心——朱曜奎·黄建南师生传统与创新艺术展	2019.01.03—2019.01.08	中国政协文史馆	清华大学美术学院、北京市文物局、丝路青年论坛、丝路国际智库交流中心、徐悲鸿艺术委员会、北京九藏天下文化发展有限公司
凭空捏造——从雕塑到装置	2019.01.04—2019.01.18	华南理工大学五山校区	广州市雕塑学会、华南理工大学建筑学院
2018海丝艺术品中心书画课题研究成果展——雕琢复朴：全国篆刻名家学术邀请展	2019.01.05—2019.01.14	厦门大学美术陈列馆	厦门大学艺术学院、福建省民间文艺家协会、厦门佰翔海丝盛业国际文化艺术发展有限公司
神话派对——张钊瀛个展	2019.01.05—2019.01.15	南京艺术学院美术馆	南京艺术学院美术馆
花鸟·云南展Ⅱ	2019.01.05—2019.01.15	云南艺术学院图书馆	云南艺术学院
再寻广胜——梅莹艺术展	2019.01.05—2019.01.16	中国美术馆	山西省文学艺术界联合会
中国美术馆青年艺术家提名展（2018）	2019.01.05—2019.01.16	中国美术馆	中国美术馆
“思考的初现”——纸本手稿展	2019.01.05—2019.01.16	南京艺术学院	南京艺术学院文化产业学院
立形聚神——全国水墨人物画名家学术邀请展	2019.01.05—2019.01.12	福建省画院	福建省画院
富贵猪——南京博物院藏猪文物特展	2019.01.05—2019.04.04	南京博物院	南京博物院

（续表）

展览名称	时　间	地　点	主办/策展
魔灯犹在：伯格曼和他影响的艺术与时尚	2019.01.05—2019.01.15	南京艺术学院美术馆	南京艺术学院美术馆、瑞典驻上海总领事馆
百年荣耀 文脉传薪——中国画名家邀请展	2019.01.06—2019.01.08	（北京）中国国家画院	百年荣耀艺术馆
守望·中俄建交70周年：故乡——西多罗夫、妥木斯油画展	2019.01.06—2019.01.16	中国美术馆	中国美术家协会、俄罗斯联邦美术家协会、俄罗斯国立苏里科夫美术学院
匠心入木——李先海雕塑艺术展	2019.01.06—2019.01.16	中国美术馆	中国美术馆、四川省文学艺术界联合会
风生水起——当代中国水彩画作品展	2019.01.06—2019.01.16	中国美术馆	中国美术馆
共产党人的光辉榜样——刘少奇	2019.01.06—2019.01.26	海南省博物馆	中央党史和文献研究院第二研究部、沈阳市文化旅游和广播电视局
韩美林生肖艺术大展	2019.01.06—2019.02.20	故宫博物院	故宫博物院、韩美林艺术基金会
贺岁迎祥——紫禁城里过大年	2019.01.06—2019.04.07	故宫博物院	故宫博物院
虚境——何振华作品展	2019.01.08—2019.01.15	上海美术学院美术馆	上海美术学院、上海大学数码艺术学院、上海美术学院水墨缘工作室
为奥运喝彩——奥林匹克艺术博览会城市系列展	2019.01.08—2019.01.20	四川美术馆	国际奥林匹克委员会
铸金炼课——2018年度研究生核心课程十五案	2019.01.08—2019.01.20	中国美术学院美术馆	中国美术学院
山河颂——陈金章山水作品展	2019.01.08—2019.01.27	广州美术学院美术馆	广州美术学院、广东省美术家协会
十年一见——“曾竹韶雕塑艺术奖学金”获奖作品全国巡展（北京站）	2019.01.08—2019.02.24	中央美术学院美术馆	中央美术学院、中国雕塑学会、中国美术家协会雕塑艺术委员会、大同市人民政府
回眸——纪念上海解放70周年馆藏展	2019.01.08—2019.07.28	龙美术馆（浦东馆）	龙美术馆（浦东馆）
丹青锦裳——郑锦与中国近现代美术教育	2019.01.09—2019.03.03	中央美术学院美术馆	中央美术学院
不仅仅看见——新现实主义水墨研究展巡回展（西安站）	2019.01.09—2019.01.16	陕西省美术博物馆	山东省文化和旅游厅、大众报业集团、山东省文学艺术界联合会、山东师范大学
北京工笔重彩画会2018会员作品交流展（第一场）	2019.01.09—2019.01.13	塞隆水泥库艺术空间	北京工笔重彩画会

（续表）

展览名称	时　间	地　点	主办/策展
城头山（首届）文化艺术节——书画名家走进澧县：采风写生创作活动作品展	2019.01.09—2019.01.11	湖南省画院美术馆	中共澧县县委、澧县人民政府、常德市文化旅游广电体育局、湖南省画院、湖南省美术家协会、湖南省书法家协会、常德市文学艺术界联合会
辑录戊戌——佛山市艺术创作院2018年度作品展	2019.01.09—2019.01.22	佛山市图书馆	佛山市艺术创作院
感悟生活2018——江苏省美术馆艺术家作品展（巡展）	2019.01.09—2019.01.20	江苏省美术馆	江苏省文化和旅游厅
纪念改革开放40周年——全国青年艺术家邀请展	2019.01.10—2019.01.27	上海长宁区图书馆	上海长宁区图书馆
砺礴长安——长安书画院建院三十五周年书画作品展	2019.01.10—2019.01.16	陕西省美术博物馆	长安书画院
敦煌不再遥远——走进河北	2019.01.10—2019.04.10	河北博物院	河北博物院、敦煌研究院
祈福迎祥——佛山木版年画展	2019.01.10—2019.04.10	大连博物馆	大连市公共文化服务中心、佛山市文化广电新闻出版局
帝国之路·雍城崛起——秦国历史文化展	2019.01.10—2019.04.10	秦始皇帝陵博物院	秦始皇帝陵博物院、陕西省考古研究院、宝鸡青铜器博物院、陇县博物馆
名师提名展——远方山河：王治平、王殿华油画展	2019.01.11—2019.01.28	岭南美术馆	中国艺术研究院中国油画院、岭南画院
澄怀观道——2018中国油画院特邀“第五届挖掘·发现新人展”青年艺术家作品展	2019.01.11—2019.01.28	岭南美术馆	中国艺术研究院中国油画院、岭南画院
中国精神——中国美协油画艺委会委员作品展（山东站）	2019.01.11—2019.02.24	山东美术馆	中国美术家协会
传承——广州市美术家协会历届主席团成员美术作品邀请展	2019.01.11—2019.01.16	广东画院美术馆	广州市文学艺术界联合会、广州市美术家协会
翰墨丹心——尹瘦石百年诞辰回顾展	2019.01.11—2019.01.23	北京画院美术馆	中国文学艺术界联合会、中国美术家协会
刀笔生辉——罗映球艺术精品全国巡展（哈尔滨站）	2019.01.11—2019.02.13	黑龙江省美术馆	广东省美术家协会、黑龙江省美术馆、中共兴宁市委、市人民政府、肇庆美术馆、肇庆学院美术馆
己亥大吉——新春特展	2019.01.11—2019.03.10	龙美术馆（西岸馆）	龙美术馆（西岸馆）
山水有知音——广州艺术博物院藏明清广东山水画展	2019.01.12—2019.03.31	广州艺术博物院	广州艺术博物院
炳烛师汉——滕西奇先生八秩书法求教展暨《两汉名碑注释》首发式	2019.01.12—2019.01.19	今日鉴藏美术馆	山东省书法家协会、济南大学
走进太行——十周年（2009—2018）优秀美术作品展	2019.01.12—2019.02.20	河北美术馆	河北美术馆（河北画院）

（续表）

展览名称	时　间	地　点	主办/策展
齐鲁颂·“三个一百”美术创作工程——百项山东重大历史事件作品展	2019.01.12—2019.01.20	山东美术馆	中共山东省委宣传部、山东省文学艺术界联合会
剑胆文心——警界六人书画展	2019.01.12—2019.01.20	金陵美术馆	江苏省公安文学艺术联合会、江苏省中国画学会
先驱之路：留法艺术家与中国现代美术（1911—1949）	2019.01.12—2019.03.03	中央美术学院美术馆	中央美术学院
新考工记——中法手工之美	2019.01.12—2019.03.17	中国国家博物馆	中国国家博物馆、Heart& crafts
陇右新裁：甘肃青年书画家提名展（第三回）	2019.01.13—2019.01.16	甘肃艺术馆	甘肃艺术馆、兰州大学书法研究所
老舍笔下的人物及街市	2019.01.13—2019.03.20	首都博物馆	北京市文物局、北京市文学艺术界联合会、北京演艺集团
四十如歌 砥砺同行——庆祝改革开放40周年书画作品展览	2019.01.14—2019.01.30	内蒙古美术馆	中国人民政治协商会议内蒙古自治区委员会
“外国人眼中的陕西”&“万里丝路行记”摄影作品联展	2019.01.14—2019.01.20	西安当代美术馆	陕西省政府新闻办
春天的约会——己亥迎春浙江美术馆馆藏作品展	2019.01.15—2019.03.03	浙江美术馆	浙江美术馆
我本自由——刘绍荟从艺六十周年艺术展	2019.01.15—2019.05.05	清华大学艺术博物馆	清华大学艺术博物馆、清华大学美术学院
继之以文—高继文中国画作品展	2019.01.15—2019.01.20	中国国家画院美术馆	福建省美术家协会、漳州市诏安县人民政府
北京工笔重彩画会2018会员作品交流展（第二场）	2019.01.15—2019.01.19	塞隆水泥库艺术空间	北京工笔重彩画会
祖国，以梦为马——贵州省博物馆藏徐悲鸿画作展	2019.01.15—2019.04.14	贵州省博物馆	贵州省博物馆
叩问西东——油画名家邀请展	2019.01.16—2019.01.27	重庆美术馆	深圳市金中悦画院
再次进场——傅文俊数绘摄影作品展	2019.01.16—2019.01.27	重庆美术馆	重庆市文学艺术界联合会
春天的故事——小榄镇庆祝改革开放40周年文学/美术/书法/摄影作品联展	2019.01.16—2019.02.24	中山美术馆	中共小榄镇委宣传办公室、中山美术馆、小榄镇宣传文体服务中心、小榄镇文学艺术界联合会
向文艺家致敬·大写情怀——赵世杰油画作品展	2019.01.18—2019.02.17	辽河美术馆	辽宁省文学艺术界联合会、辽宁省美术家协会、中共盘锦市委宣传部、盘锦市文学艺术界联合会
美好时代——当代佛山2019艺术交流暨佛山美术馆联盟艺术家邀请展	2019.01.18—2019.02.19	关山月美术馆	佛山市艺术创作院、关山月美术馆、佛山美术馆联盟、长三角美术馆协作机制

（续表）

展览名称	时　间	地　点	主办/策展
丹青盛会——2019迎新春中国工笔画学会邀请展	2019.01.18—2019.02.27	北京81美术馆	中国工笔画学会
丹青灿烂——青海唐卡艺术展	2019.01.18—2019.03.17	天津美术馆	天津美术馆
绘就中西——湖北美术馆馆藏中外艺术作品展	2019.01.18—2019.03.17	湖北美术馆	湖北美术馆
吉金铸史——青铜器里的古代中国	2019.01.18—2019.03.31	深圳博物馆	中国国家博物馆、深圳市人民政府
寻觅，那一抹蓝——烟台市博物馆藏金属胎珐琅器精品展	2019.01.18—2019.04.21	济南市博物馆	烟台市博物馆
儒风泰山——中国画名家主题创作绘画展	2019.01.18—2019.01.21	山东省文化馆	山东省美术家协会、山东省文化馆、中国孔子基金会孔子文化艺术中心
莲花与世相——山西博物院藏明清水陆画艺术	2019.01.18—2019.04.18	山西博物院	山西博物院
春从画里归——民间木版年画艺术展	2019.01.18—2019.02.20	深圳美术馆	深圳美术馆、山西省民俗博物馆
重彩佛影——桐乡市博物馆藏明清水陆道场画展	2019.01.18—2019.03.22	嘉兴博物馆	嘉兴博物馆、桐乡市博物馆
2018中国国家画院“一带一路”采风写生作品展·扬州	2019.01.18—2019.02.22	扬州市美术馆	中国国家画院、江苏省美术家协会、扬州市委宣传部、扬州市文化广电新闻出版局
丝路文明·中国国家画院暨长安画坛美术作品展	2019.01.19—2019.01.27	陕西省美术博物馆	中国国家画院、中共西安市委宣传部
大师窖藏——齐白石特展	2019.01.19—2019.04.14	山东美术馆	中国对外文化集团有限公司、山东美术馆
春江明月共潮生——海派绘画年度研究展（第一回1843—1927）	2019.01.19—2019.03.17	刘海粟美术馆	刘海粟美术馆
海上风起——上海市美术家协会藏品展	2019.01.19—2019.02.20	上海海派艺术馆	上海市文学艺术界联合会
传承与守望——昆明市文史研究馆馆员系列李晨岚 袁晓岑 李建华师生作品展	2019.01.19—2019.02.20	昆明市博物馆	昆明市人民政府参事室、昆明市文史研究馆
意写群山——王辉油画艺术展	2019.01.19—2019.02.18	宁波美术馆	中国油画学会、北京当代中国写意油画研究院、福建省美术家协会、岭南美术馆、宁波市文学艺术界联合会、中共福清市委宣传部
朴拙大美——伊犁鹿石岩画石人拓片展	2019.01.19—2019.03.24	常州博物馆	常州博物馆、伊犁哈萨克自治州文物局（博物馆）
邱志杰：寰宇全图	2019.01.19—2019.05.05	UCCA尤伦斯当代艺术中心	UCCA尤伦斯当代艺术中心

（续表）

展览名称	时 间	地 点	主办/策展
新倾向：尉洪磊	2019.01.19—2019.04.14	UCCA尤伦斯当代艺术中心	UCCA尤伦斯当代艺术中心
溪山清赏——重庆中国三峡博物馆藏山水画系列展之一——实景山水	2019.01.20—2019.05.20	重庆中国三峡博物馆	重庆中国三峡博物馆
蜗行有痕——田肃山水画小品展	2019.01.20—2019.02.20	石家庄市美术馆	石家庄市美术馆
藏海拾贝——湖南民间收藏精品（明清以来）展	2019.01.20—2019.02.28	湖南省博物馆	湖南省博物馆、湖南省文物交流鉴定中心
美在河山——中国美术馆藏风景题材作品展（1949—2018）	2019.01.22—2019.02.24	中国美术馆	中国美术馆
出彩郑州——全国第五届中国画线描艺术展	2019.01.22—2019.02.10	升达艺术馆	中国美术家协会、河南省文联、中共郑州市委宣传部
2018上海小幅油画作品展	2019.01.23—2019.01.31	上海美协东外滩艺术空间	上海市美术家协会
一年之寄——当代中国画名家小品邀请展（第三回）	2019.01.23—2019.02.20	《中国书画》美术馆	《中国书画》杂志社
人间——魏葵中国画作品展	2019.01.23—2019.01.27	成都市美术馆	北京画院、成都画院、四川浙商美术馆
钱币的盛装——世界现代纪念币制作工艺展	2019.01.23—2019.03.31	北京市古代钱币展览馆	北京市古代钱币展览馆、北京市钱币学会
王的盛宴——见证《史记》中的大西南	2019.01.23—2019.05.03	贵州省博物馆	贵州省博物馆、重庆中国三峡博物馆、广西壮族自治区博物馆、四川博物院、云南省博物馆、成都博物馆、成都金沙遗址博物馆、四川广汉三星堆博物馆
南乡旧梦——张孝友界画展	2019.01.24—2019.02.19	宁波美术馆	宁波美术馆
徐悲鸿与他的时代	2019.01.24—2019.03.10	湖北美术馆	湖北省文化和旅游厅、中央美术学院
盛世春光——2019江苏省国画院新春献礼·贺岁大展	2019.01.24—2019.02.24	江苏省美术馆	江苏省文化和旅游厅
承转之和——莞城美术馆馆藏水彩画作品展	2019.01.24—2019.02.24	常熟美术馆	常熟美术馆、莞城美术馆
深圳市罗湖区优秀美术作品展	2019.01.24—2019.02.17	深圳美术馆	深圳市罗湖区文学艺术界联合会
君子九思——纪念柯九思诞辰728周年·方匡水书法作品展	2019.01.25—2019.02.20	台州书画院	台州市文化和广电旅游体育局、台州市文学艺术界联合会、台州职业技术学院
御苑藏珍——颐和园精品文物展	2019.01.25—2019.03.24	天津博物馆	天津博物馆、北京市颐和园管理处
行走·观察——第二届影像西湖艺术现场	2019.01.25—2019.02.17	中国美术学院美术馆	浙江省文学艺术界联合会、中国美术学院

（续表）

展览名称	时　间	地　点	主办/策展
意寄物形祈瑞祥——中国传统绘画中的吉祥动物	2019.01.25—2019.03.31	常州博物馆	常州博物馆
版画经纬——中国版画博物馆馆藏精品系列展之凹版画作品展	2019.01.25—2019.03.10	中国版画博物馆	中国·观澜版画原创产业基地、中国版画博物馆
金猪拱福——己亥新春生肖文物图片联展	2019.01.25—2019.03.10	河北博物院	国家文物局
中华家风——2019年文化主题展	2019.01.25—2019.02.24	中华世纪坛	首都精神文明建设委员会办公室、北京市妇女联合会、北京歌华文化发展集团有限公司
大美桂林——馆藏文物珍品展	2019.01.25—2019.03.25	桂林博物馆	桂林市文化新闻出版广电局
文明互鉴——版画语境中的世界图像	2019.01.26—2019.02.19	中国美术馆	中国美术馆、黑龙江省美术馆
与古为新——周国城书法作品展	2019.01.26—2019.02.13	羊城晚报艺术研究院	羊城晚报艺术研究院、广东省青年美术家协会、广州青年美术家协会
姹紫嫣红开遍——山东美术馆迎新春馆藏花鸟题材绘画精品展	2019.01.26—2019.03.10	山东美术馆	山东美术馆
亲近自然——简崇民风景油画展	2019.01.26—2019.02.14	四川美术馆	四川省美术家协会、四川美术馆
翰墨迎春——2019年迎新春重庆市楹联扇面书法作品邀请展	2019.01.27—2019.02.20	重庆美术馆	重庆美术馆、重庆市书法家协会
远古中国的前卫艺术	2019.01.27—2019.02.28	河北美术馆	甲马年画博物馆、石家庄甲马文化传播有限公司
"一带一路"·人类文明——卢禹舜作品展（哈尔滨站）	2019.01.27—2019.03.17	禹舜美术馆	中国国家博物馆、中国美术家协会、人民日报环球人物杂志、中国国家画院、中央数字电视书画频道、哈尔滨师范大学
艺海骊珠——田亦军、王珏捐赠壁画暨缂丝艺术展	2019.01.27—2019.04.27	山西博物院	山西博物院
走进自然——2018写生作品展	2019.01.28—2019.02.15	菏泽市博物馆	菏泽市文联、菏泽市文化和旅游局
春和景明——2019·江苏省文艺迎春大展	2019.01.28—2019.02.22	江苏省现代美术馆	江苏省文学艺术界联合会
全国农民书法作品展（石家庄站）	2019.01.28—2019.02.24	石家庄美术馆	河北省文学艺术界联合会、河北省书法家协会
亥岁祯祥——二〇一九新年迎春书画展	2019.01.29—2019.03.03	中国国家博物馆	中国国家博物馆
虎鎣：新时代·新命运	2019.01.29—2019.03.01	中国国家博物馆	中国国家博物馆
重庆中国三峡博物馆新春文化系列展之《金猪贺岁》	2019.01.29—2019.03.03	重庆中国三峡博物馆	重庆中国三峡博物馆

（续表）

展览名称	时　间	地　点	主办/策展
品方——内心的风景	2019.01.29—2019.02.17	陕西省美术博物馆	陕西省美术博物馆
百年守素——陈半丁书画作品展	2019.01.29—2019.03.31	苏州博物馆	苏州博物馆
风雅艺趣——中国人的生活·智慧·艺术	2019.01.29—2019.02.28	北京画院美术馆	北京画院美术馆
云南美术馆第九届扇面作品邀请展	2019.01.29—2019.03.03	云南美术馆	云南画院、云南省美术家协会
家和年丰——猪年生肖文化展	2019.01.29—2019.03.17	首都博物馆	首都博物馆
从远古走来的渔猎文明——黑龙江鱼皮、兽皮、桦树皮文化艺术展	2019.01.29—2019.03.24	陕西历史博物馆	陕西历史博物馆、黑龙江省博物馆
福迎新春——中国福文化体验展	2019.01.29—2019.03.08	山东博物馆	山东博物馆
庆祝建国七十周年“己亥迎春·盛世华诞”——郑州画院书画家艺术成果汇报展	2019.01.29—2019.02.14	郑州美术馆	郑州市文化广电和旅游局
馆藏20世纪绘画选萃（第2回）	2019.01.29—2019.03.10	龙美术馆（西岸馆）	龙美术馆（西岸馆）
与时代同行——四川油画邀请展	2019.01.30—2019.03.17	成都博物馆	成都博物馆
迎春献瑞——杭州国画院己亥新岁特展	2019.01.30—2019.02.17	杭州国画院美术馆	杭州国画院
秦中美影——民间皮影艺术国际巡展	2019.01.30—2019.02.17	陕西省美术博物馆	陕西省美术博物馆
尾田荣一郎监修 Hello, ONE PIECE 路飞来了！	2019.01.30—2019.05.10	四川博物院	中国人民对外友好协会、黄山美术社
抽象精神——中国南部先锋展	2019.01.30—2019.02.11	厦门美术馆	中国苏州梵融美术馆、新骑士国际艺术联盟
亦画社十周年作品展	2019.01.31—2019.02.24	岭南美术馆	岭南画院
时代印迹——河南省美术馆馆藏版画展	2019.01.31—2019.03.31	河南省美术馆	河南省美术馆
2019年成都画院·成都市美术馆年度美术作品展	2019.01.31—2019.03.02	成都市美术馆	成都市文化广电旅游局
坭豚瓦趣——中国陶谷·石湾贺年生肖陶艺大赛巡回展	2019.01.31—2019.03.03	中山市博物馆	中山市博物馆、广东石湾陶瓷博物馆
泥土的画布——毕加索陶瓷艺术展	2019.01.31—2019.04.31	太平天国历史博物馆	南京市文化和旅游局、南京市博物总馆
文脉传薪——2018中国写意油画学派作品年展	2019.02.01—2019.02.17	岭南美术馆	深圳市关山月美术馆、北京当代中国写意油画研究院
东观西望——文祯非写意绘画作品展	2019.02.01—2019.02.17	岭南美术馆	岭南画院

（续表）

展览名称	时　间	地　点	主办/策展
两江风骨——江西·江苏中国画学会交流（文港）展	2019.02.01—2019.02.10	梵睿尚品艺术馆	江西省中国画学会、江苏省中国画学会、江西省进贤县人民政府
黄金时代——"姑苏版"年画对浮世绘的影响	2019.02.01—2019.02.27	刘海粟美术馆	刘海粟美术馆
纸上翰香——己亥迎春书画展	2019.02.01—2019.02.25	北京荣宝斋	北京荣宝斋
又沐春风——己亥新春·浙江展览馆建馆五十周年特展	2019.02.01—2019.03.05	浙江展览馆	浙江省文化会堂（浙江展览馆）
孙中山与粤港澳	2019.02.01—2019.03.25	香山商业文化博物馆	孙中山故居纪念馆、中山市博物馆
江山多娇——绂卿堂艺术馆藏当代书画展	2019.02.05—2019.02.28	海南省博物馆	绂卿堂艺术馆、海南省博物馆
福满乾坤——馆藏年画贺年展	2019.02.07—2019.03.07	山东博物馆	山东博物馆
春之声——2019年中国画名家迎春展	2019.02.13—2019.02.20	阳泉市展览馆	阳泉文化局、北京北山公书画院
宁波老味道——舌尖上最思念的味道	2019.02.16—2019.02.28	浙江图书馆	浙江图书馆
大过猪年·孩子们眼中的世界——千名留守儿童创作作品展	2019.02.16—2019.03.16	越秀文化艺术中心水墨村美术馆	广府庙会组委会、水墨村美术馆、广州市越秀区文化发展促进会、羊城晚报艺术研究院
金猪贺岁——第三届生肖文化视觉艺术大赛优秀作品展	2019.02.17—2019.03.12	中山漫画馆	广东省美术家协会漫画艺委会、广东省动漫艺术家协会、中山市博物馆
瀛洲梦回——启东市美术作品展	2019.02.18—2019.02.28	崇明区图书馆	上海市崇明区文广影视局、上海市崇明区文联、崇明区美术家协会、江苏省启东市文广新局、江苏省启东市文联、启东市美术家协会
我们的节日——四川绵竹年画展	2019.02.19—2019.05.19	四川美术馆	四川省美术家协会、四川美术馆、绵竹市人民政府
人文萧山——诗书画印展览	2019.02.19—2019.03.10	杭州国画院美术馆	杭州国画院、中共萧山区委宣传部、萧山区文联
诗艺盈门·我们家三人三展	2019.02.20—2019.03.03	深圳美术馆	深圳美术馆
大家风范——中国美术学院美术馆近年入藏作品选展	2019.02.22—2019.03.13	中国美术学院美术馆	中国美术学院美术馆
旧王孙——龙美术馆藏溥儒书画展	2019.02.22—2019.06.30	龙美术馆（浦东馆）	龙美术馆（浦东馆）
风中行者——胡曰龙绘画70周年展	2019.02.22—2019.02.28	朵云轩艺术中心美术馆	中国美术学院上海设计学院、上海应用技术大学艺术与设计学院、上海朵云轩集团
线条的魅力——蒋文兵画展	2019.02.22—2019.03.21	浙江美术馆	浙江美术馆

（续表）

展览名称	时　间	地　点	主办/策展
晋陕豫民间宗祠教化美术作品巡展	2019.02.22—2019.03.03	郑州美术馆	国家艺术基金管理中心、西安建筑科技大学
中朝友好画展——庆祝中朝友谊七十周年大型画展	2019.02.22—2019.02.25	北京·民族宫展览馆	中国友谊促进会
《中国古代五十廉吏》书画作品展暨首发捐赠仪式	2019.02.23—2019.03.24	菏泽市图书馆	中共菏泽市委宣传部、菏泽市文化和旅游局、菏泽市文学艺术界联合会、菏泽报业传媒集团
墨索·丁杰水墨画作品展	2019.02.23—2019.03.07	徐州美术馆	中国美术家协会、江苏省文学艺术界联合会、徐州市委宣传部、徐州报业传媒集团
丝路明珠——中国古代壁画现状模写展	2019.02.23—2019.03.23	济南市美术馆	文化和旅游部恭王府博物馆、中国美术家协会综合材料绘画与美术作品保存修复艺委会、山东省美术家协会、济南市美术馆（济南画院）
濠江丹青缘——美术作品展	2019.02.23—2019.03.10	关山月美术馆	深圳市关山月美术馆、常州雅集园
灼兮其华——2019湖北省国画院迎春作品展	2019.02.24—2019.03.03	湖北省国画院美术馆	湖北省美术家协会、湖北省国画院
游心牧色——张项军写生作品展	2019.02.24—2019.03.09	内蒙古美术馆	内蒙古美术馆、内蒙古师范大学美术学院、内蒙古美术家协会油画艺委会、内蒙古油画学会、内蒙古当代美术学会
中国梦·太湖情——第五届中国画名家邀请展	2019.02.24—2019.03.23	太湖艺术中心	中共苏州市吴中区委宣传部、苏州市美术家协会
故乡的云——安玉民中国画作品展	2019.02.26—2019.03.20	扬州市美术馆	扬州市国画院
书之大者——杨守敬的书法艺术展	2019.02.26—2019.04.07	武汉美术馆	武汉美术馆、湖北省博物馆
大美长白·情系平原——徐白一工笔山水画展	2019.02.27—2019.03.11	中国美术馆	吉林大学
大美长白·情系平原——徐白一工笔山水画展	2019.02.27—2019.03.11	中国美术馆	吉林大学
李华的认知艺术与质朴的非洲民间艺术	2019.02.27—2019.03.17	重庆美术馆	重庆美术馆、奥地利驻华大使馆、中国奥地利艺术学会
一年之寄——当代中国画名家小品邀请展（第四回）	2019.02.27—2019.03.10	《中国书画》美术馆	《中国书画》杂志社
静水深流——2018中国水彩研究优秀作品展	2019.02.27—2019.03.03	江苏省美术馆	江苏省美术家协会
诞生记——海上岩画巡回展（宁波站）	2019.02.27—2019.03.10	宁波美术馆	宁波美术馆

（续表）

展览名称	时　间	地　点	主办/策展
新时代 新气象 新作为——第7届全国（大芬）中青年油画展	2019.02.27—2019.05.04	深圳市大芬美术馆	中国美术家协会、中共深圳市委宣传部
浙江·静冈文化艺术交流——柳泽纪子版画作品展	2019.02.28—2019.03.19	浙江美术馆	浙江美术馆
山宗水源路之冲“一带一路中的青海”展	2019.02.28—2019.06.30	首都博物馆	北京市人民政府、青海省人民政府
水色现场——首届重庆·四川水彩艺术联展	2019.02.28—2019.03.17	重庆美术馆	重庆市美术家协会、重庆美术馆、四川省美术家协会、四川美术馆
净途——于承佑版画作品展	2019.02.28—2019.03.24	常熟美术馆	中国美术家协会版画艺术委员会、常熟美术馆、黑龙江省美术馆、黑龙江省版画院
意象江南——庆祝新中国成立七十周年艺术大展	2019.02.28—2019.03.17	苏州美术馆	苏州美术馆
美美与共——首都女艺术家美术作品艺术展	2019.02.28—2019.03.27	海淀美术馆北馆	北京市海淀区文化委员会
丹青岁月——十二人画展	2019.03.01—2019.03.16	广州美术学院美术馆	广东省文学艺术界联合会、广州美术学院、广东省美术家协会
Face To Face——童雁汝南作品展	2019.03.01—2019.03.31	武汉美术馆	武汉美术馆
色彩的交响乐——勒·柯布西耶个展	2019.03.01—2019.04.20	天津美术馆	法国柯布西耶基金会、天津美术馆
民族大团结——全国雕塑艺术作品展	2019.03.02—2019.03.24	中国美术馆	中国美术馆、中国城市雕塑家协会
平行——埃文·奥拉夫个展	2019.03.02—2019.05.30	上海摄影艺术中心	上海摄影艺术中心
无问西东——罗伯特·普利兹曼&陈雨肖像绘画双个展	2019.03.02—2019.03.28	烟台美术博物馆	烟台美术博物馆、英国当代绘画协会
三象合一——石齐艺术展	2019.03.02—2019.03.12	福清市美术馆	福建省文联、福建省美术家协会、福清市人民政府
河北省著名油画家作品联展	2019.03.02—2019.03.28	石家庄美术馆	河北师范大学、河北省美术家协会
北风南韵——陈永康、王晓峰中国画作品展	2019.03.02—2019.03.28	广州市花都区美术馆	齐齐哈尔市文学艺术界联合会、广州市花都区文化广电旅游体育局、广州市花都区文学艺术界联合会
广西艺术学院美术学院油画系2018年工作室年展系列·第三工作室、第四工作室	2019.03.02—2019.03.06	广西艺术学院相思湖校区美术馆	广西艺术学院美术学院
江南情怀——姚莨油画作品展	2019.03.03—2019.03.13	苏州美术馆	江苏省油画学会

（续表）

展览名称	时　间	地　点	主办/策展
遇见·城市的脊梁——深圳本土美术展：裴建华、宋玉明、陈湘波、陈向兵	2019.03.03—2019.03.17	深圳市鹏宝轩艺术馆	南山区委宣传部（文体局）
春之韵——中国女画家精品展	2019.03.03—2019.03.31	国中美术馆	中国女画家协会、北京市通州区妇女联合会
望郡吉安	2019.03.03—2019.06.23	首都博物馆	吉安市人民政府、北京市文物局、江西省文化和旅游厅
庆祝中华人民共和国成立七十周年“花鸟·云南Ⅱ”中国画展	2019.03.04—2019.03.25	中共云南省委党校图书馆	中共云南省委党校（云南行政学院）、云南艺术学院
沉默的邂逅——布鲁诺·瓦尔波特个展	2019.03.05—2019.05.01	中央美术学院美术馆	中央美术学院美术馆、浙江美术馆
欲罢不能——刘德扬个人画展	2019.03.05—2019.03.18	成都市美术馆	成都画院、成都市美术馆
在路上——中国青年艺术家（媒体艺术）作品提名展	2019.03.05—2019.03.24	四川美术学院美术馆	深圳市关山月美术馆、中国美术家协会策展委员会、四川美术学院、香港城市大学
首届重庆市美协漆画艺委会学术提名作品展	2019.03.05—2019.03.25	四川美术学院美术馆	中国美协漆画艺委会、重庆市美术家协会、四川美术学院
厚积与蝶变——海口经典美术作品展	2019.03.06—2019.03.10	海南博物馆	中共海口市委宣传部、海口市文化广电出版体育局、海口市文学艺术界联合会
艺术长存 湖山生色——周怀民 周国良父子作品展	2019.03.06—2019.03.17	深圳美术馆	北京荣宝拍卖有限公司
钟馗游春——龙美术馆溥儒书画专题展	2019.03.06—2019.05.26	龙美术馆	龙美术馆
吉祥——龙美术馆古代器物特展	2019.03.06—2019.05.26	龙美术馆（西岸馆）	龙美术馆（西岸馆）
意态万方——刘东瀛工笔花鸟画研究展	2019.03.06—2019.03.17	北京画院美术馆	鲁迅美术学院
生态——山东当代艺术研究展	2019.03.06—2019.04.21	山东美术馆	山东美术馆
美自然——梁如洁中国书画作品展	2019.03.06—2019.03.19	佛山市石景宜刘紫英伉俪文化艺术馆	岭南画派纪念馆、广东省美术家协会、佛山市石景宜刘紫英伉俪文化艺术馆
“一切如常”谭坦作品展	2019.03.06—2019.03.24	武汉美术馆	武汉美术馆
湖山胜揽——周怀民 周国良父子作品展	2019.03.06—2019.03.17	深圳美术馆	深圳美术馆
在那遥远的地方——尹舒拉写生作品展	2019.03.07—2019.04.07	浙江美术馆	浙江美术馆

（续表）

展览名称	时　间	地　点	主办/策展
格物嘤鸣——2019长三角女美术家提名展	2019.03.07—2019.04.07	宁波画院	中国女画家协会、浙江省美术家协会、宁波市文学艺术界联合会
清风徐来——馆藏明清竹绘画展	2019.03.07—2019.05.31	山东博物馆	山东博物馆
美即惊骇之始：玛吉·汉布林的绘画艺术，1960—	2019.03.08—2019.05.01	中央美术学院美术馆	中央美术学院美术馆
异位的振幅（2018—2019）——第2届中德艺术交流展	2019.03.08—2019.03.15	大理大学艺术学院美术馆	云南艺术学院、德国拜罗伊特艺术协会、德国班贝格艺术协会、德国施韦因富特艺术协会、德国安斯巴赫斯拜觉穆文化协会、德国上弗兰肯视觉艺术家专业协会、德国埃尔兰根艺术博物馆
大师从这里起步——中央美术学院附中素描100巡展	2019.03.08—2019.04.07	陕西省美术博物馆	中央美术学院附属中等美术学校
出走与归来——潘玉良的绘画艺术	2019.03.08—2019.04.21	中国港口博物馆	中国港口博物馆、安徽博物院
纸上兰心——长沙画院女艺术家联展	2019.03.08—2019.03.11	长沙画院美术馆	长沙画院、长沙简牍博物馆
翰墨流芳——贵州省女书画家作品邀请展	2019.03.08—2019.03.15	荣宝斋（贵阳）文化有限公司	贵州省妇女联合会、贵州省美术家协会、贵州省书法家协会、贵州省女美术家协会、贵州省书法家协会女子书法委员会、荣宝斋（贵阳）文化有限公司
江苏省美术馆2018年度收藏作品展（第一部分）	2019.03.08—2019.04.07	江苏省美术馆新馆	江苏省美术馆
皮相之下——马克·奎恩个展	2019.03.08—2019.05.01	中央美术学院美术馆	中央美术学院美术馆
大沉香——黄鸣作品展	2019.03.08—2019.03.24	南京艺术学院美术馆	南京艺术学院
喻红：娑婆之境	2019.03.09—2019.05.05	龙美术馆（西岸馆）	龙美术馆（西岸馆）
致敬生活的艺术狂想	2019.03.09—2019.04.11	龙美术馆（西岸馆）	龙美术馆（西岸馆）
相遇此在——庞茂琨艺术展(2009—2019)	2019.03.09—2019.04.16	北京民生现代美术馆	中国民生银行、北京民生现代美术馆
共享与共存——中外高校艺术交流展	2019.03.09—2019.04.30	中国矿业大学（北京）图书馆	中国矿业大学图书馆、国际交流与合作处、力学与建筑工程学院
与梅相约·丛中笑——广东名家陆河“万亩梅花”采风写生展	2019.03.09—2019.03.20	广州市红专厂E5艺术馆	广东省美术家协会、广东省中国画学会、中共陆河县委宣传部
文明：当代生活启示录	2019.03.09—2019.05.19	UCCA尤伦斯当代艺术中心	UCCA尤伦斯当代艺术中心
北疆新象——北方四省区高校教师美术作品巡展	2019.03.09—2019.03.18	吉林省工艺美术馆	吉林师范大学

（续表）

展览名称	时　间	地　点	主办/策展
版画珍珠——张家瑞藏书票艺术展	2019.03.12—2019.04.01	大连美术馆	南通市中心美术馆、大连美术馆
广东画院第三届签约画家学术成果汇报展	2019.03.12—2019.03.21	岭南画派纪念馆	广东画院
古道遗韵——美术写生创作展	2019.03.12—2019.03.30	广州美术学院美术馆（大学城校区）	广东省自然资源厅、广州美术学院
法兰西的雄鹰——拿破仑文物（中国）巡回展览	2019.03.12—2019.06.09	云南省博物馆	云南省博物馆、法国拿破仑骑兵团协会
周吉荣&叶南：天人之际	2019.03.12—2019.05.01	中央美术学院美术馆	中央美术学院
林岗：写·生	2019.03.12—2019.05.01	中央美术学院美术馆	中央美术学院
苏艺天工大师系列——邢伟中檀香扇艺术展	2019.03.13—2019.04.14	苏州博物馆	苏州博物馆、苏州市非物质文化遗产保护管理办公室
巴渝文脉新撰——重庆非物质文化遗产当代跨界艺术展	2019.03.13—2019.04.14	四川美术学院美术馆	四川美术学院美术馆
知行·见远——青年艺术设计人才培养计划结业作品展	2019.03.13—2019.03.24	深圳市关山月美术馆	国家艺术基金
指间经纬——中国妇女儿童博物馆藏南方少数民族织锦展	2019.03.14—2019.05.03	苏州丝绸博物馆	中国妇女儿童博物馆、苏州丝绸博物馆
绿色申城——上海城市公园绿地撷萃作品展	2019.03.15—2019.03.30	刘海粟美术馆分馆	上海炎黄文化研究会、上海市普陀区政协、上海市绿化和市容管理局、上海炎黄书画院
回望——江苏省美术馆藏近现代美术作品展	2019.03.15—2019.06.23	安徽博物院新馆	安徽博物院、江苏省美术馆
流变的传统——亚洲当代版画艺术展	2019.03.15—2019.04.30	四川美术学院美术馆	四川美术学院
零度——林欣个展	2019.03.16—2019.03.31	南京艺术学院美术馆	南京艺术学院美术馆
一路海西——刘明才书画作品展	2019.03.16—2019.03.21	中国国家画院美术馆	中国人民大学艺术学院、东方艺术研究所
中式物语——故土追风·首届当代雕塑展	2019.03.16—2019.03.31	合肥师范学院行知美术馆	合肥师范学院、安徽省美术家协会、合肥市美术家协会、安徽省雕塑院
岭南新轴线——粤港澳大湾区中青年艺术家邀请展	2019.03.16—2019.04.16	广东省新石湾美术馆	广东省新石湾美术馆
先驱之路——留法艺术家与中国现代美术（1911—1949）	2019.03.16—2019.06.09	龙美术馆（西岸馆）	中央美术学院
雪山范：纳人手作民艺展	2019.03.16—2019.03.19	文轩美术馆	成都纳西文化协会、文轩美术馆、世界遗产丽江古城保护管理局
走进西域——新疆丝绸之路文物精品展	2019.03.16—2019.06.16	宁波博物馆	宁波博物馆、新疆维吾尔自治区博物馆
折叠时态——石磊作品展	2019.03.17—2019.03.30	广东美术馆	广东美术馆

（续表）

展览名称	时　间	地　点	主办/策展
漂亮的，柔软的——江衡作品展	2019.03.17—2019.03.30	广东美术馆	广东美术馆
传神写照——院藏历代中国人物画展	2019.03.18—2019.04.30	西安美术学院美术博物馆	西安美术学院美术博物馆
雅颂江南——王来根画展	2019.03.18—2019.03.31	恭王府安善堂	中国美术家协会新文艺群体展览与推广中心、文化和旅游部恭王府博物馆展览活动部、江苏省美术家协会
神州国光——王中秀藏黄宾虹艺术文献展	2019.03.18—2019.03.30	中国美术学院美术馆	中国美术学院
自然与田园——林丰俗的绘画世界	2019.03.19—2019.04.18	广东美术馆	广东美术馆
异位的振幅（2018—2019）——第2届中德艺术交流展	2019.03.19—2019.04.02	玉溪市博物馆	云南艺术学院、德国拜罗伊特艺术协会、德国班贝格艺术协会、德国施韦因富特艺术协会、德国安斯巴赫斯拜觉穆文化协会、德国上弗兰肯视觉艺术家专业协会、德国埃尔兰根艺术博物馆
花间逸趣——当代中国花鸟画邀请展	2019.03.19—2019.04.04	珠海市古元美术馆	广东省美术家协会、珠海市古元美术馆、当代岭南艺术研究院、广东省中国画学会
国宝礼赞——蒋昌忠中国画作品展	2019.03.20—2019.03.26	中华世纪坛	湖北省文化和旅游厅、湖北省文学艺术界联合会、清华大学美术学院·中国艺术学研究所、湖北省美术家协会
春之歌——潘玉良在巴黎	2019.03.21—2019.06.09	安徽博物院	安徽博物院、亚洲协会香港中心
珠江夜游——后珠三角景观	2019.03.21—2019.04.07	广东美术馆	广东美术馆
为我们伟大祖国站岗	2019.03.21—2019.05.26	龙美术馆（重庆馆）	龙美术馆（重庆馆）
2019中国水墨画院年度展	2019.03.21—2019.03.31	深圳美术馆	中国水墨画院
伏尔加河之夏——俄罗斯写生七人油画展	2019.03.21—2019.03.30	越秀艺术中心	广东省美术家协会、广州市美术家协会
2019重庆市女书画家作品展	2019.03.21—2019.03.31	重庆美术馆	重庆市妇女联合会、重庆市文学艺术界联合会、重庆市美术家协会、重庆美术馆
春晖——大象书画院第一回作品展	2019.03.21—2019.03.31	岳阳市美术馆	岳阳市文化旅游广电局、岳阳市文学艺术界联合会
重整丨德国艺术立场	2019.03.22—2019.05.04	南京艺术学院美术馆	南京艺术学院美术馆
陶韵瓷魂——中国陶瓷文化巡礼	2019.03.22—2019.06.20	武汉博物馆	杭州南宋官窑博物馆、武汉博物馆

（续表）

展览名称	时　间	地　点	主办/策展
刀耕藏地——李焕民的藏族题材（1953—1978）作品文献展	2019.03.22—2019.04.14	成都画院·成都市美术馆	北京画院、成都画院
干涉：黄一山个展	2019.03.22—2019.04.21	广东美术馆	广东美术馆
广州美术学院中青年教师学术提名展Ⅰ：解域	2019.03.22—2019.04.06	广州美术学院美术馆	广州美术学院
魅力太行　美在沙河——全国中国画名家画太行（南京巡展）	2019.03.22—2019.03.31	南京市古今画府	邢台市文学艺术界联合会、江苏省收藏家协会、江苏省美术家协会山水画艺委会
道隐无名——石景辉水墨画展	2019.03.22—2019.03.31	河北美术馆	台湾双清文献研究协会、河北新闻书画院、台湾财团法人高雄市磐石文化艺术基金会、台湾中华教育文化经贸促进总会
当代中国南北石雕艺术巡展	2019.03.22—2019.03.26	北京悦·美术馆	清华大学
庆祝中华人民共和国成立70周年“大美湖北”湖北省摄影作品展	2019.03.22—2019.05.26	湖北美术馆	湖北美术馆、湖北省摄影家协会
学院品格——广州美术学院中国画学院人物画教学作品展	2019.03.22—2019.04.14	岭南美术馆	广州美术学院、岭南画院
回眸——陈方既、梁农师生书画展	2019.03.22—2019.04.07	武汉美术馆	武汉市文学艺术界联合会
绳墨彰华——纪念韦远柏诞辰九十五周年艺术成就展	2019.03.23—2019.05.22	深圳市南山博物馆	深圳市南山区文化广电旅游体育局
王波书法作品展	2019.03.23—2019.04.06	浙江美术馆	浙江省文学艺术界联合会、台州市人民政府、浙江省书法家协会
盛洪义山水画展	2019.03.23—2019.03.29	济南市美术馆	济南市美术馆（济南画院）、济南市美术家协会
般若·明悟——郑泽生作品展	2019.03.23—2019.04.10	深圳画院美术馆	广东美术馆、深圳画院
纪念曾景充先生——孜艺楼师生书法展	2019.03.23—2019.03.30	广东省立中山图书馆	广东省书法家协会、广东省立中山图书馆
丹山·情韵——王文锐精品展	2019.03.23—2019.04.15	广州市文化馆	广州市文化馆、广州市致公书画院
丝路画语吴哥行：一带一路美术名家写生展	2019.03.23—2019.04.23	济南市美术馆	济南市美术馆（济南画院）、山东美术馆、柬埔寨吴哥经典艺术馆
韩辉定“琼台墨迹”书法作品展	2019.03.23—2019.03.30	海南省博物馆	琼台师范学院
朱鹮·人与自然——晏子油画展	2019.03.23—2019.03.27	陕西省图书馆	陕西省林业局、陕西省美术家协会
中国艺术乡村建设展	2019.03.23—2019.04.07	中华世纪坛	中国艺术研究院

（续表）

展览名称	时　间	地　点	主办/策展
三月·与美丽同行——中国女美术家作品邀请展	2019.03.23—2019.04.23	中国国家画院美术馆	国学频道国学书画院、会拍美术台
水墨之外——法籍华人叶星千作品巡展	2019.03.23—2019.04.21	天津美术馆	天津美术馆、巴黎高等艺术文化管理学院
庆祝中华人民共和国成立70周年——大美江山：寒石书画艺术全国巡回展第九站—杭州展	2019.03.24—2019.04.07	浙江美术馆	浙江省文化和旅游厅
枫行世界 翰墨飘香——中国名家精品展	2019.03.24—2019.03.31	中山美术馆	中山市文化广电旅游局、中山市文学艺术界联合会、北美艺术研究会
穿越——影像装置中的洞见：钟飙+严永红作品	2019.03.24—2019.06.23	四川美术学院美术馆	四川美术学院、重庆大学
中国美术学院美术馆青年艺术家扶持项目：无效兑换	2019.03.26—2019.04.26	中国美术学院美术馆	中国美术学院美术馆
启明气象——景德镇御窑出土洪武官窑瓷器特展	2019.03.26—2019.05.26	厦门市博物馆	厦门市博物馆、景德镇御窑博物馆、景德镇陶瓷民俗博物馆
青春万岁——中国美术馆藏经典作品展	2019.03.26—2019.05.11	中国美术馆	中国美术馆
文化传承 丹青力量——中国艺术研究院中青年艺术家系列展雷苗、郑庆余	2019.03.27—2019.04.07	中国美术馆	中国艺术研究院
当代院风·时代精神	2019.03.27—2019.04.12	云南美术馆	广东省美术家协会、广州美术学院、云南美术馆、云南省美术家协会、当代岭南艺术研究院
岭南画派世纪回顾展（十一）	2019.03.27—2019.07.31	广州艺术博物院	广州艺术博物院
紫韵京华——季益顺紫砂艺术展	2019.03.28—2019.04.07	中国美术馆	中共宜兴市委宣传部、江苏省陶瓷行业协会
一位教师的书法情怀：修身·养德·精法——姜祖禹书法作品展	2019.03.28—2019.04.07	中国美术馆	中华出版促进会、中国民主建国会中央委员会画院、北京市书法家协会
和唱众生——陈永锵作品暨稼轩斫琴展	2019.03.28—2019.04.21	东莞展览馆	东莞展览馆
世纪刻痕——王琦版画研究展	2019.03.28—2019.04.21	常熟美术馆	庞薰琹美术馆、常熟美术馆、王琦美术博物馆
江汉汤汤·南国之纪——曾侯与他的时代特展	2019.03.28—2019.06.02	重庆中国三峡博物馆	重庆中国三峡博物馆、湖北省博物馆
庆祝中华人民共和国成立七十周年——昆明·南昌“风韵名城”摄影联展	2019.03.28—2019.04.09	昆明市博物馆	昆明市文学艺术界联合会、南昌市文学艺术界联合会
打开的窗口是美丽的——庆祝新中国成立70周年暨深圳建市40周年美术作品展	2019.03.29—2019.04.07	中国美术馆	中共深圳市委宣传部、中国美术馆、深圳市文化广电旅游体育局、深圳市文学艺术界联合会

（续表）

展览名称	时　间	地　点	主办/策展
佛陀·中国——甘肃省博物馆藏早期佛教文物展	2019.03.30—2019.05.26	苏州博物馆	甘肃省博物馆、苏州博物馆
陶咏乎我——郭石夫书画作品展	2019.03.30—2019.04.05	荣宝斋（呼和浩特）分店	荣宝斋（呼和浩特）分店
圆融之境——陈许写意油画展	2019.03.30—2019.04.08	陈树人纪念馆	广东省美术家协会、陈树人纪念馆
河南省第二十四届美术新人新作展	2019.03.30—2019.05.04	郑州美术馆	河南省美术家协会
庆祝中华人民共和国成立70周年——明德引风尚 铸魂新时代：浙江美术馆藏爱国主义题材作品展	2019.03.30—2019.05.19	浙江美术馆	杭州市文明办、浙江美术馆
举杯邀明月，俯首弄丹青——平治先生国画遗作展	2019.03.30—2019.04.29	中天书画院	贵州省美术家协会、中天书画院、贵阳美术馆、贵州省黔山书画院、农工党贵州省书画院
游于艺——戴明贤八十艺事展	2019.03.30—2019.04.24	贵州美术馆	贵州省文化和旅游厅
混响时间——第三届纤维艺术新锐展	2019.03.31—2019.06.04	杭州良渚文化艺术中心大屋顶美术馆	中国美术学院雕塑与公共艺术学院纤维艺术系、大屋顶文化
苍松不老——广州艺术博物院藏黎雄才作品展	2019.03.31—2019.04.26	广州艺术博物院	广州艺术博物院
艺术中关村——全国青年写实油画展	2019.03.31—2019.04.27	海淀美术馆（北馆）	北京市海淀区文化委员会、北京市海淀区文学艺术界联合会
不朽之旅——古埃及人的生命观	2019.03.31—2019.06.21	山东博物馆	山东博物馆
东方来信——Inter-Youth国际高等艺术学院青年绘画展	2019.04.01—2019.04.15	苏州美术馆	中国美术学院
巨匠的剪影——张大千120岁纪念大展	2019.04.01—2019.06.09	台北故宫博物院	台北故宫博物院、台北历史博物馆
广西文明史诗重大题材美术创作项目作品展	2019.04.01—2019.06.23	广西美术馆	广西美术馆
无华——卢志荣作品展	2019.04.02—2019.05.31	中国国际设计博物馆	中国美术学院、中国国际设计博物馆
“像”由心生：艺术的自我表达——2019五校艺术交流展	2019.04.02—2019.04.09	南京师范大学美术馆	南京师范大学研究生院（研工部）
彤管流芳——江苏女书画家作品邀请展	2019.04.03—2019.04.09	南京图书馆	江苏省美术家协会、中国女画家协会、南京图书馆
磅礴：杨识宏近作展	2019.04.03—2019.05.05	广东美术馆	广东美术馆
大地无声——方晓龙水彩作品展	2019.04.03—2019.04.14	深圳美术馆	深圳美术馆、广东省美术家协会水彩画艺术委员会、深圳市罗湖区文学艺术界联合会

（续表）

展览名称	时　间	地　点	主办/策展
庆祝中华人民共和国成立70周年系列展：摄影术传入至今的中国摄影书写暨中国美术学院美术馆摄影部成立特展	2019.04.03—2019.04.30	中国美术学院美术馆	中国美术学院
伏脉千里——青年版画家创作交流展	2019.04.03—2019.05.19	湖北美术馆	湖北美术馆
世纪同心——中国美术学院美术馆藏国立艺专西迁时期师生作品展	2019.04.03—2019.04.14	重庆美术馆	中国美术学院美术馆、重庆美术馆
多彩巴渝——重庆市渝东南、渝东北美术作品展览	2019.04.03—2019.04.14	重庆美术馆	重庆美术馆（重庆画院）、重庆市美术家协会
意象江南——庆祝新中国成立七十周年艺术大展	2019.04.04—2019.04.27	刘海粟美术馆	刘海粟美术馆、苏州美术馆
中国花园——扈海风作品展	2019.04.04—2019.04.14	深圳美术馆	深圳美术馆、宁波美术馆
表现的形状——天津美术学院油画系教师作品展	2019.04.04—2019.04.14	中国美术馆	天津美术学院造型艺术学院
第九届黄原书画奖学金作品展览	2019.04.04—2019.04.22	四川美术学院美术馆	四川美术学院中国画系
2019中国当代学院水彩名家邀请展	2019.04.05—2019.06.05	武汉大学万林艺术博物馆	武汉大学万林艺术博物馆
稚子童心——常州博物馆藏童趣文物展	2019.04.05—2019.05.12	常州博物馆	常州博物馆
青春纪行——张恺桐美术作品展	2019.04.06—2019.04.10	河北美术馆	河北省美术家协会
白族传统工艺美术作品巡展	2019.04.06—2019.04.17	天津美术馆	昆明理工大学、天津美术馆、大理白族自治州非物质文化遗产保护中心
学院精神——西安美术学院中国画学院教师作品展	2019.04.06—2019.04.23	石家庄美术馆	西安美术学院、石家庄美术馆
感恩第二故乡——周文彰海南诗书作品展	2019.04.07—2019.04.17	海南省博物馆	海南省文学艺术界联合会
云南师范大学美术学院2016级艺术硕士（艺术设计领域）研究生毕业展	2019.04.08—2019.04.12	云南师范大学美术学院	云南师范大学美术学院
水墨边界——全国高等艺术院校青年教师中国画作品邀请展	2019.04.08—2019.04.14	西安美术学院西部美术馆	西安美术学院
追梦·山水间——程泰宁建筑作品展·上海站	2019.04.09—2019.04.27	同济大学博物馆	同济大学博物馆
牧野神韵——庆祝新中国成立七十周年·萨纳巴特尔书画作品展	2019.04.09—2019.04.28	内蒙古美术馆	内蒙古自治区文学艺术界联合会、锡林郭勒盟文学艺术界联合会
文化传承·丹青力量——中国艺术研究院中青年艺术家系列展：王赫赫、皋翱	2019.04.10—2019.04.21	中国美术馆	中国艺术研究院

（续表）

展览名称	时　间	地　点	主办/策展
美国当代版画展	2019.04.10—2019.04.29	广州美术学院大学城美术馆	广州美术学院大学城美术馆、美国新英格兰版画家协会
群芳竞秀——苏博藏明清花鸟主题特展	2019.04.10—2019.06.09	苏州博物馆	苏州博物馆
复调——帕维尔&王劼音	2019.04.10—2019.04.25	上海油画雕塑院美术馆	左右美术馆
眼中朋旧谁人杰——何香凝与南社社友书画手札展	2019.04.10—2019.05.31	何香凝美术馆	何香凝美术馆
繁生——郝世明作品展	2019.04.10—2019.04.21	湖北省美术院美术馆	湖北省美术院
敦煌·穿越千年的咏恒——“敦煌壁画艺术精品高校公益巡展”云南大学展	2019.04.10—2019.05.10	云南大学图书馆	敦煌研究院、云南大学、中国敦煌石窟保护研究基金会、云南自然与文化遗产保护促进会
携手钱塘——陕西国画院杭州国画院作品交流展	2019.04.10—2019.05.12	杭州国画院美术馆	杭州国画院、陕西国画院
岿然亘古——纪念周沧米诞辰九十周年作品展	2019.04.10—2019.04.23	浙江美术馆	浙江美术馆
殊方共享——丝绸之路国家博物馆文物精品展	2019.04.11—2019.07.14	中国国家博物馆	中国国家博物馆及“一带一路”沿线12个国家级博物馆
常闻漆香——蔡克振从艺70周年艺术研究暨作品捐赠展	2019.04.11—2019.04.28	广州美术学院美术馆	广州美术学院、广东省美术家协会、中国美术家协会漆画艺术委员会
醉美遵义·红色记忆——庆祝新中国成立70周年美术作品展	2019.04.11—2019.05.05	陕西省美术博物馆	中共遵义市委宣传部、遵义市文体旅游局、延安市文化和旅游局、中华艺术宫（上海美术馆）、陕西省美术博物馆
文化和旅游部2019年度国家美术作品收藏和捐赠奖励项目：靳尚谊捐赠作品展	2019.04.11—2019.04.21	中国美术馆	中国美术馆、中央美术学院
梵韵丹青——娘本唐卡艺术展	2019.04.11—2019.05.05	中国美术馆	青海省文化和旅游厅
中国美术馆捐赠与收藏系列展：心随江山——梁世雄中国画艺术展	2019.04.11—2019.04.21	中国美术馆	中国美术馆、广东省文化和旅游厅、广州美术学院、广东省美术家协会
平行的世界——党震水墨作品展	2019.04.11—2019.04.21	中国美术馆	首都师范大学美术学院
青出于蓝——2019年龙泉青瓷传承与创新展	2019.04.12—2019.06.30	浙江省博物馆	浙江省博物馆
五四风雷——浙江人与五四爱国运动特展	2019.04.12—2019.05.12	浙江省博物馆	浙江省博物馆
荒木经惟·花幽	2019.04.12—2019.05.12	南京艺术学院美术馆	南京艺术学院美术馆
谢源璜美术作品展	2019.04.12—2019.05.12	湖北美术馆	湖北美术馆

（续表）

展览名称	时　间	地　点	主办/策展
天下小事——何立伟作品展	2019.04.12—2019.04.19	北京·中国现代文学馆	湖南省文学艺术界联合会、湖南省作家协会、中共长沙市委宣传部、长沙市文学艺术界联合会、文艺报社
春山沐金田——黄文波作品回顾展	2019.04.12—2019.04.25	广东美术馆	广东美术馆
庆祝建国70周年系列展之江汉繁星计划（第六回）：天桥——交叉的经验	2019.04.12—2019.05.26	武汉美术馆	武汉美术馆
首届江苏青年漆画作品展	2019.04.12—2019.04.16	江苏省现代美术馆	江苏省美术家协会、南京艺术学院
青春飞扬——2019中国青年版画家提名展巡展（河北站）	2019.04.12—2019.04.28	河北美术馆	江苏省文化和旅游厅、江苏省文化投资管理集团、江苏艺术中心
华唐印象——河北省版画作品展	2019.04.12—2019.04.28	河北美术馆	华唐教育集团
家国书运——八千卷楼藏书特展	2019.04.12—2019.04.20	南京图书馆	南京图书馆、江苏省古籍保护中心、江苏省图书馆学会古籍整理与文献保护专业委员会
李华的认知艺术在成都	2019.04.12—2019.06.02	成都当代美术馆	奥地利驻成都总领事馆、成都当代美术馆、中国奥地利艺术学会
春风化雨——原中央大学的美术教育实践作品文献展	2019.04.12—2019.06.30	江苏省美术馆（陈列馆）	江苏省美术馆
云泉——中国传统美学的当代构型	2019.04.13—2019.06.16	苏州博物馆	苏州博物馆
澳大利亚树皮画艺术家特展	2019.04.13—2019.06.30	深圳博物馆历史民俗馆	深圳博物馆、澳大利亚国家博物馆
画出南天泼墨浓——司徒奇、司徒乃钟艺术作品展	2019.04.13—2019.05.05	山东美术馆	山东美术馆、山东省美术家协会、广东省美术家协会、粤港澳大湾区美术家联盟
何处是江南——陈逸飞、陈逸鸣作品展	2019.04.13—2019.05.07	苏州金鸡湖美术馆	苏州工业园区管委会
胡天民中国画作品展	2019.04.13—2019.04.17	荣宝斋大厦美术馆	《荣宝斋》期刊
抱朴守真——2019中国画名家枣庄邀请展（采风写生系列活动）	2019.04.13—2019.04.17	天源艺术馆	中国书画市场报、枣庄市人文社会科学院书画研究院、天源艺术馆、永昌斋文化艺术中心
时代的容颜——四川美术学院近年重大题材创作特展	2019.04.13—2019.04.21	四川美术学院美术馆	四川美术学院
新时代·新风貌——石齐、宋涤中国画展	2019.04.14—2019.04.23	北京杏坛美术馆	北京杏坛美术馆、天津人民美术出版社

（续表）

展览名称	时　间	地　点	主办/策展
润泽岭南之南方风神——叶其嘉中国画作品展	2019.04.14—2019.04.18	山东潍坊鲁台国际会展中心	中国画学会、中国国家画院、中国美术家协会中国画艺术委员会、潍坊市人民政府
传薪——陈增弼古家具研究文献展	2019.04.14—2019.04.25	清华大学美术学院4号展厅	清华大学美术学院
尽精微·精微素描全国巡展(西安美术学院站)	2019.04.15—2019.04.30	西安美术学院美术馆	中央美术学院、西安美术学院
齐风鲁韵——中国美术家协会新文艺群体推介展	2019.04.15—2019.04.27	恭王府·嘉乐堂	中国美术家协会新文艺群体(组织)展览与推广中心、山东省美术家协会、文化和旅游部恭王府博物馆
山地回响——陈晓鸣油画作品展	2019.04.15—2019.05.06	昆明市博物馆	云南艺术学院、云南省美术家协会
书道薪传——首届中国西安国际高等书法教育论坛暨高等书法教育优秀作品邀请展	2019.04.16—2019.04.22	西安美术学院西部美术馆	西安美术学院
心相·万象——大航海时代的浙江精神	2019.04.16—2019.06.16	浙江美术馆	浙江美术馆、何创时书法艺术文教基金会(中国台湾)
达·芬奇的艺术：不可能的相遇	2019.04.16—2019.05.23	中央美术学院美术馆	中央美术学院美术馆、意大利驻华使馆文化中心
妙香秘境——云南佛教艺术展	2019.04.16—2019.07.14	重庆中国三峡博物馆	重庆中国三峡博物馆、云南省博物馆
沙河流韵“天府成都　文旅成华”2019书画精品展	2019.04.17—2019.04.20	成都市美术馆	中共成都市成华区委宣传部、成都市成华区文学艺术界联合会
道，非常道——郭有河意写古人书画巡回展	2019.04.17—2019.05.24	广州番禺博物馆	东莞市可园博物馆、番禺博物馆、顺德文博协会
流淌与凝固——钱文(钱十茁)美术作品展	2019.04.17—2019.04.21	鲁迅美术学院美术馆	中国人民政治协商会议辽源市委员会、中共辽源市委宣传部、吉林省美术家协会、辽源市文学艺术界联合会、吉林师范大学辽源分院、鲁迅美术学院美术馆
黑山白水 墨墨无声——旅美余震谷教授水墨作品展	2019.04.17—2019.04.30	北京理工大学艺术馆	北京理工大学设计与艺术学院、全美华人美术教授协会
器服物佩好无疆——东西文明交汇的阿富汗国家宝藏	2019.04.18—2019.06.23	清华大学艺术博物馆	中华人民共和国文化和旅游部、中国国家文物局、阿富汗信息文化部
四十再励——2019深圳青年美术作品展	2019.04.18—2019.04.28	深圳美术馆	深圳美术馆、深圳市青年美术家协会
大象中原——河南古代文明之光	2019.04.18—2020.04.18	深圳市南山博物馆	深圳市南山博物馆

（续表）

展览名称	时　间	地　点	主办/策展
心迹墨痕——吴洪晖中国画作品展	2019.04.19—2019.05.04	宁波美术馆	浙江省美术家协会、杭州市文学艺术界联合会
时代新风·水墨新境——当代水墨作品展	2019.04.19—2019.04.23	潍坊鲁台会展中心	中国画学会、中国美协中国画艺委会、中国工笔画学会、中央数字电视书画频道、中共山东省委宣传部、山东省文化和旅游厅、山东省文学艺术界联合会、潍坊市人民政府
岱青粤秀 齐鲁风雅岭南行——张宜、徐琳、刘仲原中国画作品展	2019.04.19—2019.04.28	岭南美术馆	济南市美术馆、岭南画院
似与不似——对话齐白石	2019.04.19—2019.05.04	中国美术馆	中国美术馆
海岱朝宗——山东古代文物菁华	2019.04.19—2019.07.09	中国国家博物馆	中国国家博物馆、山东省文化和旅游厅、山东省文物局、淄博市人民政府
第九届中国画节之锦绣河山——中国画学会山水画专题展	2019.04.19—2019.04.23	潍坊鲁台会展中心	中国画学会
风流清逸 萧疏奔放——吉林省博物院藏“南张北溥”书画特展	2019.04.19—2019.06.27	安徽博物院	安徽博物院、吉林省博物院
第十届深圳国际水墨双年展暨第九届深圳水墨论坛	2019.04.20—2019.05.20	深圳画院美术馆	深圳市人民政府
镶嵌中国——马赛克艺术邀请展全国巡展·上海	2019.04.20—2019.05.06	龙现代艺术中心	中国美术家协会壁画艺术委员会
惠风和畅——刘延龙书法北京交流展	2019.04.20—2019.04.23	中国政协文史馆	中共太康县委宣传部
天地间——刘斌艺术展	2019.04.20—2019.05.19	山东美术馆	山东美术馆
情系高原谱丹青 苏陕共话新西部——中国西部美术作品展	2019.04.20—2019.04.27	江苏省美术馆	陕西省文化和旅游厅、江苏省文化和旅游厅
岁月回眸——高玠瑜艺术之路呈现展	2019.04.20—2019.04.30	四川美术馆	四川省美术家协会、四川美术馆、四川美术学院
和亮光 彭炜伉俪摄影书画作品展	2019.04.20—2019.04.28	云南美术馆	云南省文学艺术界联合会
北京文化艺术基金2018年度资助项目：清华大学中国工笔画高端创新人才交流平台展览	2019.04.21—2019.04.25	清华大学美术学院美术馆	清华大学美术学院
扶桑止水——王纲怀捐赠和镜展	2019.04.21—2020.04.19	清华大学艺术博物馆	清华大学艺术博物馆
放歌时代·抒写青春——庆祝建国70周年、建校65周年首都师范大学美术学院2019届毕业生作品展	2019.04.22—2019.05.12	智慧长阳美术馆	首都师范大学美术学院

（续表）

展览名称	时　间	地　点	主办/策展
中赞文化年——赞比亚当代艺术展	2019.04.22—2019.05.05	中华世纪坛	中华人民共和国文化和旅游部、赞比亚共和国旅游与艺术部
吴门书风	2019.04.23—2019.05.17	天津美术馆	南开大学博物馆、南开区文化和旅游局、天津美术馆、天津市书法家协会
重庆中国三峡博物馆世界文明与艺术系列展之“穆夏：欧洲新艺术运动先锋”特展	2019.04.23—2019.07.21	重庆中国三峡博物馆	重庆中国三峡博物馆、捷克共和国布拉格国家工艺美术博物馆、捷克共和国布拉格市艺术博物馆、捷克共和国波西米亚西部比尔森美术馆
遥远的武汉——胡朝阳油画艺术展	2019.04.23—2019.05.04	湖北美术学院美术馆	湖北美术学院、中国油画学会、北京当代中国写意油画研究院、湖北省美术家协会
丹心铸魂——吴为山雕塑艺术展	2019.04.23—2019.06.23	中国国家博物馆	中国国家博物馆
文华衡水——河北衡水文化展	2019.04.23—2019.05.22	中国国家博物馆	中国国家博物馆、中共衡水市委、衡水市人民政府
归来——意大利返还中国流失文物展	2019.04.24—2019.06.30	中国国家博物馆	中华人民共和国文化和旅游部、国家文物局
文化传承·丹青力量——中国艺术研究院中青年艺术家系列展：陆明君、蔡葵	2019.04.24—2019.05.05	中国美术馆	中国艺术研究院
铭刻时代——汤小铭艺术研究展	2019.04.24—2019.05.19	广东美术馆	广东美术馆
形形色色——首都师范大学美术学院表现性绘画工作室纸本作品展	2019.04.24—2019.04.30	西安美术学院西部美术馆	首都师范大学美术学院、西安美术学院
2019“山水之盟”——蔡萌萌山水画作品展	2019.04.24—2019.04.29	陕西省图书馆	陕西省图书馆、太仓市政协书画室、宋文治艺术馆
从媒介出发 重塑的个体——青年艺术家邀请展	2019.04.24—2019.05.12	成都市美术馆	成都画院（成都市美术馆）
铁骨画魂铸新梦——芜湖铁画艺术作品展	2019.04.24—2019.05.05	陕西省美术博物馆	安徽师范大学
浙江大学中国艺术研究所2019届硕士研究生毕业展	2019.04.24—2019.05.06	浙江大学西溪美术馆	浙江大学中国艺术研究所
朴心之旅——边舒才中国画作品展	2019.04.25—2019.05.25	山东省淄博市荣宝斋大厦五楼	淄博市委宣传部、淄博市文学艺术界联合会、淄博市文化和旅游局
大泽有鱼——张泽国漆画创作三十年（1989—2019）	2019.04.25—2019.05.05	宁波美术馆	中国美术家协会艺术委员会、中国美术家协会漆画艺术委员会、鲁迅美术学院、宁波美术馆

（续表）

展览名称	时　间	地　点	主办/策展
古早中国——余平·古民居摄影展	2019.04.25—2019.05.05	河南省美术馆	陕西省美术博物馆
桃李芳菲——首都师范大学美术学院优秀校友邀请展	2019.04.25—2019.05.01	首都师范大学	首都师范大学
苏艺天工——大师系列之周莹华发绣艺术展	2019.04.25—2019.06.16	苏州博物馆	苏州博物馆、苏州市非物质文化遗产保护管理办公室
中国美术馆捐赠与收藏系列展：水云映彩——杨云龙水彩画展	2019.04.25—2019.05.05	中国美术馆	中国美术馆
风筝不断线——纪念吴冠中诞辰一百周年作品展	2019.04.25—2019.05.05	中国美术馆	中国美术馆、清华大学
问道山川——周胜荣中国画展	2019.04.25—2019.05.05	中国美术馆	江苏省文学艺术界联合会、中共无锡市委宣传部
壮美广西　大美靖西——靖西壮族农民画（广西）展	2019.04.26—2019.05.15	广西美术馆	广西美术馆、广西省美术家协会
熠熠千年：中国货币史中的白银	2019.04.26—2019.07.28	上海博物馆	上海博物馆
风花雪月——大理白族的前世今生	2019.04.26—2019.07.28	浙江省博物馆	浙江省博物馆
太璞如琢——崔如琢艺术杭州大展	2019.04.26—2019.05.26	浙江美术馆	故宫学院·中国画研究院、日本崔如琢美术馆
盛世欢歌——许鸿飞雕塑展	2019.04.26—2019.05.26	中国国家博物馆	中共广州市委宣传部、广州市文化广电旅游局
自然的力量——洛杉矶郡艺术博物馆藏古代玛雅艺术品	2019.04.26—2019.07.26	湖北省博物馆	湖北省博物馆、深圳博物馆、成都金沙遗址博物馆、洛杉矶郡艺术博物馆
国家艺术基金2018年度传播交流推广资助项目——重庆木刻版画巡展	2019.04.26—2019.05.19	陕西省美术博物馆	重庆美术馆
苦行探道——中央美术学院贾又福工作室师生优秀作品全国巡展第八回·广州站	2019.04.26—2019.05.10	广州美术学院大学城美术馆	中央美术学院、广州美术学院、北京大学历史文化资源研究所、北京大学贾又福艺术研究会、北京大学贾又福艺术研究基金、北京大学贾又福艺术工作室
南粤墨话——深圳博物馆藏清代广东书画展	2019.04.26—2019.05.26	深圳博物馆历史民俗馆	深圳博物馆
浑沌的光亮——刘巨德艺术展	2019.04.26—2019.05.26	常熟美术馆	清华大学美术学院、庞薰琹美术馆、常熟美术馆
寻归自然——钟蜀珩绘画作品展	2019.04.26—2019.05.26	常熟美术馆	清华大学美术学院、庞薰琹美术馆、常熟美术馆
千秋吉象——王侠军瓷器展	2019.04.26—2019.05.26	上海市历史博物馆	上海市历史博物馆

（续表）

展览名称	时　间	地　点	主办/策展
奇迹·蒙娜丽莎的微笑和文艺复兴——贝利尼家族收藏特展	2019.04.26—2019.08.08	重庆美术馆	重庆美术馆
丝绸之路·从写实到写意——杨晓阳美术作品暨创作文献展	2019.04.27—2019.05.12	天津美术馆	中国美术家协会、中国国家画院、中国美术馆、天津市文学艺术界联合会、天津美术学院
大美湿地 水韵盐城——盐城书法美术精品展	2019.04.27—2019.05.04	江苏省美术馆新馆	江苏省文化和旅游厅
走进家乡·三次登上世界峰会的中国画家梁岩卢浮宫画展巡回展	2019.04.27—2019.05.08	河北美术出版社美术馆	河北美术出版社美术馆、湖北省美术家协会
适意——崔敏艺术工作室作品展	2019.04.27—2019.05.07	浙江当代油画院艺术馆	浙江当代油画院
觉色敦煌——1650敦煌大展	2019.04.27—2019.07.14	上海宝龙美术馆	敦煌研究院、云轩乐
欧米茄星球展	2019.04.27—2019.05.12	上海当代艺术博物馆	上海当代艺术博物馆
汪意丰作品展	2019.04.28—2019.05.02	西安美术学院美术馆	西安美术学院
寻梦者的足迹——杨少明油画作品展	2019.04.28—2019.05.05	湖南师范大学美术学院学府美术馆	湖南省美术家协会、湖南省油画学会、湖南师范大学美术学院
美丽相约·苔花米小——大理白妮中国画作品邀请展	2019.04.28—2019.05.27	云南民族博物馆	云南民族博物馆
江山多娇——庆祝建国七十周年全国书画名家作品展	2019.04.28—2019.05.08	荣宝斋天津杨柳青分部	荣宝斋（天津）
大道同行——陈冬至、李燕华中国画作品展	2019.04.28—2019.05.15	石家庄美术馆	北京陈少梅艺术研究会、天津美术学院、河北省文学艺术界联合会、天津市美术家协会、河北省美术家协会、天津湖社画会、河北画院、天津画院
每一天 每个人——2019 如释·新锐艺术家推介计划	2019.04.28—2019.05.15	济南大学美术学院	山东省油画学会、山东美术馆公共教育部、济南大学美术学院
枕云碎璃——韩胜男绘画作品展	2019.04.29—2019.05.03	云南艺术学院美术学院	云南艺术学院
风·物·忆当代水墨艺术展——兰州站	2019.04.29—2019.05.09	雁儿湾当代美术馆	中共兰州市委宣传部、上海崔彤艺术工作室
大美高原——林跃藏地油画展南京展	2019.04.30—2019.05.09	南京江苏省美术馆新馆	中国文化艺术发展促进会、江苏省美术家协会、四川省美术家协会、江苏省美术馆
若见·李向阳近作	2019.04.30—2019.05.26	上海油画雕塑院美术馆	上海油画雕塑院
青春的光辉——河北省青年美术家协会成立学术邀请展	2019.04.30—2019.05.05	石家庄市美术馆	河北省艺术研究所、河北省青年美术家协会
雅墨禾韵——中国画名家邀请展	2019.04.30—2019.05.20	嘉兴美术馆	嘉兴市文化广电旅游局

（续表）

展览名称	时　间	地　点	主办/策展
墨彩心意——丁观加书画艺术展	2019.04.30—2019.05.11	刘海粟美术馆	中国美术家协会、中国国际文化传播中心华东联络部、江苏省文化和旅游厅、刘海粟美术馆、镇江市人民政府、上海市崇明区人民政府
此心安处是吾乡——笠夫国画展	2019.04.30—2019.05.12	深圳美术馆	深圳美术馆、《深圳商报》文化广场
砚边拾梦——李贺忠诗书画印作品展	2019.04.30—2019.05.07	深圳美术馆	深圳美术馆、深圳市书法家协会
灵蛇传奇	2019.04.30—2019.08.25	成都博物馆	宝格丽、成都博物馆
百年百校百村——中国乡村美育行动计划	2019.04.30—2019.05.20	四川美术学院美术馆、四川美术学院艺术与乡村研究院北碚柳荫基地	四川美术学院、重庆市美术家协会、北碚区文化和旅游发展委员会
莫德·刘易斯与新斯科舍省地域当代作品展	2019.04.30—2019.05.23	广东美术馆	广东美术馆、加拿大新斯科舍省美术馆
合作·共赢——一带一路国际版画交流项目汇报展	2019.04.30—2019.05.31	故宫博物院·斋宫	中国艺术研究院、故宫博物院
2019中关村国际青年艺术展——风骨艺术展	2019.05.01—2019.05.20	海淀美术馆北馆	北京市海淀区文化和旅游局、北京市海淀区文学艺术界联合会
正心观物——芃芃绘画作品展	2019.05.01—2019.05.31	中国艺术研究院·中国油画院美术馆	中国艺术研究院·中国油画院
水墨精神——从传统思想和智慧中生成新创造	2019.05.01—2019.07.20	济宁市美术馆	中共济宁市委宣传部、济宁市文化和旅游局、济宁市文学艺术界联合会、济宁市城建投资有限责任公司
欧洲十字路口的印记——斯洛文尼亚珍宝展	2019.05.01—2019.10.31	西安曲江艺术博物馆	西安曲江艺术博物馆、斯洛文尼亚国家博物馆
学而时习——尤勇画展	2019.05.01—2019.06.02	中国艺术研究院·中国油画院青年展厅	中国艺术研究院·中国油画院
以春天的名义——纪念新中国成立70周年上海艺术家作品邀请展	2019.05.01—2019.05.18	上海海派艺术馆	中共闵行区委统战部、中共闵行区梅陇镇委员会
艺坛流徽——廖新学 刘华轩 江一波 黄继龄 张苇研画展	2019.05.01—2019.05.19	云南美术馆	云南省美术家协会、云南美术馆、云南画院
继往开来——云南省优秀美术作品展	2019.05.01—2019.05.19	云南美术馆	云南省美术家协会、云南画院
刘广文隶书展	2019.05.04—2019.05.06	湖南国画馆	湖南省书法家协会、湖南国画馆、天津市文联《艺术家》杂志社
野草——献给五四新文化运动一百周年	2019.05.04—2019.05.18	中国美术学院美术馆	中国美术学院

（续表）

展览名称	时　间	地　点	主办/策展
她的名字——中国当代著名女画家邀请展	2019.05.04—2019.07.30	威海半岛美术馆	中共威海市委宣传部、威海市文化和旅游局、威海市文学艺术界联合会
大时代·大写意——杨发维摄影作品展	2019.05.05—2019.05.30	湖北美术学院美术馆	湖北美术学院、湖北省文学艺术界联合会
印象山东——俄罗斯油画家写生作品展	2019.05.06—2019.05.10	山东美术馆	山东省文化和旅游厅、山东省人民政府外事办公室
2019届·开放的西美——硕士研究生毕业展	2019.05.07—2019.05.16	西安美术学院西部美术馆	西安美术学院
"庆祝云南艺术学院建校六十周年"系列活动 塑造人民形象 描绘七彩云南 ——云南民族美术主题性展览	2019.05.07—2019.05.18	云南艺术学院图书馆	云南艺术学院习近平新时代中国特色社会主义文艺思想研究中心
国际青年美术创作人才培养作品展	2019.05.07—2019.05.12	广州美术学院大学城美术馆	国家艺术基金管理中心、广州美术学院
七号空间·广东美术馆青年艺术家学术提名展·第九回——映射之地：张文心作品展	2019.05.07—2019.05.24	广东美术馆	广东美术馆
文化传承·丹青力量——中国艺术研究院中青年艺术家系列展：丁鼎、刘瑶	2019.05.08—2019.05.19	中国美术馆	中国艺术研究院
尽精微·精微素描全国巡展	2019.05.08—2019.05.15	四川美术学院美术馆	中央美术学院、四川美术学院
精微·广大——中国当代工笔画名家小幅精品展	2019.05.08—2019.05.19	深圳市关山月美术馆	中国工笔画学会、深圳市关山月美术馆
匣子，格子，框子：一种新的联合——中央美术学院建筑学院研究生毕业作品展	2019.05.09—2019.05.31	中央美术学院7号楼	中央美术学院
旋律与和声——黄邦雄/张卫艺术回顾展	2019.05.09—2019.05.26	湖北美术学院（昙华林校区）美术馆	湖北美术学院、湖北省美术家协会
珠宝锦匣——俄罗斯民族博物馆馆藏18—20世纪珠宝展	2019.05.09—2019.08.02	天津博物馆	天津博物馆、俄罗斯民族博物馆
工匠精神·苏艺——王丽华苏绣艺术精品展	2019.05.09—2019.05.19	中国美术馆	中国工艺美术协会、江苏省民间文艺家协会、江苏省工艺美术学会、江苏省工艺美术行业协会
礼赞新中国 奋进新时代——寿山石韵艺术大展	2019.05.09—2019.05.27	中国美术馆	中共福建省委宣传部、中国美术馆、中国民间文艺家协会、福建省文学艺术界联合会
工匠精神·苏艺——韩建贤苏式家具展	2019.05.09—2019.05.19	中国美术馆	江苏省民间文艺家协会、江苏省工艺美术行业协会、江苏省工艺美术学会

（续表）

展览名称	时　间	地　点	主办/策展
工匠精神·苏艺——蒋喜玉雕精品展	2019.05.09—2019.05.19	中国美术馆	中国轻工业联合会中国工艺美术大师工作委员会、中共苏州市委宣传部
亚洲文明联展（艺术展）：大道融通——亚洲艺术作品展	2019.05.10—2019.05.26	中国美术馆	中华人民共和国文化和旅游部
形形色色——表现型绘画河南十一人展	2019.05.10—2019.05.17	郑州美术馆	郑州美术馆
幻——鸥洋·杨缨双个展	2019.05.10—2019.05.24	广东美术馆	广东美术馆
闳约逸致——苏百钧中国工笔画展（重庆站）	2019.05.10—2019.05.26	重庆美术馆	中央美术学院、中国艺术研究院、中国美术家协会、重庆美术馆、四川美术学院、广州美术学院
寸耕堂师生书画印展	2019.05.10—2019.05.19	岭南美术馆	中央美术学院中国画学院、广东省书法家协会、东莞文学艺术院、岭南画院
“锦绣之州”——锦州市美术作品展	2019.05.10—2019.05.22	辽宁美术馆	辽宁省文化演艺集团（辽宁省公共文化服务中心）、中共锦州市委宣传部
第五届“经典与传承”中国新写实绘画提名展	2019.05.10—2019.05.22	宁波美术馆	宁波市文学艺术界联合会
岭南文脉—王贵忱捐赠南越陶瓦展	2019.05.10—2019.06.10	广东省博物馆	广东省博物馆
庆祝新中国成立七十周年·辉煌中国——中国工业版画作品交流展	2019.05.10—2019.05.31	上海刘海粟美术馆分馆、上海市普陀区美术馆	中国工业版画研究院、上海行知工业版画研究院、刘海粟美术馆分馆（上海市普陀区美术馆）、苏州河工业文明展示馆
清华大学美术学院2019届硕士研究生毕业作品展	2019.05.10—2019.05.30	清华大学艺术博物馆	清华大学美术学院、清华大学深圳研究生院
线：传承与发展——2019深圳美术馆当代艺术展	2019.05.10—2019.06.02	深圳美术馆	深圳美术馆
颜家龙、邹传安捐赠书画作品展	2019.05.10—2019.05.30	湖南省博物馆	湖南省博物馆
百年油画的轨迹——大都美术馆油画藏品展	2019.05.11—2019.05.26	青岛市美术馆	青岛市文化和旅游局、青岛市文学艺术界联合会
时代的印记——靳尚谊油画与素描作品展	2019.05.11—2019.05.26	青岛市美术馆	青岛市文化和旅游局、青岛市文学艺术界联合会、北京靳尚谊艺术基金会
邂逅·金达莱——当代朝鲜油画精品展（成都站）	2019.05.11—2019.05.14	四川美术馆	中国致公党成都市委员会、中国致公党丹东市委员会、四川国际文化交流中心、四川美术出版社
父爱如山——萧立国画义卖展	2019.05.11—2019.05.13	长沙画院美术馆	长沙画院、长沙简牍博物馆、湖南师范大学美术学院

（续表）

展览名称	时　间	地　点	主办/策展
“一带一路”艺术行——海南·列宾美院写生创作交流活动作品展	2019.05.11—2019.05.25	海南省博物馆	海南省文学艺术界联合会
刻刀风骨——山东美术馆馆藏秦胜洲版画作品暨纪念秦胜洲先生诞辰90周年艺术回顾展	2019.05.11—2019.06.09	山东美术馆	山东美术馆、单应桂艺术基金会
庆祝中华人民共和国成立七十周年：“亮丽内蒙古，净土呼伦贝尔”——达斡尔族摄影家郭伟忠先生师生摄影作品展	2019.05.11—2019.05.20	内蒙古美术馆	内蒙古自治区文学艺术界联合会、内蒙古美术馆、内蒙古摄影家协会、内蒙古人像摄影协会、内蒙古旅游摄影家协会、内蒙古高教摄影教育专业委员会
海外克孜尔石窟壁画及洞窟复原影像展	2019.05.12—2019.06.09	天津美术馆	新疆维吾尔自治区龟兹研究院、天津美术馆
水墨品质——2019当代水墨年度邀请展	2019.05.12—2019.06.12	山东出版美术馆	山东美术家协会、山东齐鲁美术研究院
翠石瘗玉——唐代女性碑志拓片展	2019.05.12—2019.05.30	西安交通大学博物馆	西安交通大学博物馆
艺美中国——第一届水墨画全国名家邀请展	2019.05.14—2019.05.20	徐州美术馆	徐州市委宣传部、徐州市文化广电和旅游局、徐州报业传媒集团、《艺美中国》组委会
宋代金彩瓷大展	2019.05.14—2019.05.31	厦门博物馆	厦门博物馆、正阳美术馆
静见·夏静油画作品展	2019.05.14—2019.05.19	江苏省美术馆新馆	江苏省美术馆、江苏省油画学会、中共江阴市委宣传部
大美亚细亚——亚洲文明展	2019.05.14—2019.08.11	中国国家博物馆	中华人民共和国文化和旅游部、中华人民共和国国家文物局
庆祝中华人民共和国成立70周年：墨彩仲夏——成都画院女性艺术家馆藏国画作品展	2019.05.15—2019.06.04	成都市美术馆	成都画院·成都市美术馆
孙穗华女士油画作品展	2019.05.15—2019.06.30	昆明市博物馆	孙中山故居纪念馆、昆明市博物馆
2019广州美术学院研究生毕业作品展	2019.05.15—2019.06.22	广州美术学院美术馆昌岗校区	广州美术学院
漆墨春秋——乔十光漆画艺术五十年全国巡展·深圳站	2019.05.16—2019.05.22	雅昌艺术馆（深圳）	清华大学美术学院、中国美术家协会漆画艺术委员会、清华大学乔十光漆画艺术创新奖励基金
野原——何多苓个人作品展	2019.05.16—2019.06.14	四川美术馆	四川省文学艺术界联合会
丝路孔道——甘肃文物菁华展	2019.05.16—2019.08.18	中国国家博物馆	中国国家博物馆、甘肃省文物局、甘肃省博物馆

（续表）

展览名称	时 间	地 点	主办/策展
不畏浮云遮望眼——丰子恺的浙大缘与温州情	2019.05.16—2019.06.15	浙江大学紫金港校区基础图书馆	浙江大学档案馆、浙江大学图书馆、温州博物馆、温州衍园美术馆
寄意潇湘——八百里洞庭黄龙水墨写生作品展	2019.05.17—2019.05.23	湖南省画院美术馆	湖南省画院、湖南省中国画学会
艺术雅集第二回：旧雨新知——书画作品联展	2019.05.17—2019.05.26	深圳美术馆	深圳美术馆
黄孝逵水墨艺术展	2019.05.17—2019.05.26	天津美术馆	天津美术馆、香港美术家协会、中国画学会（香港）
怀城——樊枫作品展	2019.05.17—2019.05.29	江苏省美术馆	中共武汉市委宣传部
霓裳雅韵——昆曲戏衣收藏展	2019.05.17—2019.06.30	苏州丝绸博物馆现代馆	苏州丝绸博物馆
潮声依旧——全国中国画名家（珠海）邀请展	2019.05.17—2019.05.30	古元美术馆	中国传媒大学、广东省中国画学会、珠海市古元美术馆
第二届21世纪海上丝绸之路博览会暨第二十一届海峡两岸经贸交易会	2019.05.18—2019.05.22	福州海峡国际会展中心	福建省人民政府、国务院台湾事务办公室、中国国际贸易促进委员会
人间指南·上	2019.05.18—2019.08.18	UCCA尤伦斯当代艺术中心	UCCA尤伦斯当代艺术中心
涅槃——薛松作品展	2019.05.18—2019.07.14	龙美术馆（西岸馆）	龙美术馆（西岸馆）
见性——中国意象油画名家邀请展	2019.05.18—2019.06.17	北京南岸九号艺术馆	民盟中央美术院
长白遗珠——吉林省博物院藏"海上画派"精品展	2019.05.18—2019.06.18	海南省博物馆	海南省博物馆、吉林博物院
国宝盛宴——《史记》中的西南边疆	2019.05.18—2019.08.18	云南省博物馆	云南省博物馆、重庆中国三峡博物馆、广西壮族自治区博物馆、贵州省博物馆、四川博物院、成都金沙遗址博物馆、四川广汉三星堆博物馆
江山四季——秦岭中国画作品展	2019.05.18—2019.06.09	湖北美术馆	中国画学会、中国美术家协会河山画会、湖北省人民政府文史研究馆、湖北省文学艺术界联合会、湖北省美术家协会、湖北美术学院、湖北美术馆
归去来兮——徐仲偶作品巡回展（潍坊）	2019.05.18—2019.05.22	潍坊市美术馆	中央美术学院、宁波大学、潍坊报业集团、潍坊市文化和旅游局
风起海上——2019年华东师范大学美术学院教师作品展	2019.05.18—2019.05.28	北京时代美术馆	华东师范大学美术学院
墨彩双韵——黄建平、苑伟红双个展	2019.05.18—2019.05.20	长沙画院美术馆	长沙画院、长沙简牍博物馆、湖南师范大学美术学院

（续表）

展览名称	时 间	地 点	主办/策展
淮上窑火——寿州窑瓷器专题展	2019.05.18—2019.10.07	安徽博物院老馆	安徽博物院、淮南市博物
园说——北京古典名园文物展	2019.05.18—2019.10.07	首都博物馆	北京市公园管理中心、首都博物馆
大海道——“南海I号”沉船与南宋海贸	2019.05.18—2019.08.25	广东省博物馆	广东省博物馆、国家文物局水下文化遗产保护中心、广东省文物考古研究所、广东海上丝绸之路博物馆
石韵清华——非国有博物馆华夏石刻精品展	2019.05.18—2019.05.27	天津美术馆	天津市文物局、天津市北辰区人民政府
法老的国度——古埃及文明展	2019.05.18—2019.08.18	天津博物馆	天津市文化和旅游局
回归与再造——雕塑家瓷绘作品展	2019.05.19—2019.07.10	景德镇·中央美术学院陶溪川美术馆	中央美术学院、景德镇陶文旅集团
陶心冶性——佛山陶艺名家绘画作品邀请展	2019.05.20—2019.07.03	广东省新石湾美术馆	佛山市美术家协会、广东省新石湾美术馆
开放的西美——博士研究生成果展	2019.05.21—2019.05.28	西安美术学院西部美术馆	西安美术学院
海宇会同——元代瓷器文化展	2019.05.21—2019.07.21	中国国家博物馆	中国国家博物馆
第十二届中国艺术节全国优秀美术作品展览、全国优秀书法篆刻作品展览、全国优秀摄影作品展览	2019.05.21—2019.08.14	中华艺术宫	中华人民共和国文化和旅游部、上海市人民政府
纪念闵叔骞诞辰一百周年：意趣卓然——闵叔骞画展	2019.05.22—2019.06.02	中国美术馆	南京师范大学、宜兴市人民政府
2019宁波美术馆学术邀请展：周京新画展	2019.05.23—2019.06.02	宁波美术馆	宁波市文学艺术界联合会
庆祝新中国成立70周年江苏省基层优秀美术作品展览：江海墨韵——海安市美术书法作品展	2019.05.23—2019.05.30	江苏省美术馆新馆	江苏省文化和旅游厅
惟朴是求——纪念陶博吾诞辰一百二十周年艺术作品展	2019.05.23—2019.06.02	中国美术馆	中国美术馆
江南如画——中国油画作品展（2019）	2019.05.23—2019.06.23	苏州美术馆	中国油画学会、江苏省文化和旅游厅、苏州市人民政府
艺术西湖·第二届国际水墨博览会	2019.05.24—2019.05.27	杭州和平国际会展中心	中华文化促进会、浙江省文化产业学会
回眸——侯滨油画邀请展	2019.05.24—2019.06.16	山东美术馆	山东美术馆、山东省美术家协会
伟大的风格——王肇民艺术研究展	2019.05.24—2019.06.23	广东美术馆	广东美术馆
翰墨绘新图——岭南画派画家描绘新中国作品展	2019.05.24—2019.06.27	岭南画派纪念馆	岭南画派纪念馆

（续表）

展览名称	时　间	地　点	主办/策展
重庆艺术大市场·开放的六月——2019四川美术学院毕业作品展	2019.05.24—2019.06.09	四川美术学院美术馆	四川美术学院、重庆文化产业投资集团有限公司
后现代海派艺术——韩煜书法展	2019.05.25—2019.06.02	中国美术馆	上海市书法家协会、浙江省余姚市人民政府、龙现代美术馆、《中华英才》半月刊社、《中国书画》
春风又绿江南岸——宋文治先生诞辰100周年深圳特展	2019.05.25—2019.07.10	深圳市关山月美术馆	深圳市关山月美术馆
丝绸之路——从写实到写意杨晓阳小幅作品暨创作文献展	2019.05.25—2019.06.02	岭南美术馆	中国美术家协会、中国国家画院、广东省美术家协会
不负家山——段铁山水画作品展	2019.05.26—2019.05.29	炎黄艺术馆	中国美术家协会、中央数字电视书画频道、中央文史馆书画院
墨韵秋华——杨斌庆书画作品展	2019.05.26—2019.06.03	湖北省国画院美术馆	湖北省国画院、湖北省政协书画院、湖北省书画研究会
“学院绘”——当代青年艺术家邀请展	2019.05.26—2019.06.10	黑龙江省美术馆	清华大学美术学院绘画系、民进哈尔滨市委、黑龙江省美术馆
灼烁重现——十五世纪中期景德镇瓷器大展	2019.05.28—2019.09.01	上海博物馆	上海博物馆、景德镇陶瓷考古研究所
前歌后舞——曹志明《国学经典》书画展	2019.05.29—2019.06.12	重庆美术馆	中央电视台书画院
中国艺术研究院中青年艺术家系列展：宋彦军、苏睿、卢虓个展	2019.05.29—2019.06.09	中国美术馆	中国艺术研究院
蔡居抽象画展	2019.05.29—2019.06.09	中国美术馆	上海中外文化艺术交流协会
从河姆渡走来——2019第五届国际漆艺邀请展	2019.05.29—2019.06.09	云南省博物馆	云南省博物馆
版中情深——2019国际版画交流展	2019.05.30—2019.06.23	中国美术馆	中国美术馆
庆祝中华人民共和国成立七十周年：京彩70年绘画精品展	2019.05.30—2019.06.09	中国美术馆	中共北京市委宣传部、北京市文化和旅游局
千岩竞秀——陆秀竞中国画作品展	2019.05.30—2019.06.20	浙江美术馆	中国美术家协会、浙江省文学艺术界联合会、中国美术学院
2019广州美术学院本科毕业作品展	2019.05.30—2019.06.23	广东美术馆和广州美术学院大学城校区	广东美术馆、广州美术学院
云鬓珠翠——弗吉尼亚美术馆藏二十世纪珍宝艺术展	2019.05.30—2019.09.01	中国国家博物馆	中国国家博物馆、（美国）弗吉尼亚美术馆
披沙拣金——韩鹏书画作品个展	2019.05.31—2019.06.03	时代美术馆	安徽出版集团、安徽省设计艺术家协会

（续表）

展览名称	时　间	地　点	主办/策展
第八届“原点杯”《放飞梦想》暨欧盟《梦想中欧》国际青少儿优秀作品展	2019.05.31—2019.06.09	陕西省美术博物馆	陕西省美术博物馆
“触发”——南京师范大学美术学院2019届毕业生作品展	2019.05.31—2019.06.03	江苏省现代美术馆	南京师范大学美术学院
海天一线冠岭情——全国美术名家北海写生作品展	2019.05.31—2019.06.25	广西美术馆	广西美术馆、广西美术家协会
大美桂林——桂林画院美术书法精品巡回展（第十八回·东莞站）	2019.05.31—2019.06.09	岭南美术馆	中共桂林市委宣传部、桂林市文化广电和旅游局
纯白之心——馆藏玩具展	2019.05.31—2019.09.01	中国华侨历史博物馆	中国华侨历史博物馆
童绘津彩——2019青少年儿童书画艺术作品展	2019.06.01—2019.06.09	天津美术馆	天津市文明办、天津美术家协会、天津美术馆、天津市残疾人福利基金会、天津广播电视台少儿频道
美丽家园——全国中国画名家画五莲	2019.06.01—2019.06.06	北京·李可染画院美术馆	中国美术家协会艺术委员会、中共日照市委宣传部、中共五莲县委、五莲县人民政府、山东五征集团有限公司
翠色千年——福建民俗博物馆馆藏龙泉窑展	2019.06.01—2019.06.09	广州市文物总店	福建民俗博物馆、广州市文物总店
雨润千山——宋雨桂山水画作品展	2019.06.01—2019.06.19	江苏省美术馆	中央文史研究馆、中国美术家协会
新中国成立七十周年献礼——王七章书画回望展	2019.06.01—2019.06.09	四川美术馆	四川省美术家协会、四川省书法家协会
和美·景宁——畲族民间绘画展	2019.06.01—2019.06.14	浙江美术馆	浙江省文学艺术界联合会、景宁畲族自治县人民政府
有界之外：卡地亚·故宫博物院工艺与修复特展	2019.06.01—2019.07.31	故宫博物院	故宫博物院
溪山清赏——重庆中国三峡博物馆藏山水画系列展之二摹古山水	2019.06.01—2019.10.20	重庆中国三峡博物馆	重庆中国三峡博物馆
大河薪传——2019河南大学美术学院毕业生优秀作品展	2019.06.02—2019.06.09	河南省美术馆	河南大学、河南省文学艺术界联合会
大美灌云——灌云县优秀书画作品展	2019.06.02—2019.06.09	江苏省美术馆新馆	江苏省文化和旅游厅
庆祝新中国成立70周年江苏省基层优秀美术作品展：我们都是追梦人——泰州美术馆（书画院）书画作品展	2019.06.02—2019.06.09	江苏省美术馆	江苏省文化和旅游厅
潍坊杨家埠木版年画 书法题跋全国巡回展·天津站	2019.06.02—2019.06.09	天津美术馆	潍坊市书画家联谊会、潍坊市美术馆、潍坊学院美术学院、潍坊杨家埠木版年画院

（续表）

展览名称	时　间	地　点	主办/策展
“墨拓千年 与华相宜”碑帖展暨纪念6.9国际档案日宣传周	2019.06.03—2019.06.10	渭南市美术馆	陕西省渭南市档案馆(局)、陕西省渭南市文学艺术界联合会
新北派山水——师恩钊：和而不同·当代中国画家系列邀请展	2019.06.03—2019.06.06	中国国家画院美术馆	《收藏快报》、北京清禾文化发展有限公司
达·芬奇的艺术：不可能的相遇	2019.06.03—2019.06.22	广州图书馆	中央美术学院美术馆、意大利驻华使馆文化中心
第五届京津冀非物质文化遗产联展	2019.06.05—2019.06.09	天津美术馆	天津市文化和旅游局、北京市文化和旅游局、河北省文化和旅游厅
2019艺术厦门（当代）博览会	2019.06.06—2019.06.09	厦门国际会展中心	艺术厦门博览会组委会
大千精彩 情系郫都——张大千诞辰120周年纪念展	2019.06.06—2019.06.11	成都市郫都区文化馆	中共成都市郫都区委、成都市郫都区人民政府
大美见易——刘寿祥作品展	2019.06.06—2019.07.14	武汉美术馆	武汉美术馆
文化和旅游部2019年度国家美术作品收藏和捐赠奖励项目：泥土的生命——无锡惠山泥塑艺术展	2019.06.06—2019.06.16	中国美术馆	中国美术馆
中国美术馆学术邀请系列展：铭刻时代——汤小铭艺术研究展	2019.06.06—2019.06.16	中国美术馆	中国美术馆、广东省文化和旅游厅、广东美术馆
丝绸之路——从写实到写意：杨晓阳小幅作品暨创作文献展	2019.06.06—2019.06.11	深圳美术馆	中国美术家协会、中国国家画院、广东省美术家协会
俄罗斯列宾美院五任院长作品联展	2019.06.06—2019.06.18	深圳美术馆	深圳美术馆、上海苏俄造型艺术馆
长三角文化艺术项目 及文化和自然遗产日 特展：乌金千秋照——徽墨专题展	2019.06.06—2019.09.22	上海市徐汇区艺术馆	上海市徐汇区文化和旅游局
芙蓉出水——清代康雍时期外销青花瓷精品展	2019.06.07—2019.08.07	厦门市博物馆	杭州南宋官窑博物馆
材料与图式——2019福建漆画全国巡回展（成都站）	2019.06.07—2019.06.18	成都市美术馆	成都画院·成都市美术馆、福建省美术馆、福建省美术家协会漆画艺术委员会
大汉海昏侯——刘贺与他的时代	2019.06.07—2019.07.28	深圳博物馆（历史民俗馆）	江西省文化和旅游厅、深圳市文化广电旅游体育局
新的旧物——处于传统与革新张力关系中的设计展	2019.06.07—2019.09.08	中国美术学院中国国际设计博物馆	中国美术学院中国国际设计博物馆、歌德学院（中国）、德国对外文化关系学院
江山行旅——李项鸿山水画艺术巡展（第七回·广东站）	2019.06.07—2019.06.16	岭南美术馆	广东省美术家协会

（续表）

展览名称	时　间	地　点	主办/策展
杏坛油画家十周年作品展	2019.06.08—2019.06.18	山东省文化馆	中国杏坛油画家、山东省油画学会、山东省美术家协会油画艺术委员会
再寻驼踪——李骆公文献展	2019.06.08—2019.07.07	中国艺术研究院·中国油画院陈列馆	中国艺术研究院·中国油画院
写生见性——杨飞云油画艺术研究展	2019.06.08—2019.07.07	中国艺术研究院·中国油画院美术馆	中国艺术研究院·中国油画院
二〇一八海丝艺术品中心书画课题研究成果展之传承——福建省美术家协会主席团作品展	2019.06.08—2019.06.22	厦门大学艺术学院陈列馆	福建省美术家协会、厦门大学艺术学院、厦门佰翔海丝盛业国际文化艺术发展有限公司
器作·匠心——中国当代陶瓷艺术展	2019.06.08—2019.08.08	首都博物馆	首都博物馆、中国陶瓷工业协会
时空留痕——2019西安美术学院本科毕业季展览	2019.06.09—2019.06.20	西安美术学院西部美术馆	西安美术学院
见字如晤 纸短情长——深圳美术馆馆藏现代书画艺术大家信札暨精品展	2019.06.12—2019.07.21	遵义市美术馆	遵义市文体旅游局、深圳美术馆
青红皂白——黑龙江省青年艺术家邀请展	2019.06.12—2019.06.30	黑龙江省美术馆	黑龙江省美术馆、黑龙江省油画学会
江海丹青——南通书法国画研究院优秀作品展	2019.06.12—2019.06.19	江苏省美术馆新馆	江苏省文化和旅游厅
中央民族大学美术学院成立60周年美术作品展	2019.06.13—2019.06.20	中国美术馆	中央民族大学
民族美术高等教育60年成果回顾展	2019.06.13—2019.06.20	中国美术馆	中央民族大学、中国美术家协会
安庆版画60年作品展	2019.06.14—2019.06.27	上海虹桥当代艺术馆	中共安庆市委宣传部、中共上海市长宁区委宣传部、安庆市文化和旅游局、上海市长宁区文化和旅游局、安庆市文联、上海市长宁区文联
郑州美术馆馆藏作品展·人物篇	2019.06.14—2019.06.21	郑州美术馆	郑州美术馆
精微·广大——中国当代工笔画名家小幅精品巡回展·武汉站	2019.06.14—2019.06.30	湖北美术馆	中国工笔画学会、湖北美术馆
六月·风象——宁波当代艺术展	2019.06.14—2019.06.30	深圳美术馆	深圳美术馆、宁波美术馆
远志四韵——李斛的艺术步履	2019.06.14—2019.07.03	石家庄市美术馆	中央美术学院
楚骚回响——刘一原水墨艺术展	2019.06.15—2019.06.30	湖南省博物馆	湖南省博物馆
放歌草原——张旭光书法艺术精品展暨张旭光草书巴黎展（呼和浩特巡展）	2019.06.15—2019.07.01	内蒙古美术馆	中共内蒙古自治区党委宣传部

（续表）

展览名称	时　间	地　点	主办／策展
毕加索：一位天才的诞生	2019.06.15—2019.09.01	UCCA尤伦斯当代艺术中心	UCCA尤伦斯当代艺术中心
信号·2019·梁宇	2019.06.16—2019.07.21	武汉美术馆	中国美术家协会、广东省美术家协会、武汉美术馆
第七届重庆市美术作品展暨第十三届全国美展重庆选送作品展	2019.06.16—2019.07.01	重庆美术馆	中共重庆市委宣传部、重庆市文化与旅游发展委员会、重庆市文学艺术界联合会、重庆市美术家协会
山水澄怀——中国书法名家七人邀请展	2019.06.16—2019.07.03	桂林美术馆	广西书法家协会、广西国际文化交流中心、桂林市文化广电和旅游局、桂林市文学艺术界联合会
2019中国艺术研究院研究生毕业作品展	2019.06.16—2019.06.22	炎黄艺术馆	中国艺术研究院研究生院
全国中青年油画精品展	2019.06.17—2019.07.08	西安交通大学博物馆	中国美术家协会、中共深圳市委宣传部、中共深圳市龙岗区委员会
云台绘——云南重彩画暨云台艺术家联展	2019.06.18—2019.06.29	昆明市博物馆	中共云南省委台湾工作办公室
秋史金正喜与清朝文人的对话	2019.06.18—2019.08.23	中国美术馆	中国美术馆、韩国艺术殿堂
程谷青绘画艺术展	2019.06.18—2019.06.30	中国美术学院美术馆	中国美术学院
大邦之梦——吴越楚玉器·青瓷特展	2019.06.18—2019.08.18	苏州博物馆	苏州博物馆
浙江省第6届群星视觉艺术综合大展	2019.06.18—2019.07.03	浙江美术馆	浙江省文化和旅游厅
熔华铸金——朱金楼纪念画展	2019.06.19—2019.06.30	中国美术学院美术馆	中国美术学院
范华中国画作品展	2019.06.19—2019.06.30	广东画院美术馆	广东画院、陕西国画院
感觉的逻各斯	2019.06.19—2019.06.28	南京艺术学院美术馆	南京艺术学院
先驱之路——留法艺术家与中国现代美术（1911—1949）	2019.06.19—2019.09.01	龙美术馆（重庆馆）	中央美术学院
静听水墨——陈林干中国画作品展	2019.06.19—2019.07.02	浙江美术馆	中共宁海县委宣传部、杭州宁波经济建设促进会、宁波市美术家协会
中国青绿山水画年鉴展·温州巡展	2019.06.19—2019.07.20	温州书画院展览厅	温州书画院、楠溪书院
问道太行——2019南开·南通师生写生联展	2019.06.20—2019.06.24	南通大学艺术学院美术馆	南通大学艺术学院、南开大学文学院东方艺术系
那些美好的时光——谌强摄影作品展	2019.06.20—2019.06.30	深圳美术馆	深圳美术馆、深圳市摄影家协会
暗香疏影·黎柱成梅花专题展	2019.06.20—2019.06.30	岭南会展览馆	广东省美术家协会、广州美术学院、当代岭南艺术研究院、广东省中国画学会
2019第三届深圳国际摄影大展	2019.06.20—2019.06.23	深圳会展中心6号馆	中国摄影家协会、深圳市文学艺术界联合会

（续表）

展览名称	时　间	地　点	主办/策展
明心慧木——黄小明木雕艺术展	2019.06.20—2019.07.15	中国美术馆	浙江省工艺美术学会
大桥记忆——南京长江大桥主题艺术作品及史料巡展	2019.06.20—2019.07.07	武汉美术馆	武汉美术馆、江苏省美术馆
实践的力量——第九届中国当代版画文献展	2019.06.20—2019.08.20	金陵美术馆	中央美术学院、中国美术家协会版画艺术委员会、南京市文化和旅游局
辽宁美术馆馆藏精品展——乌密风繁华似锦的艺术世界	2019.06.20—2019.08.30	辽宁美术馆（辽宁画院）	辽宁省文化演艺集团（辽宁省公共文化服务中心）、鲁迅美术学院
紫砂·九隽作品展	2019.06.21—2019.07.01	中国美术馆	中国陶瓷工业协会、中共无锡市委宣传部、中共宜兴市委宣传部
天籁鹤鸣——杨德衡八旬画展（1939—2019）	2019.06.21—2019.06.30	辽宁美术馆	辽宁省文化演艺集团（辽宁省公共文化服务中心）、辽宁省美术家协会
湘湖瓷韵·破空碧色——国风再起时：浙江省现代青瓷作品展	2019.06.21—2019.07.22	浙江省现代陶瓷艺术博物馆	杭州市萧山区人民政府、龙泉市政府、浙江省陶瓷行业协会、浙江省现代陶瓷艺术博物馆
2018文化和旅游部全国画院创作人才高级研修班结业作品展暨结业仪式	2019.06.21—2019.06.25	中国国家画院美术馆	文化和旅游部艺术司
宁静·恒远——曹辉油画作品展	2019.06.21—2019.07.04	浙江美术馆	中共宁波市委宣传部、宁波市文学艺术界联合会、浙江省美术家协会
庆祝中华人民共和国成立七十周年——“草原四季 亮丽北疆”全国美术作品展	2019.06.21—2019.07.01	中国美术馆	中国美术家协会、内蒙古自治区党委宣传部、内蒙古自治区文学艺术界联合会
看云起——云南艺术学院美术学院2019年毕业季	2019.06.21—2019.07.10	云纺博物馆	云南艺术学院美术学院、云纺博物馆
大道至简——陈风新水墨作品展	2019.06.21—2019.06.30	岭南美术馆	广东省美术家协会、广东画院、广东省中国画学会、岭南画院
踱步：七十年的走过	2019.06.21—2019.09.08	龙美术馆西岸馆	龙美术馆
从武昌艺专走出来的红色伉俪——李家桢/张友鸠夫妇作品文献回顾展	2019.06.22—2019.07.12	湖北美术学院美术馆	湖北省文化和旅游厅、湖北省文学艺术界联合会、湖北美术学院
未来档案第四季——2019年四川省艺术高校毕业生优秀作品联展	2019.06.22—2019.07.14	成都市美术馆	成都画院（成都市美术馆）
春风拂面——湖北省国画院首届中国画理论与实践高级研修班结业作品展	2019.06.22—2019.06.27	湖北省国画院美术馆	湖北省国画院

（续表）

展览名称	时　间	地　点	主办/策展
道承东南——朱颖人中国画创作与思考特展	2019.06.22—2019.06.30	江苏省美术馆新馆	中国美术家协会、中国美术学院、常熟市人民政府
辉煌的历程——庆祝新中国成立70周年浙江出版图片书画展	2019.06.22—2019.06.24	浙江展览馆	浙江出版联合集团
心灵的畅想——梵高艺术沉浸式体验	2019.06.22—2019.09.22	中国国家博物馆	国博（北京）文化事业中心、亩博国际文化传媒股份有限公司
第六届青未了——山东省高等学校美术院系应届毕业生优秀作品展	2019.06.22—2019.07.17	山东美术馆	山东省文化和旅游厅、山东省教育厅
安东尼·布朗的幸福博物馆全国巡展·北京站	2019.06.22—2019.09.22	国家图书馆·国家典籍博物馆	中信出版集团、中国国家图书馆
庆祝中华人民共和国成立七十周年：海风·王飚中国画作品展	2019.06.25—2019.07.07	浙江美术馆	浙江省美术家协会、中共舟山市委宣传部、舟山市文学艺术界联合会、舟山市文化和广电旅游体育局
立足本岗有作为 政协履职有贡献——庆祝中华人民共和国成立七十周年·中国人民政治协商会议成立七十周年委员风采、绘画、书法、摄影展	2019.06.25—2019.07.07	天津美术馆	中国人民政治协商会议天津市委员会
跨海长虹——陈许港珠澳大桥主题油画展（肇庆站）	2019.06.25—2019.07.02	肇庆美术馆	广东省文学艺术界联合会、广东省美术家协会、中共肇庆市委宣传部、肇庆市文学艺术界联合会、广东省文艺研究所、肇庆学院
单机游戏——艺术策划与管理实践课程	2019.06.25—2019.06.28	云南大学东陆园科学馆	云南大学艺术与设计学院
心迹双清——刘海粟作品展	2019.06.25—2019.06.29	刘海粟美术馆	常州市收藏家协会
横岸墨韵——承名世先生作品展	2019.06.25—2019.06.29	刘海粟美术馆	常州市收藏家协会
集其大成——苏博藏董其昌及晚明各流派绘画特展	2019.06.25—2019.08.18	苏州博物馆	苏州博物馆
交错的共时——四川大学美术馆在地性实验艺术齿轮厂项目	2019.06.25—2019.07.10	四川大学美术馆、四川齿轮厂原厂	四川大学美术馆、成都市双流区西航港街道办事处、成都市双流区文旅体创意产业联合会
识骨寻宗——透过骨骼窥视生物演化	2019.06.25—2019.09.01	深圳博物馆历史民俗馆	深圳博物馆、北京自然博物馆
第三届“陆俨少奖”全国中国画展（上海嘉定巡展）	2019.06.26—2019.07.21	陆俨少艺术院/陈家山公园·荷亭艺品/泰古美术馆/菊园新区文体中心主展示厅	浙江画院、上海市嘉定区文化和旅游局、风雅颂扬文化传播集团

（续表）

展览名称	时　间	地　点	主办/策展
造化心源——当代中国山水画系列展	2019.06.26—2019.07.08	云南美术馆	广州美术学院、云南美术馆、云南省美术家协会、广东省美术家协会、当代岭南艺术研究院
大师——澳大利亚树皮画艺术家	2019.06.26—2019.08.26	四川省博物院	四川博物院、澳大利亚国家博物馆
家国英雄路 姑苏启宏图——民族英雄林则徐与苏州·特展	2019.06.26—2019.10.15	苏州博物馆忠王府	中共苏州市委宣传部、苏州市禁毒委员会
广州美术学院高级研修班结业汇报展	2019.06.27—2019.07.06	广州美术学院美术馆	广州美术学院
溪山行侣——汤士澜 、何庆林山水画作品展	2019.06.27—2019.07.21	常熟美术馆	浙江省美术家协会、杭州市文学艺术界联合会、常熟美术馆
中国赫哲族传统鱼皮衣与鱼皮配饰作品展全国巡展·昆明站	2019.06.27—2019.06.29	文林美术馆	国家艺术基金
克莱因平面：躯体与意识的共享场域	2019.06.27—2019.08.04	湖北美术馆	湖北美术馆、湖北美术学院设计系
不朽的传承——法兰西艺术院雕塑院士作品展	2019.06.28—2019.07.09	中国美术馆	中国美术馆
水韵乡愁——吴卫东水彩画展	2019.06.28—2019.07.07	岭南美术馆	广州美院绘画艺术学院水彩画系、岭南美术馆
江苏第二届青年油画展	2019.06.28—2019.07.02	江苏省现代美术馆	江苏省文学艺术界联合会、江苏省美术家协会
骨法用笔——广州艺术博物院藏白描画展	2019.06.29—2019.12.31	广州艺术博物院杨善深艺术馆	广州艺术博物院
同工异境——2019中国工笔画作品邀请展	2019.06.29—2019.07.08	中国人民大学艺术学院美术馆	中国人民大学艺术学院
苏韵流芳——2019首届苏州青年手工艺展	2019.06.29—2019.08.20	苏州博物馆	苏州文化广电和旅游局、苏州市人力资源和社会保障局、中国共产主义青年团苏州市委员会、“苏青S+”新兴青年群体联盟
青春的力量——全国青年艺术展	2019.06.29—2019.07.28	海淀美术馆北馆	北京市海淀区文化和旅游局、北京市海淀区文学艺术界联合会
创立新中国——庆祝中华人民共和国成立70周年中国革命历史版画展（1931—1950）	2019.06.29—2019.07.08	烟台城市美术馆	民建烟台市委员会、中共莱山区委宣传部、莱山区文化和旅游局
万物灵源——张浩天×李姝睿跨界艺术展	2019.06.30—2019.07.14	龙美术馆（西岸馆）	龙美术馆
庆祝中华人民共和国成立七十周年：形异道同——中国写意油画学派作品邀请展	2019.06.30—2019.07.30	内蒙古美术馆	内蒙古自治区文学艺术界联合会、北京当代中国写意油画研究院、内蒙古美术馆

（续表）

展览名称	时　间	地　点	主办/策展
庆祝新中国成立70周年四川统一战线“同心”主题书画展	2019.07.01—2019.07.30	四川省社会主义学院	中共四川省委统战部、四川省社会主义学院、四川省中华文化学院
我手我心——为共和国而设计系列活动之何镇强/黄德龄/李凤崧/贾延良/赵兴斌手稿联展	2019.07.02—2019.07.08	清华大学美术学院	清华大学美术学院
敦煌冥想·宝岛诗情——洪正东的油画世界	2019.07.02—2019.07.15	内蒙古美术馆	内蒙古美术馆
生命之灵——非洲雕刻艺术精品展	2019.07.02—2019.09.15	山东美术馆	中国国家博物馆、山东美术馆
自在苏杭——林海钟中国画作品展	2019.07.02—2019.08.18	苏州博物馆现代艺术厅	苏州博物馆
四季和风——唐寅油画展	2019.07.03—2019.07.21	深圳美术馆	深圳美术馆
不忘初心——戴卫写生六十年作品展开幕式暨画集首发式	2019.07.03—2019.07.17	四川博物院	四川省文化和旅游厅、四川新华发行集团
庆祝中华人民共和国成立70周年“大河魂”兰州画院美术作品展·重庆展	2019.07.03—2019.07.10	重庆美术馆	兰州市文化和旅游局
杜小同中国画作品展	2019.07.03—2019.07.12	江苏省国画院美术馆	江苏省国画院
笔墨纵横——黑龙江省美术馆藏王绍维 王仙圃 杜鸿年中国画作品展	2019.07.03—2019.07.15	黑龙江省美术馆	黑龙江省美术馆
沉银重现——四川江口古战场遗址考古成果展	2019.07.04—2019.11.03	广东省博物馆	广东省博物馆、四川省文物考古研究院
河山之情——秦大虎油画作品展	2019.07.04—2019.07.14	中国美术馆	中国美术学院
大漠胡杨·民族之魂——冀有泉国画展	2019.07.04—2019.07.15	中国美术馆	中国少数民族对外交流协会民族文化工作艺术委员会
中国艺术研究院中青年艺术家捐赠作品展	2019.07.04—2019.07.14	中国美术馆	中国艺术研究院
素静之境——潘映蓉油画作品展	2019.07.04—2019.07.14	深圳美术馆	深圳美术馆
河南省优秀美术作品展暨第十三届河南省优秀美术作品展	2019.07.04—2019.07.20	河南省美术馆	河南省文化和旅游厅、河南省文学艺术界联合会、河南省美术家协会
庆祝中华人民共和国成立70周年——广东省美术作品展览	2019.07.04—2019.07.20	广东美术馆	中共广东省委宣传部、广东省文化和旅游厅、广东省文学艺术界联合会
性情所至——宋承德中国画作品展	2019.07.04—2019.07.26	深圳画院美术馆	深圳画院
艺道融心——朱达诚雕塑作品展	2019.07.05—2019.08.04	湖北美术馆	湖北美术馆

（续表）

展览名称	时　间	地　点	主办/策展
钦若苍穹——许钦松山水画展	2019.07.05—2019.07.14	四川美术馆	全国政协书画室、中国美术家协会、中国国家画院、中国艺术研究院中国画院、四川省文学艺术界联合会、广东省文学艺术界联合会
花翎清韵——北京画院花鸟画研修班导师提名展	2019.07.05—2019.07.11	北京画院美术馆	北京画院
庆祝中华人民共和国成立七十周年：金陵文脉——南京书画院建院40年书画作品晋京展	2019.07.05—2019.07.14	中国美术馆	中共南京市委宣传部、南京市文化和旅游局
须弥胜境·彼岸莲华——藏传臻品唐卡艺术展	2019.07.05—2019.07.14	中国美术馆	北京市大兴区文化和旅游局、中国收藏家协会民族艺术品委员会、《炎黄春秋》杂志社
庆祝中华人民共和国成立七十周年系列展之武汉·印象——武汉美术馆馆藏作品巡展	2019.07.05—2019.07.14	关山月美术馆	武汉美术馆、关山月美术馆
民族遗珍 书香中国——“中国少数民族古籍珍品暨保护成果展”全国巡展（内蒙古站）	2019.07.05—2019.07.15	内蒙古美术馆	国家民委全国少数民族古籍整理研究室
湖南百年——重大历史题材美术作品巡展南京站	2019.07.05—2019.07.16	江苏省现代美术馆	湖南省文化馆、江苏省现代美术馆
“荷而不同”——吴保国作品展	2019.07.06—2019.07.13	炎黄艺术馆	河北省美术家协会、中共清河县委宣传部
生活的印记——何家英师生作品展	2019.07.06—2019.07.13	周口市美术馆	天津美术学院、周口市人民政府、中国艺术研究院·工笔画艺术研究院
佛缘匠艺·古县华章——行唐县清凉寺三菩萨壁画摹本暨历史文化展览	2019.07.06—2019.07.16	石家庄市美术馆	中共行唐县委、行唐县人民政府、石家庄市美术馆
故宫博物院藏宫廷器座展	2019.07.06—2019.10.06	嘉德艺术中心	故宫博物院、嘉德艺术中心
正道沧桑——刘宝纯诗书画全国巡展	2019.07.06—2019.07.16	中国国家画院美术馆	中国文学艺术界联合会、中国国家画院、中国美术家协会、中共山东省委宣传部、山东省文化和旅游厅、山东省文学艺术界联合会
相看两相宜——扬州与广州的雕刻之美	2019.07.06—2019.09.03	扬州博物馆	扬州博物馆、东莞市博物馆

（续表）

展览名称	时　间	地　点	主办/策展
庆祝中华人民共和国成立70周年：第二届“中国梦 湖山情”写·景优秀美术家徽乡、巢畔写生创作学术邀请展	2019.07.06—2019.07.14	岭南美术馆	中共合肥市委宣传部、合肥市文学艺术界联合会、岭南画院
汲古嘉会——云南印社金石拓片、印屏、印蜕题跋展	2019.07.06—2019.07.19	昆明市博物馆	云南印社、昆明市博物馆
庆祝新中国成立70周年“盛世翰墨·津门华章”天津画院建院40周年美术作品晋京展	2019.07.07—2019.07.13	中国政协文史馆	天津市委宣传部、天津市政协文化和文史资料委员会、天津市文学艺术界联合会、天津画院
大展——云南师范大学美术学院2017/2018级艺术硕士油画、版画方向学业作品展	2019.07.08—2019.07.12	云南师范大学美术学院	云南师范大学美术学院
万里同风——新疆文物精品展	2019.07.09—2019.09.09	中国国家博物馆	中国国家博物馆、新疆维吾尔自治区博物馆
虚构的是非——王华祥 赵博 陈流三人绘画展	2019.07.09—2019.08.23	清华大学艺术博物馆	清华大学艺术博物馆
金色阿富汗——古代文明的十字路口	2019.07.09—2019.10.09	南京博物院特展馆	中国人民对外友好协会、中国文物交流中心、南京博物院、阿富汗国家博物馆
庆祝中华人民共和国成立70周年：时代风华——上海油画雕塑院特展	2019.07.10—2019.08.31	上海油画雕塑院美术馆	上海油画雕塑院
青春飞扬——2019中国青年版画家提名展巡展（贵州站）	2019.07.10—2019.07.28	贵州美术馆	江苏省文化和旅游厅、贵州省文化和旅游厅、江苏省文化投资管理集团、江苏艺术中心
归真——张继陶现代陶艺作品展	2019.07.10—2019.08.08	湖南省博物馆	湖南省博物馆
青山不老——范阳山水画艺术展	2019.07.10—2019.07.17	烟台美术博物馆	烟台美术博物馆、深圳美术馆
丝路行——师生五人油画作品展	2019.07.10—2019.07.17	陕西省美术博物馆	陕西省美术博物馆
雷安德罗·埃利希：太虚之境	2019.07.11—2019.08.25	中央美术学院美术馆	中央美术学院美术馆
方圆五十里——贺奇绘画作品展	2019.07.12—2019.07.25	云南美术馆	云南省美术家协会、中央民族大学美术学院、中国少数民族美术促进会
大潮涌进——浙江省第十四届美术作品展览	2019.07.12—2019.07.28	浙江美术馆	中共浙江省委宣传部、浙江省文化和旅游厅、浙江省文学艺术界联合会
春风拂面——写生季第四回·在米脂 庆祝新中国成立七十周年系列展	2019.07.12—2019.07.29	武汉美术馆	武汉美术馆

（续表）

展览名称	时　间	地　点	主办/策展
多维生成——艺术作品邀请展	2019.07.12—2019.07.21	长春国际会展中心	长春市政府、中国国家画院、中国第一汽车集团有限公司
庆祝中华人民共和国成立七十周年·滇桂名家精品联展	2019.07.12—2019.07.26	云南美术馆	云南画院、广西中国—东盟艺术研究院、广西东西方美术院
墨园耕者——王盛烈艺术创作及教学成就展	2019.07.13—2019.07.20	鲁迅美术学院美术馆	鲁迅美术学院
复制之外——中德当代摄影展	2019.07.13—2019.08.20	雅昌艺术中心美术馆	雅昌艺术中心
天地·大观——娄濛水墨艺术作品展	2019.07.13—2019.07.19	菏泽市博物馆	菏泽市博物馆、菏泽市美术馆
面对黄土——范华中国画作品展	2019.07.13—2019.07.23	甘肃美术馆	甘肃画院、陕西国画院
大隐拈花——陈绶祥国画作品展	2019.07.13—2019.07.23	中国美术馆	中国艺术研究院美术研究所
留真——蔡斯民摄影作品与二十世纪中国画名家作品展	2019.07.13—2019.08.25	龙美术馆（西岸馆）	龙美术馆
全国第八届篆刻艺术展	2019.07.13—2019.07.19	雅昌艺术馆	中国书法家协会
首都师范大学艺术中心刘秋阳中国画创作高级研修班师生作品展	2019.07.13—2019.07.16	中国劳动关系学院	首都师范大学艺术发展研究中心
江苏艺术基金2019年度传播交流推广资助项目——一夏清凉：扇与江南雅文化	2019.07.13—2019.09.08	江苏省美术馆陈列馆	江苏省美术馆
三千大千——张大千抗战时期绘画作品展	2019.07.13—2019.10.13	重庆中国三峡博物馆	重庆中国三峡博物馆、四川博物院、吉林省博物院、重庆大学艺术学院
向海洋——广州美术学院藏20世纪50—70年代"海洋建设"主题作品展	2019.07.14—2019.08.16	广州美术学院美术馆	广州美术学院
天下龙泉——龙泉青瓷与全球化	2019.07.16—2019.10.20	故宫博物院斋宫、景仁宫	故宫博物院、浙江省博物馆、丽水市人民政府
花开敦煌——常书鸿、常沙娜父女作品展	2019.07.16—2019.09.15	清华大学艺术博物馆	清华大学艺术博物馆、清华大学美术学院
庆祝中华人民共和国成立70周年系列展览"走向辉煌"浙江花鸟画展	2019.07.16—2019.07.30	杭州国画院美术馆	中共杭州市委宣传部
万物熙攘——第54届全球野生动物摄影展	2019.07.16—2019.09.01	成都博物馆	成都博物馆、四川文化传播有限公司、封面新闻、华西都市报
勤政亲贤——故宫养心殿文物精品展	2019.07.16—2019.10.16	安徽博物院新馆	故宫博物院、安徽博物院
良渚与古代中国——玉器显示的五千年文明	2019.07.16—2019.10.20	故宫博物院武英殿及东西配殿	浙江省人民政府、故宫博物院
众乐之乐——何崇甘捐赠九晕太极端砚展	2019.07.16—2019.08.18	广东省博物馆	广东省博物馆

（续表）

展览名称	时　间	地　点	主办／策展
京彩70年《首都之春》再发现	2019.07.16—2019.08.16	北京画院美术馆	中共北京市委宣传部、北京市文化和旅游局
中国美术馆典藏活化系列展：美丽中国——色彩意象中的世界	2019.07.17—2019.12.30	中国美术馆	中国美术馆
庆祝新中国成立70周年：风帆起珠江——纪念中国改革开放40周年美术作品展	2019.07.17—2019.07.28	黑龙江省美术馆	黑龙江省美术馆、深圳画院
庆祝新中国成立70周年：情溢海色——邓子敬山水画五长卷展	2019.07.17—2019.07.21	海南省博物馆	广东省美术家协会、海南省美术家协会、广东省文史研究馆国画院
庆祝中华人民共和国成立七十周年暨迎接第十三届全国美术作品展2019四川省优秀美术作品展	2019.07.17—2019.07.25	四川美术馆	四川省文学艺术界联合会、四川省文化和旅游厅
洪涛HONG TAO——洪涛作品展	2019.07.17—2019.07.28	深圳市关山月美术馆	深圳市关山月美术馆、鲁迅美术学院、中国美术家协会雕塑艺委会、全国城市雕塑建设指导委员会艺术委员会
为祖国河山立传——北京画院山水画家邀请展	2019.07.18—2019.08.11	北京李可染艺术基金会美术馆	北京画院、李可染艺术基金会
锦绣中华——江苏刺绣艺术精品展	2019.07.18—2019.07.28	中国美术馆	中国民间文艺家协会、中共江苏省委宣传部、江苏省文学艺术界联合会
砚边拾梦——李贺忠诗书画印作品展（内蒙古·呼和浩特巡展）	2019.07.18—2019.07.31	内蒙古美术馆	内蒙古美术馆、深圳美术馆
中国美术馆国际美术作品捐赠与收藏系列展：中国本色——布鲁诺·巴贝摄影展	2019.07.18—2019.07.28	中国美术馆	中国美术馆
不羁——龙美术馆扬州画派书画展	2019.07.18—2019.10.13	龙美术馆（西岸馆）	龙美术馆
庆祝中华人民共和国成立七十周年：厚积与蝶变——海口市经典美术作品展（1988—2018）	2019.07.19—2019.07.29	海口市民游客中心	中共海口市委宣传部、海口市旅游和文化广电体育局、海口市文学艺术界联合会
意会山川——廖学军油画作品展	2019.07.19—2019.07.28	岭南美术馆	广东省美术家协会、广东省写意油画学会、广东省人文艺术研究会、岭南画院、中山市文学艺术界联合会
再造的表达——多媒体艺术展	2019.07.19—2019.08.18	成都市美术馆	成都画院、成都市美术馆
墨韵笛香——海南郑志聪郑大成父子书法作品展	2019.07.20—2019.07.24	海南省博物馆	海口市秀英区书法家协会

（续表）

展览名称	时　间	地　点	主办/策展
院风新体：当代中国花鸟画专题展之暗香疏影——黎柱成中国画作品展	2019.07.20—2019.07.28	陕西省美术博物馆	广州美术学院、陕西省美术博物馆、广东省美术家协会、当代岭南艺术研究院、广东省中国画学会
花间逸趣·当代中国花鸟画系列展	2019.07.20—2019.07.28	陕西省美术博物馆	广州美术学院、陕西省美术博物馆、广东省美术家协会、当代岭南艺术研究院、广东省中国画学会
道南正脉——当代潇湘山水八家	2019.07.20—2019.07.31	湖南省画院美术馆	湖南省美术家协会、湖南省画院
当代日本岩彩画作品展	2019.07.21—2019.08.12	石家庄市美术馆	石家庄市美术馆
永远的微笑——张钫纪念展	2019.07.21—2019.07.27	故宫博物院	故宫博物院
钱塘江文化建设成果系列展之钱江·弄潮——中国画、书法、篆刻艺术作品展	2019.07.23—2019.07.28	中国美术馆	中共杭州市委宣传部、西泠印社、中共杭州市江干区委员会、杭州市江干区人民政府
2019第六届湖北美术节暨第四届湖北国际当代艺术节	2019.07.23—2019.08.05	湖北美术学院美术馆	湖北省文学艺术界联合会
归成——毕业于美国宾夕法尼亚大学的第一代中国建筑师	2019.07.23—2019.10.13	清华大学艺术博物馆	清华大学艺术博物馆、清华大学建筑学院
中国文学艺术发展专项基金文艺人才培训（培养）资助项目——“2019中国美协艺委会（水彩）青年文艺人才培训”师生汇报展	2019.07.23—2019.07.26	中国文联美术艺术中心	中国美术家协会
云淡风轻——高荐山水画写生作品展	2019.07.23—2019.08.04	恭王府·安善堂	文化和旅游部恭王府博物馆展览活动部
国家艺术基金2019年度资助项目——山地文明与乡愁记忆主题绘画作品展·深圳站	2019.07.24—2019.07.30	深圳美术馆	国家艺术基金、贵州师范大学
名家荟萃——江苏省现代美术馆五周年（2014—2019）江苏当代名家作品邀请展	2019.07.24—2019.07.30	江苏省现代美术馆	江苏省文学艺术界联合会
青花和诗——干道甫作品展	2019.07.25—2019.07.30	中国国家画院美术馆	《中国美术报》社、中国美术报网、景德镇陶瓷大学、景德镇市瓷局
古萃今承——湖南省谭国斌当代艺术博物馆十五周年特展	2019.07.25—2019.08.31	湖南省谭国斌当代艺术博物馆	湖南省博物馆、湖南省谭国斌当代艺术博物馆
庆祝中华人民共和国70华诞：光影荟萃 昆顺情深——昆明·顺德摄影作品联展	2019.07.26—2019.08.06	昆明市博物馆	昆明市文学艺术界联合会、顺德区文化艺术发展中心
弥散的光影——许永城油画作品展	2019.07.26—2019.08.18	广东美术馆	广东美术馆

（续表）

展览名称	时　间	地　点	主办/策展
图绘新中国——广东国画的改造与转型（1949—1978）	2019.07.26—2019.08.25	广东美术馆	广东美术馆
画者文脉——全国书画名家邀请展	2019.07.26—2019.07.30	民族文化宫	民族文化宫、中国工艺艺术品交易所、北京文衍美术院
维度与元素——深港澳女性当代艺术作品展	2019.07.26—2019.08.08	罗湖美术馆	深圳市罗湖区文化广电旅游体育局
画迹——石峰水彩风景写生展	2019.07.26—2019.08.18	大连美术馆	辽宁省文学艺术界联合会、中国农工民主党中央书画院、辽宁省美术家协会、大连大学、大连市公共文化服务中心、大连市文学艺术界联合会
嘉乐萃锦紫苑墨痕——紫苑六家书画近作展及《大家对谈》艺术沙龙	2019.07.26—2019.08.04	恭王府博物馆	中国美术家协会、文化和旅游部恭王府博物馆展览活动部
瓦连金·西多罗夫、安德烈·卡瓦利丘克艺术展	2019.07.27—2019.08.11	中国美术馆	中国美术馆、俄罗斯美术家协会
“大道成器”陶艺文化系列展之陶戏墨韵——向进兴建水陶艺展暨建水陶艺交流会	2019.07.27—2019.08.13	昆明市博物馆	云南印社、昆明市博物馆、国家方志馆黄河分馆
马克·布拉德福特：洛杉矶	2019.07.27—2019.10.13	龙美术馆（西岸馆）	龙美术馆（西岸馆）
转音——青年当代工笔研究展（第二回）	2019.07.27—2019.08.20	方圆美术馆	中国艺术研究院工笔画艺术研究院、方圆美术馆
美即惊骇之始——玛吉·汉布林个展	2019.07.28—2019.08.25	广东美术馆	广东美术馆
遇见——新经典学院派油画作品展	2019.07.29—2019.08.09	江苏省工艺美术馆	中国·云南新经典画库
翰墨情怀——吴康中国画作品展	2019.07.30—2019.08.04	陕西省美术博物馆	陕西省美术家协会
南溟奇甸——海南省博物馆《南溟书画文库》首展	2019.07.30—2019.08.04	海南省博物馆	海南省政协书画艺术研究院、海南省博物馆
观鱼知乐——宫廷金鱼文化与故宫博物院藏金鱼题材文物联展	2019.07.30—2019.08.30	故宫博物院·延禧宫东配殿	故宫博物院、全国水产技术推广总站、北京市农业农村局
轻舟已过万重山——关山月与近代以来的江峡图景	2019.07.30—2019.09.26	深圳市关山月美术馆	深圳市关山月美术馆、重庆中国三峡博物馆
心心相印——当代造像印艺术五人探索成果展	2019.07.31—2019.08.11	中国美术馆	中国少数民族文物保护协会艺术研究院
笔墨松嵒——钱松嵒诞辰120周年纪念展	2019.07.31—2019.08.11	中国美术馆	中国美术馆、江苏省文化和旅游厅
不忘初心 牢记使命 丹心谱——李世刚 李世东 刘海龙绘画作品展	2019.07.31—2019.08.18	周恩来纪念馆	中国美术家协会新文艺群体展览与推广中心、周恩来纪念地管理局、山东省美术家协会

（续表）

展览名称	时　间	地　点	主办/策展
童真童趣·合川儿童画视界	2019.07.31—2019.08.11	重庆美术馆	中共重庆市合川区委、重庆市合川区人民政府
穆夏——新艺术运动先锋	2019.07.31—2019.10.07	云南省博物馆	云南省博物馆、捷克共和国国家工艺美术博物馆、捷克共和国艺术博物馆、捷克共和国比尔森市艺术博物馆
云月八千里——江明贤墨彩巡回展	2019.08.01—2019.08.11	中国美术馆	中华文化联谊会、中国美术、台湾中华翰维文化推广协会
掌中珍玩——重庆中国三峡博物馆馆藏鼻烟壶展	2019.08.01—2019.08.11	中国妇女儿童博物馆	中国妇女儿童博物馆、重庆中国三峡博物馆
文脉传承——当代书画名家邀请展	2019.08.01—2019.08.20	海淀美术馆北馆	北京市海淀区文化和旅游局、北京市海淀区文学艺术界联合会
庆祝中华人民共和国成立70周年：时代乐章——许鸿飞雕塑世界巡展·昆明站	2019.08.01—2019.08.20	云南美术馆	云南省文化和旅游厅、广东省文化和旅游厅
影像时空——深圳美术馆馆藏深圳题材摄影作品展（1949—2019）	2019.08.01—2019.09.01	深圳美术馆	深圳美术馆、深圳机场集团
我和我的祖国——庆祝中华人民共和国成立70周年·中国百家金陵典藏作品主题展	2019.08.01—2019.09.05	江苏省美术馆新馆	江苏省美术馆
中华人民共和国建国70周年庆典暨荣宝斋画院建院15周年庆典·中国书画名家邀请展	2019.08.02—2019.08.07	北京炎黄艺术馆	荣宝斋、荣宝斋画院
庆祝中华人民共和国成立70周年系列“歌唱祖国”书法篆刻展	2019.08.02—2019.08.18	杭州国画院美术馆	中共杭州市委宣传部
第二届中国好手艺展	2019.08.03—2019.08.11	中国美术馆	中国艺术研究院
庆祝中华人民共和国成立70周年“草原之梦”70油画公社全国作品邀请展	2019.08.03—2019.08.21	内蒙古美术馆	内蒙古自治区文学艺术界联合会、内蒙古师范大学
初心·前行——庆祝新中国成立70周年上海书法名家特展	2019.08.04—2019.08.18	苏州美术馆	上海市书法家协会、上海市文艺评论家协会、长三角文艺评论发展联盟、苏州美术馆、苏州市名人馆
苍砚有池——松江博物馆藏古砚精粹	2019.08.05—2019.09.15	嘉定博物馆	嘉定博物馆、松江博物馆
小城故事——湖南龙山里耶秦简文化展	2019.08.06—2019.09.06	中国国家博物馆	中国国家博物馆、湖南省文物局、龙山县人民政府
和合共生——临漳邺城佛造像展	2019.08.06—2019.09.06	中国国家博物馆	中国国家博物馆、中国社会科学院考古研究所、河北省文物研究所

（续表）

展览名称	时　间	地　点	主办/策展
花间逸趣——当代中国花鸟画交流展	2019.08.06—2019.08.11	深圳市关山月美术馆	广东省美术家协会、广州美术学院、深圳市关山月美术馆
汴水丹青——陈光林画展	2019.08.06—2019.10.26	汴河博物馆	安徽省人民政府参事室、安徽省文史研究馆、政协宿州市委员会办公室、中共宿州市委宣传部、宿州市文化和旅游局、宿州市文学艺术界联合会
当下·新造境——2019年关山月美术馆创作院作品邀请展（第三回）	2019.08.07—2019.09.01	大芬美术馆	关山月美术馆
高峰在望——当代中国画名家学术展·西安展	2019.08.07—2019.08.11	陕西省美术博物馆	《中国美术》杂志、陕西省美术博物馆
一路守望 对话未来——纪念中俄建交 70 周年油画作品展·西安站	2019.08.07—2019.08.18	中国艺术研究院中国油画院油画博物馆	中国艺术研究院
丹青载道·翰墨纯阳——三晋书画名家系列展	2019.08.07—2019.10.18	山西省艺术博物馆	山西省书法家协会、山西省美术家协会
香事情未了——古代文士风韵雅器展	2019.08.07—2019.10.08	重庆中国三峡博物馆	重庆中国三峡博物馆、九龙沉香博物馆
十指抟砂——宜兴中青年紫砂陶艺名家晋京展	2019.08.08—2019.08.18	恭王府·乐道堂	文化和旅游部恭王府博物馆展览活动部、宜兴市陶瓷行业协会
先生之道·境界——广州画院资深特聘画家作品展（第一回）	2019.08.09—2019.08.22	广州画院（先生画馆）	广州画院
“可视之维”中国艺术新视界2019——国家艺术基金青年艺术创作人才（美术、书法、摄影、工艺美术）作品巡展·南宁站	2019.08.09—2019.08.23	广西美术馆	中华世纪坛艺术馆、广西美术馆
百年芳华——南开大学百年校庆展	2019.08.09—2019.09.05	中国国家博物馆	南开大学、南开校友总会、南开大学教育基金会
屹立东方——馆藏经典美术作品展	2019.08.09—2019.11.09	中国国家博物馆	中国国家博物馆
“纸上谈缤”——中华纸文化当代艺术展	2019.08.09—2019.09.19	浙江美术馆	浙江美术馆
浙江美术馆开馆十周年系列展览之丹心育美——姜丹书与近现代美术教育	2019.08.09—2019.09.08	浙江美术馆	浙江美术馆
浙江美术馆开馆十周年系列展览之南山138：浙江青年当代艺术推广项目（2019）——李青：自我修养	2019.08.09—2019.09.08	浙江美术馆	浙江美术馆

（续表）

展览名称	时　间	地　点	主办/策展
浙江美术馆开馆十周年系列展览之我负丹青——纪念吴冠中诞辰100周年展览	2019.08.09—2019.09.08	浙江美术馆	浙江美术馆
走进西都——合肥市赖少其艺术馆精品项目（云南）巡展	2019.08.09—2019.08.30	昆明市博物馆	昆明市文化和旅游局、合肥市文化和旅游局
庆祝中华人民共和国成立七十周年：花语江南——中国工笔画名家邀请展	2019.08.09—2019.08.18	金陵美术馆	南京书画院
皇家气象——沈阳故宫清代宫廷生活用品展	2019.08.09—2019.11.24	长沙博物馆	长沙市文化旅游广电局
庆祝新中国成立70周年江苏省基层优秀美术作品展之金陵文脉——南京书画院建院四十周年书画作品展	2019.08.10—2019.08.17	江苏省美术馆新馆	江苏省文化和旅游厅
观香——海南沉香文化展	2019.08.10—2019.10.10	南京博物院艺术馆大观厅	海南省博物馆、南京博物院
承转之和——莞城美术馆馆藏水彩画作品展	2019.08.12—2019.08.30	黑龙江省美术馆	莞城美术馆、黑龙江省美术馆
翰墨写侨心 同绘中国梦——深圳市第二届侨界名家艺术邀请展	2019.08.13—2019.08.23	深圳博物馆	深圳市人民政府侨务办公室、深圳市归国华侨联合会
中国美术馆学术邀请系列展：关注的目光——李洋中国画作品展	2019.08.14—2019.08.25	中国美术馆	中国美术馆
壮美广西——漓江画派作品展	2019.08.14—2019.08.25	中国美术馆	广西艺术学院、漓江画派促进会
广东画院作品巡回展·2019陕西	2019.08.14—2019.08.25	陕西省美术博物馆	广东画院、陕西国画院、陕西省美术博物馆
晋陕豫民间宗祠教化美术作品巡展	2019.08.15—2019.08.25	陕西省美术博物馆	西安建筑科技大学
艺久情长——卢是百年诞辰美术文献展	2019.08.15—2019.08.25	中国美术馆	中国美术馆
中国美术馆学术邀请系列展：我从长安来——邢庆仁画展	2019.08.15—2019.08.25	中国美术馆	中国美术馆
纪念西藏民主改革60周年：雪域祥云——西藏布面重彩画展	2019.08.15—2019.08.25	中国美术馆	西藏自治区文学艺术界联合会
艺术助力——酉阳车田脱贫攻坚作品展	2019.08.15—2019.09.06	重庆美术馆	重庆市文化和旅游发展委员会、四川美术学院
第三届辽宁省青年摄影大展暨第八届辽宁省青年摄影十佳摄影展	2019.08.15—2019.08.19	辽宁美术馆	辽宁省摄影家协会
寄情山水——潘进武八十回顾展	2019.08.16—2019.08.18	郑州美术馆	郑州市文化广电和旅游局

（续表）

展览名称	时　间	地　点	主办/策展
灵韵华彩——中国当代名家高志华美术作品展	2019.08.16—2019.09.04	大连中山美术馆	中国美术家协会水彩艺术委员会、辽宁省美术家协会、大连市文学艺术界联合会
造化心源——当代中国山水画系列展	2019.08.16—2019.08.25	天津美术馆	广州美术学院、广东省美术家协会、天津美术馆、当代岭南艺术研究院
庆祝中华人民共和国成立70周年——中国民主同盟京、津、冀、晋、蒙、豫六省市区书画联展	2019.08.17—2019.08.25	天津美术馆	民盟北京市委员会、民盟天津市委员会、民盟河北省委员会、民盟山西省委员会、民盟内蒙古自治区委员会、民盟河南省委员会
陈军国画作品展	2019.08.17—2019.08.25	中国美术馆	中国美术馆、民盟中央文化委员会、中国美术家协会艺术委员会、兰溪市人民政府
青衿计划2019——历年优秀作品选展	2019.08.18—2019.09.01	济宁市美术馆	中共济宁市委宣传部、济宁市文学艺术界联合会、济宁城投控股集团有限公司
楚图南诞辰120周年纪念展	2019.08.18—2019.08.31	昆明市博物馆	中国民主同盟云南省委员会
庆祝建国70周年 喜迎十四冬：天高云淡——中国艺术名家草原风情作品展	2019.08.18—2019.08.28	呼伦贝尔美术馆	呼伦贝尔美术馆
沪上丹青——“海派”绘画名品展	2019.08.18—2020.02.28	龙美术馆（浦东馆）	龙美术馆（浦东馆）
故纸心声——李阳泉藏古籍残叶暨手书题跋展	2019.08.19—2019.08.23	首都图书馆	同愿书局、北京国瑞恒颐文化艺术中心
中华人民共和国成立70周年、中国人民政治协商会议成立70周年、中国共产党领导的多党合作政治协商制度确立70周年：美丽中国——美术作品展	2019.08.20—2019.08.24	全国政协礼堂	中国农工民主党中央委员会
庆祝中华人民共和国成立70周年、人民政协成立70周年民进开明书画展（河北站）	2019.08.20—2019.08.27	石家庄市美术馆	中国民主促进会中央委员会
青春献给党·礼赞新时代——福建省美术院校优秀美术和工艺作品展	2019.08.20—2019.08.30	福建省海丝艺术馆	福建省民间文艺家协会、福建省海峡民间艺术馆
时代新章——国家博物馆工艺美术作品邀请展	2019.08.20—2019.10.10	中国国家博物馆	中国国家博物馆

（续表）

展览名称	时　间	地　点	主办/策展
庆祝中华人民共和国成立70周年、庆祝人民政协成立70周年：翰墨丹青颂伟业 协同发展铸辉煌——京津冀三城区政协书画展	2019.08.20—2019.08.29	天津美术馆	北京市西城区政协、天津市和平区政协、河北省石家庄市政协
清风徐来——韩昊山水作品展	2019.08.21—2019.09.03	深圳美术馆	深圳美术馆
汉风藏韵——金铜佛像艺术摄影展	2019.08.21—2019.09.01	成都市美术馆	四川省摄影家协会、成都画院美展馆
盛夏之约——当代中青年艺术家烟台写生展（第四回）	2019.08.21—2019.08.28	烟台美术博物馆	烟台美术博物馆
庆祝中华人民共和国成立70周年系列展览之杭州市中小学教师中国画作品推荐展	2019.08.21—2019.09.04	杭州国画院美术馆	中共杭州市委宣传部
重彩鲁石——庆祝中华人民共和国成立70周年公益慈善书画展	2019.08.22—2019.08.28	中国国家画院美术馆	中国国家画院、中国美院校友会、徐悲鸿画院、鲁石美术馆
瓷臻觉福——明清内造藏传佛像德化瓷艺传承展	2019.08.22—2019.08.31	恭王府乐道堂	福建省民间文艺家协会
国家艺术基金2019年度传播交流推广资助项目：关中美影——陕西省美术博物馆馆藏皮影国际巡展（新疆站）	2019.08.22—2019.08.29	乌鲁木齐市美术馆	陕西省美术博物馆
喜迎新中国七十华诞 大国脊梁·圣境峰光——高原雪山画派作品展（四川站）	2019.08.22—2019.08.29	四川美术馆	四川省美术家协会、北京市美术家协会、云南省美术家协会、青海省美术家协会、西藏自治区美术家协会、新疆维吾尔自治区美术家协会、四川美术出版社
字载中华——中华精品字库工程成果展	2019.08.22—2019.08.31	中国国家博物馆	中国国家博物馆、中国书法家协会、方正集团
魅力八桂——全国美术名家贺州 北海写生作品展	2019.08.23—2019.09.20	广西美术馆	广西美术馆、广西美术家协会
文化和旅游部2018年全国美术馆馆藏精品展出季优秀项目巡展之一九四九年的廖冰兄——历史转型期的廖冰兄漫画作品文献展	2019.08.23—2019.09.26	广西美术馆	广东美术馆
格物致知——朱春林作品油画艺术研究展	2019.08.23—2019.09.22	中国艺术研究院·中国油画院美术馆	中国艺术研究院·中国油画院
庆祝中华人民共和国成立七十周年云南省文史研究馆馆员成果展暨“二爨”临创展	2019.08.23—2019.09.01	云南美术馆	云南省文史研究馆、中央文史研究馆书画院
绿色中国·公益艺术计划·2019深圳站	2019.08.25—2019.09.20	雅昌艺术中心美术馆	深圳市交通运输局、中国物流与采购联合会物流装备专业委员会

（续表）

展览名称	时　间	地　点	主办/策展
生根·迭代——浙江高校非遗研培的实践	2019.08.25—2019.09.07	中国美术学院民艺博物馆	中国美术学院
银宴·无问西东——贵州民族银饰&奥地利古堡银器展	2019.08.25—2019.11.25	贵州省博物馆	贵州省博物馆
天造一半·人造一半——卢山写生金陵108景	2019.08.27—2019.09.19	金陵美术馆	金陵美术馆（南京市艺术研究院）
云南省公安机关庆祝建国70周年"践行新使命·忠诚保大庆"书法美术摄影展	2019.08.27—2019.08.31	昆明市博物馆	云南省公安厅政治部
峰火艺途——武石捐赠作品展	2019.08.27—2019.10.13	中国国家博物馆	中国国家博物馆
庆祝新中国成立七十周年"国防万映·百影百千画"大型国防教育公益主题展	2019.08.28—2019.09.03	陕西省美术博物馆	中国美术家协会、中国电影基金会
长江万古流"礼赞新时代·讴歌母亲河"——四川美术学院中国画与书法艺术学院大型主题创作展	2019.08.28—2019.09.08	重庆美术馆	四川美术学院、重庆市美术家协会
大爱·大美——徐悲鸿与周令钊、戴泽艺术成就展	2019.08.28—2019.10.30	湖南省博物馆	湖南省文化和旅游厅、湖南省文物局、中央美术学院与徐悲鸿艺术委员会
2019第22届北京艺术博览会	2019.08.29—2019.09.01	中国国际展览中心	北京国际艺术博览会基金会
中国精神——当代中国画名家作品展	2019.08.29—2019.09.01	中国国际展览中心	北京艺企藏投艺术机构
庆祝新中国成立70周年"童真 童趣"——合川儿童画视界	2019.08.29—2019.09.09	云南美术馆	中共重庆市合川区委、重庆市合川区人民政府
春睡梦先觉——纪念高剑父诞辰一百四十周年展	2019.08.30—2019.11.30	广州艺术博物院	广州艺术博物院
大海&废墟的对话——杨重光作品展	2019.08.30—2019.09.15	烟台美术博物馆	烟台美术博物馆
多彩世界与共同命运——2019第八届中国北京国际美术双年展	2019.08.30—2019.09.20	中国美术馆	中国文学艺术界联合会、北京市人民政府、中国美术家协会
艺苑撷英·华夏前行——庆祝新中国成立70周年暨首届全国艺术院校青年中国画作品学术邀请展	2019.08.30—2019.09.04	中国国家画院美术馆	《艺术市场》杂志社股份有限公司
热烈庆祝中华人民共和国、中国人民政治协商会议成立70周年：祖国颂——天津市河东区书画作品展	2019.08.30—2019.09.03	天津美术馆	天津市河东区政协、中共天津市河东区委宣传部、天津市振兴文化艺术基金会天津市美术家协会、天津市书法家协会

（续表）

展览名称	时　间	地　点	主办/策展
喜迎文博·丝路华彩——水彩艺术家采风写生作品展	2019.08.30—2019.09.03	敦煌市美术馆	敦煌市文学艺术界联合会、敦煌文体广电和旅游局
越无人识越安闲——齐白石笔下的人物神情之二	2019.08.30—2019.10.16	北京画院美术馆	故宫博物院、中国美术馆、清华大学艺术博物馆、中央美术学院美术馆、首都博物馆、天津博物馆、辽宁省博物馆、浙江省博物馆、湖南省博物馆、湘潭市齐白石纪念馆、荣宝斋、北京画院
为新中国造型——周令钊先生百岁艺术展	2019.08.30—2019.10.07	中央美术学院美术馆	中央美术学院、中国美术家协会、中国美术馆、中共湖南省委宣传部
大美之艺——中央美术学院的艺术创造与美育影响	2019.08.30—2019.10.07	中央美术学院美术馆	中央美术学院
守正创新——王岳川、何满宗、王琨、朱懿书法作品展	2019.08.31—2019.09.14	天津美术馆	北京大学书法艺术研究所、天津书法家协会、湖南省青年书法家协会、天津人民美术出版社
人间指南·下	2019.08.31—2019.11.24	UCCA尤伦斯当代艺术中心	UCCA尤伦斯当代艺术中心
天堂之秋——让-吕克·米蓝个展	2019.08.31—2019.12.08	龙美术馆（西岸馆）	龙美术馆（西岸馆）、法国阿尔勒梵高基金会、瑞士阿劳阿尔高美术馆
给人民甜蜜——庆祝新中国成立七十周年美仑美术馆藏中国版画展	2019.09.01—2019.09.15	美仑美术馆	中南出版传媒集团、湖南美术出版社
庆祝新中国成立七十周年：际会太行——全国中国画学会会长作品展	2019.09.01—2019.09.10	太原美术馆	山西省文学艺术界联合会、中共晋城市委、晋城市人民政府、山西省中国画学会
英满芳甸——“新金陵画派”播布研究展	2019.09.01—2019.09.22	刘海粟美术馆	江苏省昆山市文学艺术界联合会、刘海粟美术馆、昆山市侯北人美术馆
庆祝新中国成立70周年：时代心象——中国画名家作品邀请展	2019.09.01—2019.09.06	山东云龙美术馆	中共淄博市委宣传部、淄博市文学艺术界联合会、淄博市文化和旅游局
万紫千红——中国古代花木题材文物特展	2019.09.03—2019.10.31	故宫博物院	故宫博物院
复盛人寰——庆祝中华人民共和国成立70周年书画名家特邀联展	2019.09.03—2019.09.15	深圳美术馆	中国书画收藏家协会、徐悲鸿艺术委员会、民盟中央美术院深圳分院、深圳市金一百艺术品股份有限公司
大美甘孜——书画摄影展	2019.09.03—2019.09.08	成都市美术馆	中共甘孜州委宣传部

（续表）

展览名称	时　间	地　点	主办/策展
“青春脉息”中国艺术新视界2019——国家艺术基金青年艺术创作人才（美术、书法、摄影、工艺美术）作品巡展·昆明站	2019.09.03—2019.09.15	云南艺术学院图书馆	中华世纪坛艺术馆、云南艺术学院
寻觅江南——乐震文、陆春涛双个展	2019.09.03—2019.09.18	苏州美术馆	苏州美术馆
凡心已炽——郑艺作品展	2019.09.03—2019.09.16	清华大学美术学院美术馆	清华大学美术学院
庆祝中华人民共和国成立七十周年：黑龙江省贾平西艺术研究院首届优秀作品展	2019.09.03—2019.09.13	黑龙江省美术馆	黑龙江省美术馆、贾平西艺术研究院、辽宁省营口市贾平西美术馆
红旗漫卷钱江·纪念浙江解放70周年	2019.09.03—2019.11.30	浙江省博物馆武林馆区	浙江省文物局
同行七十年 共襄新时代	2019.09.03—2019.09.07	辽宁美术馆（辽宁画院）	辽宁省政协
景·色——中国当代青绿山水画学术邀请展	2019.09.03—2019.10.10	苏州金鸡湖美术馆	中国艺术研究院美术研究所、中国美术家协会美术理论委员会、中国美术家协会中国重彩画研究会、苏州市文学艺术界联合会、苏州工业园区宣传部（文体旅游局）
浩水千山——郑浩千彩墨作品展	2019.09.04—2019.09.22	重庆美术馆	重庆美术馆、深圳美术馆
青春力量——广东省美术青年人才作品展	2019.09.04—2019.09.17	广州美术学院美术馆	广州美术学院、广东省美术家协会
江山颂——2019中国山水画研究院作品展	2019.09.04—2019.09.15	中央数字电视书画频道美术馆	中国山水画研究院、中央数字电视书画频道
素朴自真——伍必端艺术展暨捐赠作品展	2019.09.04—2019.09.22	江苏省美术馆新馆	中央美术学院、江苏省美术馆
海南省庆祝中华人民共和国成立70周年：我与共和国共奋进——书法作品展	2019.09.05—2019.09.09	海南省博物馆	中共海南省委宣传部、海南省文学艺术界联合会
庆祝中华人民共和国成立七十周年：第十三届全国美术作品展览综合画种·动漫作品展	2019.09.05—2019.09.22	广东美术馆	中华人民共和国文化和旅游部、中国文学艺术界联合会、中国美术家协会
瓷言——颜松柳“中国白”陶瓷艺术作品展	2019.09.05—2019.09.14	恭王府·乐道堂	文化和旅游部恭王府博物馆展览活动部
17—21世纪丹麦王公贵族织绣品：恭王府博物馆特展	2019.09.05—2019.10.16	恭王府·嘉乐堂	丹麦菲德烈堡国家历史博物馆、文化和旅游部恭王府博物馆展览活动部
中国画卷——新中国成立以来美术名作展	2019.09.05—2019.10.15	天津美术馆	中共天津市委宣传部、中国美术家协会、中国美术馆、天津市文学艺术界联合会、中国艺术研究院中国油画院

（续表）

展览名称	时　间	地　点	主办/策展
碎片合成——卡斯帕·埃斯特鲁普绘画作品展	2019.09.05—2019.10.16	恭王府·安善堂	丹麦菲德烈堡国家历史博物馆、文化和旅游部恭王府博物馆展览活动部
庆祝中华人民共和国成立七十周年：第十三届全国美术作品展览艺术设计作品展	2019.09.06—2019.11.06	山东工艺美术学院美术馆	中华人民共和国文化和旅游部、中国文学艺术界联合会、中国美术家协会
画屏：传统与未来	2019.09.06—2019.12.06	苏州博物馆	苏州博物馆
美·自然——梁如洁教授花鸟画（己亥）师生展	2019.09.06—2019.09.11	广东画院	广州美术学院中国画学院、广东省青年美术家协会、广东画院美术馆
2019深圳美术教师作品展	2019.09.06—2019.09.15	深圳美术馆	深圳美术馆
走出巴颜喀拉——李伯安作品捐赠展	2019.09.06—2019.10.20	清华大学艺术博物馆	清华大学艺术博物馆
波兰版画交流展	2019.09.06—2019.10.07	中央美术学院美术馆	中央美术学院
牢记使命·共铸辉煌：不忘合作初心 继续携手前进——云南民进庆祝新中国和人民政协成立70周年美术作品展	2019.09.06—2019.09.15	云南省图书馆	中国民主促进会、云南省委员会
雪域之光——西藏昌都百幅精品唐卡专题展	2019.09.06—2019.09.20	天津美术馆	昌都市人民政府、天津市文化和旅游局
恭王府艺术系列展之隐秀——四家成扇展（陈海良、徐光聚、陆迅、王志伟）	2019.09.06—2019.09.23	恭王府·抱厦展厅	文化和旅游部恭王府博物馆展览活动部
藏源藏缘·美丽山南	2019.09.06—2019.10.29	湖北省博物馆	湖北省文化和旅游厅、山南市文化局
水墨清华——刘怀勇中国画教学35周年师生作品汇报展	2019.09.07—2019.09.10	中国国家画院美术馆	人社部中国人才研究会书画人才专业委员会、九三学社中央书画院
“心印传铭”庆祝中华人民共和国成立七十周年云南篆刻精品展暨云南印社第二届篆刻艺术展	2019.09.07—2019.09.20	昆明市博物馆	云南印社、昆明市博物馆
庆祝中华人民共和国成立七十周年：第十三届全国美术作品展览——港澳台、海外华人邀请作品展	2019.09.07—2019.10.07	广州美术学院大学城美术馆	中华人民共和国文化和旅游部、中国文学艺术界联合会、中国美术家协会
海市蜃楼——17至20世纪中国外销装饰艺术展	2019.09.07—2019.12.08	杭州工艺美术博物馆	杭州工艺美术博物馆、广东省博物馆、广州博物馆等
庆祝中华人民共和国成立70周年：花之魂——中国花鸟画邀请展（云南站）	2019.09.07—2019.09.15	云南美术馆	北京画馆
屠宏涛：时间的旅行者	2019.09.07—2019.10.27	龙美术馆（重庆馆）	龙美术馆（重庆馆）
今日丝绸之路国际美术邀请展	2019.09.07—2019.10.07	陕西省美术博物馆	中华人民共和国文化和旅游部、陕西省人民政府

（续表）

展览名称	时　间	地　点	主办/策展
大美观音山——全国中国画山水作品展	2019.09.07—2019.09.13	广州艺术博物院	中国美术家协会
啄木：刘岘与木口木刻	2019.09.08—2019.10.07	中央美术学院美术馆	中央美术学院
庆祝新中国成立70周年江苏省基层优秀美术作品展览之新常州画派精品展	2019.09.08—2019.09.15	江苏省美术馆	江苏省文化和旅游厅
庆祝新中国成立70周年：风从草原来——内蒙古油画作品展·河南郑州站	2019.09.08—2019.09.22	郑州美术馆	郑州市文化广电和旅游局、呼和浩特市文化旅游广电局
姜国芳·紫禁城系列作品展	2019.09.08—2019.10.22	故宫博物院·书画院（文华殿）	故宫博物院
刘一原从艺60周年（1959—2019）历程展	2019.09.08—2019.09.20	湖北美术学院美术馆	湖北美术学院
无尽的爱——樱桃艺术作品展	2019.09.08—2019.09.17	湖南省画院美术馆	湖南省美术家协会、湖南省画院
山河颂——张三友从艺六十五年回顾展	2019.09.08—2019.09.12	西安美术学院美术馆	中国美术家协会、西安美术学院、陕西省美术家协会、陕西国画院
第44届中国（上海）国际家具博览会	2019.09.08—2019.09.11	上海虹桥·国家会展中心	中国对外贸易中心（集团）、广东省家具协会、广州市家具行业协会、中国轻工工艺品进出口商会
庆祝中华人民共和国成立七十周年——经典回眸专题画展	2019.09.09—2019.10.13	湖南省谭国斌当代艺术博物馆	长沙市文化旅游广电局
莱溪华宝——翁氏家族旧藏绘画展	2019.09.10—2019.10.07	上海博物馆	上海博物馆
2019“纸尚视界”上海国际纸艺术双年展	2019.09.10—2019.11.10	奉贤区博物馆	上海市奉贤区文化和旅游局
庆祝中华人民共和国成立70周年张仃艺术展	2019.09.10—2019.10.07	天津美术馆	天津美术馆、厦门市张仃美术馆
文化自信 弘扬传统 不忘师恩 书写经典——严六符先生遗墨和弟子李家尧书画作品展	2019.09.10—2019.09.22	天津美术馆	天津市书法家协会
庆祝中华人民共和国成立七十周年：国兴教兴 同愿同行——南京·成都佛教文化书画联展	2019.09.10—2019.09.15	成都市美术馆	成都市佛教协会、南京市佛教协会
多彩西溪·盛世洪园——庆祝中华人民共和国成立70周年西溪·洪园油画作品展（第二回）	2019.09.10—2019.09.16	杭州画院美术馆	杭州市文学艺术界联合会、余杭区人民政府
文脉相继——交通大学人文教育文献暨钟明善教授从教60周年成果展	2019.09.10—2019.10.10	西安交通大学博物馆	西安交通大学、中国书法家协会

（续表）

展览名称	时　间	地　点	主办/策展
庆祝中华人民共和国成立七十周年：与天久长——周秦汉唐文化与艺术特展	2019.09.10—2019.12.17	清华大学艺术博物馆	陕西省文物局、清华大学
柔如垂柳坚如竹——沈柔坚艺术回顾展	2019.09.10—2020.03.31	上海中华艺术宫	上海市文化和旅游局、上海市文学艺术界联合会
庆祝中华人民共和国成立七十周年、祝贺日本国令和元年、纪念海派艺术大师吴昌硕先生诞辰一七五周年——中日艺术展	2019.09.10—2019.09.16	上海吴昌硕纪念馆	上海对外交流促进会、上海国际文化学会、上海工人文化宫、日本别府市美术协会
庆祝中华人民共和国成立七十周年·国家艺术基金资助项目：云南历代壁画临摹展（西双版纳站）	2019.09.11—2019.09.23	西双版纳州美术馆	云南美术馆、中共西双版纳州委宣传部
翰墨丹心——尹瘦石百年诞辰回顾展	2019.09.11—2019.09.26	内蒙古美术馆	中国文学艺术界联合会、中国美术家协会、内蒙古自治区文学艺术界联合会、宜兴市人民政府、北京画院
传承之道——深圳博物馆藏史部古籍善本（上）	2019.09.12—2019.11.17	深圳博物馆历史民俗馆	深圳博物馆
达·芬奇与他的艺术群体	2019.09.12—2019.12.08	中央美术学院美术馆	中央美术学院美术馆、威尼斯2000基金会、西西里岛博物馆非营利文化协会
2019中国文化IP及创新设计展	2019.09.12—2019.09.16	全国农业展览馆	中国版权协会、中国文化产业发展集团
光影瞬间·映像两岸——2019 浙江·台湾合作周摄影作品展	2019.09.12—2019.09.25	浙江美术馆	浙江·台湾合作周组委会
中国龙文化特展	2019.09.12—2019.11.10	常州博物馆	常州市文化广电和旅游局
金陵百工 匠心承创——南京非遗精品展	2019.09.12—2019.11.03	常州博物馆	常州博物馆、南京市博物总馆、南京市民俗博物馆、南京市工艺美术行业协会
写意岭南——首届东莞市美术创作大赛暨优秀作品展	2019.09.12—2019.09.22	岭南美术馆	东莞市文化广电旅游体育局、东莞市教育局
庆祝中华人民共和国成立70周年之“我和我的祖国 光荣的地勘人”书画摄影展	2019.09.12—2019.12.12	山西地质博物馆	山西省地质勘查局
物色——明代女子的生活艺术	2019.09.12—2019.10.30	四川博物院	四川博物院、四川省文物考古研究院、平武报恩寺博物馆、绵阳市博物馆
山河·家国——北京西山永定河文化展	2019.09.12—2019.10.31	首都博物馆	首都博物馆
第十六届海淀文化季：颂祖国 庆团圆——童心绘祖国 海淀我的家公益美术教育成果展	2019.09.12—2019.10.15	海淀美术馆北馆	北京市海淀区文化和旅游局

（续表）

展览名称	时　间	地　点	主办/策展
礼赞新中国·讴歌新时代——庆祝中华人民共和国成立70周年暨走进太行全国美术家美术作品展	2019.09.13—2019.09.25	石家庄美术馆	河北省文化和旅游厅
知人识面——马克·舍勒个展	2019.09.15—2019.11.20	上海摄影艺术中心	上海摄影艺术中心
费纳奇镜 国际五校动态艺术联展	2019.09.16—2019.10.07	中央美术学院美术馆	中央美术学院
庆祝中华人民共和国成立七十周年：第十三届全国美术作品展览综合材料绘画作品展	2019.09.16—2019.10.16	宁波美术馆	中华人民共和国文化和旅游部、中国文学艺术界联合会、中国美术家协会
庆祝中华人民共和国成立七十周年·纪念程十发艺术馆开馆十周年：诠释经典——程十发《阿Q画传》原作展	2019.09.16—2019.10.20	程十发艺术馆	上海市松江区文化和旅游局、黑龙江省博物馆
美丽中国——美术作品展全国巡展（山西站）暨农工党山西省委会“不忘合作初心，继续携手前进”主题教育活动书画作品巡展	2019.09.16—2019.09.21	山西大学美术馆	中国农工民主党中央委员会
回归之路——新中国成立70周年流失文物回归成果展	2019.09.17—2019.11.17	中国国家博物馆	中华人民共和国文化和旅游部、国家文物局
庆祝中华人民共和国成立70周年：长江万里情——湖北省美术院主题创作展	2019.09.17—2019.10.27	湖北省美术院美术馆	湖北省美术院
庆祝人民政协成立70周年书画展（1949—2019）	2019.09.17—2019.10.17	中国政协文史馆	中国人民政治协商会议全国委员会办公厅
庆祝新中国成立70周年·2019广西艺术作品展览	2019.09.17—2019.12.31	广西美术馆	广西壮族自治区人民政府
貌写家山——安徽博物院藏新安画派精品展	2019.09.17—2019.12.15	宁波博物馆	宁波博物馆、安徽博物院
庆祝中华人民共和国成立70周年暨深圳建市40周年：第十三届全国美术作品展览水彩·粉画展区平行展之浩水奔流——中国水彩画家作品展	2019.09.19—2019.10.08	深圳美术馆	深圳美术馆、广东省美术家协会水彩画艺术委员会
“我和我的祖国”庆祝中华人民共和国成立70周年——“鲜于璜碑”天津市书法篆刻联展	2019.09.19—2019.10.07	天津美术馆	天津市文学艺术界联合会、天津市文化和旅游局、中共武清区委宣传部
庆祝中华人民共和国成立七十周年书法展	2019.09.19—2019.09.28	广州图书馆	香港书法家协会
庆祝中华人民共和国成立70周年：光辉历程——历史题材雕塑作品邀请展	2019.09.19—2019.09.29	清华大学美术学院美术馆	清华大学

（续表）

展览名称	时　间	地　点	主办/策展
2019第六届影像上海艺术博览会	2019.09.19—2019.09.22	上海展览中心	上海艺术博览会组委会
庆祝人民政协成立70周年海南政协图片书画展	2019.09.20—2019.09.26	海南省博物馆	政协海南省委员会办公厅
庆祝中华人民共和国成立七十周年——第十三届全国美术作品展览陶艺作品展	2019.09.20—2019.10.22	景德镇中国陶瓷博物馆	中华人民共和国文化和旅游部、中国文学艺术界联合会、中国美术家协会
水墨家园——李小可作品展	2019.09.20—2019.10.27	上海宝龙美术馆	中央文史研究馆、中国文学艺术界联合会、全国政协书画室、中国美术家协会、北京画院、李可染艺术基金会、上海宝龙文化发展基金会、闵行区文化和旅游局
沧海墨缘——刘超书画展	2019.09.20—2019.09.22	中国国家画院美术馆	中国国家画院美术馆、重庆市文学艺术界联合会、重庆中国三峡博物馆
金石笔墨文人心——吴昌硕书画篆刻艺术展	2019.09.20—2019.11.17	深圳博物馆（历史民俗馆）	深圳博物馆、浙江省博物馆、西泠印社
时代风采——上海现实题材美术作品展览	2019.09.20—2020.03.20	中华艺术宫	上海市文化和旅游局、上海市文学艺术界联合会、解放日报社
天府·天府——成都市庆祝中华人民共和国成立七十周年主题美术作品展	2019.09.20—2019.10.20	成都市美术馆	中共成都市委宣传部、成都市文化广电旅游局
摄影术传入与中国摄影书写	2019.09.21—2019.11.10	岭南画派纪念馆	广州美术学院、中国美术学院、广州美院美术馆·岭南画派纪念馆、中国美术学院美术馆
民藏集萃——佛山历代书画精品展	2019.09.21—2019.10.13	佛山顺德区博物馆	顺德区文学艺术界联合会
庆祝中华人民共和国成立七十周年：第十三届全国美术作品展览壁画作品展	2019.09.21—2019.10.21	河南省美术馆/河南省文化馆	中华人民共和国文化和旅游部、中国文学艺术界联合会、中国美术家协会
我的童年我的国——广州雕塑院童趣雕塑展	2019.09.21—2019.10.20	中华儿女美术馆	广州雕塑院、中华儿女美术馆
闪光的足迹——广州艺术博物院藏革命历史题材美术作品展	2019.09.21—2020.02.23	广州艺术博物院	广州艺术博物院
庆祝中华人民共和国成立七十周年：第十三届全国美术作品展览油画作品展	2019.09.22—2019.10.22	四川美术学院美术馆	中华人民共和国文化和旅游部、中国文学艺术界联合会、中国美术家协会
同心·同德·同登攀——全国各省（自治区、直辖市）书法家协会主席书法作品邀请展（湖南站）	2019.09.22—2019.09.26	湖南国画馆	中国书法大厦、湖南省书法家协会、安徽省书法院、湖南省书法院

（续表）

展览名称	时　间	地　点	主办/策展
庆祝中华人民共和国成立七十周年：第十三届全国美术作品展览版画作品展	2019.09.23—2019.10.22	四川美术馆	中华人民共和国文化和旅游部、中国文学艺术界联合会、中国美术家协会
回望传承——庆祝中华人民共和国成立70周年暨八大山人纪念馆建馆60周年(1959—2019)故宫典藏特展	2019.09.23—2019.12.13	八大山人纪念馆	故宫博物院、南昌市人民政府
瞻彼星辰——希腊珠宝首饰文化展	2019.09.24—2019.05.18	广东省博物馆	广东省博物馆、希腊共和国文化和体育部文物和文化遗产总局基克拉泽斯群岛文物长官团
浮生若梦——陈流水彩画作品展	2019.09.24—2019.10.24	浙江美术馆	浙江美术馆、中国美术家协会水彩画艺术委员会
庆祝中华人民共和国成立七十周年：第十三届全国美术作品展览漆画作品展	2019.09.24—2019.10.24	厦门市美术馆	中华人民共和国文化和旅游部、中国文学艺术界联合会、中国美术家协会
臻于至美——广珐琅特展	2019.09.24—2020.03.29	广东省博物馆	广东省博物馆
不忘初心 砥砺奋进——庆祝中华人民共和国成立70周年书画展	2019.09.24—2020.09.28	辽宁美术馆	辽宁省社会科学界联合会、辽宁省文化演艺集团（辽宁省公共文化服务中心）
庆祝中华人民共和国成立七十周年：花满申城——上海博物馆少数民族工艺新陈列展	2019.09.24—2020.03.22	上海博物馆	上海博物馆
山鹰之子——安第斯文明特展	2019.09.24—2020.01.05	山西博物院	山西博物院
多彩华章——庆祝中华人民共和国成立70周年优秀美术作品展	2019.09.25—2019.10.25	青岛宝龙美术馆	中共胶州市委宣传部、青岛大沽河省级生态旅游度假区管理委员会、胶州市文化和旅游局、胶州市文学艺术界联合会、宝龙文化集团
庆祝中华人民共和国成立七十周年：第十三届全国美术作品展览雕塑作品展	2019.09.25—2019.10.25	重庆当代美术馆	中华人民共和国文化和旅游部、中国文学艺术界联合会、中国美术家协会
国寿无疆——浙江中国画70年经典展	2019.09.25—2019.10.27	杭州国画院美术馆	中共杭州市委宣传部
“品味中南”文化素质教育系列展览之人民的歌者——古元水彩画展	2019.09.25—2019.10.24	中南大学新校区毓秀楼	国家大学生文化素质教育基地（中南大学）
庆祝中华人民共和国成立七十周年：第十三届全国美术作品展览中国画作品展	2019.09.26—2019.10.26	山东美术馆	中华人民共和国文化和旅游部、中国文学艺术界联合会、中国美术家协会

（续表）

展览名称	时　间	地　点	主办/策展
“回眸丹青——川渝中国画70年”第三届巴山蜀水中国画名家作品展暨论坛	2019.09.26—2019.10.08	重庆两江美术馆	中共重庆市渝北区委宣传部、四川省中国画学会、重庆市中国画学会、重庆美术馆、重庆市渝北区文学艺术界联合会
岁月·荣光——安徽政协光辉历程图片展	2019.09.26—2019.10.15	安徽省博物馆（老馆）	安徽省政协
文心清和——艺术邀请展暨雅集系列活动	2019.09.26—2019.10.27	佛山市文化馆	佛山市文化馆
刘开渠与二十世纪中国美术展	2019.09.26—2019.12.01	李自健美术馆	中华人民共和国文化和旅游部、湖南省人民政府
伟大历程 壮丽画卷——庆祝中华人民共和国成立70周年美术作品展	2019.09.26—2019.11.02	中国美术馆	中华人民共和国文化和旅游部
庆祝中华人民共和国成立七十周年：第十三届全国美术作品展览水彩·粉画作品展	2019.09.27—2019.10.27	深圳市关山月美术馆	中华人民共和国文化和旅游部、中国文学艺术界联合会、中国美术家协会
大唐遗宝——何家村窖藏出土文物展	2019.09.27—常设	陕西历史博物馆	陕西历史博物馆
庆祝中华人民共和国成立70周年、庆祝人民政协成立70周年：不忘初心 方得始终——学习用典书画展	2019.09.27—2019.10.07	天津美术馆	天津市和平区政协、中共天津市和平区委统战部
庆祝中华人民共和国成立70周年——赣籍开国将军百战图大型创作展览	2019.09.27—2019.10.10	江西省美术馆	江西省文学艺术界联合会、中共江西省委党史研究室、江西省教育厅、江西省军区政治工作局
昆明市庆祝中华人民共和国成立70周年美术书法摄影展	2019.09.27—2019.10.11	昆明市博物馆	中共昆明市委宣传部、昆明市文学艺术界联合会
庆祝新中国成立70周年：听划过的声音 看流逝的画面——老照相机收音机回顾展	2019.09.27—2019.10.25	昆明市博物馆	昆明市博物馆、昆明摄影家协会
穿越——浙江历史文化展	2019.09.27—2020.02.16	首都博物馆	北京市文物局、浙江省文物局
巧手夺天工——传统工艺的现代新生	2019.09.27—2019.11.20	成都博物馆	成都博物馆、成都市非物质文化遗产保护中心
第六届全国画院美术作品展	2019.09.28—2019.10.18	湖南美术馆	中国国家画院，湖南省文学艺术界联合会
锦绣中华——古代丝织品文化展	2019.09.28—2019.11.24	首都博物馆	北京市文物局
江山如画——12—20世纪中国山水画艺术展	2019.09.28—2019.12.01	首都博物馆	北京市文物局
我和我的祖国——庆祝中华人民共和国成立70周年广东优秀美术作品展	2019.09.28—2019.10.27	广东美术馆	中共广东省委宣传部、广东省文化和旅游厅、广东省文学艺术界联合会

（续表）

展览名称	时　间	地　点	主办/策展
人民叙事——庆祝新中国成立70周年东莞美术创作工程作品展	2019.09.28—2019.10.31	岭南美术馆	中共东莞市委宣传部
草原四季 亮丽北疆——全国美术作品展览呼和浩特展览	2019.09.28—2019.12.30	内蒙古美术馆	中国美术家协会、中共内蒙古自治区委员会宣传部、内蒙古自治区文学艺术界联合会
庆祝中华人民共和国成立七十周年：首届“中国书法大厦杯”书法大奖赛作品展	2019.09.28—2019.10.28	中国书法大厦·石如馆	中国书法大厦
金沙水拍云崖暖——红军长征过云南特展	2019.09.29—2019.12.29	云南省博物馆	云南省博物馆
庆祝中华人民共和国成立70周年：和谐彩云南——大型主题美术创作展	2019.09.29—2019.10.28	云南美术馆	中共云南省委宣传部、云南省文化和旅游厅、云南省文学艺术界联合会
怀念英才——周昌谷诞辰九十周年纪念展	2019.09.29—2019.10.20	浙江美术馆	中国美术学院、浙江美术馆、温州市文化广电旅游局、乐清市人民政府
南山 138：浙江青年当代艺术推广项目（2019）——徐鑫桦：混沌生光	2019.09.29—2019.10.27	浙江美术馆	浙江美术馆
辉煌——庆祝中华人民共和国成立 70 周年暨浙江美术馆开馆 10 周年美术作品展览	2019.09.29—2019.10.29	浙江美术馆	中共浙江省委宣传部、浙江省文化和旅游厅、中国美术学院
斫浪——殷翔云从艺六十年版画作品展	2019.09.29—2019.10.29	浙江美术馆	浙江美术馆
红旗漫卷——长三角地区美术馆馆藏及推介主题美术作品展	2019.09.29—2019.10.10	刘海粟美术馆	刘海粟美术馆分馆、长三角美术馆协作机制
“我和祖国共成长”——庆祝中华人民共和国成立70周年暨2019年“手艺成都”民间艺术展	2019.09.29—2019.10.06	四川省图书馆	成都市文学艺术界联合会、四川省图书馆
匠心传承——中原古代石刻传拓艺术展	2019.09.29—2019.10.08	郑州美术馆	郑州市委宣传部、郑州市文化广电和旅游局
共和国从这里走来——天津市文史研究馆采风作品展	2019.09.29—2019.10.07	天津美术馆	天津市人民政府参事室（天津市文史研究馆）
现代化之路——共和国七十年	2019.09.29—2019.12.01	湖北省博物馆	中国国家博物馆、湖北省博物馆
瑞福新章——庆祝新中国成立七十周年暨中国篆刻艺术申遗成功十周年作品展	2019.09.30—2019.10.15	中国印学博物馆	中共杭州市委宣传部、西泠印社
庆祝中华人民共和国成立70周年：翰墨流金——中国国家画院经典美术作品展	2019.09.30—2019.10.07	中国国家画院美术馆	中国国家画院

（续表）

展览名称	时　间	地　点	主办/策展
风物骈骈与岁新——南通博物苑藏精品文物展	2019.09.30—2019.10.21	南通博物苑新展馆	南通博物苑
英雄的鲜血染红了它——革命先驱遗书展	2019.09.30—2019.12.28	福建博物院	福建博物院
走进重华宫	2019.10.01—2019.11.30	成都博物馆	故宫博物院、成都博物馆
魅力八桂——全国美术名家广西写生系列展览	2019.10.01—2019.12.31	广西美术馆	广西美术馆、广西美术家协会
金石书香沁后人——周叔弢捐献文物与古籍特展	2019.10.01—2020.02.09	天津博物馆	天津博物馆
帆海融光——馆藏中国外销纹章瓷器特展	2019.10.01—2019.12.15	天津博物馆	天津博物馆
敢教日月换新天——庆祝中华人民共和国成立70周年馆藏经典绘画特展	2019.10.01—2020.04.12	天津博物馆	天津博物馆
殷契重光——纪念甲骨文发现120周年特展	2019.10.01—2020.04.05	天津博物馆	天津博物馆
“国强”的生活——庆祝新中国成立70周年重庆生活变迁物证展	2019.10.01—2019.12.30	重庆中国三峡博物馆	重庆中国三峡博物馆
浙江·人类与自然油画院作品展	2019.10.01—2019.10.31	浙江自然博物院杭州馆	浙江自然博物院
秋阳和风——广州美术学院美术馆藏晚清以来南方扇面特展	2019.10.01—2019.11.24	广州美术学院美术馆	广州美术学院美术馆
三重阶——中国当代手工艺学术提名展	2019.10.01—2020.01.23	中国美术学院民艺博物馆	中国美术学院
以文会友——雅集图特展	2019.10.05—2019.12.25	台北故宫博物院	台北故宫博物院
笔墨春秋——第二届中国画学术交流展	2019.10.05—2019.10.31	中艺国际展览馆	中国美术家协会艺术委员会、北京市通州区人民政府、北京市通州区文联、荣宝斋画院
“黄小旺的秋千”互动体验展	2019.10.05—2019.12.31	中国工业设计博物馆	上海国际工业设计中心
又见大唐	2019.10.07—2020.01.05	辽宁省博物馆	国家文物局、辽宁省委宣传部
“中国画 新丝路”汇报展	2019.10.08—2019.10.13	西安美术学院美术馆	西安美术学院
庆祝中华人民共和国成立70周年：相约新都——全国小楷书法名家书名人邀请展	2019.10.09—2019.10.16	新都区文广中心	中共成都市新都区委宣传部、成都市新都区文化体育和旅游局、成都市新都区对外文化交流协会
大道无垠——陈仕彬书画展	2019.10.09—2019.10.14	中国国家画院美术馆	中央文史馆书画院、中国美术报社、中国国家画院美术馆、四川省人民政府文史研究馆
书影中的70年——新中国图书版本展	2019.10.09—2019.11.02	中国国家博物馆	中共中央宣传部

（续表）

展览名称	时　间	地　点	主办/策展
庆祝中华人民共和国成立70周年·南开大学建校100周年：天津市书画艺术研究会中国画提名展	2019.10.10—2019.10.20	天津美术馆	南开大学、天津市书画艺术研究会
中国唐卡艺术精品展国内巡展·上海展	2019.10.10—2019.10.16	上海中华艺术宫	西藏文化发展促进会
当代长安、当代岭南中国画系列展	2019.10.10—2019.10.16	陕西省美术博物馆	广州美术学院、西安美术学院、广东省美术家协会、陕西省美术家协会、陕西省美术博物馆、当代岭南艺术研究院
2019南京扬子当代艺术博览会	2019.10.10—2019.10.13	南京国际展览中心	爱涛文化集团、南京瀚唐裔文化发展有限公司
宁波小品中国画学会作品展	2019.10.10—2019.10.20	深圳美术馆	深圳美术馆、宁波美术馆、宁波市美术家协会
法模·心范——2019中国当代艺术邀请展	2019.10.11—2019.11.03	深圳美术馆	深圳美术馆
寓言——刘政德雕塑艺术展	2019.10.11—2019.10.30	广州美术学院美术馆	广州美术学院美术馆、湖北美术馆
世界之美 美美与共——一带一路人文历史摄影展	2019.10.11—2019.10.27	故宫博物院慈宁宫花园东院	人民日报社
庆祝中华人民共和国成立70周年：第十三届全国美术作品展览实验艺术作品展	2019.10.11—2019.12.31	廊坊丝绸之路国际文化交流中心	中华人民共和国文化和旅游部、中国文学艺术界联合会、中国美术家协会
与共和国同步——江苏油画70年巡礼	2019.10.11—2019.10.23	江苏省美术馆	江苏省文化和旅游厅
岭南风骨·琼岛神韵——陈海中国画展	2019.10.12—2019.10.20	海南省书画院	海南省美术家协会、海南省书画院
问学余闲——梁基永书画作品展	2019.10.12—2019.10.18	江门市美术馆	广东省美术家协会、粤港澳大湾区美术家联盟、香港天风画会、江门市美术馆、江门市美术家协会、江门市中国画学会
书·非书——2019杭州国际现代书法艺术节	2019.10.12—2019.10.24	中国美术学院美术馆	中国美术学院、杭州市文学艺术界联合会
济宁市美术馆庆祝中华人民共和国成立七十周年—特展之心灵之光——济宁市美术馆当代名家邀请展	2019.10.12—2019.12.08	济宁市美术馆	中共济宁市委宣传部、济宁市文学艺术界联合会、济宁城投控股集团有限公司
水无声——归凡作品展	2019.10.12—2019.10.16	南京师范大学美术学院美术馆	南京师范大学美术学院
江西省素描优秀作品展	2019.10.14—2019.10.18	江西省展览中心	江西省美术家协会、江西省美术家协会素描艺术委员会

（续表）

展览名称	时　间	地　点	主办/策展
巨变——新中国成立70周年浙江美丽乡村艺术生态展	2019.10.14—2019.10.28	金华美术馆、金华市文化馆群星展厅、浙江师范大学美术学院展厅	浙江师范大学、浙江省美术家协会、金华市文学艺术界联合会
华中师范大学第五届教学节之知行合一——华中师范大学美术学院2019年写生考察优秀作品展	2019.10.14—2019.10.25	华中师范大学博雅美术馆	华中师范大学美术学院
珠水墨韵歌盛世——滇粤穗昆文史研究馆庆祝中华人民共和国成立70周年书画展	2019.10.15—2019.10.20	昆明市博物馆	云南省文史研究馆、广东省人民政府文史研究馆、广州市人民政府文史研究馆、昆明市文史研究馆
渐悟 自然——刘海粟美术馆馆藏金立德作品研究展	2019.10.15—2019.10.31	刘海粟美术馆	刘海粟美术馆
长江万古流“礼赞新时代·讴歌母亲河”——四川美术学院中国画与书法艺术学院大型主题创作展	2019.10.16—2019.10.21	中国国家画院美术馆	四川美术学院、重庆市美术家协会
从高原到草原 丝路绽放——燕娅娅油画作品展	2019.10.16—2019.10.28	内蒙古美术馆	内蒙古自治区文学艺术界联合会
折叠的时空：张炼2010—2019	2019.10.16—2019.11.10	湖北美术馆	湖北美术馆、湖北美术学院
古元画展——纪念古元诞辰百年	2019.10.16—2019.11.26	中央美术学院美术馆	中央美术学院、中国美术家协会
庆祝中华人民共和国成立70周年：时代 华章——黑龙江美术创作研究院美术作品特展	2019.10.16—2019.10.30	黑龙江省美术馆	黑龙江省美术馆
倾情山河·深耕时光——朱曜奎艺术展	2019.10.17—2019.11.14	中国国家博物馆	清华大学、中国美术家协会
尽精微——精微素描全国巡展云南艺术学院站	2019.10.17—2019.10.27	云南艺术学院图书馆	中央美术学院、云南艺术学院
时代精神——西安美术学院教师作品展	2019.10.17—2019.11.15	西安美术学院美术馆	西安美术学院
“文化江南”——浙江当 代油画院作品展巡展第四站·台州	2019.10.18—2019.10.29	台州美术馆	浙江当代油画院、台州书画院、台州美术馆
翰墨春秋——王首麟中国画作品展	2019.10.18—2019.10.31	王琦美术博物馆	九三学社中央书画院、中国美术家协会民族美术艺委会、重庆市渝中区文学艺术界联合会
花径漫步——江宏伟工笔画展	2019.10.18—2019.11.30	威海市博物馆	威海市委宣传部、威海市文化和旅游局
寻找真实——杨参军油画作品研究展	2019.10.19—2019.11.03	中国艺术研究院·中国油画院美术馆	中国艺术研究院·中国油画院、中国美术家协会油画艺术委员会、中国美术学院

（续表）

展览名称	时　间	地　点	主办/策展
蒙山高·沂水长——李正天回乡感恩展	2019.10.19—2019.10.30	山东省临沂市美术馆	广东省文学艺术界联合会、广东省美术家协会、广州美术学院、临沂市文学艺术界联合会、临沂市文化和旅游局、临沂市美术家协会
“格物嘤鸣”——庆祝新中国成立70周年中国著名女画家优秀作品邀请展	2019.10.19—2019.10.25	临沂市文化馆	中国女画家协会、山东省女书画家协会、临沂市慈善总会、临沂老区建设促进会、临沂市女书画家协会
《惊·梦》——昆曲创意影像展	2019.10.19—2019.11.02	江苏大剧院美术馆	新华报业传媒集团、江苏文投集团
穿越千年历史的傩魂——西南民族面具艺术巡展	2019.10.20—2019.11.20	西安交通大学博物馆	西南民族大学
步履寻幽——何镜涵的写意楼阁艺术	2019.10.22—2019.11.10	北京画院美术馆	北京画院
大千世界·巴蜀画坛庆祝中华人民共和国成立70周年暨人民政协成立70周年——四川美术书法精品展	2019.10.22—2019.10.28	中国政协文史馆	全国政协书画室、政协四川省委员会
证古泽今——甲骨文文化展	2019.10.22—2019.12.22	中国国家博物馆	中共中央宣传部、教育部、文化和旅游部、科学技术部、国家语言文字工作委员会、国家文物局、中国国家博物馆、中国社会科学院、河南省人民政府
陕甘宁青新主题性美术作品晋京汇报展	2019.10.22—2019.10.27	中国国家画院美术馆	西安中国画院、兰州画院、宁夏书画院、西宁画院、新疆画院
穆如·晚晴——纪念陆俨少诞辰一百一十周年专题展综合展一区	2019.10.23—2019.12.23	龙美术馆（西岸馆）	上海市嘉定区人民政府
首届湖南·中国画双年展	2019.10.24—2019.11.20	湖南美术馆	中国美术家协会、湖南省文学艺术界联合会
同源异质：中国文人书画形态的当代建构——艺术学博士中国书画作品邀请展	2019.10.24—2019.11.06	成都市美术馆	成都画院·成都市美术馆
辉煌七十年·魅力密山城——密山市庆祝新中国成立七十周年美术书法作品晋省展览	2019.10.24—2019.11.24	黑龙江省博物馆	中共密山市委宣传部、密山市文体广电和旅游局
豹变——林涛中国画展	2019.10.24—2019.11.03	文化和旅游部恭王府博物馆	中国美术家协会
安尼施·卡普尔	2019.10.25—2020.01.01	中央美术学院美术馆	中央美术学院、北京市总工会、中央美术学院美术馆、太庙艺术馆

（续表）

展览名称	时　间	地　点	主办/策展
唐蕃古道——七省区精品文物联展	2019.10.25—2020.02.25	陕西历史博物馆	陕西历史博物馆、青海省博物馆
日出东方——李大震中国画作品展	2019.10.25—2019.11.07	浙江美术馆	中共湖州市委宣传部、浙江美术馆
天津市第二届青年书法篆刻展览	2019.10.25—2019.11.05	天津美术馆	天津市文学艺术界联合会、天津市书法家协会
“吮毫描来影欲飞：明清写意人物画的象与神”中国古代书画研究系列展	2019.10.25—2019.12.15	北京画院美术馆	故宫博物院、浙江省博物馆、广东省博物馆、重庆中国三峡博物馆、天津博物馆、中央美术学院美术馆、广州艺术博物院、北京画院
新中国 新美术——馆藏二十世纪五、六十年代东欧各国美术书籍与文献展	2019.10.25—2019.11.08	中国美术学院象山校区图书馆	中国美术学院图书馆
周春芽——东南形胜	2019.10.26—2020.01.05	龙美术馆（西岸馆）	龙美术馆（西岸馆）
高原·高原——第八届中国西部美术展中国画年度展	2019.10.26—2019.11.26	陕西省美术博物馆	陕西省美术博物馆
永远的乡愁——刘克银画展	2019.10.26—2019.11.03	四川美术馆	四川省美术家协会、四川美术馆
境象主义——桑火尧作品展·上海	2019.10.27—2019.11.26	龙美术馆（西岸馆）	龙美术馆（西岸馆）
间性——2019张家港当代水墨国际双年展	2019.10.27—2019.12.15	张家港市美术馆	中国国家画院美术研究院、中共张家港市委宣传部、张家港市文体广电和旅游局、张家港市文学艺术界联合会
先驱之路：留法艺术家与中国现代美术（1911—1949）	2019.10.27—2019.12.03	石家庄市美术馆	中央美术学院
庆祝中华人民共和国成立70周年：云南剪纸艺术展	2019.10.28—2019.11.04	昆明市博物馆	云南省中华文化促进会、昆明市老干部局、昆明市博物馆
大美河山——李蝉羽山水画艺术展	2019.10.29—2019.11.03	中国国家画院美术馆	洛阳市文学艺术界联合会
TOP20·2019中国当代摄影新锐展	2019.10.29—2019.11.17	浙江美术馆	中国摄影家协会、浙江省文学艺术界联合会
瓦尔特·博萨德与罗伯特·卡帕在中国	2019.10.29—2020.05.03	清华大学艺术博物馆	瑞士摄影基金会、清华大学艺术博物馆
庆祝中华人民共和国成立70周年：第十届上海美术大展暨“白玉兰美术奖”颁奖仪式	2019.10.29—2019.11.24	上海中华艺术宫	上海市文学艺术界联合会、上海美术家协会、中华艺术宫

（续表）

展览名称	时　间	地　点	主办/策展
情满中华 盛世国风——美籍华人重彩艺术家龙纯一先生画展	2019.10.29—2019.11.03	云南美术馆	厦门寰华宇宸文化传播公司、文缘阁文化传媒中心、云南西部智慧企业管理集团有限公司、云南超惠投不动产经济信息咨询有限公司、云南云书天外文化传播有限公司、澳门云南国际文化交流促进会
悦目 悦心 悦神——马彬先生绘画艺术展	2019.10.29—2019.11.06	安徽博物院老馆	安徽博物院
瀚海风竹聚——纪念严六符先生诞辰111周年四家国画作品展（侯春林、张洪千、郭金标、何延喆）	2019.10.29—2019.11.04	天津图书馆	天津市美术家协会、天津湖社画会、天津图书馆
薪传有自——刘国枢绘画作品＆文献展	2019.10.30—2019.11.10	重庆美术馆	中国美术家协会、四川美术学院、重庆市文学艺术界联合会、重庆市美术家协会
礼赞英烈——革命烈士诗抄主题书法展	2019.10.30—2019.11.13	杭州国画院美术馆	中共杭州市委宣传部
行远同梦——华侨华人与新中国特展	2019.10.30—2019.11.29	中国国家博物馆	中华全国归国华侨联合会、中国国家博物馆
守正求新——韩天衡艺术展	2019.10.31—2019.11.24	中国国家博物馆	中国国家博物馆、中共上海市委宣传部
时光漫旅——顶楼艺术小组作品展	2019.10.31—2019.11.17	大连美术馆	大连美术馆、大连市美术家协会、大连市油画学会、旅顺口区委宣传部、旅顺口区文化和旅游局、旅顺口区教育局、旅顺口区文教卫生发展中心
第七届“五粮液·明天雕塑奖”入围暨获奖作品展	2019.10.31—2019.11.28	四川美术学院美术馆	四川美术学院、四川明天文化艺术投资管理有限公司
庆祝新中国七十华诞：大国脊梁 圣境峰光——高原雪山画派作品展（昆明站）	2019.10.31—2019.11.06	云南美术馆	四川省美术家协会、云南省美术家协会、青海省美术家协会、西藏自治区美术家协会、新疆维吾尔自治区美术家协会、四川美术出版社
风清骨峻——竹音阁全国微友汇书法作品展	2019.10.31—2019.11.05	云南美术馆	云南省文学艺术界联合会
水韵墨章——当代中国水墨艺术研究展	2019.10.31—2019.11.30	南通现代美术馆	南通大学艺术学院
同心筑梦——粤港澳大湾区书画联展	2019.11.01—2019.11.15	深圳美术馆	广东省政协、广州市政协、深圳市政协
半路出家——鲁虹艺术档案展：2013—2019	2019.11.01—2019.11.14	广州美术学院美术馆	广州美术学院美术馆

（续表）

展览名称	时　间	地　点	主办/策展
张秋波画展	2019.11.01—2019.11.03	上海图书馆	上海书画院、上海美协海墨画会
图像检验——2019全国高等院校艺术类研究生中国画教学邀请展	2019.11.01—2019.11.20	南通大学艺术学院美术馆	江苏省艺术类研究生教育指导委员会、南京师范大学、南通大学
美育人生——吴冠中百年诞辰艺术展	2019.11.01—2020.05.03	清华大学艺术博物馆	中国文学艺术界联合会、清华大学、新加坡国家美术馆、中国美术家协会、中国美术馆
7号空间·广东美术馆青年艺术家学术提名展·第十回：造园·遗墟——周巍艺术项目	2019.11.01—2019.11.29	广东美术馆	广东美术馆
墨尚大观——当代长安、当代岭南中国画邀请展	2019.11.01—2019.11.13	广东美术馆	广州美术学院、西安美术学院、广东美术馆、广东省美术家协会、陕西省美术家协会、陕西省美术博物馆、当代岭南艺术研究院
同心筑梦——粤港澳大湾区书画联展	2019.11.01—2019.11.15	广东美术馆	广东省政协、广州市政协、深圳市政协
此时此刻——李贵君作品展	2019.11.02—2019.12.01	龙美术馆（西岸馆）	龙美术馆（西岸馆）
萤与日——陈传兴摄影展—个人精神史第二部	2019.11.02—2020.01.12	龙美术馆（西岸馆）	龙美术馆（西岸馆）
辨物——崇祯时期的宣德炉	2019.11.02—2019.11.10	柳州博物馆	中国收藏家协会明清宣德炉收藏委员会、柳州市博物馆
由艺臻道——2019陈中浙杭州书法展	2019.11.02—2019.11.17	浙江美术馆	浙江美术馆、浙江省书法家协会
老腕椽笔——孙伯翔情境书画艺术展	2019.11.02—2019.12.02	天津美术馆	天津市文学艺术界联合会、天津市书法家协会
三峡画卷——关山月与近代以来的江峡图景展	2019.11.02—2020.02.09	重庆中国三峡博物馆	重庆中国三峡博物馆、深圳市关山月美术馆
第五届艺术与科学国际作品展暨学术研讨会	2019.11.03—2019.11.30	中国国家博物馆	清华大学、中国国家博物馆
风华——张路江油画作品展	2019.11.03—2019.11.08	深圳市关山月美术馆	中央美术学院、深圳市关山月美术馆、中国美术家协会油画艺委会
壮丽七十年 情牵海内外——“亦师亦友”第九届海上画家联展	2019.11.03—2019.11.08	刘海粟美术馆	上海海外联谊会、刘海粟美术馆、中国上海国际艺术节中心
列夫·加布里埃尔森：中国的面孔1980摄影展	2019.11.03—2019.11.08	中国美术学院南山校区	中国美术学院视觉中国协同创新中心、中国美术学院美术馆、中国美术学院跨媒体艺术学院、中国美术学院中国摄影文献研究所

（续表）

展览名称	时　间	地　点	主办/策展
南山138：浙江青年当代艺术推广项目（2019）——朱玺：灵魂温热	2019.11.03—2019.11.17	浙江美术馆	浙江美术馆
青空石绿 众星孤月——寻觅千里江山图卷	2019.11.04—2019.11.20	四川大学美术馆	四川大学
美术的诞生：从太阳王到拿破仑——巴黎国立高等美术学院珍藏展	2019.11.05—2020.02.09	上海博物馆	巴黎国立高等美术学院、上海博物馆
命运墨皈——梁占岩、袁武、张江舟水墨艺术展·武汉站	2019.11.05—2019.11.17	湖北省美术院美术馆	湖北省美术院、湖北省美术家协会
现代版画研究展第一回：白咬着黑——新兴木刻运动中的"现代版画会"馆藏作品展	2019.11.05—2019.11.27	广州美术学院美术馆	广州美术学院美术馆
万语国——ACTION广东美术馆2019收藏童年系列展	2019.11.05—2019.11.29	广东美术馆、潘鹤雕塑园	广州市越秀区大美艺术培训中心
永恒——黑龙江省美术馆藏杜晓东油画作品展	2019.11.05—2019.11.30	黑龙江省美术馆	黑龙江省美术馆
向祖国汇报 向祖国献礼——赵梅生从艺从教70年回顾展	2019.11.05—2019.11.10	中国国家画院美术馆	中共山西省委宣传部、中国美术家协会、中国画学会、山西省教育厅、山西省文化和旅游厅、山西省文物局、山西省文学艺术界联合会、中共太原市委宣传部
他们与共和国同龄——京津冀油画肖像邀请展	2019.11.05—2019.11.19	天津美术馆	天津美术馆
东方哲学的西方阐述——考夫曼当代陶艺展	2019.11.06—2019.11.21	北京国中陶瓷艺术馆	中国国际文化交流中心、中国陶瓷工业协会
龙翔鸿飞——朱龙庵 高逸鸿书画作品展	2019.11.06—2019.11.17	中国美术馆	浙江美术馆
得自蒲团——画僧懒悟的笔墨禅境	2019.11.06—2019.11.17	中国美术馆	安徽省合肥市文学艺术界联合会
白线灵光——白海雾淞创作展	2019.11.06—2019.11.15	深圳美术馆	深圳美术馆
金玉满堂——沈阳故宫的奢华典藏	2019.11.06—2020.03.31	沈阳故宫博物院·銮驾库	沈阳故宫博物院
北京意象·画说昌平绘画作品展	2019.11.07—2019.11.17	中国美术馆	北京市文学艺术界联合会、中共北京市昌平区委员会、北京市昌平区人民政府
国家美术作品收藏与捐赠奖励项目：融象创真——李斛百年诞辰艺术展	2019.11.07—2019.11.20	中国美术馆	中国美术馆
观念的风景——中国思想史的维度	2019.11.07—2019.11.13	杭州恒庐美术馆	中国思想史与书画研究中心

（续表）

展览名称	时 间	地 点	主办/策展
水——王牧羽作品展	2019.11.08—2019.11.24	南京艺术学院美术馆	南京艺术学院美术馆
热烟流——2019珠三角艺术单位观察展·广州站	2019.11.08—2019.12.03	广州美术学院大学城美术馆	广州美术学院美术馆、澳门牛房仓库民间团体
学生书画作品展卖会暨第三届大学生创意生活节	2019.11.08—2019.11.10	中国美术学院南山校区	中国美术学院团委
融——2019澳门艺术家作品特展	2019.11.08—2019.11.30	中国美术馆	中国美术馆、澳门特别行政区政府文化局、澳门艺术博物馆
西风烈·第七回展——肖映川、杨进民、张明川、陈芳桂山水画展	2019.11.08—2019.11.17	广州岭南会展览馆	中国画学会、中国美术家协会河山画会、广东省中国画学会、当代岭南艺术研究院、广东中华民族文化促进会
松动的螺丝——虞村、一了双个展	2019.11.09—2019.11.17	岭南美术馆	岭南美术馆
倾情山海梦——杜春辉油画学术邀请展	2019.11.09—2019.11.17	威海美术馆	山东省油画学会、威海市文化和旅游局、威海市文学艺术界联合会
人间山水——方向水墨作品展	2019.11.09—2019.11.24	成都市美术馆	成都画院（成都市美术馆）
精神·图式——首届中国写意油画双年展	2019.11.09—2019.12.06	吉林艺术学院美术馆	北京当代中国写意油画研究院、吉林艺术学院
作画是我的最爱——冯健亲绘画作品回顾展	2019.11.09—2020.01.20	南京博物院	南京博物院
向新中国成立七十周年致敬：粉墨丹青——杜彦锋水墨戏剧人物作品巡回展	2019.11.09—2019.11.17	天津美术馆	民盟中央美术院、北京戏曲博物馆
烟霞寄兴——清代至民国北京名家山水画展	2019.11.09—2020.02.09	南山博物馆	深圳市南山区文化广电旅游体育局
一意孤行——沈勤个展	2019.11.10—2019.12.20	湖北美术馆	湖北美术馆
全国第十二届书法篆刻展览之篆书、篆刻、刻字·山东济南展区	2019.11.10—2019.12.08	山东美术馆	中国文学艺术界联合会、中国书法家协会
2019南亚风光·风情摄影作品展	2019.11.10—2019.12.05	云纺博物馆	昆明市人民政府外事办公室、昆明市文学艺术界联合会
人与城——何智亚城市影像文献展	2019.11.10—2019.11.29	四川美术学院美术馆	四川美术学院美术馆
千年遗墨——中国历代简帛书法展	2019.11.10—2019.11.30	湖南省博物馆	湖南省文化和旅游厅
故乡——李鸣泉中国画作品展	2019.11.11—2019.11.17	中国国家画院美术馆	丝绸之路城市联盟、北京丝绸之路合作与发展促进会
云南艺术学院美术学院水彩画系成立暨首届美术学院水彩画优秀作品展	2019.11.12—2019.11.17	云南艺术学院美术学院	云南艺术学院

（续表）

展览名称	时　间	地　点	主办/策展
墨与物——第二届武汉水墨双年展	2019.11.12—2020.02.23	武汉美术馆	武汉美术馆
中国美术馆“典藏活化”系列展之延安·延安——中国美术馆藏延安美术展	2019.11.12—2019.12.15	中国美术馆	中国美术馆
庆祝中华人民共和国成立70周年：致敬新时代——湖州市美术作品展	2019.11.12—2019.11.18	湖州市文化馆	中共湖州市委宣传部、湖州市文学艺术界联合会
庆祝中华人民共和国成立70周年：江山永固 大爱无疆——书法美术主题创作及优秀作品展	2019.11.12—2019.11.26	浙江美术馆	浙江省慈善联合总会、浙江省书法家协会、浙江省美术家协会、浙江美术馆
正青春——第十五届上海青年美术大展	2019.11.12—2019.12.12	刘海粟美术馆	刘海粟美术馆、中国上海国际艺术节中心、上海市美术家协会、上海市青年文学艺术联合会
重新定义——2019(第五届)上海青年艺术博览会	2019.11.13—2019.11.17	上海世贸商城展览馆	上海市对外文化交流协会、上海市长宁区文化和旅游局、上海市青年文学艺术联合会
元——孟禄丁个展	2019.11.13—2019.12.11	北京民生现代美术馆	中国民生银行、中央美术学院、北京民生现代美术馆
张青渠中国人物画作品展	2019.11.13—2019.11.17	北京画院美术馆	中央文史研究馆书画院、湖南省文史研究馆、湖南省文学艺术界联合会、北京画院
任惠中·中国画展	2019.11.13—2019.11.24	重庆美术馆	中国画学会、中国美术家协会民族美术艺委会
心灵的风景——山东特殊教育职业学院建校30周年艺术作品展	2019.11.13—2019.12.08	山东美术馆	山东省残疾人联合会、山东省文化和旅游厅
南京·西宁——南京书画院、西宁画院书画作品交流展	2019.11.13—2019.11.19	金陵美术馆	南京书画院、西宁画院
黄宾虹学术提名展·第二届	2019.11.14—2019.11.26	炎黄艺术馆	中国艺术研究院
2019年首届海南传统工艺精品展	2019.11.15—2019.11.17	海南省博物馆	海南省旅游和文化广电体育厅、海南省工艺美术协会
和美中国——第二十二届(2019)西湖艺术博览会	2019.11.15—2019.11.18	中国·杭州和平国际会展中心	中华文化促进会、浙江省文化产业学会
天庭之在——申树斌个展	2019.11.15—2019.11.24	岭南美术馆	岭南画院
融合视象——2019国际纹样创意设计大赛作品展	2019.11.15—2019.11.28	浙江美术馆	杭州市人民政府、中国美术学院
周虹：解析与跳转	2019.11.15—2019.12.15	湖北美术馆	湖北美术馆

(续表)

展览名称	时　间	地　点	主办/策展
新征程：第三届深圳当代艺术双年展——观念、形式和日常化	2019.11.15—2019.12.03	海上世界文化艺术中	深圳市文学艺术界联合会
《我的中国十二生肖》拉奎尔·格拉里路南京作品展	2019.11.15—2019.11.28	南京师范大学美术学院美术馆	南京师范大学美术学院、澳门婆仔屋文创空间
寄意茅龙——苏小华 陈永锵双个展第二回·广州	2019.11.15—2019.11.20	广东画院	广州市政协书画院、广东省中国画学会
纸面镜像——版画作品展·第三回	2019.11.15—2019.11.19	南京美术馆	南京市文学艺术界联合会
庆祝中华人民共和国成立七十周年系列活动·云南画院建院三十五周年美术作品展	2019.11.15—2019.12.01	云南美术馆	云南省文化和旅游厅
光荣与梦想：刻刀下的力与美——山西劳动版画展	2019.11.15—2019.12.05	太原美术馆	太原美术馆
天下龙泉——龙泉青瓷与全球化	2019.11.15—2010.2.16	浙江省博物馆武林馆区	故宫博物院、浙江省博物馆、丽水市人民政府
庆祝中华人民共和国成立七十周年：大美抱华——伯揆中国写意花鸟画大展	2019.11.16—2019.11.19	北京故宫太庙	中国人民大学画院
自然而然——陈茂华山水画作品展	2019.11.16—2019.11.23	张大千美术馆	内江师范学院、内江市文化广播电视和旅游局、内江市文学艺术界联合会、内江市美术家协会
仰望与远眺——徐福厚油画艺术展	2019.11.16—2019.12.01	中国油画院美术馆	中国油画院、河北省美术家协会、河北师范大学美术与设计学院、河北省美术研究所、河北师范大学当代美术研究所、河北传媒学院美术与设计学院
诗意空间——数字时代的建筑与艺术设计系列公教活动	2019.11.16—2019.11.26	湖南美术馆	湖南美术馆、湖南大学建筑学院
香光馨远——董其昌书风展	2019.11.16—2020.02.16	山东博物馆	山东博物馆
重新审视超现实主义：达利与丹尼尔	2019.11.16—2020.01.16	上海艺术馆	上海艺术馆、美国Winn Slavin Fine Art、法国Argillet家族、上海国际会议中心
色丝丹青——单银娣乱针绣作品展	2019.11.16—2020.01.05	常州博物馆	常州市文化广电和旅游局、常州市文学艺术界联合会、常州市工艺美术行业协会、常州博物馆
云南生物多样性图片暨生态环境漫画展	2019.11.17—2019.12.05	昆明市博物馆	云南省生态环境厅
七彩内蒙古——蒙古文书法作品七人展	2019.11.17—2019.11.25	内蒙古美术馆	内蒙古书法家协会
时代印记——广东省优秀美术作品收藏展	2019.11.17—2019.11.30	广东美术馆	广东美术馆

（续表）

展览名称	时　间	地　点	主办/策展
时代华彩——2019·中国百家金陵画展（中国画）	2019.11.18—2019.11.30	江苏省美术馆	中国美术家协会、江苏省委宣传部、中共江苏省文化和旅游厅、江苏省文学艺术界联合会
东方艺术巨匠——渡边华山艺术作品展	2019.11.19—2019.12.30	福田画苑	中共深圳市福田区委宣传部、深圳市福田区公共文化体育发展中心
道通八荒——刘亚谏秦岭诗书画巡展·珠海站	2019.11.19—2019.11.30	古元美术馆	文化部中国国际书画研究会中外交流中心、珠海市美术家协会
印迹——桑德罗·特劳蒂作品展	2019.11.19—2019.11.27	广州美术学院图书馆	广州美术学院城市学院
庆祝中华人民共和国成立七十周年——红旗飘扬：广州画院优秀作品展	2019.11.19—2019.11.28	广东美术馆	广州市文化广电旅游局
注疏韶华——广州雕塑院优秀成果回顾展（1956—2019）	2019.11.19—2019.11.28	广东美术馆	广州市文化广电旅游局
神采云南——第五届云南省农民画展	2019.11.19—2019.11.28	昆明市博物馆	云南省文化馆
学院本色——史一的艺术启示	2019.11.20—2019.11.30	云南艺术学院图书馆	云南艺术学院
未央——杨杰书法作品展	2019.11.20—2019.12.01	中国美术馆	中国书法家协会、中共河南省委宣传部、河南省文化和旅游厅、河南省文联
如常——罗寒蕾工笔画展	2019.11.21—2019.12.01	中国美术馆	广州画院
望故乡兮——中国美术馆藏台湾艺术家作品展	2019.11.21—2019.12.01	中国美术馆	中国美术馆
逐写春光——庄寿红中国画作品展	2019.11.21—2019.12.01	中国美术馆	中国美术家协会、清华大学美术学院、中国画学会、中国女画家协会
“丝路津韵之花开天际”国际交流采风展	2019.11.21—2019.12.07	天津美术馆	天津市文化和旅游局、驻圣旦尼总领馆、毛里求斯中国文化中心、曼谷中国文化中心
顾黎明&王海燕绘画作品双个展	2019.11.21—2019.11.24	厦门国际会展中心	传世艺宫美术馆
2019艺术厦门（经典）博览会·第28届中国金鸡百花电影节系列活动	2019.11.21—2019.11.24	厦门国际会展中心	艺术厦门博览会组委会、福建自贸试验区厦门片区、ARTAMOY博览会有限公司
高天厚土——艾生/水墨家园主题展览	2019.11.21—2019.11.24	厦门国际会展中心	艺术厦门博览会
例外场——王煜个人实验项目	2019.11.21—2019.12.06	南京艺术学院美术馆	南京艺术学院美术馆
星河展第72回作品展	2019.11.21—2019.11.28	广东省文联艺术馆	广东省文学艺术界联合会、广东省美术家协会

（续表）

展览名称	时　间	地　点	主办/策展
松风长迴——张根起近作展	2019.11.21—2019.12.08	恭王府·中国点抱厦展厅	文化和旅游部恭王府博物馆展览活动部、中国美术家协会新文艺群体（组织）展览与推广中心
天高云淡——高云作品展	2019.11.22—2019.12.01	中国美术馆	中国美术家协会、中国美术馆、江苏省委宣传部、江苏省文化和旅游厅、江苏省文学艺术界联合会
庆祝中华人民共和国成立70周年暨人民政协成立70周年：大千世界 巴蜀画坛——四川美术书法精品展	2019.11.22—2019.12.01	四川美术馆	全国政协书画室、政协四川省委员会
大义昭初心 聚力襄伟业——庆祝新中国成立70周年暨云南和平解放70周年历史题材绘画创作展	2019.11.22—2019.12.12	昆明市博物馆	中共昆明市委统战部、民进昆明市委
留芳泽后——浙江省博物馆九十周年捐赠文物回顾展	2019.11.22—2020.03.08	浙江西湖美术馆	浙江省博物馆
思考——曹柏崑书画展	2019.11.22—2019.12.01	天津美术馆	中国国际文化交流中心、天津市文史研究馆、天津师范大学
寄情造境——何怀硕作品展	2019.11.22—2019.12.02	北京画院美术馆	北京画院
灵秀镇江——优秀书画作品展	2019.11.23—2019.11.30	江苏省美术馆	江苏省文化和旅游厅
自知者明——熊秉明艺术展	2019.11.23—2019.12.15	中国美术馆	中国美术馆
天容海色——中国美术馆馆藏精品展	2019.11.23—2020.01.05	海南省博物馆	中国美术馆、海南省旅游和文化广电体育厅
问学余兴——院藏清代广东学海堂学人书画精品展	2019.11.23—2020.02.23	广州艺术博物院·关山月艺术馆	广州艺术博物院
流动的视阈——第三届滨海国际版画创作营作品展	2019.11.23—2019.12.04	天津美术馆	天津市滨海新区人民政府、天津市滨海新区文化和旅游局、天津自贸区东疆保税港区管理委员会
时代精神——陕西国画名家小品邀请展	2019.11.23—2019.12.02	黄土画派美术馆	西安美术学院、陕西国画院、西安中国画院
粤匠神工——广作家具特展	2019.11.23—2020.03.22	广东省博物馆	广东省文物局、故宫博物院
藏缘——西藏当代美术作品邀请展	2019.11.24—2019.12.20	李可染艺术基金会美术馆	李可染艺术基金会、西藏美术家协会
2019第九届中国·嘉兴国际漫画双年展	2019.11.25—2019.12.15	嘉兴市文化馆	中国美术家协会、嘉兴市人民政府
国家艺术基金（2019）云南翡翠雕刻艺术创新人才培养项目：翡翠·未来之路——成果展与纪实展	2019.11.25—2019.12.01	云南艺术学院设计学院	云南艺术学院

（续表）

展览名称	时　间	地　点	主办/策展
四川美术学院第十六届研究生作品年展	2019.11.26—2020.12.05	四川美术学院虎溪公社艺术工作室1楼	四川美术学院
2019年度艺术人才培养资助项目——蒙古族礼服制作技艺传承与创新设计人才培养作品展	2019.11.26—2020.11.30	内蒙古美术馆	内蒙古艺术学院
无界之归——第三届杭州纤维艺术三年展	2019.11.26—2020.12.02	浙江美术馆	浙江省文化和旅游厅、浙江省文学艺术界联合会、中国美术学院
全国第十二届书法篆刻展览之隶书、楷书·湖南长沙展区	2019.11.26—2019.12.26	湖南美术馆	中国文学艺术界联合会、中国书法家协会
先声——高剑父艺术研究国际学术研讨会暨艺术文献展	2019.11.26—2019.12.08	岭南画派纪念馆	广州美术学院、岭南画派纪念馆、广州艺术博物院
金银曜烁 美熠四方——京冀晋豫陕五省市金银器展	2019.11.26—2020.02.26	河北博物院	首都博物馆、山西博物院、河南博物院、陕西历史博物馆、河北博物院
仰之弥高——二十世纪中国画大家展·齐白石、黄宾虹、徐悲鸿、潘天寿、张大千、林风眠、傅抱石、李可染	2019.11.27—2020.02.28	南京博物院	南京博物院、中国美术馆、北京画院、徐悲鸿纪念馆、李可染艺术基金会、天津博物馆、上海龙美术馆、苏州博物馆、南京市博物总馆
时代精神——当代院风年度大展·2019	2019.11.27—2019.12.05	重庆美术馆	广州美术学院、广东省美术家协会、重庆美术馆、当代岭南艺术研究院
天地生灵——方楚雄的艺术世界	2019.11.27—2019.12.07	重庆美术馆	中国画学会、广州美术学院、重庆美术馆
庆祝中华人民共和国成立70周年仙境海岸·鲜美烟台——烟台市美术作品巡展·成都站	2019.11.27—2019.12.03	成都市美术馆	中共烟台市委宣传部、烟台市文化和旅游局、烟台市文学艺术界联合会
丹青传情——艺术家作品联展	2019.11.27—2019.11.30	上海展览中心	中国社会经济文化交流协会
印象·中原——中国水墨画院青年画院新水墨作品展	2019.11.28—2019.12.01	郑州美术馆	河南省文学艺术界联合会、中国水墨画院青年画院、河南省美术家协会、河南省书画院
风展红旗如画——百名画家画三明写生作品展	2019.11.29—2019.12.13	三明市书画院	三明市文化和旅游局
庆祝中华人民共和国成立70周年：奉心承运——张运河国画作品展	2019.11.29—2019.12.05	天津画院现代美术馆	天津画院、中国水墨画院、天津市美术家协会、天津巨龙画院
第24届秋季广州国际艺术博览会	2019.11.29—2019.12.02	中国进出口商品交易会展馆C区	广州市人民政府

（续表）

展览名称	时　间	地　点	主办/策展
庆祝中华人民共和国成立70周年“蒙古马·雕塑·研究”展	2019.11.29—2019.12.08	内蒙古美术馆	内蒙古美术家协会、内蒙古美术馆
一脉风华——新中国成立七十周年鄞州书法篆刻美术作品特展	2019.11.29—2019.12.12	浙江美术馆	宁波市文学艺术界联合会、中共鄞州区委宣传部
境象——龚建军绘画作品展	2019.11.29—2019.12.12	浙江美术馆	中共宁波市委宣传部、宁波市文学艺术界联合会
雪漠玲珑——喜马拉雅与蒙古珍品展	2019.11.29—2020.02.23	安徽博物院新馆	安徽博物院、香港中文大学文物馆
逸笔仙韵又三年——高逸仙画展	2019.11.30—2019.12.14	宁波美术馆	民盟浙江华夏书画学会、宁波市文学艺术界联合会、嘉兴市文学艺术界联合会
新物种Ⅲ：遗传与变异——跨媒介当代艺术邀请展	2019.11.30—2019.12.15	四川省图书馆	数字媒体艺术四川省重点实验室、四川省数字媒体艺术协会
绘彩云南——耿炎千惠画展	2019.12.01—2019.12.14	昆明市博物馆	云南省美术家协会、昆明市美术家协会
寒得——曹清·王文婕·毛进绘画展	2019.12.01—2019.12.10	福建博物院	福建博物院、南京博物院
浙江画院建院35周年系列展	2019.12.02—2019.12.15	浙江省文化会堂（浙江展览馆）	浙江画院、浙江省美术家协会
新的旧物：处于传统与革新张力关系中的设计	2019.12.02—2020.01.10	广州美术学院美术馆	广州美术学院美术馆、歌德学院（中国）、德国对外文化关系学院
曾国宝藏	2019.12.02—2020.03.01	西汉南越王博物馆	西汉南越王博物馆、随州市博物馆、随州市久洲艺术博物馆
淬砺求实 以真为师——潘世勋的速写与油画	2019.12.03—2020.01.03	中央美术学院美术馆	中央美术学院
庆祝中华人民共和国成立70周年江苏省基层优秀美术作品展览：毓秀梁溪——无锡市书画院建院40周年美术书法作品展	2019.12.03—2019.12.10	江苏省美术馆	江苏省文化和旅游厅
重构——张杰、徐文涛、张炼作品展	2019.12.03—2019.12.20	汤湖美术馆	汤湖美术馆
华章·第六届南北雕塑联展	2019.12.03—2019.12.09	陕西省图书馆	陕西省文化和旅游厅、广州市文化广电旅游局、海南省文学艺术界联合会、广西艺术学院
丹青·草木·求索——植物科学画展	2019.12.03—2019.12.23	广东大家美术馆	中国科学院华南植物园
母亲的花——民间晋绣展	2019.12.03—2020.02.10	太原美术馆	太原美术馆

（续表）

展览名称	时　间	地　点	主办/策展
第十六届海淀文化季：写意气象2019——中国油画展	2019.12.03—2019.12.31	海淀美术馆北馆	海淀区文化和旅游局、海淀区文学艺术界联合会
在半个迷宫中	2019.12.03—2020.01.03	中国美术学院美术馆	中国美术学院美术馆
光与影里的故事——黄建鹏藏二十世纪中国摄影作品展	2019.12.04—2019.12.15	中国美术馆	南京师范大学
杜甫千诗碑项目成果巡展（杭州站）	2019.12.04—2019.12.10	杭州国画院美术馆	成都市委宣传部
第六届中国教育创新年会——创变美术史：历史脉络与个人叙事作品邀请展	2019.12.04—2019.12.07	成都中国西部国际博览城	蒲公英教育智库、《新校长》杂志社
庆祝中华人民共和国成立70周年：2019四川美术学院教师作品年展	2019.12.04—2019.12.15	四川美术学院美术馆	四川美术学院
任惠中·中国画展	2019.12.05—2019.12.15	云南美术馆	中国画学会、中国美术家协会民族美术艺委会
WOOART尖艺术节	2019.12.05—2019.12.08	南丰国际会展中心	广州设计周
南山138：浙江青年当代艺术推广项目（2019）——曹澍：索拉里斯星的海	2019.12.05—2020.01.05	浙江美术馆	浙江美术馆
化古开今——1988—2019湖北群体艺术研究展（钟孺乾、傅中望、严善錞、肖丰）	2019.12.05—2020.03.01	湖北省美术院美术馆	湖北省美术院
京风墨韵——张仁芝笔下的北京胜景	2019.12.05—2019.12.14	北京画院美术馆	北京画院
知行墨境——2019当代中国画名家学术邀请展	2019.12.05—2019.12.15	中国美术馆	天津人民美术出版社、天津市中国画学会
东方红·中国情——孟宪成艺术展	2019.12.05—2019.12.15	中国美术馆	中国美术家协会
华夏文明之光——河南文物珍宝展	2019.12.05—2020.03.29	宁波博物馆	河南博物院、宁波博物馆
思逐风云——周凯山水画展	2019.12.05—2019.12.22	深圳美术馆	深圳美术馆
十面——2019天津青年雕塑家提名展	2019.12.05—2019.12.15	天津美术学院美术馆	天津市美术家协会、天津美术学院
长白遗珠——吉林省博物院藏北宗山水画精品展	2019.12.05—2020.02.10	吉林省博物院	吉林省博物院
援疆情 中国梦——薛云祥教授美术作品展	2019.12.06—2019.12.13	新疆艺术学院美术馆	中央美术学院、新疆艺术学院
艺·传承——中国画名家学术邀请全国巡回展（广东东莞）	2019.12.06—2019.12.15	岭南美术馆	东莞文学艺术院、岭南画院
广东画院建院60周年优秀作品展暨院史研究展	2019.12.06—2019.12.22	广东美术馆	广东画院、广东美术馆
大湾区胜景图长卷创作展	2019.12.06—2019.12.23	珠江美术馆	中国文学艺术基金会、岭南画派纪念馆、珠江美术馆

（续表）

展览名称	时　间	地　点	主办/策展
庆祝中华人民共和国成立七十周年：形异道同——中国写意油画学派作品邀请展	2019.12.06—2019.12.15	宁波画院	北京当代中国写意油画研究院
旷世宏编 文献大成——国家图书馆藏《永乐大典》文献展	2019.12.06—2020.03.08	深圳市南山博物馆	深圳市南山区文化广电旅游体育局
春华秋实——中国高等美术教育文献展	2019.12.07—2020.01.06	中华艺术宫	教育部艺术教育委员会、上海市文化和旅游局、上海市教育委员会、上海大学
构筑环境：带你领略日本的另一面	2019.12.07—2020.01.02	重庆中国三峡博物馆	日本国驻重庆总领事馆、重庆市人民对外友好协会、日本国际交流基金会
2019第7届艺术长沙丨罗中立：归去来	2019.12.07—2020.02.06	湖南省博物馆	长沙市人民政府、湖南广播电视台、湖南省博物馆
2019第7届艺术长沙丨杨茂源：日夕里亚	2019.12.07—2020.02.06	湖南省博物馆	长沙市人民政府、湖南广播电视台、湖南省博物馆
2019第7届艺术长沙丨何岸：一万光年	2019.12.07—2020.02.06	湖南省博物馆	长沙市人民政府、湖南广播电视台、湖南省博物馆
2019第7届艺术长沙丨画栋：王迈的空间绘画	2019.12.07—2020.02.06	长沙博物馆	长沙市人民政府、湖南广播电视台、湖南省博物馆
2019第7届艺术长沙丨傅瑶：出逃记	2019.12.07—2020.02.06	长沙博物馆	长沙市人民政府、湖南广播电视台、湖南省博物馆
2019第7届艺术长沙丨刘庆和：回见	2019.12.07—2020.02.06	湖南省谭国斌当代艺术博物馆	长沙市人民政府、湖南广播电视台、湖南省博物馆
金石筼筜——金西厓竹刻艺术特展	2019.12.07—2020.02.23	上海博物馆	上海博物馆
高天厚土民族魂——2019王一明山水作品展	2019.12.07—2019.12.22	太原艺术博物馆	山西省中国画学会、山西省国际文化交流协会、山西省收藏家协会、太原艺术博物馆
和文化——黄泉福雕塑艺术展	2019.12.07—2019.12.15	中国美术馆	中国工艺美术学会、中国工艺美术协会、中共泉州市委宣传部
庆祝中华人民共和国成立70周年：内蒙古草原油画院2019双年展	2019.12.07—2019.12.15	内蒙古美术馆	内蒙古美术家协会油画艺术委员会、内蒙古美术馆、内蒙古草原油画院
瑞雪——龙美术馆迎春特展	2019.12.07—2020.02.16	龙美术馆（西岸馆）	龙美术馆（西岸馆）
此心腊月两相知——唐建画展	2019.12.07—2019.12.12	山东省文化馆	中国艺术研究院中国画院、山东省美术家协会、山东省文化馆、山东艺术学院
致敬新时代——南京、苏州“70后”画家邀请展	2019.12.08—2019.12.17	苏州日报社	苏州日报报业集团

（续表）

展览名称	时　间	地　点	主办/策展
世纪遗珠——黄羲诞辰120周年纪念展	2019.12.08—2019.12.20	中国美术学院美术馆	中国美术学院、福建省文化和旅游厅、福建省文物局、莆田市委宣传部、仙游县人民政府
长江之歌——唐献瑞艺术文献展	2019.12.08—2019.12.20	中国美术学院美术馆	中国美术学院
非常道——李可染画院馆藏·李庚/霜凝（唐双宁）双人展	2019.12.08—2020.01.12	龙美术馆（西岸馆）	龙美术馆、李可染画院
刀刻的信念——牛文七十年艺术文献展	2019.12.08—2019.12.28	重庆美术馆	中国美术家协会、重庆市文化和旅游发展委员会、重庆市文学艺术界联合会、重庆市美术家协会、重庆美术馆
心画——纪念陆维钊诞辰一百二十周年文献展	2019.12.09—2019.12.20	中国美术学院美术馆	中国美术学院、浙江省文学艺术界联合会
见证现实——老工业基地及三线建设摄影展	2019.12.10—2019.12.27	重庆美术馆	四川美术学院
艺道长青——石鲁百年艺术展	2019.12.10—2020.02.09	中国国家博物馆	中国国家博物馆、中国美术家协会
中国古代佛造像专题展览	2019.12.10—常设	中国国家博物馆	中国国家博物馆
弘道养正——傅爱国书法艺术暨学术展	2019.12.10—2019.12.17	赖少其艺术馆	安徽省书法家协会、赖少其艺术馆、合肥市书法家协会、巢湖学院师生
时代精神——当代院风年度大展	2019.12.10—2019.12.17	天津美术馆	广州美术学院、广东省美术家协会、天津美术馆、当代岭南艺术研究院
五彩彰施——民国织物手绘图案展	2019.12.10—2019.12.13	中国美术学院象山校区	中国美术学院设计艺术学院染织与服装系、上海书画出版社
盛世长安——张旭光书长安诗词专题展暨《张旭光草书艺术巴黎展》西安巡展	2019.12.11—2019.12.17	陕西省美术博物馆	中国书法家协会草书委员会、陕西省书法家协会
时代·印痕——中国大庆工业版画作品邀请展	2019.12.11—2019.12.15	炎黄艺术馆	中共大庆市委、大庆市人民政府
自主空间——全国高等艺术院校花鸟画教学研讨会暨师生作品展	2019.12.11—2019.12.17	西安美术学院美术馆	西安美术学院
江苏省国画院系列学术邀请展之刘佳中国画作品展	2019.12.11—2019.12.20	江苏省国画院美术馆	江苏省国画院
庆祝新中国成立70周年江苏省基层优秀美术作品展览之大美运河 翰墨淮上——书画名家作品展	2019.12.11—2019.12.18	江苏省美术馆	江苏省文化和旅游厅
旷·世间——陈源初当代艺术展	2019.12.11—2019.12.17	山西大学美术学院美术馆	山西大学美术学院、北京德滋文化发展有限公司

（续表）

展览名称	时　间	地　点	主办/策展
大美太行 魅力天山——河南、新疆、兵团著名画家写生作品邀请展	2019.12.11—2019.12.13	新疆维吾尔自治区文学艺术界联合会展厅	河南省美术家协会、新疆美术家协会、新疆兵团美术家协会
第三届西双版纳国际美术展“历史与传承”现代重彩画艺术作品展	2019.12.12—2019.12.30	西双版纳州美术馆西双版纳民族博物馆	澜沧江·湄公河流域国家文化艺术节组委会、西双版纳州文化和旅游局、云南省美术家协会、云南大学昌新国际艺术学院
以述为引——胡一川六件经典作品的“现场”	2019.12.12—2020.01.10	广州美术学院美术馆	广州美术学院美术馆
回溯历史——成都画院馆藏作品修复成果展	2019.12.12—2020.01.13	成都市美术馆	成都画院（成都市美术馆）
壁上乾坤——山西北朝墓葬壁画艺术展	2019.12.12—2020.03.12	山西博物院	山西博物院
2019贵阳学院美术学院教师作品展	2019.12.12—2019.12.18	贵阳美术馆	贵州省文学艺术界联合会、贵阳学院
呼吸——中央美术学院造型学院青年教师提名展	2019.12.12—2019.12.24	大都艺术空间	中央美术学院、大都文化传播有限公司
园音——秦思源个展	2019.12.12—2020.03.01	UCCA尤伦斯当代艺术中心	合艺术中心、BADHEAD和COART艺术机构、UCCA尤伦斯当代艺术中心
周风遗韵——陕西刘家洼考古成果展	2019.12.13—2020.03.01	中国国家博物馆	中国国家博物馆、陕西省考古研究院
2019深圳·中国写意油画巡礼（东莞站）	2019.12.13—2019.12.22	岭南美术馆	深圳市关山月美术馆、大芬美术馆、岭南画院、佛山市艺术创作院
文脉传薪——2019中国写意油画学派作品年展	2019.12.13—2019.12.22	岭南美术馆	深圳市关山月美术馆、北京当代中国写意油画研究院、岭南画院
庆祝新中国成立70周年江苏省基层优秀美术作品展览：汉风飞扬——徐州书画精品展	2019.12.13—2019.12.20	江苏省美术馆新馆	江苏省文化和旅游厅
翰墨铸诗魂——纪念陆维钊诞辰120周年特展	2019.12.13—2020.01.12	杭州国画院美术馆	杭州国画院、中国美术学院中国画与书法艺术学院、陆维钊书画院
罗中立：艺术的历程	2019.12.13—2020.05.17	四川美术学院美术馆·罗中立美术馆	巫鸿
非常道——王秉复艺术求索六十载	2019.12.13—2020.01.05	中央美术学院美术馆	中央美术学院
盛世丹青 墨飘四海——名家作品邀请展	2019.12.14—2019.12.15	炎黄艺术馆	中国收藏家协会
2019全国水彩画名家邀请展	2019.12.14—2020.01.06	长春市群众艺术馆	长春市文化广播电视和旅游局、长春市美术家协会
南京国际艺术博览会	2019.12.14—2019.12.17	南京国际博览中心	中共南京市委宣传部、南京市文化和旅游局

（续表）

展览名称	时　间	地　点	主办/策展
生活之内：Jya艺术项目2019	2019.12.14—2019.12.27	UCCA尤伦斯当代艺术中心	尤洋
太湖春秋 中国书画之乡——胥口书画作品展	2019.12.14—2019.12.20	江苏省美术馆新馆	苏州市文学艺术界联合会、中共苏州市吴中区委宣传部、江苏省美术馆
大盛敦煌艺术大展	2019.12.15—2020.03.29	中华世纪坛	敦煌研究院、凤凰卫视
苏新平：万物是凝固的	2019.12.15—2020.02.12	苏州博物馆	苏州博物馆、中央美术学院
西成东就——巴蜀美术作品交流展	2019.12.15—2020.01.05	天津美术馆	天津美术馆
翰墨宁波——王利华中国画作品展	2019.12.15—2019.12.28	浙江美术馆	中共宁波市委宣传部、宁波市文学艺术界联合会、宁波市奉化区人民政府、浙江省美术家协会
桃花源——朱新建艺术展	2019.12.15—2019.12.28	金陵美术馆	南京书画院
中国艺术研究院教育成果展	2019.12.15—2020.01.05	中国国家博物馆	中国国家博物馆、中国艺术研究院
水墨师友——华东师范大学历届国画专业校友作品展	2019.12.15—2019.12.30	华东师范大学图书馆	华东师范大学图书馆、华东师范大学美术学院
其命维新——现代江苏地区绘画特展（上）	2019.12.15—2020.04.23	南京博物院艺术馆	南京博物院
氤氲灵性画图开——傅抱石四十年代绘画特展	2019.12.15—2020.04.23	南京博物院艺术馆	南京博物院
雅规依旧——清代帖学书法作品展（上）	2019.12.15—2020.04.23	南京博物院艺术馆	南京博物院
亚洲国际美（艺）术产业博览会	2019.12.16—2019.12.18	上海新国际博览中心	广东省商业联合会
传承 发展 融合 创新——苏州博物馆建馆六十周年图片展	2019.12.16—2020.03.22	苏州博物馆	苏州博物馆
自然的吟唱——重庆中国三峡博物馆馆藏花鸟画艺术展	2019.12.17—2020.03.15	安徽博物院新馆	重庆中国三峡博物馆、安徽博物院
沧海之虹——唐招提寺鉴真文物与东山魁夷隔扇画展	2019.12.17—2020.02.16	上海博物馆	律宗总本山唐招提寺、上海博物馆、东山魁夷纪念一般财团法人、日本经济新闻社
南山瑞光——翰墨邀请展	2019.12.17—2019.12.24	昆明市博物馆	云南省昆明圆通寺、辽宁省营口楞严寺
艺境心游——郑雅风、张镇华、韩斌中国画作品展	2019.12.17—2019.12.22	北京画院美术馆	北京画院
新时代 新气象 新作为——第8届全国（大芬）中青年油画展	2019.12.17—2020.02.16	大芬美术馆	中国美术家协会、中共深圳市委宣传部

（续表）

展览名称	时　间	地　点	主办/策展
传承与重塑——大芬油画村30年特展	2019.12.17—2019.12.26	大芬美术馆	深圳市龙岗区文化广电旅游体育局、深圳市龙岗区文化产业促进中心、深圳市龙岗区布吉街道办事处
邮驿路 运河情——全国中国画作品巡展第九站·杭州	2019.12.17—2019.12.22	浙江展览馆	中国美术家协会、高邮市人民政府
“山水镜真”郑州大学邬建教授师生作品展（第六回）	2019.12.17—2019.12.25	阜阳师范大学美术馆	郑州大学、阜阳师范大学
“摇到外婆桥”主题展	2019.12.18—2020.04.26	龙美术馆（浦东馆）	龙美术馆（浦东馆）
传承·接力——何元龙 张索 吴聘真书法作品展	2019.12.18—2019.12.28	上海市刘海粟美术馆	中共温州市委宣传部、温州市文化广电旅游局、温州市文学艺术界联合会
日本因州和纸艺术展	2019.12.19—2020.03.19	河北博物院	河北博物院、日本鸟取县立博物馆
浙江风采——浙江省美术馆界成果展	2019.12.19—2020.01.12	浙江美术馆	浙江省文化和旅游厅
第九届“黑龙江之冬”国际文化艺术节——第八届“茶字酒缘”韩国书法作品展（黑龙江）	2019.12.19—2019.12.22	黑龙江省美术馆	黑龙江省人民政府外事办公室、韩中文化友好协会
时代新象——2019中国·景德镇“陶溪川”公共雕塑国际大展	2019.12.19—2020.02.20	陶溪川美术馆	中央美术学院、景德镇市人民政府
庆祝中华人民共和国成立七十周年：第十三届全国美术作品展览暨第三届中国美术奖、作品进京作品展	2019.12.20—2020.01.14	中国美术馆	中华人民共和国文化和旅游部、中国文学艺术界联合会、中国美术家协会
十九世纪的吟游诗人——馆藏德拉克洛瓦版画展	2019.12.20—2020.09.13	北京大学	北京大学赛克勒考古与艺术博物馆
须静观止——清代苏州潘氏的收藏	2019.12.20—2020.03.15	苏州博物馆	苏州博物馆
2019第八届大学生艺术博览会（广州）	2019.12.20—2019.12.22	广州琶洲南丰国际会展中心	广州华艺大艺文化艺术发展有限公司
金陵心韵	2019.12.20—2020.02.20	金陵美术馆	金陵美术馆（南京市艺术研究院）
超以象外——首届中西表现绘画班师生作品联展	2019.12.20—2020.01.03	宁波画院美术馆	中国传媒大学人文社科学部艺术创作院、宁波画院
青春心印——2019年第六届关山月美术馆青年工笔画展	2019.12.20—2019.12.29	深圳市关山月美术馆	深圳市关山月美术馆
调度与融合——潘企群个展	2019.12.20—2019.12.30	四川美术学院美术馆	林书传
兄弟王——从满城汉墓到大云山汉墓	2019.12.20—2020.03.29	南京博物院	南京博物院、河北博物院
濠江新韵——庆祝澳门回归二十周年主题美术作品展	2019.12.20—2019.12.25	中国国家画院美术馆	中国国家画院、澳门美术家协会
万花敢向雪中出——韩川野老蔡瑜中国画巡回展（潮州）	2019.12.21—2020.01.05	潮州市博物馆	潮州市博物馆

（续表）

展览名称	时　间	地　点	主办 / 策展
壮丽70年 艺绘新时代——庆祝中华人民共和国成立70周年 苏州市美术书法优秀作品展	2019.12.21—2019.12.28	江苏省美术馆	江苏省文化和旅游厅
妥木斯油画工作室作品展	2019.12.21—2020.01.08	内蒙古美术馆	内蒙古自治区文学艺术界联合会
葵颂——许江艺术展	2019.12.21—2020.02.23	山东美术馆	中国美术学院、中国油画学会、山东省文学艺术界联合会、浙江省文学艺术界联合会
皖乐徽声——安徽音乐戏曲文物展	2019.12.21—2020.03.15	国家大剧院东展览厅	国家大剧院、安徽省文化和旅游厅
祥云——龙美术馆迎春特展	2019.12.21—2020.05.21	龙美术馆（西岸馆）	龙美术馆（西岸馆）
风起海上——2019年华东师范大学美术学院教师作品（上海）展	2019.12.21—2019.12.26	上海油画雕塑院美术馆	华东师范大学美术学院
读城——探秘北京中轴线	2019.12.21—2020.12.20	首都博物馆	首都博物馆
薪火传承艺术作品展	2019.12.21—2019.12.31	中国政协文史馆	中国收藏家协会文化研究部
南岸九号艺术馆国庆七十周年系列展之寻找永远的古兰妲姆	2019.12.22—2020.02.08	南岸九号艺术馆	民盟中央宣传委员会
庆祝新中国成立70周年——2019广西水彩画年度展	2019.12.22—2020.01.05	广西美术馆	广西美术家协会、广西美术馆、广西水彩画家协会
时间之维——许钦松创作奖的十个优秀案例	2019.12.22—2020.01.12	四川美术学院美术馆	四川美术学院美术馆、广东省许钦松艺术基金会
要有书——王林暨友人图·书·文献展	2019.12.22—2020.01.11	四川美术学院美术馆	四川美术学院美术馆、四川美术学院艺术人文学院
技与艺——2019国家艺术基金漆画艺术海外研修人才培养项目结项成果展	2019.12.22—2020.01.11	四川美术学院美术馆	国家艺术基金、四川美术学院
2019第五届深圳摄影作品年度展	2019.12.23—2019.12.29	深圳美术馆	深圳市文学艺术界联合会
学习用典——中国经典故事优秀连环画展	2019.12.24—2019.12.29	中国人民革命军事博物馆	中国美术家协会
2019“炼”第五届新技艺国际青年工艺美术作品展	2019.12.24—2020.01.06	清华大学美术学院美术馆	清华大学美术学院、上海工艺美院
会飞的花——世界珍稀蝴蝶展	2019.12.24—2020.03.01	北京自然博物馆	北京自然博物馆、天津自然博物馆
画时代——南京纬度（第一回）油画 / 雕塑展	2019.12.24—2019.12.28	南京美术馆	南京市文学艺术界联合会
国宝礼赞——蒋昌忠中国画作品展	2019.12.25—2020.03.01	湖北省博物馆	湖北省文化和旅游厅、湖北省文学艺术界联合会、清华大学美术学院·中国艺术学研究所

（续表）

展览名称	时　间	地　点	主办/策展
国色初光——甘肃彩陶艺术	2019.12.25—2021.01.03	中国国家博物馆	中国国家博物馆、甘肃省文物局、甘肃省博物馆
首届中央美术学院靳尚谊青年教师创作奖 获奖教师康蕾&柳青作品展	2019.12.25—2020.01.09	中央美术学院校史馆	中央美术学院
莽园画展	2019.12.25—2020.01.10	广东美术馆	西泠印社、广东省人民政府文史研究馆、广东美术馆、广东省美术家协会
治艺八十——刘治油画作品回顾展	2019.12.25—2020.01.30	黑龙江省美术馆	黑龙江省美术馆、黑龙江省油画学会、黑龙江艺术职业学院
苏艺天工大师系列：姚建萍刺绣艺术展	2019.12.25—2020.02.23	苏州博物馆忠王府楠木厅	苏州博物馆、苏州市非物质文化遗产保护管理办公室
西山晴雪——陈滞冬中国画展	2019.12.25—2020.01.05	北京画院美术馆	四川省美术家协会、四川美术馆
朵堂真意——张超书法作品展	2019.12.25—2020.01.05	昆明市博物馆	崇正书院
一个画店的1921——天津义成永年画艺术与文献展	2019.12.26—2020.02.09	天津美术馆	天津美术馆
金玉琅琅——清代宫廷仪典与生活	2019.12.26—2020.04.05	成都金沙遗址博物馆陈列馆	成都金沙遗址博物馆、故宫博物院
重师造化——黎雄才的寻源之路	2019.12.26—2020.02.23	北京画院美术馆	岭南画派纪念馆、广州美术学院、广东省美术家协会、北京画院
第二届中国（宁波北仑）青年漆画大展	2019.12.26—2020.02.09	中国港口博物馆	中国美术家协会
润物细无声——许川如作品展	2019.12.26—2020.01.09	广东美术馆	广东美术馆、广东省美术家协会、汕头中国画院
庆祝中华人民共和国成立70周年：祖国的的笑容这样美——首届中国水彩风景画展	2019.12.26—2020.02.28	湖南美术馆	中国美术家协会、湖南省文学艺术界联合会
从地中海到中国——平山郁夫丝绸之路美术馆藏文物展	2019.12.26—2020.03.29	深圳博物馆	中国人民对外友好协会、深圳市文物局、平山郁夫丝绸之路美术馆
中国姿态——第五届中国雕塑展	2019.12.27—2020.03.01	湖北美术馆	中国雕塑学会、湖北美术馆
笔写丹心——李铁夫艺术珍品特展	2019.12.27—2020.01.05	鹤山市鹤山铁夫美术馆	广州美术学院、鹤山市人民政府
高山景行——孔子文化展	2019.12.27—2020.03.27	中国国家博物馆	中国国家博物馆、山东省人民政府
易至群80后新楚风中国画展	2019.12.27—2020.01.09	广东美术馆	广东美术馆、广州美术学院、广州美术学院校友会

（续表）

展览名称	时 间	地 点	主办/策展
杭州“钱江国际美术展”巡展（东阳站）暨“墨迹——张向中书法作品展”	2019.12.27—2020.01.24	东阳市美术馆	中共东阳市委宣传部、东阳市文学艺术界联合会、东阳市文化和广电旅游体育局
纸性的语言——2019南京水墨艺术双年展	2019.12.27—2020.02.20	南京师范大学美术学院美术馆	南京师范大学
人文意象——当代中国画名家学术邀请展	2019.12.27—2019.12.31	河南大学艺术学院	河南大学、河南省美术家协会
承古萌新 瑞霭迎祥——重庆中国三峡博物馆、上海市历史博物馆藏年画展	2019.12.27—2020.03.01	上海市历史博物馆	重庆中国三峡博物馆、上海市历史博物馆
馆藏年画主题展	2019.12.27—2020.03.01	上海市历史博物馆	重庆中国三峡博物馆、上海市历史博物馆
翰墨长城——李强书法作品展	2019.12.27—2020.01.01	中国国家画院美术馆	中国国家画院美术馆、河南省文学艺术界联合会
翰海一棹——陈建国书法作品展	2019.12.27—2020.01.19	恭王府·安善堂	文化和旅游部恭王府博物馆展览活动部、安徽省政府文史馆、文物出版社、中央电视台数字书画频道
大墨大彩——张宙星作品展·西安站	2019.12.27—2020.01.09	陕西省美术博物馆	陕西省美术博物馆、陕西省美术家协会
版画与海报	2019.12.28—2020.01.10	江苏省美术馆新馆	江苏省美术馆
庆祝中华人民共和国成立70周年·庆祝中俄建交70周年：俄罗斯美术家眼中的苍天般的阿拉善/呼伦贝尔大草原——风景油画作品邀请展	2019.12.28—2020.01.12	内蒙古美术馆	内蒙古自治区文学艺术界联合会
千年梦华——中国历代枕文物特展	2019.12.28—2020.03.29	长沙博物馆	长沙市文化旅游广电局
庆祝中华人民共和国成立七十周年：第四届云南省青少年书法大赛获奖作品展	2019.12.28—2020.01.09	云纺博物馆	云南省文学艺术界联合会、云南省教育厅、共青团云南省委
笔尖上的修行——桑吉才让唐卡艺术展	2019.12.28—2020.01.11	厦门市美术馆	福建省民间文艺家协会、青海省民间文艺家协会、热贡文化生态保护实验区管理委员会、厦门市美术馆、黄南藏族自治州热贡艺术博物馆
岛夷卉服——东南亚帽子展	2019.12.28—2020.03.29	中国丝绸博物馆	中国丝绸博物馆
最美奋斗者——周令钊先生百岁艺术展	2019.12.28—2020.02.20	湖南美术馆	中国美术家协会、中央美术学院、湖南省文学艺术界联合会
守正创新——中国画学会作品展	2019.12.28—2020.01.05	炎黄艺术馆	中国画学会
陶瓷中国——当代龙泉青瓷大师作品展	2019.12.28—2020.02.15	海南省博物馆	海南省博物馆、龙泉市青瓷行业协会

（续表）

展览名称	时　间	地　点	主办/策展
种文化——浙江衢州柯城余东农民画进京展	2019.12.28—2020.02.02	恭王府・嘉乐堂	文化和旅游部恭王府博物馆展览活动部、浙江省美术家协会、浙江省文化馆、中共衢州市委宣传部、衢州市柯城区委区政府
艾玛捐赠作品展	2019.12.28—2020.02.29	天津美术馆	天津美术馆
走进生活・梁岩画展暨学术研讨会	2019.12.29—2020.01.18	东湖艺术馆	湖北省美术家协会、湖北美术学院国画系、东湖艺术馆
丹青芳华——方楚雄师生邀请展	2019.12.29—2020.02.10	悦艺美术馆	佛山市文学艺术界联合会
庆祝新中国成立七十周年：培根铸魂——七十人美术作品展	2019.12.29—2020.02.09	中国国家博物馆	中国国家博物馆
途・象——“上合组织”成员国肖像画艺术展	2019.12.29—2020.03.29	清华大学艺术博物馆	清华大学
城墙之外——2019西安美术馆开馆10周年特别邀请展暨西安美术馆10周年文献展	2019.12.29—2020.03.28	西安美术馆	西安曲江新区管理委员会、西安美术馆
湖湘西望——湖南油画家风景邀请展	2019.12.29—2020.02.26	长沙师范学院学院美术馆	湖南省当代油画院、长沙师范学院
静饮山川——金石碑帖展暨书画名家拓片作品展	2019.12.29—2020.01.08	天津美术学院美术馆	天津美术学院、天津市书法家协会
翰墨70年 画里江西——第七届江西艺术节中国画作品展	2019.12.30—2020.02.15	江西省美术馆	中共江西省委宣传部、江西省文化和旅游厅
2019江苏省优秀美术家系列展	2019.12.31—2020.01.09	江苏省美术馆	中共江苏省委宣传部、江苏省文化和旅游厅、江苏省文学艺术界联合会
延伸的视野——刘曼文/邓翰墨作品展	2019.12.31—2020.01.17	上海油画雕塑院美术馆	上海油画雕塑院
孙毅、孙尹骁文：躁动的林泉	2019.12.31—2020.01.04	天津美术馆	天津美术馆、天津美术学院实验艺术学院
应物志——王朝刚和他的研究生们作品展	2019.12.31—2020.01.12	四川美术学院CAEA美术馆	四川美术学院造型艺术学院油画系
时代墨迹——当代水墨邀请展	2019.12.31—2020.01.12	深圳美术馆	广东省美术家协会、广东省中国画学会、当代岭南艺术研究院、深圳美术馆
河南省第十二届水彩・粉画作品展	2019.12.31—2020.01.10	郑州美术馆	河南省美术家协会
共生 在路上・2019——中国青年艺术家作品提名展暨青年批评家论坛	2019.12.31—2020.01.12	深圳市关山月美术馆	深圳市关山月美术馆、中国美术家协会策展委员会

（续表）

展览名称	时　间	地　点	主办/策展
7号空间——广东美术馆青年艺术家学术提名展·第十一回："第三域"——张海超个展	2019.12.31—2020.01.31	广东美术馆	广东美术馆
重庆中国三峡博物馆新春文化系列展之灵鼠迎新	2019.12.31—2020.03.29	重庆中国三峡博物馆	重庆中国三峡博物馆

（吴爽 编）

学术文摘

美术史学研究

【中国古代美术史研究】

1.18世纪朝鲜文献中的《清明上河图》

陈婧莎的《18世纪朝鲜文献中的〈清明上河图〉》一文，基于留存至今的18世纪朝鲜文献中有关《清明上河图》的多条记载，探讨明清版本《清明上河图》东传朝鲜的事实及路径，讨论在特定时代情境下朝鲜上层社会对于《清明上河图》的看法和态度，并思考其中可能包含的文化意义。不论在赵荣祏所活跃的朝鲜肃宗、景宗时代，还是在朴趾源所处的英祖、正祖时期，《清明上河图》已然都在朝鲜文人们的书画收藏中占有一席之地。而且，收藏者或鉴赏者多数都是当时社会颇有文化影响力的人物。"苏州片"等民间作坊生产，北京有售的《清明上河图》，因借18世纪的中朝关系新象，由燕行使者们带往了朝鲜，成为朝鲜文人们的收藏，也由此于文献中存留下记录。这些出身并不高贵的《清明上河图》在另一个国度受到珍视，这是因为无论是《清明上河图》的母题还是图像，都承载了太多的中华文明，而在18世纪特殊的东亚文化语境中，中华文明的传承和拥有，是一种核心性的力量。

（摘自《美术研究》2019年第2期）

2.吴历绘画风格变迁研究

付阳华的《吴历绘画风格变迁研究》一文，在考察吴历存世作品的基础上，研究其风格的变迁，并尝试为之分期。吴历被称为"清六家"之一，画史上对他的评价常以王翚为参照。对二人的评价从早期的难分轩轾，乾隆后期吴历更受好评，发生的反转与吴历绘画风格变迁有很大关系。吴历在长达60多年的绘画创作中，风格数易，对其进行分期不但可以对少量无纪年的作品进行归类、断代，亦可探讨其风格变迁的时间机缘和社会原因。本文将吴历绘画分为早年探索期、临摹诸家期、自我风格逐步形成的衔接期、创作高峰期和晚年第二高峰期五个阶段，结合他的代表作品、所受到的相关评价，论述其绘画风格变迁。在清中叶以后，有关吴历绘画是否受到西方绘画的影响开始成为一个有争议的话题。如所录嘉庆二十年（1815）戴公望跋吴历《横山晴霭图》，又如清代后期杨岘、王韬的评价，"晚年肆力西法，尤精青绿"；"盖道人入彼教久，尝再至欧罗巴，故晚年作画好用洋法"。叶廷琯在《鸥波渔话》中说："惟渔山老年好用西洋法作画，云气绵渺凌虚，迥异平日。"继而，在20世纪，吴历绘画有无西法一直处于争论状态，目前看来，吴历在绘画中使用西法并无直接证据，吴历从未在诗文、题跋中表达或流露出此意，反倒强调过中西的差别。若全面考察其晚年画作后，还会发现这一阶段他的摹古图数量不减反增，只是对摹古有了进一步的认识。但考虑清初西画东渐的大背景，以及吴历晚年集中学习拉丁文、神学的历程，可以猜测吴历当时所能目接的艺术作品。而吴历的绘画在清初摹古之风与西洋之风交会的画坛上成为折射时代特征的一面镜子。

（摘自《美术观察》2019年第3期）

3.空间、边界和寓意——明清绘画中"洞"的图像研究

付阳华、柳雨霏的《空间、边界和寓意——明清绘画中"洞"的图像研究》一文，认为中国绘画中"洞"的图像形式特殊，寓意丰富。明清两朝带有"洞"的图像的绘画急剧增多。"洞"的图像不但承载着作为叙事空间、边界形式的作用，其圆形为主的封闭空间在画面上还形成新的"图—底"关系，这种"图—底"关系又常常由周遭颇具动势的线条以层层"同心圆"的形式呈现出来，具有视觉漩涡的效果。在寓意方面，"洞"是佛教禅居场所，佛教洞窟的建筑形式及其抽象

形式在佛教绘画中占有重要地位；“洞”是道教“洞天福地”的重要景观，也是道教“长生”观念的载体；“洞”还是胜景纪游、隐居桃源的重要组成部分；同时，亦是易代之际的遗民画家试图扭转政治时空的通道。

（摘自《文艺研究》2019年第3期）

4.《番王礼佛图》创作年代考

何卯平的《〈番王礼佛图〉创作年代考》一文，主要考证《番王礼佛图》的创作年代。现藏于美国克利夫兰艺术博物馆的《番王礼佛图》，被该馆认定为10世纪赵光辅之作，亦有学者认为此卷是宋元人摹品。由于画家赵光辅生卒年不详，诸家考证虽各据其理，方法却以旁证考释为多，因而举证牵强。本文自《钦定秘殿珠林石渠宝笈续编》定名《蛮王礼佛图》入手，尝试厘清宋代中央政府与少数民族政权的关系，继而以这种关系流布于文化、习俗层面的特色现象为依据，爬梳赵光辅与宋和西夏的渊源，论证该作品的创作时间为公元1033—1038年之间，并由此提出佛教艺术造像中的“西夏范式”：西夏髡发、重环耳饰、净瓶盏托等。自此，“西夏范式”开始在佛教造像中广为流传，直至东渐日、韩。西夏虽然消失，但其“范式”却从来都不曾湮灭。

（摘自《中国国家博物馆馆刊》2019年第3期）

5.道德再现与政治表达：唐燕妃墓、李勣夫妇墓屏风壁画相关问题的讨论

贺西林的《道德再现与政治表达：唐燕妃墓、李勣夫妇墓屏风壁画相关问题的讨论》一文，首先通过墓志、碑铭及相关传世文献记载，总结概括了燕妃、李勣的生平事迹，并立足汉唐绘画史脉络与格局，分析了两墓屏风壁画的视觉传统和时代特征，肯定了屏风为列女题材。初唐燕妃墓、李勣夫妇墓均为昭陵陪葬墓，两墓屏风壁画题材内容与人物造型、装束不同寻常，遂引起学者关注。文章结合具体历史情境，考察了壁画的绘制意图，阐明了其兼具道德与政治双重意义，既展现了墓主人或家属的道德诉求，亦表达了他们随附武后的政治立场。燕妃为皇亲国戚，李勣为勋僚重臣，两人地位显赫。两人墓葬中所绘古列女屏风壁画，参照和借鉴了古代列女图或列女屏风画的基本样式，并融入了初唐绘画的某些表现形式。在唐代画家不再热衷列女绘画，列女图也不再流行于墓葬之际，两墓列女屏风壁画的出现甚不寻常。究其原因，非常复杂，或为死者遗愿，或为家属诉求，或为武后授命，其中包含个人操守、家族亲情、君臣关系、集团利益、政治倾向等多种因素。可能是墓主、家属、武后三方，或至少是家属与武后两方默契之结果。壁画以道德再现的形式，既展现了墓主人的道德情怀，也寄托了家属的敬意。其出现于武后当政之际，表达立场的政治象征意义不言而喻。

（摘自《故宫博物院院刊》2019第12期）

6.《清明上河图》“解”字招牌寓意补证

黄杰的《〈清明上河图〉“解”字招牌寓意补证》一文，围绕《清明上河图》上的“解”字招牌展开讨论。《清明上河图》卷尾的“解”字招牌为何意，是自20世纪50年代末以来关于《清明上河图》研究的一个热门话题。归纳起来，主要有徐邦达“官吏办公的地方”、张安治“代办运输的店栈”、朱家溍“解库或当铺”、河浚“卖解池盐的盐店”、孔庆赞“解夏或解会”、李合群“书铺”、余辉“算命”七种说法。作者参以中国古代建筑、职官、科举制度等方面的文献，推论它是用来指示礼部贡院下掌验收举子试卷、解牒、家保状等职能的办事处，亦为全卷时在清明前后的一个重要标识。此外，“解”字亦当为解卦之暗示。解卦有困难缓解、万物逢春之义，恰与卷中心遇困难的大客船及全卷的寒食清明之象相呼应，而画家既设此“解”字小铺周边场景于卷尾，并专力描写参加国家抡才之众多举子，则其讽谏君王选贤任能以改变国步维艰之宗旨不难意会。此诚可谓曲终奏雅，主文而谲谏。

（摘自《美术观察》2019年第8期）

7.货卖天灵：宋画中的头骨与医药

黄小峰的《货卖天灵：宋画中的头骨与医药》一文，集中讨论了“货郎图”题材中的“医药”语境。存世的南宋时代《货郎图》共4幅，3幅有李嵩名款，另有一幅无款。几幅画的构图略

有不同，画面所描绘的都是一位肩挑两大筐货物的中老年货郎，来到乡村，与青年女性和几个男女儿童偶然相遇。一个没有下颌骨的头骨倒挂在货郎所挑的一个货郎担上，与许多物品混杂在一起，需仔细辨别才能发现。作者在以往的研究中已经指出货郎兼有行医者身份，“头骨”是药材。本文则结合传统的医学分科详细讨论了图中动物头骨之外与“医”相关的种种标识，以及货担中可能用作药材的许多货物。《货郎图》中的头骨，作为一枚入药的猕猴头骨，与画中出现的鳖甲、蛇蜕、穿山甲、水牛角等其他珍贵药材一起，构筑出一个庞大的医药语境，对于《货郎图》功能与意义的表达，具有至关重要的作用。同时结合宋代其他的图像和医书来解读此类“货郎图”中丰富的“医药”信息，不仅严谨可信，读来也十分有趣。

（摘自《美术观察》2019年第10期）

8.重访《五马图》

黄小峰的《重访〈五马图〉》一文，围绕《五马图》的各种图像要素展开讨论，对于画面的图像逻辑做了新的考察，也对画面题签文字的格式与内容进行了辩证。随着《五马图》原作的重新面世，黑白的珂罗版影像已成为过去，进一步的讨论势在必行。本文认为，画面中的每匹马各自代表了宋人观念中一类特殊毛色的马，但并非“纪实”的职责绘画，而是以李公麟为中心的北宋文人对于唐代韩幹画马传统的理解和阐发，折射出一种影响深远的艺术方式。《五马图》的所有视觉因素都意在营造一种“真实性”。通过对签题文字的格式、书风、内容和对马的身高、毛色，圉人形象的考察会发现，几乎所有的“真实性”，包括贡马和御马的档案以及真实的各族圉人，都是被精心“构造”出来的。画中的马来源于唐代韩幹，但并非“摹本”，而是用新的方式转化之后的“传统”手法。在前所未有的写实手法中，悄无声息地植入历史和想象中，从而有意模糊了历史与当代、客观描述与主观想象的边界。

（摘自《美术研究》2019年第4期）

9.壶关上好牢1号宋金墓“杂剧演乐图”壁画内容考释

李清泉的《壶关上好牢1号宋金墓“杂剧演乐图”壁画内容考释》一文，认为与以往戏曲文物中所常见的舞台杂剧表演不同，上好牢1号宋金墓中的“杂剧演乐图”带有鲜明的民间社火表演色彩，是流行于宋金时期民间社火中的“队戏”表演。这种表演与当时民间的宗教祭祀活动密切相关。画中含有装旦、装孤、副末、副净、末泥等5种主要杂剧脚色，其中末泥色的巫师样貌，反映了金院本形成时期末泥色由社祭活动中的“神尸”（大巫）系统发展而来的情形。画中人物的“跳神”式演出形式，可能是有院本别名的“五花爨弄”短剧，且表演内容不排除为《风花雪月爨》的可能。这幅壁画在墓葬中的出现，当与民间为祭祀孤魂而举行的“超幽建醮”宗教仪式有关。

（摘自《文艺研究》2019年第12期）

10.《小中现大》再研究

吕晓的《〈小中现大〉再研究》一文，通过对台北故宫博物院藏《小中现大》册（简称为“台北本”）的作者、明末清初缩本制作的情况及多件缩本之异同进行梳理，认为陈廉所制缩本可能是一系列宋元名家缩本的真正源头，而上海博物馆藏《小中现大》册（简称为“上博本”）则可能是“台北本”《小中现大》册的对临本。“台北本”和“上博本”尺寸相仿，“台北本”二十二开，“上博本”有十九开与“台北本”相同，少“仿李成雪景”“仿黄公望陡壑密林”和“仿黄公望山水”，另有“仿赵伯驹采芝图”和“临赵令穰山水”。“台北本”对开有对题18页，为董其昌的鉴定语。“上博本”无董题，但有王翚、恽寿平等人题跋四开。这两套册页历来研究者众多，各执一词，未成定论。本文拟对“台北本”的作者、缩本创作及多卷缩本的异同进行梳理，试图揭示“小中现大”的秘密。关于“台北本”《小中现大》册的作者归属，以往学者提出的“陈廉说”“王时敏说”和“王翚说”都不能完全自圆其说。通过对比研究这些说法，作者首先认为“台北本”的作者不可能是王时敏。通过对比原本和缩本，认为缩本的制作需要高超的技艺，与董其昌、王时敏的临古方式不同。最后，通过对文献中记载和存世的缩本的细致梳理，作者认为"台北本"《小中现大》的作者很可能就是陈廉。

（摘自《美术研究》2019年第6期）

11.宋骏业《康熙南巡图》初探

吕晓的《宋骏业〈康熙南巡图〉初探》一文，通过对比宋骏业绘《康熙南巡图》和焦秉贞绘《南巡苏州虎邱行宫图卷》，并结合古地图和《康熙起居注》等文献，认为宋骏业所绘《康熙南巡图》表现的并不是康熙南巡，而是康熙为皇太后祝寿而绘制的想象之图，表现的是扬州，而不是苏州，其创作时间晚于王翚的《康熙南巡图》。康熙五六次南巡，乾隆首次南巡，均曾驻跸于一寺庙。如果这座寺庙的确是高旻寺，那么宋骏业绘《康熙南巡图》卷尾如此多的女性出场，是否康熙为皇太后祝寿而画，而此时已是康熙第三次南巡之后，所以宋骏业此画的创作应晚于王翚之画。从原作看，此画描绘十分精工细致，绘画水平虽无法与十二卷正本的《南巡图》相比，但也相差不太远，应该不是宋骏业一人之力所能完成，当是由宫廷画家合力完成。或许皇太后并未参加康熙第四、五、六次南巡，这只是一种想象之画。通过画作，让皇太后想象在游览已经修葺一新的扬州高旻寺行宫，当然，皇帝也就在画面上缺席了。

（摘自《美术研究》2019年第3期）

12.沈周《沧州趣图》的意涵、年代及接受者

秦晓磊的《沈周〈沧州趣图〉的意涵、年代及接受者》一文，从《沧州趣图》的主题、绘制年代、图式来源等几个方面入手，为其在沈周的绘画实践和人际交往中寻求定位。沈周的《沧州趣图》为纸本设色画，画心由五纸接成。未署款，接纸处钤"沈氏启南"（朱文）骑缝印。后另接一纸，为沈周手书题跋。卷前引首处有柳楷所书"沧州趣"三字，卷后有李东阳大字行草书题跋的长诗一首。本文根据卷末沈周自题书法风格推断此作的绘制年代，并通过其与吴镇《仿荆浩〈渔父图〉》等画作的对比分析，指出吴镇在沈周学习董源、巨然过程中的中介作用。此外，还对该画的接受者的身份进行推测，提出庙堂与江湖对立、协调的文化意蕴在此画创作中的意义，指出此图创作中无论是画意还是风格选择，都预设了使接受者感受到有异于京师主流的苏州绘画的魅力。

（摘自《美术》2019年第6期）

13.敦煌椅子图式的另一种诠释——以《舍利弗宴坐》为例

邵晓峰的《敦煌椅子图式的另一种诠释——以〈舍利弗宴坐〉为例》一文，在探讨唐宋时期椅子概念演变的基础上，分析了敦煌壁画中椅子图式的基本状况。本文着重对初唐莫高窟第334窟壁画《舍利弗宴坐》中的椅子与西魏莫高窟第285窟壁画中的绳床进行全面比较，并对《舍利弗宴坐》中椅子的坐高、坐姿、造型、结构、象征手法以及描绘意图进行图像学描述、分析与诠释，尝试还原历史原境。这是壁画作者在发展性理解经文的基础上，借助于特定的家具、表情、服饰描绘，批判了舍利弗对于佛学修为的机械性观念。这种图像再现与图式传达，对于解读《维摩诘经》以及理解大乘佛教对于小乘佛教的超越，领悟中国禅宗思想的诞生与演进，具有生动而形象的启发价值。本文为敦煌图像研究提供了另一种视角与思路。

（摘自《中国国家博物馆馆刊》2019年第1期）

14.晚明文人清课的意义探究——以孙克弘《销闲清课图》为中心

沈歆、张宗明的《晚明文人清课的意义探究——以孙克弘〈销闲清课图〉为中心》一文，认为《销闲清课图》是明人孙克弘退隐之后对文人闲雅生活的纪实性描写，但时人关于孙克弘私人生活的文字记载却展示了他任性奢华的另一面。晚明文人在艺术作品中所描写的清课与现实生活之间的矛盾，反映了他们自我标榜的迫切需要。这种身份地位的焦虑感，在那些解组归田、科举无望或是从未出仕的文人中表现得尤为强烈，孙克弘、费元禄以及陈继儒都颇具代表性，像《销闲清课图》《鼍采馆清课》这样的作品，将清课以

诗文书画等形式呈现出来，不仅是艺术的记录和表达，更是文人利用文化特权进行的刻意书写。而底层文人乐纯在《雪庵清史》中对清福的粗浅理解，则反映了文人趣味和生活方式在晚明社会的泛化，以及底层社会在效仿过程中所产生的畸变。

（摘自《文艺研究》2019年第3期）

15.南宋李生《潇湘卧游图》的形式传承、文化背景和禅宗旨趣

施锜的《南宋李生〈潇湘卧游图〉的形式传承、文化背景和禅宗旨趣》一文，继《南宋李生〈潇湘卧游图〉题跋考论》之后，以图像学的研究方法，探讨了南宋李生《潇湘卧游图》画面的四个相关问题。第一是空间形式的重要特征，即绵长水域中的“卧游”视点变化；第二是景物布局的结构，与江参的《千里江山图》等作了比对，并认为这是两宋之际出现的“卧游”山水特色，类似布局可以追溯到董源一系的山水长卷；第三是分析了“卧游”长卷出现的文化史原因，其主要来自北宋晚期为创作“潇湘图”山水而采用的舟行观景方式，士人游历山水后对“真趣”的追求，以及自神宗朝至苏黄士人圈的审美趣味和坐禅证悟的需要；第四是从禅宗之义理分析了“幻出”墨法这种独特形式产生的原因，即以变幻的“境”“以幻修幻”，体现“法尔自然”的佛法真义。

（摘自《中国国家博物馆馆刊》2019年第4期）

16.宫廷再造——中央美术学院藏《庆寿图》研究

王倩的《宫廷再造——中央美术学院藏〈庆寿图〉》一文，以中央美术学院藏《庆寿图》为研究对象，作者通过图像比对和对若干名物细节的考证，认为该作品是清末民间画家对慈禧寿诞场景的描绘。《庆寿图》是一件极为特殊的非传统中国画作品，从保存现状看来，色彩明艳，画面本身无任何款识印章，为佚名作品。从其尺幅及长宽比例来看，《庆寿图》绝非案头赏玩性质的书画作品，倒近于贴落一类作品。清末以来皇家在民间威慑力有所下降，民间对皇家生活的好奇心却逐渐上升，于是民间传闻成为民众了解宫廷生活的主要途径，《庆寿图》正是这一特殊社会背景下的产物。作为“民仿官”作品的一种，末日王朝的审美遗存和新式大众的审美风尚杂糅其间，使得《庆寿图》就像一场由民间导演的宫廷戏剧，图绘出当时的社会记忆。

（摘自《美术观察》2019年第8期）

17.赵孟頫《红衣罗汉图》中的古意与禅趣

王中旭的《赵孟頫〈红衣罗汉图〉中的古意与禅趣》一文，否定洪再新认为该图表现的是藏传佛教喇嘛胆巴的基础上，将其置于佛画由职业绘画向文人画转型的情境中予以讨论。《红衣罗汉图》是赵孟頫佛画的代表作品。本文指出赵孟頫通过追溯唐人古意，将文人对禅的理解、情感投射到佛画中，促使佛画在更深层次的思想和情感上与文人趣味的融合，为宋元佛画转型提供了方向。赵孟頫是李公麟之后对佛画转型影响最大的文人画家。李公麟对自在观音画情有独钟，赵孟頫则与罗汉画有更深的因缘。赵孟頫自称是罗汉应身，并被赞誉为游戏人间的罗汉。大䜣的《又题〈归去来辞〉后》称：“又闻翁（笔者注：赵孟頫）尝云，其始生母梦僧寄宿而娠，以是知为罗汉应身，以文章事业，善知众艺，游戏人间，为法外护无疑也。”大䜣称听赵孟頫亲言其母梦僧寄宿而妊娠，并认为赵孟頫是游戏人间的罗汉，为非僧人身份的佛法护持者（法外护）。赵孟頫画罗汉和梵僧像，与他相信自己是罗汉应身不无关系。从《红衣罗汉图》可以看出，赵孟頫改造佛画使之符合文人趣味，主要有两种方式：一是追溯唐人古意，二是融入禅趣。

（摘自《故宫博物院院刊》2019年第4期）

18.“四王”及吴历仿赵大年问题研究——以《湖庄清夏图》为中心

吴雪杉的《“四王”及吴历仿赵大年问题研究——以〈湖庄清夏图〉为中心》一文，以《湖庄清夏图》为中心，来探讨“四王”及吴历仿赵令穰（字大年）的问题。董其昌对赵大年的《湖庄清夏图》推崇备至，王时敏又曾收藏该画30余年，使《湖庄清夏图》成为“四王”临仿古人的

重要资源。王时敏最早将《湖庄清夏图》由长卷转化为竖长构图，建立起“仿赵大年”的基本图式；王鉴、王翚等则在王时敏图式基础上加入远山或农田，将赵大年“湖天渺茫之景”灵活应用在不同山水画主题之中。吴历又于“四王”基础上提炼和发扬了赵大年画作中路径的纵深感，在《湖天春色图》等作品中营造出类似西方风景画的空间深度，这为我们理解吴历绘画中出现的近似西方绘画的空间感提供了一个新的维度。

（摘自《故宫博物院院刊》2019年第5期）

19.董其昌书画鉴考三题

肖燕翼的《董其昌书画鉴考三题》一文，通过对故宫博物院、上海博物馆相继推出的“清初四王绘画特展”“董其昌书画艺术特展”的考察，认为展出的“四王绘画”和“董其昌书画”中，仍有被认定为“真迹”的赝品混迹其间，成为相关研究的重要课题。文章将其归纳为“书画鉴考三题”并依次展开分析。其一，以董其昌在崇祯己巳（1629）“中秋”的一天为例，就现存传世作品及相关文献分析，董氏一天之内不可能进行那样多的书画创作、鉴赏和交易活动，其中必有不可信的作品及文献记载；其二，董其昌书画“双胞”现象并非个案，如以甲、乙二作为“双胞”，而甲与丙、丁三作间亦有款书的“双胞现象”，不仅在他人作品中罕见，逻辑上也难以得出有真有假的结论；其三，曾发现王翚或其书画传习者仿伪王时敏、王鉴现象，以此逻辑推论，他们也会仿伪董其昌书画，作者在研究中即有不少发现。

（摘自《故宫博物院院刊》2019年第11期）

20.明代中晚期“京口三山”图像及其仙山意涵

许彤的《明代中晚期“京口三山”图像及其仙山意涵》一文，主要探讨明代中晚期关于“京口三山”的图像及其仙山意涵。“京口三山”是镇江地标性实景山水，指的是金山、焦山、北固山。这三座山呈三足鼎立之势坐落在长江与运河的交叉点上。本文首先从作为名胜的“京口三山”及其版画入手，认为它是当时较为普及和熟悉的一个视觉图像；其次通过文献及图像分析与中国传统仙山形象的关系，并进一步阐释“京口三山”是如何被赋予仙山文化意涵的。随着历史的发展沉淀，这样一处地方性山水逐渐成为令人向往的名胜，也成为一处可以抵达的“仙山”。明代中晚期，“京口三山”的概念被提炼出来，相关图像也开始大量增加，“京口三山”的地方意识开始提升并走向文化自觉，作为名胜的“京口三山”吸引着越来越多的视线，人们无论在面对实景还是相关绘画图像时，常常会引发对仙山的联想。

（摘自《中国国家博物馆馆刊》2019年第6期）

21.王希孟《千里江山图》绢质和相关款印的检测分析

余辉的《王希孟〈千里江山图〉绢质和相关款印的检测分析》一文，尝试通过相关科技手段开拓鉴定研究古书画新的证据源——物证。近年关于北宋王希孟《千里江山图》的真伪问题争论不休。文章发现，《千里江山图》卷首尾两端大量的抓痕发生在北宋末，而漶漫不清的印文是“康寿殿宝”，印主是南宋吴太后。在修复该画时，参照当时的处置规矩，将卷首的蔡题移至卷尾，且因修裱匠粘补错位，造成“京”字腿短变形，实为蔡京亲题。此外，该图用的材料系宫绢，仅次于御用绢，足见徽宗对创作该图的重视和期待。有意味的是，当时有不少年轻的宫廷画家在积极遵从徽宗的旨意，研习绘画设色，这个痕迹迄今还依稀可见，除在《千里江山图》卷上所见因反复开卷造成的伤况，在一幅佚名的摹张萱《虢国夫人游春图》的卷首也是如此。需要强调的是，这一时期的宫绢几乎都是设色浓重的长卷，无疑是当时宫廷绘画的特殊记忆，也证实了徽宗悉心组织画家集中解决宫廷绘画的设色的历史经过。在这时间段里，所织宫绢的尺寸多为门幅51厘米（正负差2厘米左右），这些集中用于设色的宫绢，其织法基本相同，只是密度不同，虽有等级之差，但门幅十分相近，仅有两厘米左右的差异，《千里江山图》卷门幅亦是如此。它们突然在这个时段频繁登上宫廷画坛，必定与徽宗“丰亨豫大”的审美观有关。不妨推测，徽宗在政和年间初期大大加宽织机，这些都是为了实践“丰亨豫大”审美观的需要。

（摘自《故宫博物院院刊》2019年第4期）

22.“南北水陆”辨

赵伟的《“南北水陆”辨》一文，认为近年来，随着水陆法会和水陆画研究的兴起，有关“南北水陆”的探讨逐渐进入人们的视野。到目前为止，认可“南北水陆”说的观点有四五种，但每种观点对“南北水陆”的解读各有不同。面对同一概念为何会产生如此众多的不同认识？是概念本身的问题还是后人认识的不足？“南北水陆”仪轨和现存水陆画存在怎样的关系？本文通过对“南北水陆”问题的探讨，认为该说法是明末清初高僧智旭为宣扬莲池大师重订志磐《水陆仪轨》的功德而推出的新说，其产生背景与智旭对莲池大师的崇拜之情以及明末社会风尚有关。

（摘自《美术观察》2019年第3期）

23.《枌东老屋校书图》及相关问题研究

赵晓华的《〈枌东老屋校书图〉及相关问题研究》一文，从原藏董寿平家族所藏《枌东老屋校书图》入手。《枌东老屋校书图》系山西洪洞董氏家族旧藏，由董寿平先生于20世纪60年代捐献给山西博物院。根据此图及相关档案，结合《砚樵山房日记》等史料，本文发现董氏家族曾藏有两幅有关“枌东老屋”的画作，一为《枌东老屋校书图》，一为《枌东老屋校韵图》。二图分别独立存在，题材相同，完成时间相近，系由当时的两位文士为董文涣所绘。纵观董文涣一生，早年在京为官，多闲散之职。自同治五年（1866）始，便被外放为官，由编修出任甘肃甘凉兵备道，再授甘肃巩秦阶兵备道，最后逝于任上。其间曾以父丧去官归乡，服阕后居住京城几月。正如《枌东老屋校书图》后陈彝跋曰：“君沉默好学，得之天性，早官禁近，鲜尘事之累，而又得清夷闲旷之地，以助其趣将以宦为家焉。同治丁卯已久次外出，及今重来京师，不数月仍奉备兵陇右之命。”《校书图》《校韵图》皆绘于其二次离京前两月，作画者与题画者无不表达送别之意，具有很高的艺术价值与文学价值。二图不仅是研究董文涣、温忠翰、陈乔森等人生平的重要资料，更是研究近代诸名士在京城文人圈中的地位与影响的珍贵史料。

（摘自《中国国家博物馆馆刊》2019年第1期）

24.总觉风尘侠骨多——明末清初名妓肖像的艺术表达与自我认同

赵琰哲的《总觉风尘侠骨多——明末清初名妓肖像的艺术表达与自我认同》一文，关注的是明末清初家国动荡背景下的名妓肖像画，主要涉及柳如是、顾眉、董小宛、李香君、寇湄等人，旁及年代稍早的晚明名妓薛素素。本文主要关注的图像为薛素素《吹箫仕女图》、樊圻与吴宏合绘《寇湄像》、周序《董小宛像》、金礼嬴《顾横波夫人小像》、张溥东《顾横波夫人小像》、顾大昌《柳如是小像》等。相比于同时期的闺秀肖像，名妓肖像多以独立个像呈现，以墨笔白描或略施淡彩的方式，图绘侧颜斜望的年轻容颜，且多置于书斋环境中，展现自身才情，甚至出现了突破性别的女扮男装肖像。名妓肖像画在绘制过程中多有像主的亲身参与，或亲身执笔、自绘小像，或持纸企画、请人题咏。通过绘制肖像展现出其不输男儿的豪侠之气，表达出“风尘女侠”的自我认同。

（摘自《美术研究》2019年第1期）

25.《向氏评论图画记》与“画目二大籍”关系辨正——《清明上河图》研究

章宏伟的《〈向氏评论图画记〉与“画目二大籍”关系辨正——〈清明上河图〉研究》一文，通过辨证《向氏评论图画记》与“画目二大籍”的关系来研究《清明上河图》。《向氏评论图画记》虽然已经佚失，但因为金燕山张著跋《张择端〈清明上河图〉》中提到而得以青史留名，并称为今天讨论张择端及其《清明上河图》时代的依据。谢巍的《中国画学著作考录》中有专题加以讨论，他认为吴兴向氏“画目二大籍”即《向氏评论图画记》，作者可能是向宗回。但实际令谢巍将《向氏评论图画记》与周密《癸辛杂识·后集·向氏书画》所云“吴兴向氏”连在一起的唯一一个关节点就是《向氏评论图画记》“书名称‘向氏’”，其“考证”是不能作为确论的。因《向氏评论图画记》成书于张著跋文之前，与南迁后的向氏家族没有关系。“画目二大籍”是吴兴向氏的书画收藏目录，与《向氏评论图画记》是完全没有交集的两部书。“画目二大籍”最有可能的作者是向水。

（摘自《美术研究》2019年第2期）

26. 明清的摩登——世界艺术史中的阊门版画

张晴的《明清的摩登——世界艺术史中的阊门版画》一文，梳理了"阊门版画"的学术史，将其历史进程分为明万历至清乾隆时期、乾隆至太平天国之前及太平天国之后三个时期，分别论述了在不同时期其艺术性质、艺术史上的定名和画种的类型等情况，廓清了阊门版画的真容，明确了其与桃花坞版画的异同，阐述了阊门版画积极吸收西洋画透视和光影的"仿泰西笔法"的特点，并论证了阊门版画对日本浮世绘艺术和印象派艺术的深远影响，为阊门版画正名，提高其在世界美术史上的地位，希望能使阊门版画的艺术价值与历史意义得到更多的关注及研究。本文还从世界交流史的角度阐述了阊门版画是如何走出国门，影响一衣带水的日本，甚至欧亚大陆的另一端，在文化艺术的传播上有着其非凡的意义。阊门版画的核心就是充分描绘"姑苏繁华录"的壮丽画卷，其所折射出的时代光辉无疑闪亮而耀眼，再现了最早触动与觉醒现代性的苏州城市文化，尤其是在明末清初时期的海外贸易中，独特的地理优势加上城市现代化的进程使得苏州在成为一座特立独行的具有资本主义萌芽的先锋典范城市，城市化世俗、生活和视觉的经验已深入苏州市民的摩登气质，使得我们在中国与世界的多重维度中，在时间和文化的交替中，以一种全新的视角重返明清苏州的摩登。

（摘自《美术研究》2019年第2期）

27. 董其昌画像考

朱万章的《董其昌画像考》一文，以存世董其昌画像为基础，结合文献记载，分析了董其昌画像的类别和系统、母本与摹本及其相互间的衍变关系。在明清书画家中，董其昌画像也许是存世最多者。这些画像或有壮年、暮年之分，有时人、后人所绘，亦有写实、写意之别，更有半身、整身之貌，母本、摹本之异，官服、野服之容，但透过其肖像画的不同形态与生成、传播，大致可洞悉晚明以降肖像画发展与演进的历程，亦可见董其昌及其艺术在明代以来市井文化与精英文化中的传播与影响。

（摘自《美术观察》2019年第3期）

28. 仇英《清明上河图》人物小像探索

朱万章的《仇英〈清明上河图〉人物小像探索》一文，探讨了两本仇英《清明上河图》的人物风格特征及其相关问题。仇英《清明上河图》有多本，其中以辽宁省博物馆藏本（简称"石渠本"）和曾经吴荣光《辛丑销夏记》著录本（简称"辛丑本"）最为学术界所认同。两本《清明上河图》共有人物近4000人，所涉人物形态各异，形神毕肖，是仇英人物画的集大成者。基于此，本文探讨了仇英的人物画风格，两本《清明上河图》中的人物造型和服饰、神态略有不同，但时代风格与笔墨气韵大致接近。就技法而论，两本《清明上河图》中的人物既有小写意，也有兼工带写。就人物服饰与衬景而论，两本《清明上河图》堪称明代中期吴门地区衬景人物的集大成者。从为数众多的人物传神写貌中，可以看出仇英在人物写真、环境渲染及谋篇布局等方面的艺术造诣。这两本《清明上河图》可称为仇英人物画的百科全书，在他所有的山水画中，其人物形象都可以在两本《清明上河图》中找到注脚，探讨其艺术特色，其意义已然超越其画卷本身。

（摘自《中国国家博物馆馆刊》2019年第10期）

【中国近现代美术史研究】

1. 知识传播与再造：新兴版画运动早期（1931—1937）的技法文献写作

艾姝的《知识传播与再造：新兴版画运动早期（1931—1937）的技法文献写作》一文，梳理相关文献，归纳新兴版画运动早期（1931—1937）国内现代版画技法的写作状况及特点，以弥补以往研究的缺失。此阶段，版画技法知识被翻译和传播，致使理论与实践相互推进，但时人对现代版画技法及相关理论概念的认知有所差异，尤其体现在对“创作木刻”和“木口木刻”的阐释。李桦、三鲁、赖少其、唐英伟都特别将“木口木刻”与“木身木刻”对应于“西洋”与“东洋”，白危将其对应为“西洋”与“中国固有”，傅抱石将其对应的是“西洋”与“古代的中国和现在的日本”。在如此共识的语境下，新兴版画运动早期的木刻家们主要实践的木身木刻则在二元对比中显出东方意味。最终，在早期新兴版画运动中，与实践相互推进的技法传播和理论阐释使中国的“新兴木刻”产生了多重内涵，如在革命宣传的约束下标榜自我表达的创作木刻以及技法体系虽由外国舶来，但却继承了东方传统媒介基因的木身木刻。

（摘自《美术研究》2019 年第 3 期）

2. 杨之光与中央美术学院

曹庆晖的《杨之光与中央美术学院》一文，首先依据中央美术学院图书馆藏 1950 年版《杨之光画集》，揭示杨之光在投考中央美术学院前的艺术倾向和水平。继之，依托所见中央美术学院建院初期的教学资料和杨之光 1950—1953 年就读期间的相关作业，揭示杨之光听取徐悲鸿的建议考取中央美术学院绘画系本科班后，怎样在基础学习上“从零开始，从头学起”，怎样在创作学习上经历思想改造的具体过程和收获。全文力求从教学史研究的视角，细化和丰富杨之光对他在中央美术学院学习的回忆和口述，以求为他面向生活和海纳百川的主张形成与实践展开，建立翔实充分的历史前提和发生逻辑。生于 1930 年的杨之光早年在进入中央美术学院之前的业余拜师学习，以及在中央美术学院的普及课堂学习，受制于时代的沧桑巨变而难得充分。原本有些书画根底的他怀抱的是来京读研的目的，结果他心中期待的中国画教学已被裁剪，他心中仰慕的教师也不能发挥艺术所长。创作课上原本是对爱情生活的正常表达，结果却受到来自意识形态的批评要做自我检讨。这，都不是能由个人意志决定和转移的。但，师傅领进门，修行在个人，怎样继续师法造化——面向生活、转益多师——海纳百川，就是杨之光从中央美术学院毕业后要面对和实践的课题。《一辈子第一回》《雪夜送饭》《广州农民运动讲习所》《临摹油画〈撒布罗斯人〉》等一系列成果的产生，就是他一路走过去的脚印。而顺着这些脚印回望过去，才真正可以理解杨之光在中央美术学院的学习在他的艺术人生中所具有的八字一撇的意义。

（摘自《美术学报》2019 年第 2 期）

3.“十七年”时期美术创作的时代特征

陈池瑜的《“十七年”时期美术创作的时代特征》一文，认为中华人民共和国成立后，美术家们经过不懈努力，在表现革命历史题材、反映社会主义建设事业、塑造新的人物形象、探索新的表现形式语言、创造民族艺术风格等方面，取得了重要的创作成果。在年画、国画、油画等方面，都有新的探索与拓展。在美术批评和理论探讨方面，理论工作者和画家们围绕年画和国画的革新改造和油画民族化等问题，进行讨论和争论，促进了美术创作的发展。广大美术工作者和理论工作者以毛泽东《在延安文艺座谈会上的讲话》精神为指导，开创了社会主义美术事业。在坚持《在延安文艺座谈会上的讲话》精神的同时，美术工作者还根据社会主义美术创作面临的新要求和创作中遇到的新问题开展美术批评、探索创作规律、提高创作质量。

（摘自《中国文艺评论》2019 年第 12 期）

4. 重返历史现场——《血衣》系列作品与王式廓的双重焦虑

丁澜翔的《重返历史现场——〈血衣〉系列作品与王式廓的双重焦虑》一文，提出“《血衣》系列作品”的概念，试图将与《血衣》相关的所有画作视为一个动态的整体进行讨论。文章通过对王式廓《血衣》习作、草图、素描稿以及油画稿的分析，征引广泛的视觉文本和历史文献，试图揭示在《血衣》创作过程中，艺术家如何组织画面的视觉叙事，如何隐秘地安排“冒险”的形象，如何在历史与现实的双重焦虑中寻找定位，以达到作者所谓的“揭示各种不同经历的群众在斗争地主时的不同心理状态”，“概括复杂的具有重大历史意义的群众性运动”的创作初衷。在王式廓创作血衣的近 20 年里，政治现实始终是无法忽略的无所不在的存在，尤其是在 1957 年反右运动以及1959年“反右倾”斗争之后，阶级斗争逐步扩大化。王式廓如何在作为历史的政治（《血衣》再现的内容）和当下的政治（《血衣》隐喻的内容）之间寻找平衡点是创作《血衣》的关键，也是本文所关注的焦点。如果我们将《血衣》的意图和意义分为：再现部分和隐喻部分，我们便可以很好地理解王式廓在整个创作过程中不断调整的行为。当然，这并不是指王式廓简单地根据政策，主动地采取对策调整画面，而是作为一位生活在当时政治环境中的艺术家，如何在自己的作品中或隐或现，有意识或无意识地表达对政治的理解、关注、介入以及自我保护。一方面，第一重焦虑（创作初衷）促使王式廓尽其所能创作一幅包容的、综合的历史画作，再现土地改革历史的复杂性；另一方面，第二重焦虑使王式廓在变化的政治环境中不断调整画面的结构与形象，以匹配新的现实。在重返历史现场的道路上，王式廓的双重焦虑不仅是推动他不断调整作品的动力，也成就了《血衣》系列作品，使其蕴含宏富的历史信息与政治关切。

（摘自《美术研究》2019年第5期）

5.何香凝留日史事考察

房桦的《何香凝留日史事考察》一文，在前人研究的基础上分析何氏在自述中关于留学的多处时间和行迹错位的问题，并结合日方文献进行对比和查证，进一步探索何香凝早期游历及其艺术缘起。根据何香凝的四篇自述文章（《我的奋斗》《自传初稿》《完成辛亥革命的任务》《我的回忆》），可知她在日期间主要的活动并非学习，而是辅助革命工作。文章进一步梳理何香凝学业接续关系以及其中细节的考察，根据学籍档案及其自述等资料，发现何香凝在结课、毕业、回国等时间点上，出现了错位，也造成了一些误记。何香凝与廖仲恺夫妇立足于东京的国际视野，意图改造国家命运。在绘画创作学习上，何香凝在现代艺术教育与拜师学艺上双修，深得田中氏日本画的精髓，对她之后创作的渔父、岁寒三友等题材，都有很大的影响。

（摘自《美术》2019年第4期）

6.上海美专迁并往事钩沉

冯远的《上海美专迁并往事钩沉》一文，总结了百多年来上海美术教育机构的设置及变迁，对一些重大历史事件进行了反思。上海是中国近现代美术教育的重要发祥地，“土山湾画馆”的开设和上海图画美术院的创办，至今分别有150多年和100多年的历史。本文通过对上海美术专科学校（简称“上海美专”）、上海大学美术科、上海市美术专科学校、上海大学美术学院、上海大学上海美术学院发展的回顾，提出上海应该办好一所国际一流美术学院等主张。1864年上海徐家汇“土山湾画馆”的开办（1864—1911）可以被视作上海美术教育的摇篮孕育期；1912年上海图画美术院（后更名为上海美术专科学校）的创办以及1922年上海大学美术科的设立是创始期；而将1952年上海美术专科学校迁离上海至1959年上海市美术专科学校的重新设立是迁变期；1959年重新设立的上海市美术专科学校经1983年并入上海大学，成为上海大学美术学院，2016年底更名为上海大学上海美术学院则是转型发展期。海派（上海）美术教育历经155年历史，形成了兼容中西、蓄积南北、广纳八方的历史文脉。其身心一体，形神独立的品格，既缘于上海特有的国际都市地位和文化生态，也得之于上海作为中国开埠早、东西方文化交流起步早，海上文化人文化观念、思想意识独立，乃有“新兴艺术策源地”之天时地利的环境使然。

（摘自《美术》2019年第5期）

7.“欧风东渐 度越古人”——民国时期女性中国画家的多样从艺形态

季海洋的《“欧风东渐 度越古人”——民国时期女性中国画家的多样从艺形态》一文，从闺阁与师门、女子学校教育、社团与职业化等角度，对民国时期女性中国画家的从艺状态进行介绍。民国时期，大家闺秀学画形成一股潮流，还有不少是政商名流或画家的夫人。她们一方面拜师学艺，齐白石、黄宾虹、高剑父、高奇峰、张大千等人都有不少女弟子；另一方面也有不少女画家会进入学校教育，两者之间往往并行不悖。清末民初，女性学校教育得到发展，美术专科学校也招收女生，并有不少女画家在学校任教。同时，还出现了专门的中国女子书画会和女子美术学院，重要的绘画社团都有不少女性画家。很多女画家也开始走上了职业画家的道路，润例刊登于报刊。可以说这些女画家一起参与和创造了时代艺术，共同推动了艺术的发展和社会的进步。

（摘自《美术》2019年第1期）

8.务商、翻译、中国艺术与世界文学——中西文化交流的推手吴衡之考略

洪再新的《务商、翻译、中国艺术与世界文学——中西文化交流的推手吴衡之考略》一文，试图从跨语境的层面上，回顾以吴衡之为主体的中国近代新型知识分子所参与的丰富多彩的社会改革活动，从而推进人们对清末民初中国艺术和世界文学交流方面的深层理解。由于历史原因，广东香山（今中山市）人吴衡之俨然成为一个历史“失踪者”。事实上，吴衡之在近现代中外文学艺术交流史上，是一个重要推手：无论是商务、翻译、法律，还是教育、艺术、文学、旅行、出版等领域，均能见到他极其活跃、全方位地投入其中的身影。本文试图重现吴衡之在广东、上海和国际上的活跃身影，呈现他对推进“世界艺术”和“世界文学”所做的特殊贡献。就中国艺术而言，吴衡之在开拓其世界市场方面所起的桥梁作用，功不可没。由于他的努力，使中国古今绘画在风雨如晦的年代能够自立于世界民族之林。务商与翻译，犹如中国现代社会前行的基石和指南，一方面脚踏实地，改善国计民生，一方面开拓凿空，提升民族精神。他的英文教学，从方法上间接地影响了后被誉为“中国文艺复兴之父”胡适的外语学习。向世界展现现代中国的创造力，包括商务印书馆在王云五时代建成世界上最大的百货商行式的出版机构，作为现代连锁零售业的成功模式也与其有关联。更重要的是，吴衡之的翻译实践，从介绍“世界艺术”到“世界文学”，把中国与世界紧密地联系在一起，共同走向新的未来。

（摘自《美术学报》2019年第5、6期）

9.不以山和水为主的新山水画——以宋文治井冈山写生为例

华天雪的《不以山和水为主的新山水画——以宋文治井冈山写生为例》一文，以宋文治一批过去未被关注到的写生创作说明宋氏本人和新山水画的诸多问题。中华人民共和国成立后，中国画承担着避旧趋新的历史重托，其中山水画一门任务艰巨。在通常的美术史叙述中，笼统地将此时期的山水画称作“写生画派”，过分强调“写生”，而忽略了“传统”在其中的重要作用。新山水画的确立离不开写生，但并非仅靠写生。宋文治的这批未见发表和研究的16件“井冈山写生”作品，便是一个可以用来说明新山水画画面具体处理以及“传统”因素之重要的典型范例。新山水画的建立虽离不开写生，但成就新山水画的绝非仅仅是写生，还包括对传统笔墨、用色和章法等各方面的选择、借鉴和改造。以宋文治这组“井冈山写生”为例，可以管窥新山水画的章法特征：第一，这批作品无一幅全景山水，而是采取了类似照相机拉近镜头的方式取景，但也不是特写镜头式的近景，画面大多以不远不近的中景为主，既便于所谓“近取其质”的写实描绘，又不乏“远取其势”的神韵；既令表现新内容有了可能，又使笔墨韵味得以安放。第二，与中景取景相关，这批作品画幅的长宽比例也以近方的横方或竖方为主，空间关系不似传统山水画复杂，空间大多为一至二层而已，即便有像《人工湖上风光好》那样更多层次的空间，也力图做到一目了然，不做传统式空间的曲折、示意性表现。第三，这批画中景深较小的画面，如《白云红树人家》《瑞金朱总司令住所》《瑞金毛主席办公处》《井冈山刘家坪》等大致取平视视角。景深稍大一些的，便大多取半俯视视角，无论是进深较大的《黄洋界哨口》《人工湖上风光好》《庐山雨后》《毛泽东登庐山诗意图》《下庄新居》《山谷春暖》，还是进深不太大的《红军烈士纪念亭》《临时中央政府总办公厅》《井冈山革命先烈纪念塔》等，均是如此。这种半俯视视角在傅抱石的《待细把江山图画》、钱松喦的《三门峡工地》和宋文治的《山川巨变》等横阔画面中有更鲜明的体现。第四，这批画的视点是移动的，非固定的，即除少数有示意画面结构作用的形象外，其他形象无论居画

面何处，基本是平视的。正如傅抱石和叶浅予所强调的“所要考虑的是假设自己应该站在什么位置，采取什么角度，画家的视点是假设的”。本文以为，“假设”的视点即是传统中国画常用的所谓“散点”，是一种近乎随心所欲的自由的视点和由之而生的造景方法，也只有这样的造景方式才能成功将传统山水画澄怀观道的精神追求转化为所谓的“革命浪漫主义”情怀。总的来说，新山水画的章法模式是以继承传统为主的。

（摘自《美术》2019 年第 7 期）

10. 石涛与20世纪香港现代水墨艺术

华硕的《石涛与 20 世纪香港现代水墨艺术》一文，通过梳理吕寿琨和方召麐的作品风格特征及其艺术思想，探讨香港画坛如何联结石涛画论精神与现代艺术的语汇，孕育新的视觉效应和艺术概念。20 世纪上半叶，刘海粟、张大千等众多艺术家、学者访问或迁徙香港，京沪粤港画坛的频繁互动对香港画坛影响深远。吕寿琨 1948 年抵港，他仰慕石涛“无法之法”的理想。他尝试建立传统中国画中的笔墨概念与抽象绘画的关联，对石涛的重新探讨、调适、演绎，带有一定的主观色彩，试图兼顾东方和西方绘画的元素。方召麐的众多老师中，张大千对其影响最深刻，通过师从张大千，她承袭了石涛“无法之法”的艺术精神。同时，她又游览世界各地并举办展览，感染于古今中西各派艺术。两位画家代表了两种路径，一是吕寿琨主导了香港现代水墨运动，一是方召麐致力于改造传统、取道中西。香港现代水墨艺术产生于 20 世纪初，不同地区的华人艺术圈频繁流转交往的特殊历史背景，且未与中国画笔墨传统割裂或产生断层。

（摘自《美术与设计（南京艺术学院学报）》2019 年第 4 期）

11. 临摹与写生　黄宾虹的“师古人、师造化”观

郎绍君的《临摹与写生　黄宾虹的“师古人、师造化”观》一文，探讨了黄宾虹是如何阐释和实践“师古人与师造化”。对于绘画，黄宾虹用力最勤的两件事：一是研究、临摹，一是游观、写生。论师古人，黄宾虹认为临摹是学习前人理法、“由旧翻新”的必由之路；要兼收并揽，严格选择；要临摹原作，而不能只临画谱、复制品；临摹是长期的过程，不能出脱太早；临摹要意在“得神”。论师造化，他特别重视“精神性灵”的作用，防止“凝滞于物”。关于师古人与师造化的关系，黄宾虹的认识和经验是，先学习古人再师法造化，先临摹后写生。对黄宾虹来说，“师古人、师造化”是他选择的路，是他毕生的追求。师古人与师造化，写生与临摹，是每一个中国画家都面对的问题。但面对的结果却千差万别。这是因为，他们对于“师古人、师造化”的理解与实践不同。黄宾虹和我们的不同在哪里呢？在于他以求道的精神对“师古人与师造化”作了毕生不懈的追求，也在于他对中国绘画和中国文化有深刻而独到的理解。在画史上，只有极少数人才能做到这样，所以黄宾虹才说“大家不世出”。

（摘自《新美术》2019 年第 5 期）

12. 看不见的“江南”——关于中国近现代油画艺术资源问题思考

李超的《看不见的“江南”——关于中国近现代油画艺术资源问题思考》一文，通过对一批散佚经典之作的图片著录的研究，反思 20 世纪前期江南风景题材油画相关艺术资源的丰富性。“江南”作为长江以南一个特定的地理概念，同时也是一个充满丰富诗性向往的文化概念。在中国近现代油画史上，自 1927 年开始，随着国立艺术院校的设立和发展，以上海、杭州和南京为核心的江南地区，将写生从室内逐渐拓展到室外。许多重量级人物，如王远勃、吴恒勤、钱鼎、丁光燮等，在 20 世纪前期曾创作了诸多有影响力的江南题材作品，但由于种种历史原因，我们对其依然处于“看不见”的状态。事实上所谓“看不见”，是针对当下得以再生和传承的美术资源而言，予以数据化治理和资源平台的构建和推广，因此若干代表性原作与历史情境不能得到应有记忆对位等——相关视觉文献的严重缺失。由于历史原因所致，本土对于中国近现代美术资源缺失集中、系统和定位收藏基础和文化概念，因此“看不见”的问题就会自然出现。这使得我们认真反思并真正思考，20 世纪前期江南风景题材油画相关艺术

资源的丰富性。

（摘自《美术研究》2019 年第 1 期）

13. 从悲悯到解放：左翼美术的初心与遗音——以黄新波《控诉》与胡一川《开镣》为例

李公明的《从悲悯到解放：左翼美术的初心与遗音——以黄新波〈控诉〉与胡一川〈开镣〉为例》一文，在随着 20 世纪中国革命进程而发展起来的左翼美术史上，黄新波创作的《控诉》和胡一川创作的《开镣》是两幅有一定代表性的重要作品。通过重返历史语境和深入分析，可以证实它们都蕴含着强烈的人道主义精神和向往解放与自由的价值观，是左翼美术的真正底色与初心。值得反思的是，左翼艺术内部充满倾向性斗争的思想系谱如何影响着艺术的发展，“悲悯”与“解放”这两个左翼美术的重要价值观念是如何在历史的巨大转折中发生变化，以及左翼美术的初心如何转化为“遗音”，进而思考中国革命左翼叙事中的人道主义与自由观念的真实性及其历史命运。在政治管控与意识形态高度紧张的大变局中，现代性美学与艺术主体性的危机、衰亡是必然的，独立、自足的艺术主体性被规训、被指导、被改造的命运已经急速降临。而在这种深刻的历史转折时刻中，黄新波并没有在思想和理论上表现出自觉的抵抗意识，我们也无法探测他在受到对其油画的现代性的批判时内心的真实想法是什么。但据黄新波的女儿黄元的说法，黄新波“对此从不认同”。音乐家李凌则在回忆文章中说，“新波对于这次责难，无可奈何，他虽一声也不吭，但心里是不以为然的……他的内心深处，是感到苦楚的，打问号的”；李凌还顺带提到当时在香港演出新歌剧《白毛女》，由于采用西洋唱法和大提琴伴奏而受到非难，认为是违反“方向”的。李凌认为黄新波虽然没有做出反驳，但其内心是坚持自我的，他要继续创作自己的作品。实际上这已经足以促使我们思考一个问题：新政权成立后的黄新波艺术创作，其最大成就和最具深刻意义的启示究竟是什么？我认为就是他在顺应新的文艺创作要求的同时，在极为有限的缝隙中最大限度地坚持了原先的现代性美学风格，坚持了对人的本质上的人道主义歌颂，坚持了对人民所怀有的真实感情。1961 年 5 月，黄新波创作了怀念鲁迅的木刻作品《惯于长夜过春时》，这恐怕也是新兴木刻运动的合法“遗音”。值得研究的是，沧海遗音，其音虽弱虽微，是否仍然存在？无论是胡一川还是黄新波，在他们 20 世纪五六十年代创作的作品中，“遗音”应该说还是有迹可循的，这正需要我们去认真研究和潜心体会。左翼美术的初心在某种程度上仍然在历史的断层和政治的褶皱中顽强地生长，直到“文革”结束，思想解放运动的大潮降临，“伤痕美术”在重提“人道主义”的新时期语境中重新燃起了悲悯与解放的火花。

（摘自《文艺研究》2019 年第 1 期）

14. 20 世纪三四十年代的文人艺术与中国革命——以黄宾虹、郎静山及费穆为例

鲁明军的《20 世纪三四十年代的文人艺术与中国革命——以黄宾虹、郎静山及费穆为例》一文，认为 20 世纪三四十年代，在艺术革命、文化革命与社会革命如火如荼之际，身处图存救亡危难时刻的黄宾虹、郎静山及费穆等艺术家却“不合时宜”地诉诸传统文人意趣和士夫认同。从三位艺术家作品的形式、风格和美学，到他们画面和图像中的“山水”题材和“山河”意象所象征的家国认同，乃至绘画、摄影与电影本身作为媒介的伦理政治实践，通过这三个相互关联的不同层次可以看出，在这一特殊的历史阶段，近代文人艺术与中国革命之间复杂而微妙的张力关系。三位艺术家最终的人生和政治选择固然有别，但似乎并不妨碍我们对他们艺术实践及其思想、认同的理解和判断。黄宾虹被视为最后一位士夫画家，他的离世标志着一个艺术时代的终结。费穆病逝后，类似《小城之春》这样的文人电影和“灰色情绪”也近乎绝迹。1949 年后，社会主义现实主义主导了中国艺术与文化，至“文革”十年，美术、电影、摄影、音乐等都成为政治宣传的工具。改革开放以来，在新的“西潮”激荡下，文人传统及其艺术风格依然隐没在激进的浪潮中。迟至 20 世纪 80 年代末 90 年代初，伴随着文化思想界的激进与保守之争以及后来的所谓“告别革命”，黄宾虹和费穆才再度浮出水面。郎静山则在 1991 年 5 月重返阔别 42 年的上海，带回了他付诸一生心力的“集锦摄影”和“画意摄影”，这一年他刚好 100 岁。也是在这前后，尚在原浙江

美术学院油画系读书的杨福东第一次看到了郎静山的集锦摄影和费穆的《小城之春》，不仅深深为之吸引，亦启发了他后来的艺术方向和审美旨趣。他所谓的“小文人电影”即萌芽于此。自1997年以来，他历时5年完成的长片《陌生天堂》无疑是对费穆、郎静山乃至整个20世纪早期文人艺术的一部致敬之作。2002年，应非裔策展人奥奎·恩维佐的邀请，《陌生天堂》参加了第11届卡塞尔文献展，意味深长的是，这届文献展的主题是极具政治性的“后殖民与全球化”。

（摘自《文艺研究》2019年第9期）

15. 边界的拆除：40年从中国画到水墨艺术的变革

尚辉的《边界的拆除：40年从中国画到水墨艺术的变革》一文，认为国画、水墨画、水墨艺术共同构成了以水墨媒材为表征的中国当代艺术的复合形态，这种复合形态正是这40年间边界拆除对中国画进行历史性变革的结果与使命。文中指出，中国画的概念是伴随着西洋画的传人而对中国传统绘画尤其是文人画的指称。在整个20世纪，中国画始终遭受来自西学的冲击与现代社会语境的改造，由此而不断减损其传统语言的规约及这种语言所蕴含的文化特征。水墨画概念的产生就是文化跨越的典型表现，而水墨艺术的生成则是媒介跨越的后现代艺术表征。本文试图从中国画、水墨画、水墨艺术的概念生成与界定入手，着重分析了改革开放40年文化思潮与艺术运动对中国绘画传统边界的拆除与突破，并强调这种边界的拆除并不完全意味着中国画的式微与消亡，在后现代艺术语境下，边界的拆除与边界的固守导致了边缘地带学术探索的活跃，并由此构成中国当代美术的重要特征。

《摘自《美术》2019年第6期）

16. 去塞求通：民族国家视阈下的《大公报》塞北边疆写生

盛葳的《去塞求通：民族国家视阈下的〈大公报〉塞北边疆写生》一文，通过《大公报》塞北边疆写生，来探讨其背后的政治含义。赵望云的塞上写生、沈逸千的察绥西蒙写生是最早的边疆写生行动，在近代边疆写生史上具有开创意义。两位艺术家数以百计的写生作品都发表在《大公报》上。有着广泛影响力的《大公报》不仅是刊发这些边疆写生作品的载体，更直接参与了“内容”的生产。一方面，《大公报》通过几乎覆盖全国的发行网络，为艺术家和他们的写生作品赢得了数量庞大的读者，产生了广泛的社会影响；另一方面，作为公共领域和民族国家形成过程中重要的催化剂，《大公报》也直接订立了这些写生作品的新闻属性，赋予了它们民族和国家层面的意义。因此赵望云与沈逸千的塞北边疆写生，并不仅仅是今天观众在美术馆中看到的画面之上、画框之内孤立的审美对象——艺术作品，更是为《大公报》专门创作的具有一定新闻职能的视觉调查，展现出鲜明的政治含义。

（摘自《文艺理论与批评》2019年第2期）

17. 延安文艺座谈会后鲁艺的美术展览活动

司开国的《延安文艺座谈会后鲁艺的美术展览活动》一文，通过鲁艺的美术展览活动，谈及延安文艺座谈会涉及的开展美术普及工作的一些相关问题。延安文艺座谈会为中国革命美术开辟了广阔的前途。文艺座谈会后，鲁艺美术工作者广泛参与综合展览会，开展美术普及工作。在普及工作基础上，鲁艺也开展了一些专门的美术展览活动，主要分为两类：一是举办珂勒惠支、毕加索等外国专家的展览；二是鲁艺美术工作者参加国统区中国木刻研究会举办的第一届“双十”全国木刻展览、教育部第三次全国美展，以及和国统区进步美术家举办木刻联合展览等。这些综合展览和专门美术展览活动都是毛主席《在延安文艺座谈会上的讲话》精神落实在鲁艺美术工作者具体实践中的体现，涉及文艺为什么人的问题、文艺工作中普及与提高关系问题、文艺界统一战线问题以及文艺批评标准问题等重要内容。

（摘自《中国国家博物馆馆刊》2019年第6期）

18. 徐悲鸿的素描观及其再理解

王文娟的《徐悲鸿的素描观及其再理解》一文，从现代性视角来透视，徐悲鸿的素描坚持和写实主义的绘画主张、实践，以及轰轰烈烈的美术革命有着他不可磨灭的巨大成就和贡献。首先，徐悲鸿视素描为作画的基本学问、第一步功夫，并把素描作为他提倡的写实主义绘画主张的命脉来推崇。其次，徐悲鸿的素描得法国学院派画家的真传（以意大利文艺复兴的素描体系为基准），优雅而高贵，品位高出其他类型的画作。但他的素描又不完全是法国式的，也不是俄罗斯"契斯恰科夫教学法"的素描，而是综合了西洋画法和中国书画意味并糅合了其他艺术共同滋养的复合式素描。打开僵硬绑定徐悲鸿和狭义素描关系的再理解，也将促使我们去重新观看徐悲鸿的写实主义。最后，将素描的造型感加进中国画创作中，若从中国古代画论的视角去品位，客气地说就是妙品、神品之位格而达不到最高逸品之境界（缺少了些韵味），也就难怪没有全部解决他面临的问题，致使在中国画内部对他的质疑留下了空间，徐悲鸿也就有着他那个时代无法超越的个人和时代局限。

（摘自《美术研究》2019 年第 2 期）

19."职责图"的现代回响——论20世纪40年代庞薰琹的"贵州山民图"创作

杨肖的《"职贡图"的现代回响——论 20 世纪 40 年代庞薰琹的"贵州山民图"创作》一文，从作品图像特征切入，将"贵州山民图"创作置于两个语境中进行考察。20 世纪 40 年代，庞薰琹在西南大后方创作的"贵州山民图"系列，可视作"职贡图"传统的现代回响。"职贡图"可以视为"贵州山民图"的视觉方法资源之一，两者又共同具有民族志特征。但另一方面，首先，"贵州山民图"的视野与"职贡图"不同，"职贡图"是帝国视野，"贵州山民图"则是民族国家视野，凝结了庞薰琹在 1938—1940 年初任中央博物院筹备处图案研究员期间与中央研究院历史语言研究所、中央博物院筹备处学者共同工作的经验，因此具有现代民族学视野；其次，"贵州山民图"的功能定位与"职贡图"完全不同，"职贡图"是官修绘画，反映帝王意志，而"贵州山民图"系列则是个人创作，呈现出高度风格化的倾向，融合了不同来源的观念图式，是庞薰琹在跨文化、跨媒介意识下重构本土文化传统的现代艺术实验。作为在抗战时期重构本土文化传统的实验，庞薰琹的"贵州山民图"体现出他融通多种文化传统、超越媒介疆界的现代艺术观念和方法。作为"职贡图"的现代回响，"贵州山民图"系列作品中交织着多重观念——既有从文化民族主义视角对贵州民间艺术传统的欣赏，又有从社会现实主义视角对贵州普通民众生活现状的同情。这看似相互矛盾的多重观念，体现出庞薰琹在"新""旧""中""西"不同文化之间的腾挪取舍。出生于晚清官宦世家、江南书香门第，转而在"五四"时代风气下游学于 20 世纪 20 年代中后期的巴黎等地学习欧洲现代主义艺术，抗战时期又流寓西南大后方在中央博物院筹备处工作等诸多经历，使庞薰琹既清楚地意识到"贵州山民图"中存在的多重观念，又并未试图弥合它们之间充满张力的矛盾。故而这些作品自 40 年代问世以来，受到了基于不同社会身份和文化立场的解读。在此意义上，图像成了一个场域和诸多话语的交叉点：古今、中西，大一统、民族国家，族群、阶级、性别等不同层面的权力结构在其中交集，体现了艺术、学术、思想、政治的互动。

（摘自《文艺研究》2019 年第 1 期）

20.傅抱石抗战客蜀时期之交游对其故实画创作影响考述——以郭沫若、宗白华等为主要研究对象

张鹏的《傅抱石抗战客蜀时期之交游对其故实画创作影响考述——以郭沫若、宗白华等为主要研究对象》一文，以郭沫若和宗白华为主要研究对象。傅抱石在抗战客蜀时期创作了一大批学术蕴蓄丰富、艺术表现精妙的故实画，它们是全面、深入研究傅抱石本人及其绘画艺术的重要材料。这批作品在该时期内的集中出现，与特定的时代、社会背景及画家的文化立场、生活境遇、精神心态等多有关涉，其中，傅抱石的交游也是一个颇值得考索的关键因素。本文即从这一角度入手，以作品为基本立足点，细致分析了傅抱石与当时同客重庆的重要友人郭沫若、宗白华等人的交游对其故实画创作的题材选择、价值取向、风貌生成等方面的若干影响，据此，可进一步窥悉傅氏故实画内部的多维空间，并从"知人论世"的路径上加深了对傅抱石思想的体察。

（摘自《美术观察》2019 年第 1 期）

21.视觉现代性与媒介角色互换——以周令钊《"皇军"的宣传术》为例

张涛的《视觉现代性与媒介角色互换——以周令钊〈"皇军"的宣传术〉为例》一文，以周令钊的《"皇军"的宣传术》漫画作品为例，探讨视觉现代性与媒介角色的互换。周令钊先生于抗战时期创作了这幅漫画作品，他为观看者提供了两个"真实"的视角：一为画面中那位侧身而立的摄影师的摄影视角，从照相机镜头拍摄到的"真实"；另外一个，是摄影师颇显费力地在尸体与残垣间刻意于镜头中进行"裁剪"的画面。同时，周令钊敏锐地抓住了"叙事"的核心，将其定义为"宣传术"，而非"摄影术"。他以独特的介入视角与表现手法，于画面中潜移默化地实现了漫画与摄影的媒介角色互换。也正是在如此独特的视觉呈现张力之外，周令钊的这幅漫画相较于同时期的其他漫画作品，具备了更为深刻的解读空间与视觉意涵。

（摘自《美术学报》2019年第6期）

22.宋文治的书画收藏与创作

郑长安的《宋文治的书画收藏与创作》一文，聚焦于宋文治的书画收藏与创作的关系。宋文治的书画收藏在现当代书画收藏史上具有典范意义。他收藏的现当代书画家作品，是一部中华人民共和国成立后，书画家立足传统、突破传统、锐意创新、自立新貌、反映时代精神发展的缩影。在20世纪下半叶书画收藏史上，宋文治独到的收藏眼光和对现当代书画艺术的价值判断，具有重要的学术价值。这些藏品见证着宋文治和现代书画家的情谊，对他的绘画创作风格形成具有内在的逻辑关系。宋文治的艺术创作可概括为师传统、师造化、师心源三个阶段，每个阶段的创作转变都与其书画收藏具有内在的逻辑关系。

（摘自《美术》2019年第7期）

23.速写与书写：论黄胄绘画笔墨的历史生成

郑工的《速写与书写：论黄胄绘画笔墨的历史生成》一文，主要讨论影响黄胄绘画的两大要素，即速写与书写。这是一对看似矛盾的因素，却在黄胄绘画笔墨形成过程中相互补充，取得出人意料的效果。这不仅涉及黄胄艺术的笔墨个性，同时也触及20世纪50年代国画界普遍存在的问题，即如何克服书写性笔墨中陈陈相因的惰性，吸收西方绘画的造型手法，达到以笔墨线条塑造对象形体的目的。我们往往只关注黄胄绘画笔墨与速写的关系，而忽略了其中的书写性因素。因此，本文试图理清两个问题：一是黄胄具有个性特征的绘画笔墨生成与发展的阶段性；二是黄胄如何处理绘画笔墨中书写性与速写造型的关系。如果说1946年之前，是黄胄具有个性的笔墨初成阶段，那么1946年之后黄胄的笔墨又经历两个阶段：一是1946—1955/1957年，二是1957—1976年，其划分的依据就是黄胄的成名作《洪荒风雪》（原名《柴达木风雪》），其创作于1955年，并在1957年获奖。所以划分前后两个时间节点显得有些模糊。1946—1957年是黄胄绘画笔墨的成熟期，他的创作精力基本集中在造型问题上，解决对象的形体结构的确切表达，即形要准、要饱满，透视要对，而且要有视觉张力和冲击力。1957年之后，情况就有所不同，黄胄开始关注传统的绘画笔墨，并且一直持续。讨论20世纪中国绘画中笔墨的历史性转换，黄胄是一个显例，其特点在于他从写生出发、从速写出发，在生动性之外，能切实地解决对象形体结构的深入表达；在保持视觉观看的有效性前提下，解决传统笔墨的融入途径，处理点画勾勒的笔墨法度与书写中的随意性问题，体现出其个人的智慧与才能。

（摘自《艺术学界》2019年第1期）

【中国书法史研究】

1.尽技之制：吴门书家的杂书卷册

蔡春旭的《尽技之制：吴门书家的杂书卷册》一文，认为学界尚未对吴门书家的杂书卷册进行深入研究。所谓"杂书卷册"，即同一作品中兼有不同书体、书风的文字，吴门书家祝允明、文徵明、文彭等人多有这类作品存世。本文对明初至明中叶的杂书卷册进行了梳理，认为其间存有从"书体之杂"到"书风之杂"的转变，吴门书家有意隐藏个人风格，追求风格的多样性。一方面，它是书家炫技与职业化的体现，为满足不同功能、场合或形式的书写，书家需要掌握多种技能；另一方面，杂书卷册代表了新的视觉形式，与当时文人的书画鉴赏活动和题跋写作有关。通过与受书人及观看者的互动，杂书卷册成为书家才能与艺术形象的缩影。

（摘自《美术研究》2019 年第 1 期）

2.《枯树赋》刻帖及相关问题考

黄辉的《〈枯树赋〉刻帖及相关问题考》一文，重点考察了《枯树赋》刻帖及相关问题。由于《枯树赋》《唐文皇哀册》被后世奉为褚遂良书法的经典之作，宋代以来关于其书迹的真伪之争也持续不断。从北宋苏颂的记载来看，北宋所传《枯树赋》已为唐人双钩填墨的摹本了，即便米芾见到的《枯树赋》亦为唐人的双钩墨迹本。至明代，此二帖曾为王世贞购藏，综合其对于二帖的记载来看，多有混淆之处，王世贞视《唐文皇哀册》为神物，然詹景凤所论与此相反。王世贞曾将二帖刻石置于弇山园内，到了清代，二帖由太仓吴氏后人吴大铨购去，复置于吴氏宗祠内。王世贞生前摹刻了大量的名家刻帖，随着时代变迁，大多刻帖已散失殆尽，至今太仓弇山园内仍遗留《枯树赋》刻帖一套，然此帖不为今人所知，此刻帖又见载于王世贞的《弇州山人题跋》，然书中所记亦有未详尽之处。关于《枯树赋》刻帖的底本，王世贞并未言明，而历史上关于《枯树赋》是否为真迹说也一直争论不止。

（摘自《中国国家博物馆馆刊》2019 年第 2 期）

3.文字作为艺术、文字作为鉴评——4世纪中国三信札——《奉橘帖》之流传

雷德侯、曲艺的《文字作为艺术、文字作为鉴评——4 世纪中国三信札——〈奉橘帖〉之流传》一文，考察了王羲之书作《奉橘帖》产生的历史语境，梳理了它在王羲之身后的流传，并讨论了文字作品何以成为艺术品，以及在传播和接受过程中，《奉橘帖》如何被经典化。王羲之生活的东晋时期，一部分文字的书写行为脱离了实用功能而上升为艺术。王羲之之后，《奉橘帖》不断流转于宫廷与民间，直至台北故宫博物院。几个世纪以来，这些收藏家和鉴赏家在信札上书写的题跋要求并促进形成接受此卷的一个特定方式，即“鉴赏”，就是指“作为行家鉴定和赏识”。鉴赏行为的基础在于：评论与原文构建了不可分割的物质统一体，《奉橘帖》就如同年轮般地生长。如同在《奉橘帖》所见，评论进一步发展了作品的美学维度，它让观者的兴趣从原文的内容转向它的美学和历史方面。当作为现代博物馆的展陈作品后，《奉橘帖》对一般公众开放，成为中国书法历史上的经典大师作品。

（摘自《美术与设计（南京艺术学院学报）》2019 年第 1 期）

4.顺治帝手书“敬佛”考述

李文君的《顺治帝手书“敬佛”考述》一文，充分利用文献材料，结合现存实物，对顺治帝手书“敬佛”二字的流传与散布情况做了详细的梳理。在此基础上，对顺治帝“敬佛”二字对当时及后世的多方面影响做了进一步剖析。出于个人情感表达的需要，痴迷于佛教的顺治帝为江南高僧木陈道忞、山晓本皙等人亲笔手书“敬佛”二大字。随着地域与空间的变迁，顺治皇帝御笔的“敬佛”二字，经由获赐僧人及他们的弟子之手，先后被制成匾额与碑石，分别供奉在北京万善殿、法海寺，浙江天童寺、金粟寺，江苏慧因寺、包山寺等各个佛教场所，作为寺院受到皇家护持的荣耀而存在。

（摘自《中国国家博物馆馆刊》2019 年第 3 期）

5.王羲之《寒切帖》考

刘涛的《王羲之〈寒切帖〉考》一文，重点考察了王羲之传世的名迹之一《寒切帖》。帖中所见“谢司马”称谓，右军尺牍中仅此一例，却是考察《寒切帖》书写时间的重要线索。这个称谓过去有学者认为指谢安，也有学者指为谢奕。此文展开的讨论排除了其他谢氏人物的可能性，并且指出无论“谢司马”是指奕、安兄弟哪一位，虽然他们任司马的时间相差 10 余年，但《寒切帖》都属于“王书”成熟阶段的书迹。王羲之是谢奕的儿女亲家，也是谢安的挚友，他在尺牍中

对奕、安兄弟有种种称谓，本文一一摘出，对比分析，认为王羲之称谢奕为“司马”在前，谢奕去世之后，谢安才任司马，王羲之称以“谢司马”，表示区别。从谢安任司马的时限以及帖中所署“十一月廿七日”的日期来看，《寒切帖》当写于王羲之去世前一年的升平四年（360）。

（摘自《中国书法》2019 年第 9 期）

6. 中国美术学70年回望·书法篇

陆明君的《中国美术学 70 年回望·书法篇》一文，系统梳理了新中国 70 年的书法研究及学术发展状况，涉及书法史、书法美学、书法理论与批评等研究成果及方法、特点，一些重要现象的论析，书法教育及学科发展等方面，并立足于学术价值、意义及问题、原因等视角，对书法学的发展做了总结与阐述。新中国成立初期的书法较为沉寂，依然是传统文人与书画家的遣兴寄情。在新中国 70 年书法史上，20 世纪 60 年代中期至 70 年代初的兰亭论辩是最为重要的事件，对于书法史的认识、研究的推动都极具特殊意义。20 世纪 70 年代末至 90 年代，书法热与美学热交迸催生了书法美学的崛起。20 世纪 90 年代以来，书法史的研究有了不俗的成果，在个案、通史、断代史、专题等方面都有所体现，同时也涌现出一批关于书法理论与批评的研究，但总体来说，当前的后备研究力量缺乏。20 世纪 60 年代以来，我国开启了书法的学科教育，并成为美术学之下的分级学科。

（摘自《美术观察》2019 年第 10 期）

7. 黄庭坚在元符三年的书学实践

卢宇的《黄庭坚在元符三年的书学实践》一文，结合相关墨迹、史料，将黄庭坚及其书作还原于那个时代，使人们对黄庭坚书法质变产生的经过有深入的理解。现藏中国国家博物馆、在“古代中国陈列”中展出的《行书青衣江题名卷》（又名《明瓒诗后题》），是元符三年中黄庭坚书法产生质变的重要依据之一。元符年间被视为黄庭坚书法走向成熟的关键时期，系于此间的书论被高频引用，作于此时期的书作被视为黄庭坚的代表作，进而成为未具年款作品的系年参考。由于从书学理论的提出到实践层面的检验需要一段时间，结合文献与元符三年中的墨迹书作，可以推定：该年是黄庭坚书法走向成熟的关键年份。在北宋哲宗驾崩、徽宗得立的背景下，黄庭坚得到大赦重获自由，在心手两畅的状态下写出了一系列高质量书作，去除了战掣笔使用过多等弊病，形成了成熟的风格，完成了从书学理论到书学实践的转化。

（摘自《中国国家博物馆馆刊》2019 年第 11 期）

8. 六朝的书法品评及其三大标准体系

樊波的《六朝的书法品评及其三大标准体系》一文，对魏晋南北朝书法品评和审美标准进行了系统的考察。本文指出骨、筋、肉、气，形质和神采以及工夫和天然构成了当时书法品评的三大标准体系，并进一步揭示了三大标准的内在关系和思想渊源，从而反映了这一历史时期书法的审美取向。总之，魏晋南北朝书法的审美品评，在对大量书法作品的收集、整理和鉴赏的基础上，在人物品藻风气的影响下，成功地确立了三个方面的审美标准。从骨、筋、肉、气，到神采与形质，再到天然与工夫，深刻反映了审美品评由具体到抽象的理论升华，也深刻反映了批评家对书法艺术特性和审美境界把握的深化。将这三个方面的标准联系起来看，气、神和天然显然属于同一个层次，具有形而上的意味，构成了书法审美品评的最高标准；书法作品有了气，也必然会有神，再提升一步就是天然的境界；而骨、筋、肉、形和工夫则属于同一个层次，具有形而下的倾向，构成了书法审美品评的技法标准。书法作品的形（质）往往涵盖了骨、筋、肉的内涵，正是骨、筋、肉塑造了书法之形，而这一切必须以工夫作为保证。我们知道，这一时期书法品评的审美标准概念是从人物品藻中引申而来的。人物品藻的对象（人）乃是一个完整的生命。同样书法品评的审美标准也是一个完整的系统。这就要求审美品评的形而上和形而下这两个层次不应相互割裂，而要相互贯通。具体来讲，就是气与骨、筋、肉的相互贯通，形与神的相互贯通，天然与工夫的相互贯通，唯其如此，书法品评的审美标准及其所品评的对象才会构成一个相互映照具有丰富生命内涵和意味的完整系统。

（摘自《中国书法》2019年第19期）

9.陶弘景《真诰》中所见王羲之资料及其相关考察

祁小春的《陶弘景〈真诰〉中所见王羲之资料及其相关考察》一文，通过梳理和论证，揭示了《真诰》中有关王羲之及其相关联的资料来源之可靠，作为对王羲之研究的早期文献，《真诰》的资料价值十分珍贵。由于《世说新语》以及刘孝标注《晋书》本传等文献没有记载王羲之生卒年，于是后世出现了六种说法，孰是孰非，至今未有定论，以至成为王羲之研究中的悬案之一。然而经过学者们的研究考证，现在学界已经大致认可王羲之太安二年（303）生，升平五年（361）卒的说法，而最早记录此说者乃陶弘景所辑《真诰》注。第一，陶弘景十分熟悉王羲之的书法及其生平事迹，在《真诰》注中以王羲之事迹检证他事，这说明他掌握了翔实可信的王羲之资料才能做到。第二，陶弘景是上清派茅山宗的代表人物，他所辑《真诰》资料源主要是这一系的创始者杨羲，二许（许谧，许翙父子）等在降神活动时留下来的原始记录，而许谧的胞兄许迈又是王羲之的至交密友，关系十分密切。

（摘自《中国书法》2019年第2期）

10.宋拓黄庭坚《此君轩诗》帖综考

单凌寒的《宋拓黄庭坚〈此君轩诗〉帖综考》一文，先从文献、书法碑刻以及黄庭坚与祖元和王庠之交游着手，厘清君轩三诗的写作时间和顺序，进一步考察此君轩三诗的墨本和拓本流传情况。中国国家博物馆藏宋拓黄文节公《此君轩诗》刻，原诗作于北宋元符二年（1099），是黄庭坚题祖元大师居所此君轩之作，后被祖元摹勒刻石于轩中。黄庭坚贬谪戎州期间，共作过三首《此君轩诗》，同韵同调，所赠亦均是祖元和王庠二人；但因诗作产生时间与书写赠送时间不同步，摹勒上石及黄庭坚诗集编订所据底稿不同，故三诗的写作年代颇为混乱。国博所藏宋拓本是黄庭坚三诗中唯一保存的宋拓本，弥足珍贵。元符年间是黄庭坚书法创作的黄金时段，存世黄书中约有五分之一的作品创作于此时，且三诗题跋丰富，不但包含着书法见解，还反映了黄庭坚在戎州期间的交游和人情世故，为我们全面了解黄庭坚书艺与书法见解提供了最直观可靠的史料。

（摘自《中国国家博物馆馆刊》2019年第1期）

11.字学义理与书艺旨趣：北宋篆书发展刍议

王佑贵的《字学义理与书艺旨趣：北宋篆书发展刍议》一文，从字学义理与书艺旨趣探讨了北宋的篆书发展。北宋初期，以徐铉，郭忠恕等文字学者为代表，对篆籀，古文进行整理和规范，其篆书所依照和秉承的主要是《说文》和玉箸篆一系；北宋中后期，受诸种因素的影响，如金石学的发展，"尚意"书风的日渐兴盛，以及"书体融通"观的渗透等，苏轼、黄庭坚、米芾等追求篆书的艺术旨趣，强调用笔，结字的"自然"之美，并试图打破篆籀与行草书体之间的隔阂。他们的探索和实践虽尚未充分展开，但有其难能可贵之处，由此成为篆书发展史上不可缺失的一个环节。

（摘自《美术研究》2019年第3期）

12.清初贰臣刊刻王铎法帖的意图研究——以新见王铎《日涉园帖》《论诗文帖》为中心

薛龙春的《清初贰臣刊刻王铎法帖的意图研究——以新见王铎〈日涉园帖〉〈论诗文帖〉为中心》一文，通过王铎刻帖的刊刻来探究清初贰臣的意图。在明代，王铎和他的姻亲建立了深厚的友谊，明清鼎革之际，除了1641年正月死于洛阳之变的吕维祺，王铎的姻戚集体选择了投降。在清初，他们遭遇了同样的身份危机，政治上的失意，使他们结为盟友，并将历史声名寄托于王铎文艺的不朽。他们在清初所刊刻的，除了《琅华馆帖》与《银湾帖》，还有薛蒨（字葳生）所刻《日涉园帖》及张缙彦所刻《论诗文歌》。本文在梳理王铎与薛所蕴、张缙彦二人交往的基础上，讨论这些刻帖的刊刻意图，从而加深对仕清贰臣集团追求不朽文艺声名、保存家族记忆的同情与理解。

（摘自《美术研究》2019年第1期）

13. 赵孟頫《雪赋卷》考述

张颖昌的《赵孟頫〈雪赋卷〉考述》一文，深入讨论了赵孟頫的书迹《雪赋卷》。山东博物馆藏宋末元初赵孟頫行书《雪赋卷》是研究赵孟頫及其书学的重要文物。该卷是大德二年（1298）冬至日为班惟志所书，是年春，赵孟頫以奉诏入大都书金字《藏经》，并举荐多位善书者同行，成为南北方及朝野公认的书坛领袖，因此该卷在时间点上具有重要意义。本文通过《雪赋卷》书写时间与周密题跋时间的考证，推断出周密去世时间应为大德二年冬至日之后，可补史料缺如。并且根据班惟志是受书人这一明证，结合卷后题跋及收藏印鉴，对文物的流传经历做了详细的考证，此卷先后经元代班惟志、明代源伯、清代李蔚和现代周伯鼎收藏。文章还通过梳理赵孟頫《雪赋卷》真伪的鉴定过程和相关依据，提出对赵孟頫的成长历程要有客观而全面的把握，不能简单地以其成熟期作品作为参照来进行鉴定。并进一步指出，书画鉴定不应当以个别败笔来否定一件作品，而应当以其妙笔所达到的高度来全面判断文物的真伪。

（摘自《中国国家博物馆馆刊》2019 年第 2 期）

【外国美术史研究】

1. 何以“先驱”—— 欧仁 · 布丹写生作品中的彩色阴影与独立笔触

邓灿的《何以“先驱”——欧仁·布丹写生作品中的彩色阴影与独立笔触》一文，认为人们对莫奈的启蒙老师欧仁·布丹缺乏足够的重视。布丹一生致力于外景写生，他从学习巴比松画派入手，坚持现实主义创作观，努力开拓新的创作方式、笔触语言及色彩表现。他的户外写生画法引领了印象派的发展，因而有人将他称为“印象派之父”。本文考察了布丹如何在追寻自然的过程中找到独特的绘画题材并坚持在户外完成作品，从而形成了鲜明的艺术风格。在文章的结尾，邓灿对布丹进行历史定位：布丹以一反传统的户外写生创作方式、全新的补色配置和笔法运用，客观上使色彩和笔法逐渐走上了独立审美的自由之路，使绘画得以跳脱古典主义等艺术传统的桎梏，为印象派开启了一扇光色与语言形式的大门，进而点亮了现代主义艺术的星星之火。

（摘自《美术》2019 年第 10 期）

2. 血与肉的扭结 —— 培根与“战后”英国艺术

范晓楠的《血与肉的扭结——培根与“战后”英国艺术》一文，以“血与肉的扭结”为研究主题，在 20 世纪思想界“身体转向”的背景中，通过两条研究主线贯穿全文展开论述：其一，以培根为主线，梳理战后英国不同时期代表性艺术家案例，通过对作品形式和观念的分析，形成清晰的脉络谱系。其二，以 20 世纪的哲学思想为主线，通过对与培根同期的哲学家翁托南·阿尔托、梅洛－庞蒂和乔治·巴塔耶等思想的研究，结合作品展开前半部分的论述，又兼及德里达、德勒兹、福柯以及梅洛－庞蒂思想的最新研究，建构起整个 20 世纪哲学思想中“肉身”概念的脉络体系，及其与艺术家作品间的深刻关联。作者希望能通过这样的切入方式触及“战后”英国艺术发展脉络的深处，以此观照英国当代艺术发展的一个显著特征。在范晓楠看来，这样的特征代表了英国当代艺术的重要面向，使其在 20 世纪国际当代艺术主流的发展态势中，建构起独树一帜的具有显著民族特征的当代艺术谱系。

（摘自《美术观察》2019 年第 12 期）

3. 日本飞鸟白凤半跏思惟像源流考

费泳的《日本飞鸟白凤半跏思惟像源流考》一文，考察了日本飞鸟、白凤时期佛教造像的一个突出现象，就是其间涌现出许多半跏思惟像，这些造像大多已形成稳定的样式，并与朝鲜半岛和中国的半跏思惟像一脉相承。半跏思惟像在日本飞鸟、白凤时期的样式呈现是多样的，这种多样性在 7 世纪初已得到很大程度的显现，主要体现在头部冠髻的变化。本文在对三山冠、双髻、单髻、三面冠及一山冠半跏思惟像的身份、类型进行分析的基础上，考证其风格来源。作者相信，现存飞鸟、白凤时期不同表现形式的半跏思惟像，一定程度上反映出这种造像在汉传佛教文化圈内的传播脉络。

（摘自《美术与设计（南京艺术学院学报）》2019年第3期）

4. 视觉之外：从希尼斯特别墅壁画中的帘幕说起

胡桥的《视觉之外：从希尼斯特别墅壁画中的帘幕说起》一文，认为帘幕是古罗马壁画中常见的图像，它既体现了壁画赞助人的审美品位，也反映了古罗马人的价值观念。在古罗马的语境中，帘幕一方面是奢侈品和异域风物的展现，另一方面与戏剧舞台的场景息息相关。一些写实性强的帘幕再现了视幻觉法（trompe l'oeil）的历史典故，同时突破了壁画的平面，暗示了物的可触摸性。与这类描绘细致逼真的帘幕不同，希尼斯特别墅壁画中的黑色帘幕极其简单和平面化，与壁画中其他图像相比显得尤为敷衍。这类黑色的帘幕也出现在第二风格的其他壁画中，它的特殊性提示着观众改变传统的以视觉为中心的方式感知图像。在这个维度上，感官和超越视觉的感知使得观众成了图像的参与者。

（摘自《美术研究》2019年第2期）

5. 意大利文艺复兴时期女性艺术赞助人研究——以伊莎贝拉·德·埃斯特为例

金蕾的《意大利文艺复兴时期女性艺术赞助人研究——以伊莎贝拉·德·埃斯特为例》一文，探讨了意大利文艺复兴时期的女性艺术赞助人问题。凯瑟琳·金曾在调查14—16世纪的意大利赞助活动后发现，富家和中产阶级的妻子及丧偶女性占据了赞助人群体的绝大多数。而辛西娅·劳伦斯的《现代欧洲早期的女性与艺术：赞助人、收藏家和鉴赏家》一书中认为，“女性的赞助范围与男性一样非常广泛”。本文在此类研究的基础上，以意大利曼图瓦宫廷著名的艺术赞助人伊莎贝拉·德·埃斯特为例，通过分析她的艺术赞助和收藏活动特征来研究文艺复兴时期女性赞助人的赞助领域、赞助倾向，以及她们的艺术赞助对于文艺复兴艺术的影响。在作者看来，艺术赞助成为文艺复兴时期的女性释放情感、走出封闭狭小的空间、获得光明的一种方式，虽然她们不能拥有同男性一样的权利和地位，但通过艺术赞助，她们得以彰显自身价值、展示自身才华。

（摘自《美术观察》2019年第2期）

6. 论古希腊肖像艺术的早期发展：人像的政治性纪念功用的衍进与个性的强化

李艳辉的《论古希腊肖像艺术的早期发展：人像的政治性纪念功用的衍进与个性的强化》一文，讨论了古希腊肖像艺术的早期发展。学界普遍认为古希腊肖像艺术产生于公元前4世纪或亚历山大时代。至于为什么古希腊艺术的写实主义手法起源较早，且一直处于发展过程之中，肖像艺术的出现却较晚，史密斯认为“部分地由于希腊人理想主义的自我认知，部分地由于古典时期的城邦中厌恶个人威势过盛”，文章认为：图像的政治性纪念功用是肖像艺术出现的核心推动力。肖像艺术也绝非在某一时期突然出现，而是经历了长期的酝酿和缓慢的发展。肖像制作艺术在城邦环境下产生和发展，体现出明确的公共性与排他性。古风时期的立像以文字对人像进行说明，所纪念的是城邦语境下的个人。公元前6世纪末，艺术依托故事表现人物，所纪念的是事件中的个人。前5世纪，城邦重要人物被脱离故事背景而独立制作肖像，但理想主义风格依然影响着肖像制作。古希腊肖像艺术有两大支柱：外貌描绘和性格表现。这二者对后世影响深远。艺术家对人物特征的表现水平逐渐提高，并在亚历山大时代达到高峰。

（摘自《美术与设计（南京艺术学院学报）》2019年第3期）

7. 18世纪欧洲洛可可色粉画艺术探寻

林颢的《18世纪欧洲洛可可色粉画艺术探寻》一文，对18世纪洛可可色粉画的发展脉络进行梳理，研究色粉画的材质特征与18世纪欧洲色粉画艺术家的技法语言和制作奥秘，试图为当代中国色粉画的发展提供借鉴作用。文章认为西方色粉画艺术在18世纪中叶发展到了前所未有的高度，而后经历了从繁荣走向衰落、又重新复苏的过程。1691年平板玻璃在法国问世，意味着大幅色粉画的保存和展览成为可能，为色粉画在欧洲成为一个重要的绘画门类奠定了基础。这一时期，色粉画颜料和纸张的制造也在欧洲各大城市不断扩大，官方也为材料制造商的新产品建立奖励机制，提供销售渠道，鼓励和促进颜料生产商不断研发质量优良的色粉笔和耐磨且附着力的色粉画纸，为欧洲色粉画的兴盛创造了强有力的物质基础。当时的色粉画艺术具有其无味、色彩绚丽、制作简单便捷的特点，深受欧洲贵族阶层的推崇与喜爱，在巴黎成为最时髦的画种，涌现了卡列拉、拉图尔、夏尔丹、布歇等一批杰出的色粉画艺术家。作者在文中指明，卡列拉成就了洛可可色粉画艺术的第一个高峰，色粉画艺术家的地位和身价也随之上涨。法国的色粉画对英国、爱尔兰和德国产生了广泛的影响。但到了18世纪末，欧洲社会普遍对洛可可艺术风格表示反感，人们对色粉画艺术的狂热在1770年左右开始减弱。19世纪70年代，印象派画家德加开创了色粉画的崭新风格。如今，色粉画的颜料与纸张比历史上任何时期都更加丰富。

（摘自《美术》2019年第7期）

8.跨越在古典与现代之间的巴巴

尚辉的《跨越在古典与现代之间的巴巴》一文，讨论了在通行的欧美学者撰写的欧洲现代艺术史上受到很少评价的柯尔内留·巴巴的艺术。文章认为这不仅是因为二战之后东西欧政治格局导致西方艺术史书写对东欧国家的艺术偏见，而且是因为对写实艺术在现代主义和后现代主义阶段的艺术史价值缺乏应有的学术公正判断。但中国美术界却对巴巴情有独钟。从20世纪50年代至今，在美术期刊上有关巴巴的评介不在少数，甚至在外展入境相对困难的70年代末，巴巴的个人原作展都能在中国举行。文章通过“造型是绘画叙事的根本”“从造型内部生发出来的抽象结构”“深暗场景与正面投光的光影寓意”和“从形象背后走出的色彩与笔触”几个方面对巴巴艺术语言进行剖析，试图揭示巴巴以古典写实绘画为基础而与现代主义绘画建立的某种内在联系。作者认为巴巴是个跨越在古典与现代之间的伟大画家，这种伟大不是他代表了从古典向现代的转变，而是他在现代主义艺术的时间坐标上回归古典，由此让人们看到了艺术在重返过程中进行的现代性再造。

（摘自《美术》2019年第8期）

9.不可见之美：欧洲反形式主义艺术

邵亦杨的《不可见之美：欧洲反形式主义艺术》一文，梳理了“无形式艺术”抽象画派是如何在超现实主义影响下，用反构图、自动主义和行动派画法来表达直觉感受，反对机械理性主义的。无形式艺术这个词汇出自法国批评家米切尔·塔皮耶1952年的著作《另类艺术》。塔皮耶把这种艺术看成是完全打破了传统规则的“另类”。其中主要包括污渍主义抽象、抒情抽象、原生艺术和眼镜蛇等艺术群体，代表性艺术家有让·杜布菲、汉斯·哈同、阿尔贝托·布里、让·福特里埃、沃斯等。他们对后来的新表现主义，后极简主义雕塑家和行为艺术有广泛的影响。作者相信，二战后的反形式主义艺术是欧洲战后反主流文化、前卫思潮的一部分。尽管在技法上与同时代纽约的抽象表现主义有相似之处，但是更具有社会、政治批评性。反形式主义艺术家用创作感知世界、表达个人的自由追求，反对唯美的表象，揭示了深藏于艺术形式背后，不可见的观念之美。

（摘自《世界美术》2019年第4期）

10.试析17世纪荷兰风俗画中的谜题、功能及形式

王峦的《试析17世纪荷兰风俗画中的谜题、功能及形式》一文，从“布设线索与谜题”“颂扬与劝喻”“绘画元素与形式感”几个章节来进行阐释，试图结合相关作品反映出17世纪荷兰风俗画所具有的丰富内涵与独创性。17世纪荷兰风俗画以描绘家庭日常生活而著称，史称“荷兰小画派”，代表画家有特鲍赫、斯蒂恩、维米尔、梅苏、德·霍赫等。文章猜想，这些画家或许没有想过或者不关心所描绘的题材内容在后人眼中有怎样的革新意义，他们在绘画上更在意的，或说更为着力的是怎么以一种自由（相对以往时代而言）的艺术状态，追求更有“绘画性”的风格样式。简言之，他们最为重视的可能不是内容，而

是形式。在作者看来，生活在荷兰“黄金时代”的这一批伟大的风俗画画家，时而在画作中设置谜题、布设线索，时而讲究颂扬或谴责的教育功能，时而以各种构成元素来组织画面，以此丰富了画作的可读性与艺术性。除了人物的动作与故事情节之外，“陪衬物”也是解读17世纪荷兰风俗画的重要之匙，它所指涉的内容尤其丰富，如果没有对当时的历史、人文、环境等有足够的了解，那么观者真的难以走进画作的深处，也就无法了解到画家的良苦用心及接触到作品的真正内涵。此外，17世纪荷兰风俗画画家在题材内容与形式语言上的齐头并进，也告诉了观者一个朴实的真理：真正的美来源于看似微不足道的日常生活之中，每个人都可以拥有它。

（摘自《美术》2019年第8期）

11.从信仰到创作——19世纪拿撒勒画派的宗教底色

肖发展的《从信仰到创作——19世纪拿撒勒画派的宗教底色》一文，梳理了拿撒勒画派成员的转向过程，即他们是从什么时候开始试图回归到能体现精神价值的艺术，又是如何到中世纪晚期和文艺复兴早期的艺术家中寻找灵感的。成立于1809年的拿撒勒画派在19世纪上半叶欧洲画坛具有特殊的影响力。该艺术团体里的奥韦尔贝克与他的跟随者们不满当时盛行的新古典主义和系统的学院艺术教育，拒绝那些充斥着“精湛技艺”的绘画。他们的戒律是勤奋诚实的工作和圣洁的生活，加上显得“不合时宜”的衣着，以虔诚的宗教信仰为艺术创作的基础，希望回归能体现精神价值的艺术。对他们而言，艺术创作本身就代表着一种宗教活动。作者在文章的最后部分指出，拿撒勒画派在美术史书写上曾受到了不公正的对待，被不少学者与艺术家长期视为是一种“退化”的艺术。并指明拿撒勒画派“特立独行”的创作主张与“和而不同”的艺术表现，既让人们对中世纪艺术有了更进一步的认知，也对其后的“拉斐尔前派”产生影响。

（摘自《美术》2019年第5期）

12.论雷诺阿后期创作的转型与突破

杨娟娟的《论雷诺阿后期创作的转型与突破》一文，通过对雷诺阿部分代表作品的形式分析，从笔触形态、稀释画法、色彩和透视造型等方面，追踪“雷诺阿式”渐隐法的发展过程，并结合那几十年中其他画家如莫奈、塞尚、莫里索等人的互相影响，凸显雷诺阿后期创作的独特之处。雷诺阿60多年的艺术生涯，有着数千幅传世作品，但人们所熟知的只是他中年之前典型的印象派风格。学界对雷诺阿中年转型期之后的作品的研究很少，直到20世纪末，一些学者才开始关注雷诺阿的后期绘画风格。这里的“后期”是从中年雷诺阿至印象派的成熟期开始算起，一直到他生命的最后一天。西方学者将雷诺阿的后期绘画风格“粗略”地分为三个阶段：“类安格尔时期”“珍珠时期”和最后的“卡涅时期”。杨娟娟指明，从珍珠时期开始，雷诺阿就回归到比文艺复兴时期更加彻底的“渐隐法”，“既承认着画布的表面，又像古典主义那样隐入了画布深处”。

（摘自《美术》2019年第2期）

13.权力之“徽”：正仓院“含绶鸟”纹考

杨小语的《权力之“徽”：正仓院“含绶鸟”纹考》一文，运用符号学和对比研究方法，在风格辨析的基础上厘清纹饰的流源，再从纹饰载体的传播引入、使用归属及纹饰构图中关键元素（绶带）的史料分析入手，探寻日本语境中“含绶鸟”的内涵，并结合亚欧丝绸之路上的同类图像，分析导致该纹形成的普遍心理模式及思维。日本正仓院藏品上饰有诸多姿态各异的口衔绶带的禽鸟纹样，被称为“含绶鸟”纹。日本学者惯将鸟衔物母题的图案统称为“花喰鸟”或“咋鸟文样”。在日本美术研究领域，对正仓院“含绶鸟”纹的探讨一直持续；而我国虽然也有诸多关于“含绶鸟”的讨论，但视野通常集中在汉唐或萨珊王朝影响下的中西亚地区。文章指明，日本正仓院的“含绶鸟”纹，是以唐朝、萨珊王朝为代表的亚欧大陆文明对当时日本社会产生深刻影响的一处缩影，亦是在亚欧丝绸之路上广泛分布的“含绶鸟”图像的皇权征途的最东端。“含绶鸟”纹以“绶带”为核心元素，展示了古代亚欧地区共通的权力崇拜心理和普遍的权位等级意识。而纹饰形成背后所蕴含的思维模式则与自古以来世界各地均存在的神话思维息息相关，显示出具象性、情感性等特征。

（摘自《美术与设计（南京艺术学院学报）》2019年第3期）

14.落选沙龙

易英的《落选沙龙》一文，以落选沙龙为中心，突出了特定历史时期政治、社会和文化对艺术的交叉作用，不是落选沙龙改写了历史，而是历史造就了落选沙龙。1863年法国艺术沙龙（落选沙龙）是西方现代艺术史上的重要事件，一般认为，落选沙龙是一个历史的转折点，具体体现为学院主义与现代艺术的冲突，学院主义的衰败和现代艺术的发生。事实是，落选沙龙是作为历史的事件，而不只是艺术的革命。历史发展到特定时期，历史事件是历史发展和演变的必然反映。落选沙龙使马奈大出风头，连库尔贝都妒忌《草地上的午餐》所制造的丑闻。但正如丑闻本身一样，落选沙龙并没有带来真正的革命，从观众到大多数批评家，还是认为落选沙龙只是证明了什么是低档的艺术，证明了皇帝举办落选沙龙的英明见解。落选沙龙以后，马奈成了年轻人的偶像，印象派蠢蠢欲动，但真正要掀翻这个世界，还要经过10多年以后。1865年的沙龙，有着更大丑闻的《奥林匹亚》正式入选，但远没有产生《草地上的午餐》的那种效应。马奈虽然有些失望，但对“革命”的失败也无所谓，他以后再没有进行过这样的“革命”了。他每天在巴德咖啡馆听着年轻艺术家的高谈阔论和激烈争论，他虽是他们的主心骨，但反而受他们的影响。到19世纪70年代，他转向运用外光效果，真正成了印象派画家。落选沙龙意外的轰动，成为另类的狂欢，激烈的批评和公众的反应反而使落选艺术家因祸得福。1865的沙龙吸收更多马奈这样的艺术家参展，但公众与批评的反应相对平淡。马奈的《基督受刑》和《奥林匹亚》参展，遭受到的仍然是落选沙龙的批评，马奈非常失望。落选艺术家再次要求举办落选沙龙，遭到拒绝。马奈的兴趣已转向摄影和外光，和印象派画家一样，民间画廊成为艺术品销售的主要场所，不再依赖于官方沙龙。印象派画展应运而生。到1883年，第8届印象派画展的时候，沙龙的命运也终止了。

（摘自《美术观察》2019年第3期）

15.不可忽视的观众和影响制造者——对雷安德罗·埃利希“太虚之境”的深思

张子康的《不可忽视的观众和影响制造者——对雷安德罗·埃利希“太虚之境”的深思》一文，试图借由雷安德罗·埃利希的作品来思考当代艺术及其展览如何在新媒体文化的催化下，与观众形成全新的观看关系。中央美术学院美术馆为备受关注的艺术家雷安德罗·埃利希举办继2015年在德国卡尔斯鲁厄艺术与媒体中心和2017年日本东京森美术馆个展之后，又一次重要的个人展览——“雷安德罗·埃利希：太虚之境”。毫无意外，雷安德罗在中央美术学院美术馆的个展也收获了巨大的人流量，创造了中央美术学院美术馆建馆以来观众量的高峰。本文认为：凝视者角色已经转变，雷安德罗等艺术家的创作目的也不仅只是重现真实情境，而是留给观众与他一起反思真实性存在的契机。雷安德罗从视觉感知的层面映照了一系列现代文化理论的预言，为视觉艺术研究和美术馆话语领域积极应对时代变化和观众新兴的“视觉狂热”提供了研究范本。

（摘自《美术研究》2019年第6期）

【艺术设计史研究】

1.宫闱时尚——宋代工艺美术的女性侧面

陈彦姝的《宫闱时尚——宋代工艺美术的女性侧面》一文，以宋代有影响的两位后妃的生平轶事为线索，探究她们作为时尚的“弄潮儿”，是如何促成工艺新品的诞生与流传的。就宋代工艺美术史的研究而言，有两位后妃的生平轶事贡献良多。一位是仁宗的张贵妃，她宠冠后宫，用度不凡，也乐意展示炫耀难得或新奇之物以彰显身份地位。这些物品有的来自皇帝赏赐，还有一些是官员们巴结奉承的赠礼。另一位是哲宗的孟皇后，她经历曲折，饱经世变，本人虽不像张贵妃那样能引领时尚，但后人却将其身世与流行纹样相关联。通过“谕制”“珍珠为饰”“金线灯笼锦”“定窑红瓷”“孟家蝉缬样”等一些角度及掌故，我们可以管窥后宫嫔妃与时代工艺美术之间的关系，探究其行为如何促成新品的诞生与流传。后妃身份尊贵，有机会接触到最时新、最难得的工艺美术品。她们并不直接进行设计和制作，但其审美判断形成于既有的、特定的文化氛围，所以其选择仍能代表官府中的审美趋势，属于时代精英文化的一部分。宫中妇人借助显赫地位对特定样式起到展示宣传作用，以促成其流行。宫闱时尚传递到社会，容易成为一时风潮。

（摘自《美术观察》2019年第9期）

2. 撒答剌欺在中国

尚刚的《撒答剌欺在中国》一文，探讨了撒答剌欺在中国的传播与生产。撒答剌欺本为中亚的传统彩丝锦，最晚于唐代已经出现在中国的西北。中国西北出土物的织造者不仅有粟特人，还有当地的其他民族人士。辽金时代，撒答剌欺又出现在中国的东部，可以指认的实物为黑龙江阿城金代齐国王墓中的金锦袍。文献记载，完颜宗翰赠予宋朝议和使臣的“赞叹宁”应当也是撒答剌欺，它们的织工应当来自西域。蒙元时代，中西交流尤其频繁，撒答剌欺也迎来了在华夏文明中心地区的繁荣，不仅政府设立了规模不小的局院，遗物也至少在内蒙古有出土。织工的主体应当是中亚的穆斯林，产品则保留了浓郁的西域风。元代以后，撒答剌欺在中国的织造也转入消歇。撒答剌欺在中国的生产延续了大约800年，作品会因时因地而不同，在中国的生产也出现了材质、技术、装饰的变化，以及织造非典型的作品。最后应当说明的是，撒答剌欺在中亚和中国生产了近800年，在其时间漫长、空间广阔的发展中，装饰、技术都会因时因地而殊。比如，同样产在中国，年代接近的异文锦可以织金，也能够织纯丝质。又如，同为西方图案风格，不仅有织金与否的差异，还会有1/2平纹纬重组织、特结锦组织、1/3斜纹纬重组织的区别。因而，只能判断典型的作品取用何种图案、哪种技术，非典型的作品可能杂糅当地的文化因素。尤其是在东西文化大交流的背景下，非典型的作品一定不在少数。中国长期以来是丝绸王国，历来有“先吸收、后改造”的传统，因此特别是中国东部织造的撒答剌欺、纳石失等融入中国的因素也在所难免。

（摘自《美术与设计（南京艺术学院学报）》2019年第1期）

3. 东涂西抹，笑语浮华：宋代戏剧化妆“粉墨涂面”考

张彬的《东涂西抹，笑语浮华：宋代戏剧化妆“粉墨涂面”考》一文，考察了宋代的一种戏剧化妆，宋代是中国戏剧艺术发展史上的重要转型期，可谓金、元戏剧艺术之滥觞。宋代戏剧化妆中的“粉墨涂面”来源于宋代女子以脂粉涂面的日常生活习俗，其又被称为“抹跄”或“搽灰抹土”。由于受到宋代戏剧表演形式、角色行当等影响，又与女子日常化妆的习俗大相径庭，副净形成了有别于其他角色的特有化妆样式。这正体现了艺术源于生活，又高于生活的特征。有宋一代，墓葬中出土的戏剧文物让我们对艺人的化妆样式有了具体的了解，再也不必囿于与唐、五代艺人化妆相关的几条零星的文献记载。宋代戏剧的化妆艺术在中国戏剧化妆史上具有独特的面貌和重要性，并对金、元戏剧艺人的化妆样式产生了重要的影响。历经千余年的演变，今天，我们看到的京剧舞台上丑角的眼鼻之间涂以白色或将眼圈涂以白色的程式化化妆样式，实则在宋代戏剧副净的化妆”粉墨涂面”中已初露端倪。

（摘自《装饰》2019年第7期）

【美术史学史研究（含方法论研究）】

1. 艺术史研究中的图录：从《古典的复兴》谈起

白谦慎的《艺术史研究中的图录：从〈古典的复兴〉谈起》一文，基于作者从事艺术史研究30年来的经历，谈谈图录与艺术史研究之间的关系。早期以照相术印刷的绘画图录，大都以图版为主，如《神州国光集》以及域外的《“支那”南画大成》等。较重要的著录性图录有铃木敬领衔

编辑的《中国绘画总合图录》，台北故宫博物院的《故宫书画图录》，中国古代书画鉴定组参与鉴定、文物出版社出版的《中国古代书画图目》等。这些图录都以公布藏品为主。与这些以著录为主的图录相对应的，便是研究型图录。研究型图录大致可以分为两类：展览图录（包括公私收藏的展览），公布藏品的图录（不为专门的展览而作）。一些重要的展览图录，都是进行相关研究的重要文献来源，如《八代遗珍：纳尔逊·阿特金斯博物馆与克利夫兰美术馆藏中国古画》（1980年）等。除了博物馆人员策划展览外，在美国许多高校的著名艺术史学者，在20世纪都曾积极参与策展。如方闻先生在其封笔专著《艺术作为历史》完成之前的重要著作《心印：中国书画风格与结构分析研究》和《超越再现：8世纪至14世纪中国书画》等，都是以展览图录的形式呈现其学术成果。然而，也正是在中国艺术史的规模迅速扩展之际，大约20世纪80年代以后，展览图录在美国高校的评估体系中开始逐渐受到冷落。新一辈的学者要在美国的研究性大学获得终身教职，必须在大学出版社出版起码一本通过同行匿名评审的学术专著。这一转变的社会原因和知识背景复杂。反观国内的情况，近10多年来，研究型图录的增长速度很快，但和美国许多重要博物馆是私立的情况不同，国内的博物馆绝大多数都是公立的。近些年来私人博物馆在中国兴起亦如雨后春笋，不少私人藏家建立了展示空间，通过展览和出版来公布自己的收藏，其中有些做得很有特色和水平。有的收藏家虽然没有建立展示空间，但通过组织学术研究、出版研究型图录的方式，公布自己的收藏成果和研究心得，推进艺术史的学术研究。但这类非展览型研究图录的数量目前还不多，《古典的复兴：溪客旧庐藏明清文人绘画研究》就属于此类。作品的公开展示只是提供原始材料，如何推进我们的研究才是真正的挑战。或许此书的出版能给众多的私人藏家和艺术史研究者一些可以进一步追索的启发。

（摘自《新美术》2019年第9期）

2.本体与镜像——20世纪英语世界的中国艺术史研究

曹顺庆、余国秀的《本体与镜像——20世纪英语世界的中国艺术史研究》一文，认为20世纪英语世界的汉学家与艺术史家，运用各自的学术传统与方法论模式撰述中国艺术史，使处于西方艺术史研究边缘位置的中国艺术史，以多种学术样态呈现于西方知识体系中。“视觉透镜”的规约、艺术史学科的“元理论”、文化原境的现代性重构、非本质的类比研究，使中国艺术史获得了时间维度上形而上的体系，却失去了自身的话语权力。汉学家与艺术史家构建了西方学术视野中偏离中国艺术本体的中国艺术史，体现了西方现代性知识话语对中国哲学性艺术本体的解构、重组与想象。 总之，20世纪西方学者在艺术史学科框架中构造的中国艺术史是主体化的结果，呈现出了被凝视的中国艺术的多维镜像。“视觉透镜”造成了中国传统艺术门类的解构与重组，艺术史学科的元理论规定了中国艺术的“时间形状”，对中国文化原境的重构不可避免地处于现代性意图的预设之中。此外，还有跨文明研究中对中国艺术非本质的类比，使西方学者笔下的中国艺术史具有“雾里看花”“水中望月”的隐喻色彩。西方学者运用人文社会科学的多种理论建构中国艺术史，为西方世界了解和认识中国艺术提供了认知模式，这一行为从根本上说，是西方知识界为了应对自身文明危机而进行的包含有复杂意图的努力。正如拉斐尔·佩初兹所言，为实现欧洲和远东的文化复兴，研究一种异域理想对东西方两种文明都大有裨益，这将促成文化新质的产生。但若想真正理解异域理想，则应当在坚持文化多元主义与尊重差异性的前提下，摆脱行使权力的“自我中心”企图，努力接近“异域”话语方式，构筑“杂语共生”的和谐文化生态。

（摘自《文艺研究》2019年第5期）

3.《博多尼书评》贡布里希早期的一次思想实验

陈平的《〈博多尼书评〉贡布里希早期的一次思想实验》一文，将《博多尼书评》视作贡布里希早期的一次思想实验，试图通过解读这篇书评，重构贡布里希美术史观念形成期所受影响的一个侧面，尤其是在他遇到波普尔之前。《博多尼书评》是贡布里希早年在维也纳发表的一篇理论文章，借他的同学博多尼的博士论文出版之契机，以新的语言学和社会学视角对李格尔等学派前辈的理论进行检验。本文夹叙夹议地说明了，贡布里希早期在《博多尼书评》中运用了比勒的思想方法，批判李格尔对罗马晚期艺术金色底子的形式分析，也质疑潘诺夫斯基在《作为象征形式的透视》中将金色底子解读为某种空间的观点，而相信圣马利亚大教堂镶嵌画的金色部分是一种传达光的象征含义的中性基底。他还在《博多尼书评》中运用了比勒的思想方法，对当时具体的艺术史问题进行思想操练。阅读此文后，似可归纳出以下几个要点：1. 艺术的研究应以知觉心理学为出发点，将某种艺术语言（风格）放到特定的上下文中进行考察，以确定它的形式意义；2. 形式总是随功能的变化而改变，不存在抽象的、自律的“艺术形式的历史发展”，离开了艺术作品在各时代所处的社会位置（所扮演的角色），便不可能解释形式的发展；3. 对于艺术作品的研究，可以从创作主体的意图、内容的性质以及观者（观者的本分）多个维度进行调查；4. 对艺术的研究应立足于可验证的客观知识；5. 在贡布里希看来，学派的传统需要借助社会学、语言学和心理学的新知来进行改造，正如比勒和勒维所演示的那样。就在《博多尼书评》发表的第二年，贡布里希在克里斯的推荐下去往伦敦瓦尔堡研究院，并在伦敦第一次见到了波普尔，正是这位思想家为贡布里希的批判意识提供了理性主义的哲学基础。而波普尔的研究也是从心理学起步，后来走向了科学哲学。波普尔博士论文的指导者正是比勒，他的论文题目是《论思维心理学的方法问题》。

（摘自《新美术》2019 年第 1 期）

4. 弗洛伊德之后的《蒙娜 · 丽莎》研究简述 —— 兼论精神分析与艺术史

陈明烨的《弗洛伊德之后的〈蒙娜·丽莎〉研究简述——兼论精神分析与艺术史》一文，认为要论述弗洛伊德之后的《蒙娜·丽莎》研究，就必须论及精神分析与艺术史之间的关系。一是因为被誉作心理史学第一个范例的弗洛伊德《达·芬奇童年的记忆》一书确实影响了艺术史家们对《蒙娜·丽莎》的看法和关注点，二是因为对这幅画的艺术史研究正朝着与精神分析学相疏离的方向发展。作者概述了肯尼思·克拉克、马丁·坎普、布朗、马拉尼和策尔纳等各国的达·芬奇研究权威如何在最近几十年的学术环境中，回应弗洛伊德的观点，对《蒙娜·丽莎》进行更为严谨的艺术史研究。夏皮罗和克拉克相信可以借用精神分析来研究艺术史。但 20 世纪中期之后，精神分析与艺术史在客观上存在的、难以化解的矛盾关系终究浮出了水面。《蒙娜·丽莎》的研究领域呈现从根本上跳出精神分析的阐释框架的趋势。

（摘自《美术观察》2019 年第 12 期）

5. 关注现实的美学：论王朝闻美学思想

邓福星的《关注现实的美学：论王朝闻美学思想》一文，重点讨论了王朝闻关注现实的美学思想。王朝闻以大半个世纪的艺术实践和学术思考，成就了他独树一帜的美学思想。王朝闻美学思想是运用马克思主义唯物辩证法研究 20 世纪，特别是下半叶中国艺术和美学成功的典范，也是创造性地继承、发扬中国传统文艺理论的典范。王朝闻美学思想体系以审美关系为核心，以美的创造和欣赏为主，由不同层面、不同维度相互依存、相互作用的关系（美学范畴）所组成，表现了以感悟为基础，从具体到抽象的思维方式，富于辩证精神和实践品格，并且以“寓教于乐”和“创造善于辨别美丑的大众”的美育为指归的鲜明特征。王朝闻美学思想在当今具有可资借鉴的学术价值和积极的社会现实意义。

（摘自《美术》2019 年第 4 期）

6. 视觉分析与意识形态 —— 米克 · 巴尔艺术史学的符号叙事研究

段炼的《视觉分析与意识形态——米克·巴尔艺术史学的符号叙事研究》一文，讨论了米克·巴尔的视觉分析理论，阐述她的图像解读方法，聚焦于其符号叙事的概念。米克·巴尔是荷兰当代跨学科人文学者，她在图像解读中借叙事符号而从视觉分析向意识形态的推进，她本人否认自己是艺术史学家。这一阐述所关注的前提是叙事学、符号学、图像学在当代学术语境中的贯通，在巴尔的学术个案中，这就是在图像解读的实践中贯通文学叙事学和艺术符号学，贯通内在的视觉形式分析和外在的意识形态批评。基于这一阐述，本文为巴尔的视觉分析理论和图像解读方法勾画出一个开放的结构模式，并以之总结巴尔的艺术史学及其图像研究。从理论本体和分析方法两方面来说，巴尔艺术史学的实践，有一个同心圆式的操作模式，即从最外圈推进到圆心，步步深入：艺术史研究→视觉分析→图像解读→叙事符号→聚焦。这是作者为上述模式勾画的共同性图式，是其对巴尔艺术史学之理论和方法的基本认识。就这一模式本身而言，各环节向圆心推进的箭头皆是指示符，其直指是向圆心推进，其意指示修辞用喻。同时，又可以为上述读图模式提供两种从内向外的反向图式：（1）艺术史研究←视觉分析←图像解读←叙事符号←聚焦；（2）聚焦→叙事符号→图像解读→视觉分析→艺术史研究。对于叙事者在外聚焦和内聚焦之间的视觉转换，巴尔既阐述了转换的可能性，也阐述了转换的模糊性，而这模糊性正是她从画内到画外进行图像解读的保障。

（摘自《世界美术》2019年第2期）

7. 图像的屈从与抵抗——T.J. 克拉克对绘画的沉思

金翎在《图像的屈从与抵抗——T.J. 克拉克对绘画的沉思》一文，认为在《告别观念》和《瞥见死神》中，克拉克不再局限于传统马克思主义的视野。在世纪之交前后，克拉克继续坚持左派立场，先后出版了《告别观念》和《瞥见死神》两本重要的著作，以绘画为例探讨艺术与社会之间的辩证关系。在这两本书中分别思考了波洛克的滴画和《画有被蛇咬死的男人的风景》的深层含义，并进一步揭示出图像的独特价值。他在马克思主义思想的基础上，进一步接受了许多西方马克思主义者对现代社会的判断，并以接近黑格尔和阿多诺的方式来解读现代主义艺术。如此一来，克拉克关注的核心领域就从对艺术的社会史分析转向了思考如何通过艺术来解决现代性危机这样宏大开阔的哲学性问题。本文通过考察和描述克拉克3部艺术史著作体现出的研究思路的发展变化，总结了克拉克对图像的符号化、意识形态化的认识。

（摘自《美术观察》2019年第11期）

8. 王朝闻的中国画观念及研究

林木的《王朝闻的中国画观念及研究》一文，重点探讨了王朝闻先生关于中国画的思想，大致建立在客观与主观、西方与东方、现代与传统、形式与内容诸对矛盾体的辩证统一关系上。王朝闻的中国画研究起始于民族虚无主义泛滥的特殊年代。作为新中国文艺理论的奠基人，王朝闻于20世纪50年代初期的思想充满着智慧及坚持真理的勇敢。尤其对如何解决客观与主观的关系问题，对中国画性质的判定，在当时攸关中国画的命运存亡。王朝闻以他来自延安的革命理论家的特殊地位，以主观与客观的辩证统一的方式，有力地捍卫了以主观表现抒情性见长的传统绘画民族特色。20世纪70年代以后，王朝闻把自己的研究兴趣更多地转到对美学中审美关系的剖析上，更偏重于普遍的、一般的、思辨的哲理。这是一种从个别而至一般，由现象而至哲理的研究。在本文看来，王朝闻此段时期有关中国画学理的探讨，从属于他从审美关系入手而建立的体系严密的美学理论架构。

（摘自《美术》2019年第4期）

9. "致广大，尽精微"及其话语重塑——徐悲鸿美学思想辨证

王浩的《"致广大，尽精微"及其话语重塑——徐悲鸿美学思想辨证》一文，认为徐悲鸿的"致广大，尽精微"有两个层面的含义，即"立广大之道德于精微之艺术"和"寓广大之意境于精微之细节"，表达了对于艺术的形而上追求和对于绘画造型的技法及意境的严格要求，内涵丰富、深刻，层次分明、严谨，而且作为他的核心艺术主张及指导艺术实践和艺术教育的基本准则，其效果本身就可以说是"致广大，尽精微"。至于所谓徐悲鸿的"尽精微，致广大"，不仅在史实和义理两个方面都难以成立，而且在其推出者的心目中，它往往也只是用来指导绘画造型尤其是素描训练的原则或要求而已，这样的理解未免把徐悲鸿的本来思想单薄化、狭隘化了。换句话说，很多"尽精微，致广大"的推出者，甚至有些"致广大，尽精微"的认同者，通常只是在徐悲鸿的"致广大，尽精微"的第二个层面即"寓

广大之意境于精微之细节”的含义上理解徐悲鸿的艺术主张，有意或无意地忽略了第一个层面即“立广大之道德于精微之艺术”的含义。而若只是在后一个层面上理解徐悲鸿的主张，那么究竟是“致广大，尽精微”还是“尽精微，致广大”，的确可能会显得无关紧要而两可了。 因为对于不同的创作者来说，在面对创作过程中的整体与局部、综合与分析、意境与细节等关系的时候，完全可能会有各自的先后或侧重等不同的处理方式。因此在解读徐悲鸿的“致广大，尽精微”时，既要明确地认识到它不是“尽精微，致广大”，又要完整地把握它的 两个层面的含义。

（摘自《文艺研究》2019 年第 1 期）

10. 全球视野中的美术史研究：变动的格局与未来的展望

巫鸿的《全球视野中的美术史研究：变动的格局与未来的展望》一文，主要是观察中国美术史研究的现状和发展趋势。作为独立学科的中国美术史从其创建起就已经具有全球性，对“美术”做了一个普世的定义，使得地区性美术史研究在范围上获得了极大地扩展，但也存在一些问题：“一是普世”的美术史模式以及所涵盖的许多基本概念并不是从本地的美术史材料中提炼出来的，对于学术研究而言，它应该是有待证明的设论，而不应是最先检验的标准和固定的框架；另一个即是挥之不去的“西方中心症结”。这些问题可以说是历史造成的，但在过去的二三十年中，中国美术史的研究在中国和西方都发生了很大的变化，学者们对此有了越来越强烈的自觉认识，并开始进行矫正。在国外，历史学在 20 世纪 70—80 年代的整体发展带动了美术史研究的一个深刻变化，从建筑于“普世”观念上的形式分析转移到对艺术创作的具体历史分析，其中有很大一批属于对各种“原境”的重构和阐释。在国内，从 20 世纪 90 年代起，越来越多的学术活动、访问和翻译，使国内学者以参与者的身份进入国际上的中国美术史研究领域。我们目前面对的最主要问题是更广义的地域性美术史与全球美术史的关系问题，我们需要在全球美术史的语境中去实现对地域艺术传统的进一步研究和提炼。

（摘自《美术研究》2019 年第 2 期）

11. 滕固的“艺术学”构想与其“文化”之思——以其留日求学经历为中心

吴键的《滕固的“艺术学”构想与其“文化”之思——以其留日求学经历为中心》一文，以滕固的留日求学经历为中心，探讨其“艺术学”构想与“文化”之思。从赴日之前醉心艺文的少年滕固，到赴德之后成长为“中国现代美术史学的奠基者”，而居于其间的留日求学时期的学习与思考，正是滕固学术思想演进与成形的关键一环。本文试图将既有的中文材料与日方现存史料对读，从其对滕固“艺术学”构想及其“文化”之思入手，辨析其中的框架层次、现实语境与价值求索诸层面。考察滕固究竟如何在日本知识语境之中对“文化科学”加以接受，由此形成其具体的“艺术学”思考，并走向美术研究的文化史路向，勾勒出留日期间滕固学术思想的演进脉络。滕固在这段留日经历所感受到的，与其说是经由日本学界转道的某种西方“标准知识”，毋宁说是寓于其中的文化政治——民族身份认同与美术 / 艺术书写之间相互确证的关系。以艺术为主的“文化财”正是民族精神之表征，如其在《中国美术小史》（1925）所指出的“民族精神是国民艺术的血肉”，“旋转历史的机运，开拓中国艺术的新局势，有待乎国民艺术的复兴运动”。可以说滕固一生的志业都在这一延长线上，赴日留学的经历在其中正有承前启后的作用。在赴日之前，少年滕固有诗“寄身天地一蜉蝣，岁月骎骎不复留。此日何常竭我力？他年未必出人头。空言忧国曾何补，息念还乡亦壮游。辜负头颅年十七，浮云富贵果奚求。”既有感叹个人际遇、年少迷茫之意，又有夏志清所言当时文学者普遍弥漫的“感时忧国”（obsession with china）之思。 而他在日本期间接受的“文化学科”教育与接触的西方思想资源中，进一步明确其志业，其“忧国”之思也落于实处，也即在中国美术史研究中挖掘民族文化的艺术之“财”。而在这一阶段滕固实际上并未接受系统的艺术史学术训练，在“锻炼好利器——艺术学的方法”方面尚未达一间，这也促成其赴德国学习，掌握领会德语圈美术史研究方法的决心。可以说滕固的学术思路在留日期间立其主脑，在赴德期间全其手段，而其一以贯之 的关怀延续至其 1934 年以来主持的中央古物保管委员会工作，直至终其短暂的一生。

（摘自《美术研究》2019年第5期）

12. 审美意识的重新发现：美国汉学研究中的艺术与审美意识关系问题

吴佩炯的《审美意识的重新发现：美国汉学研究中的艺术与审美意识关系问题》一文，认为现代西方艺术史学科在建立发展过程中隐伏着艺术和审美意识关系的张力，产生了不同观点和处理方式：从以客体化的要求将二者区隔切割，到在艺术研究中回避和淡化审美意识问题，但又保持二者的微妙关系，再到“新艺术史”潮流要求重新关注与发现审美意识。然而，美国汉学也并非单向地对西方艺术史学科发展进程亦步亦趋——由于作为对象的中国艺术文化中基本不存在西方式的美学和美学体系（从而令汉学家少了一个强烈否定美学、挣脱美学“包袱”的过程），但又在艺术与审美意识关系问题上有着独特的认识论和表达形式，这些要素在跨文化语境下与西方原有视域产生碰撞与融合，使得艺术与审美意识的关系在汉学领域内并未表现出在现代西方艺术史中那样强烈的张力，而是能够始终留在汉学家的研究视野之内，并先于西方自身的“新艺术史”潮流开启了与其观念相契合的、重新发现和关注审美意识的进程。“新艺术史”潮流的产生，进一步助推了美国汉学对中国传统审美意识的多元化关注和诠释。就比较文化研究的意义而言，两个领域、两个进程之间有所契合，但又并非完全同步的特征表明，以汉学这一中西交汇的领域为平台，艺术与审美意识关系成为一个跨文化的共同问题。其所凝聚的并非单向的文化研究范式输送，而是中西文化、中西诗学相互映照的多元化 诠释。

（摘自《文艺研究》2019年第5期）

13. 风景的凝视与身体的脸化 —— 德勒兹论乔托

张晨的《风景的凝视与身体的脸化——德勒兹论乔托》一文，首先提出一问题：德勒兹论过乔托吗？与这位法国哲学家对于英国画家弗兰西斯·培根的专著论述不同，乔托的名字只出现在其理论文本的片段。然而在《千高原》的第七原中，围绕乔托的《圣方济各领受圣痕》，德勒兹却连接了他一系列有关身体“凝视”“脸性”及“脸性抽象机器”的重要概念。一方面，借由从乔托到培根的绘画史梳理，德勒兹重新思考并描摹出一条在艺术领域不断解域的逃逸线；另一方面，这一有关绘画的理论，同样关涉德勒兹围绕符号系统及权力体制的分析，“脸性”的概念也被置于对西方基督教与白人殖民史的政治批判之中。我们不仅看到了德勒兹眼中艺术的定义，更看到了艺术的功能，在他那里，“艺术绝不是一个终点（目的），它只是一个手段，用以勾勒生命之线，换言之，勾勒出所有那些并不仅仅在艺术之中产生的真实的生成，所有那些并非旨在向艺术之中逃逸（在艺术之中寻求庇护）的主动的逃离，所有那些肯定性的解域——它们绝不会在艺术之中进行再解域，相反，它们带动艺术一起趋向于非表意、无主观性和无面孔的疆域”。最后回到“脸性”的概念，德勒兹认为，若要做到真正的“去颜貌化”，需要从脸中“释放出某种类似于探头（probe head）”的装置。这里的“探头”为军事用语，即指导弹的自动导引头。它不再是一张脸，同时也不是头，不是回归原始的身体——它非头非脸，因为早已冲破了以往的界限。它既是头也是脸，因为要裹挟着二者的特性发射前行，进入到解域化与辖域化的永恒轮回。因而，这便是一种差异性的生成，一种全然陌生的、别样的思考与创造，如德勒兹所说，脸生成—探头不是指脸变回头，人生成—动物也不意味着人变成动物，这“不是通过向动物性的回归，更不是通过向头部的回归，而是通过极为精神性的和极为特殊的生成—动物”。另一方面，“探头”来自军事意义上的指引作用，决定了其只具备运动的功能与大致的方向，而不指向某种结局，它是业已被设定的程序，而不需要逻辑的判断与理性的思考。换言之，它并没有也不需要主体，它是机器、是连接、是装置、它指向的是运动的过程，正是这一过程瓦解了意义的层化，穿透了黑洞与白墙，它“伐倒了树、以便形成真正的根茎（块茎）”，并在差异之力的强度驱使下，在艺术、政治与哲学的各个平面，实行着肯定性的解域与创造性的逃逸。

（摘自《文艺研究》2019年第10期）

14. 福柯与中国艺术史研究范式

张旭的《福柯与中国艺术史研究范式》一文，认为中国艺术史研究在20世纪90年代全面展开时，遭遇了“福柯效应”在当代各个学术领域中引发的冲击和挑战。福柯一生的三个思想阶段分别以知识、权力和主体为轴心，提出了三种分析现代性经验的方法，即20世纪60年代对话语实践的知识考古分析，20世纪70年代对规训身体和治理人口的生命权力配置的权力谱系分析，以及20世纪80年代对主体化模式的伦理问题化。福柯在三个思想阶段的三种分析方法之间的差异和错位，让我们陷入理论适用性的困境。中国艺术史学派的中国“艺术史的知识生成”研究在分析艺术史知识生成的谱系时非常有效，但集中于西方现代绘画的视觉认知结构分析，在处理非西方绘画时则显得格格不入。要想跳出这一困境，福柯晚期发展出来的主体化形式的分析方法会给我们很多启示。此外，关于福柯对中国艺术史研究意义的讨论，很大程度上也适用于中国思想史的研究。

（摘自《文艺研究》2019年第7期）

15. “西学东渐”与中国美术史学的现代转型

赵丹的《“西学东渐”与中国美术史学的现代转型》一文，重点探讨了“西学东渐”在中国美术史学的现代转型中所产生的重要影响。首先，中国的“史学革命”触发了传统美术史观的新变。在进化史观的影响下，变革与创新的观念深入人心，极大地促进了中国美术史学的发展，如陈师曾、滕固、郑午昌、秦仲文、史岩等人的多元化探索。紧随其后萌芽的考古发现除了为中国美术史提供新的结论和解释外，还为美术史研究提供了重要的线索和史料，使美术史的研究有了科学依据。另外，考古学的研究方法也影响了美术史的研究，一些美术史学者在研究美术史的问题时带有很明显的考古学特征，如胡蛮以考古发现为依据来研究先秦美术史。民国初年的中国留学生如陈师曾、潘天寿等，作为传播新知的媒介对中国美术史的现代转型起了推波助澜的作用。与此同时，逐渐成形的现代美术教育迫切需要相适应的美术史教材，如姜丹书的《美术史》。综上，外部的推动加上内部的需求共同促进了绵延千年的中国传统画学的现代转身。

（摘自《美术研究》2019年第3期）

16. 福开森与中国古代绘画研究

赵成清的《福开森与中国古代绘画研究》一文，讨论了福开森的中国古代绘画研究。20世纪上半叶，西方涌现出一批中国绘画研究的汉学家，他们通过出版著述和策划展览等方式，向西方世界传播中国绘画，福开森是其中的代表人物之一。福开森在中国履历丰富、交游广泛，在不断认知中国艺术的过程中，他开始中国美术收藏。在中国古代绘画研究中，福开森逐渐形成了自己的方法与理论。福开森以汉学方法对中国绘画中的文人画等核心概念进行阐释，分析中国画的创作技法与艺术精神，在中西美术比较中，福开森肯定了中国古代绘画艺术的民族性、独立性和包容性价值。福开森的中国绘画史写作，为以后西方的中国绘画史研究奠定了基础，并向世界展现了“西方视野”中的中国审美观照。

（摘自《美术》2019年第8期）

美术理论研究

【美术原理论研究】

1．写意与表现：由杜威表现观引发的艺术哲学思考

陈佳的《写意与表现：由杜威表现观引发的艺术哲学思考》一文，认为在关于艺术的论述中，无论是纯粹诞生于中国传统美学的“写意”概念，还是在西方美学史上确立起来的“表现”概念，都因其直接关乎艺术的本性而在当代艺术哲学语境中持续保持着鲜活的生命力。本文围绕艺术与自然、表现与再现、写意与生命这三个方面，旨在通过阐发杜威对西方表现主义美学的批判以及对艺术表现的理论建构，进而将其与中国美学中对写意的探讨加以比较与反思，从中总结对今天仍具启发意义的思想内容。在中西艺术哲学的对话中，中国艺术之“写意”精神是“载道”与“畅神”的有机结合的阐释，既有主题生命之表现、个体意识的自由表达，个体的“意”又关联着群体意识的表达，不但抒情写趣具体而微，同时还要能体现生活理想的高度。

（摘自《美术》2019年第6期）

2．五四新文化运动与中国美术大众化转向

陈池瑜的《五四新文化运动与中国美术大众化转向》一文，分析了五四新文化运动对美术大众化转向的影响，甚至改变了中国美术的发展大方向。从五四新文化运动的领导者陈独秀、李大钊等人的思想中，文学改良论和对美育的倡导，都包含有大众化的倾向。在这一时期产生并在其后不断发展的反对贵族文艺，提倡平民文艺及社会艺术化，艺术大众化的艺术观极大地改变了中国文艺发展的方向，20世纪包括美术在内的中国文学艺术所取得的伟大成就和艺术大众化的方向是紧密相连的。在美术创作方面，对文学艺术产生较大影响的创作观念和方法，即介绍和提倡欧洲的现实主义，而现实主义方法在中国被提倡和后来的流行，也帮助推动了艺术向大众化方向的发展。从20世纪30年代到40年代的新兴木刻，康有为、陈独秀、徐悲鸿等人的国画改良与“美术革命”，决澜社的短暂存在，以及1949年之后的创作题材、文艺方针等，都可以反衬出新文化运动以来的美术的大众化方向，美术为社会服务的观念处于主导地位。

（摘自《美术》2019年第1期）

3．丹托“艺术终结论”再思——以20世纪西方艺术情境的转变为背景

从吴刚的《丹托“艺术终结论”再思——以20世纪西方艺术情境的转变为背景》一文，结合20世纪西方艺术的情境变化，简要回顾了现代艺术发展的重要时期，并从两个代表人物马塞尔·杜尚和约瑟夫·博伊斯入手，探讨了现代艺术观念的巨大变化。如果说杜尚的行为和观念还脱离不了针对艺术领域和艺术体制的动机时，博伊斯已将眼光投射到人生与整个社会，他提倡“人人都是艺术家”。但随着20世纪艺术活动和艺术概念的不断扩展，随之而来的问题是：现在该如何定义艺术？艺术的这种“变法”是无止境的吗？艺术的发展会不会走到“终结”的那一步？由此引出阿瑟·丹托20世纪80年代在西方学界提出的“艺术终结论”。丹托在不同场合对“艺术终结”的论述，我们可以看出这一命题的核心思想：艺术终结于哲学，艺术最终被哲学取代或者说“剥夺”，因为艺术在实现认识自身本质的时候让位给哲学，从而完成自己的历史使命，这让人不由联想到黑格尔。本文认为，讨论丹托的“艺术终结”时，首先要明确的是他所说的并不等于“艺术之死”；其次，丹托这一论断与黑格尔的艺术哲学思想具有深刻的联系，但这也是他的“终结论”遭到一些学者反击的致命所在。应该说丹

托的“艺术终结论”主要是基于20世纪西方艺术情境的发展变化做出的判断，如果将其放之四海，用来“诊断”其他文化体系之中的艺术状况，难免会有张冠李戴之嫌。

（摘自《美术观察》2019年第9期）

4. 中国绘画的意象构成以及思想渊源

樊波的《中国绘画的意象构成以及思想渊源》一文，从意象的关联性、虚化性、不确定性和包容性四个方面探讨了中国绘画意象独特的审美性质和表现形态，并从哲学角度考察了意象概念提出的缘起和深刻的思想内涵，从而揭示了意象概念作为中国绘画建构的理论基础。“意象”创造既涵纳和摄取了客观物象（天地），又渗透和交融着画家的主观之“神”。应当说，老庄、《易传》以及王弼的“意象”理论为中国书画的“意象”学说和审美创造奠定了重要的思想基础，而“意象”的关联性、不确定性和包容性等特征，更使“意象”这一范畴被赋予了独特的美学内涵。它标示出中国书画特有的审美品质，也彰显了中国艺术所共有的本质属性。

（摘自《美术》2019年第6期）

5. 五四新文化运动与中国美术转向

封钰的《五四新文化运动与中国美术转向》一文，认为中国现代美术转向是建立在社会总体变迁中艺术创作、教育和思想革命的结构性转向上的。五四新文化运动为中国提供了整体现代性方案，同时也决定了美术转向的整体框架、先天使命和生长空间。正是因为中国现代美术的特殊起点，不同的思想家和艺术家最终选择了不同的思想和实践道路，造成中国美术的多样性景观。重新审视五四精英所给的答案亦是理解中国现代美术性质的基本方式。在新文化运动中，思想界认为中国传统美术问题的根源在于画论，在直接的意义上亦切中了中国传统文人画的弊端。本文亦认同这个观点：从现代性角度来看，必须重视画论，以画论（思想）来促进美术的发展。实际上，这个观点几乎是现代艺术理论和艺术实践的一个共识。因为人们认识到，如果缺乏思想、理论和作品，“美术革命”会流于简单的口号，这也正是今天新美术探索的基本问题之一。反过来，强调对艺术精神的探索，在思想和理论上真正发展起来，这亦是中国当代美术的变革和发展之路。这一点也正是20世纪“美术革命”给艺术家提出的话题，况且革命过程也为后人提供了丰富的思想遗产，整理这些思想遗产是我们少走弯路的必要条件。

（摘自《美术》2019年第5期）

6.20世纪初期刘海粟的现代艺术观

李永强的《20世纪初期刘海粟的现代艺术观》一文，认为刘海粟在20世纪初期东西方艺术交流中扮演着极为重要的角色，其为西方现代艺术在中国的传播、接受与中国传统美术的新发展做出了极大的贡献。他的现代艺术观包括四个方面，其一是研究、借鉴西方艺术，发挥国光；其二是倡导“艺术表现”；其三是积极推介，但不盲目崇拜西方现代艺术；其四是社会进化论思维模式的艺术史观。刘海粟的现代艺术观既体现出民族文化与精神的自信，亦体现出其学术研究的精神，更代表着彼时文化精英们为中国传统美术的出路所作出的思考与判断。

（摘自《美术与设计（南京艺术学院学报）》2019年第5期）

7. 当代水墨与当代艺术机制之间的空隙

柳淳风的《当代水墨与当代艺术机制之间的空隙》一文，从水墨艺术的历史流变、概念转向、语境变化三个方面，解析全球化以来的水墨艺术的视觉表达与新型艺术机制之间的空隙，旨在提示当代水墨需要及时渗入全球化语境下的艺术机制，特别是展览机制这一学术命题。在国际化的艺术舞台上，水墨艺术如同太极拳，如何与自由搏击式的当代艺术打擂台，无疑将成为一个我们不得不面临的重要话题。

（摘自《美术》2019年第6期）

8. 论分析艺术作品的方法与经验艺术作品的过程

刘旭光的《论分析艺术作品的方法与经验艺

术作品的过程》一文，通过对诸种理论资料的历史梳理和再阐释，可将分析艺术作品的方法和经验艺术作品的过程提炼如下：第一步，确立关于作品的本体论预设，建立“艺术直观”的意向性起点；第二步，对物质媒介层进行直观与感知，形成对于质感的直观体会；第三步，直观并领会对象的形式语言，并且在质感与形式语言之间形成反思性关系，确认对象中的“技艺感”；第四步，通过想象力、情感体验以及经验认识能力，形成对作品中的意象客体的认知与体验，同时在质料的质感、技艺与意象之间形成意向性关系，领会这种意向性关系中的韵味与活力；第五步，对作品整体风格、氛围、情调、特质及相关的审美理念，进行体悟与反思，把握作品整体的意蕴与诸种意义。对艺术作品的经验模式并不是对经验过程之时间流程的规定和描述，而是说被预设出的艺术作品的本体，并不具有逻辑上的严密性与存在上的实在性，人们可以像穿越一个三维影像一样穿越作品，并且以经验过程中的某个层次为中心重组作品。比如说一件书法作品，它的本体究竟是笔墨、线条，是某种韵律感，还是一种情感或情绪？观看者可能根据他的经验的重点和关注点来进行重构。这是艺术作品的本体论最令人着迷的地方——它允许艺术家自由地建构本体，也允许受众自由地重构本体，它只是期待共鸣，但并不强制，它在一种模式化的经验方式中被复调般地感知，但又允许这个模式中的每一个环节都具有独立性。艺术作品的本体是许诺着自由并保障着自由的本体，而对艺术作品的经验过程，许诺着欣赏者的自由选择。

（摘自《文艺研究》2019年第3期）

9. 是欣赏艺术，还是欣赏语境？——当代艺术的语境化倾向及反思

卢文超的《是欣赏艺术，还是欣赏语境？——当代艺术的语境化倾向及反思》一文，认为当代艺术具有明显的语境化倾向。这种倾向表现在三个方面，即以艺术史和艺术理论取代艺术品的观念化倾向；以博物馆取代艺术品的体制化倾向；以艺术家生平取代艺术品的故事化倾向。人们越来越欣赏艺术的语境，而不是艺术作品本身。当代艺术的语境化倾向导致的最关键问题是美的消失。“美的回归”是对此倾向的一种反拨。在欣赏艺术时，既不能忽略语境，也不能忽略艺术作品自身，二者不可或缺，紧密结合在作为事件的艺术之中，它们的相互契合是理解艺术的一把钥匙。如果我们把艺术品与语境的关系看成一幅画和悬挂它的墙面之间的关系，那么对传统的艺术品而言，画是美的，墙面是白色的。但是自从先锋派兴起以来，他们用寻常物取代了那幅画，为了避免单调，又将墙面涂上了缤纷的颜色，或者将它弄得稀奇古怪。这就是艺术品的语境化倾向。我们对它的欣赏，更多地体现为对语境的欣赏，而不是对艺术品的欣赏。为了对抗这种倾向，学者们呼吁美的回归，就是为了让绘画重新回到墙面上。就此而言，如果说希基是站在“画面”这一边，那么丹托则是站在“墙面”这一边。是欣赏艺术，还是欣赏语境？这是两人矛盾冲突的根源。他们认为艺术和语境是相互冲突和对立的，鱼和熊掌不可兼得。在希基看来，要艺术就必须否认语境。他并不是没有看到语境，他对现代艺术体制的官僚地位的揭示，表明他对语境力量的关切丝毫不亚于丹托。只不过他认为这是消极的，应该清除掉。换言之，应该让那面墙保持白色，让画面美起来。这样平常人无须专家的指导也可以直接欣赏画作。而在丹托看来，要语境就必须对艺术视而不见。他并不是完全忽视艺术，他本人就有丰富的艺术创作和批评实践，说明他对艺术本身的重视也不比希基逊色多少，只不过他认为应该好好经营那面墙，那幅画倒并不一定美。我们应该欣赏艺术，还是欣赏它的语境？希基和丹托都有充分的理由，这是一个两难的问题。我们并不是欣赏艺术品，而是欣赏具体语境中的艺术品；我们也不是欣赏语境，而是欣赏有特定艺术品的语境。艺术和语境紧密结合在作为事件的艺术之中。我们所欣赏的是艺术事件。

（摘自《文艺研究》2019年第11期）

10. 艺术的终结与禅

彭锋的《艺术的终结与禅》一文，讨论了自20世纪80年代以来，影响不断增强的“艺术终结论”。西方学者，包括这个主张的倡导者丹托在内，都认为它是黑格尔美学影响的结果。然而，如果我们考察这种理论的形成背景，会发现20世

纪60年代以来发生在纽约的艺术实践为这种理论的产生提供了土壤。波普艺术的兴起受到禅宗思想的影响，突破了艺术品与寻常物之间的边界。如何将它们区分开来，成了20世纪后半期艺术理论面临的一大难题。受到禅宗思想的启发，丹托认为它们之间的区别类似于“见山是山”与“见山只是山”之间的区别。这种区别是非外显的。决定某物是否是艺术品的关键，不在于它的外显特征，而在于它引发的理论解释。由此，决定某物是否是艺术品的专家不是鉴赏家，而是哲学家。长期以来围绕审美来讲述的关于艺术的故事告一段落。艺术的终结，并非指不再有艺术，而是指关于艺术的故事讲完了。如果我们接受禅宗的启示，接下来将要发生的故事的梗概就已经呈现出来了：丹托终结的是关于艺术品的故事，接下来将要发生的是关于艺术家的故事。

（摘自《文艺研究》2019年第3期）

11.构建中国式艺术理论的若干思考

王一川的《构建中国式艺术理论的若干思考》一文，认为探讨艺术理论，可以采取既不同于非共通性、也不同于完全共通性的第三种视角，这就是艺术异通性视角。由此视角来看，艺术理论是关于所有艺术门类现象中的异通性关系的学问。门类艺术理论、跨门类艺术理论和一般艺术理论的行家都可能按照自己的论述需要跨越艺术门类界限，注重发掘艺术门类之间的异质性和共通性的联系。历史上先后出现过艺术即摹仿、美的艺术定义、艺术即无意识升华、艺术即直觉、艺术无法定义等观点，但有关艺术定义的传统知识并没有完全退场，而是依然在各种艺术理论形态中以多种多样的方式变异地存在着。当前仍然存在以艺术为尊、开放性和分类性等艺术定义路径。有必要依托中国的感兴修辞范畴即兴辞，并参酌西方有关理论而建立一种中国式的艺术理论构架。

（摘自《中国文艺评论》2019年第8期）

12.称“中国画”还是叫“水墨”

薛永年的《称“中国画”还是叫“水墨”》一文，讨论了“中国画”或“水墨画”的名称问题。传统中国画包括水墨与丹青，中晚唐以来水墨画得到发展。“中国画”之名则始于近代。近40年来，将中国水墨画叫“中国画”，在于强调与传统的联系，强调其民族文化内涵、民族风格与民族气派；将中国水墨画叫“水墨画”，既是和外来画种如油画、水彩、版画的名称相匹配，也便于其突破陈规地吸收外来经验并走出去。这就是“中国画”之称与“水墨画”之称并行的原因。“中国画”的名称无须改变，“新水墨”的说法可以继续。如果能够在把控大势的情况下保持中国画论者与新水墨画论者之间的张力，当有利于民族艺术的现代发展。

（摘自《美术观察》2019年第5期）

13.视觉艺术中媒介特殊性理论研究——从格林伯格到弗雷德

张晓剑的《视觉艺术中媒介特殊性理论研究——从格林伯格到弗雷德》一文，认为格林伯格和弗雷德都从形式主义的角度强化了视觉艺术中的“媒介特殊性”论题。格林伯格作为由现代性话语塑造而成的一个主体去解释现代主义，其理论套用了社会学中的分化模式，且内含康德主义式的“奠基”冲动；相形之下，弗雷德为形式主义赋予历史主义色彩，从哲学立场上来看倾向于黑格尔主义。深入探究可发现，两人都基于对品质的信念，要求艺术创作体现媒介意识，其论述带有规范性的意味；并且这种艺术自主论还隐含了道德之维，认为依据媒介性质和艺术惯例的实践才可能是严谨、严肃的。他们的形式主义对20世纪60年代的文化语境做出了反应，其批评并不分析艺术的所有要素，而是严格限定于特定的论题，因此针对性和局限性同样明显。20世纪70年代以来，“前卫主义”成燎原之势，进入了罗莎琳·克劳斯所说的“后媒介状况”（post-medium condition）时代。克劳斯认为，布达埃尔的《现代艺术馆——鹰部》和便携式录像机的出现，“宣告了媒介特殊性的终结”；而德里达对“类型的法则”的解构，以及其文字学理论、附饰理论破坏了“审美经验的假定的自主性，或艺术媒介的可能的纯粹性，或既定知识学科所预设的分离”，这些连同福柯对知识系科分离的终结，为各种非纯粹性的实践赋予了理论谱系。概言之，

20世纪70年代以来的当代艺术与解构理论都在终结“媒介特殊性”论题。而弗雷德本人，在离开批评从事艺术史研究几十年后，又于21世纪重返当代影像艺术的写作。他发现有些当代艺术家在制作模式上看起来是“前卫主义的”，却“以不同的方式追求接近盛期现代主义价值的目标”；他终于承认盛期现代主义主题的活力并不必然跟某种特殊的媒介相联系，“媒介特殊性的论题……不再起着它在现代主义历史早期阶段所起的作用了”。面对多样的当代艺术，弗雷德虽依然标举盛期现代主义的价值，却终于松动了对于媒介特殊性的坚守，认可部分新媒介的创作。可以看到，媒介特殊性理论也具有不可避免的历史性，似乎已经随着20世纪60年代而远去。不过这个论题所带来的媒介意识的强化，以及对形式和品质的理解，尤其是对艺术创作和批评的“严格性”的认识，依然是具有启发价值的历史遗产，对中国当代艺术创作和批评来说尤其如此。

（摘自《文艺研究》2019年第12期）

14.五四新文化运动与中国美术的现代转型

张晓凌的《五四新文化运动与中国美术的现代转型》一文，对五四新文化运动和中国美术的现代转型做了简括的描述。五四新文化运动既是力图建构以“民主”“科学”“进步”“创造”为核心的新文化运动，也是反帝反封建的爱国主义运动，这一运动将晚清以来的启蒙现代性推向了一个新高度。以五四精神为依托，中国美术开启了中心价值观的历史性转向，经由“科学化”“大众化”之途径，迈向了由写意到写实、由雅入俗的价值重构过程。本文从“美术的启蒙与革命”“科学写实主义思潮与实践”“大众化思潮与实践”等角度，对五四新文化运动以来美术的现代转型做了系统性的梳理与分析，对其内在逻辑做了深度的阐释。本文指出：对“全盘西化”“反传统主义”的质疑与批判，深化了五四新文化运动的思想内涵；在古与今、中与西的对话与互释中，建构现代性价值体系，正是五四新文化运动留给当代最珍贵的文化遗产。

（摘自《美术》2019年第5期）

15.山水画笔墨空间意识三辨

郑工的《山水画笔墨空间意识三辨》一文，从“用笔之辨”“用墨之辨”“精神之辨”三个方面，讨论中国山水画中的笔墨空间意识。文章在古今之变的时间维度上，谈论中国山水画家在笔墨实践过程中如何调整自我的空间意识，从而导致山水画笔墨语言的历史变迁。用笔，是山水画的根本。从卫夫人的《笔阵图》到谢赫的“骨法用笔”，再到荆浩的《笔法记》，讨论笔画的筋骨之势，其中的理论联系十分密切。20世纪中国现代山水画变革，其实践与空间意识可以说从笔法转向墨法，从线的单向性陈述转向色的发散性漫化，笔线问题逐渐为墨色问题所取代。随着用笔问题的退场，墨色的随机性取代了以笔带墨的随意性，由意及境，水墨之意象充满着各种隐喻。同时在“水墨精神”的引导下，各种水墨形质在新的叙事逻辑中重新出现，形成新的空间意涵，比如谷文达、范扬、周京新的绘画。

（摘自《美术》2019年第6期）

【美术创作理论研究】

1.“平民史观”与“个体叙事”——当代主题性美术创作的两个思想维度

杜少虎的《“平民史观”与“个体叙事”——当代主题性美术创作的两个思想维度》一文，讨论了当代主题性美术创作的两个思想维度：“平民史观”和“个体叙事”。当代的主题性美术创作是一种与人类内在精神相关联的、特殊的“生命体验的表达”。以当下的目光审视，当代画家在创作中主动地改变了传统的史学套路，以平民视角看待历史变迁，并试图通过普通人的人际关系呈现出鲜活的历史情境。在注重个性风格的主题性绘画创作中，画家更多地考虑如何巧妙地将历史语言纳入自己的言语表述系统中，在形象塑造上如何呈现平民意识。这些创作带有明显的“个体叙事”痕迹，个体的主观性存在于每个人对自我的瞬间感受中，人类所有的创造性都是建立在这个基础之上，他们从个体对世界认知的独特角度赋予这些主题性绘画以新的意义。

（摘自《美术》2019 年第 11 期）

2. 书写的力量与生命的转化——论王冬龄“乱书”实验之当代性

蒋丹丹的《书写的力量与生命的转化——论王冬龄“乱书”实验之当代性》一文，认为王冬龄的“乱书”系列在视觉层面上进行实验，书写形式“乱而不乱”，在深入返归草书精神传统内部的同时，在字与字的微型空间内在张力的革新转化之中，创造出既打破固定书写规则，又合乎自然法度的当代书写。从细部研究“乱书”所呈现的当代书写新型形态，便于探问其中所蕴含的书写的身体性与生命形式习练的关联。这种范例作为“祛蔽”的书写方式进入“三体叠合”（书写者、材料与字的身体性）层面的互动（保持间距的交叠），构成多重再生的“自然性”，在不断逼近书写规则极限的同时，进行着吸收、转化草书精神的当代实验。王冬龄的书写实验的当代性、先锋性何在？他勇于将自身投入一种作为生活方式的持续习练：在书写实验中挑战传统规则的边界，同时尝试让草书传统得到真正富有活力的精神再生。这种实验性的艺术也是自身生命内在能量的转换，在“乱书”中贯穿着这种能量，因此他的作品焕发出青春活力，透现出超越年龄、笔法、风格的生命力。王冬龄所深入体会的草书的精神性，在他充满身体动感的书写形式之中贯注，在不拘泥于传统的表面、不局限于任何体用二元对立范式的书写实验中贯通，在“形—气—神”三重维度与材料、环境的交互叠合之中贯彻，构成具有当代感的实验性艺术。

（摘自《文艺研究》2019 年第 1 期）

3. 线性透视法与知觉

李海燕的《线性透视法与知觉》一文，认为线性透视法是一种基于几何投射原理对视觉的人工化重构，它试图呈现针对一个特定视角的视觉内容，但它与人类的自然视觉具有实质性的差异。因此无法通过与原型或自然视觉之间的符合程度来判定其有效性。线性透视法确实产生了众多伟大的绘画作品，但它只是一种艺术创作的技法，它的意义和功能只能在具体应用它的作品中去理解。线性透视法是西方视觉艺术史上最重要的技法发明，今天的人们不再把其作为绘画创作主流，但仍然围绕其有效性及其意义进行着争论。这些争论的核心在于线性透视法的再现与其原型以及自然视觉之间的关系。揭示其中包含的核心要素，并考察在这些要素之间建立的错误的等同关系，是思考线性透视法作为一种绘画技法在具体绘画作品中的意义及其背后的知觉理论的出发点。

（摘自《文艺研究》2019 年第 7 期）

4. 正统之路：渐江与董其昌语境中的师古与师造化

吕少卿的《正统之路：渐江与董其昌语境中的师古与师造化》一文，认为渐江在明亡之前主要师法古人，自武夷归歙以后，巧妙地将倪瓒的皴法与黄山一带的实景风貌相结合，从而形成其独有的画面面貌。因为时代的契机，渐江的绘事经历无意中在某种程度上契合了董其昌的一些论述，由此渐江似乎走上了一条师古人而后师造化的“绝近画中山”的“正统”之路。四僧中相比于其他三位，渐江恰好完整地实践了董其昌的理论。渐江年少时在董其昌的语境中师法正统，甲申之变后面对真正的国破家亡，孑然一身的渐江心灰意懒地遁入空门，这种经历带来的心境变化为他师法倪瓒提供了条件。由于对家乡的依恋和稳定生活的向往，渐江最终二次归歙，这时他开始师法黄山。在当时师古的风气中，他似乎刻意回避董其昌的理论，但最终还是按照董其昌师造化的线索行走，并且此时渐江的师古大体还在南宗范畴内。当渐江最终将师古与师造化相融合，以致“绝近画中山”。此时的他几乎完整践行了董其昌所认为的绘事路径。从这个观点来看，清初画坛四王与四僧中只有渐江做到了，某种意义上渐江是走上了董其昌语境中的“正统”之路，但是或许渐江本人并不这样想。

（摘自《美术与设计（南京艺术学院学报）》2019 年第 3 期）

5. 塞尚、电影与梅洛 - 庞蒂的知觉问题

舒志锋的《塞尚、电影与梅洛 – 庞蒂的知觉

问题》一文，认为在《塞尚的怀疑》中，梅洛-庞蒂将塞尚绘画与知觉问题进行现象学关联，塞尚绘画独特的构图技法被阐释为对原初知觉的追寻。克拉里在《知觉的悬置：注意力、景观与现代文化》中对此种关联进行了福柯意义上的考古学质疑。从考古学眼光来看，"原初知觉"这一设定本身非常可疑，其"背景"与"视域"的现象学身份背后掩盖的是知觉与注意力碎片化的历史境况。因此塞尚绘画中"表达的艰难"并非来自如何进行知觉还原的困惑，而是源于捕捉知觉"流动"与"分裂"面向的执着。塞尚绘画在技法上并非试图通过颜色使线条"浮现"出来，而是致力于对"图形—底面"模式的突破。在这方面，塞尚的绘画与电影表现出高度的一致性，二者都趋向于"运动—影像"这一全新的知觉模式。

（摘自《文艺研究》2019年第7期）

6. 笔墨变革的现代精神

王镛的《笔墨变革的现代精神》一文，认为中国改革开放初期，在走向现代的时代潮流中，中国画笔墨也发生了变革，以人物画笔墨的变革最为显著，从学院写实造型笔墨转向表现性笔墨。20世纪90年代，在回归传统的时代潮流中，中国画笔墨的变革以山水画笔墨的变革最为显著，重视传统文人画个性化笔墨的价值。21世纪初叶，在走向现代与回归传统两种潮流并存的态势下，中国画笔墨的变革出现了多元互补的格局，突破了传统笔墨与学院笔墨固有的界限，并展现出构建现代笔墨新规范的可能。

（摘自《美术》2019年第6期）

7. 历史画创作的矛盾与张力——以创作实践为核心的考察

王裕亮的《历史画创作的矛盾与张力——以创作实践为核心的考察》一文，认为历史画创作要在真与不真、个性与共性、手法与目的之间求得最大的调和。就具体创作实践经验看，历史画的创作、特别是重大历史题材的美术创作，应在依据历史真实的基础上甄别辨析已有的文字、图像、影像及出土文物等各种文献，发挥艺术家的创造性，以此强化真实的历史感的塑造。这样才能进入历史画创作的自由境界，最终达到在历史画中领悟历史之厚重的精神要义。当代历史画创作，特别是重大历史题材美术创作的主要目的，是让观众以观看历史的另一种方式获得对历史真实的认知，在画面营造的历史厚重感与历史氛围中感怀历史带给我们的启迪。一般的美术作品，是从"绘画"到"绘画"的认知，欣赏者要受到作品的艺术形式、思想观念和表现技法的影响才能真正形成艺术审美，而历史画的观看却常常是从"图像"到"绘画"的认知。观众在欣赏当代历史画的初始阶段就已经带着某种期待进入，并在画面中寻找可辨识的母题。一旦所欣赏的作品与期待的母题相吻合才会进入下一个层面的审美。套用克罗齐的名言，一切历史画都是当代历史画。"历史"只是画的题材限定，主体必 然是画。但历史事实却产生"先入为主"的作用，它左右观众的欣赏角度与方式，进而使体现艺术真实的绘画退到了第二的位置上。最终导致"历史画"在观众欣赏的眼中转而成了"画历史"，艺术的真实与历史的真实发生奇妙的转换。由于艺术真实的存在，作品所表现的历史真实已经被再次重塑。观众欣赏历史画的特殊性，必然与创作主体的思考有着千丝万缕的关系。这也是历史画与画历史之间的辩证差异。

（摘自《文艺研究》2019年第3期）

8. 别开生面图新壁——当代壁画创作的两个问题再认识

殷双喜的《别开生面图新壁——当代壁画创作的两个问题再认识》一文，首先探讨了壁画创作中的公共性与个性的关系问题，其中壁画艺术中的公共性包括艺术的社会性与公众化。中国壁画有着悠久的传统。今天的城市化建设进入了高速发展时期，许多城市都开始注重利用壁画和雕塑等公共艺术来提升城市软实力。因此有必要分析如何将城市建筑与壁画创作相结合，以彰显城市的历史与文化特色。本文也探讨了壁画艺术的写实性、装饰性及象征性特征。壁画艺术多以大型建筑空间内的墙壁作为绘画载体，壁画创作者要了解这一建筑空间所在的城市及其历史，也要了解这一建筑空间的性质与功能。

（摘自《美术观察》2019年第11期）

9. 家国意蕴 时代群像——新中国70年主题性人物画回望

于洋的《家国意蕴 时代群像——新中国70年主题性人物画回望》一文，认为新中国70年来的主题性人物画创作，塑造了不同时代的经典艺术形象和叙事情境。其间既有随社会价值判断而发生的观念变革，亦有画理画法层面的技法演进，具体呈现为其在对于历史语境与社会现实不断塑造与契合的进程中，在中国画本体语言层面完成笔墨程式的调适与人物造型形神观的衍变。本文通过对新中国70年来主题性人物画的回顾梳理和研究分析，提出社会外部形态的改造与艺术本体层面的语言变革是新中国主题性人物画创作发展演进的内在动力；而艺术理念与表现语言的中西融合及其在多元并存的风格形态中重拾画学传统的创研实践，则决定了主题性中国人物画创作的时代风格与艺术路向。

（摘自《美术研究》2019年第6期）

【美术批评理论研究】

1. 论五四新文化运动作为中国美术批评现代转型的起点

曾小凤的《论五四新文化运动作为中国美术批评现代转型的起点》一文，通过对五四时期围绕"文人画"展开的价值论说及其批评话语的研究，包括狭义"美术"的生成、五四新文化运动、"文人画"的价值危机以及陈独秀"革王画的命"的批评话语实践等问题，指出中国美术批评的现代转型与五四新文化运动发动的思想启蒙运动直接相关，它在形态上具有强烈的否定性、批判性和革命性。文章反思并质疑了目前学界普遍将晚清王国维的《〈红楼梦〉评论》作为中国现代美术批评史开端的观点。中国美术批评从古典形态向现代形态转型的问题，即中国美术批评的现代转型。如果将本文所述的批评实践放回到五四新文化运动"反传统""思想革命"的历史语境中，那么这种以"骂"为表征的专断型批评模式，恰恰反映出了中国现代美术批评在根本上是应五四时期独特的思想启蒙、政治文化变革的内在要求产生的，它从变革中国传统社会文化为宗旨的思想启蒙运动出发，与中国传统文艺批评构成一种断裂关系。正是基于以上认识，本文认为应该重申五四新文化运动作为中国美术批评现代转型的起点地位。再回顾五四时期围绕"文人画"展开的各种价值论说，无论是"改良"，还是"革命"，抑或守护"文人画之价值"，其实都离开了中国文艺批评自律性演进的道路，构成了中国美术批评由传统向现代转型过程中至关重要的一环。

（摘自《美术》2019年第5期）

2. 本土美术批评的现代转型与当代价值

李昌菊的《本土美术批评的现代转型与当代价值》一文，认为自近代以来，随着中国社会文化的现代转型，美术批评开始脱离传统画论的形态，通过运用易于理解与传播的白话文，引入西方科学的逻辑思辨和分析推理，取代传统画论重直觉、印象、经验的思维与写作模式，开启了中国美术批评由外至内的现代转型。在此过程中，美术批评不断丰富文体样式，快速接纳西方美术术语，与时代、现实、大众紧密地联系，拓展批评对象与主题，塑造了开放、多样、立体的现代面貌，奠定了中国现代美术批评话语的基本形态，并明确了中国美术发展的基本问题与路向，建立了基于世界视野的文化坐标系与美术批评理论框架。除此之外，该时期的美术批评闪现着真诚、平等、自由、争鸣的精神光芒，一种具有公共性、科学性、现实性、拓展性的现代本土美术批评开始生成，作为一种文化标杆，成为宝贵的现代美术批评文化资源，昭示当下和未来的道路。

（摘自《中国文艺评论》2019年第9期）

3. 艺术批评走向何处？

邵亦杨的《艺术批评走向何处？》一文，讨论了饱受质疑的艺术批评的发展之路。在西方艺术界，艺术批评最辉煌的时代出现于第二次世界大战之后，借冷战之力，以格林伯格为代表的批评家不仅把美国抽象表现主义推向世界，而且与其后的追随者们形成了现代形式主义的艺术批评体系，铺垫了后来艺术批评、策展和形式主义的理论基础。20世纪60年代末至70年代，随着左翼社会学和新马克思主义的兴起，现代形式主义批评逐渐失去了吸引力，艺术批评越来越重视社会学解读。在20世纪70年代女性主义运动高峰期，美国的女批评家起到了重要作用。琳达·诺克林率先提出了“为什么没有伟大的女艺术家?”这样的关键问题。她不仅批评了历史上不平等的艺术教育，还揭示出艺术史的书写、艺术机构的选拔乃至整个文化建构方式的偏见。自20世纪80年代末，艺术批评变得更多元化。在后现代主义理论解构了所有艺术的核心观念之后，美国哲学家阿瑟·丹托宣称：以波普艺术为分水岭，艺术终结了。此后的艺术和艺术批评都转向了哲学。在《艺术批评发生了什么?》中，詹姆斯·艾尔金斯摆出大量证据说明当今的艺术批评几乎无人问津，既不够吸引人，也缺乏学术性；普通人不会读，艺术史学者又不屑一顾。在检测了各种艺术批评的类别之后，艾尔金斯提出了自己的艺术评价标准：（1）有雄心的判断；（2）对这种判断自身的反省；（3）与艺术史同等重要的批评。21世纪，随着全球化时代的来临，社会、经济和科技都出现了之前不可想象的变革，艺术批评不再附属于一种潮流及时尚方法，也不可能有一种批评的模式独占鳌头。也许艺术从来不需要批评?艺术家们从来都在挣脱艺术批评的束缚?艺术批评家们又何尝不想逃脱束缚呢?当艺术批评和艺术一起，不断逃脱禁锢，追求独立的学术自由时才有可能共同创造更深远的意义。

（摘自《美术研究》2019年第4期）

4.论文艺批评家群体的变迁

宋家宏的《论文艺批评家群体的变迁》一文，20世纪50年代到现在，文艺批评群体经历了从“四个群体”（一是文艺界的各级领导，二是高校教师，三是文学艺术家、报刊编辑，四是文联、作协系统联系的文艺评论爱好者）到“三分天下”（“学院派批评”“媒体批评”“大众批评”）的历史性变迁，文艺界领导逐渐从批评现场隐退，学院派批评转型，大众文艺批评从弱势走向蓬勃发展。批评载体也因此发生明显变化，一些曾经对文艺发展产生过重要意义的批评空间消失了。21世纪后，文艺批评群体发生了结构性的改变，出现了许多新的要素、新的场域、新的人员、新的类型，同时也面临一些新的困境与挑战，需要及时地跟进总结，寻找解决的办法，推动文艺批评的健康发展，进而推动文艺创作的进一步繁荣。

（摘自《中国文艺评论》2019年第11期）

5.现代主义艺术批评中的画框话语

汤克兵的《现代主义艺术批评中的画框话语》一文，认为现代主义艺术批评中的“形式”分析及其理论建构，往往围绕“画框”这个边缘性的话语空间展开，艺术作品的阐释或隐或显地纠缠于画框的话语流变。格林伯格、弗雷德和克劳斯等现代主义者皆将画框及其边缘问题视为艺术本体构建的核心要素。从某种意义上讲，处于“边缘”的画框事实上已成为现代艺术批评过程中知识话语生产与审美经验重构的“中心”。现代主义艺术理论及其艺术本体的建构往往从“画框”这个边缘性的话语空间展开，艺术作品的阐释总是或隐或显地相关于画框的话语流变，也因此形成了形式分析这种话语体系。格林伯格将“平面性与平面性的限定”视为绘画的本质规范，在此基础上，弗雷德则从画面“视觉性”问题退回到对基底“形状”的思考。绘画的“边缘”问题反而成为绘画的“中心”议题。尽管两人观点各有侧重，但都注重“平面性的限定”问题，即通过绘画的边缘或基底这种不可再简化的真实媒介来重构绘画的内部；而晚期克劳斯的“格子”理论，则进一步将画框的这种结构性力量和视觉隐喻功能转化为一种形式主义批评话语。不过与格林伯格和弗雷德的单纯形式构造分析不同，克劳斯的“格子”还兼有精神分析中的无意识结构特征。“格子”的反复出现，旨在不断调和绘画物理平面与美学平面之间的矛盾，因此也成为解释现代主义绘画风格演化的内在动因。总之，现代主义的形式分析策略，绕不开画框及其形制之于构图重要性的这一古典主义范式。作为“边缘”的画框，已成为现代主义艺术批评中知识话语生产与审美经验重构的“中心”。现代主义艺术批评借助画框话语来构建自己的美学体系，这为阐释极简主义艺术提倡“无法加框的艺术”［史密斯（Tony Smith）语］、观念艺术对传统艺术体制（尤其是展览惯例）的抵制以及批判现象提供了历史文脉与话语谱系。

（摘自《文艺研究》2019 年第 2 期）

6. 艺术规律即日常之道——王朝闻批评话语的当下意义

郑工的《艺术规律即日常之道——王朝闻批评话语的当下意义》一文，讨论王朝闻批评话语中的“日常性”问题，并联系五四新文化运动的历史背景，在“大众”“民间”及“日常”几个概念中，探寻中国艺术现代发展的趋向，因为这些概念依然影响着当下的艺术家及当代艺术实践。作为批评家的王朝闻，其话语是否贴近时代的发展脉搏？而我们重读王朝闻的艺术批评，是否又能发现其与艺术规律相关的理论阐释？这是本文的两个关注点。其实王朝闻批评话语本身所具有的日常性特征，也体现着这一时代艺术的普遍诉求。

（摘自《美术观察》2019 年第 6 期）

【艺术设计理论研究】

1. 审美意识对人工智能与创新设计的影响研究

覃京燕的《审美意识对人工智能与创新设计的影响研究》一文，探讨了在人工智能等新型科技影响下审美意识的嬗变，以及审美意识对人工智能与创新设计的方法、策略与表现形式的引导转化，在审美意识统领下设计方法与设计评判的思辨，以及对可持续发展目标的再审视。在研究方法上采用了对比研究法、文献调查法、案例分析、认知计算法、社会计算、文化计算等人工智能研究方法。文中以中国为例，提出“统、象、生、场、中、简、空、衡”八大审美意识，并分析审美意识对人工智能时代智能体的创新机制与设计方法的影响。最终得出创新设计的审美意识的“鉴”“赏”“创”3 个方面，在感知、感受、趣味、理想、标准、创新 6 个维度上形成了对人工智能与创新设计的交互影响，包括感知认知计算、体验感质协同、三体鉴别辨赏、具身离身心智、普适普惠意义、时空永续共生 6 个方面。

（摘自《包装工程》2019 年第 4 期）

2. 人工智能系统及产品设计的伦理问题探究

周至禹的《人工智能系统及产品设计的伦理问题探究》一文，认为人工智能（Artificial Intelligence，简称 AI）的持续进步和广泛应用将给人类带来的巨大的好处。但是人工智能技术的不断迭代和大规模应用，也造成人类与人工智能在交互过程中的冲突，越来越多的伦理和法规挑战正在形成。本文侧重分析各种问题，认为人工智能的技术创新和设计创新也是社会创新，将会引发一系列涉及法律、法规和政策以及道德伦理的社会问题。人工智能正在重建人类社会的运行机制，人工智能发展过程中出现的不可预测性和潜在的不可逆性所形成的风险，亟须建立应对机制和研究平台，需要相关学者和政府相关部门对此进行积极探讨和应对，及时构建人工智能时代的伦理。作为人工智能产品应用的一环，设计师也应参与到伦理建设中，对人工智能机器设计应用对社会的真正功能和学术价值进行梳理和思考，形成符合人类价值的设计伦理，引导人工智能成为推动世代更替的齿轮。文中提到设计具有更广泛的定义，指涉到人工智能系统的设计，也具体到人工智能产品具体的设计，因此伦理研究也要从技术伦理导向设计应用伦理研究，而附属于社会伦理之下的设计伦理本身也需要设计，让设计在技术时代重获“自然性”，笔者在《设计与自然》一书中提出，设计不是以人为本，而是以人与自然的和谐共生为本。和谐也是人工智能时代的终极价值追求，包括了人与人，自然人与机器人之间的和谐关系。技术的进展需要一种节制和平衡的力量，这种力量就是对自然的“敬畏之心”，这种敬畏之心应当在伦理中体现出来，成为建立“去人类中心主义”的伦理核心，也就是伦理合自然之道，由此形成设计的伦理制度以及标准，把设计伦理变成对设计非常具体的行为约束，使其转变成一个可操作的程序问题，发挥伦理规范的先导性作用，从而对设计形成规范和调控，也为人工智能产品本身进行伦理指引，让自然人更自然，让机器人更机器。正在到来的新生物文明的标志就是使得设计再次回归自然。2018年教育部印发了关于《高等学校人工智能创新行动计划》的通知，支持高校在“双一流”建设中，加大对人工智能领域相关学科的投入，促进相关交叉学科发展，探索“人工智能 +X”人才培养模式。而我们的设计教育则是要加强创新精神，完善人工智能产品设计人才培养体系，培养学生挑战的意识、宏大的情感、出色的想象力、清晰的伦理意识，确保我们在进化的舞台上占有一席之地。

（摘自《创意与设计》2019 年第 1 期）

3.“全球史”背景下中国设计主体性理论的建构

祝帅的《“全球史”背景下中国设计主体性理论的建构》一文，探讨了在“全球史”背景下中国设计主体性理论的建构。在一个全球化的时代，“全球史”（Global History）的写作已然成为设计史和设计史研究领域的热点。但与此同时，立足于中国文化、中国社会和中国受众，倡导本土化的设计研究方法也仍然在现实中有其用武之地。本文借用托马斯·库恩的“范式”理论，通过思维科学（语言学的相对主义假说与跨文化传播学的思维方式理论）、社会科学（福柯的知识考古学与话语分析方法及当代社会理论）、人文科学（文化特殊主义的比较文学研究）以及管理学（整合营销传播）等不同视角，初步探讨设计史研究中本土化和主体性问题得以成立的理论基础，并在此基础上梳理“全球史”时代倡导中国设计史学自主性研究的现实意义。一方面，本文初步概要综述了“本土化”研究的理论范式。这几种范式的共同特点都是从所处学科内部对于“本土化”问题的一种尝试性回答，而并没有超越性地形成一种具有普遍解释力的宏观理论，能够达到像马克思的“世界文学”、福山的历史终结论或吉登斯、鲍曼等人的现代性社会理论对于“全球化”所进行的理论建构作用。因而对于本土化理论的进一步提炼，还需要更多自觉的研究成果。另一方面，本文所概括的几种理论范式，对于学术界现有的本土化理论思考来说具有比较典型的概括性，因而对其进行综述能够在比较充分地反映整个学术界研究现状的前提下，比较全面地概括本土化研究的这一成立的理论基础，为进一步的研究积累了必要的理论资源。我们也期待着更多从不同学科角度提出的新的理论思路，使各个实践类学科“本土化”研究从理论上都能够进一步取得突破，进而尽快结束关于“本土化”的争论，让本土化成为国际设计话语场内在的组成部分，形成全球共识，为中国设计带着自身的主体性进入全球设计史研究打下坚实的基础。

（摘自《山东工艺美术学院学报》2019 年第 3 期）

【视觉文化理论研究】

1. 论视觉文化与社会治理间的互动关系：以希腊—巴克特里亚时期阿富汗阿伊·哈努姆城的视觉世界为例

李京泽的《论视觉文化与社会治理间的互动关系：以希腊—巴克特里亚时期阿富汗阿伊·哈努姆城的视觉世界为例》一文，以阿伊哈努姆城为例，探讨其视觉文化与其政权的社会治理间的互动关系。出于统治需要，外来统治者延续了当地已有的双层管理体制，本地实权阶层始终在社会治理中发挥着重要作用。由于这种体制，以及希腊—马其顿人面对东方文化的矛盾心态，希腊文化共同体在发挥社会治理作用时存在局限。相应地，在视觉文化领域，“东方元素”明显存在，然而外来希腊文化与本土文化在融合上存在障碍。这一时期，在管理层面，希腊人与本地人呈现为上下层关系，但在文化和宗教事务上，却未呈现明显上下等级。于是在希腊文化共同体的建立和培养中，希腊人既没有很好地同化非希腊文明，又没有很好地以本土文化吸收养分。因此在城市中，希腊人和本地上层人士在族群身份认同上的隔阂难以消除，更遑论城市居民和农村本地人之间的更高壁垒。希腊文化元素汇聚的城市，并未能成为黑暗中吸引人到来的“火炬”，而更像是与“家园”相隔遥远，被本土文化大海所包围的“孤岛”。这点也反映在阿伊哈努姆城的视觉世界中：一方面阿伊哈努姆城中的希腊视觉元素甚至比地中海的希腊化世界还要“传统”，另一方面，具有希腊与非希腊文化属性的视觉元素在这视觉世界中仅仅并置地出现，而没有更好地融合。在希腊人统治下的整个中亚视觉文化图景中，也能发现这种混杂性面貌的客观在场。反而是在新的统治者进入后，由于旧的上下层壁垒的打破，新的统治者的文化心态也发生改变，在视觉文化领域才更可能出现多种艺术元素的强烈的交互作用和融合趋势。反过来，新的视觉经验将会服务于新的文化共同体的建立，并在一个新的语境中、在新的层面上实现其社会治理功能。

（摘自《美术研究》2019年第2期）

2. 视觉行动主义——当代视觉文化中的一种新的视觉实践形态

王馨的《视觉行动主义——当代视觉文化中的一种新的视觉实践形态》一文认为：采用视觉方式进行权力争取在20世纪末开始变成一种越来越显现出力量的形式，这最初尤其是在中东的战争之中得以体现，在21世纪中看见了这一思路上更多的应用，大量视觉工作者参与其中。扎内勒·穆霍莉在2014年旧金山视觉文化协会的发言中用了“视觉行动主义”这个词来对自己的作品进行概括，米尔佐夫援引这个词，希望用以概括现在越来越大量出现的异类视觉现象，较原先的“参与式艺术”“行动主义”和“实践”，“视觉行动主义”突出了以视觉力量介入当下社会的视觉和政治维度。本文结合波及全球的各种抵抗运动阐述这一现象发生发展的经过，并结合视觉文化考察其抵抗方式及效果、力量，将其视为一种基于改变 的视觉文化研究、行动中的文本，认为这些实践不是对视觉进行分析揭露，是通过制造视觉、改变视觉结构而对整个视觉社会进行了局部性撬动。

（摘自《世界美术》2019年第4期）

3. 后形而上学视域中的视觉文化理论

吴天天的《后形而上学视域中的视觉文化理论》一文，试图以后形而上学为视域揭示视觉文化理论的核心特征，并在此过程中围绕现象学和后结构主义这两大思想资源，考察一系列的视觉隐喻（“视觉隐喻”这一说法暗示，视觉不仅是种感知经验，还是种文化修辞）。本文重点以现象学和后结构主义为思想依据考察了视觉文化研究对现代性的视觉体制的批判，并在此过程中将视觉文化理论的核心特征揭示为具有一种后形而上学的诉求。其用意并不在于强调早在视觉文化研究兴起之前，现象学和后结构主义就已经展开了视觉文化研究。毋宁说，用意在于强调视觉文化研究通过激活已有的思想资源，增加了自身在社会文化批判方面的深度和广度。此外，本文之所以强调现象学和后结构主义这两大思想资源对视觉文化研究的重要影响，是因为这两大思想资源有助于我们整体地、深入地揭示视觉文化研究的核心特征。而从更大的范围来看，后形而上学的诉求同样见于后马克思主义、女性主义、后殖民主义、身体理论等视觉文化研究的其他思想资源。

（摘自《文学研究》2019年第2期）

【交叉学科理论研究】

1. 莲社故事文、图与《陶渊明集》之编纂

蔡丹君的《莲社故事文、图与〈陶渊明集〉之编纂》一文，认为东晋庐山慧远立莲社之传说在五代以后颇为盛行，北宋时出现了该主题的绘画高潮。受此影响，从元代李公焕的《笺注陶渊明集》开始，莲社故事经绘画艺术、文学叙事两条途径正式进入《陶渊明集》中。明清多种陶集序跋、注语对莲社故事持否定态度，极力撇清陶渊明与佛教之关联。这与当时的莲社主题绘画相呼应，是同一社会思潮的反映。至清代，陶澍刊《陶靖节先生集》十卷本时将《莲社高贤传》之《陶潜传》置于“附录杂识”，并把它作为考订陶渊明年谱的证据。莲社故事之图、文曾相互渗透，且都影响过陶集的编纂，导致它在编次、注释和年谱上发生了一些细节的变化，影响了人们对陶渊明生平、思想的理解。莲社故事虽然是虚构的，但它真实反映了宋代以来人们对陶渊明与佛教关系的理解。人们将这种理解注入陶集文献的整理过程中，不仅吸收了来自文本的莲社故事，也借鉴了莲社主题绘画的内容。随着时代的发展，明清陶集版本中莲社故事的表现方式在同时代的莲社主题绘画中也能找到呼应之处，这是二者同受共同的社会思潮影响所致。编入陶集的历代陶渊

明年谱，征引《莲社高贤传》来讨论陶公与慧远、佛教信仰之关系，既增加了这一公案的话题性，也丰富了陶集版本的编次。通过观察艺术图像与文本叙事之间的互动，对陶集文献中莲社故事表现形态的深层寻绎才能跳出过去仅限于莲社故事之真伪的讨论，进而发现它进入陶集以后所产生的思想与文化方面的影响。

（摘自《文艺研究》2019年第3期）

2. 唐代孤舟送别诗意与后世孤舟送别图

戴一菲的《唐代孤舟送别诗意与后世孤舟送别图》一文，探讨了唐诗诗意在文人画中的呈现与嬗变。唐代之前，“孤舟”意象很少入诗，在唐诗中它才频繁出现，逐渐与送别场景建立了紧密的情感联系，发展成为表现送别主题的经典意象。在显性的愁绪下，孤舟隐含有心系故土又期待建功立业的诉求、对归隐生活的向往、对友人的劝勉和鼓励。后世送别图以转译与暗合两种路径容受了唐代孤舟送别的诗意，以渔翁形象的增添、空间留白的技法和生活化场景的描绘，在形象选取、意境呈现和情感倾向方面呈现出与诗歌的高度同一性，这显示了中国古典诗歌与文人绘画跨越艺术形态的深度互渗与融通。诗歌和绘画是两种差异较大的艺术，很多时候，它们之间的“互仿”并不十分成功，通常又以绘画的失败告终，因此常有人认为绘画无法完全呈现诗歌的意境和审美效果。孤舟送别诗中展现的隐逸情怀与事功观念交织在一起，内化于士大夫的两难处境中。这在绘画中只能以增置渔翁的形象来表现，显然不能完全传达。而诗歌所包蕴的辽阔、明朗情调，在绘画中也只能通过空白的形式或场景描绘来表现，这往往会产生一些问题。比如，空白的形式既可能是事功观念下昂扬情绪的表达，也可能暗合类似“孤帆远影碧空尽，唯见长江天际流”之类的豪迈之情。也就是说绘画符号是一种虚指，不能像实指的语言符号一样给出明确的定义。如唐寅的《垂虹别意》，虽描绘了主、客相谈的浓厚情致，但画家自题诗却说：“柳脆霜前绿，桥垂水上虹。深杯惜离别，明日路西东。欢笑辜圆月，平安附便风。归家说经历，挑灯短擎红。”主要在设想、抒发别后的惆怅。这就是绘画与诗歌共通性中的复杂性，也给我们分析诗、画之间的联系带来了困难。因为这种复杂性，使得我们有更多的角度去比较两者，这也是文学与绘画关联性研究的魅力所在。

（摘自《文艺研究》2019年第3期）

3. 猎鹰：唐代壁画与诗歌共创的艺术形象

葛承雍的《猎鹰：唐代壁画与诗歌共创的艺术形象》一文，以猎鹰为切入点，探讨了唐代壁画与诗歌共创的这一艺术形象。猎鹰屡屡被记录在隋唐的历史文献里，也作为绘画艺术保留在墓葬壁画中。承载着真实社会信息的壁画显然比简单的史书记载更具有价值，猎鹰并不是冷僻的题材，而是与古代贵族生活紧密相连的。唐代不仅出现了胡人托举猎鹰的壁画，而且墓室里骑马狩猎俑中还有手持鹞隼者，生动描绘了当时皇家贵族的野猎生活。贵族的追求往往是一个时代的风向标，唐代诗人创造了大量描述猎鹰的诗歌，鹰激活了他们的艺术灵感，猎鹰也是北方草原民族的习俗。唐墓壁画中的猎鹰不仅贴近墓主人的生活实际，而且反映了他们从生到死的喜好需求，特别是胡人猎师手擎猎鹰的展示，无疑是研究当时胡汉社会风尚习染一个很好的切入口。

（摘自《中国国家博物馆馆刊》2019年第5期）

4. 论作为跨媒介话语实践的“艺格敷词”

李健的《论作为跨媒介话语实践的“艺格敷词”》一文，认为“艺格敷词”作为近年来西方跨艺术研究热点议题之一，深刻蕴含以文学与视觉艺术、语言与图像关系为基础的跨媒介特征。它在话语实践维度经历的三次转向，构成以“跨媒介性”为中心的艺格敷词问题史的逻辑线索。文艺复兴时期的前现代转向，既是艺格敷词的现代含义形成的起点，又体现出其对艺术史和艺术门类自觉意识的推动；20世纪90年代的第一次当代转向，以一种竞争模式集中反映了其在概念界定、语图互涉等问题上的多元视界和话语重构；21世纪以来的第二次当代转向，以交互模式为特征回应了时代状况的变化。这一历时性梳理揭示了艺格敷词在跨媒介比较艺术研究中的理论价值，为国内学界基于艺术学理论学科建设，解决相关“中国问题”提供了有益思路。结合当前艺术学理论学科建设的实际需要，作为一个分支学科的跨媒介比较艺术学，至少可以由微观至宏观，依次探讨艺术领域的跨媒介性、跨门类性和跨文化性三个核心议题，并由此建构一个更具理论系统性和现实指向性的交叉学科范式。由此回到本文的核心议题，艺格敷词作为一种跨媒介话语实践，蕴含着极为丰富的比较艺术话题，值得进一步挖掘。更重要的是，这一概念在当代语境之下仍然不断被激发出迷人的理论潜能。这种潜能既得益于它不断将文学研究、美学研究、文化研究、视觉文化研究、跨媒介研究、数字人文乃至后人类主义研究等交叉领域聚集起来的跨学科努力，又很好地回应了克鲁弗尔对跨艺术研究的展望："一种艺术话语只有适应当代现象，才能具有可行性和生命力。"这或许才是艺术学理论学科最需要理解并践行的目标。

（摘自《文艺研究》2019年第12期）

5. 山纹考——说环带纹、波纹、波曲纹、波浪纹应正名为山纹

李零的《山纹考——说环带纹、波纹、波曲纹、波浪纹应正名为山纹》一文，主要探讨了一种青铜纹饰。宋代学者曾把这种纹饰归入云雷纹的一种，近代以来学界对它有各种命名，如环带纹、波纹、波曲纹、波浪纹。2009年，大河口西周墓地1017号墓出土的霸伯山簋为理解这种纹饰提供了新线索，从器型、纹饰、铭文三方面证明，这种纹饰应该叫山纹、山形纹或连山纹。此外，本文还将霸伯山簋与梁其壶、晋侯断壶进行比较研究，指出后者的壶盖与前者的簋盖具有类似设计。最后，文章还就这种纹饰在商周青铜器纹饰中的地位展开讨论，并对这种纹饰的构成要素和组合形式做了初步分析。

（摘自《中国国家博物馆馆刊》2019年第1期）

6. 时间与媒介——文学叙事与图像叙事差异论析

龙迪勇的《时间与媒介——文学叙事与图像叙事差异论析》一文，主要考察了叙事时间中的"时序"及其媒介表征问题，并在此基础上分析了文学叙事与图像叙事的差异。表达媒介在叙事活动中非常重要。如果不利用媒介，任何叙事活动都无法正常进行，哪怕是同一个故事，只要是通过不同的媒介叙述出来，呈现出来的就会是不同的面貌。叙事与时间的关系一直都是叙事学研究中最重要的内容之一，但时间并不只是文学叙事的特权，像绘画、照片和雕塑这样的"空间艺术"在叙述故事时，同样会在作品中对时间这一叙事要素进行重新创造或艺术处理。与在文学叙事中必须严守时间规律不同，在图像叙事中，为了适应空间性的画面，某些时间规律在特殊的情况下可以打破。

（摘自《美术》2019年第11期）

7.《豳风》文图与诗赋传统的演变

许结的《〈豳风〉文图与诗赋传统的演变》一文，认为文学史上"赋者，古诗之流"的赋体批评、汉赋引"诗"的功用及其对后世的影响，共同形塑着抽象的赋教传统。与此不同的是，随历代《豳风图》的绘制而出现的《豳风图赋》，将汉人于赋域抽象的用"诗"取"义"变为具象的论"诗"成"体"，其文、图同构关系正揭橥出"赋源于诗"的另一内在理路。作为"经图"的《豳风图》与敷陈"经义"的《豳风图赋》，一面在题咏"务本俭德"的内容主旨中贯穿着政教讽喻的精神，一面在汉赋、唐图、清题图赋的不同书写间共同昭彰着建德传统与王政话语，二者的结合具有重构赋体"讽谏""雅颂"传统的重要意义。

（摘自《文艺研究》2019年第7期）

8. 论彼特拉克登旺图山

于润生的《论彼特拉克登旺图山》一文，根据彼特拉克在一封信中对他1336年登旺图山的过程和感受的记录，布克哈特等后世学者多以此信为依据，将这次登山事件看作现代欧洲人对自然进行审美观照的起点。然而，本文认为如果将这封信的语境还原，把它纳入所引用古代文本的链条中来看，会发现彼特拉克本意是反省自己沉溺美景和爱慕虚荣的生活，表达虔信宗教的态度。因此把这个例子与发现自然审美价值联系起来是一种误读。彼特拉克笔下的景物描写受到中世纪

晚期文学和绘画惯例的制约，但他描绘宏观景色的时候以个人经验对惯例进行了修正和补充。总之，在地理发现和新旧世界观更替的过程中，彼特拉克的景物描写与旧的世界观相一致，不能被看作是现代风景文学和艺术的直接先声。虽然彼特拉克对待自然的态度是中世纪的，但他自比于古代君王、追求荣誉和爱情的行为又显示了他复杂的个性和某些现代人的特征。

（摘自《文艺研究》2019 年第 2 期）

9. 明刊本《水浒传》“招安”情节的图像阐释

赵敬鹏的《明刊本〈水浒传〉“招安”情节的图像阐释》一文，以“招安”情节探讨《水浒传》的图像叙事。《水浒传》插图是对小说的阐释，并非后者的附庸或简单装饰。就“招安”这一关键情节而言，插图者既要考虑是否入画，更要考虑如何图绘。明刊本插图兼有对招安矛盾的揭示与规避，揭示表现为通过图像保留梁山好汉思想上的转变，而规避则因为这一矛盾有悖于《水浒传》“忠义传记”的整体形象。但总的倾向是，插图不仅弱化了英雄牺牲场面的惨烈状况，而且在很大程度上推崇皇帝对他们的表彰，以此“图说”招安得到充分的同情与认可。本文还认为明刊本插图还将宋江之死的原因和遗憾归咎于朝中奸臣，这种心理开启了《水浒传》复杂的图像接受史。总之，明刊本《水浒传》的多数插图规避掉梁山泊内部关于招安的矛盾，只有少数插图勇于揭示之，这就表明插图者在理解招安性质上存在分歧。前者认为招安矛盾有悖于小说整体忠义传记的形象，后者则通过对招安矛盾的揭示，完整保留了梁山好汉们思想上的转变。有趣的是，无论对招安矛盾的揭示与规避，绝大部分明刊本插图都弱化了梁山好汉在履行招安使命过程中的牺牲场面，盖因他们的忠义形象已经被烙印在广大读者心中。而在面对英雄们的招安结局的问题上，包括插图者在内的明代读者群体，既对宋江之死抱有极大的不满，同时又认同皇帝与民间对宋江的表彰与神化，格外矛盾的心理由此可见一斑。就此而言，我们不妨将图像视为对文学的“隐语”阐释，图像本身没有声音，它所阐释出的观念、意义与意味便都隐藏在了笔墨线条之中。由于插图既是“水浒学”的重要材料，更是一种新视角和新问题，所以这种参照图像探讨文学的方法不但对于当下的文学与图像关系研究具有某种借鉴意义，而且还将使整个文学研究的疆域展开了新的地平线。

（摘自《文艺研究》2019 年第 3 期）

10. 论中国传统艺术哲学的“无名艺术观”

朱良志的《论中国传统艺术哲学的“无名艺术观”》一文，从多个方面讨论了中国传统艺术哲学的“无名艺术观”。唐宋以来中国传统艺术哲学形成一种“无名艺术观”，这是一种非功利、非目的的艺术观，根源于至人无名、无凡无圣的平等哲学智慧，深刻地影响了传统艺术创造。这种“无名艺术观”可从以下六个方面来把握：巨师神髓，说无贵贱的天籁智慧；赏雨茅屋，说唐宋以后一种不同于正统观念的新典雅观的出现；石上菖蒲，从微物凡草的欣赏，说一种突破传统比喻象征模式的新价值观；江路野梅，在野意萧瑟中，破秩序和等级的观念，将艺术引向生命真性的书写；蓬莱清浅，则从神性的消解方面，谈传统艺术中存在的非宗教倾向；光而不耀，说中国艺术沉潜往复、不事张扬风格的深层原因。这六个方面都是对“名”的超越，反映出传统艺术在唐宋以来发展中出现的新趋势。

（摘自《南京大学学报（哲学·人文科学·社会科学）》2019 年第 1 期）

专题讨论

区隔、跨界、联结与合作：2019年的艺术世界

林宸胄

一、跨界展事：惊喜与启迪

纽约大都会艺术博物馆（以下简称“大都会博物馆”）2019年度的展览“天体：时尚与天主教想象”创下了该馆自1872年开馆以来的观展人数新纪录：为时5个月的展期共引来了1659647位观众，比排名第二的1978年的“法老王图坦卡蒙的宝藏”展览多了近30万人。

虽然是大都会博物馆每年例行的与时尚有关的展览，而且蹭了大都会博物馆慈善晚会的光——慈善晚会上各路明星的红毯秀是美国时尚界的重要时刻，但就展览本身而言，其策划思路也是足够惊艳、精彩的，而这背后的逻辑是天马行空的跨界思维——在常人脑海中，严肃古板的天主教很难与时尚光鲜的时装联系在一起，更不用说寻找二者的内在联系、将二者呈现于同一空间了，正是这种巨大的反差甚至矛盾吸引了观众的目光，并迎来了巨大的人流。“天体”展的灵感来自《天主教的想象力》[1]一书，策展人安德鲁·博尔顿（Andrew Bolton）在牧师作家安德鲁·格雷利（Andrew Greeley）的著作中得到了灵感，并从中提取出种种意象，即天主教徒往往在他生活的周遭世界的各种细节中感知到圣灵，圣灵既可能附着在圣水、彩色玻璃和蜡烛中，也可能在徽章、念珠和圣像上，而这个充满想象力的周边世界又产生有各类视觉产品，并为设计师提供了设计灵感。修女、主教、唱诗班歌者、天使甚至魔鬼的视觉形象被转化成各类晚礼服、各式裙装甚至婚纱，而展览现场除了陈列这些时装设计成品之外，还呈现了这些时装的不同视觉来源，如拜占庭风格的华丽壁画、中世纪祭坛画、教堂彩色玻璃画等，这种对应关系不仅叙述了天主教的视觉发展史，还为展览营造了一个穿越不同时空的宗教式的巨大想象空间；除了主馆的展厅呈现了展览的两个单元之外，展览的其他单元还陈列于大都会博物馆的修道院分馆，而这个建筑甚至直接由宗教建筑改造而来。宗教与时尚这两个完全相异的领域被组成了一个充满魅力

的新的视觉空间，观众行走在空间中不仅体验到整体空间带来的知觉震撼，还通过宗教与时尚的对应反思两者的概念与本质。

和大都会博物馆的视觉跨界略有不同，英国维多利亚阿尔伯特博物馆的展览“笑料：一份国家档案”则把幽默视为形塑英国近现代历史的文化因素，在幽默与国家政权这两类事物之间进行了观念上的跨越。这个在规模上比“天体”小许多的展览巧妙地利用了有限的空间，在上下两层的房间角落里设置了若干壁龛，不同方位、不同颜色的壁龛区分出四个展览单元：国家档案、残酷的不列颠、盟友和敌人、规则与规章；壁龛中陈列着喜剧演员的服装、道具，以及喜剧剧本、影视片段和各类声音，既有自维多利亚时代以来著名喜剧演员的作品、访谈，也有维多利亚女王、撒切尔夫人等政治人物的喜剧化表现。“笑料”的展陈设计借鉴了活跃于20世纪60年代末的室内设计师大卫·希克斯（David Hicks）的风格，鲜艳的配色，木头加瓷砖的材质搭配等元素都是希克斯的典型设计特点。中间区域则设置了一张嵌入4张靠背椅的桌台，桌台上放着4部电话，观众拿起听筒可以听到展览介绍。一层空间的桌台上方是个圆形镂空的天井，自二楼楼顶用尼龙绳悬空吊起一组被压扁的、放射状排列的铜管乐器，悬在圆形的天井，如同一组套在涡轮发动机舱里、随时要旋转起来的风叶。而当观众坐在一层中间如转盘排列的椅子上认真听展览介绍时，那个场景看起来像几个成年人煞有介事地骑在旋转木马上研究国家大事，而头顶上那些哑了的铜号则尴尬地盘旋在半空。“笑料”展不仅在空间视觉设计上营造出了一种英式幽默感，而且包罗了如矛盾反转式的、超现实的、嘲弄的以及欢庆式的等不同类型的幽默，点出了这些英式幽默与英国人的生活方式、世界观乃至处世哲学之间的关联，也叙述了幽默如何影响近代英国国家的历史。

从以上两个展览可以看到，大都会博物馆、维多利亚阿尔伯特博物馆这两家业内顶尖博物馆均不约而同地强调跨界，强调不同领域的碰撞，而另一家同样大名鼎鼎的博物馆——纽约现代艺术博物馆（以下简称MoMA）则在闭馆修缮4个月之后重新开馆。MoMA开馆之后不仅增加了逾3700平方米的展出面积，重新规划了更为合理的观展动线，而且提出了“时间轴”概念，即打乱原来的美术史线性叙事，将创作于不同的时间的艺术品按照新的逻辑重新组合的展览模式，这种新的模式缩短了常设展品的展期，并加入了即兴闪现的表演，使得展览更为生动有趣。MoMA的新展览组织模式不仅能够更充分地调动其庞大的馆藏资源，能给那些难以归类的馆藏作品以展示机会，还能更多地倾向女性、非裔、亚裔、拉美裔等艺术家的艺术创作，能够将原有视野中的“边缘”群体重新编织进新的网络之中，而这也可以说是另一种“跨界”的方式了。新的MoMA展厅中，充满了诸如毕加索《亚威农少女》+美籍非裔艺术家费思·林戈尔德（Faith Ringgold）表现暴力骚乱场面的《美国人》系列，凡·高的《星空》+同时代的美国艺术家乔治·奥尔（George Ohr）的瓷器等类似组合。前一组合放置在503展厅空间，其中除了多件毕加索的绘画、雕塑作品外，还有路易斯·布尔乔亚的立体作品《40》；如果说林戈尔德（Ringgold）的绘画在形象和主题上呼应并提示了毕加索的创作，那么布尔乔亚的以家人、友人形象为蓝本的立体作品则在三维空间上再次呼应了毕加索，这种组合对应关系是多个维度的，不仅在现场作品的视觉关系、心理空间、叙事内容等方面有松散的对应关系，而且提示了艺术家尚未出场的作品，如毕加索的《格尔尼卡》。因而 MoMA 这种新的展陈方式是在以文化多元主义的视野进行着后现代式的多重立体叙事，这种新的展览组织模式可谓为策展的多重叙事、观众的自由解读都提供了充足的空间。

跨界思维背后的潜在逻辑是承认艺术的边界，并正视对边界的扩展、消弭以及破坏行为，而与艺术边界最直接相关的就是艺术家的身份问题，自亚瑟·丹托等人论述了“艺术世界”的概念之后，艺术家身份就成为评判艺术的重要标准或者借口。华盛顿国家美术馆在 2018 年曾举办过一场名为“局外人与美国先锋艺术”的展览。在展览呈现的由 80 余位作者创作的 250 件作品中，相当一部分的作品都显得稚拙粗糙，显得“业余”，而先锋艺术家又恰恰是从这些非职业艺术家或自我修炼者的“局外人”那里得到启发；也就是说，所谓的“先锋”时常来自体系外的纯粹自发状态，这些状态、想法或行为是未曾被艺术世界编码过的新信息，因而这些新的信息恰恰拥有成为“先锋”的可能。更有说服力的是，“局外人与美国先锋艺术”是围绕局外人与先锋艺术并行状态的历史展开叙述的，展览划分为三个时段：1924 年大萧条到第二次世界大战、1968—1992 年、1998—2013 年；通过不同时间的对比，观众发现第一个阶段存在着大量的所谓民间艺术，艺术世界被话语权所把控，社会阶层的文化区隔也较为稳固；而随着战后各类民权运动的兴起，边缘人群的亮相机会大大增加，第二个时段中所谓“局外人”的作品显得更为自信有力，与职业艺术家相比反而有种肆意大胆的气质；到了 21 世纪，边界问题由从社会阶层、身份问题转为职业问题，当边缘群体、边缘叙事拥有合法性之后，被质疑的焦点是人类的知识经验、固有行为范式以及社会领域的区隔。三个阶段的对比也呈现出了所谓的边界不断模糊的过程，如活跃在 20 世纪初的黑人画家霍勒斯·皮平（Horace-Pippin）完全靠自学进入绘画领域，这些可以说是“素人绘画”的作品与当时的职业艺术家的绘画风格差距甚大，但其稚拙朴质却颇有反抗意识的画面与职业艺术家相比仍然显得粗糙。而到了出生于 1943 年的唐氏综合征患者朱迪斯·斯科特（Judith Scott）的编织作品时，在同一空间中展出的还有 1943 年出生的霍瓦德纳·平德尔（Howardena Pindell）和 1959 年出生的杰西卡·斯托克赫德尔（Jessica Stockholder）的编织作品，而斯科特的稚拙天真、天马行空的作品一方面与平德尔的朴质作品气质相近，另一方面也能够呼应了斯托克赫德尔作品的活泼跳跃。平德尔的创作属于观念艺术，以概念见长；而斯托克赫德尔则担任过芝加哥大学视觉艺术系的主任，典型的学者型艺术家，但“局外人”斯科特的作品与两者放在同一空间却难分彼此。通过展览不同单元的对比，观众可能发现，相对 20 世纪初的皮平而言，到“二战”后，所谓局外人与职业艺术家的边界已然模糊甚至消失。

2019 年艺术界的策展实践不仅为我们提供了“跨界”思维带来的惊喜和启发，更对

“边界”本身提出质问：在一套自洽的行为逻辑中，领域因被划出边界而成型，又因吸收该领域之外的异质而扩展，但这种看似自洽的“划界”行为是否存在矛盾？这套行为逻辑是唯一的可能吗？

二、女性主义艺术：何为差异？

在女性主义视角的研究中，以瓦萨里为源头的经典美术史叙事就存在着“划界”的嫌疑。如纳内特·所罗门的分析，瓦萨里在他的艺术史书写中把女性艺术家的创作视为一种像生育功能一样“额外”的能力，正是这种“额外”的解释导致了女性的“局外人”角色。[2]

与前文的“局外人”的孤独状态不同，女性主义者似乎热衷于彼此之间联结成为一个独立于男性之外的团体、组织或是社区。这种乌托邦式的实验在15世纪初露端倪，克里斯蒂娜·德·皮桑（Christine de Pizan，1365—1430）在1405年就写出了《妇女城》一书，书中设想了一个完全由女性组成、没有阶级差异的理想世界，妇女城中的居民衣食无忧，但被剥离了财产、婚姻，因而也就摆脱了世俗身份属性，成为一种带有乌托邦色彩的、被“解放”的女性。[3]而到了20世纪70年代初，艺术家朱迪·芝加哥（Judy Chicago）逐渐开始了她的女性主义主题创作，1972年，她和女艺术家米亚姆·夏皮罗（Miriam Schapiro）合作推出了名为“妇女之屋”的展览，这个由旧房改造的空间被分割成若干小空间，空间中放置了各类与女性相关的物品，空间中只允许女性进入。很难说“妇女之屋”与“妇女城”的相似图景是前者对后者的图解、朱迪·芝加哥等人对皮桑溯源，还是女性主义者在思路上不自觉地呈现出的近似，而联系到中国古典小说《西游记》中女儿国的描述，类似的一个纯粹由女性组成的存在构成了对男性社会的悖反的结构，而这种悖反逻辑是否具有普适性？

朱迪·芝加哥的实践也是20世纪70年代美国女性主义运动的一部分，艺术史研究领域则产生了诸如琳达·诺克林（Linda Nochlin）的《为什么没有伟大的女性艺术家》的文章。在这篇发表于1971年的文章中，诺克林的主要思路还是试图发掘取男性而代之，或者拥有与男性同等崇高地位的女性艺术家，虽然这种思路在20世纪80年代被反思催生“崇高”的社会机制本身所取代，如诺克林本人在1988年的著作《女性，艺术与权力》，在该书的序言中她写道：即便在讨论个别艺术家时，也并非只是肯定她们的作品，而是去解读这些作品，并且常常是反其道而行地解读它们，去质疑整个艺术史机制，正是这种机制在勉强地“为她们定位”；换句话说，就是去揭示那些结构和运行方式，这些结构和运行方式倾向于将特定艺术创作边缘化，而又将另一种艺术创作中心化。[4]

20世纪70年代女性主义的思路倾向于发掘进而确认历史中的女性艺术家，这种思路仍然在延续。2019 年，由欧盟成立的欧洲研究理事会（European Research Council，ERC）花了 150 万欧元资助一个名为《隐形的女性笔墨》的研究项目，这个项目将研究的时间段集中在 1500—1780 年，并试图从信件、日记及各类私人物件中发掘过往年代的女性写作，这些写作被视为业余的、抄袭男性思想并缺乏专业技巧和思想的。在项目所聚焦的文艺复兴和启蒙运动交替的时期，女性身份被家庭所覆盖，而这种规定的身份角色并无法完全屏蔽女性对世界的感知与思考，这种边缘叙事的发掘也让人对历史本身产生思考。

2019 年，艺术世界似乎达成了某种共识，那就是在不同的艺术发展阶段发掘女性存在，而时间甚至上溯到了古典主义时期。英国国家美术馆（The National Gallery）花了 360 万英镑的高价收购了 17 世纪意大利女画家真蒂莱斯基（Artemisia Gentileschi）的一幅作品，这个举动将女性艺术推前到巴洛克时期；真蒂莱斯基不仅绘画技法精湛、艺术成就颇高，是历史上第一位入选佛罗伦萨蒂亚诺学院（Accademia del Disegno）的女艺术家，其因早年遭遇不幸而反抗男权与教权社会，她的作品如《朱迪斯与赫罗弗尼斯》（*Judith and Holofernes*）等画面中反复描绘女性弑杀男性的血腥场面，虽然之前有过男性画家表达过类似画面，但一个女画家对弑杀男性的画面反复表现，结合其不幸经历，这些使其被视为 17 世纪的传奇式人物，也被女权主义者视为早期精神源脉。

不仅如此，各大美术馆、博物馆也纷纷在现代艺术的各个流派和运动中寻找女性的身影。以超现实主义为例，泰特美术馆举办了女性艺术家多萝西娅·坦宁（Dorothea Tanning）的大型回顾展，而多萝西娅是美国超现实主义的重要人物；蓬皮杜国家艺术和文化中心也为多拉·玛尔（Dora Maar）举办了回顾展，而后者是法国超现实风格的实践者。在包豪斯运动百年之际，一系列对包豪斯的纪念和研究性活动纷纷举办，而其中就有对包豪斯女性的发掘和研究，如泰特美术馆和德国的 k20 美术馆合作举办包豪斯纺织艺术家安妮·亚伯斯（Anni Albers）的大型回顾展，以及德国的安格博物馆（Anger museum）推出的“包豪斯女孩：从学习到生活”展览，后者展出这 4 位包豪斯女艺术家的作品，这 4 人分别在摄影、陶瓷、纺织、工业设计等领域有重要的贡献。

如果说超现实主义运动和包豪斯中的女性身影与男性一同构成一段特定的艺术历史，而女性扮演了一种不可或缺的存在的话，那么对真蒂莱斯基的发掘与关注却带有男性中心主义目光的嫌疑：这种关注带有一种消费式的成分，对传奇女性的关注不但符合注意力经济的逻辑，而且如纳内特·所罗门所言，在信息的传播和讨论中，真蒂莱斯基的性史成为被津津乐道得最多的一部分，对诸如《朱迪斯砍下赫洛夫尼的头》等类似的真蒂莱斯基的表现虐杀男性的作品的解读，将之解释为恐惧、复仇、治疗等的分析实际上是在否定真蒂莱斯基的创造力。[5] 而发掘女性行为所导致的一系列问题或许可以追溯到早期女性主义运动，20 世纪 70 年代女权主义者对男性的排斥和区隔（如朱迪·芝加哥的“妇女之屋”）实际上导致了一个问题，即如何看待那些与男性截然不同的、女性独有的创作？那种在男性主导社会压力下产生的女性独有的创造力是由于压力所激发，还是女性与生俱来的生物性差异？差异和区隔本身是文化问题，还是生物学问题？差异和区隔是否有可能是男性主导社会机制的一部分？

就差异而言，男女艺术家在表现同一母题上——比如在表现女性上，表现结果的差异能证明什么呢？以超现实主义为例，格洛丽亚·奥兰斯坦（Gloria Orenstein）的《超现实主义女性》一文就区分了男女超现实主义艺术家在表现女性形象上的差异，男性倾向于将女性形象表现为诱惑，而女性则倾向于将女性形象表现为更为独立的角色；亚历桑德拉·科明尼（Alessandra Comini）则将珂勒惠支与蒙克作对比，认为前者的悲剧感更有普世意义，而后者更偏向于个人情感。[6]当女性处在一个有男性参与的艺术团体时，或者以艺术家夫妇、男女合作组合的方式出现时，人们观看女性艺术家的视角以及评价其艺术成就时，女性往往会被退隐到男性的背后。前文提及的多拉·玛尔就长期停留在“毕加索的情人”这种带有鄙夷意味的称号里；而在经济繁荣、男性气息高扬的时代中兴起的美国抽象表现主义也存在类似情况，多对艺术家夫妇中的女性一方往往被男性一方的光芒所遮蔽。2019年5月30日，伦敦的巴比肯艺术中心（Barbican Art Gallery）举办了李·克拉斯纳（Lee Krasner）的大型回顾展，作为杰克逊·波洛克的妻子，克拉斯纳的艺术家身份也相对被世人所忽略；展览不仅还原了克拉斯纳与波洛克共用的工作室情景，还梳理了克拉斯纳在波洛克去世之后逐渐走向创作高峰的艺术生涯，而工作室分隔两个独立区域的情景、克拉斯纳将波洛克作品剪碎后作为拼贴材料使用的情况，以及克拉斯纳在波洛克去世后创作的多件后期重要代表作的亮相都显示出克拉斯纳作为一名独立艺术家的身份角色，她与波洛克是两个差异甚大的个体，而不仅仅只是“波洛克的妻子”。此外，2019年10月法国路易威登基金会举办的夏洛特·贝里安（Charlotte Perriand）回顾展也有类似用意，展览聚焦于勒·柯布西耶的早期女性合作者，同为20世纪初的重要建筑师，贝里安也被柯布西耶的光芒所遮盖，而展览对其职业生涯的全面回顾使得观众看到了一个拥有漫长职业生涯，颇有洞见和成就的建筑师、设计师。

20世纪90年代左右产生的后女性主义被女性主义者视为自相矛盾、无能甚至低廉：所谓后女性主义一方面否定女性主义的本质化叙事，另一方面又吸收男性中心的视角去展开本质化叙事。前者如1989年《时代》杂志刊登的鄙夷女性主义的新一代年轻女性形象，后者如丹·卡梅伦（Dan Cameron）将芭芭拉·克鲁格等女性主义艺术家归类到波普的序列中，而波普艺术不仅由男性艺术家唱主角，也由男性评论家命名。[7]而最能够破除后女性主义杂音的莫过于一声高亢的女性主义尖叫，对女性快感的暴露既破除了男性权威对快感的遮蔽与忽略，也破除了男性在遮蔽与忽略女性快感时的窥视快感，这种类型叙事的典型莫过翠西·艾敏、莎拉·卢卡斯了。2019年北京红砖美术馆举办了莎拉·卢卡斯的大型个展，在展览开幕式上，莎拉·卢卡斯组织了名为《致女人的一千个鸡蛋》的表演，邀请女性观众向一面白墙投掷鸡蛋，鸡蛋有隐喻生育、生殖之意，因而投掷鸡蛋的汁液爆裂四溅、现场一片狼藉又颇有美感的效果可谓是一种“解放”式的快感。

三、新的网络：多重身份者、非人类中心视角和新的地域叙事

“局外人”逐渐“入局”，女性主义相关活动频繁。在21世纪的第一个10年即将结束之际，全球的艺术世界正逐渐加强联结，一方面将原来无法归类的异质之物编码进入叙事网络，使得艺术成为一个“世界”；另一方面又由于这张叙事网络的初现而使各个不同的节点、不同的个体或地域上逐渐深化出差异，形成一种越发丰富复杂的地形图景。

2019年8月，上海当代艺术博物馆举办了已故哲学家让·鲍德里亚的摄影展“消失的技法——让·鲍德里亚的摄影”。作为一名被广泛认可的后现代主义理论家，鲍德里亚的摄影有一种跨界的意味，在博物馆举办摄影个展的事件也赋予了鲍德里亚以多重身份。鲍德里亚的摄影与他的《物体系》等理论文本，以及拟象、仿真等概念有着内在的联系。在他的镜头中从未出现人的痕迹，而人能够感知到的物体对象的各种维度，如气味、质感、空间等也被剥离出物像之外，在排除了主体性、排除了意义和情境的纯粹客体图景中，客体实则是在向主体反转，而手握镜头拍摄客体的主体也凭借技术而消失，成为他者而存在。

上海当代艺术博物馆举办的青年策展人方案竞选的获胜方案《平行，似存在，未完成：行进的艺术工具》以不同的角度呈现了艺术中的“技术”，如果说鲍德里亚摄影展中的“技术”能够把主体转化成他者，那么“平行”展览中探讨的作为艺术创作工具的“技术”则要直观得多，运用在当代艺术创作的各类技术越来越复杂，因而一件作品从开始到完成的过程也越来越复杂，而观众往往理解了技术、理解了技术的运用过程之后立刻理解作品，因而在观众解读的层面上作品往往等于“技术”，在某种意义上可以说“技术”替代了艺术，而这个思路和鲍德里亚的“技术”将主体转化为永恒他者、技术主宰主体的描述有逻辑上的联通之处。

颇有时代代表性的人工智能技术在不断地促使人们重现“技术能否主宰、替代人类”的讨论。纽约苏富比拍卖机构利用人工智能技术预测马克·罗斯科作品的拍卖价格，具体做法是，结合全球富豪数量和财富规模、马克·罗斯科作品数据、作品的交易数据三类变量数据建立起一个预测模型，而这个模型被用来预测以往已拍出的作品价格时，误差只有5.5%，准确度远远超过人类。2019年，两个AI机器人举办/参加了各自的画展：英国剑桥大学的谷仓美术馆（Barn Gallery）举办了机器人艾达（Ai-Da）的画展，中央美术学院的机器人夏语冰则参加了本年度的学院毕业展并举办了个展“或然世界——人工智能微软小冰个展”。艾达是个人形机器人，被设计成仿真人的相貌，用机器手拿画笔模仿人的绘画行为，艾达的作品拥有其独特的个人风格；而昵称“小冰”的夏语冰则以作品形式出现，

“她”的创作不拘泥于一家一派，并涉及诗歌、音乐领域，视觉作品能高度还原历史上任一大师的风格，以这种风格表现类似的不同景物。艾达与小冰以相反的设定方式提出了一个问题，即在技术局部替代主体的前提下，自我、主体性为何？艺术是否应当绑定在个性、差异性之上？

在多重身份创作者给出一种处于混杂状态的创作、创作运用技术触及主体性问题的同时，全球各地的双年展、三年展等大型展事又呈现出各个地区在基于地缘政治传统之上的不同思考。新加坡国家美术馆的大型展览“觉醒：1960—1990年代亚洲社会中的艺术”就试图描述“亚洲”概念的生成进程，展览涉及10多个亚洲国家和地区的艺术，配合调查文本，展览呈现了这些地区在20世纪60年代至90年代期间的社会与文化的演进与发展，这种全景式的恢宏视角和叙事方式显得雄心勃勃。

印度最大型的双年展——“科钦－穆兹里斯双年展”以“非异化生活的可能性”为主题，不仅强调有别于现代资本主义世界异化趋向的印度人的生活方式和态度，更强调作为古老贸易港的印度科钦的现实与历史，展览分散在科钦城市及周边的建筑物、公共空间和历史遗迹中，以空间的分散去融入当地人的日常生活中。

四、新的联结机制：多样化合作与集体创作

强调开放性似乎成了艺术世界的时髦话题，2019年装修场馆时把美术馆沿街外墙换成玻璃幕墙的尤伦斯当代艺术中心馆长田霏宇就是一例：对于美术馆而言，最大的资产就是我们的用户群，这些人可能超越了某个城市或者某个建筑体本身，汇聚成愿意介入和思考艺术的一群人，这就会产生一些新的连接方式。[8]

这种连接意识早在2017年的第57届威尼斯双年展上就已有先例，该年度的双年展金狮奖被授予德国国家馆，德国国家馆展出了艺术家安妮·伊姆霍夫（Anne Imhof）的作品，艺术家与数名表演者合作在展馆中实施了一系列表演行为，而这些表演行为又呈现了绘画、音乐、哲学甚至法律等其他领域的内容，伊姆霍夫不但与表演者合作，也与以上数个领域的人员展开合作关系，因而这件作品实际上是一系列的合作行为带来的结果。

德国当代艺术有众多的重要人物与创作，这也部分归功于德国艺术领域的土壤与生态环境——1815年拿破仑战争结束后，德国各地纷纷开始成立的艺术协会制度为德国的艺术发展提供了重要的支持与孵育作用。艺术协会将艺术推进了公共领域，成为一种开放性的社会文化事业。各地的艺术协会不尽相同，但大多拥有自身的经济运作机制、展示交流空间和为艺术家、公众提供服务的经验流程；在经济运作上，协会的会员艺术家需要缴纳年费，协会是艺术品委托者，对艺术家作品可以内部拍卖，或为其提供奖金，或委托创作，协会的经济结构使艺术家能够在一定程度上自治；协会拥有展厅并组织展览，在官方之外

提供批判的平台，这也是艺术现代性和前卫的一条途径。[9]建立在松散的联邦制度环境下、因资产阶级与传统贵族争夺文化空间而发起的艺术协会，在近200年的发展历程中，逐渐形成了一种良性循环的生态，这种自发却井然有序的组织形式、合作模式也为充满区隔和差异化的艺术世界提供了一种启发。但也应当看到，艺术协会作为一个区分艺术趣味（新兴资产阶级阶层趣味与传统贵族趣味）的历史产物，其血统中带有排斥和区隔的一面，也正是这种排斥性促生了19世纪的分离主义，进而推动了德国现代美术史的进程。因而与其说德国艺术协会机制一手培育促生了丰富多元、活跃开放的德国艺术生态，毋宁说基于松散联邦政治传统基础之上的德国艺术协会本身具备了多元的可能条件，这种多元被协会机制所保存至今并在艺术生态中被持续发酵。

2019年初，卡塞尔文献展组委会任命印度尼西亚的艺术组合Ruangrupa（语意为“艺术的空间”或“空间的形式”）为第15届文献展的艺术总监。Ruangrupa可以视为一个松散的艺术团体组合，也可以说是一个由10个拥有不同知识背景的核心成员经营的艺术生产机构，这些成员有建筑师、艺术家、媒体人、学者等不同身份，经营着包括图书馆、社区电台、艺术学校、工作室空间出租、艺术品装裱和包装业务等产业，他们既以艺术家身份参加各种展事，又以策展人身份介入荷兰阿纳姆（Arnhem）的Sonsbeek国际当代艺术展，在展览中组织研讨会、讲座、烹饪、表演、Pop-Up市场甚至卡拉OK之夜等各类活动。和德国艺术协会传统不同的是，Ruangrupa产生的社会文化背景是印度尼西亚人的结社（或者说扎堆）热情，1998年印度尼西亚苏哈托政府下台之后，禁止集会禁令的解除使得印度尼西亚人的集会热情反扑，社群文化迅速兴起，组织各类非营利、无功利的团体活动成为印度尼西亚人的一大潮流。如所谓的“Arisan”文化：“6个人凑成一局，每个月每人贡献100块钱，这群人在内部进行抽签，其中一个幸运儿会获得捐出的600块钱。下个月，这个上个月抽到的人就不能抽了，换剩下的5个人进行抽签。”[10]而这种扎堆的玩法在富人阶层和普通阶层均十分流行。社群文化为Ruangrupa提供了一种随性自如、恬淡甚至慵懒的态度，他们的模式是对个人主义至上的西方文化的一种悖逆，这种混生状态的自由观也同西方的个体至上的自由观恰好相反，因而他们的混杂创生的模式也令人期待。

（林宸胄　福建师范大学讲师）

注释

[1] [美]安德鲁·莫兰·格雷利:《天主教的想象力》，加州大学出版社2001年版。安德鲁·格雷利（Andrew Greeley），社会学家、作家、牧师，亚利桑那大学社会学教授、芝加哥大学民意研究中心（NORC）研究员。格雷利除了多元身份外还是个高产作者，著有50多本小说和大量非小说读物。

[2] [美]纳内特·所罗门:《艺术史规则：忽略之罪》，载[美]唐纳德·普雷齐奥西主编《艺术史的艺术：批评读本》，易英等译，上海人民出版社2016年版。

[3] 李霞:《克里斯蒂娜·德·皮桑及其“妇女城”思想》,《世界历史》2000年第1期。
[4] [美]琳达·诺克林:《“为什么没有伟大的女性艺术?”三十年后——千禧年的女性艺术家,2006年》,周渝译,见樊波主编《美术学研究(第7辑)》,东南大学出版社2018年版。
[5] [美]纳内特·所罗门:《艺术史规则:忽略之罪》,载[美]唐纳德·普雷齐奥西主编《艺术史的艺术:批评读本》,易英等译,上海人民出版社2016年版。
[6] 丁宁:《艺术史的独特界面——西方女性主义艺术史观评述》。载曹意强、麦克尔·波德罗等著《艺术史的视野——图像研究的理论、方法与意义》,中国美术学院出版社2007年版。
[7] [美]阿米莉亚·琼斯:《后女性主义、女性主义的快感和身体化艺术理论》。载[美]唐纳德·普雷齐奥西主编《艺术史的艺术:批评读本》,易英等译,上海人民出版社2016年版。
[8] 田霏宇:《没有围墙的艺术机构》,《美术报》2019年7月20日。
[9] [德]汉斯·于尔根·哈夫纳:《创造艺术的共同体——作为范例的德国艺术协会》(Kunstverein),姜俊译,http://www.artdesign.org.cn/article/view/id/29827。
[10] Sonia Xie:《“群策群力”的雅加达艺术博览会:谁在关注?谁在购买?》https://news.mei-shu.org/art/20190906/187474.html。

“五四”百年之际的回望

于 洋

2019年是五四新文化运动百年纪念之年。无论对于中国文化整体的时代演进，还是对于中国美术领域的现代转型而言，百年之前的五四新文化运动都具有多重价值与深层意涵。它既是新旧之争，也是中西之争，更涵盖了转型时期中国文化艺术的博弈与调适的过程。五四新文化运动精神对于中国社会及文化艺术领域的意义，正如周策纵在《五四运动史》中的经典定义：“‘五四运动’是一个复杂现象，它包括新思潮、文学革命、学生运动、工商界的罢市罢工，抵制日货运动，以及新知识分子所提倡的各种政治和社会改革。这一连串的活动都是由下列两个因素激发出来的：一方面是二十一条要求和山东决议案所燃起的爱国热情；另一方面是知识分子的提倡学习西洋文明，并希望能依科学和民主观点来对中国传统重新估价，以建设一个新中国。它不是一种单纯不变，组织严密的运动，而是许多思想分歧的活动汇合而成。”[1]立体地、还原地、辩证地理解和评价五四新文化运动，对于近现代中国文化艺术研究而言是一个常驻常新的课题。

从事件、现象与观点层面，五四新文化运动对于中国现代美术产生直接影响的既有《新青年》、“美术革命”论与民国初期的中国画论争及陈独秀、吕澂、康有为、徐悲鸿、刘海粟、高剑父、陈师曾等围绕中国画前途命运的思考，也有五四运动影响下美术与科学关系的思潮论辩，更有新文化运动对于美术大众化思潮的重要塑造作用。这些课题汇聚在一起，构成了五四新文化运动留给当今和未来中国美术发展的宝贵经验。本文围绕以上问题展开讨论，并以近年来发表的相关研究文献，尤其是2019年《美术》杂志等国内美术期刊组织刊发的关于五四新文化运动与中国现代美术发展的系列讨论文章为整理和观察对象，站在五四百年的时间节点，试图对五四新文化运动与中国美术现代转型的课题进行综观梳理和理论探讨。

一、新文化运动中的“美术革命”

20世纪一二十年代围绕中国画前途命运的讨论，作为新旧文化论战的一部分，其导火线“美术革命”论自提出之日起，便引发了无数的反响与争议。“美术革命”与20世纪20

年代文化界的科玄论战，即围绕着要科学还是要宋明理学作为人生观和信仰之问题的讨论，自其产生之日起便有着紧密的逻辑联系。其根基建立在社会革命理论体系之上，作为新文化运动的组成部分之一，根植于近代西方政治思想的土壤。从某种角度说，已成中国近现代美术史公案的“美术革命”论，自1918年一出现就为其后近百年来诸多画家的中国画观确立了一种“革命范式”，而中国画的“衰败”“革命”论在其后若干年间便间歇性爆发一次的现象，恰好证实了这种思维范式的牢固、持久与深刻。

作为五四新文化运动的一个构成链条，“美术革命”也是“文化救国运动”的一部分。从文学革命、诗界革命、小说界革命、戏界革命到美术革命，是一个自上而下的、将政治社会革命、文艺美术革命作为一项系统工程加以施行的过程。在今人的印象中，多因撰写时间的先后顺序以康有为的国画“改良论”先为世人所知，之后陈独秀的“美术革命”论才揭竿而起。事实上，就在康有为的《万木草堂藏画目》即将于1918年2月在上海长兴书局以石印线装本印行出版的十几天前，曾留学日本的画家吕澂给陈独秀的通信以“美术革命”为标题发表在1918年1月15日出版的《新青年》6卷1号上，陈遂以答信的形式提出了“美术革命”的口号。

从两篇同题书信文章中，我们可以看出：吕澂提出革命的初衷是源于对因西画的引入产生的混乱局面的焦虑感，而陈独秀只是借吕澂的话题，以作答的形式回应式的提出“美术革命”的口号，但是措辞更为极端和尖锐，使整篇文章读来恰似一纸战斗檄文。蔡元培称陈独秀当年在《新青年》上发表的文章“大抵取推翻旧习惯、创造新生命的态度；而文笔廉悍，足药拖沓含糊等病”[2]，这也是陈氏“美术革命”的语风特点。

从中国画内在发展观的角度，吕澂对于中国画本体的指摘仅见于对画家身份的“两极性”的不满，提出“姑就绘画一端言之，自昔习画者，非文人即画工，雅俗过当，恒人莫由知所谓美焉”。此外的文章首尾均在阐释他对于“美术”概念的范畴与实质的认识，在吕澂看来，“阐明美术之实质与范围”才是这篇文章的首要目的。从社会文化政治的角度，吕澂慨叹在“西画东输”的环境之下，很多画家“徒袭西画之皮毛，以迎合庸众好色之心”。在这里，吕澂将“此类不合理之绘画”与社会伦理的效应联系起来，他提出的“美术革命”即是针对此种“习俗轻薄，人事淆然”之现象而发。[3]他在文末已经将主张归结得十分明晰：一是阐明美术的范围和性质特点，二是强调梳理中国古代美术（特别提到唐代佛教雕塑与建筑）的源流，三是把握欧美当今美术的发展趋势，四是通过研究中西美术的“是非长短”后，在此基础上建构“美术正途”。

从近年来关于“美术革命”思潮的研究文献中，可以看到美术研究学界对于这一中国近现代美术史重要课题的认知与态度。林木的《“美术革命”思潮百年反思》一文认为“美术革命”作为20世纪以来百年中国美术界的主题词之一，与20世纪初之社会革命与文化革命的关系最为紧密。文章指出“美术革命”本来就是文化革命的从属的部分，并以五四新文化运动的两面革命大旗作提纲挈领式的归纳，认为“科学”与“民主”以及统领两者之上的西方文化，是“美术革命”思潮的精髓，并从中梳理出贯穿整个20世纪美术发展的四条线索，即西方文化与东方文化的冲突与融合、科学主义与东方思维的冲突与融合、与民主启蒙相关的为人生与为艺术倾向的冲突与融合、同样与民主启蒙相关的雅俗的矛盾冲突与融合等。正如此文所言，“‘美术革命’100年，其中的经验与教训，让古代走来的中国美术变得更加成熟与自信”。作者还犀利地指出：“因为‘美术革命’，我们信奉了科学主义，我们常常不顾自身文化系统的独特性，扭曲自己舍身殉人；在中国美术史研究中，我们或者把自己的美术历史也定成现实主义史，或者按进化论乱定我们美术史的高峰和低谷；而在对貌似科学的历史进化论虔诚信奉中，我们总是拿西方的‘普世’的‘现代性’和‘当代性’来为难自己，以至总在仰视西方中自视退步落后自卑自贱，进化论成为‘文化自信’的严重障碍”。[4]另一方面，从语词生成和衍变的角度，吕澎在《历史上下文中的“美术”和“美术革命”》一文中则揭示了“美术”一词所具有的复杂性质与表述上的差异，提出如果没有对“美术”这个词的历史上下文给予了解，使用它将面临风险。在吕澎看来，“美术”是一个借用的外来词，“美术革命”是一个历史性的词汇，正是晚明以来的西方文明的影响，逐渐改变了中国人的观念，并以新的词汇来表述他们对新的艺术现象的看法。因此他提出：“不同历史时期的艺术演变和细微末节的现象，都是‘美术’和‘美术革命’的关联因素。透过对这些词汇的历史考察，可以使我们对百年来的艺术历史有更理性的认识。概括地讲，正是历史的复杂变化，导致中国人使用这些词汇，并在这些词汇的组织中改变中国的艺术传统，20世纪中国的艺术史，就是在类似的使用和理解中形成的。”[5]

在以往的中国现代美术史叙述中，中国画改良、“美术革命”的激进主张被多数美术史学者看作是引发中国画革新的原初动力，但也有少部分学者不同意这种判断，认为康有为、陈独秀等在当时中国画界的影响微乎其微。对于康、陈二人之于中国画现代转型的意义，笔者认为应从两方面来看：其一，中国画改良与“美术革命”的提出，在当时确实并没有立即形成一种画坛的实际力量，也没有在短时间内得到艺术实践的响应，这也是“美术革命”在民初的中国画坛中无法单独成为一个派别的原因。因此以往过于简单化、现象化的判断，实际上或多或少地放大了康、陈二人的作用，从而为传统价值已经得到充分肯定的今日树立一个大大的靶子而已。其二，我们又不能不看到，康、陈二人当时的言论对于中国画后来近百年走势的影响却又是绝对性的，虽然中国画的本体性演进并非他们真正关注的问题，但其产生的影响力之大与辐射力之广，却足以引起研究者的重视和反思。对此，笔者曾在《衰败想象与革命意志——从陈独秀“美术革命”论看20世纪中国画革新思想的起源》一文中提出：“自1918年提出的中国画的革命、改良，在20世纪引发了一场关于中国画发展路向的大讨论，后来无论是五六十年代民族形式与内容的讨论，还是八十年代的中国画‘穷途末日’说，都因循了这一思路。虽然首倡国画变法的康有为及发起‘美术革命’的吕澂、陈独秀，后来都转投他业，但他们提出的中国画变革与发展、创新的问题，却在美术界搅动起狂澜，其思想被徐悲鸿、高剑父、林风眠、刘海粟等人加以实践、光大和深入。”[6]我们今日对于百年前“美术革命”的认知与反思态度，也决定了当下中国美术对于“五四”思想的批判性继承的方向与程度。

二、五四运动影响下的美术与科学思潮

作为“五四”精神的核心，民主与科学是五四新文化运动的两面旗帜，而科学是五四新文化运动的主要推动力，是与旧势力斗争与抗衡的有力武器。从历史文脉、实践进程、理论逻辑相结合的角度，纵观五四新文化运动以来中国的政治史、文化史、思想史、社会史诸领域，都有科学思想的强大基因和广泛影响。蔡元培、梁启超等学者先后发表的有关美术与科学的演说，系统阐释了“五四”时期美术与科学之间的交织关系，同时也强调了美术的重要地位。在这一角度上，以“五四”时期“美术与科学”的观点为契机，探讨百年来美术与科学思潮的发展流变及其影响，可以为中国现代美术的发展提供理论支持，探寻其发展规律与未来路向。

1918年，蔡元培亲自组织发起北京大学画法研究会，在《北京大学画法研究会旨趣书》一文中提出：“科学美术，同为新教育之要纲，而大学设科，偏者学理，势不能编入具体之技术，以侵专门美术学校之范围。”一年后的1919年10月，蔡元培的《在北大画法研究会之演说词》中指出：“今吾辈学画，当用研究科学之方法贯注之。除去名士派毫不经心之习，革除工匠派拘守成见之讥，用科学方法以入美术。”[7]对此，郑工在《论蔡元培的“文学即美术学”——五四时期美术与科学思潮论析之一》一文中即以蔡元培在20世纪初有关学科规划中的“美术学”概念为中心分析了其思想的渊源，并通过解析蔡元培的学术立场及阐释方式，对“美术”如何定位于现代的学科系统、明确其观念内涵、寻求其分科的学理依据做了深入讨论。该文进一步提出了一个深刻的论断：“蔡元培正是站在‘普遍’和‘超越’的立场上，谈论美术与科学的关系，认为美术应该有科学的方法，而科学也应该利用美学的眼光。科学已经超越了民族、地域的文化限制，获得普遍性；如果美术也超越了各种利害关系，超越了各种文化的限制，在人性的基础上获得普遍性，这种普遍性，是科学的还是人文的？真难以断言。不过，可以肯定，那一定是被‘同质化’（homogenization）了的”。[8]对于蔡元培关于美术与科学关系的论断，封钰在《五四新文化运动与中国美术转向》一文中也认为：“蔡元培以及其他人，提出的主张并不能直接实现，但他的意义和价值在于超越和远见，这些超越和远见正是能够通过剥离附着在其上的独特的政治外表而呈现出来，并成为今天的思想财产。”[9]正如该文所提出的，正是因为中国现代美术的特殊起点，不同的思想家和艺术家最终选择了不同的思想和实践道路，造成中国美术的多样性景观。而重新审理五四精英所给的答案，亦是我们在今天理解中国现代美术性质的基本方式。

如果说蔡元培将美术与科学的差异视为人的知识与情感的差异，而两者的统一之处也

恰恰就在于人自身，因为行为主体本身不可能分裂知识与情感的作用；梁启超则不然，他认为美术与科学的统一在于客观对象，是外在的自然，科学和美术都是“自然之子”。1922年4月15日，梁启超在国立北京美术学校做了一篇题为《美术与科学》的演讲，他以十分轻松的通俗和口语化的语言说道：“密斯忒阿特、密斯忒赛因士，他们哥儿俩有一位共同的娘。娘什么名字？叫作密斯士奈渣。翻成中国话，叫作‘自然夫人’。问美术的关键在哪里？限我只准拿一句话回答，我便毫不踌躇地答道：‘观察自然。’问科学的关键在哪里？限我只准拿一句话回答，我也毫不踌躇地回答：‘观察自然。’向来我们人类，虽然和‘自然’耳鬓厮磨，但总是‘鱼相忘于江湖’的样子，一直到文艺复兴以后，才算把这位积年老伙计认识了。认识过后，便一口咬住，不肯放松，硬要在他身上还出我们下半世的荣华快乐。哈哈，果然他老人家葫芦里法宝，被我们搜出来了！一件是美术，一件是科学。”[10]郑工在《论梁启超的“锐入观察法”——五四时期美术与科学思潮论析之二》一文中，依据1922年梁启超在国立北京美术学校的演讲稿和同时期梁启超有关美术与科学的论述，通过梁启超的“观物体物”与“即真即美”这两个重要观点，深入分析了梁氏对美术与科学关系的看法，进而探讨了梁启超对这一论题的思考。该文认为：“在真与美的关系上，梁启超以真为先，在艺术表现上以对客观事物的观察为先，他提倡非我的理性研究和客观的分析精神，体现出五四时期受西学影响的中国知识分子普遍的认知，但梁启超对此还是有所反思，如提出‘智性直观’的问题”。[11]由此，该文认为科学为美术提供了可供度量的标准，而在美术中讲究科学性必然注重方法论和实验性的可操作性的程序及理性思维的训练，这样才能以系统化的整体思路，改变传统文人画模糊的、注重感觉的随意性的观察与表现方式。

除了从理论层面进行的研究，在绘画实践方面反思和梳理五四新文化运动对于中国近现代美术的科学启蒙成为近年来美术研究领域关注的课题。如冯民生在《“五四”与中国绘画的现代实践》一文中提出，中国绘画的现代性追求是伴随五四新文化运动开始的，“五四”前后各种研究中西绘画的社团纷纷成立，西方美术教育被引入并催生了诸多美术专科学校的创办，促进了西画在中国的启蒙和发展。在强调以艺术参与社会改造的功用目标下，中西绘画并行发展，踏上了中国绘画的现代实践之路。在该文看来，“至‘五四’时期，随着对西方文化的介绍与学习，尤其是对西方‘民主’‘科学’的认同，西方油画才成为文化知识界主动学习的内容并被纳入整体文化之中”。而科学对于中国本土绘画最为具体的直接的影响，在于“康有为考察西方后提出学习西方写实主义绘画的观点，后来这种观点在‘五四’期间被加以强化，蔡元培、陈独秀、胡适等都表赞同，并主张以此来改造中国传统绘画”[12]。科学写实主义的引入，使解剖、透视等客观视觉研究方法与观念深刻影响了中国本土绘画的发展，从更为深入的层面重新定义了“真”对于“美”的核心价值。

在具体的美术社团、期刊媒介层面上，与五四新文化运动同时代产生的北京大学画法研究会与《绘学杂志》，在很大程度上成为推动科学思潮发展的重要平台。正如栾开印的

《新文化运动中的〈绘学杂志〉》一文所言，“在《绘学杂志》中向西方学习的倡导者是一个重要的阵营，代表人物有蔡元培、徐悲鸿、李毅士、郑锦等”。由此文中谈道：“就像蔡元培总结中西绘画的差异所指出的‘外国画始自写实’，西方人重视自然科学，美术自然就会从描写实物入手。学习西方的科学绘画，就要学习写实的方法，因此他说‘故甚望中国画者，亦须采用西洋画景写实之佳，描写石膏像及田野风景’。”而对于徐悲鸿而言，中国画的写实改良既是对于康有为力主写实精神的继承，也是对蔡元培强调写实的呼应；李毅士则在《西画略说》中指出西洋画之所以美的三要素：“一、眼之关系；二、易感动者为美；三、意趣”。[13]学习西方，采用科学方法，崇尚写生，运用写实手法，就这样成了中国近代美术革新、改良一派的共识观点。

三、五四运动与大众化美术思潮

从社会学和文化史的角度看，五四新文化运动更具广泛影响力与文化导向性的价值，改变了近代中国文化艺术的社会诉求与审美面向，从而使其转而面对更为广阔的社会民众领域。2019 年，《美术》杂志围绕“五四新文化运动和中国美术的科学与大众化转向”专题，组织刊发了系列文章，对此课题进行了较为全面深入的讨论。正如尚辉在《美术》杂志 2019 年第 3 期的《卷首语》中所言：“五四新文化运动所引发的百年中国美术大众化转向，至少体现在两个层面上。其一，把美术作为新文化运动的重要组成并倡导‘以美育代宗教’的实质，就是力图提升全民族的审美水准、健全人的全面发展，由此通过建立以艺术民主教育为核心的新式美术教育体制，赋予社会每个人以享有平等艺术审美教育的权利。其二，变宗教美术、贵族美术为大众美术，既包括以反映民生、为人民抒怀为主旨的现实主义人文关怀的美术创作方向，也寓含汲取民族与民间美术的有益养分而创作的为人民群众所喜闻乐见的艺术形式。”[14]

在这场系列讨论中，陈池瑜在《五四新文化运动与中国美术大众化转向》一文中认为，正是那些在五四新文化运动中产生并在其后不断发展的反对贵族文艺、提倡平民文艺及社会艺术化、艺术大众化的观念改变了百年以来中国文艺的方向。而 20 世纪包括美术在内的中国文学艺术所取得的伟大成就是和艺术大众化的方向紧密相连的。其中蔡元培倡导的美育思想、鲁迅倡导的新兴木刻，以及林风眠在北京举办的艺术大会等是艺术大众化和社会化的典型实践；中华人民共和国成立后的中国画和油画，在表现革命题材和社会主义生产建设方面，促进并产生了一批为人民大众喜闻乐见的经典作品。正如文中指出的，五四运动后的中国社会，虽然民族工业有所发展，社会有所进步，但是军阀混战、1927 年蒋介石在上海和武汉发动政变、日本入侵，这都给社会和人民群众带来深重的灾难和疾苦，进步的文艺工作者用现实主义方法创作艺术作品揭露社会黑暗、表现民间疾苦，成为一种必然。由此作者总结道：“选择现实主义创作方法和大众化艺术方向既为五四新文化运动所提倡，又为共产党人对文化与艺术创作所提倡，同时还为中国社会的现状对进步文艺家所要求，有其历史的必然性。”[15]

刘曦林的《从借洋兴中、推陈出新到人民性追求——五四以来的中国美术之路》一文则通过“借洋兴中之路”“推陈出新之路”和“为人民之路”三个角度的梳理，回顾了在中华民族复兴的百年历程中美术所走过的艰难曲折道路，借由总结历史经验，对当下中国美术的发展进行了较为深入的思考。文章认为正是从五四精神出发，产生了《在延安文艺座谈会上的讲话》，明确了“为什么人的问题是一个根本问题，原则问题”，又提出了以人民生活为艺术源泉的源泉论，其后论及对古代和外国文艺批判吸收的方针，此为“五四”以来形成的中国现代文化之新理论、新传统，这是中国现代文艺理论的整体观。其诸多环节构成了一个完整的系统和辩证关系，并因此决然不同于西方的现代主义和当代主义。该文进一步提出了对于借鉴西方现代艺术和守持发展本土文化传统之间的辩证关系，即“根据国情坚持文化自信和民族艺术的推陈出新是固本之策，而有选择地借鉴外来艺术并在借鉴中坚持真善美就应成为开放中必要的、永恒的底线”。正因如此，作者结合中国当代美术现状与导向，不无忧患的指出：“中国艺术不必到世界上去追逐前卫，而是要遵照中国的‘通变’规律，究天人之际，通古今中外之变，在创造性转化中走中国自己之路，以现实主义与浪漫主义结合，找到自己的‘现代感’‘现代性’，总结自己的规律，体现中国的核心价值观，展现中国人民的形象，传达中国人民的心声。或者再拿来什么主义，只要能‘洋为中用’，能助‘推陈出新’。但以为西方的当代主义能取而代之为中国主流是不实际的。各类现当代或传统流派尽管各有欣赏者群，也有市场，但仍是小众的小天下，它们只有正视中国主流文化，正视中国现实和人民形象，才能与主流艺术共存共荣。”[16]在此意义上，五四新文化运动“借洋兴中”和“推陈出新”的本质与目的，事实上都与“艺术为人民”的大众化诉求有着紧密而直接的关联。

对兴起于“五四”，延绵于百年来中国现代美术的发展历程中的大众化思潮，黄宗贤在《百年中国美术大众化思潮的流变与影响》一文中认为百年来美术中的大众化思潮是一种超越艺术的社会思潮。这股思潮经历流转、延异，深刻地影响了中国现代美术的走向和精神品格，也对美术的观念、图式和风格变革产生了深刻影响，使中国现代美术呈现出与西方现代艺术和消费文化语境下的大众艺术完全不同的内涵和价值取向。因此如何承扬百年来中国美术大众化思潮所积淀的优良传统，构建满足大众审美需求的当代美术的新形态，成为当代艺术家面临的新课题。文章从“阳春白雪，和者盖寡”这一中国艺术史的重要现象谈起，指出“一部传统艺术史就是以文人的艺术活动、思想、观念和他们的作品构成的艺术史”。这就必然使民众的审美文化诉求与趣味被忽略、被“遮蔽”，然而这种局面在20世纪初五四新文化运动的冲击下被打破了。基于在五四时期因文化启蒙需求而高扬的“科学”与“民主”两面旗帜相互辉映下，也在不同领域生成了与之相对应的话语。由此，作者敏锐地看到，就美术而言，“科学”主义的倡导必然导致对西方写实主义美术体系的膜拜，而

“民主”呼吁的声浪，必然带来对精英文化艺术的质疑和对艺术大众化的倡扬。[17]这也就将“德先生”和“赛先生”的引入与中国美术写实化改造和大众化思潮的兴起紧密地关联在一起，阐明了五四新文化运动之于启导中国美术大众化思潮的必然性。

在某种角度上，五四新文化运动具有复杂性和反思性的文化属性，而对于“全盘西化”“反传统主义”的质疑与批判，恰恰深化了这场思想运动的文化内涵。张晓凌在《五四新文化运动与中国美术的现代转型》一文中，提出“五四”既是力图建构以“民主”“科学”“进步”“创造”为核心的新文化的运动，也是反帝反封建的爱国主义运动，这一运动将晚清以来的启蒙现代性推向了一个新高度。正是以“五四”精神为依托，中国美术开启了中心价值观的历史性转向，经由“科学化”“大众化”之途径，迈向了由写意到写实、由雅入俗的价值重构过程，该文从“美术的启蒙与革命”“科学写实主义思潮与实践”“大众化思潮与实践”等角度，对“五四”以来美术的现代转型作了系统性的梳理与分析，对其内在逻辑作了深度的阐释。作者辩证地指出：“启蒙主义思想虽是五四新文化运动的主潮，但五四新文化运动并非‘民主’‘科学’‘进步’一神独尊，而是众神喧哗——五四既是西方文艺复兴、启蒙运动的中国版本，从而让五四运动兼具了文艺复兴和启蒙运动的双重性质；同时，它也包括、涵盖了许多反启蒙的思潮，如文化保守主义等。”由此该文认为，在古与今、中与西的对话与互释中，建构现代性价值体系，正是“五四”留给当代最珍贵的文化遗产；而精英化与大众化的关系，则与文化趣味的雅与俗及其产生的文化策略相关：“由雅入俗，意味着中国美术中心价值观的另一种转向。一个令人瞩目的现象在于，在知识精英那里，通俗美术被机智地提升为一种文化启蒙策略，由此导致了两个积极的结果：大众化美术的产生和美育（美术）的普及。以此为始，大众化思潮几乎贯穿了中国现代美术的各个历史阶段，构成中国美术现代性建构的主要途径与方式”。[18]大众化思潮不仅是五四新文化运动的产物与结果，更是一种推行方式，深刻影响和存在于这场思想文化运动的整个过程。

温故而知新，尤其在“五四”百年之际，回望、整理与反思就成为我们面对当下、走向未来的文化契机与思想奠基。正如尚辉在《美术》2019年第1期《卷首语》中所言：“五四新文化运动是中国进入现代社会而必然发生的，以‘科学’与‘民主’为思想旗帜的启蒙运动。正是这场轰轰烈烈的文化启蒙运动，才让中国先进的知识分子开始向西方寻求救国救民的真理。”[19]五四新文化运动的必然性、建构性与局限性及其所引发的关于中国美术现代转型的正反合思考，必将长期存在于中国文化艺术界的关注范畴和学术视野中，关于美术与科学、美术大众化思潮及中国本土绘画前途路向的论辩等问题依然在深化、延展，并将随着社会文化的不断发展衍生新的时代课题。

（于洋　中央美术学院教授、国家主题性美术创作研究中心副主任）

注释

[1] [美]周策纵:《五四运动史》,陈永明等译,岳麓书社1999年版。
[2] 陈独秀:《独秀文存·序》,上海亚东图书馆1922年版。
[3] 吕澂:《美术革命》,《新青年》1918年1月15日第6卷第1号。
[4] 林木:《"美术革命"思潮百年反思》,《美术》2018年第3期。
[5] 吕澎:《历史上下文中的"美术"和"美术革命"》,《文艺研究》2007年第9期。
[6] 于洋:《衰败想象与革命意志——从陈独秀"美术革命"论看20世纪中国画革新思想的起源》,《文艺研究》2010年第3期。
[7] 转引自于富业、姜璐《"五四"新文化运动以来"美术与科学"观点的发展与影响研究》,《广西社会科学》2020年第2期。
[8] 郑工:《论蔡元培的"文学即美术学"——五四时期美术与科学思潮论析之一》,《美术》2018年第3期。
[9] 封钰:《五四新文化运动与中国美术转向》,《美术》2019年第5期。
[10] 郑工:《论梁启超的"锐入观察法"——五四时期美术与科学思潮论析之二》,《美术》2018年第4期。
[11] 郑工:《论梁启超的"锐入观察法"——五四时期美术与科学思潮论析之二》,《美术》2018年第4期。
[12] 冯民生:《"五四"与中国绘画的现代实践》,《美术与设计(南京艺术学院学报)》2019年第3期。
[13] 栾开印:《新文化运动中的〈绘学杂志〉》,《美术》2019年第2期。
[14] 尚辉:《卷首语》,《美术》2019年第3期。
[15] 陈池瑜:《五四新文化运动与中国美术大众化转向》,《美术》2019年第1期。
[16] 刘曦林:《从借洋兴中、推陈出新到人民性追求——五四以来的中国美术之路》,《美术》2019年第3期。
[17] 黄宗贤:《百年中国美术大众化思潮的流变与影响》,《美术》2019年第3期。
[18] 张晓凌:《五四新文化运动与中国美术的现代转型》,《美术》2019年第5期。
[19] 尚辉:《卷首语》,《美术》2019年第1期。

图像与当代中国的美术创作

陈　明

2019年的中国当代美术创作在繁荣多元的基础上呈现出新的特点。本年度恰逢中华人民共和国成立70周年，主题性创作成为最突出的部分，当代艺术创作继续保持活跃的局面。在题材上，主题性创作以中国人民的发展历史和成就为中心，多角度地表现国家和民族发展的日新月异的面貌，作品内容触及城市的发展、人民生活水平的提高，以及现实中多彩的故事。在艺术语言上，主题性创作以写实的手法和现实主义的精神来细腻表现现实生活的方方面面，具有纪实性和理想主义的特征。在当代艺术部分，表现在涉及历史和文化上的思考是一个较为明显的特点，对于历史的反观和传统哲学的追问，是当代艺术创作中值得关注的部分。从图式语言上看，图像对美术创作的介入和影响改变了观看的视角和方式，而对图像的利用，则构成当代美术创作最为明显的特征。在城市化进程加快的背景下，纷繁复杂的社会图景成为当代艺术必须关注的内容。必须看到，在全球化与地域性相互冲突的背景下，由无数图像构建的视觉大厦为当代美术创作提供了绝好的参照，但同时也一定程度地影响了当代美术创作的独立品格。

一、主题性美术创作的繁荣图景

2019年围绕中华人民共和国成立70周年这一主题举办的大展很多，比如7月26日开幕的“庆祝新中国成立七十周年暨第十四届全军美术作品展览”、8月9日开展的“屹立东方——馆藏经典美术作品展”、9月26日开幕的“伟大历程 壮丽画卷——庆祝中华人民共和国成立70周年美术作品展”、12月29日开展的“培根铸魂——庆祝新中国成立70周年70人美术作品展”等。这些展览的主题明确，基本围绕着中华人民共和国成立70周年以来的历史和发展来进行，具有艺术性和宣传性的双重特点。主题性创作历来是主流美术创作的重要组成部分，但在图式和艺术语言上一直处在相对保守的境地，因此如何突破这一瓶颈，是历年历次主题性创作必须面对的问题。本年度举办的几个重大主题性展览中的作品，在图式语言上有了一定的突破，在艺术观念上也尽可能地贴近当代生活，因此给观者带来不少新鲜感。

“庆祝新中国成立七十周年暨第十四届全军美术作品展览”将“不忘初心、牢记使命”和“传承红色基因、担当强军重任”作为展览主旨，号召画家以饱满的情感、多维的视角表现中华民族从站起来、富起来到强起来的历史画卷，“热忱讴歌全军将士听党指挥、能打胜仗、作风优良的崭新风貌”。展览的259幅作品涉及众多艺术门类，有国画、油画、版画、雕塑、水彩、宣传画、连环画、装置、实验艺术等。在题材上，主要以表现人民解放军的革命历史，强军、兴军等现实题材为主。风格上，具有主题突出、形式新颖、时代气息鲜明、富于战斗性的特点。围绕这一展览的创作在一定程度上突破了过去千篇一律的老面孔，在创作手法和表现风格上都有了新的发展。这样的作品如李金朵、詹清雨的《女兵》、张小磊的《援非医疗队》、张恺桐的《梦》、张蕊的《中国鲲行动》、钟泽畅的《清水洗尘》、王一帆、李典的《冲出C形圈》、冯玉红、傅海波的《大国之翼》、李连志的《阳光洒满大地·奔跑》、吴国成、高振斌的《X密码》、范琛的《筑梦太空》、黄援朝、唐秀玲的《敬礼·祖国》、寇泽旭的《重新吹响》、马新胜的《笑》、孙均、范韬的《中国老师》、陈树东的《岁月如歌——延安鲁艺的一天》、赵志炜、赵春生的《军威锣鼓》、王卫强的《焦土》、白金的《挖猫耳洞的战士》、张弛的《勇燃》、王树山的《转场》、谈强的《无名英雄——生命不止》等，这些作品在形式上已经不满足于传统的表现语言，在构图和色彩上能够跳出过去的框框，从而带给观者不少新意。比如李金朵、詹清雨的《女兵》，以没骨的彩墨语言，表现女兵射击时的飒爽英姿；张小磊的《援非医疗队》以工笔重彩的形式表现医疗队在非洲进行医疗援助的场面；冯玉红、傅海波的《大国之翼》吸收了波普艺术的单纯色彩；吴国成、高振斌的《X密码》有了抽象艺术的意味，等等。除了架上绘画，动漫艺术也成为此次主题性创作的形式。例如吴昊之的《远》，以动漫的形式表现中国海军的艰难历程和辉煌历史。显然，军事题材的创作延续了过去“写生—初稿—成稿”的传统模式，同时也吸收了很多现成的图像来创作。例如，范琛的《筑梦太空》、陈树东的《岁月如歌——延安鲁艺的一天》，画家利用图像作为素材来创作，而不经意间又改变了原始图像的面貌，在图像与创作的关系上体现出相互介入的有趣关系。对于图像的利用，拓宽了军事题材创作的视觉空间，从而丰富了这类创作的面貌。

由中华人民共和国文化和旅游部主办，文化和旅游部艺术司、中国美术馆承办的“伟大历程 壮丽画卷——庆祝中华人民共和国成立70周年美术作品展”的大部分作品来自中国美术馆的馆藏。展览分为一个序篇和四个篇章：第一篇章“浴血奋斗：人民解放之路”，回顾了中国自近代以来遭受的剧痛与屈辱，中国人民在中国共产党领导下顽强斗争，最终走向光明的不平凡的救亡抗争的历程。第二篇章“艰苦奋斗：国家建设之路”，展示中华人民共和国成立后，中国人民自力更生，艰苦奋斗的精神，以及改天换地的英勇气概和祖国建设所取得的光辉成就。第三篇章“团结奋斗：改革开放之路”，展示1978年中国进入改革开放新时期，中国社会所经历的伟大变革和社会进步，讴歌新时期昂扬向上的时代精神。第四篇章“伟大梦想：民族复兴之路”，展示党的十八大以来，在以习近平同志为核心的党中央领导下，全国人民在走向伟大复兴的历史新征程上，不忘初心，牢记使命，继续奋斗的精神面貌。参展作品除了中国美术馆馆藏的经典作品和全国20多家美术馆及相关机构收藏的部分优秀作品之外，还有130余件“国家主题性美术创作”的新创作品。如唐勇力的《新中国诞生》、周补田的《护航亚丁湾》、张振江的《重器——海洋石油981》、范春晓的《中国制造走向世界——C919大飞机》、陈坚的《二零一五年九月三日》、许杨和廉南宁合作的《辽宁号航母》、王睿的《南海明珠》、王沂光的《情满阿非利亚》、沙永汇的《天下飞梁》、董卓的《国家的脊梁》、张琳的《放飞梦想》、王奋英的《暖心——十八洞村贫困户精准识别公示会》、赵晓东的《幸福的菜篮子》、孔凡博的《远航——中国自由贸易区》、鲍海宁的《铁人——王进喜》、李烜峰的《脊梁——汶川救援感怀》、郎钺的《水舞欢歌》等。这批主题性创作在形式语言上并没有超脱传统的模式，但却体现出较为多样的面貌，对于图像的充分利用促进了创作图式的多元化。

2019年也是威尼斯国际艺术双年展、中国北京国际美术双年展开展之年。5月11日，“第58届威尼斯艺术双年展”正式开展，中国国家馆同期开幕。策展人吴洪亮以“Re—睿”为主题，选择陈琦、费俊、耿雪、何翔宇四位艺术家参与主题展，试图从文明的共识、生活的日常、自身的感知等不同维度呈现他们对于“Re—睿”的探索。陈琦的装置艺术《别处》、费俊的《睿·寻》、耿雪的《金色之名》、何翔宇的装置作品《我们所创造的一切都不是我们自己》都试图通过历史、文化与当代之间的冲突和融合，结合个人化的情感体验，来表达当代中国人对于历史文化乃至变化着的世界的看法。较之威尼斯国际艺术双年展，8月30日开幕的“2019第八届中国北京国际美术双年展”更注重立足于本土的审美经验，通过中国的视角、丰富的形态和个性化的语言，对当下最鲜活的关于世界发展的“中国方案”进行艺术化呈现，同时也呈现了多姿多彩的世界各国故事、各国形象、愿景和启示。参展艺术家“以视觉艺术可感可知的方式，共同响应、绘制人类命运共同体的宏伟蓝图”。对于中国艺术家来说，以中国故事、人类主题的眼光“讲”中外听得懂、听得清、有共鸣、有实效的好故事，“讲”中国和平发展的故事，是重要的创作主旨。来自五大洲的113个国家的595位艺术家入选并参展，参展作品共计640件，其中外国（含特展）作品446件，中国（含港澳台地区）作品194件。涵盖当代绘画、雕塑、装置、影像以及其他多媒体作品。除主题展外还设有“白俄罗斯当代艺术”“韩国当代艺术”“新西兰当代艺术”“上合组织国家当代艺术”“从西班牙到南美洲当代艺术”“美国当代艺术”6个特展。此次展览的参展作品多以和平与人类命运为主题，如李宏钧的《构建人类命运共同体》、廖勤的《同舟共济、荣辱与共》、冯玉英的《对话——达·芬奇与齐白石》、耿红彦的《露从今夜白》、孙剑的《“一带一路”之中欧班列》、胡洪波的《多彩世界之生生不息》、法国让-弗朗索瓦·拉里厄的《生命之树》、阿塞拜疆娜伊拉·阿玛多娃的《伟大的丝绸之路》、也门哈依法·苏菲安·艾哈迈德·阿尔达法里的《还萨娜一个和平的国家》、哥伦比亚阿尼巴尔·奥列尔·布埃诺的《对话系列：拥抱的情侣》、韩国黄济生《游牧·遐想》、新西兰詹姆斯·吉米·科拉多拉斯的《我们在注视》等。中国艺术家的很多创作在形式上以写实为主，但也掺杂进超现实主义的色彩，在构图上打破了时空界限，在面貌上有了"国际性"。

画院系统一直是不可或缺的重要创作力量，其优势尤其表现在中国画的创作上。从最近一年来看，画院画家的创作都集中在以传统笔墨语言表现当代生活的领域，在艺术风格上比较多样。9 月 28 日，"第六届全国画院美术作品展"在湖南省长沙市开幕。第六届全国画院美术作品展以"美丽中国"为主题，旨在以新中国 70 年辉煌成就、特别是党的十八大以来党和国家取得的伟大成就为创作母题，以表达人民心声、体现人民情感、满足人民审美需求、彰显时代精神为创作指向，以多向度的观察视角和多样化的艺术语言谱写新时代中国美术的新篇章。本次展览作品种类包括中国画、油画、版画、雕塑、书法篆刻作品，共展出 587 件美术作品。其中特邀作品 180 件，征选作品 407 件，征选作品来自全国 34 家画院。这次展览对于加强全国画院间的交流与合作，充分展示全国画院系统美术创作与研究成果，发挥画院系统在全国美术创作研究中的示范导向作用，促进中国美术的进步与繁荣，均有着重要的影响和现实意义。从展览作品中，能见到不同语言风格上的个性展现，这在主题性展览中是难得的。"第六届全国画院美术作品展"中，顾建生的《塘栖五月雨中行》、邢少臣的《富贵吉祥》、张立柱的《春暖花开》、薛亮的《色界 2》、林容生的《每一条路》、姚鸣京的《白云深处高山图》、胡应康的《戈壁之光》、张兴国和赵晓玲的《神州万方皆乐奏》、姚大伍的《鸟与花》、李晓柱的《幻影》、曾德智的《梦开始的地方》、方向的《德里》、张爱玲的《毛毛草系列之落叶》、刘君的《金硕·葵》、吴洪晖的《诚斋诗意》、姚媛的《路上的风景》、樊杰颖的《"迹象·塔"系列》(1—9)、詹勇的《非洲辛巴系列》(之二)等，在形式语言、风格题材上都体现出较为鲜明的个性。

2019 年，5 年一届的全国美展开幕。从 9 月份开始的第十三届全国美展陆续在各展区开展。年底由中华人民共和国文化和旅游部、中国文学艺术界联合会、中国美术家协会主办的"庆祝中华人民共和国成立七十周年——第十三届全国美术作品展览、进京作品展暨第三届中国美术奖"日前亮相中国美术馆，以 573 件作品的宏大阵容书写了昂扬奋进的新时代篇章。第十

曹丹 《阳光下的大桥浇筑工》 铜版画 150cm × 120cm 图片来源：中国美术馆

李玉旺 《使命》 中国画 195cm × 178cm 图片来源：中国美术馆

三届全国美展暨第三届中国美术奖获奖作品共37件，获奖提名作品62件，进京作品474件，涵盖了中国画、油画、版画、水彩、粉画、年画、连环画、插图、漫画、漆画、综合材料绘画、雕塑、建筑、动漫、陶艺、实验艺术、平面设计、装帧设计、工业设计、环境设计、服装与服饰设计和工艺美术等门类。全国美展的创作基本延续了一贯的特点，即表现现实的生产生活，具有明显的现实主义特征，也充分彰显了中国特色、中国风格、中国气派和中华审美风范。在获奖作品中，大多采用写实手法来描绘各行各业的人民英雄，纪念碑式的构图，带有理想主义色彩的人物造型和饱满的色调，构成了这类创作的基本范式。如李玉旺的《使命》、焦兴涛的《烈焰青春》、曹丹的《阳光下的大桥浇筑工》、沙永汇的《金秋时代》、徐强的《铸梦》、张玉惠的《盛世花开》、陈治、武欣的《尖峰食刻》、陆庆龙的《格桑花开》、李善阳的《吉祥祖国》、李震的《为新中国雕塑》、谢郴安的《和煦时光》、杨世斌的《家庭系列之花样年华》等，均表现了现实生活中值得歌颂或纪念的平凡事物。表现历史人文类的题材也是全国美展中值得注意的部分，比如魏惠东的《当庄子遇见卡夫卡……》、杨洋的《金色华章》、李小军的《折山入梦》、李烜峰的《八女投江》、尚荣的《艺舟扬四海》，这些作品以综合材料、漆画、雕塑等为主，因其形式没有受到写实性的束缚，反而有了一种表达的另外空间，这对于全国美展这样的主题性大展来说，无异于一种有益的补充。实际上，新中国成立后的全国美展自创建以来，一直在现实主义的框架中发展，其题材和语言的一贯性往往很难摆脱类似风格的窠臼，但综合材料、漆画等作品形式的补充，在一定程度上避免了千篇一律的弊端。另一方面，各个美术门类的相互借鉴和

张玉惠 《盛世花开》 漆画 200cm × 200cm 图片来源：中国美术馆

适度融合，也是本届全国美展作品的一个值得注意的现象，比如中国画的版画味，漆画中的现代绘画感，瓷板画对于新材料的探索和利用等。这种图像与手法的相互借鉴，反映出当代画家希望突破固有模式的心态。

在2019年的12月底，还有一个展览“培根铸魂——庆祝新中国成立70周年70人美术作品展”亮相国家博物馆。展览选择了70位具有代表性艺术家的创作，汇聚了以靳尚谊、方增先、詹建俊先生为代表的70位长期活跃在创作一线且成就突出的艺术家创作的160余件作品，旨在反映新中国成立70年间巨大的发展变化。展览分为国画、油画、版画和雕塑四大部分，题材丰富、风格多样。其中包括方增先的《帐篷里的笑声》、朱颖人的《高山之巅》、周韶华的《昆仑余脉》、张立辰的《回首故乡》、郭怡孮的《在水一方》等39位画家创作的经典国画作品；全山石的《盛装的塔吉克姑娘阿依古丽》、靳尚谊的《新疆老人》、詹建俊的《风雪行》、张祖英的《血色长城》、广军的《独舞》等32位画家创作的经典油画和版画作品，以及潘鹤、钱绍武等艺术家创作的雕塑作品。参展作品所构成的叙事结构，从侧面展现了70年来中国美术的巨大成就，反映了新中国70年来的发展变迁。当中一些老艺术家的新作，如靳尚谊的《追梦人》、胡伟的《朝气》、冯远的《今生来世》等，也体现出他们在创作中的新的探索。

二、当代艺术的数字化和对现实、文化历史的追问

数字技术是近年来深刻影响艺术创作的重要手段，AV 技术、沉浸式艺术场景的运用，完全改变了传统的呈现方式。同时，新媒介的使用缩短了观众与当代艺术之间的距离，大大增强了观者体验的现场感。2019 年的当代艺术创作在数字技术的选择和利用上比比皆是。如威尼斯国际艺术双年展中国馆的展览，今日美术馆的“叶锦添：全观”个展、上海民生现代美术馆的“宫岛达男：如来”个展、昊美术馆推出的夸尤拉个展“非对称考古学：凝视机器”等。数字技术的引入，改变了当代艺术的创作生态，在视觉上大大拓宽了艺术表现力的空间，可以让艺术家更加便利和充分地表达情节和观念。但由此引发的一系列争论也是值得注意的。有专家认为，如果缺乏观看的意义，那么数字技术的介入则失去了价值。数字技术归根结底只是艺术创作的手段，而非艺术创作本身。

威尼斯国际艺术双年展中国馆的主题展注意到了这一点，因此在回应展览主题时，将关注点放置在对文化历史和现实的追问上。陈琦的装置艺术《别处》用被蛀虫蚕食后的古书作为形式，让不同色彩的光透过破碎的纸张，造成迷幻的情景，让人仿佛置身于另一个时空。艺术家试图用一种静态平衡的幻觉，表现曲直行走的时间路径，让历史、记忆情感和新事件赋予物件以新的意义，光影下的形态来自古书被书虫咬噬的虫洞，隐喻着人类文明与自然力量的冲突与和谐。费俊的《睿・寻》是一个自有应用程序的作品，观众可以在手机上下载艺术家开发的应用程序，在威尼斯水城里搜寻并体验艺术家“移植”在当地桥梁上的来自中国各地水域的 25 座桥梁。通过扫描威尼斯的桥，手机应用程序会自动为观众匹配一座中国的桥，观众通过 VR 的手段来体验这些桥梁以及水域周边的景观和声场。艺术家将来自两个国度的桥梁通过艺术的方式关联在一起，展现了两个文明之间相通性的同时，呈现出东西方之间的差异性。耿雪的影像装置作品《金色之名》开始呈现的是一个黑白的世界，随着时间的推移，影像中逐渐出现了金色，表现一种召唤感和诱惑力。何翔宇的装置作品《我们所创造的一切都不是我们自己》将身体内部的触觉感知外化，观者可以坐下来，触摸那些雕塑，达成与艺术家触觉的共知。

2019 年 3 月开展的“时间开始了——2019 乌镇当代艺术邀请展”对现实做了直接的回应，以“时间开始了”为主题，对现状做出直白、着力的表述，对人们在心里已经产生的共识与感知做出回应，同时又试图去表现社会转型过程中的不可知性。如光之子的灯光装置作品《零时间》、伍韶劲的混合媒体装置作品《流水》、沈少民的多媒介装置作品《中国鲤鱼》、陈松志的作品《无题》中装置等通过光、声音、气味、装置、影像、行为等艺术形式，将创作需要与乌镇的人文历史、自然环境等因素发生联系，来呈现这种回应。不同的媒介使得作品更多元化，网络化、数字化、生存、全球化概念，与心理层面、意识形态方面的“边界、之间、界限、多重身份”交合重叠，成为创作者挥之不去的精神印记。这一点在 8 月开展的“2019 第二届北京当代・艺术展”也得到了呼应。为增加展览的参与性，

18 件公共艺术作品在此次展览中被推出，包括雕塑、装置、摄影、公共绘画等。相对于乌镇当代艺术邀请展上的创作，“2019 第二届北京当代·艺术展”的参展艺术家更加注重艺术与现实生活之间的关联，比如以徐冰的艺术符号制作的日用品，以及涂装了“北京当代”视觉内容的集装箱、“朝阳区艺术地图”等。传统书法在当代艺术中也一直扮演着重要角色，2019 年“书·非书：2019 杭州国际现代书法艺术节”就从这个角度提出一个问题：书法如何介入当代艺术？在当代艺术领域，装置艺术、观念与行为艺术更适合于当代图像，而传统书法的形态如何与装置艺术、观念艺术乃至行为艺术进行关联，也是这一展览重点探讨的课题，部分艺术家试图以书法或水墨的形式表达社会观念，探究人的生存境遇的深刻转变。如徐冰的《加泰罗尼亚语方块字书法》，将汉字从“书法”语境中抽离出来，用外文替换汉字，将外文置于“书法”的语境之中。管怀宾的《炫迹》，黄铜圆环外侧蚀刻着数十组与“黑暗”情境相关的中英文词组，通过环内灯光将这些词组投射到两侧的墙壁上，在两个古老墙壁空间的缝隙内生发黑暗、文字与光影之间的关系。

另外值得注意的是，跨界成为 2019 年当代艺术的一个热门词汇，在很多当代艺术展上，各界参与度越来越高，比如“2019 第二届北京当代·艺术展”“国际视域与中国方式——2019 上海当代艺术展”上，都有其他界别的人士参与，这也给今年的很多当代艺术展掺杂入时尚的气息。当代艺术与时尚的接近给当代艺术展带来更高的人气，但另一方面也造成某些当代艺术展的“泛化”“时尚化”，失去其前卫性。

三、多元化语境下的机遇与问题

毋庸置疑，近年来主题性绘画的创作在多元化语境下的呈现更显得独特，这既是一种机遇，也带了一些问题。首先，主题性创作的规模越来越大，参与者越来越多，但图式、图像、手法的雷同仍是尚未完全解决的问题。其次，主题性展览的题材内容有其特殊的限定，这也在一定程度上束缚了艺术家的个性发挥。主题性创作在限定的框架内完成主题的要求，目前在艺术性和主题性的高度上并没有取得实质性的突破。主题性创作的价值毋庸置疑，但近些年的主题性展览中，图像、图式的模式化越来越明显，与中华人民共和国成立初期的重大题材创作不同，有些当代重大题材创作者并没有革命经历，同时对于古代历史也缺乏深入的认识，少数创作甚至照搬现有图像资料，因此就容易出现造型雷同、手法简单、思考苍白的现象。在全国美展中，还有些作品完全抄袭照片，则更暴露了技巧简陋、观念平庸的弊端。

在当下的艺术创作部分，因为作品的图式、观念问题而引发很多争论，除了思想的贫乏带来的批评外，图像的挪用、图式的雷同也成为争论的焦点。在如今这样一个“图像时代”，艺术家的创作无论如何都逃离不了“图像的挪用”问题，但挪用与抄袭之间的界限是什么？ 2019 年初，学界就当代艺术家的抄袭问题产生了广泛的讨论，从抄袭的争论到图像的挪用、借用、移植等，众多学者还针对模仿与抄袭的边界问题发表了自身的观点。随后，因在全国美展上再度掀起的“抄袭风波”，学界又出现了一次关于摄影与绘画关系问题的讨论。在中国传统绘画中，对于图式的沿袭基于对笔墨语言的程式化，高度成熟的程式化语言是后人必须学习的对象，这种对于前人图式的沿袭不同于抄袭，而更接近于无意识选择中的“转录”。但在当代文化语境中，一个艺术家还去模仿或者“转录”其他艺术家的作品则会遭到否定的评价。因此对于当代艺术的抄袭问题，学界普遍持反对态度。有学者认为，今年的全国美展抄袭事件所引发的图像挪移问题更接近于技术范畴中的观看问题。对于技术与观看的问题，就推及“视觉机制”所引发的关于技术如何影响观看的问题，也就是具象为摄影与绘画的关系问题。关于在全国美展中抄照片的问题由来已久，争论一直存在，甚至引用了当代艺术中关于“现成品”的概念或“挪用”的方式进行阐释，但问题是：抄袭图像并不等同于艺术创作，或者说图像在第一手的创作者手里有艺术性，但再从第一手图像中抄袭，转为自己的作品，这就不能叫作创作。因此关于艺术家照搬摄影家的照片，原封不动地将其图像、图式据为己有，并以此制造出作品，就应该属于抄袭的范畴。

利用现有的图像资料来作为创作素材，是当代美术创作必不可少的手段，但如果没有创作者对图像资源的有意义的再创造，所谓的“挪用”和“转录”都难逃抄袭的陷阱。在图像资料极为丰富的现在，最缺乏的是具有自我精神建构的原生创作，很多充斥在画面上的是似曾相识的图像，千篇一律的图式，浅层的思考。这是在越来越繁荣的文艺环境中当代美术创作必须要面对的问题。

四、美术理论和美术教育的探讨

2019年，建设“双一流”高校是教育界最关注的问题，同时也对美术教育界提出了更高的要求。在一流学科的建设中，专业美术院校因为其较雄厚的师资、学生素质好以及硬件条件的完备形成很强的竞争力，一流综合性大学的美术学科因为学校的高平台，综合学科的支撑，也具有自己一定的优势。相比较而言，普通综合院校的美术学科则处在劣势。为深入学习贯彻习近平新时代中国特色社会主义思想和党的十九大精神，对中国美术学科建设现状做出判断和发展方案，美术教育界多次召开美术学科专业建设的学术交流会。11月18日，“全国艺术专业学位研究生教育指导委员会美术专业分委会2019年年会暨院校工作交流会”在四川成都大学开幕。来自120所艺术硕士培养院校的230多位专家学者参与了此次会议。大会围绕美术领域的专业建设、研究生培养、专项评估、委员会工作情况与计划、艺术专业博士的设立等议题展开了讨论。该会议指出，自2011年艺术学科门类独立以来，其学科发展状况并未发生本质的改变，有部分原因则因为评价体系的不合理。中国美术学院的曹意强教授认为，目前存在三个问题，一是认识混乱，缺乏对自身学科性质的思考，对自身学位设置的理解。二是没有建构合理的创作与研究之关系，即艺术学科学理与方法论。三是未能自觉建构自身的评价体系，明知不合理，但却一味迎合表格标准，形成了一股扭曲之力，严重地妨碍了合理评价体系的建立。四川大学的黄宗贤教授认为，首先，艺术理论的界定或是研究，不应采取画地为牢的方式，而更应在开放性的视野中不断调试其内涵。其次，由于艺术理论的核心概念、方法与视野几乎都来自西方，造成了相关理论研究在进行之初就被强大的西方话语体系所遮蔽的现象。对此，国内美术学界一度开启了艺术理论的现代性反思，主要表现为对艺术理论学科内部话语的内涵、研究的视野、书写的范式等问题的讨论与反思。

在美术理论领域，2019 年，艺术史界召开了不同主题的研讨会，如中国美术家协会主办的“第二届全国美术高峰论坛”、南京艺术学院发起并承办的“范式与外延——2019 · 第二届艺术史学科发展研讨会”、中国美术家协会与西安美术学院等共同主办的“国家美术形塑——新中国美术 70 年学术研讨会”等。“第二届全国美术高峰论坛”贯彻落实习近平总书记就繁荣发展社会主义文艺提出的明确要求，广泛深入了解中国美术学术建设现状的同时，就当代美术理论建设、美术批评对艺术创作的指导与引领，挖掘培养美术理论、美术批评人才、提升美术评论质量等问题展开了专题讨论。由 56 位专家学者参与的“范式与外延——2019 · 第二届艺术史学科发展研讨会”，围绕“原理：艺术史的研究方法与维度”“书写：艺术史的书写范式与外延”“视角：艺术史的多元视觉与文明跨越”“学科：艺术史的学科建构与拔丁抽楔”四个论题进行了探讨。“国家美术形塑——新中国美术 70 年学术研讨会”以“新中国美术的现代性”“转型与借鉴”“新中国的公共艺术”“美术研究与批评”和“新中国美术教育与西北美术”为议题，分五个单元展开论述。研讨集中的焦点涉及美术理论、美术创作、美术批评和公共艺术几个重要内容，并对“现代性”“大众化”“互联网时代的美术创作”“审美观念”“西部民族题材美术”等话题进行了讨论。

2019 年的美术教育可谓遇到了转型期，在国家“双一流”战略的背景下，推动一流学科的发展已经成为刻不容缓的事情。在多年以来的美术教育中，存在着大而全的弊端，专业设置的雷同和跟风的问题长期存在，成为当今美术教育的一个掣肘。因此，将优势专业做大做强是走向“一流专业”“一流学科”的必经之路。师资质量的提高和专业要求的提升，迫使美术教育必须走专业化、精尖化的道路。在美术理论研究领域，一方面，对于基础理论的关注度越来越高，在 2019 年的诸多理论研讨会议中，史学的方法论研究都是专家关注的部分；另一方面，关于美术实践与理论之间的关系，也是众多研究者关注的对象。在实践与理论之间、批评与创作之间，往往因为视角的不同和观念的差异存在着巨大的落差，这也是导致理论与实践脱节，实践难以依靠理论的原因之一。因此关注于理论研究的方法论和批评体系的研究，对于现今的美术创作和研究来说，不啻一个良好的药方。

（陈明　中国国家画院理论研究所副所长、研究员）

当代中国美术理论话语建构研究

刘佳帅

2019年是中华人民共和国成立70周年，是五四新文化运动100周年，是第十三届全国美术作品展览的举办年。在举国欢庆新中国70华诞之际，美术学界回望过去，关注当下，展望未来，对新中国美术70年的成就以及五四新文化运动与中国美术的现代性等课题进行了总结和反思，对第十三届全国美术作品展览所呈现出的面貌和存在的问题进行了评析和阐述，也对新时代中国美术的发展方向和价值追求进行了探讨和思辨。

一、新中国美术70年的回顾与总结

为系统梳理和研究新中国美术70年的发展历程与艺术成就，2019年10月18—19日，由中国美术家协会美术理论委员会、陕西省美术家协会和西安美术学院共同策划主办的"国家美术形塑——新中国美术70年学术研讨会"在西安举行。此次研讨会分为五个单元，分别是"新中国美术的现代性""转型与借鉴""新中国的公共艺术""美术研究与批评"及"新中国美术教育与西北美术"，与会学者围绕这五个单元分别探讨了新中国美术的现代性道路及特质、新中国美术各门类的发展面貌及趋势、新中国公共艺术的成绩及价值、新中国美术的评价模式及美术教育理念等诸多问题。

从当代中国美术理论话语建构的角度看，将学者们回顾新中国美术70年的文章分为不同视角和不同类型。按照研究视角划分，黄宗贤教授以新中国民族题材美术为研究对象，从"西部之位""西部之变"及"西部之魅"的层面论述了民族题材美术之于新中国美术的重要性，"在我看来新中国民族艺术图像史，折射出70年中国艺术思想、观念和审美趣味以及艺术事业的转换与变迁，也形象地反映了民族地区社会的变革与发展状况，可以说，民族艺术图像史是中国现代艺术史的不可分割的重要内容，也是地区社会历史变革的形象史"[1]。邓福星教授将70年中国美术的发展历程分为了三个历史阶段，分别为中国现代美术的确立（1949—1978）、复兴与繁荣（1979—1999）、多元共生和守正创新（2000—2019），将"美术为人民大众而创作""美术创作贴近现实生活""美术表现形式多样化""美术创新意识加强、美术演变加剧"视为新中国美术划时代的鲜明特征。[2]此外，于洋从全国美展的视角，系统梳理了新中国70年历届全国美术作品展的脉络，总结了特点、现象与问题，具有一种宏观观照的视野。[3]

陈治、武欣《尖峰食刻》中国画 230cm×160cm 图片来源：第十三届全国美术作品展览

按照研究类型划分，尚辉、许江、蔡祐、张鹏、孙振华、翁剑青、冯健亲、赵笺、李文秋等学者的论述，几乎囊括了现有的美术门类。尚辉教授将新中国油画70年分为三个时段，分别为“理想主义的颂歌：社会主义现实主义油画的中国化探索（1949—1977）”“历史与人性真实的探寻——批判现实主义到新古典主义（1978—1999）”和“日常书写与宏大叙事：从具象写实到历史现实主义（2000—2019）”，对新中国油画70年的发展历程进行了梳理，并将论述重点集中在“现实主义的中国化探索”，认为油画领域的现实主义不仅充当了中国美术现实主义美学思想的先锋，也在传播欧美现实主义等理念上具有直接转译的作用。同时，中国油画的现实主义深入地和中国社会变革、文化理念相结合，新中国油画的现实主义探索与流变，既是中国社会、中国文化的内在审美需求，也是重新择取欧美现实主义养分进行中国化探索的结果。[4]从尚辉教授的论述中可以看出，新中国油画的现实主义特点，既是对西方艺术观念的吸收，也是对现实主义中国化的探索，西方的现实主义与中国化的现实主义互为镜像，作为知识生产范式形塑新中国油画的面貌。从历史角度看，新中国美术的发展道路中，西方艺术资源始终是中国美术自我形象建构的他者。无论是“作为方法的西方”还是“作为批判对象的西方”，西方形象和西方资源始终参与建构中国美术的“现代形态”。所以无论是油画还是中国画，新中国美术的理论话语、创作观念、视觉语言等，都离不开对“现代化的西方”这一他者的审视与择取。尹丹教授认为，70年中国油画存在着两种支配性的创作话语：“完成性”和“过程性”。“完成性”是指相信作品存在一个理想中的完满状态，“过程性”是指将创作行为本身看作是重要的目的。这两种创作话语形成颇具张力的二元结构，彼此之间各有局限，但也都是绘画继续得以存在的逻辑依据。[5]从这种划分的依据来看，“完成性”话语类似于古典主义油画的创作话语，“过程性”话语类似于浪漫主义的创作话语。而在中国语境下，“完成性”话语则是以现实主义为代表的叙事性的绘画类型为主，“过程性”话语则是以自印象派以来的强调艺术个性的绘画类型为主。这种论述，与尚辉教授对新中国油画现实主义的中国化探索的分析，产生了互补的

话语交织。盛杨教授对过去70年来中国雕塑艺术面对的处境、取得的成绩、呈现的特点进行了梳理，并对雕塑艺术存在的不良风尚进行了检视。[6]孙振华、翁剑青等学者分别从历史角度对新中国雕塑进行了综述，并对当代雕塑形态的流变与趋向进行了详细的归类和提炼。李文秋论述了1949年以来连环画的“大众化”发展历程，认为“大众化”是连环画必须面对和解决的现实命题，强调“大众化”是“架上连环画”的必经之路。[7]陈林对新中国70年工笔画的发展展开了回顾，认为工笔画坛一扫元代以来的萎靡之势，呈现出前所未有的生机，并对工笔画取得的成绩做了梳理。[8]但是应该看到，工笔画坛虽然成绩颇丰，但其存在的问题也较为明显，其中最为鲜明的是一批“无主题性”的新工笔画风盛行画坛，这与“深入生活、感知时代的脉动”的价值追求是相隔较远的。当代新工笔画的“小清新”风格，区别于在“艺术与生活”的关系下强调深入生活的创作定位，更多的是利用图像制作出具有视觉奇观的作品。小清新的工笔画风格是新一代画家的群体特点，但特点的另一面是局限，如果忽略了工笔画同时代与生活的关系，仅仅强调视觉奇观或唯美抒情，那么最终很可能流为一种图式，而缺乏时代的痕迹和打动情感的魅力。

《美术观察》2019年第10期组织了“中国美术学70年回望”系列文章，按照美术理论篇（华天雪）、古代美术篇（杭春晓）、近现代美术篇（朱京生）、外国美术篇（王端廷）、书法篇（陆明君）、美术传播篇（孟繁玮）等门类，对新中国美术70年展开了不同面向的概览。2011年2月，国务院学位委员会公布新版《学位授予和人才培养学科目录》，“艺术学”升格为与“文学”“历史学”同等的学科门类，艺术学门类下包括艺术学理论、音乐与舞蹈学、戏剧与影视学、美术学、设计学。设计学已然是与美术学平级的一级学科，而非包含在美术学之内。但在这批中国美术70年回望的系列文章中，却出现了《中国美术学70年回望·设计篇》，这反映出了作为知识生产的美术学研究与作为学科范式的美术学学科之间存在着长久以来的冲突。从以往来看，中国美术史的写作体例有时也把“设计”囊括在内，而这种写法是把美术视为“大美术”而进行的写作定位。当前的“美术”概念下是否应该包含“设计”？如果包含，应该如何与国家层面执行的学科门类划分体系相匹配？这些问题关乎美术学的知识生产和学科范式，仍需要继续探讨和厘清。

二、“五四新文化运动与中国美术大众化转向”的探讨

2019年是五四新文化运动100周年，回顾五四新文化运动对中国美术的影响，是2019年中国美术理论话语建构无法绕开的重要话题。同时，2019年恰逢徐悲鸿留法100周年，中国人民大学艺术学院及徐悲鸿艺术研究院主办的“2019徐悲鸿国际学术研讨会——纪念徐悲鸿留学100周年”于2019年11月9–10日在北京举办，与会学者就“中外美术交流视域中的徐悲鸿研究”“徐悲鸿的中国画改良及中国美术史观”“徐悲鸿与写实主义”“徐悲鸿书画作品研究及收藏研究”“徐悲鸿的美术教育及徐悲鸿学派研究”“徐悲鸿与20世纪中

国美术研究”“媒介传播中的徐悲鸿研究”及“艺术思想史视角的徐悲鸿研究”八个议题展开。五四新文化运动是20世纪以来中国美术现代性、中国美术知识生产、中国美术形象建构等重要课题的起点，无论是关于五四新文化运动与大众化的关系问题，还是五四新文化运动与中国美术由文人写意到社会写实的得失问题，都需要我们从历史维度审视五四新文化运动对中国美术产生的深远影响。2019年美术学界将焦点集中在“五四新文化运动和中国美术大众化转向”这一话题上，以此检视百年美术的发展之路。徐悲鸿的贡献及其影响，也是讨论五四新文化运动与中国美术大众化转向的重点。

从相关文章来看，张晓凌、黄宗贤等学者持有相同的观点，认为大众化美术是贯穿于中国现代美术历史中的主导性思潮与实践方式。它的发生既是近现代中国社会进程的必然产物，也是中国美术在对现实的回应中所完成的一次现代价值重构。[9]曾小凤从美术批评话语的角度，反思并质疑了目前学界普遍将晚清王国维的《〈红楼梦〉评论》作为中国现代美术批评史开端的观点。她认为，目前有关中国现代美术批评的研究，纷纷把王国维1904年写的《〈红楼梦〉评论》看作中国美术批评现代转型的起点，这是有问题的。因为只要我们对王国维在这部著作中反复使用的“美术”一词进行语义考察，便知这一术语在晚清历史语境中主要是用来确立“文学”的审美特质，而非我们今天习以为常的“美术”内涵。正是基于以上认识，曾小凤认为：“应该重申五四新文化运动作为中国美术批评现代转型的起点地位。”[10]黄一迁选择从商务印书馆的美术大众化推广角度，阐述五四新文化运动与美术大众化的关系：“无论草创时期还是鼎盛时期，商务印书馆都以实际行动表明了对美术的重视。截至新中国成立，商务印书馆的美术出版物共计482种，它以自身优势，整合各类美术资源，将其化身千百，成为一种新兴的大众文化……从这个意义上来说，商务印书馆打破了以往精英阶级对美术的垄断，推进了美术由精英向大众的转化。”[11]这个角度无疑具有重要的问题意识，其另辟蹊径的视角选择对问题的讨论助益良多。与黄一迁的视角相类似，秦瑞丽从20世纪早期的现代展览制度，审视了美术大众化的发展与演变。

关于“五四新文化运动和中国美术大众化转向”的讨论，有部分学者的观点值得特别分析。陈池瑜教授认为五四新文化运动改变了中国传统书画文人士大夫审美的走向，向美术大众化的方向发展，直至今天，美术大众化仍然是中国美术的主要方向，“当代国际美学强调日常生活审美经验，大众视觉文化研究成为热门课题，可见艺术大众化、社会艺术化，仍然是全球艺术发展的重要趋势”[12]。从现象层面看，五四新文化运动使得中国美术走向了大众化道路，这是共识。尤其是在徐悲鸿、林风眠等先锋旗手的示范性实践下，在抗日战争、新中国的社会主义建设等历史境遇和进程中，中国美术实践与具体的时代需求紧密相连，中国美术的大众化特点也愈发强化。但是从逻辑关联的角度看，中国美术大众化与日常生活审美经验及大众视觉文化研究并不存在必然的关联。日常生活审美经验是消费文化奇观在日常生活中的审美表征，也即20世纪后半叶兴起于西方，并在21世纪初期的中国引起广泛关注的“日常生活审美化”现象。日常生活审美经验属于消费文化语境中大众群体的一种审美特点，而艺术大众化是艺术创作与艺术发展的一种观念形态，二者有交集，但并不构成前因后果。大众视觉文化研究，是伯明翰学派引领的文化研究思潮所形成的学术领域，其与艺术大众化彼此之间有影响，但并不是艺术大众化成为“全球艺术发展的重要趋势”的必然原因。因此对中国语境的艺术大众化与国际语境中的全球艺术发展的关联，需要更多成果揭示其中的逻辑。封钰教授在论述五四新文化运动与中国美术转向时，提出从现代美术生成的主体性视角，可以感知大转型时期美术历史的图景。其中“先天使命”“占领空间”“探索可能”“形成典范”是四个逻辑相续的问题场景，她认为“在我们构想这四个问题场景时，大致可以勾勒以‘科学’和‘民主’为旗帜的新文化运动与中国美术转向之间的历史逻辑关系”[13]。从发生学的角度看，美术事件或现象的发生，总是在具体的历史情境当中进行的，主体性视角不是完全独立自主的，而是由各种因素相互交织的。这就意味着，无论是身处现场的行动者，还是面对历史的后来者，各自的主体性视角都无法脱离具体情境而自动生成，也无法脱离具体情境主观展开。从这个意义上讲，封钰教授所谈的主体性视角以及问题场景就涉及了空间与权力博弈的问题。在空间社会学视域下审视五四新文化运动与中国美术，身处历史现场的行动者是在博弈的情境下产生某些观念，进而选择某种语言展开实践与变革的。作为博弈的双方或多方，必然要在空间关系当中对自我空间进行分析和判断。博弈中占劣的一方，在求变欲望的推动下学习和借鉴他者空间的有益资源，以改变自我空间的羸弱状态，这是空间博弈中的行动者心态及其行动逻辑。当时的国人认为正是因为自我空间缺少“科学”属性，才导致中国处于劣势。西方油画因“写实”而具有的透视、光影、体积等科学符号，也就自然纳入了中国寻求政治变革的话语体系当中。在求变的欲望下，写实技法和观念具有与救国相同构的“科学性”。20世纪初开始流行的现代主义美术所具有的“变形”等特征，与中国传统书画的视觉形式具有表面的相似性，这与“科学性”特质是相隔甚远的。所以说之所以选择西方写实主义而不是当时西方处于“现在式”的现代主义画风，在观念重构层面，意味着“进步 = 科学精神 = 西画写实”，而“衰落 = 遁世精神 = 文人写意”。

在中西美术交流与变革的过程中，西方与中国互为镜像。西方是中国形象塑造的镜像，正是依赖西方镜像，中国美术现代形象的塑造才得以可能。中国镜像是西方生产出来的中国，即萨义德所谓的“东方主义”。西方镜像也是中国生产出来的西方，即中国的“西方主义”。在这个意义上说，无论是审视五四新文化运动所带来的现代性问题，还是从民族立场评判五四新文化运动对中国传统的断裂和文化的缺失，都需要在中西互视的视角下历史地分析其中的问题，在这个过程中，研究的预设及视角与研究的问题本身同样重要。

三、“如何撰写地域美术史”的理论阐述

20 世纪 90 年代以来，地域美术开始成为学界关注的研究对象。进入 21 世纪之后，相

关研究快速升温，几乎每年都有地域美术史研究著作面世，地域美术专题研究论文也呈逐年上升趋势。地域美术研究升温的另一个表现，是地域画派打造热，构成自21世纪以来引起诸多争议的现象。

2019年，学界引发了关于“地域美术史该怎么写？”的大讨论。其源起是江苏省徐州市为了宣传“彭城画派”、建设“书画徐州”，于2014年启动了《徐州美术史》的撰写工程，并邀请学者高天民教授主持该课题。经过一年半的撰写之后，徐州市文联却对课题提出了质疑，其中涉及的一个焦点问题就是如何撰写《徐州美术史》。课题组认为，《徐州美术史》主体部分为自明清以来的徐州美术发展历程，将明清之前的徐州美术放入“引言”部分作为背景进行总体论述，这样的结构既突出了徐州美术的特点和主干，又避免了徐州美术历史上因自汉至明清期间1000多年仅存零星的史料而出现的断代现象，是合理的写作逻辑。但徐州市文联认为美术史必须要按照年代或朝代依序论述，否则就不是美术史。因此对“如何撰写地域美术史”各执一说，导致了学术争议。针对这一事件，相关学者展开了学术讨论。

陈池瑜教授认为：“《徐州美术史》的编写有一些特殊性，因为其他地域的美术史编写基本是以省为单位，地域会广阔一些，而徐州是一个地级市，那么在材料搜集上就面临着更大的困难，虽然徐州地区保存的汉代画像砖、陶俑非常突出，但在其他朝代就不一定有这么多材料来支撑，这就对《徐州美术史》的书写带来了困难。因此，高天民教授在编写过程中采用将明清之前的古代部分以概括的方式进行概述，再将明清以来的部分重点写作，我认为是可以的。”[14]葛玉君教授认为：“作者将古代部分放在导论中进行阐述，无疑是一种合理的写作模式。这首先是根据现有资料从要讨论的学术问题、学术视角抑或学术判断切入进行的。其次，从另外角度而言，明清之后，无论立足于历史文献资料，还是从学术成果的丰富性上，或是从其与时代命题之间的关联性上，都具备了艺术史写作的可能性。”[15]张晓凌教授认为：“艺术史写作的先决条件即是否有翔实可靠的典籍史料、考古成果，如果没有这些作为支撑，光凭一些传说、一些口传心授的故事，那是绝对写不成美术史的。因此，撰写《徐州美术史》的核心要义是其基础文献和基础材料。从这个角度来讲，我认为高天民在撰写《徐州美术史》时，将其古代部分放入导论中完全是合理的。因为目前现有的古代文献，是无法支撑《徐州美术史》古代部分写作的。”[16]郑工教授认为：“我们要怎么去看待徐州的美术现象，什么现象才是徐州本土生长的？什么现象是徐州历史当中的一种过路的现象？如果碰到这些问题，当然就要考虑到我们怎么写徐州美术的历史。我对徐州美术虽然没有专门的研究，但是如果是从明清开始关注到徐州，这也不失为一种学术视野。至于说将现代美术史之前的一种文化的关系跟深层问题、跟当地文化之间的关系放在序言里面写，是可以的，也是合理的。这要看写作者的学术的判断，取决于研究者的学术视角，以及他讨论问题的角度。”[17]

可以看出，学者们普遍认可课题组的写作定位和写作逻辑，认为将明清之前的徐州美术放入“引言”部分作为背景进行总体论述，将明清以来的部分重点写作是合理的，也是符合徐州美术发展的事实的。

什么是地域美术？地域美术史的写作价值是什么？这是地域美术史研究首先要弄清楚的问题。综观当前地域美术研究现状，似乎“地域美术”是一个不言自明、大家都清楚的概念。当我们停下来仔细追问“什么是地域美术”的时候，我们会发现地域美术并不是一个不言自明的问题，它存在很多歧义和争议，不同的预设和定位呈现出不一样的地域美术研究成果。目前已有的地域美术研究成果，多是把地域美术当作中国美术的局部，把地域美术史当作中国美术史的部分，把地域美术放在整一中国的内部视角分析，而没有对地域美术史研究区别于中国美术史研究的方法锚定清楚。郑工教授早在2012年的访谈中，就对地域美术史的写法发表了明确的观点和立场，他认为现在有些地域美术史的写作，就是一个大拼盘，将所有与这一地区有关联的人与事都往里装，根本没有内在的学术脉络，只设定几个分类的框架，如“绘画”“雕塑”“工艺美术”等。这在学理上是站不住脚的，这种写作也是没意义的。郑工教授的评论是一针见血的。除此之外，我们可以看到很多地域美术史写作多是基于“此地有什么”的梳理和描述，而较少对“为什么”进行分析。地域美术研究的“现象描述”有其必要性，但更有价值的部分则是追寻现象背后的生成因素，以及由此形成的地域美术文化的独特性。

地域美术研究是近年来的一个学术增长点，在全球一体化趋势越来越强烈的时代，对地域个性、民族个性的珍惜和建构自觉性也越来越强烈，因而，地域美术研究，应以地域美术文化个性及其与整体中国美术的共生关系为研究旨趣，而不能成为流水账式的美术事件合集或通讯录式的美术家合集。

四、“中国画”与“水墨画”概念辨析

理论话语的构建往往是从概念边界的界定和内涵的阐述开始的。2019年学界对“中国画”与“水墨画”“新水墨”“水墨艺术”等概念的讨论，让人们再次思考中国画的现代转型以及水墨画何去何从的问题。在“中国画”和“水墨画”等诸多概念的关系中，根据对“中国画”这一概念的立场，学者们分别持“肯定说”“否定说”或“中立说”三种观点。

薛永年教授对概念之间的关系持包容的态度，明确表态不赞成取代“中国画”概念，但也不主张取消“新水墨”之名，“‘中国画’的名称无须改变，‘新水墨’的说法可以继续。如果能够在把控大势的情况下保持中国画论者与新水墨画论者之间的张力，当有利于民族艺术的现代发展，有利于把涌动的创造活力集中起来，在世界格局中复兴伟大的民族文化，丰富人类的视觉体验，为人类的精神归依做出贡献”[18]。吕品田教授则从名实之辨的角度，认为中国画较之水墨画有更为合理的内涵，“如今坊间出现的以‘水墨画’替代‘中国画’名谓的进一步主张，思路逻辑依旧缘自‘现代美术观’。只是这种主张背后的文

化认同，更加的偏离中华文化立场，也更加的拘囿于‘材料’‘技法’的小格局。比照起来，‘水墨画’概念所指陷于视觉化、形式化和物质化的狭域，既不能因应新时代的‘天下无外’理想追求，也不能担当图形正道、象显定理、文以化人的普遍价值；既无助于画学认知和绘画实践的校正，也无助于‘天下主义’理想情怀和君子人格的培养”[19]。吕品田教授是认同目前的“中国画”概念的，尤其是当“水墨画”无法指涉作为人文内涵的书画系统精神时，“中国画”概念所具备的人文天下内涵及其在西方艺术系统比较中具备的中华文化认同，自然比“水墨画”更有价值和包容性。

李恩成《芳华》中国画 180cm × 180cm 图片来源：第十三届全国美术作品展览

作为“否定说”的代表，顾丞峰教授认为“中国画”的概念已经不能适应当今艺术现实：“‘中国画’的概念从一开始出现就不简单是一个画种的区分，它既可以理解为‘中国人’画的画，也可以理解为中国特有的以纸、水、墨为媒介材料的‘画’。‘中国画’的指称对绘画的性质、形式、材料没做任何规定，这个称呼更多体现出了一种对民族属性的认知和对身份的强调。‘水墨画’的称呼起码与其他诸如‘油画’‘版画’等材料分类的概念更匹配也更平等，而且在国际艺术交往中更容易被接受，中国完全没有必要死抱着一个具有民族主义色彩的称呼不放。”[20]与之观点相同，陈孝信也明确认为“中国画”的概念是有很大的问题的：“在我看来，‘国画’与‘中国画’的名称既不规范，亦不可取。”[21]

还有学者从历史角度分析了两个概念之间的内涵差异及各自的价值属性，认为概念的使用依旧有其合理性，没必要非此即彼。其中王春辰教授认为“‘中国画’的概念依然会长期使用，具有官方性和权威性；‘水墨艺术’则表现新的方式和体现国际化。在一些场合，两者互用互换；但在另一些场合，则各自言说，泾渭分明。这两个概念会随使用者而不断被赋予各自的内涵和意义，但也不会彼此取代。它们注定是一对交错而又不尽相同的矛盾概念”[22]。尚辉教授从40年来“中国画”“水墨画”“水墨艺术”的概念演变，分析了不同概念边界的变化，认为不同时代情境下概念之间的张力互动使得拆除与守卫成为概念的常态，并不能说谁将取代谁或超越谁，“从中国画到水墨画再到水墨艺术的变革，并不完全意味着后者对前者的超越或替代。中国画坛在这40年间的数次论争，实际上都表现了这种边界的拆除始终受到了来自中国文化本体与人们欣赏惯性的牵引、反弹和回归。尤其是这种不断拆除边界的变革，始终是在受到西方现当代艺术的冲击并进行跳跃式突进而形成的，这便必然涉及对中国画择选何种现代性转型道路的探讨”[23]。

19 世纪末伴随着中西武力的对抗，“国画”“国剧”“国术”等概念相继被使用和流行，其中“中国画”概念取代传统的书画概念，是儒道传统生活方式置换为美术介入社会变革的审美理想转型，这种新的命名现象的出现，往往反映出在时代巨变影响下群体的心态和认知。20 世纪中国美术的发展，“西方”始终是中国美术形象建构的他者。无论是“作为方法的西方”还是“作为批判对象的西方”，西方形象和西方资源始终参与建构中国美术的现代形态。“艺术为大众”作为“中国画”概念的原初内涵，对聊以自娱的传统书画内涵的置换，是在西方武力和文化的冲击下、以西方的美术知识系统切入中国美术变革的现代性建设。新的命名本身，就充斥着中国 / 西方、传统 / 现代的张力和龃龉。

在国家综合实力已然强大的时代情境下，“文化自信”的时代命题对凸显民族个性的诉求变得更加强烈。“水墨画姓什么”以及“水墨画的根在中国还是在西方”的争论，是学术界持久关注的重要问题。关于“中国画”概念指向民族内涵、“水墨画”概念可与国际接轨等观点，其背后是对中国美术民族性与现代性的思考。辩证来看，现代性与民族性互为表里，现代性是民族性的现代性，民族性是现代性的民族性。中国美术的延展，其实质就是一个民族性的现代性叙事和现代性的民族性叙事相互交织的知识生产过程，其中关于“中国画”的现代转型及其形象等问题，美术学界必然将持续思考和讨论。

五、“第十三届全国美术作品展览”及主题性美术创作的理论话语建构

每届全国美展的举办，都为海内外观众展示了中国美术的发展趋势和重要成绩。“第十三届全国美术作品展览”恰逢新中国 70 华诞之际，构成了庆祝中华人民共和国成立 70 年的重要活动之一，其关注度不言而喻。在此次展览上，画家们贴近现实生活、注入家国情怀，作品中既有百姓日常生活的场景，也有家庭亲情和煦相依的温情瞬间，更有人民解放军英勇为民的宏大场景，代表中国高科技水平的高铁、天眼等新的主题性创作题材也非常丰富。这些丰富的作品，充分体现了以人民为中心，弘扬时代精神的创作理念。围绕着“第十三届全国优秀美术作品展览”，众多学者展开了讨论。其中张晓凌立足于油画创作，对油画作品的时代特征进行了提炼；陈金华对漆画艺术进行了总体述评；屈波则从全国美展的门类变迁视角对新中国主流美术谱系进行了梳理；综合材料绘画作为比较年轻的画种，罗一平专门分析了综合材料绘画的社会功能和文化使命；陈履生则借展览的契机梳理了中国画走过的 70 年历程。

“第十三届全国美术作品展览”取得的成绩是有目共睹的，与成绩相比，对其中存在的问题的指出，以及基于问题的理论话语建构，对中国美术更为重要。丁亚雷在观看展览之后，对写意画创作存在的问题提出了自己的看法：“近来中国画创作有一种倾向，从事写意绘画创作的画家，愿意越来越多地在画面的水墨肌理效果上下功夫，甚至把水墨肌理看作

是写意绘画的努力方向。这一现象，需要思考，值得分析。传统的写意画今天只保留了写的笔墨形态，意的精神则被替换成了坚实的形体和明确的光影。而今天工笔画创作的基础，则实际上主要依靠的是学院化的写实规训和民间水陆画的创作技巧。这种现代工笔的制作性更强，与唐宋以来的那种工笔，也就是前文提到的以赵佶为代表的那种工笔，其实有着本质的不同。”[24]本次全国美展，工笔画繁盛，水墨写意画渐弱，这成为观众讨论的焦点问题，其中涉及中国美术的核心价值及主体精神，也涉及中国美术现代变革的得失。丁亚雷所谈及的问题，表面上属于艺术语言的范畴，其背后则是艺术与生活的关系问题。衡量艺术作品的价值，其中一个重要的评判标准是看画家能否以敏感的艺术经验捕捉时代精神价值，把对日常生活经验或时代精神特征的理解视觉化、审美化，以合理的语言样式切入时代审美理想，引起观众的共鸣，给予观众多样的情感感受和深刻的境界熏陶。因此“第十三届全国美术作品展览”存在的问题，是所有艺术家面临且需认真解决的问题。

李善阳 《吉祥祖国》 油画 240cm × 195cm 图片来源：第十三届全国美术作品展览

作为官方的重要美术展览，全国美展的作品以主题性美术创作居多，彰显了中国美术的主流形象和特质。主题性美术创作在20世纪90年代因各种因素而导致式微。但是21世纪以来，随着一系列国家重大主题性美术创作工程的相继立项实施，主题性美术创作成为令人瞩目的事件，其中包括“国家重大历史题材美术创作工程”“纪念中国人民抗日战争暨世界反法西斯战争胜利70周年美术作品展”及“中华文明历史题材美术创作工程”等。美术界关于主题性美术创作的学术探讨可以追溯到1999年9月在中国艺术研究院召开的“21世纪中国主题性美术创作研讨会”，这次研讨会对“主题性美术创作”进行了回顾与展望，给21世纪主题性美术创作的理论话语建构奠定了基础。在这期间，围绕着各个主题性美术创作工程的开展，相继举办了不同类型的研讨。2019年，主题性美术创作依旧是美术学界理论话语建构的重要关注对象。

围绕着主题性美术创作的理论话语建构，郑工教授从“中国建设”这一具体而明晰的角度论述了主题性美术创作与国家形象之间的关系。“‘中国建设’主题美术创作的形象塑造有两种倾向，一是从单一性身份向复合性身份转换，二是从寻求形象的共性特征转为突出其个性特征。形象表述的要点是消解职业身份而强化人的存在。谈论形象塑造，无法绕开典型性问题，也得关注美术创作中叙事与象征的关系。典型的人物形象，必然包含作者的文化想象，同时也存在表现对象的自我认同问题，国家形象的塑造，就是建立文化的群体认同，其中自我认同则是根本。”[25]杜少虎从“个体叙事”与“国家话语”互动的角度，论述了主题性美术创作表达国家意志和主流价值的方式。[26]由于受西方当代艺术观念的影响，中国的主题性美术创作多是以现实主义为创作方法，其当代性价值遭到质疑。因此主题性美术创作的当代性价值往往也是争论的焦点。沈宝莲认为，我们思考主题性绘画创作的当代性价值为何受到质疑的原因，就如同历史上对于现实主义创作方法的质疑一样，这与它和古老的模仿论联系不无关系，“主题性绘画创作是以现实主义创作方法进行的，而现实主义经历了‘模仿论’‘再现论’的深化，并包含作为连接现实与创作表现的主体对现实与创作的主动性‘过滤’，使主题性绘画更具生活的典型性、具体性、主观性等复杂因素，而这些复杂因素恰恰是时代的反映，既体现绘画的当代性，也为现实主义的写实与真实性赋予现代性新内涵。因此，不能以绘画的再现性来衡量其是否具有当代性的价值”[27]。

任何时代的艺术都有其独特的属性，也都有攻坚的难题。如何合理地通过绘画语言呈现历史事件，并把历史事件的视觉营造赋予特定的时代精神内涵，是主题性美术创作面临的核心课题。同样，如何有效地通过构思立意彰显社会主题，并把社会主题的当代表达赋予鲜明的时代人文关怀，也是很多主题性美术创作的画家着重探寻的重要课题。

从 20 世纪中国绘画的发展历程来看，很多艺术家的主题性美术创作，多是延续着徐悲鸿以降的“写实主义”话语谱系。中华人民共和国成立后，社会主义现实主义美术的推行，更是使得社会主义现实主义方法成为描绘主题性美术题材的不二选择。20 世纪 80 年代之后，画家们对主题性美术题材似乎不再那么感兴趣，反而对个体情感的捕捉、对艺术自律的试验萌生了诸多的好奇。进入 21 世纪以来，新的时代特点与之前的历史时段形成了鲜明的差异，海量出现的电子图像对人们认识世界的影响，日新月异的社交工具对人们生活方式的改变，层出不穷的新鲜事物对人们价值观念的颠覆，无疑都建构着当下社会的新型形态，使得人们的价值立场和行为方式也发生了巨大的变化。这些时代特征包裹着大众的日常生活，也赋予了这个时代特定的精神内涵。在这种时代语境下，艺术家以什么样的态度和立场进行艺术表达，这种艺术表达能够呈现出什么样的“趣味”和“特点”，是否能够表征时代氛围并彰显时代特质，就成为衡量艺术家主题性美术题材创作水平的关键。

结　语

在人文领域，一种思潮的兴起、一种视角的开拓或一种范式的形成，往往是因为观察的角度或问题的预设发生了变化，从而看到了一个原来我们不曾看到的面相或我们未曾看清楚的面目。正如“盲人摸象”，把不同的局部当作整体并非无知的体现，而是认识事物时难以超越的视域困局。作为个体，我们只能从局部审视整体，借助视域融合的过程不断探寻整体的面貌。2019年当代中国美术理论话语建构的种种事件和现象，是一个研究者或一篇文章难以涵盖和言说清楚的，这也恰好体现了“盲人摸象”困境。不同研究者对这一领域的多维度思考，将把2019年中国美术面貌不断清晰地呈现在我们面前，供我们审视当下，思考未来。

（刘佳帅　山东师范大学文学院文艺学专业博士、山东理工大学美术学院讲师）

注释

[1] 黄宗贤:《国家认同与文化想象——新中国民族题材美术创作巡礼》,《西北美术》2019年第3期。
[2] 邓福星:《新中国美术70年的现代转型》,《美术》2019年第8期。
[3] 于洋:《拓境前行,展呈时代——全国美展与新中国70年美术创作的路向建构》,《美术》2019年第10期。
[4] 尚辉:《现实主义的中国化探索——新中国油画70年的审美再造》,《美术》2019年第11期。
[5] 尹丹:《完成性与过程性的纠葛——新中国70年油画创作中的两种支配性话语》,《艺术评论》2019年第12期。
[6] 盛杨:《传承与衍变——新中国70年雕塑艺术的创作与发展》,《美术》2019年第10期。
[7] 李文秋:《人民的心声——论1949年以来连环画的“大众化”擅变》,《美术》2019年第9期。
[8] 陈林:《融入生活,感知时代——新中国70年工笔画发展回顾》,《美术》2019年第12期。
[9] 张晓凌:《五四新文化运动与中国美术的现代转型》,《美术》2019年第5期。
[10] 曾小凤:《论五四新文化运动作为中国美术批评现代转型的起点》,《美术》2019年第5期。
[11] 黄一迁:《20世纪前叶商务印书馆的美术大众化推广》,《美术》2019年第1期。
[12] 陈池瑜:《五四新文化运动与中国美术大众化转向》,《美术》2019年第1期。
[13] 封钰:《五四新文化运动与中国美术转向》,《美术》2019年第5期。
[14] 陈池瑜:《地域美术史的写作是中国美术史研究的新动向》,《中国美术报》2019年1月28日。
[15] 葛玉君:《地域艺术史写作的“关系”与“维度”》,《中国美术报》2019年1月28日。
[16] 张晓凌:《尊重历史是艺术史家最基本的自我定位》,《中国美术报》2019年1月28日。
[17] 郑工:《地域美术史研究中遇到的最大问题是什么?》,《中国美术报》2019年1月28日。
[18] 薛永年:《称“中国画”还是叫“水墨”》,《美术观察》2019年第5期。
[19] 吕品田:《以天下为取——关于“中国画”的名实之辩》,《美术观察》2019年第5期。
[20] 顾丞峰:《“中国画”概念已不适应当今艺术现实》,《美术观察》2019年第5期。
[21] 陈孝信:《“中国画”与“水墨画”问题之管见》,《美术观察》2019年第5期。
[22] 王春辰:《“水墨”概念与“中国画”概念的矛盾与互用》,《美术观察》, 2019年第5期。
[23] 尚辉:《边界的拆除: 40年从中国画到水墨艺术的变革》,《美术》2019年第6期。
[24] 丁亚雷:《水墨肌理不在写意绘画的范畴——有感于第十三届全国美展的“写意画”》,《美术》2019年第12期。
[25] 郑工:《“中国建设”主题美术创作与国家形象》,《西北美术》2019年第3期。
[26] 杜少虎:《“平民史观”与“个体叙事”——当代主题性美术创作的两个思想维度》,《美术》2019年第11期。
[27] 沈宝莲:《论主题性绘画创作的当代性价值》,《美术》2019年第11期。

近年来海外中国古代美术史研究

郑　弌

自2000年以来，随着艺术史学科研究范式的整体转型与跨学科研究倾向，海外中国艺术史研究领域与学术兴趣呈现为两种看似截然不同的方向：一者表现为材料、领域及方法上与国内学界趋同，二者表现为复归于研究者所在国固有之学术范式。这两种趋向自然难免过去20年来学术之外多种因素的影响，但显而易见的原因是中国艺术史研究的中心与话语权已然逐渐回到中国本土学界。无论是新材料的发掘与刊布、艺术史学科自身方法论的开拓与创新、跨学科合作研究所拓宽的学科边界，乃至我国本土学界参与研究力量的广泛程度与专精厚度，均已是海外较为松散的中国艺术史研究机构或个人难以相提并论的。

更重要的是，21世纪以来的海外中国艺术史研究兴趣，日渐由古代中国转向近代与当代；其研究视野在区域研究、性别研究的助力下，愈发关注包括日本、韩国、东南亚及南亚诸国在内的亚洲其他国家与区域。以美国学界为例，如果20世纪是美国汉学与古代中国研究的世纪，那么21世纪很可能是更广大的亚洲区域研究的世纪。除此以外，20世纪后半叶成长起来的中国艺术史学者语言能力逐渐提高，各类论文数据库使得各国学者可以较方便地及时获取学界最新成果。由此，近年来本国学界几乎不再如20世纪80年代那样迫切地展开系统性译介海外中国古代美术史研究工作。[1]

然而，本国学界的进步显著，并不意味着可以闭门造车，忽略海外中国古代美术史的研究进展。此处有两个不容忽略的事实：海外公私博物馆、基金会及私人藏家处仍保留有巨量中国古代艺术品，且大多有专职研究人员从事相关馆藏研究；国际艺术史学术对话中，中国本土学界在古代美术史取得的研究成果并未获得与之相称的话语权。

一、“空间的美术史”

作为美术史研究对象与方法意味的“空间”，在巫鸿20世纪80年代以来所发表的研究中占据着相当重要的位置。《“空间”的美术史》[2]汇集了巫鸿2016年于北京OCAT研究中心三场研究讲座及相关学者与之对谈的内容。在此书中，著者试图建构起以“空间”为核心的描述与解释框架，提出20世纪80年代至90年代间美术史学科已经发生了事实上的“空间转向”（spatial turn），并将此转向视为后现代主义语境中的一类构成。此书所讨论的“空间”问题，在某种程度上可以视为著者此前一系列相关概念的反思与总结，如礼仪美术的“阈界”（liminal space）、性别主义图像视角下的“女性空间”（feminine space）、视觉文化与公共仪式中“政治空间”（political space）、汉代画像的“位置意义”（positional significance）、墓葬布置的“层累”（layering）技术，以及绘画与石刻的“正反构图”（front-and-back composition）等。该书在以往个案研究基础上，认为整合、提升“空间”概念具有以下三个层面的意义：打破图像、雕塑、器物和建筑等以美术史媒材为界的传统划分；将研究视线的重心从孤立的图像和作品（works）转移到图像间与作品间的关系；帮助研究者重新连接并综合艺术的内在属性与外在属性（前者表现为艺术品自身的内容与形式，后者展现为艺术品制作、产生与传播衍生的前提与环境）。其整合的最终目的，是将“空间”概念在美术史研究中的地位与“图像”和“形式”并置。

既然意图将“空间”概念提升到美术史问题域的核心，那么必然涉及图像内在空间秩序与叙事逻辑的讨论。在第一讲中，氏著以汉画在西方美术史学者视野下的解读历程为例，梳理威廉姆·安德森（William Anderson）、路德维希·巴赫霍夫（Ludwig Bachhofer）、本杰明·马齐（Benjamin March）、威尔弗雷德·威尔斯（Wilfrid Wells）、包华石（Martin Powers）等学者观点，提出这一系列的解读恰是在图像空间层面上，逐渐由西方透视论中心，转向汉画背后内在的制作意图，并进而与汉代相关的社会集团、宫廷与宦官的视觉趣味、视觉性的演进等问题联系起来。又如第二讲涉及魂瓶时，文中强调魂瓶实际存放功能的退场，附属建筑物如碑、阙、多层楼阁及各类禽鸟、动物、乐人、外道及佛教人物渐次登场，最终共同营造了一个容纳死者的“魄”的“黄泉”之所。

由“空间”概念导向图像叙事及制作 / 观看 / 使用程序的层面，很自然地就引向空间属性极强的古代佛教美术研究，尤其是石窟艺术。《龟兹寻幽：考古重建与视觉再现》[3]的两位合著者，魏正中（G. Vignato）与何恩之（Angela F. Howard）分别从各自的学术立场与视角，在某种程度上心有灵犀地让“空间”概念回应于窟室内。相对于传统石窟艺术研究以壁画风格和建筑形制的迭代演变为基准进行分期排年、分型分类的工作方式，该书将石窟及壁画视为当地僧团独特修行方式的再现，其目的在于复原龟兹境内包括克孜尔、库木吐喇、克孜尔尕哈、森木塞姆、玛扎伯哈、托乎拉克艾肯、台台尔、温巴什等在内的龟兹石窟寺院中僧团的观念空间与生活空间。

值得注意的是，两位学者的学术旨趣与出发点大相径庭，却恰如其分地融为一书。魏正中的石窟研究纯以石窟建筑空间、崖面分布及窟间组合关系为旨归，这一点在其先前出版的《区段与组合——龟兹石窟寺院遗址的考古学探索》[4]中表露得淋漓尽致。因此由魏正中撰写的前两章“龟兹古国的石窟寺院”“龟兹石窟寺院的构成单元”主要针对龟兹境内八处主要石窟寺院遗址进行复原研究，尤其是其布局及演变。在探讨单体石窟的基础上，魏正中主要注意力放在较少受到关注的讲堂窟、大像窟与禅定窟，由此探讨洞窟组合及组合类型、组合构成区段的模式。魏正中认为石窟寺院之间固然有龟兹佛教所塑造的共通性与一致性，但其间的细微差异更多地来自教义及功能定位，后者的影响无疑远超具体地形地貌对石窟寺院的影响。

何恩之主笔的后两章“禅修的视觉语言”“视觉语言的起源”主要探讨龟兹中心柱窟内所有图像内在的叙事逻辑与观念主题。其着眼点不在于风格演变，亦不必然牵涉风格迭代相关的具体年代，而是着力于一个相对模糊且适用范围更广的年代框架下，在龟兹诸石窟寺中屡屡呈现的特殊图像。何恩之将图像题材与主题的紧密交织视为龟兹佛教信仰的表达。这使其研究立足于三方面的基准：魏正中的考古学石窟复原研究；迪特·施林洛甫（D. Schlingloff）、哈特曼（J. - U. Hartmann）、山部能宜对瑜伽实践及禅修文献的研究；犍陀罗艺术的考古发掘及其教义的最新研究。魏正中与何恩之两位著者的研究共享一个关键的主题，即禅修。魏正中研究表明，禅修窟在大多数龟兹石窟寺院中占据特殊的区段，其重要性与礼拜区和生活区并置。因此禅修窟并非可有可无的增修续建，而是龟兹僧团每日修习的重要方面，亦是中心柱窟及大像窟图像的主要动因。

[美]巫鸿:《中国绘画中的“女性空间”》封面，生活·读书·新知三联书店2018年版。

当然，这部书学术立场与论述异曲同工的合璧，实则潜藏着相应的风险与割裂。纯以单体形制、区段与组合，辅以风格序列（而非风格排年，相对于魏氏在其博士论文中的立场已经属于些许让步），很容易忽略了形制与组合、区段，实则与图像风格一样，都是龟兹教团观念体系与礼仪规制的产物。倒果为因之下，何氏讨论中心柱窟主题，尽管辅以考古资料兼及出土文书，涉及龟兹乃至犍陀罗相关部派，但最终结论仍不脱一切有部说。其中的隐患就在于高度模糊且含混的时间框架，使其无法注意到同时期除犍陀罗以外的其他区域及相关时段所展开的信仰转型与图像转向。

空间的塑造、划分与定义不仅穿梭于礼俗之间，还游移于性别之间，受到各种目光的审视。《中国绘画中的“女性空间”》[5]有别于传统画史中“仕女”画或“美人”图的画科或画种概念，而是指向特定的空间构成。这些空间涵盖了昆仑绝顶西王母仙界、儒家礼法下列女的贞净内室、缥缈神女的遥远湖山、深闺宫娥的皇廷内院，以至耕织劳作的田舍女与桨声灯影的秦淮青楼。这些类型多样而层次繁复的空间使观者的目光可以不局限于人像，而是探索更多的解读作品的可能性。

譬如在“缘起：灵魂旅行与宇宙女神（战国～汉）”的讨论中，巫氏重新检讨了两类西王母图像。第一类是西汉末至东汉初“拜谒”图像，作为唯一主神的西王母图像学特征包括其女性特征及所戴的“胜”，由此构拟了她所主宰下的特殊的女性神圣空间；第二类是东汉出现的“宇宙女神”和“阴阳镜像”模式。前者消解并重构了西王母女性神祇的身份，代之以神格位阶的提升，例如以男性帝君的冠冕取代原本的玉胜。但后者却极大地消解了西王母的独立性，转而成为配属于“阳”的“阴”。巫氏在文中以山东省嘉祥县武氏祠“后石室二”画像中东王公与西王母各自身侧的夫妇魂车为例，认为此时的西王母已不再是象征永久幸福的独立女神或宰制宇宙的大神，而是被纳入男尊女卑的家庭，成为“家庭化”（domestication）或“驯化”的对象。2 世纪及之后的“阴阳”模式下的西王母位阶是否必然表现为降格，或可继续讨论。值得注意的是，此后西王母与东王公被有意无意地与其他神祇糅合，进入石祠与墓葬以外的空间，譬如北魏及西魏河西石窟窟顶南北坡中的阴阳神祇出行图像。

在艺术史眼光下空间的意味不仅指向可见的建筑与图像空间，更指涉画师及其作品所诞生的空间。宋室南渡后，是否仍延续了北宋翰林图画院这样一种职制完整的机构实体，一直是学者争论的焦点。《虚拟的殿堂：南宋画院之省舍职制与后世想象》[6] 分别从官制与官职的科层结构、画院职事的变迁分化、宫廷画师供职模式的散隶与轮值、画师职官迁转流动、宫廷画师的民间性，以及元明清等后世层累构拟的南宋画院之画史形象，厘清了宋室南渡后并没有单一独立实体画院的存在，而是以“御前画师”“非御前画师”两大系统供奉宫廷。该书从制度史层面入手，以严密的推论，梳理了南宋辐散的画家十三科如何交织成错综复杂的宫廷绘画职能网络。这一论证理路的合法性，在于其研究对象，所谓的“南宋画院”只是一个松散宽泛、代行画院职能的宫廷画师集合体，从而回复到南宋画家实际的工作生态及历史语境中。制度史观的起点并不意味着著者忽略具体画师及其作品图像。例如作者讨论了为何“一画共见复数风格”稀见于北宋，而常见于南宋，其原因即在于南宋宫廷画师具有半官方和半民间的性质，民间不同作坊间又具有互利共存的商业化倾向，由此导致此类现象。虽然此书基于彭氏赴美前所撰写的中央美术学院 2005 届博士学位论文，并不能体现著者最新的学术主张及进境，但其高度重视历史研究合法性的特质，足以为艺术史研究者所警醒。

二、“行到水穷”自“无声”

在理论话语日渐丰赡，跨学科浪潮方兴未艾之际，原作及其风格的“本体”研究似乎日趋脱离艺术史研究的方向，成为博物馆学者的守业之技。尽管艺术史学科发展到今日，博物馆学者与高校学者因所掌握的原作资源、教学课程需求、研究前提及格局等因素的不同，不可避免地在研究立场及取向上有所分野。然而，如果追索海外中国古代艺术史的研究历史及范式不难发现，其高校研究生的培养、教学与研究，与博物馆馆藏研究向来有着非常紧密的协作关系。很多研究生课程的现场就在博物馆展厅及馆藏内部，很多高校学者亦同时兼任博物馆亚洲部或东方部展览与研究之职位。换言之，“作品”始终未曾远离其学界的视野，其研究更是远未穷尽。

《行到水穷处：班宗华画史论集》[7] 汇集了班宗华（Richard Barnhart）自 20 世纪 60 年代以来 20 篇代表性的专论。身为 20 世纪 60 年代以来涌现的西方中国艺术史研究最重要的学者之一，中国大陆及港台学界对班宗华其人及研究并不陌生；然此书确是他在大陆出版的第一部中文论文集。班宗华对中国古代书画的兴趣始于 1962 年春于旧金山狄杨博物馆举办的“台北故宫博物院藏中国艺术精华展”，其学术训练则基于 1963 年至 1967 年于普林斯顿大学由方闻指导的博士阶段学习；期间还曾短暂随罗越学习。之后，班宗华于耶鲁及普林斯顿执教席逾 30 年，其学生多于世界各博物馆或大学任教及研究。

班氏著作所收录论文有 5 篇发表于近 20 年，可以在某种程度上代表以“作品”为中心的书画史研究传统在北美的新进境。《〈李源与圆泽〉——一幅传为牧溪所绘的 13 世纪画作》专注于日藏牧溪代表作所共通的设色技巧，例如淡墨的渲染、皴擦的树木岩石、泼墨的层次及丰富的苔点，由此混融天地万物，表达禅境。《宋代绘画中的“拟真”（mimesis）实验》立足于宋代自然主义式（naturalistically）描绘性与幻觉性空间特质，回应了方闻关于元代画家钱选及倪瓒等画作中再现与拟真的议题。班氏提出拟真画作始于荆浩及其《笔法记》，郭熙的《林泉高致》延续并发展了这一主题，使宋代山水画的传统植根于研习、写生并摹绘自然世界。班氏探讨了包括（传）董源《溪岸图》、燕文贵《江山楼观图》、范宽《溪山行旅图》、巨然《层岩丛树图》、郭熙《早春图》、李公年《山水图》等画作在内的一系列传世作品，以此论证其拟真绘画的视觉结构及技巧表达。尤其是最后一幅李公年《山水图》，其空寂沉静，恰好对应化用为是书标题的王维对句，“行到水穷处，坐看云起时”。《从传为张训礼的〈灞桥风雪图〉谈金代北方山水画》细致检讨了普林斯顿大学博物馆藏的一幅水墨设色绢本冬景山水挂轴，由此推及金代山水画面貌。《孙君泽〈雪景山水图〉及一些相关作品研究》由一位稀见于画史记载、宗法马夏的元代职业画师出发，探讨了文人士大夫与职业画师的互动，以及二者同样临仿前代大师笔意，却并未获得同等声望的原因。班氏文不在于提升或者说发掘被画史掩藏的画师，而在于呈现历史语境的丰富性。

《无声诗意入画来：克利夫兰艺术博物馆收藏的中国画》（*Silent Poetry: Chinese*

Paintings from the Collection of the Cleveland Museum）[8] 是克里夫兰艺术博物馆于2016年推出的该馆第一部馆内中国古代书画图录。该馆的中国古代艺术品收藏得益于李雪曼（Sherman E. Lee）及何惠鉴（Wai-kam Ho）二人的奠基之功，而这本图录则呼应于此前四分之一1980年出版的《八代遗珍》。后者是克里夫兰艺术博物馆与纳尔逊艺术博物馆（Nelson Museum and Atkins Gallery of Art，现名Nelson-Atkins Museum of Art）于1980年举办的中国古代书画大型联展及同名图录。正如邵彦在《文脉的续写与鉴定的重写——〈无声诗〉书评》[9] 中所指出的，自1992年何惠鉴所主持的纳尔逊艺术博物馆“董其昌的世纪”这一轰动性的大展至今近30年间，西方几未再现大型的中国绘画专题展。公众兴趣的衰退和专业主义日趋小圈子化，造成中国古代艺术影响力的式微。《无声诗》则是从专业主义角度集中体现了方闻学派所代表的普林斯顿传统、何惠鉴鉴画传统、包括中文世界与英语世界在内的书画研究积累。

近代以来的收藏史与修复史极大地形塑了海外中国艺术史馆藏与研究的板块。班宗华前述著作中《20世纪对宋代绘画的再造——来自美国博物馆的三个案例》一文，从近代收藏与修复的角度集中考察了三组个案，即藏于波士顿美术博物馆的《辰星图》《渔庄雨霁》、弗利尔博物馆藏《深谷惊涛》、大都会博物馆藏《溪岸图》。上述案例均涉及补绢、补笔、补墨，乃至设色、重描及补景。尽管这些改易或许都不足以伤害画作的主体，损害其画史地位，但藏家或博物馆在不同阶段对作品的介入，都在逐渐塑造研究者的认知。

《谁在收藏中国》[10] 并非严肃的学术著作，而是历史传记类的非虚构写作。该书脱胎于两位著者之前的写作项目《阴影下的竞赛》（*Tournament of Shadows*），即以斯坦因的四次中亚考察为主轴的，俄英美三国在中亚的争夺；由此他们注意到华尔纳、史克曼等人在20世纪早期对中国文物的掠取与收集。尽管该书于艺术史研究本身并无太多助益，中译与原文多有出入，但其写作方式与切入点使得非专业的公众可以透过日记、信件、档案、报告等历史文献，真切而直观地感受近代中国艺术品是如何横遭劫掠与流失；对于专业内的初学者，则可以大致获知海外藏中国艺术品的基本来源及分布。

三、图像再现的生与死

中古美术语境下的宗教美术与墓葬美术，其空间语境与图像母题往往交织在一起，仿若纠缠态的光子们，无论在可观测的距离上相隔多远，总是处于干涉与叠加的状态下。二者的图像主题看似相去甚远，所处位置及相应的使用者与预想观者亦大相径庭，然其空间意味无外乎图像再现传统下的生死之间。

林圣智关于南北朝墓葬的考察[11]，以个案研究为基准，辅以不断更新的考古材料，建立了图像、装饰、表象三个坐标系共同构建的研究框架。其研究所涉猎的墓葬图像兼具世俗性与宗教性，尤其考虑到同时期佛教的影响。林氏将其研究范畴中的图像既定为描述视觉材料的词语，同时视为具有方法潜力的概念工具，即墓葬图像如何在制作、使用、功能及认知层面被纳入死后世界及生死观，亦即“生死表象”（representation of death）。

该研究从四个层面分别切入南北朝墓葬图像所牵涉的生死表象，包括“图像制作”“空间结构”“丧葬礼仪”“政治社会脉络”。“图像制作”指制作过程，包括图像来源、风格特点、粉本形态、工匠角色、作坊运作、丧家与工匠的协商过程。“空间结构”指墓葬中建筑结构所构成的特定对应关系。“丧葬礼仪”包含初亡至下葬之间的葬俗、藏制以至地面的祭祀活动。“政治社会脉络”涵盖墓主与丧家所属政治集团、社会阶层。该研究的第二个坐标系，装饰，着重于如何彰显其自身的价值与主体性，而非以往研究将其视为断代或相关性的辅证。林氏研究在此方向借鉴前贤诸说，如长广敏雄所论北魏孝子石棺“纹饰性”以及长广氏循李格尔（Alios Riegl）理路对佛教纹饰的考察，罗森（Jessica Rawson）对北朝至唐代装饰体系的勾勒，卜寿珊（Susan Bush）所论6世纪早期异兽与植物装饰，又如罗樾所论汉代之后装饰形式提供图像再现（pictorial representation）的表现模式。

涉及生死观的佛教图像有很多，舍利信仰及容纳舍利的容器或安奉舍利的佛塔即为相应的视觉表征。内藤荣所著《舍利庄严美术的研究》[12]以日本现藏舍利塔和容器为研究对象，分三部分加以讨论：真言密教舍利观、叡宗舍利信仰宝珠法的美术、重源舍利信仰下三角五轮塔的起源。补论部分则以中尊寺金色堂密教考察天台宗的舍利信仰。尽管该书所讨论的主要是平安时代以来日藏舍利容器及塔的信仰与图像，但这一时期中日佛教来往频密，具有极强的参照性。譬如东寺舍利即是真言宗空海自唐请来的佛舍利80粒，唐招提寺舍利则是鉴真请来的佛舍利3000粒。即便是到了镰仓时代，东密与台密的部派分化衍生，以及对舍利崇拜的方式，依然可供研究者反观两宋之际的信仰与图像。该书曾获第22届国华奖（2010年，平成22年）。

在近代学术研究上，日本学界在中国佛教美术方面耕耘甚深，远非他国可比。其中石窟美术无可置辩地占据极其重要的位置。这一方面来自于20世纪上半叶以长广敏雄和水野清一主持的云冈石窟调查为基准的考古工作，另一方面源于石窟艺术在北朝及隋唐艺术遗存中无可替代的地位。京都大学人文科学研究所的冈村秀典继承了京大佛教美术研究的学统，冈村秀典的《雲岡石窟における大型窟の編年》《雲岡中期における佛教図像の変容》[13]为解读云冈一期、二期洞窟的分期、排年、组合、演变提供了新的角度，尤其是对于一期与二期衔接段，包括二期内多组双窟的前后排年问题，综合前代中日学者的意见，展开了详尽的论证，颇具说服力。同年石松日奈子在《国华》《东方学报》同期发表专论，分别为《雲岡石窟の皇帝大仏——鮮卑王から中華皇帝へ》《山西平定开河寺石窟的研究——北朝时期石窟三所隋开皇元年题铭“镇国王像双丈八”摩崖大佛》[14]。石松氏两文显然是发展了此前在《北魏佛教造像史研究》[15]的观点，即昙曜五窟为鲜卑族英雄像转向中原皇帝像的叙事。但这一观点既不符合像设配置，亦无法从既有文献中得到恰当的辅证。事实上，从南北朝到隋唐，僧团追寻自我法统的诉求便时常与皇权确立正统的愿景相勾连。

如果结合这四篇论文以及近年来北朝至隋唐佛教美术相关研究，可以看出，已有研究从石窟寺研究的角度为观察中古佛教造像与法统问题提供了新的思考。然而，僧团与皇权的结合机制是否同一，究竟为何？这需要进一步的追问。譬如，昙曜五窟的年代与组合关系；第5、第13窟与昙曜五窟的相对年代关系；交脚弥勒菩萨/皇太子与弥勒下生/现世皇帝像的对应；五帝—二圣—弥勒：三阶演变是否成立？这些问题的解答，或许需要从更广泛的案例中寻找答案。

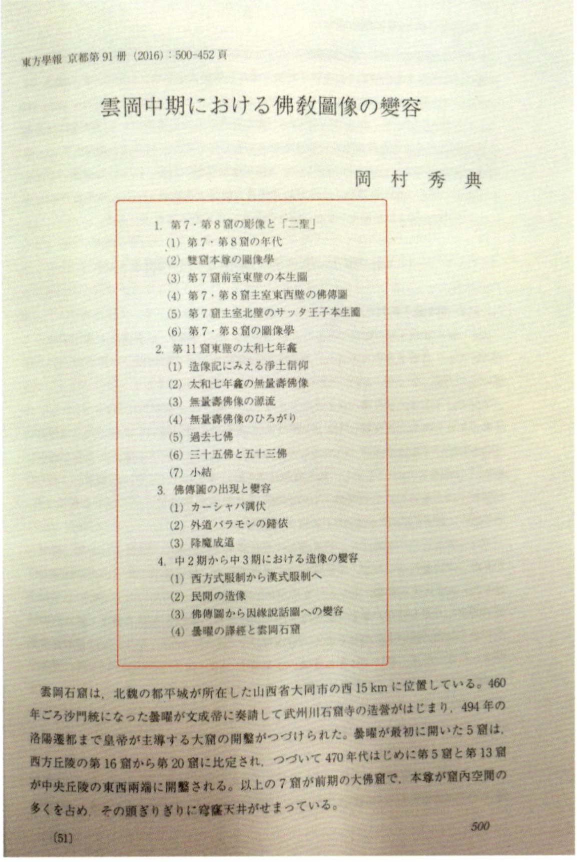
東方學報 京都第91冊（2016）：500-452頁

雲岡中期における佛教圖像の變容

岡 村 秀 典

1. 第7・第8窟の彫像と「二聖」
(1) 第7・第8窟の年代
(2) 雙窟本尊の圖像學
(3) 第7窟前室東壁の本生圖
(4) 第7・第8窟主室東西壁の佛傳圖
(5) 第7窟主室北壁のサッタ王子本生圖
(6) 第7・第8窟の圖像學
2. 第11窟東壁の太和七年龕
(1) 造像記にみえる淨土信仰
(2) 太和七年龕の無量壽佛像
(3) 無量壽佛像の源流
(4) 無量壽佛像のひろがり
(5) 過去七佛
(6) 三十五佛と五十三佛
(7) 小結
3. 佛傳圖の出現と變容
(1) カーシャパ調伏
(2) 外道バラモンの歸依
(3) 降魔成道
4. 中2期から中3期における造像の變容
(1) 西方式服制から漢式服制へ
(2) 民間の造像
(3) 佛傳圖から因緣說話圖への變容
(4) 曇曜の譯經と雲岡石窟

雲岡石窟は，北魏の都平城が所在した山西省大同市の西15kmに位置している。460年ごろ沙門統になった曇曜が文成帝に奏請して武州川石窟寺の造營がはじまり，494年の洛陽遷都まで皇帝が主導する大窟の開鑿がつづけられた。曇曜が最初に開いた5窟は，西方丘陵の第16窟から第20窟に比定され，つづいて470年代はじめに第5窟と第13窟が中央丘陵の東西兩端に開鑿される。以上の7窟が前期の大佛窟で，本尊が窟內空間の多くを占め，その頭ぎりぎりに穹窿天井がせまっている。

〔51〕 500

[日]岡村秀典：《雲岗中期における佛教图像の变容》，《东方学报》第91册，2016年，第452—500页。

《初唐仏教美术の研究》[16]关注的时段接续了上述北朝美术。如果说拓跋部的北魏政权是相对于中原文化的他者，那么中国佛教美术也是源于印度东传，而又不断演进的他者。所以中国佛教独特的信仰与图像体系既植根于自皇室到民间的本地传统，同时亦热衷于不断远赴天竺巡礼求法。这种一体两面的双重性特质，以自我需求为旨归，却不失本质主义的想象，构成了肥田氏著的基本结构，即：第一部“初唐佛教美术与印度”、第二部“初唐佛教美术与世俗政权”、第三部“初唐佛教美术中的大画面变相图”。第一部涉及玄奘自印度携回七尊像、西安出土砖佛、菩提伽耶金刚座真容像、优填王像等；第二部涵括皇帝真容像、奉先寺卢舍那佛、宝庆寺石佛、瑞像的政治性；第三部论及大型变相中的云、山岳，以及奈良藏释迦说法，旁及唐人所观张僧繇。这一系列问题皆属初唐佛教美术中最要紧者，可谓切中要害。在研究角度及取材方面，肥田氏多征引日藏唐代文献，且在关注的议题及论述的理路上，显现了相当深厚的积淀。

佛教美术的中国化从来都是绕不过去的故事。《观音——菩萨中国化的演变》[17]是本土化个案研究的典范之作。于君方将观音的本土化放在佛教汉化的背景下加以展开，这是毫无疑义的。但有趣之处在于，氏著并不依从于精英与民俗的上下二分法，或者儒释道三教分法，而是倚重田野调查中对观音信仰多层面的考察，结合经典、感应故事、历史文献（佛教编年及断代史）、佛教僧侣与文人著述、寺志与方志、宗教仪式及朝圣活动等，实现了文献、历史、田野三者的合一，由此观照观音信仰的本土化。因此，这并非一部观音信仰在中国的发展序列史，而是观音信仰在不同媒介所实现的信仰本土化的切近观察[18]。

四、“长物”的“魅惑”

中古美术对信仰与图像的近观，置换到明清美术的语境中，其对象或可置换为更具日常性的器物与图像。近10年来，柯律格（Craig Clunas）的多种著述陆续被系统译介为中文，使其注重物质文化和明代视觉文化的研究特性广为人知。《明代的图像与视觉性》[19]写作于柯律格刚离开伦敦维多利亚和阿尔伯特美术馆的职位，转赴大学教授艺术史。身为博物馆学者的经历，使柯律格无法忽略维多利亚和阿尔伯特美术馆所拥有的庞大中国艺术品收藏中巨量的陶瓷、玉器、漆器、家具、织物等器物。但在传统的艺术史叙事中，这些器物以及相关的图像却被置之一边。柯律格试图在视觉文化的层面上，将此类图绘（pictures）纳入讨论。为何是明代？因为本书最初的读者设定是欧美范围，因此柯律格挪用了欧洲史学范式中“早期现代”套用于明代，由此来审视明代中国这些视觉材料是如何形成，如何被大规模生产、复制、利用，是否产生了社会的、文化的、政治的意义，而非仅仅作为传递的媒介？这一角度，显然在于消除作为神秘东方和特定价值而存在的传统学术视野下的中国绘画，转而关注现代性转型下的近代中国视觉艺术的面貌，即图像制作（picture-making）以及图像观赏（picture-viewing）。所以，这种“观看”的立场，必然是复归于明代社会生活中各类图像的总和，同时也研究明代社会生活中的“目光”及其视觉文化。

《雅债：文徵明的社交性艺术》[20]在写作时间上接续了《明代的图像与视觉性》，其艺术家个案的体例却貌似陈规。氏著对文徵明书画风格问题着墨甚少，而注重作品制作的时机和场合。柯氏认为，传统上强调本体性（subjectivity）的研究只关注了文徵明作品极小的部分，而忽略或鄙薄了被视为应付社交之谊的书法作品。实际上，其现存作品，无论书画，大多是为了某个特定场合或人物而作，以此了却文徵明所谓的“雅债”。李雪曼（Sherman E. Lee）就曾讨论过“人情网络”（obligation system）在明代作品流通上的作用。柯氏从莫斯（Marcel Mauss）的“礼物”概念申发，试图进入明代社会交往、互惠、应酬、赠礼的网络中，由此触及艺术交易的本质。这一点显然相悖于传统上将艺术家创作视为自发且无拘束的理想化形象。柯氏无意就此进行价值判断，而是着意于重建其运作模式，并思考文徵明及其交游圈，以及流转的物品是如何一道在一连串特定的社会脉络中运作其能动性。

柯氏对流转之物及其网络的着迷，源自于《长物：早期现代中国的物质文化与社会状况》[21]。柯氏这本成名作专注于“物的话语”，其核心的理论工具援引自布迪厄（Pierre Bourdieu）新马克思主义学说视野下“文化消费品”在社会物质文化消费中的作用。氏著的经典之处，在于如何代物言志。藉由梳理文徵明及其交游圈执着于材料、形制、装饰、玩物的雅致，柯律格重新估价了作为“品味”和“区隔”而被运用的“雅”。尽管这种“雅”始终局限于大明帝国经济最为繁盛的长江三角洲一隅，并在1644年的天地剧变之后，一切附丽其上的消费欲望、权力媒介属性尽皆萧散，物的言说终成“长物”。

如果说柯氏笔下“物”的魅力来自流转，那么乔迅（Jonathan Hay）眼中“物”的吸引源于魅感。《魅感的表面：明清的玩好之物》[22]封面专注于1570—1840年近300年间，由晚明至清中期中国的装饰艺术品艺术，即李渔所谓“玩好之物”。氏著尤为注重隐含于装饰艺术背后的通约性规则，正是这些约定俗成的惯习确保了装饰品能够符合雅玩物件的表征（topographic configuration）。这就必然涉及人的身体与建筑空间与装饰品的关系。乔迅将其讨论限定于既不从属于人体，亦不属于建筑结构的可移动装饰（portable objects）。他试图避免将现代西方的装饰观念强加于中国装饰艺术，以免扭曲了明清奢侈品艺术的图景。相反，乔迅将装饰艺术中魅感表面（sensuous surface）的表象（topography）视为其最显著的特质。他提出，魅感的表面同时带有隐喻的（metaphoric）和动人的（affective）可能；这一可能直接导向奢侈品艺术所引发的核心体验，即感官的愉悦。恰是基于感官的愉悦，它从视觉及物理将人与周遭世界建立起一套有意义的秩序，并居间调解且营造这种感性的关联。由此，乔迅试图将装饰艺术的官能性体验推向更广阔的社会交往与社交生态中。也正是在此层面，乔迅与柯氏著作达成了某种合流。

[美]乔迅：《魅感的表面：明清的玩好之物》封面，刘芝华、方慧译，中央编译出版社2017年版。

余论：谁的中国古代美术史

倘若延至21世纪中叶，再回望今天这个时间点，或许会发现其特殊的历史性。无论是传统的中国古代书画研究，还是热度未消的物质文化研究，抑或涓涓溪流的宗教美术研究，海外学界对于中国古代艺术史研究的整体态势趋于萎缩。20世纪的敦煌学曾有“敦煌在中国，敦煌学在世界”一说；前几年艺术史界亦有“让中国艺术史回家”的声音。这些观点尽管激烈或偏颇，但或多或少表明了20世纪我国学界积累上的薄弱与局限。

星野难渡悬泉冷，远钟萝径怀同音。本国艺术史学发展到今天这个阶段，固然面临学科自身内部的范式更替危机，遭遇外部学科对边界的挑战，但各类新材料、新方法、新理路的涌现亦目不暇接。唯其如此，或可终开一新天地。

（郑弌　中央美术学院美术史系副教授）

注释

[1] 中国艺术研究院美术研究所编：《海外中国艺术史研究：第一辑》，湖南美术出版社2018年版。该书由牛克诚主编，杭春晓、张南南两位副主编负责编组、翻译稿件，为近年来少有的专注于美欧日学界最新艺术史研究成果的丛书。其选文之精当，翻译质量之高，令人赞赏。

[2] [美]巫鸿：《"空间"的美术史》，钱文逸译，上海人民出版社2018年版。

[3] [美]何恩之、[意]魏正中：《龟兹寻幽：考古重建与视觉再现》，王倩译，上海古籍出版社2017年版。

[4] [意]魏正中：《区段与组合——龟兹石窟寺院遗址的考古学探索》，上海古籍出版社2013年版。

[5] [美]巫鸿：《中国绘画中的"女性空间"》，生活·读书·新知三联书店2018年版。

[6] [美]彭慧萍：《虚拟的殿堂：南宋画院之省舍职制与后世想象》，北京大学出版社2018年版。

[7] [美]班宗华：《行到水穷处：班宗华画史论集》，白谦慎编，刘晞仪等译，生活·读书·新知三联书店2018年版。

[8] Anita Chung, Ju-hsi Chou, *Silent Poetry: Chinese Paintings from the Collection of the Cleveland Museum*, New Haven and London: Yale University Press, 2015; *Eight Dynasties of Chinese Painting: The Collections of the Nelson Gallery-Atkins Museum, Kansas City, and The Cleveland Museum of Art*, Published by the Cleveland Museum of Art in cooperation with Indiana University Press, 1980.

[9] 邵彦：《文脉的续写与鉴定的重写——〈无声诗〉书评》，《美术研究》2016年第5期。

[10] [美]卡尔·梅耶、布莱尔·布里萨克：《谁在收藏中国：美国猎获亚洲艺术珍宝百年记》，张建新、张紫微译，中信出版社2016年版。

[11] 林圣智：《南北朝时代における墓葬の图像研究》，博士学位论文，京都大学人文科学研究所，2007年。

[12] [日]内藤荣：《舍利庄严美术的研究》，青史出版株式会社，2010年第一版，2014年第二版。

[13] [日]岡村秀典：《雲岡石窟における大型窟の編年》，《國華》第1451号，國華社，2016年；[日]岡村秀典：《雲岡中期における佛教图像の变容》，《东方学报》第91册，2016年。

[14] [日]石松日奈子：《雲岡石窟の皇帝大仏——鮮卑王から中華皇帝へ》，《國華》第1451号，國華社，2016年；[日]石松日奈子：《山西平定开河寺石窟的研究——北朝时期石窟三所隋开皇元年题铭"镇国王像双丈八"摩崖大佛》，《东方学报》第91册，2016年。

[15] [日]石松日奈子：《北魏佛教造像史研究》，筱原典生译，文物出版社2012年版。

[16] [日]肥田路美：《初唐仏教美术の研究》，中央公论美术出版社2011年版。

[17] [美]于君方：《观音——菩萨中国化的演变》，陈怀宇、姚崇新、林佩莹译，商务印书馆2012年版。

[18] 2006年暑期，笔者作为于君方教授助手，随其遍访川渝石窟及石刻，重点考察观音与地藏组合造像。其时于君方教授在考虑修订氏著，加入上述内容，惜未实现。

[19] [英]柯律格：《明代的图像与视觉性》，黄晓鹃译，北京大学出版社2011年版。

[20] [英]柯律格：《雅债：文徵明的社交性艺术》，刘宇珍、邱士华、胡隽译，生活·读书·新知三联书店2012年版。

[21] [英]柯律格：《长物：早期现代中国的物质文化与社会状况》，高昕丹、陈恒译，生活·读书·新知三联书店2015年版。

[22] [美]乔迅：《魅惑的表面：明清的玩好之物》，刘芝华、方慧译，中央编译出版社2017年版。

学科报道

2019年中国画理论与实践研究

陈青青

一、新中国成立70周年中国画现代转型及发展回顾

2019年是中华人民共和国成立70周年，在这个重要的历史节点上，社会各界都在以不同的方式回顾和赞美70年来祖国波澜壮阔的伟大历程，其中新中国美术的发展历史不仅是中国视觉形象的发展和变化史，更是由中国共产党领导下全国各族人民自觉、主动参与并建构起来的历史。回顾70年来中国画的发展，一方面形成了形式风格上从文人画传统主线的延续，到以写实改造中国画现代形态的转变；另一方面，新中国成立初期对内进行富有时代性与意识形态性的改造，对外进行融合西方艺术样式风格的整合。[1]2019年以来，以中华人民共和国成立70周年为主题的美术展览和美术活动层出不穷，全面且深刻地彰显了美术界在参与新中国建设及新中国视觉形象构建中的能动性，也从多个角度勾连出新中国美术创作与70年来大国气象塑造之间的关系。

2019年5月，由中共北京市委宣传部、北京市文化和旅游局联合主办，北京美术家协会、北京画院共同承办的“京彩70年绘画精品展”于中国美术馆隆重展出。展览以“京彩70年”为主题，展现了中华人民共和国成立以来画家们对北京地区的描绘。展览精心甄选新中国成立70年来70余位画家创作的100余件精彩画作，围绕“时代新风”“时代意韵”“时代人民”“时代经典”四大篇章展开，时代新作与历史经典共呈，为祖国母亲献礼。在此次展览中，尤其值得注意的是国画长卷作品《首都之春》的展出，全画长达46米，堪称中华人民共和国成立以来经典巨幅国画长卷，此幅作品卷首由郭沫若题字，是北京画院6位画家于1959年为中华人民共和国成立十周年献礼的艺术巨作，此次展览是此作进入21世纪以来，首次以全部面貌对北京公众呈现。

2019年9月26日，为庆祝新中国成立70周年，由中华人民共和国文化和旅游部主办，文化和旅游部艺术司、中国美术馆承办的“伟大历程 壮丽画卷——庆祝中华人民共和国成立70周年美术作品展”隆重开幕，展览分为一个序篇和四个篇章：第一篇章“浴血奋斗：人民解放之路”，回顾了中国自近代以来遭受的剧痛与屈辱，中国人民在中国共产党的

领导下顽强斗争，最终走向光明的不平凡的救亡抗争的历程。第二篇章“艰苦奋斗：国家建设之路”，展示新中国成立后，中国人民自力更生，艰苦奋斗的精神，以及改天换地的英勇气概和祖国建设所取得的光辉成就。第三篇章“团结奋斗：改革开放之路”，展示1978年中国进入改革开放新时期，中国社会所经历的伟大变革和社会进步，讴歌新时期昂扬向上的时代精神。第四篇章“伟大梦想：民族复兴之路”，展示党的十八大以来，在以习近平同志为核心的党中央领导下，全国人民在走向伟大复兴的历史新征程上，不忘初心，牢记使命，继续奋斗的精神面貌。其中，中国画部分选取了新中国成立以来的经典之作，主题突出、聚焦现实，紧扣庆祝新中国成立70周年的关键词，以生动丰富的视觉语言勾勒出在传统中国画改造与更新过程中的探索和成就，为进一步拓展新时代美术创作格局、激励未来的创新与创造提供了有益的启示。[2]

2019年11月15日，由中央文史研究馆主办的“岁月如画——庆祝中华人民共和国建国70周年全国中国画名家邀请展”在北京智慧长阳美术馆举行，展览邀请中央文史研究馆书画院研究员和全国中国画名家的共180件代表作品，还特别邀请了中央文史研究馆和地方文史馆极具影响力的中国画家的作品参展。以大规模的展览形式、丰富的作品题材、手法多样的绘画技巧，高层次、多角度地呈现“岁月如画"的创作主题，艺术地展现伟大祖国70年来的发展成就与时代风貌。集中展示了参展艺术家们不断创新、永攀高峰的精品力作，和以精品奉献人民、坚持用明德引领风尚，力戒浮躁、聚焦现实，创作出无愧于时代的优秀作品，绘就我们伟大祖国新时代壮美图卷的信心，展现中央文史研究馆书画院成立12年来所取得的成绩，并以此向伟大祖国的70华诞献礼。

除此之外，新中国70年中国画的发展与转型也成了今年的热点话题，一大批美术评论家、史论家纷纷著文回顾中国画的发展历程，其中于洋的《笔墨延展与时代新象——新中国70年中国画发展历程回眸》[3]、《拓境前行　展呈时代——全国美展与新中国70年美术创作的路向建构》[4]，陈明的《开放与变革下的新传统——中国现代水墨创作40年》[5]，张鹏的《人文映鉴　精神传薪——新中国70年中国人物画创作历程与问题述略》[6]等文章，分别以中华人民共和国成立以来中国画的发展历程作为讨论范畴，集中论述了在外部塑造和内部蜕变双重作用力下中国画所具有的时代性转向，其研究具体涉及题材、意识形态、风格等问题，包括对笔墨、线条的理解与构建，以及这背后中国画审美趣味和价值体系的更迭与发展。

二、第十三届全国美术作品展览及当代中国画创作现状研判

全国美术作品展览是国家级权威性、综合性大展，“第十三届全国美术作品展览”于2019年举办，适逢中华人民共和国成立70周年，全国美术家满怀激情创作出了一大批反映时代精神的艺术力作，以此向新中国成立70周年献礼。参加全国中国画复评的作品有

1184 件，其中人物画作品 606 件，山水、花鸟画作品 578 件，经过严格评审，层层选拔，中国画展区共遴选出 604 件作品，其中进京作品 88 件（含获奖提名作品 12 件），本届美展中国画作品中，工笔画作品占入选数的 57.2%，多于水墨写意画。2019 年 9 月 26 日，“第十三届全国美术作品展览中国画作品展”于山东美术馆隆重开幕，所有中国画作品分布于 11 个展厅中，为观众带来了 5 年一次的盛大视觉盛宴。

当然，如何研判第十三届全国美术作品展览中国画作品，已然成为美术界乃至公众评价今年全国美展艺术水准的着力点。这里既涉及如何看待工笔画繁盛、水墨写意画式微的艺术现象，也涉及如何审视许多画作因受到镜头图像的影响而使绘画表现力减弱的问题，更涉及如何分析中国画已悄然发生的艺术变革这种更加宏观、更加具有前瞻性的学术大命题。[7]时值“第十三届全国美术作品展览中国画作品展”在山东济南举办之际，中国美术家协会理论委员会主任、《美术》杂志社主编尚辉，在山东美术馆学术报告厅为广大观众带来了一场专题讲座，论述“中国画的当代之维——13 届全国美展推动的艺术变革”，以 200 余幅历届全国美展中的获奖作品和具有代表性的入选作品，解析了中国画现代性变革的艺术风貌和学术路径，也进一步囊括出 70 年来中国画在全国美展中呈现的时代风貌。

除此之外，针对全国美展上的中国画现状讨论的文章还有：林木《新中国时期中国画现代转型类型研究》；田黎明《新中国成立以来笔墨的教学、写生与创作——从我对水墨人物画的学习与体会出发》；宁瑶、林逸鹏《1949 年后中国画人物画造型的现代性转型研究》；吕品田《“布新”与“除旧”——第十三届全国美展中国画展刍议》；罗世平《中国画守正创新的一次检阅》；丁亚雷《水墨肌理不在写意绘画的范畴——有感于第十三届全国美展的“写意画”》；陈履生《从第十三届全国美展看中国画走过的 70 年》；[8]围绕全国美展中的中国画作品深入讨论 70 年来形成的阶段性变化，且在不同的时代命题下如何促进和影响中国画在 70 年间的艺术变革。

三、中国画名家大师纪念回顾及相关研究

不容忽视的是，2019 年除了纪念重大历史节点的特别展览之外，中国画名家诞辰展、周年纪念展等依然是美术界关注的焦点所在。近年来，以画家个案为主题的展览越来越朝向精细化发展，除了陈设画家的代表作之外，更多地从各条线索挖掘和研究出颇具价值的艺术史料，这也使得中国画理论研究进入更为深入的阶段。

2019 年适逢尹瘦石、吴冠中、李斛等画家百年诞辰，社会各界相继举办了百年诞辰纪念展览。2019 年 1 月 11 日，由中国文学艺术界联合会、中国美术家协会主办，北京画院、宜兴市人民政府承办“翰墨丹心——尹瘦石百年诞辰回顾展”在北京画院美术馆开幕，共展出尹瘦石先生不同时期的中国画、书法精品及文献资料 60 余件（套）。较全面地呈现出尹瘦石先生于国难当头、民族危亡之际创作出的艺术力作，在战火纷飞的年代，以手中的

画笔记录了一代中华群英的风采，成为弥足珍贵的历史文化遗存。2019 年 4 月，“风筝不断线——纪念吴冠中诞辰一百周年作品展”在中国美术馆开展。展览分为“生命之本”“自然之意”“纯真之心”三个板块，其中《逍遥游》《春雪》《根扎南国》等传世名作较为典型地代表了吴冠中所强调“风筝不断线”的理论，在艺术创作中不能远离现实生活，造化与心源、物象与心象，都在吴冠中的画笔下提炼为永恒的艺术之美，展览突出强调了吴冠中在中国现代美术进程中的突出贡献与卓越成就，胡明强在《吴冠中油画的民族化探索——献给吴冠中先生诞辰百年》一文中提道：“（吴冠中）在肥沃土地上播下了春天的种子，他的思想的因子，已经深深融入中国现代美术发展的血脉之中，他坚持以中国文化为根本的远见卓识，使他的艺术成为连接中国传统与现代艺术思想的桥梁，也成为连接中国与世界艺术交流的纽带。”[9] 2019 年 11 月 7 日，“融象创真——李斛百年诞辰艺术展”在中国美术馆开幕，展览汇集了中国美术馆、中央美术学院、北京画院及家属收藏的李斛经典力作百余件，包括中国画、油画、素描、速写、雕塑等艺术作品，以富有真情实感和艺术魅力的作品全面立体地呈现了李斛先生的艺术风格和艺术成就。势象空间现代艺术厅也在同期举办了“李斛作品陈列展”，集中展示了 20 世纪 40—60 年代，李斛先生创作生涯高峰期的一系列精彩作品。

此外，2019 年还是陶博吾、钱松喦诞辰 120 周年，中国美术馆分别举办了“惟朴是求——纪念陶博吾诞辰一百二十周年艺术作品展”和“笔墨松喦——钱松喦诞辰 120 周年纪念展”。“惟朴是求——纪念陶博吾诞辰一百二十周年艺术作品展”共展出陶博吾先生不同时期的书画作品 70 余件。展览分三部分：第一部分“养浩然正气”，展出陶博吾所创作的具有儒家入世情怀的作品；第二部分“师羲皇上人”，展出体现陶博吾在现实生活中体现超然物外，不求闻达操守的作品；第三部分“集篆书朴真”，展出陶博吾在大篆集联上取得的突出成就。“笔墨松喦——钱松喦诞辰 120 周年纪念展”以“祖国山河抖擞描”“迢迢我自江南来”“拾翠披云寻我师”三个主题，展出中国美术馆馆藏钱松喦作品 20 件及家属提供钱松喦作品 100 件，以及诗稿、创作草图等珍贵文献资料 75 件。今天再观钱松喦的作品，他以画笔讴歌新社会、新时代，赞扬广大民众新的精神面貌，以浑厚沉着、刚柔并济的画风将中国新山水画与民族精神、时代气象完美契合，树立起了山水革新的新大旗，开辟出了新的艺术天地。

2019 年各个美术机构举办的中国画家纪念回顾展还有很多，如中央美术学院美术馆举办的“丹青锦裳——郑锦与中国近现代美术教育”。中央美术学院自百年校庆以来，以“两个致敬”作为礼敬百年传统的代表性学术活动，“丹青锦裳——郑锦与中国近现代美术教育”学术研究展致敬奠基者、中央美术学院前身北京美术学校首任校长郑锦，作为百年校庆收官之作。于洋在《华锦与褧裳——郑锦艺术风格及画学思想探析》[10] 一文中从相关史料文献和作品图像分析入手，以美术史研究与艺术本体论的双重视角，对郑锦的中国画创作实践和画学思想进行了较为深入、全面的分析，在通过史料文献还原相关历史场景的基础上，发掘郑锦个案研究的历史意义与现实价值。北京画院作为中国画收藏、研究和展示的重地，在2019年相继举办了“重师造化——黎雄才的寻源之路”“寄情造境——何怀硕作品展”“吮毫描来影欲飞——明清写意人物画的象与神”“越无人识越安闲——齐白石笔下的人物神情之二”展览，前两个展览系统地回顾了黎雄才、何怀硕的艺术历程与成就，后两个展览是继2018年“我向毫端寻往迹——明清山水画的古意今情”和“胸中山水奇天下——齐白石笔下的山水意境之二”之后的系列研究展，试图从人物画切入，讨论传统中国画在对人物造型的表现和描绘上所形成的丰富且独特的审美语言。

四、学术研讨与画学理论研究

传统中国画的更新与发展是伴随着不同社会阶段而持续更迭的，新时代新的社会文化语境下，中国画的艺术旨趣和审美价值发生了巨大改变，但如何看待传统，如何分析由传统而延伸出的诸种文化形态，依旧成为当下讨论最多的话题。2019年，在特殊历史节点的推动和影响下，中国画坛聚焦有关中国画的一些理论与实践问题展开研讨与研究。2019年11月，北京画院“齐白石艺术国际研究中心”暨“中国传统绘画研究中心”2019年工作年会召开，年会期间举行了一系列学术活动和两场专题展览，分别是“吮毫描来影欲飞——明清写意人物画的象与神”“步履寻幽——何镜涵的写意楼阁艺术”，百余位嘉宾分四个会场同时举行学术研讨会，举办了共计56场高质量的学术演讲并进行深入的讨论，研讨内容涉及“齐白石与20世纪人物画”“人物画的传统与变革”“叶恭绰与中国书画鉴藏”。此次会议还特别召开“中国人物画创作专题研讨会”，针对20世纪以来中国人物画创作取得的成果、存在的问题、解决的方案等问题进行探讨，会议旨在立足当下，链接传统，面向未来，助力中国人物画创作的新气象。

江苏省一直是中国画发展的重要地区，2019年恰逢江苏省中国画学会成立5周年和南京书画院建院40周年。其中，江苏省中国画学会第二届会员代表大会在南京图书馆召开，会议选举高云当选会长，韩显红当选常务副会长，翟优当选副会长兼秘书长。与此同时，为庆祝江苏省中国画学会成立五周年“文脉·心迹——江苏省中国画学会作品晋京展”在北京中国国家画院举行，此次展览既是一个学术的品牌性展览，又是一次规模大、质量高、学术性强的集体亮相。展览汇集了120位当代中国画艺术家的精品力作，参展作品全景式地呈现了当代中国画家新的追求、新的探索、新的样式，内容与形式既有传统的古厚，又有探索的新奇，充分展现了当代中国画的学术维度与创新进程。从这次展出的作品中可以清晰地看出画家们对传统笔墨继承与研究的脉络，同时也看得出画家们发乎于心、践之于行的创新。展出的中国画作品包括人物、山水、花鸟等，内容丰富，形式多样。江苏省中国画学会成立之初就始终以“弘道养正、承古开今”为宗旨，坚持中国画的创作和学术研究为本，以创作出经典的中国画作品为重要目标，通过这一系列学术活动，更得以看到中国画家们以艺术性和当代性的眼光感受世界、体察生活，淋漓尽致地以艺术的语言展现生活的艺术。与此同时，“金陵文脉——南京书画院建院40年书画作品晋京展”于2019年7月5日在中国美术馆开幕，南京书画院自1979年7月10日在南京成立以来，致力于花鸟研究、山水研究、人物研究、书法研究、油画版画研究、理论研究等。从第一任院长、书法大师林散之先生以及著名书画家萧娴、陈大羽、曹汶、尉天池先生等前辈始，就以他们严谨的治学态度和卓越的艺术造诣影响着一代代书画家们。此次展览共展出南京书画院建院以来，老中青三代55位画家的120余幅精品力作，作品种类包括书法、国画、油画、版画等，作品主题囊括南京的自然景色、名胜古迹、城市风貌、市井百态等，全面反映了改革开放以来南京城市建设的飞速发展，人民生活水平的不断提高。

当我们处在历史发展的节点，回望梳理中国画细微和具体的种种变化，探研从传统到现代的诸多转向路径，会发现中国画创作与研究在时代更迭的大环境下做出的革新与突破。2019年，有一些文章从中国画本体问题出发，集中研究和探讨了有关传统与现代、写意与精神，以及“笔墨”等的问题，例如：林木《王朝闻的中国画观念及研究》[11]；樊波《中国绘画的意象构成及思想渊源》[12]；王镛《笔墨变革的现代精神》[13]；林木《笔墨在20世纪美术史中的多向度发展与演变》[14]；郑工《山水画笔墨意识三辩》[15]；尚辉《边界的拆除：40年从中国画到水墨艺术的变革》[16]等，这些文章都从不同角度探讨了中国画在20世纪以来诸种传统形态及当代形态的演变，从传统笔墨中崇尚“写意”的传统文化精神，到“笔墨等于零”的水墨画，再到融入多种材料媒介和跨文化语境下“意象”美学概念的建立，具体而全面地讨论了中国画的审美观念及文化美学发生的颠覆性变革。

当信息化时代引导和左右人们的审美判断、影响当代的视觉表现时，中国画本体的精神内涵开始变得厚重且多元，继承和转化中国画传统精神，重视和挖掘中国画传统的当代意义，进一步拓展自20世纪以来引进融合与革命美术所形成的新美术传统，继承民族艺术、发展民族艺术，彰显中国画背后所蕴含的民族文化自觉与文化自信，成为日益重要的课题，其中精致入微的个案、宏观立体的理论分析以及基于作品图像的本体研究等，都成为梳理中国画历史发展脉络、构建未来中国画发展叙事的必要途径，也成为中国画在新时期发展中的文化策略与历史使命。

（陈青青　中央美术学院美术学博士、
中央美术学院国家主题性美术创作研究中心助理研究员）

注释　[1]　于洋：《笔墨延展与时代新象——新中国70年中国画发展历程回眸》，《中国美术报》（批评家专栏）2019年9月2日。

[2] 荣池:《伟大历程 壮丽画卷——庆祝中华人民共和国成立70周年美术作品展》,《光明日报》2019年9月29日。
[3] 于洋:《笔墨延展与时代新象——新中国70年中国画发展历程回眸》,《中国美术报》(批评家专栏)2019年9月2日。
[4] 于洋:《拓境前行　展呈时代——全国美展与新中国70年美术创作的路向建构》,《美术》2019年第10期。
[5] 陈明:《开放与变革下的新传统——中国现代水墨创作40年》,《美术》2019年第3期。
[6] 张鹏:《人文映鉴　精神传薪——新中国70年中国人物画创作历程与问题述略》,《美术》2019年第8期。
[7] 尚辉:《卷首语》,《美术》2019年第12期。
[8] 林木:《新中国时期中国画现代转型类型研究》;田黎明:《新中国成立以来笔墨的教学、写生与创作——从我对水墨人物画的学习与体会出发》;宁瑶、林逸鹏:《1949年后中国画人物画造型的现代性转型研究》;吕品田:《"布新"与"除旧"——第十三届全国美展中国画展刍议》;罗世平:《中国画守正创新的一次检阅》;丁亚雷:《水墨肌理不在写意绘画的范畴——有感于第十三届全国美展的"写意画"》;陈履生:《从第十三届全国美展看中国画走过的70年》;以上文章皆载《美术》2019年第12期。
[9] 胡明强:《吴冠中油画的民族化探索——献给吴冠中先生诞辰百年》,《美术》2019年第11期。
[10] 于洋:《华锦与褧裳——郑锦艺术风格及画学思想探析》,《美术研究》2019年第4期。
[11] 林木:《王朝闻的中国画观念及研究》,《美术》2019年第4期。
[12] 樊波:《中国绘画的意象构成及思想渊源》,《美术》2019年第6期。
[13] 王镛:《笔墨变革的现代精神》,《美术》2019年第6期。
[14] 林木:《笔墨在20世纪美术史中的多向度发展与演变》,《美术》2019年第6期。
[15] 郑工:《山水画笔墨意识三辩》,《美术》2019年第6期。
[16] 尚辉:《边界的拆除:40年从中国画到水墨艺术的变革》,《美术》2019年第6期。

2019年中国油画

陈国辉

2019 年，恰逢举国上下喜迎中华人民共和国成立 70 周年之际，第十三届全国美术作品展览如期举办，这是向新中国 70 周年的献礼，也是新中国油画艺术发展 70 年来的总结与回顾，还是第十二届全国美术作品展览之后 5 年来创作成果的集中展示。所以盘点 2019 年全国油画界的热点话题时，“第十三届全国美术作品展览油画作品展”和“对中华人民共和国成立以来油画艺术发展的回顾与展望”必定是重点话题之一。

一、“第十三届全国美术作品展览油画作品展”的热评

在庆祝中华人民共和国成立 70 周年这样一个重要年份与主题推动之下，“第十三届全国美术作品展览油画作品展”于 2019 年 9 月 22 日在四川美术学院美术馆开幕。该次油画展以弘扬主旋律与歌颂新时代建设为主基调，共收到 1155 件参选作品，经油画展区评审委员会复评，遴选出 595 件作品入展，其中进京作品 90 件，获奖提名作品 12 件。在 5 年一次的中国美术界大型阅兵式的油画专题展览当中，不仅呈现近 5 年来全国油画界美术创作的状态与面貌，更是集中反映众多美术家在彰显时代精神、更新创作观念、探索绘画形式语言等诸多方面的重要探索。作为该次油画展承办单位的重庆方面代表，四川美术学院院长庞茂琨先生在《绘时代风采 铸中国精神——写在“第十三届全国美术作品展览油画作品展”开展之际》中写道：“该次展览不仅充分检验了重庆艺术创作组织机构的实力以及油画工作者们的最新成果；还有，该次全国性重大、权威性油画展也对重庆当下的艺术产生直接碰撞，为重庆油画的未来发展立出坐标，提出挑战。”庞茂琨先生作为全国油画展区复评评委，同时也指出该次油画展区作品能“积极反映出中国伟大的变革新时代，油画家们力求使作品能从个体的角度来诠释时代变化的深度与广度，甚至包括小到日常生活的变化和人们精神面貌的改变，大到国家形象的转变”。[1] 作为该次油画展的重要评委之一，张晓凌先生在《时代精神与民族品格——第十三届全国美展油画作品的时代特征》一文中指出第十三届全国美术作品展览油画作品展入选作品从整体上展现近 5 年来的油画实绩：“在本届展览中，油画作品展区是美术家参与最多，美术爱好者最为关注的展区之一。”他认为该

届油画展具有五大特点："一、入选作品全面体现了深入生活、扎根人民，以人民为中心，弘扬时代精神的创作理念。二、入选作品另一个令人欣喜的进步是，油画家们不约而同地将塑造人物形象与挖掘人物内在精神世界结合起来，并注重人物与时代、历史、家国之间关系，由此形成了叙事的丰富性。三、历经了改革开放40多年风雨的洗礼，承接新中国成立以来的油画本土化、民族化之传统，中国油画的学术方向越来越明确，'中国油画梦'的轮廓越来越清晰，而蕴含于其内的原创性诉求也越来越不可遏止。四、表现手法的多样性、高超的技术性与制作的精良，既是本届入选作品的重要特色，又是评委们手中的评审标准。五、年轻一代油画家人才辈出，其作品占据了本届入选作品的半壁江山。"[2]

该次油画展的参展作品突出以"人民为中心"的时代主题叙事。如该次美展银奖作品封治国的《艺术的故事》刻画了著名艺术理论家范景中先生翻译英国著名艺术史家贡布里希的著作《艺术的故事》，此书是20世纪80年代以来国内艺术界最重要的畅销书之一，两位异国学者之间的精神交往也成为国内艺术界人尽皆知的故事，画家在此画作中设计了一个超时空的场景，让两位学者在一个有欧式家具、图书、照片、画作的房间进行精神相会。杨世斌的《家庭系列之花样年华》描绘的是青年艺术家个体及其孩子、老婆组合的小家庭温馨场面。谢郴安的《和煦时光》描绘了祖孙三代在透过阳光的窗前，一边搭天安门的积木，一边听爷爷讲中国历史故事的画面，其乐融融，幸福而美好的生活感受洋溢在阳光照耀着的每个人脸上。罗文勇的《幸福的歌》则是刻画坐在钢琴前怀着孕的妈妈认真地倾听小女孩清越而优美的歌声，画面写实性的语言把人物刻画得生动而自然。李善阳的《吉祥祖国》以具象写实语言描写了3位具有典型特征的青海藏区女性，作为画面的视觉主体，既有精微细致的深度刻画，又有通过表现普通人物延展到具有普遍意义的画面的整体格局把握，表达出一种大气而深沉的人物内在气质。还有赵晓东的《果蔬欢·百姓乐》从日常生活中的超市购物场景出发，在平凡而质朴的生活当中发现普通人的闪光点，以及他们对美好生活的获得感、满足感、幸福感。这些微观的观察视角能拉近观众与画面人物的距离感，让我们在欣赏画面时，在习以为常的日常生活中发现时代发展带给我们美好生活的强烈幸福感。

刻画"小人物"的"大时代"，显然成为该次参展的油画作品一个最突出特点。与往届全国美展油画参展作品的重大主题、宏大叙事相比，该次油画展区的展品则可以说具有"微观视角"，更倾向于从平易近人、发生于自己身边的民生题材"近距离"的小处发掘与正面表现，达到以小见大的艺术效果。当代中青年油画家乐于将创作视野从个体的、情绪化的"小人物"的微观表达，挖掘个体自身对日常生活的细致观察，转向以视觉方式记录社会发展的"大时代"印记，其中带有对社会现实的切身体验、感触与思考，从而在创作中赋予真挚的、生动的情感体验。相比过去在工作室里借助照片进行创作要强多了，因为主题性创作如果缺乏生活体验，缺乏对图像背后的题材意义的思考，往往会沦为把作品僵化处理，为照片而画的创作状态。本次参展作品中有许多画作反映了普通个体对生活的感观与问题意识，给观众留下了较深的印象，比如沈磊的《麦田》、林峰的《春花秋实》、林达蔚的《廿一岁》、何军的《本命年》、郭祖昌的《粉墨春秋 NO.2 》等。沈磊的《麦田》以精湛严谨的写实技法描绘了两个男女大学生在城市楼宇天台上或俯瞰城市风景，或眺望远方，目光当中含有沉思与期待的情形。林峰的《春花秋实》描绘的是一个孕妇在墙角晒太阳，双手轻轻地抚摸着肚子，似乎想感受胎儿的胎动，这样一个情节、一个简单动作，却在色彩柔和的画面中流露出一缕温情的倾诉。郭祖昌的《粉墨春秋 NO.2》则是通过中年男子、红装女子以及具有象征意义的鹦鹉、小狗等物象，隐喻现代都市中年人情感交流的复杂性，折射出创作者的心理象征主义的因素。林达蔚的《廿一岁》以非常精微的具象现实主义手法描绘一个赤着双脚，穿着绿色手术服的青年医生，他一手拿着手术剪刀，似乎刚刚把自己的手术服剪破了几条条带，另一只戴着白色手套的手指指向自己的头部，意味着处于青春期的青年医生在面临精神压力时某种自我解剖式的思考。这些描绘“小人物”的“大时代”的画作，反映出了当代油画家们力求使作品能积极反映出在当今这样一个伟大的变革新时代里，愈加明晰的文化态度和艺术追求，即力求从“个体的角度来诠释时代变化的深度与广度，小到我们日常生活的变化，细到人民精神面貌的改变，大到我们国家形象的转变”[3]。显然，不少参展作品在表现生活事件、事物以及人物生活等不同侧面，充分展现了新时代的丰富性和多样性。同时，他们在感受现实生活的基础上更注重对画面主题深刻性的提炼，以及画面意境的营造，从而达到使主题性油画创作回归到质朴的艺术为社会、为人民服务的创作状态上，体现出一种积极的文化自信和艺术自觉。

此种创作取向与 80 后、90 后青年艺术家注重个体情感、表现内心世界的价值诉求密切相关，同时注重在创作中投入真情实感，将个体感悟与体验融于国家民族的集体观照。也有评论文章指出之所以取得如此成绩，源于“这与第十二届全国美展结束后从美协到各专业艺术创作单位普遍重视艺术进修中写生环节的重要性，广泛开展到边远地区、乡村等生活现场写生观察，重思艺术创作的本义有很大关系。这些切实的举措，促进了艺术家们对生活和人民群众情感及思想的体会。在过去的五年中中国油画界对油画本体语言的研究也普遍加强。在全国范围内，众多的中青年油画家重新深入研究西方油画历史，特别是材料技法发展史，加深了对油画媒介语言的理解，加强对媒介技术的灵活运用，提高了油画技法水平。这次油画展上的作品不仅普遍制作精良，而且表现手法多样，多数作品有精彩的视觉效果呈现”[4]。当然，这固然与全国油画界的专业机构组织提倡“走出画室，回到生活”，深入生活，扎根人民的创作理念和推广活动息息相关，更是因为“油画家们能够真切地通过深入探索语言形态来反映丰富的当下社会生活，用自己的视角和审美的眼光发现普通生活的至美，平凡人物的大爱，日常现实的质朴，并以自己的艺术语言来阐释中国精神、中国价值和中国力量”。[5] 四川美术学院教授、美术理论家王林在展览研讨会上也指出，“今天的艺术进步体现在艺术家们能够选择自觉去观照生活和日常，从真实的普通生活中发掘文化意义，而不是把目光仅仅向上看”[6]。

二、新中国70年油画历程的回顾与展望

值此中华人民共和国成立70周年庆典之年，从宏观上对新中国油画70年的发展历程与时代拓进加以概览，自然成为2019年度中国艺术界的热议话题。典型的是《美术观察》杂志率先结合新中国美术70年的发展历程，陆续推出“国家美术形塑——新中国美术70年”系列选题，内容既涉及对新中国美术的理论建设、主题拓展、时代特征以及画种开拓与美术大众化转向等方面的宏观研判，也着眼于对中国画、油画、版画、雕塑等各门类在时代变迁中的系统梳理。不少涉及中国油画的理论文章力求从历史的眼光追本溯源，以理论的思辨鉴戒得失，以期为新时代中国油画事业的繁荣发展提供更多的历史经验。

许江先生撰写发表了《祖国不老 油画长新——新中国油画成长之路》一文，认为油画作为一种标志性的艺术门类，一种只有在和平环境中才有条件创制与发展的“重艺术”，伴随着共和国的发展，与国运民风相伴相长。[7]所以70年以来的中国油画发展历程承传中华文化根源，讴歌时代生活而茁壮成长，产生广泛的社会影响，借助此起彼伏的创生力量，渐渐形成饱含中国气息，深涵中国气蕴的创作特色和创作方向，其特点主要集中体现在三个方向：一是与大时代同呼吸共命运，二是强烈的文化创造的主体意识，三是持之以恒的语言专注与研究。尚辉先生在《现实主义的中国化探索——新中国油画70年的审美再造》中将中华人民共和国成立以来的油画现实主义发展历程分为“理想主义的颂歌：社会主义现实主义油画的中国化探索（1949—1977）”“历史与人性真实的探寻：从批判现实主义到新古典主义（1978—1999）”和“日常书写与宏大叙事：从具象写实到历史现实主义（2000—2019）”三个时段加以历史梳理，并对现实主义的中国化与油画本土意蕴的关系进行了分析。他还认为：“油画艺术的现实主义一方面充当了中华人民共和国成立以来中国美术现实主义美学思想的急先锋，它在传播欧美现实主义、现当代艺术理念上具有直接转译的作用；另一方面，中国油画的现实主义又深深地与中国社会变革、文化理念相互结合，中国油画现实主义价值理念的不同时期转变都是中国社会、文化的内在审美需求而重新择取欧美现实主义养分并进行中国化探索的结果。”[8]张梅的《民族油画的复兴之路——中国油画70年略述》[9]根据时间线索对中华人民共和国成立后的近30年、改革开放至20世纪末20年和21世纪初近20年中国油画的发展脉络、承前启后的连续性和大体走向进行了勾勒与描述。陈明的《中国气派与东方精神——新中国油画的民族化与个人化探索》[10]阐明新中国油画在写实主义为主流背景下进行油画“民族化”的理论与实践、油画语言的个人化探索，为新中国油画增添了鲜明的中国气派和东方精神。邓福星先生在《新中国美术70年的现代转型》[11]一文中对1949年以来70年中国美术各个时期主要美术思潮的兴衰流变、所取得的突出成就以及出现的一些问题和倾向进行了梳理，文中也对70年来中国油画艺术的基本特征、发展演变做了归纳。

也有从中国油画的写意性、本土化叙事、语言变革、展览机制等方面对新中国油画发展的思考。如徐虹女士的《中国油画写意的历史与当下》[12]在钩沉百年来中国油画写意性历史的基础上，侧重于枚举在20世纪90年代全球化语境下，中国代表性油画家一方面受到西方表现主义艺术的启示，另一方面又与中国的水墨写意传统相连，在情感表现时重意趣和诗意的写意性探索。李林谕的《油画的变革——评述改革开放以来中国油画创作的发展》[13]对改革开放以来的新时期油画创作所面临的机遇、挑战以及相关艺术现象背后的语言变革进行了概述。林奕的《从图像到意象：中国现当代油画的本土化叙事》[14]一文指出改革开放以来中国现当代油画从图像到意象的本土化叙事模式及其文化根源，提出中国油画本土化叙事的进一步构建需要在适应全球化发展趋势下“重建”本土文化，从人文关怀的角度对中国社会和人予以合理阐释的期待。李昌菊的《中国油画创作的重要助推力——以1978年—2000年间的美术展览为例》从美术展览机制的角度指出新时期以来至20世纪末各种美术展览形成了中国油画多元共生的格局。这些美术展览不仅促进了油画艺术探索，突破既有模式，呈现创作态势，引导创作方向，总结创作成就，还有力地建构了中国本土化油画主体，推介了油画家和创作群体，将中国油画推至公众视界乃至国际，成为中国油画发展的重要助力。[15]

此外，2019年9月22日结合第十三届全国美术作品展览油画作品展开幕之际，由中国美术家协会主办，中国美术家协会理论委员会、重庆市美术家协会、四川美术学院还共同承办了“守正创新：新时代油画艺术的成就与展望”学术研讨会。研讨会以该次全国美术作品展览油画参展作品与中国当代油画为主题，邀请了理论名家、艺术创作与教育名家，发表主题演讲并展开圆桌讨论，对改革开放以来，特别是21世纪新时段下中国油画发展的特征与路径进行了探讨。[16]

伴随着新中国70年而成长的中国油画还有很多值得回顾之处，譬如，中国油画如何在艺术传统中进行时代性的创造、创新，中国油画的主旋律与多样性统一，现实性与人文性建构等问题。当然，历史回顾不仅仅是经验总结，更是对未来的期待与展望。

三、2019年度中国油画热点展事扫描

除了举办第十三届全国美术作品展览油画作品展专场的大型学术活动，由中国油画学会、中国油画院以及各级行政机构等单位还举办了许多重要的学术展览。以下是在众多油画展览当中挑选的几个热点展事并对其加以扫描与观察，如此做法虽存在着“盲人摸象”的局限性，但也能起到“窥一斑而知全豹”的效果，从而让观众或多或少地了解中国油画年度展览的概貌。

2019年度，由中国油画学会主办的3个重要展览引起了画界的广泛关注，分别是“可见之诗——中国油画风景作品邀请展（2019）”“江南如画——中国油画作品展

（2019）”“大路西行——中国油画作品展（2019）”。2019年4月19日，“可见之诗——中油画风景作品邀请展（2019）”在山东省潍坊市十笏园文化街区隆重开幕。该次展览邀请了詹建俊、靳尚谊、许江、范迪安、闻立鹏、钟涵、张祖英、闫振铎、杨飞云、谢东明10位中国油画界名家的近30幅力作和“可见之诗”30余位获奖画家的150幅近作参展，展览旨在探索中国油画艺术的未竟之境，演绎不一样的诗画之美。2019年5月23日，“江南如画——中国油画作品展（2019）”在苏州美术馆开幕。本次展览由中国油画学会、江苏省文化和旅游厅、苏州市人民政府联合主办。展览共收到投稿作品5200余件，经过初评、复评以及原作评选，共评出入选作品175件，其中获颜文樑艺术奖的作品9件，获得颜文樑优秀奖的作品20件。另外，特邀詹建俊、靳尚谊、许江、钟涵、闻立鹏、张祖英等29位国内知名油画家的作品参加展览，共展出作品204幅。2019年11月12日，“大路西行——中国油画作品展（2019）”在甘肃省博物馆开幕。该次展览征集到的作品稿件达7834幅，经过评选最终展出油画作品共253幅，其中既有老一代艺术家早年“西行漫记”的历史印记，又有新一代艺术家不断“西行追寻”的现实感悟。如果说“可见之诗”和“江南如画”是中国油画界致力于中国油画艺术语言的学习与创新以及中国油画的民族性建构，不断推动中国油画学术水平提升的重要年度展览的话，那么“大路西行”则是推动中国油画创作关注西部，旨在以历史和现实的广阔视野，较为集中地呈现20世纪90年代以来，尤其是近几年油画家们“新西行”的思考与实践而搭建的一个重要学术平台。

2019年4月6日，“天下黄河·美丽新宁夏——百名中国油画名家大型写生暨主题创作展”在宁夏回族自治区中卫市举行，它是“天下黄河——黄河魂·中国梦”系列活动之一。“‘天下黄河——黄河魂·中国梦’百名中国油画名家大型写生暨主题创作展”系列活动，在历时两年，走过陕西、山西、甘肃、河南4省之后，迎来了第5站——宁夏站的写生创作行。该展览活动以黄河为主题，通过写生和创作，描绘沿黄河各地新时代新发展的写生创作活动，为新时代的黄河、新时代的宁夏写照，从艺术的角度聚焦宁夏经济社会发展成就，形成宣传黄河两岸发展变迁新气象的合力，对提升沿黄河省区市的文化影响力和知名度产生了积极作用。5月11—26日，“时代的印记——靳尚谊油画与素描作品展”及“百年油画的轨迹——大都美术馆油画藏品展”在山东省青岛市展出。其中“时代的印记——靳尚谊油画与素描作品展”共展出靳尚谊先生在各个时期创作的油画及素描作品41件，分为“肖像画创作”“风景写生”“肖像写生”“少数民族人物写生”“女人体艺术”“新创作”六大板块，涵盖了其艺术创作不同时期的语言风格，呈现了其创作意识转变的形态，回顾和展现了靳尚谊先生艺术创作生涯的卓著成就。8月7日，中国艺术研究院主办的“一路守望 对话未来——纪念中俄建交70周年油画作品展暨论坛”于上午在中国油画院美术馆拉开帷幕。2019年是中华人民共和国成立70周年，也是中俄建交70周年。值此重要历史节点，近百位中俄艺术家、专家学者以及各界领导嘉宾莅临出席并共同见证了该次展览暨论坛的国际交流盛事。在论坛上，与会中俄艺术家、专家学者就中俄油画艺术交流展开了历史回顾、现状分析和未来展望，认真梳理中俄油画艺术交流的成果，深刻反思当前创作中所面临的问题，并积极探讨中俄两国未来的合作空间。

四、2019 年度中国油画拍卖行情盘点

2019 年度国内从中国嘉德在春、秋两拍中油画独立板块所给出的相应指数来看，中国油画市场拍卖的情况不温不火，甚至不太明朗，也没有出现太多惊喜的增长点。具体数据参照如下，2019 年春拍，中国嘉德 20 世纪及当代艺术夜场 42 件作品共计拍出 24123.550 万元，成交率为 78.05%；20 世纪艺术 96 件作品共计拍出 2050.105 万元，成交率为 70.83%。而到秋拍，香港嘉德亚洲 20 世纪及当代艺术板块 160 件作品共计拍出 16101.890 万港元，成交率为 77.5%；中国嘉德 20 世纪及当代艺术夜场版块共计 40 件拍品拍出 34005.500 万元，成交率为 62.50%；20 世纪及当代艺术版块 146 件作品共计拍出 4860.705 万元，成交率为 72.60%。[17] 从拍卖行情来看，其一，除了中国嘉德主推油画专场之外，北京保利、北京匡时、北京瀚海、上海朵云轩等拍卖公司在油画版块上的表现态度较为谨慎。其二，现实题材油画作品备受关注，特别是李铁夫、卫天霖、关良、倪贻德、庞薰琹、李瑞年、宋步云、赵兽、艾中信、戴泽、罗尔纯等一批 20 世纪美术史上著名的油画家作品受到市场的追捧。其三，吴冠中和常玉的油画作品成为 2019 年度拍卖的最大热点。2019 年香港苏富比春季拍卖会上，吴冠中的油画作品《荷花（一）》（1974）以 1.13 亿港元落槌，加佣金 1.30773 亿港元成交。北京保利的春季拍卖现当代艺术夜场中，吴冠中早年创作的多幅油画作品均以千万元的价格成交。而常玉的作品《曲腿裸女》在 2019 年 10 月 5 日晚香港苏富比秋拍“现代艺术晚间拍卖”中，以 1.98 亿港元成交，打破了常玉以前的拍卖纪录，随后在 11 月份香港佳士得的拍卖中，常玉的《五裸女》以 3.039 亿港元成交。

结　语

2019 年围绕着为庆祝中华人民共和国成立 70 周年献礼的油画展览、座谈、创作、出版等活动异彩纷呈，同时，2019 年也是中俄建交 70 周年、五四运动 100 周年纪念年，油画界亦举办了诸多相应的学术活动。如冯民生先生撰文《五四运动：油画引进的文化启蒙》[18]，指出伴随着五四新文化运动，西方美术教育模式的引入，拉开了油画在中国启蒙与发展的序幕，开始了在中国曲折而艰难的本土化探索。还有对百年来中国油画的本土化探索持续的话题，如姜南雨的《百年中国油画与民族化融合之路》、黄文中的《写意——中国油画“本土化”的可能路径》等。毫无疑问，2019 年度中国油画在展览、出版、研讨等

活动当中，通过对话与讨论，在特定的历史时段，聚焦于对历史的回顾、现状的扫描和未来的展望，必将引发社会更广层面、更深层次的思考，从而对未来一段时期的中国油画创作产生深远的影响。

（陈国辉　广州美术学院副教授、硕士生导师）

注释

[1] 庞茂琨:《绘时代风采 铸中国精神——写在“第十三届全国美术作品展览油画作品展”开展之际》,《光明日报》2019年9月22日。
[2] 张晓凌:《时代精神与民族品格——第十三届全国美展油画作品的时代特征》,《美术》2019年第11期。
[3] 庞茂琨:《绘时代风采 铸中国精神——写在“第十三届全国美术作品展览油画作品展”开展之际》,《光明日报》2019年9月22日。
[4] 王红媛:《看“图像时代”架上油画中的人民——第十三届全国美展油画展纵览》,《美术观察》2020年第1期。
[5] 庞茂琨:《绘时代风采 铸中国精神——写在“第十三届全国美术作品展览油画作品展”开展之际》,《光明日报》2019年9月22日。
[6] 王红媛:《看“图像时代”架上油画中的人民——第十三届全国美展油画展纵览》,《美术观察》2020年第1期。
[7] 许江:《祖国不老 油画长新——新中国油画成长之路》,《美术》2019年第10期。
[8] 尚辉:《现实主义的中国化探索——新中国油画70年的审美再造》,《美术》2019年第11期。
[9] 张梅:《民族油画的复兴之路——中国油画70年略述》,《文物天地》2019年第12期。
[10] 陈明:《中国气派与东方精神——新中国油画的民族化与个人化探索》,《云南艺术学院学报》2019年第2期。
[11] 邓福星:《新中国美术70年的现代转型》,《美术》2019年第8期。
[12] 徐虹:《中国油画写意的历史与当下》,《美术》2019年第11期。
[13] 李林谕:《油画的变革——评述改革开放以来中国油画创作的发展》,《西部皮革》2019年第24期。
[14] 林奕:《从图像到意象：中国现当代油画的本土化叙事》,《宁波大学学报》(人文科学版)2020年第3期。
[15] 李昌菊:《中国油画创作的重要助推力——以1978年—2000年间的美术展览为例》,《创意设计源》2019年第2期。
[16] 张杰、闫平、尚辉、王镛、朝戈:《守正创新：新时代油画艺术的成就与展望》,《当代美术家》2019年第6期。
[17] 辛宇:《回溯与拓展：2019年中国油画拍卖市场概述》,《油画》2019年第4期。
[18] 冯民生:《五四运动：油画引进的文化启蒙》,《美术》2019年第5期。

2019年版画实践与理论研究

何禹珩

庆祝中华人民共和国成立70周年以及纪念五四运动100周年，无疑是2019年度最为核心的“关键词”。在这样的时节，回顾来路、展望未来显得尤为重要。美术界围绕于此展开了大量工作，在近百年中经历多番起伏的版画学科构成了其中重要的篇章。2019年版画学科的热点问题与总体特征大致可纳于以下几个方面一窥其势：一、第十三届全国美术作品展览版画作品展及第二十三届全国版画作品展；二、当代版画实践及理论发展动向；三、近现代研究性展览及史学研究；四、古代与民间传统版画研究。

一、第十三届全国美术作品展览版画作品展及第二十三届全国版画作品展

5年一届的“全国美展”作为与新中国同时诞生的“国展品牌”，其权威性与影响力自不待言。“第十三届全国美展”适逢中华人民共和国成立70周年，其作品所展现出的面貌与水平更具深意。起源于1954年的“全国版画作品展”也在同年举办，两大美术盛会的重合，全景式地展现了版画创作的广度与深度。综合这两大重要展览观照版画发展，或可见新时代版画领域的成绩、趋势与问题。

“第十三届全国美术作品展览版画作品展”2019年9月在四川美术馆开幕，展出作品300余件。展区设于四川这一富有版画传统的地区与版画的发展脉络似乎构成了一种遥相呼应的历史记忆想象。中华人民共和国成立初期，四川版画就以其对生活的深入刻画而蜚声全国，而在今天“中国美术界正处于由高原向高峰攀登的重要阶段。中国美术家协会广泛发动和组织美术家记录新时代、书写新时代、讴歌新时代，努力为时代画像、立传、明德；发动和组织美术家深入生活，扎根人民，努力为人们抒写、抒情、抒怀；引导美术家坚持守正创新，努力创作更多反映时代呼声、展现人民奋斗、振奋民族精神、陶冶高尚情操的优秀作品。”[1]这样的倡导对近年来趋向于“内在”与“本体”探索的版画创作提出了“向外”与“深入生活”的要求。从本次展览的作品也可以看到艺术家们对此做出的努力与回应。本次展览有不少反映历史题材的入选作品，对五四运动等历史事件进行了当代形式

的创作。在反映当下现实生活题材方面，不少艺术家以“物”为切入点，折射对当代社会现象及发展的感悟。总体来说，题材内容涉及面广，触角直抵历史与现实的多重维度。从表现形式来看，近年来边界不断拓展的版画在此回归了它较为“原初”的状态，大量的木版作品展现了版画所独有的“木味”与“刀味”，其中黑白木刻及水印版画都有相当比重。令人略感遗憾的是，此次“全国美展”版画作品虽总体质量不低却并未出现特别出彩的“大作”，但于此中亦有“平中见奇，常中现美的‘精彩’”。[2]除了成绩，参加此次展览研讨会的专家学者也敏锐地提出了存在的问题，其中包括对历史题材解读的深度与视点，人物形象塑造的相对薄弱，对新兴木刻运动突出的“问题意识”传统的继承发扬等。

2019年末在深圳市中国版画博物馆举办的“第二十三届全国版画作品展”虽然距上届仅隔两年并与“全国美展”同年，仍收到了大量投稿，最终遴选出200余件作品参展。中国美术家协会版画艺术委员会主任苏新平在展览序言中写道：“许多入选作品在思想性和艺术性方面，都反映了画家鲜明的社会意识和严谨的学术态度……总的来说有以下三个特点：首先是作品题材的丰富……其次是作品的语言方式有了新的拓展……第三个特点，是作品面貌由符号化、图像化趋于版画的本体化。”[3]

综合“第十三届全国美术作品展览版画作品展”及“第二十三届全国版画作品展”两大权威展览看来，其中既体现了版画界所取得的进展与成果，也提出了仍待思考商榷的问题。两大展览不同的侧重定位以及创作者各异的心理思路，使得展览面貌并不趋同，展现了当下版画创作中不同面向的有力推动。但二者也共通地体现了当下版画发展所面临的一些客观问题，如代大权在全国美展版画作品展研讨会上所提出的关于“评价体系的缺失”以及“市场行为的缺失”。[4]版画的价值意义在一定时期内有所“跌宕”，如今正是“起伏”之时，不仅需要不断探索优化“评价”“市场”等“外因”，在版画实践中也更当注重体察“内因”。

二、当代版画实践及理论发展动向

2019年，关于当代版画发展中当下面临的问题与未来的方向依然颇受关注。除在“全国美展”及“全国版展”的集中展现、讨论之外，版画学科的各类展览及学术研究活动依然活跃。

2019年举办的综合性版画展览有“伏脉千里——青年版画家创作交流展”（武汉·湖北美术馆）、“实践的力量——第九届中国当代版画文献展”（南京·金陵美术馆）、“汲古镌今——江浙沪皖四地版画名家名作邀请展”（南京·江苏省美术馆）、“第五届中国当代学院版画展”（深圳·中国版画博物馆）、“版画中国——‘版画艺术在民间’全国系列巡展”等。

其中在湖北美术馆举办的“伏脉千里——青年版画家创作交流展”展出的作品中微妙的个人体验与情感记忆是青年艺术家们善于表达的“主旨”，而宏大题材则较少体现，此次展览“以搜索艺术家的创作‘痕迹’来解读艺术家”[5]，其方式体现了青年版画家的创作与解读的自由性与开放性。南京金陵美术馆举办的“实践的力量——第九届中国当代版画文献展”是启动于2006年的品牌展览，该展览力图“为版画自身发声，实践者参与创造，并亲手书写这段历史”[6]。江苏省美术馆举办的“汲古镌今——江浙沪皖四地版画名家名作邀请展”囊括了四地名家经典之作及青年优秀作品，四地版画发展的串联梳理，于当下协同发展的环境中自能带来更多样的思考启发。而“版画中国——‘版画艺术在民间’全国系列巡展”2019年继续在多地展出，有效地提高了公众对版画的认知度与参与度。

除上述综合性版画展览之外，2019年各类以国际交流展示为目的的展览亦有不少。如：“今日石版画——‘新石器时代’上海美术学院国际石版画邀请展”（上海·上海美术学院）、“第七届中国·观澜国际版画双年展”（深圳·中国版画博物馆）、“流变的传统——亚洲当代版画艺术展”（重庆·四川美术学院）、“‘1+1’波兰版画交流展”（北京·中央美术学院美术馆）等。其中“观澜国际版画双年展”是具有国际影响力的展览品牌，本届展览有105个国家和地区的艺术家参与，展览规模在当今国际版画界处领先地位。在展览同时举办以“交流·互动·分享·共赢——一带一路国际版画展会与创作研究”为主题的论坛活动，良好地促进了全球版画艺术的交流与互动。由四川美术学院主办的“流变的传统——亚洲当代版画艺术展”则包含了国内及来自亚洲八个国家的优秀版画艺术家。展览的三个板块：自然意志、日常凝视、共时空间，从不同角度呈现了亚洲当代版画的风貌。

2019年举办个展或联展的版画家有周吉荣、苏新平、隋丞、宋源文、张敏杰、张桂林、康剑飞等。这些经验丰富的艺术家们或坚守于传统版画领域或开拓着更为多样的个人艺术视角，但不论创作形式如何，版画的思维与方式仍然贯穿其中，于他们的作品中散发独特的艺术生命力。例如，苏新平通常被视为作品跨越多个媒介的“当代艺术家”，但“‘版画’对苏新平的影响全面而深刻，这不仅体现在中国版画的传统和现代新传统方面，也体现在对版画作为观念对象和思想资源的当代认知方面”[7]。而始终坚守于较传统版种的老一辈艺术家，如中国现代丝网版画开拓者和先行者之一张桂林，则于深耕中不断创新。深圳关山月美术馆举办的“问路——张桂林版画艺术展”即梳理回顾了其40余年的版画创作。

对当代版画理论的梳理研究有助于在现实中及时反思并发现问题，而关于当下版画教育的思考则是为明日未雨绸缪。2019年的“全国美展”和“全国版展”的举办令“主题性创作”问题再度被人们所关注。版画在这一方面的空间几何，也成为大家思考的问题。对此代大权认为“主题性创作通过版画既展示了思想的深刻性，更展示了形态的丰富性……中国版画只有在主题性的创作中紧紧抓住时代的主流，认同发展的主旋律，坚持与大众、与社会比肩前行，才可能实现版画自身的价值与意义”[8]。近年来，关于版画本体的认知（例如对数码版画等新兴版种的认定，对传统版种当代运用的讨论，版画“边界”问题等）是版画理论探讨的“热点”，但在去年的理论研究成果中，学人们将对“形而上”的偏好部分转向了实践操作这类问题之中。“数码版画”是否是版画问题的讨论告一段落，如何认知数码版画中的“版”则成为对艺术家来说更有实际参考意义的讨论。如董喆即从实践者角度出发对数码版画的价值意义以及具体操作实验作了基于个体经验上的总结。[9]“水印木刻”亦是近年版画界的“热点”之一，万子亮作为坚持进行水印木刻多年的艺术家既基于个人经验探索进行小结，又对各类水印印版技术进行总结介绍，为后来者提供了有益的参考，[10]另一位当代水印木刻领头人陈琦则在2019年出版专著《中国水印木刻的观念与技术》，较为全面地梳理了水印木刻的历史脉络以及各种实践工作经验。在版画教育方面，如何拓展学生创作领域的广度和宽度，进行思维训练是教育者们关注的问题。黄洋以中央美术学院的教学经验为例提出需要在“版画的教育理念中开展版画复制功能的研究”，并在“尊重版画的‘工具理性’基础上（进行）面向个体的必要拓展”。[11]在学院教学措施上，臧亮以四川美术学院版画系原作文献库的建设为例，讨论在教学中如何运用各院校收藏资源，使学生更直观地体察“传统”从而拓展思维。[12]

三、近现代研究性展览及史学研究

2019年是五四运动100周年，伴随这一股浪潮延伸而来的“新兴木刻运动”与之有着密切关联，新文化运动的先驱者鲁迅也正是当时那场木刻运动的领头人，这使得在这一年中回望近现代版画的诞生与发展变得尤为特殊与必要。关于鲁迅与“新兴木刻运动”，涌现了不少翔实细致的研究成果。如李一帅以鲁迅的收藏与评介为中心梳理了法复尔斯基的版画在中国的传播与接受；[13]董炳月以鲁迅对亚力克舍夫的木刻插图作品《母亲》及《城与年》等的收藏推介为例，讨论鲁迅晚年的文艺观；[14]陈沁杰从叙事与启蒙的角度再度思考鲁迅对传统木刻画的扬弃以及与新兴木刻运动的关联。[15]艾姝则针对新兴版画运动早期的技法文献写作[16]、制版材料的媒介探索[17]以及1935年“全国木刻联合展览会”叙事框架之起源、展现与影响[18]等问题进行了一系列颇有意义的讨论。新兴木刻运动在解放区的发展史实问题历来是学人们关注的重点。例如高颖君讨论了延安版画中“新农民”形象及其主体意识的构建；[19]洪曼娜以古元版画《给老炊事员祝寿》为例，探讨延安时期的劳模宣传画与祝寿活动背后所蕴含的历史社会意义。[20]

在对新兴木刻运动的亲历者们——老一辈版画艺术家的个案研究及展览方面，2019年也有不少成果。佟欣探讨了李桦在1947年前后的木刻创作与社会介入；[21]郝斌通过进一步的访谈采访等方式，搜集关于王琦的更多细致材料，为研究的深入夯实基础，[22]研究基础略显薄弱的版画家如赵延年、沃渣等亦得到了更多的关注。2019年适逢“中国共产党中之大艺术家”（徐悲鸿语）古元诞辰100周年，展开的相关纪念活动及展览对古元研究有着很大的推进作用。在中央美术学院美术馆举办的“古元画展——纪念古元诞辰百年”引起多方关注，此次展览展出了古元自1939年以来的240余件各类作品及文献资料，“试图向观众传达出古元先生为人朴素、温和的性格，让我们与‘古元’离得更近”[23]。这次展览在大量梳理材料、精选展品的基础上，于展厅呈现效果及细节之处足见策展团队的独到用心。同样举办于中央美术学院美术馆的“啄木——刘岘与木口木刻”展览虽规模不大，却精致深入地展现了刘岘钟情于木口木刻所经历的摸索与取得的成绩。广州美术学院美术馆举办的“白咬着黑——新兴木刻运动中的‘现代版画会’馆藏作品展”对“现代版画会”这一新兴木刻运动重要的实践、传播“窗口”进行了有效的梳理，展览中所展现的思考和材料对继续深入研究都将大有裨益。另外广州美术学院举办的“星火燎原——抗战时期木刻创作展”亦展现出了丰富的作品及木刻创作较为清晰的发展脉络。

围绕中华人民共和国成立后版画艺术发展的新格局及与新中国共同成长的第二代版画家亦有不少讨论。关于中华人民共和国成立后版画发展呈现的突出的地域化特点，王士军较为详细的梳理了大庆版画的形成与演变；[24]焦磊与石磊对天津塘沽大地区工人版画的艺术与历史价值进行了探讨；[25]陈曦则较为细致地研究了抗战时期至20世纪末期中国现代美术史中的武汉版画。[26]郝斌通过对20世纪50年代中期由梁永泰作品《从前没有人到过的地方》所引发的论争史实再次进行梳理分析，讨论了在特殊历史语境下，“在主导观念、生活源泉和创作方式之间所形成的复杂甚至矛盾性关系”[27]。艺术家个案研究性展览方面，有成都市美术馆举办的“刀耕藏地——李焕民的藏族题材（1953—1978）作品文献展”。该展较为系统地梳理了这位执着于藏区题材的版画家的手稿、作品等内容，展现了艺术家经典作品创作背后的故事。

四、古代与民间传统版画研究

2019年，学界对古代版画史具体案例的研究仍着重于明清时期。新材料的出现自会引发研究者关注，而对已有材料的再深入解读也始终热度不减。例如关于《西厢记》这一经典题材案例，研究者即不断从中发现“新意”。陈绘对《闵刻本〈西厢记〉》由“物”的线索出发，从其构图模式、套色技法、明代文化历史特点几方面探讨这套作品的创作线索；[28]韩鹏同样以《闵刻本〈西厢记〉》为研究对象，认为其“超越了原本小说插图戏文直译式的转述文本功能……插图的独立性在这一过程中发生了不可逆的演进，这也是晚明小说插图的制作和阅读习惯和整个视觉文化发生转变的征象”[29]；而张玉梅对《西厢记》这一研究热点进行了较为详细的学术史梳理，为深入研究提供参考。[30]关于其他文本材料，刘世军、杨森对“杨闽斋本”《西游记》从“语图”互文性视角考察，发现其中存在的作者图像创作对小说文本的望文生义以及断章取义的文化接受心理状态等问题，[31]蒋炜、李烨通过图像比对等方法提出晚明玩虎轩刊《琵琶记》绘稿者为汪耕这一看法；[32]董捷撰文介绍并梳理了部分藏于上海图书馆的戏曲刻本，[33]同时他主编的《新辑中国古版画丛刊》业已出版，为学人打开研究视野；刘晞仪思考乾隆平定回疆图像系列的“来源”问题，认为乾隆此举很可能是受路易十四运用艺术进行政治宣传的启发；[34] 闫辉亦从清代宫廷铜版战功图出发，考察这段历史所涉及的中西文化交流中的关键人物和历史信息，并依据最新的文献资料对各阶段代表作品的制作技法和材料做出分析与判断；[35] 何潇娴将明清时期福建地区的建安版画与漳州戏曲年画作为参考例证，分析其间所体现的民间意识与文人趣味的博弈关系。[36] 另外，西夏版画也引发了学者关注，杨浣、段玉泉对黑土城出土的版画《释迦牟尼佛说三归依经处》与《释迦摩尼佛说三贤劫经之处》进行了比较研究；[37] 杨冰华讨论了西夏文佛经版画对明清水陆画的影响[38]。这些关于西夏版画的讨论多集中于考古学、民族学等领域，美术史视角的研究仍待深入。在研究方法及史实考订等层面，郑子成分析了“刻工中心论”对小说版画研究的影响[39]，张鹏对近年来认为最早有明确纪年的版画是隋大业三年（607）的《敦煌隋木刻加彩佛像》这一观点提出质疑，认为这一作品并非版画[40]。

与中国古代版画传统有着更为直接的血脉关联的民间版画也得到了研究者们的关注。刘坛茹论述了徽州民间版画中的家风图像及其中所蕴含的道德教化内涵[41]；高扬元、谢承珊对一度声名极盛的綦江农民版画的艺术特色和审美意蕴进行了分析，回顾其传统脉络并提出未来发展之可能[42]；李静对有着深远历史和体现了民族融合互动的云南甲马艺术进行了讨论[43]。对于古代版画艺术的研究和对民间传统的关注既对当下版画发展具有颇为深刻的现实意义，又不断助力学术理论的推进深入。

小 结

于一篇综述之中描绘版画学科一整年的发展历程难免挂一漏万，但其中所蕴含的趋势与问题也可略窥一二。2019 年版画学科通过两次“国展”和其他一系列展览及学术活动对前一阶段发展做出了一次小结，为实践者和研究者提出了新的问题与方向。对版画本体、边界等问题的讨论在这一年中较以往渐疏，更为“实在”的实践层面问题则得到了更多的关注。实际上，对“原有”问题的探索并未式微，在思考与实践的互动中才能更好地体察“问题”的各种维度，而这些“问题”也依然会是版画学科持续发展向前的动力。

（何禹珩　中央美术学院 2018 级博士研究生）

注释

［1］中华人民共和国文化和旅游部、中国文学艺术界联合会、中国美术家协会编:《第十三届全国美术作品展览版画作品集》，人民出版社 2019 年版。

［2］中华人民共和国文化和旅游部、中国文学艺术界联合会、中国美术家协会编:《第十三届全国美术作品展览版画作品集》，人民出版社 2019 年版。

[3] 苏新平：《第二十三届全国版画作品展·序》，https：//baijiahao.baidu.com/s？id=1653419514147977506&wfr=spider&for=pc。

[4] 代大权：《从表相到实质：代大权谈十三届全国美展版画作品》，https：//mp.weixin.qq.com/s/NhQMIHPl9ZTXcfPtHlVQVg。

[5] 程然：《从创作"痕迹"读青年版画家创作》，《艺术当代》2019年第4期。

[6] 刘春杰：《文献的生成——献给"实践的力量·第九届中国当代版画文献展"》，https：//mp.weixin.qq.com/s/Q6jJGeH8dWgxUhHj5JMckQ。

[7] 盛葳：《走向未知：版画史和当代版画视野中的苏新平》，https：//mp.weixin.qq.com/s/hF2hpWvNIsDsDAFHCpme6g。

[8] 代大权：《版画进入主题性创作的艺术空间》，《美术》2019年第11期。

[9] 董喆：《多元融合——对数码版画中"版"的认知》，《美术大观》2019年第4期。

[10] 万子亮：《中国水印木刻版画印版演绎》，《美术与设计（南京艺术学院学报）》2019年第6期。

[11] 黄洋：《版画教育更需要思维训练》，《中国美术报》第190期。

[12] 臧亮：《版画原作文献库教学资源平台建设与研究——以四川美术学院版画系原作文献库为例》，《当代美术家》2019年6期。

[13] 李一帅：《法复尔斯基版画在中国——以鲁迅的收藏与评介为中心》，《鲁迅研究月刊》2019年第10期。

[14] 董炳月：《鲁迅视野中的亚力克舍夫木刻插图——从〈母亲〉到〈城与年〉》，《鲁迅研究月刊》2019年第10期。

[15] 陈沁杰：《鲁迅与"新兴木刻"艺术再思考——从叙事与启蒙的角度看传统木刻画之弃》，《鲁迅研究月刊》2019年第7期。

[16] 艾姝：《知识传播与再造：新兴版画运动早期（1931—1937）的技法文献写作》，《美术研究》2019年第3期。

[17] 艾姝：《新兴版画运动早期制版材料的媒介探索》，《美术观察》2019年第7期。

[18] 艾姝：《1935年全国木刻联合展叙事框架之起源、展现与影响》，《四川大学学报》（哲学社会科学版）2019年第5期。

[19] 高颖君：《延安版画中"新农民"形象及其主体意识构建》，《中国文艺评论》2019年第9期。

[20] 洪曼娜：《延安时期的劳模宣传画与祝寿活动——以古元版画〈给老炊事员祝寿〉为例》，《美术学报》2019年第4期。

[21] 佟欣：《观众与民众——李桦1947年前后的木刻创作与社会介入》，《美术学报》2019年第1期。

[22] 郝斌、王炜：《亦师亦友——王炜谈王琦》，《中国美术》2019年第1期。

[23] 蔡萌：《"古元画展"的幕后与台前》，《美术观察》2019年第12期。

[24] 王士军：《大庆版画的形成与演变》，《美术》2019年第5期。

[25] 焦磊、石磊：《再析天津塘沽大地区工人版画的艺术与历史价值》，《美术》2019年第5期。

[26] 陈曦：《中国现代美术史中的武汉版画》，《美术》2019年第8期。

[27] 郝斌：《一座通向生活的新"桥梁"——以新中国初期的一场美术论争为例》，《文艺理论与批评》2019年第3期。

[28] 陈绘：《"物"之趣——论〈明闵齐伋绘刻西厢记彩图〉创作线索》，《美术学报》2019年第3期。

[29] 韩鹏：《窥视与赏玩：闵刻本〈会真图〉图绘之变革及其扩展性特征》，《美术与设计（南京艺术学院学报）》2019年第1期。

[30] 张玉梅：《〈西厢记〉版画研究述略》，《齐鲁艺苑（山东艺术学院学报）》2019年第5期。

[31] 刘世军、杨森：《"杨闽斋本"〈西游记〉的插图特色及其"语—图"互文性研究》，《美术与设计（南京艺术学院学报）》2019年第5期。

[32] 蒋炜、李烨：《晚明玩虎轩刊〈琵琶记〉版画的绘稿者》，《艺术研究》2019年第4期。

[33] 董捷：《西园与西楼——明季传奇版画考论二题》，《新美术》2019年第7期。

[34] 刘晞仪：《乾隆平定回疆图像系列：法王路易十四战功图壁毯和版画的启发》，《故宫博物院院刊》2019年第1期。

[35] 闫辉：《刻版铭史——论清代宫廷铜版画战图及其它》，《美术观察》2019年第9期。

[36] 何潇娴：《民间意识与文人趣味的博弈——从建安版画到漳州戏曲年画》，《装饰》2019年第11期。

[37] 杨浣、段玉泉：《黑土城出土版画〈释迦牟尼佛说三归依经处〉与〈释迦摩尼佛说三贤劫经之处〉的比较研

究》,《西夏研究》2019 年第 2 期。
[38] 杨冰华:《试论元代西夏文佛经版画对明清水陆画的影响》,《世界宗教文化》2019 年第 4 期。
[39] 郑子成:《"刻工中心论"及其对小说版画研究的影响》,《岭南师范学院学报》2019 年第 1 期。
[40] 张鹏:《对"世界第一幅版画"的质疑》,《美术大观》2019 年第 2 期。
[41] 刘坛茹:《论徽州民间版画的家风图像与道德教化》,《美与时代》2019 年第 11 期。
[42] 高扬元、谢承珊:《綦江农民版画的艺术特色及审美意蕴》,《美术大观》2019 年第 4 期。
[43] 李静:《云南甲马艺术》,《美术》2019 年第 9 期。

2019年中国雕塑

韩小囡

回望2019年，相信多数人都会平生感慨。“前疫情时期”似乎已成为一种美好的共同向往，那时我们完全没意识到世界已迫近一个重要的拐点，一场突如其来的疫情会如此剧烈地改变我们的生活，或许还将深刻地改变我们的艺术。

总体而言，2019年的中国当代雕塑依旧向着观念化、科技化、公共化的方向整体迈进。不同的是，因时逢中华人民共和国成立70周年及第十三届全国美术作品展览等大事件，2019年雕塑创作普遍倾向于对重大历史题材、改革开放等宏大主题的关注，这类导向意义上的展览也决定了2019年中国雕塑的“姿态”。

一、时代·历史·主题——重大主题雕塑创作与展览的高潮年

（一）第十三届全国美术作品展览雕塑展中的“川美现象”

重庆是中国西南部的美育中心，在第十三届全国美术作品展览雕塑展中可谓大放异彩。此次全国美展的雕塑展区就设在重庆市当代美术馆（四川美术学院黄桷坪校区），而此次展览的雕塑金奖、铜奖均被四川美术学院的教师囊括，这在近几十年来全国美展的评奖中也是罕见的，所以称之为“川美现象”也不为过。

多年来，重庆虽处西南一隅，但并不缺乏当代艺术的活跃度，当代艺术理论与观念的发散与碰撞，也深刻影响了四川美术学院的教学，又或者说二者互为因果。第十三届全国美术作品展览雕塑金奖与铜奖落户四川美术学院，一方面使我们关注到近年来川美在雕塑学科上积蓄的巨大潜能，另一方面也会引发我们的思考，重大主题雕塑创作在当代艺术语境的浸润下，是否会焕发更饱满的时代意识与活力？

焦兴涛的金奖作品《烈焰青春》，李震的铜奖作品《为新中国雕塑》都没有离开大主题、大历史的背景，也没有离开具象雕塑的方法与形式，学院传承的经典塑造系统仍然在起作用，然而我们又会在其中隐隐捕捉到一些超写实、现成品艺术的影子，感受到雕塑家在主题之外对物性、材料性的观照，甚至在艺术地还原历史时还闪现出某种“剧场性”的“侵扰”，这些已然存在于雕塑家观念中的因素，在重大主题创作中自然也有所显现，并潜

移默化地成为这类作品的时代内涵。

（二）国家艺术基金资助下的大型主题雕塑展

2019年，中华人民共和国成立70周年，除第十三届全国美术作品展览外，各地为配合新中国成立70周年庆而举办的主题雕塑展览也有不少。中国美术学院、清华大学美术学院分别举办了大型历史题材主题雕塑展，两个展览均为国家艺术基金的资助项目。

9月19日，中国美术学院主办的“人民的纪程——主题性与纪念性雕塑大展”在中国美术学院美术馆开幕。展览以200余件作品以及小稿、手稿、文献等，呈现出一段伴随着新中国成长的雕塑历程，展览分为“塑形”“丰碑”“群像”“纪念”“情志”“湖山”六个单元，学术情怀与家国情怀兼具，正如展览“前言”所记，新中国雕塑之路即为“塑人、塑史、塑风”，主题性与纪念性始终是中国雕塑的重要使命。

焦兴涛《烈焰青春》2019年获第13届全国美术作品展览金奖　图片来源：焦兴涛

9月25日，由清华大学主办的“光辉历程——历史题材雕塑作品邀请展”在清华大学美术学院美术馆开幕。展览呈现了近70件历史题材雕塑作品，并举办了研讨会，就历史题材雕塑创作的造型语言、形式语言、材料制作及当代性等诸多问题进行广泛讨论。同时，2019年获得国家艺术基金资助立项的同类项目还有广州美术学院的“烽火红棉——新中国革命历史题材雕塑作品展”，展览将梳理广州美术学院60余年来的相关主题雕塑创作，从而呈现新中国革命历史题材雕塑创作的一个剖面。

（三）对新中国雕塑发展历程的回顾研究

在中华人民共和国成立70周年的大背景下，在第十三届全国美术作品展览的导向下，在国家艺术基金的资助与支持下，主题性雕塑创作与展览在2019年形成一个高潮，而其中很重要的关键词应该是“回顾”，因此这一年也有些研究性文章侧重于梳理和回顾新中国雕塑 70 年来的发展历程。

孙振华撰文《新中国雕塑 70 年》[1]，围绕 3 个问题来讨论新中国雕塑的历史变迁：雕塑艺术如何发挥社会功能，调整与社会大众和公共空间的关系；雕塑艺术在不同时期的基本面貌和风格类型；雕塑艺术如何在外来雕塑样式的基础上不断走向民族化和本土化。文章将新中国雕塑分为前 30 年和后 40 年两大阶段，前 30 年以红色雕塑为主体，伴随以探究雕塑形式美为目的的“优美的雕塑”，后 40 年的发展与变化速度明显增快，以 10 年为一个阶段分了四个时期：从 20 世纪 80 年代开始的“求新”“求变”，到 90 年代“观念”“个性”“身份”的觉醒，到 20 世纪最初 10 年的数字与网络等新媒介、新技术的介入，再到 2010 年以来“身体”“触觉”“物性”“在地”等艺术观念的拓展与深化，以及在文化身份观照基础上“东方性”（民族化）的再次崛起等。文中虽自谦为“走马观花的快速浏览”，但确是将新中国雕塑发展的基本线条勾勒了出来。

翁剑青则从城市雕塑的角度对 70 年来中国现当代雕塑形态的流变进行梳理与回顾，提出 20 世纪初期西方雕塑样式与中国传统相遇、碰撞，至 20 世纪六七十年代主要侧重纪念性及意识形态化的艺术生产，20 世纪 80 年代是中国雕塑走向艺术反思与转型的准备期与过渡期，逐渐显现出对雕塑形式语言及城市美化的关切，20 世纪 90 年代中后期至今生活美学、公共艺术、生态美学观念渐起。总体而言改革开放 40 年来中国的雕塑形态历史流变的主线是“从英雄主义、国家主义到现代主义、公共艺术再到艺术的生态主义和生活美学的多元化和在地性观念形态的发展”[2]。

二、观念·科技·体系——当代雕塑观念的持续深化

（一）当代雕塑观念的“体系化”追求

纵观 2019 年中国当代雕塑的展事，或可称为“隋建国年”。不仅因为在这一年之中，隋建国分别在北京、深圳两地举办了 3 个大型个展，而且因为他借助展览清晰梳理了个人的创作体系。在当下，虽然这样的个案尚不是中国雕塑观念发展的普遍逻辑，但隋展中对个人创作的“体系化”追求，明确显示出中国当代雕塑观念的持续深化。

1 月 19 日，名为“‘体系’：隋建国 2008—2018”的个人回顾展首先在 OCAT 深圳馆拉开序幕。展览呈现了隋建国最近 10 年在雕塑创作实践与观念系统上的变化轨迹，从 2008 年的《盲人肖像》系列开始，他告别了现代主义雕塑传统，进入观念语境。以摒弃视觉经验、摆脱视觉霸权为起点，隋建国的创作逐渐将“身体的运动”与“材料的响应”这对相呼应的因素作为主要表达系统，影像、装置等呈现形式也成为必然，“反形式”“反可视化”强调艺术家与材料的“共谋”、强调材料的“施动能力”（agency）等西方后现代艺术运动的关键词[3]同样可修饰其创作的观念核心。

“‘体系’：隋建国2008—2018”作品展现场　图片来源：韩小囡

9月28日，“体系的回响：隋建国1997—2019”在北京民生现代美术馆开幕，对创作历程的回顾进一步拓展，策展人崔灿灿表示展览主题“体系的回响”有三方面的含义：第一，指隋建国在1997年至2019年的时间跨度中，游走各个艺术体系，面对种种艺术潮流做出的回应和实践；第二，指隋建国个人与艺术史和社会史之间丰富的关系；第三，展览展示创作成果，也展示创作过程中的徘徊、怀疑、犹豫，而正是这些因素才让艺术家的坚定显得尤为珍贵。展览似乎试图进一步将个人艺术史与当代中国大变迁相连，既融合又剥离，个人的体系、雕塑的体系、社会的体系三者并非有序关联，“回响”是相对准确的表述。

相对于隋建国对传统技术系统及自身视觉经验的消解与回避，另外一位雕塑家却对“纯观念”进行着反思。1月12日，展望的新年个展“隐”在台湾诚品画廊推出，展览以“隐”为线索，串联自1994年至2017年艺术家创作的20余件重要作品，也相当于一个小型回顾展。展望在强调观念的同时，毫不避讳自己对“手工”（hand-making）的重视，他试图将手工与观念合二为一，来解决观念性雕塑发展中的必然问题——雕塑技术本身如何转换为观念？观念如何形成物质化的过程？如何在制造新物质的过程中让人意识到观念？而这次展览中，展望似乎也在为自己多年的观念探索梳理一个“体系”，希望以“隐”作为观念统摄，而“隐”与“显”这一对概念，实则是“观念雕塑”中存在的“观念”（的虚无）之于“雕塑”（的实在）的原始悖论，也是雕塑家在追求观念深化道路上不断纠结的问题核心。

（二）数字技术下的艺术生产

11月2日，北京壹美美术馆举办了“生灭与真如——隋建国雕塑展”，与前面两次侧重回顾性的展览不同，这次展览聚焦于艺术家长期探索的数字雕塑的表达，探讨主题是新科技在当代艺术领域带来的观念变革。此次展览中，艺术家与材料科研部门协作，首次运用数字三维输出技术直接打印金属材料，正如策展人苏磊所言，3D打印技术最重要的是在于扩大了人类的造型能力，放大了表达能力，科技革新是人类认知和提纯现实世界能力的扩展，科技和艺术的结合在社会内部根本性地催生了文化和社会系统的相互渗透，并最终将这一结合的过程结构性地突现出来。

在中国，数字媒介应用于雕塑创作中至少已经历了20年的发展时间，近10年来3D打印技术的逐渐普及又使得数字媒介所建构的虚拟形象具备了随时进入真实空间的可能。究竟如何界定数字雕塑的本质？虚拟的数字媒介与实体的雕塑传统之间似乎具备天然的观念张力，3D打印技术将虚拟与真实连接起来，但问题也更为复杂化了，它直接改变了人类的艺术“生产力”，而且改变也许才刚刚开始。

2019年，除了继续有讨论数字雕塑的论文发表，还有一本专著在年初问世。四川美术学院教师张盛出版了《数字雕塑技法与3D打印》[4]一书，除详细讲解各种3D软件等各种数字建模、输入、输出技术之外，还讨论了数字雕塑的特征与可能性，包括“数据化”“虚拟化”“非线性”“交互式”“多维度”特征，数字泥土材料的语言特征以及数字雕塑工具特征，还包括对数字雕塑的创作、收藏、教育等前景展望。作者以雕塑家的视角，从数字雕塑创作与教学的实践经验出发，深入探讨了数字技术为雕塑带来及即将带来的变化。

三、学科·社会·未来——中国雕塑的学科内涵与社会外延

（一）传统——中国雕塑学科的“显性基因”

从学院教育角度来看，2019年诸如“曾竹韶奖学金”“明天雕塑展”等各类学术性的奖项与展事依然有序开展，雕塑学科的内涵也进一步向“传统”与“未来”两极延伸，中国文化与雕塑的历史传统越来越成为雕塑学科中的“显性基因”。

首先，在雕塑史研究方面，考古学的新发现大大丰富了史前时期中国早期雕塑艺术的资料，考古学家的研究也开始涉及雕塑史的领域。《欧亚大陆视野下的史前早期雕塑》[5]是有代表性意义的一篇，考古学家在梳理在欧亚大陆发现的史前雕塑资料的基础上，提出“雕塑智力”是人类早期文明复杂化进程的重要组成部分，并将欧洲、两河、中国等东西方史前雕塑的象征体系加以对照，指出其表现形式与发展方向的差异与多样性，对中国雕塑

史而言是十分重要的研究与补充。此外，陕西神木石峁遗址、灵井许昌人遗址等发现的史前雕刻都是研究中国雕塑起源的重要资料，考古学中的手工业考古、实验考古等分支学科对古代器物制作技术的研究，也将为技术美术史视野下的雕塑史研究提供重要参照。

其次，在当代雕塑创作方面，传统也已越发凸显出其生命力。4 月 13 日，“千年虎阜·中式物语——庆祝中华人民共和国成立七十周年　2019 中国苏州虎丘雕塑大展总开幕式暨‘自然与文脉’虎丘雕塑论坛”在苏州举办，其中“中式物语——中国当代雕塑邀请展”艺术总监为清华大学美术学院许正龙教授，他所带领的团队近年来一直致力于中国传统文化品味、传统雕塑技艺与当代雕塑创作的融汇，是雕塑学科扩向传统一极的重要推动力量之一。

（二）雕塑的社会关注度趋高

近十几年来，在中国美术家协会雕塑艺委会、中国雕塑学会等团体的推动下，雕塑艺术的社会关注度逐渐升高，越来越多的社会力量注入雕塑事业发展，2019 年同样是中国雕塑事业蓬勃发展的一年。

5 月 28 日，由鲁迅美术学院与唐山市德龙钢铁有限公司联合主办举办了“同构·共享——首届唐山德龙国际钢铁雕塑艺术节”，艺术节邀请了国内外 22 位雕塑家进行驻地创作，这是继太原“钢铁之夏·2018——中国太原国际青年金属雕塑创作营”之后又一个大型的持续性金属雕塑创作活动。此次艺术节之后，10 月 31 日“裂变——德龙杯·1515 青年雕塑艺术家创作营”又在唐山开幕，共遴选了 20 位青年雕塑家参与创作营，均为各美术院校雕塑专业的青年学生或毕业生，这类创作营的举办为中国当代雕塑的发展、为中国青年雕塑家的发展提供了良好的生态。

10 月 24 日，“时代经典——2019 中国雕塑学术邀请展”在海澜美术馆开幕。展览由中国美术家协会主办，中国美术家协会雕塑艺委会、海澜集团承办，海澜美术馆协办，面向全国邀请著名雕塑家参展，集中展示了中华人民共和国成立 70 周年以来中国雕塑界颇具代表性的 160 位老、中、青三代著名雕塑家的 200 余件作品，全方位呈现新中国雕塑发展脉络及时代风貌特色，以社会力量介入当代雕塑的宣传、推广与收藏，此次展览无疑是个大手笔，也显示出中国雕塑艺术的社会外延仍存在着巨大潜力。

此外，2019 年举办的大型雕塑展事还有“人与自然——2019 中国·郑州国际雕塑展”“时代新象——2019 中国·景德镇‘陶溪川’公共雕塑国际大展”“2019 西咸国际文教园‘水岸华章’中国当代雕塑艺术作品展”“中国姿态·视界未来——第二届温州国际雕塑大展”“出维·雕琢空间：第十五届文博会坪山雕塑艺术创意园分会场暨 2019 深圳（坪山）国际雕塑展”“生命·生态·生活 ——2019 中国雕塑年鉴展（威海）”“中国姿态·第五届中国雕塑展”等，多为政府或企业依托城市文化建设、旅游文化开发所举办的雕塑展事，在此不一一赘述。

（三）中国当代雕塑的可能与未来

2019年还有一个十分重要的国外雕塑家展览在中央美术学院美术馆与紧邻故宫的太庙艺术馆同时展出，那就是英国著名雕塑艺术家安尼施·卡普尔的首次中国个展。这位具有东西方双重文化身份雕塑家的作品呈现出观念与视觉的强烈张力，哲理隐喻与日常体验交响出的世界性语汇，为中国雕塑家提供了将传统思想资源进行当代视觉转译的重要参考，又或者说为中国当代雕塑的走向提供了一种可能性的启示与参照。

谈及中国雕塑的未来，我们多半会想到科技与艺术、生态与艺术等概念，然而其中最不能忽视的还是“人”的因素。8月11日，一个关乎中国雕塑“未来”的赛事——“第二届中国青少年雕塑大展”开幕，展览在大同市中国雕塑博物馆开幕，由中央美术学院、中国美术家协会雕塑艺委会、大同市人民政府主办。中央美术学院院长范迪安表示，创办青少年雕塑大展旨在面向未来，促进青少年三维造型和审美意识的培养，点燃他们最美好的想象，激励他们最梦幻的创造。从本届参展与获奖作品来看，孩子们的创意思维与呈现方式频频令评委惊艳，小雕塑家们勃发的三维艺术创造力，使我们充分相信中国雕塑未来可期！

（韩小囡　山东大学历史学博士、广州美术学院雕塑与公共艺术学院副教授）

注释

［1］孙振华:《新中国雕塑70年》,《艺术评论》2019年第10期。

［2］翁剑青:《中国现当代雕塑形态的流变与多元趋向——以70年中国城市雕塑发展为研究对象》,《美术》2019年第9期。

［3］王玉冬在讨论西方艺术创作中“物质材料”“物质性”问题时，曾以“物质”与“形式”的关系作为切入点，阐释后现代艺术的观念核心。参见王玉冬《同途殊归——美术研究中的物质材料问题》,《文艺研究》2017年第7期。

［4］张盛:《数字雕塑技法与3D打印》，清华大学出版社2019年版。

［5］曲彤丽、陈宥成:《欧亚大陆视野下的史前早期雕塑》,《考古》2019年第10期。

2019年中国设计

刘 佳

2019年是值得纪念的一年，在中国设计学界，围绕着中华人民共和国成立70周年庆典活动的系列设计、2022年北京冬奥会和冬残奥会吉祥物的设计、“第十三届全国美术作品展览艺术设计作品展”、设计助力乡村振兴、人工智能与数字媒体设计创新等一系列大型活动均发生在这一年。设计学作为艺术学门类下的一级学科，在2019年以新时代为契机，从设计学研究范畴与内容的角度，可以归纳、提炼为“国家形象：2019中国设计的最大亮点”“跨学科：中国设计理论与实践研究的发展方向”“设计创新：中国设计实践与产业的驱动引擎”“科教产教结合：中国设计教育的发展之路”“设计批评：中国设计学研究的不可或缺”等五个层面进行简要述评，展现2019年中国设计在设计史论、设计实践、设计产业、设计教育等方面研究成果的总体面貌与特点。

一、国家形象：2019中国设计的最大亮点

2019年是中华人民共和国成立70周年、中国人民政治协商会议成立70周年，“国庆70周年”庆典活动系列设计、北京国际设计周主题展“中华人民共和国建国初期国家形象设计展”、2022年北京冬奥会系列设计等领域的设计成果成为最能体现“国家形象”的中国设计，是2019年中国设计的最大亮点。

中华人民共和国成立70周年“活动标识” 图片来源：中国文明网

(一)“国庆70周年”庆典活动系列设计

“国庆70周年”庆典活动系列设计包括庆典活动标识、天安门广场“红飘带”主题景观设计、游行队伍礼宾车、主题彩

天安门广场形象“红飘带”主题景观设计 图片来源：赵华：《盛典华章：清华大学美术学院在国庆70周年庆典中的系列设计》，《装饰》2019年第10期。

车、纪念邮票、纪念币、纪念章、共和国勋章、友谊勋章和国家荣誉称号奖章等，成为最能体现国家形象的中国设计。

中华人民共和国成立70周年的“活动标识”由中央美术学院刘波设计团队设计完成。该活动标识是以数字“70”和代表国家形象的国徽上的五星、天安门图案作为设计核心元素，紧扣中华人民共和国成立70周年庆典活动主题。活动标识设计是将“70”设计成翻开历史新一页的视觉效果，突出党和国家各项事业的崭新形象，并寓意在以习近平同志为核心的党中央坚强领导下，中华民族奋力谱写新篇章，跨进中国特色社会主义的新时代。清华大学美术学院以马赛为专家组组长，集中设计学各专业方向的教师和学生组成师生设计团队完成了“国庆70周年”庆典活动系列设计，包括天安门广场形象“红飘带”主题景观设计以及游行队伍礼宾车和11辆主题彩车设计等。王红卫设计团队完成了《中国人民政治协商会议成立七十周年》纪念邮票的设计。吴冠英为中国人民银行发行的“中华人民共和国成立70周年纪念币”进行创作设计。夏鑫率领中国人民革命军事博物馆设计团队完成了“庆祝中华人民共和国成立70周年纪念章”的设计任务。[1]此外，共和国勋章、友谊勋章和国家荣誉奖章由清华大学美术学院、中央美术学院等4家单位共同设计完成。

“国庆70周年”庆典活动系列设计之所以成为最能体现国家形象设计的原因，是因为采用了象征国家形象、民族团结、和谐繁荣的基本元素，并寓意着红色文化永续传承、国家繁荣富强。比如“红飘带”主题景观设计，是由天安门广场中央的人民英雄纪念碑沿广场东西两侧向北延展，其设计内涵寓意着红色基因、红色文化的永续传承。再如吴冠英设计的中华人民共和国成立70周年纪念币，其主图（背面）用石榴、百合、牡丹象征“团结、和谐、繁荣”，且组成一个心形团花图形，饰以缠枝纹结构的飘带，心形图案上方为中国结，表达民族团结同心与普天欢颂国庆的美好寓意。

（二）中华人民共和国成立初期国家形象设计展

在庆祝中华人民共和国成立70周年之际，北京设计周主题展览——“中华人民共和国建国初期国家形象设计展”在北京中华世纪坛举办，此展由清华大学美术学院何洁、方晓风、王昱东策展。主要内容包括：核心形象篇、辅助形象篇、建筑形象篇、民生形象篇。核心形象篇展示了中华人民共和国国旗、国徽和国歌，以及设计草图、照片等历史档案资料，为观众描绘了不同寻常的设计历程。辅助形象篇包含了第一、二套人民币、邮票、海报、勋章、奖章等。建筑形象篇包括中华人民共和国成立初期北京十大建筑设计、建造，以及天安门广场空间规划、观礼台扩建、人民大会堂与人民英雄纪念碑的建筑设计及其装饰等，展品包括当年的手绘设计图、施工图、模型、装饰纹样的节点图以及珍贵的老照片等，通过这些珍贵的历史资料，诠释设计与建造的辉煌成就。民生形象篇包括了红旗与东风轿车、解放牌货车、长江牌与幸福牌摩托车，以及家庭保有量最大的飞鸽、永久、凤凰自行车等交通运输工具设计；北京牌黑白电视机、熊猫牌与飞乐牌收音机、蝴蝶牌缝纫机，以及上海牌、珠江牌、海鸥牌照相机等家用电器设计；东方红牌与和平牌手表、三五牌台钟、九星牌搪瓷产品、美加净出口牙膏等小型日用产品设计。其中珍贵图纸、设计制造过程中的照片、当年参与者相关记录和访谈，以及这些民生设计的产品谱系图等，较为全面地回顾、展现了中华人民共和国成立初期服务于人民的民生设计。[2]

该展览以设计为主题的形式，讲好以人民为核心的国家形象设计故事，从政治、文化、经济、社会层面，对中华人民共和国成立初期国家形象设计进行的系统性回顾与梳理，其意义非凡。该展览以“国计民生”为主旨，在展示国家形象设计的同时，又将不断提高人民生产生活水平的设计物纳入展览，综合再现、展示了共和国初期的历史风貌。该展览突出了历史性、文献性、系统性、学术性和体验性的特点，其中许多珍贵历史资料均为首次展出。该展览，一方面增强了百姓对国家形象的认知与传播，以及对中华民族的归属感、荣耀感；另一方面肯定了老一辈设计师参与国家形象设计所承担的责任与担当，鼓励新生代在未来国家经济、文化发展与社会建设中发挥作用。

（三）冬奥会、冬残奥会系列设计寓意的国家形象

第24届冬季奥林匹克运动会将在2022年2月4日至2022年2月20日在我国北京市和河北省张家口市联合举行，这是中国历史上第一次举办冬季奥运会，北京、张家口同为主办城市。为此，多家设计单位参与了冬奥会的系列设计，成为近年来体现国家形象的重

2022 年北京冬奥会志愿者标志　图片来源：北京冬奥组委官网

2022 年北京冬奥会、冬残奥会吉祥物“冰墩墩”“雪容融”　图片来源：北京冬奥组委官网

要设计项目。就平面类系列设计，2022 年北京冬奥会吉祥物“冰墩墩”由广州美术学院曹雪设计团队设计完成，而冬残奥会吉祥物“雪容融”则是由吉林艺术学院姜宇帆设计完成，两者均是在 2019 年 9 月 17 日发布。中央美术学院设计学院教授林存真在 2017 年完成 2022 年北京冬奥会会徽“冬梦”、冬残奥会会徽“飞跃”之后，于 2019 年 12 月 5 日又完成了 2022 年北京冬奥会志愿者标志，并在北京 2022 冬奥会和残奥会志愿者全球招募仪式发布。紧接着，12 月 7 日由邮票设计师邢文伟、于雪设计的北京 2022 年冬奥会会徽、冬残奥会会徽、志愿者标志的个性化服务专用邮票在中国邮政集团有限公司发行。

从主体形象与图形设计上看，2022 年北京冬奥会吉祥物“冰墩墩”是以国宝熊猫为原型进行设计创作，并有意将熊猫形象与富有超能量的冰晶外壳相结合。既体现了冬季冰雪运动和现代科技特点，又寓意着敦厚健康、活泼可爱，并象征了冬奥会运动员意志坚强的奥林匹克精神。而冬残奥会吉祥物“雪容融”是以灯笼为原型进行设计创作，采用拟人化的设计手法，代表着收获、喜庆、温暖和光明。面部雪块蕴含着“瑞雪兆丰年”的寓意，顶部如意造型则象征了吉祥幸福，又有和平鸽、天坛和中国传统剪纸艺术、装饰图案的融入，加上以“中国红”为主色调，在寓意和平友谊的同时，渲染了其举办时间恰逢中国春节时喜庆的节日气氛。再就是志愿者标志的图形象征中国志愿者服务工作的热情奉献与国际品质。标志的上半部图形由寓意连胜的“VVV”组成，象征志愿者“手拉手”参与冬奥、服务冬奥的胸怀。图形下半部分的“笑脸”表达了奉献、友爱与微笑的主题。其色彩由红、黄两色组成，用富有国家象征性意义的色彩深情表达了志愿者热情欢迎来自世界各地的体育健儿和朋友的寓意，用国际化、时尚化的设计语言，向世界展示中国志愿者的服务精神。总之，吉祥物“冰墩墩”“雪容融”和“志愿者标志”主题形象、图形图案和色彩设计采用象征民族、国家的设计元素，表达民族气质、国家形象和地域文化，传递奥林匹克精神、人类命运共同体的美好愿景。

二、跨学科：中国设计理论与实践研究的发展方向

2019年，设计理论与实践研究的涵盖面广，尤其是在中国设计理论、设计跨学科研究的理论与实践方面成果显著，不仅有较强的构建中国设计理论体系本土化的研究意识，而且在此基础上更多地转向设计跨学科理论与实践研究，涉及设计与美学、设计与伦理学、设计与社会学、设计与人类学、设计与生态学等交叉学科研究，而实践成果更多地体现在与产业结合的服务设计、体验设计、适老性设计、特殊性设计、可持续设计、设计助力乡村振兴、智能产品设计等。可以说，2019年是中国设计学研究的“成果年”。

（一）中国设计理论研究成果

2019年，从中国设计理论研究主要成果来看，首先体现在总结过去和展望未来的论文，其次设计学界为构建中国设计学研究体系而努力，再次就是青年学者成为中国设计学研究的新生代和希望寄托。

《装饰》《美术观察》《新美术》《美术与设计》《包装工程》《设计》《创意与设计》等杂志以中华人民共和国成立70年、改革开放40年及新时代为契机，就中国设计史论研究的总结、回顾、探索与反思等刊发一系列文章。就《装饰》杂志而言，2019年第10期特别策划“回顾与反思”栏目，刊登从设计史论、专业方向等方面总结新中国成立70年设计学发展历程的论文，包括《形意媒传·艺科融合——视觉传达设计研究的新领域》（何洁、王玥然）、《设计研究：回顾与反思》（赵江洪、赵丹华、顾方舟）、《中国环境设计研究60年》（郑曙旸）、《设计“外史”构建中“图、文、物互证”方法研究——以中国现代设计史为例》（沈榆）、《中国服装设计研究70年》（卞向阳）、《走向繁荣：中国工艺美术史研究70年》（陈彦姝）等。另外，中国艺术研究院研究生院在建院40周年出版了《中国艺术研究院教育成果论文集》[3]，其中设计学卷刊登了部分教师的主要研究成果：《美化生活——关于工艺美术的创作问题》（王朝闻）、《民间瓷绘对中国美术发展的贡献——民间美术研究》（毕克官）、《论康雍乾瓷器造型艺术》（李纪贤）、《从中西比较见中国古代建筑的艺术性格》（萧默）、《人类设计思潮大纲》（翟默）、《祥云·卷草·如意——佛教纹饰的中国化历程》（陈绶祥）、《新手工艺术论——兼评中国当代新手工艺术创作》（吕品田）、《灯具之光——漫谈中国民间灯具》（孙建君）、《中国古代园林风格的暗转和流变》（刘托）、《明末〈奇器图说〉译介带来的设计新思想》（邱春林）、《“制造”的悖论——关于中国设计模式与未来

的再思考》（曹小鸥）、《中国古代建筑园林美学概论》（崔勇）、《设计分层与当代中国社会地位结构》（刘佳）等，该论文集内容广泛且涵盖了设计哲学、设计美学、中外设计史、建筑设计、园林设计、工艺美术、陶瓷设计、当代设计等方面的设计史论、设计跨学科理论、设计实践与产业的研究成果。

倡导构建中国特色的中国设计理论研究体系是2019年中国设计学研究较大的“呼声”。6月18日在山东省济南市举办了由同济大学、齐鲁工业大学、国家社科重大项目“中华工匠文化体系及其传承创新研究”课题组（项目负责人：邹其昌）主办的中国设计理论与社会变迁学术研讨会——第三届中国设计理论暨第三届全国“中国工匠”培育高峰论坛。与会专家、学者把研究视点聚焦于“中国设计理论与社会变迁”，重点讨论了中国设计学研究体系的建构，并围绕着中国社会变迁问题，从本土的设计基础理论、设计实践理论、设计产业理论、设计教育理论、工匠文化等内容展开讨论。值得注意的是参会学者大多是在20世纪七八十年代出生的，可以说他们是中国设计学研究的中坚力量。而南京艺术学院积极推动中国设计学研究的可持续发展，截至2019年，已成功举办了九届中国设计学青年学者论坛，11月17日，举行了“技术——第9届中国设计学青年论坛”，在李立新、邬烈炎两位教授的带领下，青年学者以“技术”为主题，就哲学、历史、实验、实践多个维度对技术迁移、技术哲学、数字化展开探讨，其研究充满“朝气蓬勃”。他们社会责任心强，有科研担当意识并勇于创新，成为设计学研究可持续发展的希望寄托。

（二）设计跨学科研究的理论成果

本文以中国知网为据进行中文文献检索，2019年在设计学期刊发表的论文共6939篇，其中跨学科研究的论文有210篇；对国内出版的设计学著作进行统计，共计501部，其中跨学科研究的专著78部。这个数字表明，我国在设计基础（本体）理论方面已取得一定成果，目前，基于学科特性与学科发展需要，更多的研究者转向于以设计学为核心的设计跨学科理论研究中，且努力寻找设计解决问题的有效方法与精准对策，主要包括：《“吉祥物”的文化意涵和美学追求》（张颐武，《美术观察》2019年第12期）、《陈设设计受众研究——以社会学及文化研究的视角介入》（张晨，《南京艺术学院学报》2019年第4期）、《“人本主义”理念在设计心理学教学实践中的应用研究》（何艳婷，《装饰》2019年第9期）、《精神交互体验设计方法的现象学阐释》（代福平，《包装工程》2019年第20期）等论文，以及《动力学设计思维与方法——基于设计“原动力”创新方法研究》（唐艺著，江苏凤凰美术出版社2019年版）、《面向老龄化的城市设计》（涂慧君、张靖著，同济大学出版社2019年版）等著作。

以周至禹的《人工智能系统及产品设计的伦理问题探究》、覃京燕的《审美意识对人工智能与创新设计的影响研究》、刘佳的《设计分层与当代中国社会地位结构》为例，在设计学与伦理学、美学、社会学跨学科的研究成果概括为：一是解决科技与设计创新过程中出现的“伦理道德”问题。周至禹在《人工智能系统及产品设计的伦理问题探究》一文中认为，在人工智能发展过程中会出现不可预测性、不可逆性所形成的风险和道德伦理等问题，需要建立应对机制和研究平台且构建人工智能时代的道德伦理规范，设计师有必要参与人工智能的社会功能、学术价值等问题的研究，从而形成符合人类价值的设计伦理范畴，并引导人工智能成为推动世代更替的齿轮。[4]二是解决科技与设计创新过程中出现的“审美意识”问题。覃京燕的《审美意识对人工智能与创新设计的影响研究》一文，探讨人工智能等新型科技影响下的审美意识的嬗变，以及审美意识对人工智能及其设计方法、表现形式的引导转化；在审美意识下，对设计方法、设计评判的思辨和针对可持续发展目标进行再审视。[5]三是解决技术与设计创新过程中出现的“社会民生”问题。刘佳在《设计分层与当代中国社会地位结构》一文中分析、论述了当代中国社会地位结构下有关设计分层的理念。主张在社会阶层结构形态为“洋葱型”的当代中国社会地位结构状况下，设计师在设计满足社会各阶层需求的同时，应重点解决中低收入者阶层的需求问题，达到设计能够保障、改善民生和解决社会问题、缓解社会矛盾的目的。[6]设计跨学科理论研究的意义：其一是解决问题。因为单靠设计学难以解决设计领域的诸多问题，需要相关学科的理论支撑，取得解决问题的有效对策；其二是设计创新。在设计跨学科研究过程中，会有新发现、再拓展、新方法和新观点，并形成新理论；其三是理论探究。对设计本质、内涵与外延的理解更有深度，同时作用于设计实践、设计产业等领域。可以看到，设计跨学科理论研究是未来设计学研究的发展方向。

（三）设计跨学科理论研究的实践成果

设计学学科特点之一是理论与实践的密切结合，追求以设计学为核心且与其他学科跨学科理论的交叉研究，强调研究的学术价值与应用价值并重，并广泛服务于社会生活。因此设计跨学科理论研究有明确的指向性，即设计实践成果的转化，且服务于设计实践和设计产业领域的发展。就设计学与社会学跨学科研究的实践成果而言，设计面临的社会问题，尤其是面临的“民生”问题是重中之重。

第一，设计助力乡村振兴。依据国家乡村振兴战略，设计者将理论与实践相结合地参与国家社会建设，2019年，研究者从美丽乡村设计、艺术乡建、设计扶贫、设计赋能传统手工艺等层面落实乡村振兴战略。但设计如何提高农业生产力、提高农民生活水平、激发村民内生动力则更为重要。值得一提的是，获得2019中国设计智造大奖铜奖的“FISON—纯电动无人驾驶拖拉机”是由湖南大学设计艺术学院师生主持研发，集结机械与运载工程学院、物理与微电子科学学院等专业学院研究生共同设计完成，是我国首款纯电动智能驾驶拖拉机。它具有零排放、零污染的优势，适用于农田、大棚等农业生产模式，解决农民生产工具智能化的问题，将会推动农业生产力的大大提高，同时真正实施了设计助力乡村振兴的战略。

FISON— 纯电动无人驾驶拖拉机　图片来源：中国设计智造大奖官网

第二，应对社会老龄化的适老性设计。截至2018年，我国老龄人口总数接近2.5亿，老龄化程度达17.9%，是一个典型的老龄化社会。因此关于老年人身心健康、工业产品、养老设施等的适老性设计成为设计与社会的双重问题。在充分研究老龄化社会问题的基础上，研发相关适老性的设计项目且形成产业化已成为设计者的重要目标。比如杭州博博科技有限公司设计的“健康监测仪”，是针对老龄化社会专为老年人健康而设计的一款非穿戴式夜间健康监护仪，有效监测老年人的身体状况。仅需将它放置于床垫下方，通过一片压电薄膜采集人体的心冲击图信号，以构建不同的人工智能深度学习算法模型，从而判断老年人的生理状况。该产品具有预防心血管疾病发生，舒适、价廉和操作方便等特点。

第三，为特殊人群的特殊性设计。特殊性设计是针对残障人士生活工作中的特殊需求而进行的无障碍设计，目的是解决他们由于身体残障而带来的生活工作不便问题，有助于他们的日常生活和身心健康。在2019年，特殊性设计仍是许多设计者关注的设计领域，他们从人文关怀的角度，以研究特殊人群的生理特征和生活工作需求，并借助高科技成果，专为特殊群体设计、研发的智能产品。获得2019中国智造设计大奖金奖，由于红雷设计团队设计的“盲人视觉辅助眼镜Ⅱ”就是其中一例，该产品首次将三维立体信息技术应用到视觉辅助领域，利用相机采集图像，并对图像信息进行深度处理，将检测结果转化为声音编码，通过骨传导耳机对盲人进行辅助。该产品采用轻量化的塑胶钛机身和智能芯片处理中心，配合以专属APP，并创建云平台，使之贯穿于视障人士的衣、食、住、行的服务系统。

盲人视觉辅助眼镜Ⅱ　图片来源：中国设计智造大奖官网

第四，“小厕所、大民生”设计。党的十八大以来，习近平总书记在国内考察调研过程中，经常会问起农村厕所改造问题，强调“小厕所、大民生”，2017 年 1 月就“厕所革命”提出“改厕问题也要科学设计”。2019 年，作为公共卫生设施的厕所设计备受设计者的关注，不仅解决城市、乡村厕所的数量、质量、布局和管理等问题，还加大深层次的生态理论与实践研究。清华大学美术学院教授刘新带领团队成立厕所研究与设计项目组，提出的“生态厕所”理念值得称赞与推广。他们借鉴国内外先进经验，针对中国现状提出了整合性的生态厕所解决方案。将绿色循环技术、生态农业、人性化设施与空间设计、社区营造以及可行的商业模式进行系统整合，主要内容包括：车载资源型生物厕所设计、建筑工地小便桶设计、建筑工地厕所设计、旅游景区通用型生态厕所设计、西藏索县集成式生态厕所、通州第五空间公共卫生综合体等多种模式。[7] 这种建立在生态意识下的公共卫生设施，除了对废弃物进行资源化再利用，还充分体现了设计的人文关怀、环境意识和社会价值等特征。

中国设计理论与实践研究已取得的研究成果表明：其一，经过改革开放 40 年，中国设计学界的历史与理论研究，已从受西方设计学学科体系影响自觉转向构建中国设计学学科体系本土化的研究，其中更多的是在国际学术视野下，着重研究中国设计史论的核心内容和发展规律，以及在世界文化范围内的中国设计现象、中国设计品质和中国设计内涵；其二，在国家政策、发展战略精神指导下，有意识地将设计史论研究与设计实践、设计产业密切结合，并构成中国设计学研究体系的整体框架，为国家经济发展、民生改善提供理论指导；其三，设计理论研究范畴涵盖面极为广泛，尤其是设计美学、设计心理学、设计人类学、设计社会学、设计生态学等设计跨学科理论研究已取得初步成果。

三、设计创新：中国设计实践与产业的驱动引擎

在设计实践、设计产业领域，设计创新成为不断发展的驱动引擎，主要包括各地“设计周”的成功举办、国家层级奖项鼓励创新成果的转化、参与或主办国际设计活动而提升设计创新竞争力等。在 2019 年，各地举办“设计周”是设计创新理念广泛传播的驱动力，国家层级奖项是促成设计创新成果转化的关键力，参与或主办国际设计活动是提升设计创新的竞争力。

（一）“设计周”创新理念的广泛传播

从 2006 年至 2019 年国内举办的设计周主要有：广州设计周、北京国际设计周、上海设计之都活动周、深圳设计周、厦门国际设计周、珠海国际设计周、苏州国际设计周，南京创意设计周、广西创意设计周等，已成为广泛传播的以国际为视野、以创意为理念、以设计为主题的国际交流合作、区域协同发展的且每年举办一届的设计盛会。

各地“设计周”的年度主题明确，以创新为主导，将设计、产业、消费结合紧密。2019 北京国际设计周（9 月 5 日—10 月 7 日）秉持“设计之都 · 智慧城市”的理念，以

“产业策动”为主题，以设计引领产业升级、设计引导消费趋势、设计驱动贸易繁荣、设计赋能城市创新为四条主线，在促进制造业转型升级、“一带一路”贸易发展、北京疏解非首都功能与创新型城市建设、优秀中华传统文化的产业化创新等领域发挥创新引领作用。2019上海设计之都活动周于8月30日在上海展览中心拉开序幕，并以“设计再出发”为主题，拟打造一个设计携手文化、艺术、科技和商业的跨界创造舞台，以及全球设计新理念、新产品、新应用和新模式的发布平台。2019深圳设计周于4月19—30日举行，设计周围绕“设计可持续”主题深入探讨。汇聚环球设计大奖颁奖典礼及优秀作品展、开幕式、“设计可持续”主题展、粤港澳大湾区设计展、设计博览会、主旨论坛、配套卫星展等活动。2019珠海国际设计周于12月13日在珠海国际会展中心开幕，以“设计与科技”为主题，以珠澳设计中心为延伸载体，围绕设计赋能促进科技成果转化，从而驱动产业升级等重点话题展开交流。

以“设计周”为契机，加强区域合作且突出区域创新特征。比如深圳设计周和珠海国际设计周，为粤港澳大湾区各个城市搭建了一个沟通交流的有效平台，吸引了很多优秀的港澳设计师、企业家积极参与。港澳设计师的参与带来了精彩展品、创意理念，为大湾区设计产业发展提供新动能，也为产业转型升级注入新活力。而珠海国际设计周还有一个更大的特点，是北京国际设计周“走出去”的重要合作项目——北京国际设计周珠海站，作为北京国际设计周创始人之一和珠海国际设计周学术委员会召集人的王敏教授，又引入澳门设计中心的参与，将北京国际设计周主题展“中华人民共和国成立初期国家形象设计展”和“澳门设计20年”主题展（2019年恰逢澳门回归20周年）作为珠海国际设计周的重要组成部分，以珠海为中心且与北京、澳门等城市密切联结起来，凸显区域间创新设计的合作，助力珠海乃至粤港澳大湾区社会经济产业的发展，并贯穿展览活动、对话活动、交流活动、奖项活动、设计之旅、澳门合作等“设计周”活动之中。

以服务百姓生活为目的，感受设计创新带来生活品质的提高，使得“设计周”创新理念得以广泛传播。比如上海设计之都活动周活动之一的先锋论坛，将主题聚焦在消费主义时代语境下，诠释“设计”本体与客体，探讨服务设计、思辨设计、设计未来、数字非遗与设计等问题。设计展览与论坛内容反映设计在生活改善、品牌提升、业态创新、产业升级、城市更新、社会治理以及生态保护等方面，以引导大众健康的消费模式与生活方式。而2019年广西创意设计周联动“商业、文化、娱乐”为理念，组织新城市进化、新民族非遗、新青年创想、新创意聚场四大区域的主题创意设计体验空间，呈现由设计带来的城市、消费和生活的模式。

（二）国家层级奖项促进设计创新成果的转化

国家层级成果奖项的评定是以设计创新为宗旨，奖励设计师以创新为方向，鼓励设计创新成果转化的奖项活动，2019年最有影响力的“第三届中国设计大展”“第十三届全国美术作品展览艺术设计作品展”、中国设计智造大奖、中国设计红星奖等活动成为2019年度中国设计在国家层级成果奖项整体水平的展现，也是推动中国设计创新的驱动引擎，并服务于百姓生活。

第一，体现创新引领、人文关怀和服务民生的设计理念。2019年1月11日，第三届中国设计大展及公共艺术专题展在深圳市当代艺术与城市规划馆开幕。该展览以“新时代·新生活”为主题，突出问题导向，将设计和公共艺术置于国家经济、社会建设、文化发展总体框架中，关注其社会责任、人文关怀和文化价值的意义。9月，“第十三届全国美术作品展览艺术设计作品展”在山东工艺美术学院美术馆集中呈现了设计者的创作导向、审美追求和创新水平，展现了他们“以人民为中心”深入生活、扎根人民、服务社会民生的价值追求和收获成果，体现了设计者对“创造性转化、创新性发展”理念的实践落实，反映了新时代文艺工作者的文化视野和家国情怀。这两次国家级别的展览均以人民生活为中心、以改善民生为目标开启设计的新征程。

第二，设计与高科技成果领先国际水平且服务于社会生活、造福于百姓，中国设计红星奖和中国设计智造大奖起到助推作用。中国设计红星奖旨在围绕建设创新型国家的战略目标，每年通过表彰中国企业的优秀设计产品，促进设计产业发展、鼓励企业创新设计、推出品牌名品、提高市场竞争力、弘扬中华民族文化、保护自主知识产权、提升国民生活品质，推动中国设计国际化。2019中国设计红星奖颁奖典礼12月11日在北京举行，共400余件产（作）品获奖，涉及人工智能、智能制造、新能源汽车、新材料、节能环保等高精尖产业，体现了设计与高精尖产业的深度融合。比如：华为Mate X折叠屏手机获得至尊金奖。它是由华为终端有限公司设计生产，是一款自主研发的鹰翼转轴和伸缩铰链，实现无缝折叠功能并保证屏幕不被拉扯和损伤的具有先进5G功能的外折显示手机。它以独特的形态及架构设计巧妙地将大容量电池、5G模块与8寸屏幕整合于一体，同时保持外观轻薄便携，提供了通讯、摄影、阅读等多项功能，使造型与功能完美融合。全球首创交互式卧铺动车组获得金奖，由黄俊辉、陈亮设计，中车唐山机车车辆有限公司生产。该作品采用模块化、单元化高铁集成设计制造工业平台，按需编组，可提升重大故障快速换修效率；动车采用纵向交错布局，提升定员50%；实现一床一窗一人一房的人性化空间，在创新、美学、舒适、安全、节能和社会效应方面体现了工业实力的提升。

2019中国设计智造大奖于9月在中国美术学院举办，此次大奖倡导“生命价值的提升才是设计的本质，才是智造大奖的真正内涵”。中国设计智造大奖是中国工业设计领域的首个学院奖，是2015年由中国美术学院主办，中国工业设计协会等单位协办，中国设计智造大奖组委会承办的当代创新设计评价、推广与合作平台，也是一个艺术、科技与商业的跨界创新全球竞赛，更是一个创意转向财富与未来的实体创新加速器。大奖以“东方智性、国力智能、生活智慧、创新智库”为核心价值观，倡导设计回归“智造”本源，汇聚世界创意资源，以期“集大成智慧，塑智造未来”。从创新性、体验性、美学性、技术性或有效性评选产品，使评审体系与文化使命、生活价值、大众需求、国家经济发展方向等多层面紧密结合，深入贴近中国国情和国际区域特色，选拔出真正惠及民生的智慧设计。比如：于红雷设计团队设计的“盲人视觉辅助眼镜Ⅱ”获得金奖，有助于盲人出行，不仅提高其生活质量且改善了生活方式。获得2019中国设计智造大奖铜奖的湖南大学设计学院师生设计的“FISON—纯电动无人驾驶拖拉机”，此智能农业生产工具的使用将会极大地提高生产力。另一个铜奖由杭州博博科技有限公司专为老年人设计的“健康监测仪”获得，此设计可提高老年人的生活、生命质量。以上设计均体现了2019中国设计智造大奖倡导的宗旨，即“生命价值的提升才是设计的本质，才是智造大奖的真正内涵”。

（三）参与或主办国际设计活动提升设计创新的竞争力

中国设计团队参与或主办国际设计活动，成为国际设计组织成员之一，并与国际设计在发展方向、发展水平和发展理念等方面基本保持一致。例如，2019第三届LeNS可持续设计国际会议（2019年4月3—5日）。该会议是LeNSin可持续设计国际学习网络项目的重要组成部分，LeNSin项目由欧盟委员会（ERASMUS+高等教育能力建设项目）支持，全球36所大学参与。该届会议主题为“为所有人的可持续设计”，在北京（中国）、米兰（意大利）、班加罗尔（印度）、开普敦（南非）、墨西哥城（墨西哥）和库里提巴（巴西）分布于五大洲的六个国家的会场同时举办。清华大学美术学院院长鲁晓波教授通过网络向其他5国家的嘉宾做了题为《面向可持续发展的设计价值：演进的观念和实践》的主题报告，来自全国各地的专家学者就可持续设计教育与教学平台、可持续设计研究与实践、可持续设计理论与探索等议题展开研讨。

2019年由我国主办的重要国际设计活动：一例是2019年11月2—3日，在中国国家博物馆举办由清华大学、中国国家博物馆主办的“第五届艺术与科学国际作品展暨学术研讨会”。该会议主题为“AS—Helix：人工智能时代的艺术与科学融合”。邀请来自全球20多个国家的艺术家、科学家、工程师、设计师等共同探索智能信息时代艺术与科学范式所面临的变革与转型，以及聚焦在人工智能技术背景下艺术与科学的协同创新。另一例是2019年10月18—20日在山东省烟台市由中国工业和信息化部、山东省人民政府主办的“2019世界工业设计大会暨国际设计产业博览会”（第三届），该会议主题为“设计·动能之光”。来自亚洲、欧洲、美洲、非洲、大洋洲30多个国家和地区的1500多位政府机构代表、行业组织、专家学者、企业家、设计师等以设计产业为核心，就加快新旧动能转换、促进高质量发展等方面探讨，推动工业设计在产品、服务、数据、智能制造、创新创业等领域的发展。上述活动具有两个显著特点：

首先，追求国内设计创新主题与国际目标、水平基本相同。中国设计界所追寻的设计理念与国际设计界同步，并通过设计宣言的方式倡导设计理念的国际化与全球性。比如，由欧盟委员会支持的2019第三届LeNS可持续设计国际会议的主题是“为所有人的可持续设计”，此主题同时也是中国设计界所倡导的设计发展理念；由中国工业和信息化部、山东省人民政府主办的2019世界工业设计大会暨国际设计产业博览会以“设计产业”为核心的“设计·动能之光”为主题，也恰好是世界各国工业发展所面临的问题。另外，2019第三届LeNS可持续设计国际会议通过了《LeNS宣言》，“呼吁建立一个世界范围内知识开源与共享的可持续社区，逐步形成一种新的社会风尚，并吸引更多有识之士参与其中，以设计的专业力量助力全球可持续发展事业”[8]。2019世界工业设计大会暨国际设计产业博览会通过了《设计产业宣言》并向全球倡议：“国际组织、各国政府、全球设计行业及各产业领域联合起来，共同发布《设计产业宣言》，并成立世界设计产业组织——以设计创造产业发展价值，以设计培育产业新兴活力，以设计驱动产业升级动能，以设计的力量构建产业未来格局，激发产业活力，创造美好生活。”[9]

其次，创新设计与环境、社会和生活关系的密切。2019第三届LeNS可持续设计国际会议的目标是将可持续的产品服务系统，即设计与分布式经济两种模式应用在全球不同区域下，从而有效应对环境保护、社会公平与和谐的需求，以及经济繁荣的可持续发展目标，有意将设计可持续发展与环境、社会结合起来寻求经济发展。就2019世界工业设计大会取得的成果而言，作为设计产业发展的有力支撑，国际设计产业合作平台的汉诺威中德商务中心、全球设计产业高地的烟台国际设计小镇、重要的产学研基地的国家产教融合发展工程烟台工业设计中心等国际产业合作机构相继落地。大会还以设计驱动创新为理念，加强全球设计产业交流与合作。与大会同期举行的工业设计战略与未来经济建设为主题的中国工业设计发展40年研讨会，以及中国工业设计协会联合全球30多个设计组织在山东烟台举办的“国际设计产业博览会”，以新理念、新模式集中展示设计驱动产业的创新成果，并首次展出了设计扶贫乡村振兴的成果，促使国际设计会议成为提升本土设计创新的驱动力。

四、科教产教结合：中国设计教育的发展之路

设计教育是设计学研究的重要范畴之一，加快设计人才的培养成为提升竞争力的关键。2019年中国设计教育理论研究和实践探索，在中华人民共和国成立70周年、包豪斯设计100年等重要节点之际，再次引起了广泛的关注与研究，可以归结为以下三方面的内容。

（一）中国设计教育的总结与反思

在中华人民共和国成立70周年之际，《装饰》杂志编辑采访了数位设计教育家，并在《装饰》2019年第5期刊登访谈文章，包括《认同民族文化，立足生活本身——常沙娜

教授谈设计教育》(李拓、贾珊)、《张道一教授谈中国设计教育的历史、现在、未来》(周志)、《关于信息时代设计的思考——尹定邦教授访谈》(赵毅平、赵华)、《传承、融合与超越——王明旨教授访谈》(田君、周志)、《创新、开放、合作、交流——过伟敏教授访谈》(张明)、《一个世纪的美育之路——宋建明教授谈设计教育》(赵华、李云)等，文章就中华人民共和国成立70周年来的中国设计教育发展历程，从历史、民族、美育、传承、融合、当代、创新、超越等层面进行了回顾、反思与展望。

在纪念包豪斯设计100年之际，设计教育界重新思考了中国设计教育的问题。2019年10月26日，“纪念包豪斯一百周年国际学术研讨会”在湖南长沙梅溪湖国际文化艺术中心隆重举行，开幕式由湖南师范大学美术学院院长、湖南省设计艺术家协会副主席李少波教授主持。与会专家就包豪斯精神、对世界设计乃至中国设计教育与实践的影响进行了探讨，并反观、探索未来中国设计教育的发展方向，引发设计学者更多地关注本土设计与设计教育问题。《装饰》杂志主编方晓风接受《设计》杂志专访并发表《不必神化包豪斯，设计教育要平台化》(《设计》，2019年第24期)，认为今天的教育应注重学校平台化的建设，给予学生创新环境和空间，构建自己的知识体系。

关于中国设计教育的历史与未来，还着眼于对个案的研究，比如：2019年8月29日，中央美术学院“为新中国造型——周令钊先生百岁艺术展”在中央美术学院美术馆展出。周令钊是共和国第一批设计师和设计教育家，参与了国徽、共青团团徽、天安门第一幅主席像以及第二、三、四套人民币的设计。实际上，此展也是他从事艺术与设计教育历程的见证和榜样。《装饰》2019年第1期刊登的采访文章《科学、传承与服装本体探究——北京服装学院刘元风教授的设计教育思考》(王小茉、钱婧曦)，认为服装设计有其独特性，未来科技探索与传统文化继承双轨并行是服装设计教育的发展方向。宋协伟在《美术研究》2019年第5期发表《与时代同行，向未来前行——中央美术学院设计教育的历史回顾与前瞻》，在梳理1949年以来中央美术学院设计教育历史脉络的基础上，以新时代、新征程为起点，指出扩展“大设计”教育新格局、拓新设计教育认知新层级、构建全球设计教育共同体为中央美术学院设计教育的未来使命。

(二)中国设计教育的区域性特征

中国设计教育既要有国际视野、国家战略，也要有区域特征。根据国家战略、地方特征和发展程度的不同发挥区域作用。

从国家发展战略的角度看，2019年区域发展规划之一是针对粤港澳大湾区的发展战略和规划。2019年2月中共中央、国务院印发《粤港澳大湾区发展规划纲要》，对粤港澳大湾区的战略定位、建设目标和发展路径等做出全面规划，对于把粤港澳合作推向新高度、新阶段具有重大的历史与现实意义。广州美术学院作为华南及粤港澳大湾区唯一一所独立建制的高等美术学府，以此为契机可将粤港澳大湾区设计教育与实践将会逐步发展起来。面向大湾区建设蓝图，如何建设好南方美术与设计教育，更好地为大湾区建设提供创新人才和设计成果，成为该校的挑战与使命。2019 年 10 月，广州美术学院举办“第二届粤港澳大湾区学校美术与设计作品展暨第四届广东省高校设计作品学院奖双年展”。12 月，广州美术学院依托改革前沿的区位与政策优势，举办了“大湾区 · 大设计 · 再出发”——尹定邦与广美设计现象学术研讨会，并以尹定邦教授、广美设计教育团队开创的中国现代设计教育及其产学研结合的发展路径为议题，探讨设计实践创新、追求价值创造的经验，并为大湾区设计人才培养和设计学科发展提供借鉴。这是以“大湾区”整体设计教育发展为理念，加强粤港澳设计教育的合作，并为“大湾区”设计产业输送设计人才而做出的努力。

（三）中国设计教育的发展趋势

设计教育集人才培养、科研任务、产教结合为一体，是提高设计竞争力的关键，所以把握其未来发展方向至关重要。加强本科设计基础教育、推动科教产教结合是中国设计教育的发展趋势。

1. 加强“本科”设计教育教学工作。本科设计教育教学工作一直是高等院校的基本、基础工作任务，也关乎着研究生教育的质量问题，因此本科教育教学工作始终是高校工作重点。2019 年 6 月，“设计的边界”——2019 全国工业设计教育研讨会在大连召开。该研讨会重点研讨设计教育模式重构、设计研究领域拓展和设计推动产业振兴等议题，并分别由童慧明、何人可和季铁主持。就设计教育模式重构问题，主张“以本为本”且加强本科设计基础教育，各高校选择适合的教学模式；在传授技能、思维、理念和方法的同时，关注教育环境、教育机制的影响，且引导学生终身学习的理念。此外，12 月广州美术学院召开了“返本开新”——粤港澳大湾区美术与设计本科人才培养创新论坛，以及“未来 · 变革”——2019 年（第二届）设计学研究与教育研讨会，围绕本科设计教育探讨了设计专业人才培养目标与趋势，以及设计专业教学经验与瓶颈等问题，并就以上问题展开交流。

2. 强调设计教育理论研究体系，实现科教结合。2019 年 11 月 13 日由南京信息工程大学、国家社会科学重大项目《中华工匠文化体系及其传承创新研究》课题组主办，南京信息工程大学传媒与艺术学院、同济大学设计创意学院设计理论与创意文化研究室承办的首届中国设计教育理论暨“双一流”大学设计学科内涵建设高端论坛，就中国当代设计教育理论的基本含义和类型、教一学理论体系、课程理论体系、教材理论体系、价值理论体系、管理理论体系、考核理论体系、市场理论体系等议题展开讨论。该论坛以设计教育理论问题为核心，展开对中国当代设计教育理论体系建构与双一流大学建设中设计学科内涵建设等问题的研讨。设计教育理论体系研究有利于当代中国设计理论体系的建构与发展，并实现设计教育理论与设计教育的科教结合。

3. 推动设计教育实践与产业环节，实现产教结合。一方面，设计教育的实践意义源于设计服务社会、百姓之需的社会实践，正如杭间在《四十年：中国当代设计的几个片段——教育、资本、东方设计“学”和新技术》(《中华读书报》2019 年 1 月 23 日）指出：“在社会学层面来说，设计学院则应当更富有批判的精神，启发学生对关乎人的本质性问题以及人和物关系等问题进行思考。”这是设计教育之根本。另一方面，设计教育的实践意义是将设计与科技、产业的结合，实现设计成果转化为服务于大众的产品，正如费俊在《艺术与设计教育的新实践》(《中国文化报》2019 年 7 月 14 日）认为，智能科技进步改变了艺术与设计创作的方式，也激活了文化生成的形式，“艺术 + 科技”专业方向的教育实践已经成为数字科技赋能数字文化产业而称为新兴产业，为文化与科技产业创新提供活力。强调设计教育的实践意义，并与社会、企业结合，推动产业发展且造福于百姓，实现设计教育与设计产业的产教结合。

五、设计批评：2019 中国设计学研究范畴的不可或缺

设计批评是设计学研究的范畴和内容之一，相比设计史论、设计实践和设计产业，设计批评研究是一个比较难做且成果相对较少的领域。2019 年设计批评研究成果，主要著作如下：

《设计批评学》(杨先艺、刘震主编，武汉理工大学出版社 2019 年版）内容包括设计批评概念、设计批评发生与传播、设计批评价值与意义、设计批评主体与客体、设计批评标准等，本书建构了设计批评的基础理论框架，对国内外设计思潮与流派进行理论阐释和实践解析，并揭示设计批评思潮的发展规律。《人机产品创新设计与评价》(张芳兰著，燕山大学出版社 2019 年版）是将人机工程学理论、QFD 方法、TRIZ 理论、模糊综合评价方法进行有效结合，发挥理论与方法的集成与互补优势，从而实现人机产品创新设计与评价的科学性与准确性，达到指导设计过程准确实施的目的。《新中国设计纪事》(王琥著，江苏凤凰美术出版社 2019 年版）共分三部分：呈现部（设计案例)、展开部（设计事物）和再现部（设计批评)，是以社会为背景、以文化为成因、以设计为线索描述新中国 60 年对社会各阶层百姓大众日常生活所产生的影响，尤其是第三部分“基本属于一种‘设计批评’的时评文章”。《晚明设计批评的文人话语》(彭圣芳著，人民美术出版社 2019 年版）是以设计批评学的视野，从审美批评、价值批评和批评方法等方面，对晚明文人设计批评的内容、特征进行了描述和分析。前两者是关于设计批评的理论研究，后两者则是关于设计批评的历史研究。

综上，2019 年的中国设计具有以下几个特点：其亮点无疑是以“国庆 70 周年”庆典系列设计为代表的国家形象设计；基于设计学学科特点与推进，中国设计理论发展的方向是设计跨学科交叉研究的拓展；在设计界，秉承设计创新仍然是中国设计实践与产业的驱

动引擎；就设计人才培养，坚持本科设计基础教育且坚守科教产教结合是未来中国设计教育的发展之路。相比而言，设计批评研究成果相对欠缺和薄弱，其数量、质量、方法有待于提升。而设计批评是设计学学科体系构建中不可或缺的范畴，是设计研究可持续且沿着正确轨道发展的推动力之一。因此设计批评研究是中国设计学学科体系建设中急需发展的领域，期待更多研究者的关注和更多优秀成果的出现。

（刘佳　中国艺术研究院美术研究所研究员、博士生导师）

注释

[1] 赵华:《盛典华章：清华大学美术学院在国庆70周年庆典中的系列设计》,《装饰》2019年第10期。

[2] 《讲好以人民为核心的国家形象设计故事：2019北京国际设计周主题展预告》，清华大学美术学院公众号，2019年9月3日。

[3] 韩子勇主编:《中国艺术研究院教育成果论文集》，湖北美术出版社2019年版。

[4] 周至禹:《人工智能系统及产品设计的伦理问题探究》,《创意与设计》2019年第1期。

[5] 覃京燕:《审美意识对人工智能与创新设计的影响研究》,《包装工程》2019年第4期。

[6] 刘佳:《设计分层与当代中国社会地位结构》，见韩子勇主编《中国艺术研究院教育成果论文集》，湖北美术出版社2019年版。

[7] 林楠、刘新:《生态厕所的创新实践》,《设计》2019年第4期。

[8] 《2019第三届LeNS可持续设计国际会议闭幕》，清华大学美术学院公众号，2019年4月13日。

[9] 《设计产业高光时刻！2019世界工业设计大会在烟台盛大开幕》，中国工业设计协会官网2019年10月25日，http://www.chinadesign.cn/sjgysjdh/1215.jhtml。

2019年美术史学研究

于广华

2019年正值中华人民共和国成立70周年，本文拟从新中国成立70周年美术史学回顾，重返美术的具体语境与再阐释、美术史的物质维度的拓展、美术史学的全球化语境与跨文化视角四个方面，评述2019年美术史学的发展。

一、新中国成立70周年美术史学回顾

中华人民共和国成立70年以来，随着社会历史的变动，中国美术史学研究也发生若干阶段的变化，70年来美术史学研究边界不断拓展，美术史观念不断得到更新。70年以来的美术学研究的回顾成为2019年美术史学界的一个重点。《美术观察》杂志“中国美术学70年回望”专栏，梳理70年来美术学在美术理论、古代美术、近现代美术、外国美术、书法、设计和美术传播等方面的发展，杭春晓大致将70年来的中国古代美术研究分为三个阶段，认为当前的中国古代美术史研究“伴随着问题意识的转化，美术史的学科边界不断拓展，并在思想史、考古学等相关学科的交叉领域，获得重大突破”[1]。《美术》杂志也刊登了“新中国成立70周年中国美术发展的回顾”为主题的系列文章，邓福星提出了新中国美术的三个特征，即美术为人民大众而作、创作贴近现实生活、表现形式多样化。[2]尚辉对新中国70年油画现实主义道路进行了历史梳理，探究现实主义油画与社会变革、文化理念之间的复杂关系。[3]诸多学者从不同方面回顾和整理新中国成立以来的美术学发展。与此同时，美术史学界也展开了新中国成立以来主题性美术的梳理工作。马刚回顾和总结新中国成立70年主题性美术创作的发展历程，从学术层面探究主题性美术创作问题。[4]郑工集中于新中国成立70年来的“中国建设”主题，提出“国家形象的塑造，就是建立文化的群体认同，其中自我认同则是根本。”[5]于洋探究新中国成立70年来的主题性人物画创作问题，提出“社会外部形态的改造与艺术本体层面的语言变革，是新中国主题性人物画创作发展演进的内在动力”[6]。

此外，值中华人民共和国成立70周年契机，部分学者基于当代学术立场，进一步重新阐释中华人民共和国成立初期美术图像的叙述范式和生成机制。夏燕靖以创办于中华人民

共和国刚刚成立时的《人民美术》杂志为例，探究其鲜明的历史时代烙印，及美术图像所折射的伟大时代历史巨变的史实，[7]丁澜翔以1949年人民解放军“北平入城式”相关的美术图像为例，探究艺术家建构和叙述历史的不同策略，历史事件“转化为一个历史的场域，一个被符号、叙事和行动重构的事件”[8]。70年来的美术史学的梳理，进一步明晰了美术发展与社会历史变动之间的关系，立足于当代学术立场，在重新审视70年来的美术发展时，诸多新的观点的见解不断散发。

二、重返美术的具体历史语境与再阐释

近些年来，美术史学的观念和方法问题一直被强调，但美术史的观念问题并非一个抽象的形而上的理论话语体系，而是需要重返具体历史作品和话语原境。巫鸿提出的“原境”概念，强调美术图像文本生成的具体的文化历史语境：“‘Context’一词在文学批评中翻译成‘上下文’，体现出文本的线性状态。但是用在人类学和美术史中，这个概念具有更为强烈的空间和现场的含义。原境概念的流行因此反映出以进化论为模式的线性美术史向重构具体历史情境的空间性美术史的移动。”[9]2019年的美术史学也在强调美术文本的“原境”问题，具体而切实的探究美术图像文本语境的“空间”和“现场”，将具体美术现象置于宽广的历史语境及文化意义网络之中，试图从中抽离出中国美术特有的美术史概念和叙事方式。

在重返美术的具体语境和生成过程时，原本单向度的美术文本和图像阐释便变得多维度起来，如图像文本的生成与创作者之间的关系，创作者具体的交游经历及文化历史语境，创作者的观念与美术图像之间的复调性关系等维度问题不断凸显。付阳华重返绘画文本与吴历所处的历史文化语境，提出“吴历在绘画中使用西法并无直接证据”[10]。朱万章重返《石渠宝笈》的编撰和生成的语境，以编撰者董邦达为例，反向探究《石渠宝笈》的编撰过程对编撰者性格及艺术观念的影响，探究美术图像与创作者之间的交互性的塑造意义。[11]黄小峰对《五马图》的图像要素、图像逻辑、题签文字做了新的考察，发现“‘真实性’——贡马和御马的档案以及真实的各族圉人——都是被精心‘构造’出来的”，“是用新的方式转化之后的‘传统’”。[12]因此《五马图》的写实性便和历史性呈现出一种建构性，美术图像上的五马就介于政治性与视觉性、极端写实性与极端想象性、宋代马政的视觉化与美学式的纯粹摹古之间。因此当我们重新审视和解读美术图像具体的生成语境时，固有的叙述模式和思维观念可能都会被重新解读和修正。

对于图像文本的解读，在重返美术图像文化的具体生成过程中，美术图像在生成之际的文化和历史语境，以及所处的文化意义网络也成为美术史学研究的重点。部分学者采用符号学和图像学研究方法，从美术图像形式入手，探究图像符号背后的社会文化网络和所在的历史文化语境。付阳华，柳雨霏集中分析传统画中“洞”的图像符号背后的宗教文化

内涵，并将其视为易代之际的遗民画家试图扭转政治时空的通道。[13]部分学者将美术史与所处文化语境范式联系起来，牛国栋着重探究关于马远绘画的副本和摹本自身所处时代的审美趣味、流行风格、作伪方式及书画市场，并借此想象及重建真迹背后的时代风格。[14]沈歆，张宗明探究明人孙克弘《销闲清课图》所处的晚明文化语境和范式转变问题。[15]艾姝认为“木刻版画与标语口号结合的图文模式既受到跨媒介的文艺潮流之影响，更根植于‘声音转向’的现代文化语境”[16]。陈彦姝的《宫闱时尚——宋代工艺美术的女性侧面》管窥嫔妃与时代艺术潮流的关系，探究其行为如何促成新品的诞生与流传。[17]彭圣芳则进一步考察清代器物审美中的权力运作问题。[18]在关于美术图像生成的创作者维度方面，美术家的交游和社会维度同样成为研究重点，如张鹏探究傅抱石抗战客蜀时期，与郭沫若、宗白华等人的交游对其故实画创作的影响。 薛龙春进一步考察王铎与薛所蕴、张缙彦二人交往，进一步追溯《琅华馆帖》《银湾帖》刻帖生成的历史文化语境。石守谦的《山鸣谷应——中国山水画和观众的历史》一书透过“画家与观众互动”的这一角度，对“山水之史”何以产生变革的根本问题予以反思和解答。

具体美术的原境及其意义生成的过程性、现场和空间性不断被强调，由此逐渐打破单一线性的美术史叙事模式，任何一个美术文化都处于一个具体的历史文化语境之中，任何对于美术的叙述和历史“真实性”的界定均具有某种建构性和阐释性，但在当代，我们持有的当代学术立场，由此重新打量过往的历史，或许能够发现不一样的“历史真实性”，打破单向度的模式化的固有美术叙事。如刘磊认为“兰亭论辨”是观念流变过程中发生的一个历史事件和文化现象。[19]20世纪三四十年代，黄宾虹、郎静山及费穆等艺术家却“不合时宜”地诉诸传统文人意趣和士夫认同，但如重返具体历史语境，重新探究他们对传统文人意趣的变动和生成的认同，便发现他们不可能不受当时社会文化语境的影响，在中西文化之间，始终保有某种复杂而微妙的张力关系，“可以说恰恰是因为了解西方，才选择回到中国传统。如前所言，回归传统并非是退守古代，而是在历史的文脉中推进、展开新的国族叙事”[20]。李公明重返《控诉》与《开镣》具体生成时的文化语境，剖析巨大历史变革对左翼精神的影响，重返作品生成时左翼精神与政治之间复杂而微妙的张力。[21]

三、美术史的物质维度的拓展

传统美术史研究注重美术的观念、审美、美学及文化问题，最近几年美术史的物质维度不断被强调，美术的物质性，通过对于美术史料的近距离观察，以及美术物质的直接感触，集中于美术史料和艺术品丰富的感触性和物质特质问题。对美术物质性的强调极大地拓展了美术史学的研究对象，与美术相关的物质文化、工艺设计、艺术科技史、时尚、服饰等问题也逐渐被纳入美术史研究。如杨崇和借用视觉质地（visual texture）概念梳理山水画的再现历史。[22]2019年的美术史学研究，考古学和人类学、社会学方法不断的介入，在某种程度上也是对美术的物质性问题的关注。赵俊杰，崔雅博将考古断代技术融入美术史学研究，通过考察其断代和对比，为研究砖画整体传承和流变的脉络提供了契机。[23]练春海的《重塑往昔：艺术考古的观念与方法》系统地阐述了“艺术考古”的属性、方法、学术呈现、材料以及应用等理论问题。[24]以往的书法史研究集中于魏晋尺牍法帖的书法审美层面问题，祁小春集中探究书法尺牍的完整媒介和形式形态，以及在复制与流传过程中出现丢失或缺损诸因素。从文献学角度补充书法审美维度之外的尺牍形式和物质性问题。[25]我们以往较多的从文学和文本视角讨论墓志问题，但墓志铭的编撰和文体演变也具有一定的特殊性，提醒我们需要重视墓志文本具体生成时的物质性问题。[26]文献学、考古学等方法的介入，在某种程度上打破传统美术史所建立起来的话语体系，使集中于美术物质本身的，某种跨文化性，跨学科性和时间性的研究不断生成。

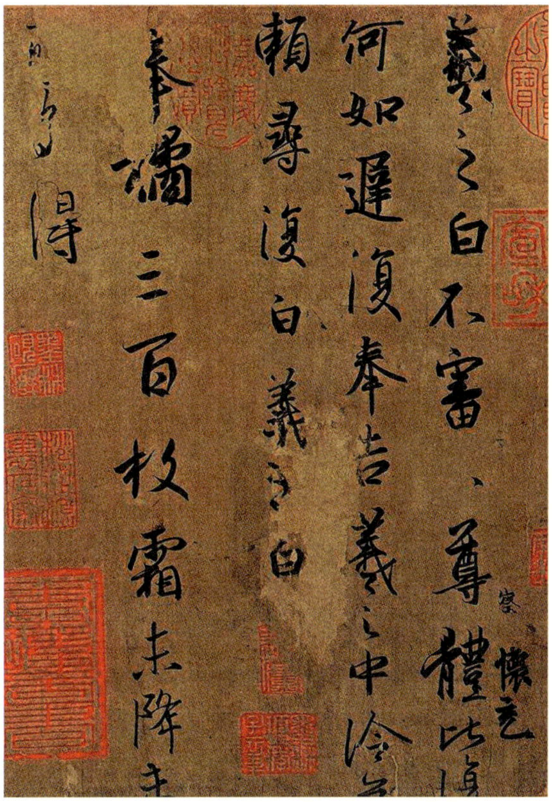
（东晋）王羲之 《何如帖》《奉橘帖》 台北故宫博物院藏

2019 年的美术史学，与美术相关的地理、医药、民俗、社会等维度也成为研究重点，美术史研究逐渐呈现出细微化、具体化特性，以往美术史研究多集中于传统书画，强调美术图像层面的问题，而其他学科方法的介入、美术物质的再次探究，也在补足和拓展着美术史学研究的边界和对象。如美术作品中的地理和空间问题，吕晓结合古地图和《康熙起居注》等文献，认为宋骏业所绘《康熙南巡图》表现的是康熙为皇太后祝寿而绘制的想象之图，表现的是扬州，而不是苏州。[27]与美术图像相关的民俗和医药问题同样值得关注，黄杰以《清明上河图》卷尾的“解”字招牌为突破口，考据并还原《清明上河图》的文化民俗背景，推论“解”字亦当为解卦之暗示。[28]黄小峰的研究集中于对南宋李嵩《货郎图》中的猕猴头骨与画中出现的鳖甲、蛇蜕等其他珍贵药材一起构筑的医药语境，探究医药及物品观念的变迁。[29]白谦慎以吴大澂及其周围的官僚群体为中心，探讨收藏活动的社会机制。薛龙春进一步考察了黄易的金石收藏中的地方官因素。[30]此外，祁小春探究王羲之子孙辈为何不讳“之”字问题[31]，虽然也涉及书法史，但研究重点却已转向了民俗学问题。美术史学的民俗、郊游、考古等维度的拓展，也带来一定的学科边界模糊问题。

当前的美术史学研究并不局限于书画领域，已拓展到与美术相关的物质文化研究，以及更为广泛的视觉图像研究，诸多工艺美术、民间美术等也成为美术史学研究的对象。对于美术图像具体生成过程的物质性维度的考察和还原，进一步生发出美术物质性与美术观念意义之间的关系性问题。对于美术史学而言，始终面临着“观念”与“史料”两个问题，然而任何美术史料的涌现也必然是某个观念或视角之下的产物，先有研究视野和美术史观念的打开，部分史料方能进入美术史学的视野。与美术相关的物质文化和史料的挖掘和探究，以及某种新颖的均质主义不断打破传统美术史所树立的物质材料、文化、历史、美学之间的僵硬边界，打破传统美术史所建构的高雅和通俗艺术的划分。在某种相互的现象学式的对话中，物质背后的历史背景、功能，以及具体美术作品的制造和生成因素不断涌现，美术的物质维度不断地寻求美术物质本身所散布的意义，由此某种跨文化性，跨学科性的美术史研究范式不断生成。

四、美术史学的全球化语境与跨文化视角

2019年的美术史学更加注重地域性美术研究的全球视野和跨文化视域，巫鸿在试图将美术史学研究置于全球化语境之中，进一步反思以欧洲美术史为模式书写地域性美术史的早期全球化模式，以及如何改变“西方中心”格局、建立全球性美术史的新途径问题，他认为诸多来自欧洲美术史的理论话语逐渐的导致“地域美术史显示为以国家和地区为基础的一系列线性美术史”。由此巫鸿重提“Context”（原境）概念，“改变‘西方中心’格局、建立全球性美术史的途径，不是以抽象思维的方式推演出一套理论话语，而是通过对于历史作品和话语的具体分析，从中提炼出多元性的美术史概念和叙事方式”。巫鸿认为我们需要重新思考和定义当前中国美术的分类方式，美术分析中使用的基本术语。由此“建立一种学术交流和学术生产的机制，通过这种机制逐渐促成美术史中的多元性的全球视野”。[32]李军提出三原理论：即“原文”（进入研究对象的语言）、“原作”（进入作品，深入作品的物质文化层面，围绕着书之实体展开的种种物质性信息和痕迹，从物质性层面对于思想的研究）、“原文化语境”。李军强调美术史研究的跨文化属性和美术接受的交互性，认为探究中国因素对西方的影响时，“我们不仅要了解中国的东西到达何处，还需关注它在其他地区和文化还产生了什么，改变了什么；对方又是如何看待和改造的”[33]。

当前的美术史学研究，更加强调以一种跨文化的视角，探究中西美术的交流、影响和接受问题。例如，陈婧莎探究明清版本《清明上河图》东传朝鲜的事实及路径和文化影响；[34]张晴论证阊门版画对日本浮世绘艺术和印象派艺术的影响；[35]吴键进一步考察滕固究竟如何在日本知识语境之中对“文化科学”加以接受，由此形成其具体的“艺术学”思考；[36]洪再新以黄宾虹、吴衡为例，从重商传统、古画出洋、与古为新三个方面重构中国艺术国际市场之成因；[37]曹顺庆、佘国秀进一步考察西方世界中的中国艺术史叙述问题，认为西方学者通过非本质的类比研究，使中国艺术史获得了时间维度上形而上的体系，失

去了自身的话语权力。[38]

2019年陆续出版了诸多海外学者的中国美术史研究著作，在跨文化的视域中探究中国美术，为中国学者提供了不一样的研究视角和美术史学观念。拉斐尔·佩初兹的《西方视野里的中国画家》将传统中国画家置于世界绘画史和远东绘画史视域中进行研究。[39]詹姆斯·埃尔金斯的《西方艺术史中的中国山水画》[40]。此外，美术史的物质性问题仍然是西方关注的一个重点，如柯律格（Craig Clunas）的《大明：明代中国的视觉文化与物质文化》[41]进一步探究美术的物质文化问题，拓宽了美术史的文化语境和背景。此外，部分作者继续关注美术史的形式和风格问题，如《罗越与中国青铜器研究：艺术史的风格与分类》[42]以罗越的青铜器研究为个案来探索艺术史的风格与分类问题。谢柏轲的《中国画之风格：媒材、技法与形式原理》[43]重新聚集中国画的媒介和形式问题。衣若芬的《书艺东坡》[44]使“文图学”（Text and Image Studies）探究苏东坡书法的生成机缘与文本内涵，并从使用场景、流传脉络和接受影响等角度，讲述苏东坡对后世及周边国家的影响。书法史学方面，有方闻的《中国书法：理论与历史》[45]与傅申的《海外书迹研究》[46]等著作。

[美]罗伯特 · 贝格利:《罗越与中国青铜器研究：艺术史中的风格与分类》封面，浙江大学出版社2019年版。

结　语

2019年展开了70年来的美术史学的梳理和回顾工作，以及以新的视角探究中华人民共和国成立时期美术图像背后的社会文化机制问题。此外，美术史学的边界和内涵不断拓展，注重美术图像具体的生产和生成过程，追溯美术图像生成时相关的物质文化，涉及工艺美术、古代墓葬、医药、地图图册等，由此在美术的物质文化与艺术审美之间生发出诸多交互性意义。美术物质维度的拓展和研究不断地打破固有美术史学叙述和学科划分，逐渐生成一种跨学科的研究范式。此外就是在更加宽广的历史文化网络之中重新考察美术问题，在重返具体美术文本和话语的过程中，诸多新问题涌现，由此突破美术史学研究的线性和单一向度，从空间和场域不断地拓展美术史的多个维度，探究美术意义生成的复杂性。美术物质文化和多维度的拓展也带来美术史学研究边界的模糊，部分著作的探究重点已经从美术问题转换到科技、考古、医药、民俗、文献学等问题，并在某种程度上用美术史材料研究其他学科问题，在拓展美术史学边界的同时，我们还需要思考美术与物质及其他学科的交互性关系，还需重新确立美术史研究的本体性、地域性和人文性问题。

（于广华　上海大学美术学院2018级博士研究生）

注释

[1] 杭春晓:《中国美术学70年回望·古代美术篇》,《美术观察》2019年第10期。
[2] 邓福星:《新中国美术70年的现代转型》,《美术》2019年第8期。
[3] 尚辉:《现实主义的中国化探索——新中国油画70年的审美再造》,《美术》2019第11期。
[4] 马刚:《与时代同行——新中国70年主题性美术创作历程与现状概述》,《美术研究》2019年第5期。
[5] 郑工:《"中国建设"主题美术创作与国家形象》,《西北美术》2019年第3期。
[6] 于洋:《家国意蕴 时代群像——新中国70年主题性人物画回望》,《美术研究》2019年第6期。
[7] 夏燕靖:《峥嵘岁月中反映伟大时代巨变的精神画卷——读1950年〈人民美术〉双月刊》,《美术研究》2019年第6期。
[8] 丁澜翔:《向心·鸟瞰·透视——再现"北平入城式"的三种构图策略及其空间激活》,《文艺研究》2019年第10期。
[9] [美]巫鸿:《全球视野中的美术史研究:变动的格局与未来的展望》,《美术研究》2019年第2期。
[10] 付阳华:《吴历绘画风格变迁研究》,《美术观察》2019年第3期。
[11] 朱万章:《董邦达与〈石渠宝笈〉》,《美术研究》2019年第5期。
[12] 黄小峰:《重访〈五马图〉》,《美术研究》2019年第4期。
[13] 付阳华、柳雨霏:《空间、边界和寓意——明清绘画中"洞"的图像研究》,《文艺研究》2019年第3期。
[14] 牛国栋:《传世马远作品中的"双胞"及"多胞"研究》,《中国国家博物馆馆刊》2019年第9期。
[15] 沈歆、张宗明:《晚明文人清课的意义探究——以孙克弘〈销闲清课图〉为中心》,《文艺研究》2019年第3期。
[16] 艾姝:《图像宣传、声音转向与现代文化——新兴木刻运动早期的"标语画"与口号》,《文艺研究》2019年第10期。
[17] 陈彦姝:《宫闱时尚——宋代工艺美术的女性侧面》,《美术观察》2019年第9期。
[18] 彭圣芳:《恭造之式与外造之气　清代器物审美中的权力运作》,《新美术》2019年第12期。
[19] 刘磊:《论"汪中旧藏〈定武兰亭〉"及其引发的"兰亭论辨"》,《新美术》2019年第9期。
[20] 鲁明军:《20世纪三四十年代的文人艺术与中国革命——以黄宾虹、郎静山及费穆为例》,《文艺研究》2019年第9期。
[21] 李公明:《从悲悯到解放:左翼美术的初心与遗音——以黄新波〈控诉〉与胡一川〈开镣〉为例》,《文艺研究》2019年第1期。
[22] 杨崇和:《视觉纹理的再现　十至十七世纪中国山水画中的例证》,《新美术》2019年第3期。
[23] 赵俊杰、崔雅博:《南朝"竹林七贤与荣启期"砖印壁画墓的年代与等级——以南京石子冈M5与西善桥宫山墓为中心》,《美术研究》2019年第6期。
[24] 练春海:《重塑往昔:艺术考古的观念与方法》,社会科学文献出版社2019年版。
[25] 祁小春:《魏晋尺牍法帖杂考——关于尺牍的"完整"性问题的讨论》,《美术研究》2019年第6期。
[26] 马立军:《媒介、语境、作者:中古墓志文本形态及相关问题刍议》,《文艺研究》2019年第12期。
[27] 吕晓:《宋骏业〈康熙南巡图〉初探》,《美术研究》2019年第3期。
[28] 黄杰:《〈清明上河图〉"解"字招牌寓意补证》,《美术观察》2019年第8期。
[29] 黄小峰:《货卖天灵:宋画中的头骨与医药》,《美术观察》2019年第10期。
[30] 薛龙春:《黄易金石收藏中的地方官》,见《台湾大学美术史研究集刊》2019年第46期。

[31] 祁小春:《王羲之子孙辈为何不讳“之”字?》,《新美术》2019年第1期。
[32] [美]巫鸿:《全球视野中的美术史研究:变动的格局与未来的展望》,《美术研究》2019年第2期。
[33] 李军:《为什么故事总是可以有两种讲法?》,《美术研究》2019年第4期。
[34] 陈婧莎:《18世纪朝鲜文献中的〈清明上河图〉》,《美术研究》2019年第2期。
[35] 张晴:《明清的摩登——世界艺术史中的阊门版画》,《美术研究》2019年第2期。
[36] 吴键:《滕固的“艺术学”构想与其“文化”之思——以其留日求学经历为中心》,《美术研究》2019年第5期。
[37] 洪再新:《中国艺术国际市场之成因 黄宾虹、吴衡之关系考》,《新美术》2019年第9期。
[38] 曹顺庆、佘国秀:《本体与镜像——20世纪英语世界的中国艺术史研究》,《文艺研究》2019年第5期。
[39] [法]拉斐尔·佩初兹:《西方视野里的中国画家》,朱子仪译,中信出版集团2019年版。
[40] [美]詹姆斯·埃尔金斯:《西方艺术史中的中国山水画》,上海书画出版社2019年版。
[41] [英]柯律格:《大明:明代中国的视觉文化与物质文化》,黄小峰译,生活·读书·新知三联书店2019年版。
[42] [美]罗伯特·贝格利:《罗越与中国青铜器研究:艺术史中的风格与分类》,王海城译,浙江大学出版社2019年版。
[43] [美]谢柏轲:《中国画之风格:媒材、技法与形式原理》,柴梦原译,北京大学出版社2019年版。
[44] 衣若芬:《书艺东坡》,上海古籍出版社2019年版。
[45] 方闻:《中国书法:理论与历史》,上海书画出版社2019年版。
[46] [美]傅申:《海外书迹研究》(典藏版),葛鸿桢译,上海书画出版社2019年版。

2019年美术理论与批评研究

黄　琳

2019年是中华人民共和国成立70周年，五四新文化运动100周年，从五四新文化运动到中华人民共和国成立以来，艺术创作的维度和形态在不同时期的语境中得以转化。因此美术理论与批评界的研究者需要紧跟时代变迁和社会进步的步伐，围绕这些主题展开相关工作。

2019年美术理论与批评研究领域，在出版、论文及活动方面都有显著体现。在论文发表方面，典型文章见于《文艺研究》《美术研究》《美术》《美术观察》等期刊，数量近50篇，集中在美术史研究方法、五四新文化运动与中国现代美术、美术批评的转型等方向；在出版方面，交叉学科的书籍有叶朗主编的《观·物：哲学与艺术中的视觉问题》、李军主编的《跨文化的美术史年鉴1：一个故事的两种讲法》等，涉及绘画与观众的书籍有迈克尔·弗雷德的《专注性与剧场性：狄德罗时代的绘画与观众》、石守谦的《山鸣谷应：中国山水画和观众的历史》，它们占据了半壁江山。

除论文发表和书籍出版外，年度研究还和社会活动有关。在美术批评领域，举办了第13届中国美术批评家年会。年会主题为“批评视野中的艺术机构”，与往届年会相比，此次主题出现了转型。正如胡斌所说：“以往的中国美术批评家年会主题多从批评自身出发，包括批评的定义、标准、价值、意义以及读者、艺术现场的关系等。此届年会希望将讨论的方向转向批评家所必须面对的艺术机构网络。”

从研究成果看，选题的偏重及数量，在很大程度上是由期刊主导的，选题策划往往决定了文章的具体内容。2019年是五四新文化运动100周年，《美术》相继刊发6篇“五四”与中国现代美术相关的文章；同时是王朝闻诞辰110周年，《美术》与《美术观察》共刊发了近10篇论文。

一、美术史研究方法的最新动向

美术理论中的有些话题在学术讨论中往往是避不开的，如美术史研究方法。随着西方美术史研究方法被不断引进，这方面的讨论很活跃，涉猎范围也愈加广泛，如贡布里希、米克·巴尔、T.J. 克拉克、德勒兹等。陈平的《〈博多尼书评〉：贡布里希早期的一次思想实验》，通过解读《博多尼书评》重构贡布里希在美术史观念形成期所受影响的一个侧面，尤其是他遇到波普尔之前。[1] 段炼的《视觉分析与意识形态：米克·巴尔艺术史学的符号叙事研究》，讨论了巴尔的视觉分析理论、图像解读方法，聚焦于其符号叙事的概念。[2] 金翱的《图像的屈从与抵抗：T.J. 克拉克对绘画的沉思》，通过考察克拉克著作体现出的研究思路的变化，总结其对图像的符号化、意识形态化的认识。[3] 张晨的《风景的凝视与身体的脸化：德勒兹论乔托》，认为借由从乔托到培根的梳理，德勒兹思考出一条在艺术领域不断解域的逃逸线，这同样关涉其围绕符号系统及权力体制的分析，"脸性"的概念也被置于对西方基督教与白人殖民史的政治批判之中。[4]

进入 21 世纪后，中国美术史学也日益受到重视。其中关于海外中国美术史研究的，有曹顺庆、佘国秀的《本体与镜像：20 世纪英语世界的中国艺术史研究》，吴佩炯的《审美意识的重新发现：美国汉学研究中的艺术与审美意识关系问题》，赵成清的《福开森与中国古代绘画研究》。曹顺庆、佘国秀认为 20 世纪英语世界的汉学家与艺术史家，运用各自的方法论模式撰述中国艺术史，使其以多种学术样态呈现于西方知识体系中。[5] 吴佩炯认为当美国汉学家对艺术与审美意识关系的处理既形成与同期西方艺术史论中相似的微妙性，又遭遇具有独特性的中国传统艺术史观及其对艺术与审美意识问题的不同倾向，并先于西方的"新艺术史"潮流开启了对审美意识的关注和重新发现。[6] 赵成清认为福开森的中国绘画史写作为以后西方开展此项研究奠定基础，并展现了"西方视野"中的中国审美观照。[7]

涉及大陆中国美术史研究的，有尹吉男的《中国美术史·导论》、吴键的《滕固的"艺术学"构想与其"文化"之思：以其留日求学经历为中心》、王浩的《"致广大，尽精微"及其话语重塑：徐悲鸿美学思想辨证》、赵丹的《"西学东渐"与中国美术史学的现代转型》、张旭的《福柯与中国艺术史研究范式》。吴键通过滕固的留日求学经历，探讨其"艺术学"构想与"文化"之思，勾勒出其留日期间学术思想的演进脉络。[8] 王浩认为徐悲鸿用"致广大，尽精微"来概括其核心艺术思想，并用作指导艺术实践和艺术教育的基本准则。[9] 赵丹认为外部的推动加上内部的需求共同促进中国传统画学的现代转身。[10] 张旭认为中国艺术史研究在 20 世纪 90 年代全面展开时，遭遇了"福柯效应"在当代各个学术领域中引发的挑战。[11] 尹吉男的《中国美术史·导论》认为在长线的历史中，美术创作者、观赏者、批评家和收藏家所属的阶级、性别、种族、信仰、民族、国家等社会身份仍然是解读美术作品和美术现象的重要手段之一。[12]

巫鸿和白谦慎皆涉及海内外的中国美术史研究，或许和两人的求学与治学经历有关。巫鸿的《全球视野中的美术史研究：变动的格局与未来的展望》，认为目前最主要的是更广义的地域性美术史与全球美术史的关系问题，我们需要在全球美术史的语境中去实现对地域艺术传统的进一步研究和提炼。[13] 白谦慎的《艺术史研究中的图录：从〈古典的复兴〉

谈起》，以《古典的复兴》为切入点，谈及图录与艺术史研究的关系。[14]

二、美术批评的转型与中国美术现代化

随着艺术网媒、自媒体等平台崛起，批评主体的泛化、批评力度的弱化已成为不争的事实。

邵亦杨一直对美术批评持悲观的态度，《艺术批评走向何处？》一文讨论了饱受质疑的艺术批评的发展之路。当艺术批评和艺术一起不断逃脱禁锢，追求独立的学术自由时，才有可能创造深远的意义。[15]汤克兵的《现代主义艺术批评中的画框话语》，认为现代主义艺术批评中的“形式”分析及其理论建构往往围绕“画框”这个边缘性的话语空间展开，艺术作品的阐释或隐或显地纠缠于画框的话语流变。[16]

多数文章聚焦于美术批评的转型。李昌菊的《本土美术批评的现代转型与当代价值》，认为引入西方科学的逻辑思辨和分析推理，取代传统画论重直觉、印象、经验的思维与写作模式，开启了美术批评由外至内的现代转型。[17]宋家宏的《论文艺批评家群体的变迁》，认为21世纪后文艺批评群体发生结构性的改变，出现许多新的要素、场域、人员、类型，也面临一些新的困境。[18]赵占元的《“传承与变革”中国美术的求索之路：美术批评在转换中的重建与思考》，认为20世纪的美术创作与批评需融入世界的经纬坐标及开放的眼光，美术批评应站在美术史的高度，坚守学术的严肃性、独立性和自主性，充分展示其力量。[19]

2019年是五四新文化运动100周年，涉及其与中国现代美术的论文有6篇，可谓是做了全面的讨论。学者们的研究多集中在五四新文化运动与中国美术的现代转型。刘曦林的《从借洋兴中、推陈出新到人民性追求：五四以来的中国美术之路》，回顾百年历程中美术所走过的艰难曲折道路，总结历史经验，并对当下的中国美术的发展进行思考。[20]陈池瑜的《五四新文化运动与中国美术大众化转向》，分析了五四新文化运动对美术大众化转向的影响，认为其改变了中国美术的发展大方向。[21]张晓凌的《五四新文化运动与中国美术的现代转型》，认为对“全盘西化”“反传统主义”的质疑与批判深化了“五四”的思想内涵。[22]封钰的《五四新文化运动与中国美术转向》，认为中国现代美术转向是建立在社会总体变迁中的艺术创作、教育和思想革命的结构性转向。[23]曾小凤的《论五四新文化运动作为中国美术批评现代转型的起点》，认为中国美术批评的现代转型与五四新文化运动发动思想启蒙运动直接相关，它具有强烈的否定性、批判性和革命性。[24]

尚莲霞、胡吉宏则关注五四新文化运动对中国美术教育的影响，《五四新文化运动与中国美术教育科学化体系的建立》从多个方面阐述，并总结出五四新文化运动在美术教育科学化体系建立过程中的作用及影响。[25]

三、相关学科的交叉融合

2019年是王朝闻诞辰110周年，中国艺术研究院美术研究所和《美术观察》杂志社举办了王朝闻文艺理论及其现实意义——纪念王朝闻诞辰110周年学术研讨会，《美术》与《美术观察》刊发了近10篇论文，主要集中在其美学与艺术批评方面。

邓福星关注的是关于王朝闻的美学思想。《关注现实的美学：论王朝闻美学思想》一文，认为王朝闻关注现实的美学思想是运用马克思主义唯物辩证法研究20世纪，特别是20世纪下半叶中国艺术和美学成功的典范；[26]《王朝闻美学思想的三个组成部分：兼论王朝闻美学思想的现实意义》重点讨论了由文艺理论、审美理论和美育理论组成的王朝闻美学思想。[27]林木的《王朝闻的中国画观念及研究》，认为王朝闻关于中国画的思想大致建立在客观与主观、西方与东方、现代与传统、形式与内容诸对矛盾体的辩证统一关系上。[28]徐涟的《服务艺术创作，提升大众审美：王朝闻文艺理论的现实意义》，认为王朝闻甘于做艺术理论的普及者，提升大众审美品位与审美能力，是重温其学术成就及精神最重要的现实意义。[29]

郑工、王一川与刘悦笛关注的是王朝闻的艺术批评。郑工的《艺术规律即日常之道：王朝闻批评话语的当下意义》，讨论了王朝闻批评话语中的"日常性"问题，并在"大众""民间""日常"几个概念中探寻中国艺术现代发展的趋向。[30]王一川的《王朝闻：艺术批评家的杰出范例》，认为从艺术学理论的学科逻辑和艺术批评自主追求来看，王朝闻都是艺术批评家的杰出范例。[31]刘悦笛的《作为"生活美学家"的王朝闻先生》，认为王朝闻的美术批评及其使用的"土方法"促成了"流动的美学"，并认定"独见与共识之对立统一，构成美术批评之常新感与科学性"。[32]

美术与哲学分属于不同的学科，但有着密切关联。陈佳的《写意与表现：由杜威表现观引发的艺术哲学思考》，认为诞生于中国传统美学的"写意"概念和在西方美学史上确立起来的"表现"概念，都因其直接关乎艺术的本性而在当代艺术哲学语境中持续保持着鲜活的生命力。[33]朱良志的《论中国传统艺术哲学的"无名艺术观"》，认为"无名艺术观"是一种非功利、非目的的，根源于至人无名、无凡无圣的平等哲学智慧，深刻影响了传统艺术创造。[34]叶朗主编的《观·物：哲学与艺术中的视觉问题》，汇集倪梁康、张祥龙、肖鹰等10余篇论文，专门探讨了艺术与哲学共同的论题"观"与"物"。[35]

李军尤其关注的是关于跨文化美术史的研究。李军主编的《跨文化的美术史年鉴1：一个故事的两种讲法》，在跨地域和跨文化研究的宏观视野下，探寻世界范围下的艺术的文化语境、生成机制、艺术类型、本体论特征及不同文化、艺术间的交互影响。[36]

四、问题与展望：山鸣谷应?

综观2019年对美术理论与批评领域方面的研究，有些基本问题虽已涉及，但仍有一定的研究空间。在笔墨空间方面，郑工的《山水画笔墨空间意识三辨》从“用笔之辨”“用墨之辨”“精神之辨”方面，讨论中国山水画中的笔墨空间意识。[37]在“艺术的终结”方面，彭锋的《艺术的终结与禅》认为我们考察这一理论的形成背景，会发现20世纪60年代以来发生在纽约的艺术实践为其产生提供了土壤，尤其是受到禅宗影响的波普艺术。[38]

在绘画与观众方面，迈克尔·弗雷德的《专注性与剧场性：狄德罗时代的绘画与观众》认为18世纪下半叶法国绘画有意识地描绘专注于行动的人物，建立画外观众不存在的虚构，由此克服“剧场性”，从而取得令人信服的画面效果。[39]对观众或观看的关注并不是一个新话题，西方艺术史和中国早期美术史中已有很多讨论。即使关于中国古代绘画，也早有涉及，石守谦就首先以此来梳理中国绘画史，柯律格也于近年完成了一本关于观众的专著。[40]《山鸣谷应：中国山水画和观众的历史》[41]聚焦于山水画，尝试透过“画家与观众互动”这一角度，对山水画史何以产生变革的根本问题予以反思和解答。不过总有些疑虑：能否以观众作为主线来一以贯之地讨论整个中国山水画史？我们是否可以为每一张画的观众或每一种类型的观众都做翔实的描述？我们是否可以探索每一位观众在观看山水画时的情境或心态？书中也不免能看到作者常有空中楼阁式的猜测，却难以找到材料来支撑，甚至在很多章节中看不到与观众的关联。

综上所述，2019年的美术理论与批评研究取得了较丰硕的成果。虽呈现出一定的不足和不均衡，但也预示着这门年轻的学科具有很大的研究空间、发展前景。

（黄琳　上海大学美术学院2019级博士研究生）

注释

[1] 陈平:《〈博多尼书评〉:贡布里希早期的一次思想实验》,《新美术》2019年第1期。

[2] 段炼:《视觉分析与意识形态:米克·巴尔艺术史学的符号叙事研究》,《世界美术》2019年第2期。

[3] 金翱:《图像的屈从与抵抗:T.J.克拉克对绘画的沉思》,《美术观察》2019年第11期。

[4] 张晨:《风景的凝视与身体的脸化:德勒兹论乔托》,《文艺研究》2019年第10期。

[5] 曹顺庆、佘国秀:《本体与镜像:20世纪英语世界的中国艺术史研究》,《文艺研究》2019年第5期。

[6] 吴佩炯:《审美意识的重新发现:美国汉学研究中的艺术与审美意识关系问题》,《文艺研究》2019年第5期。

[7] 赵成清:《福开森与中国古代绘画研究》,《美术》2019年第8期。

[8] 吴键:《滕固的“艺术学”构想与其“文化”之思:以其留日求学经历为中心》,《美术研究》2019年第4期。

[9] 王浩:《“致广大,尽精微”及其话语重塑:徐悲鸿美学思想辨证》,《文艺研究》2019年第1期。

[10] 赵丹:《“西学东渐”与中国美术史学的现代转型》,《美术研究》2019年第3期。

[11] 张旭:《福柯与中国艺术史研究范式》,《文艺研究》2019年第7期。

[12]《中国美术史》编写组编:《中国美术史》“导论”,高等教育出版社2019年版。

[13] 巫鸿:《全球视野中的美术史研究:变动的格局与未来的展望》,《美术研究》2019年第2期。
[14] 白谦慎:《艺术史研究中的图录:从〈古典的复兴〉谈起》,《新美术》2019年第9期。
[15] 邵亦杨:《艺术批评走向何处?》,《美术研究》2019年第4期。
[16] 汤克兵:《现代主义艺术批评中的画框话语》,《文艺研究》2019年第2期。
[17] 李昌菊:《本土美术批评的现代转型与当代价值》,《中国文艺评论》2019年第9期。
[18] 宋家宏:《论文艺批评家群体的变迁》,《中国文艺评论》2019年第11期。
[19] 赵占元:《"传承与变革"中国美术的求索之路:美术批评在转换中的重建与思考》,《文艺评论》2019年第1期。
[20] 刘曦林:《从借洋兴中、推陈出新到人民性追求:五四以来的中国美术之路》,《美术》2019年第3期。
[21] 陈池瑜:《五四新文化运动与中国美术大众化转向》,《美术》2019年第1期。
[22] 张晓凌:《五四新文化运动与中国美术的现代转型》,《美术》2019年第5期。
[23] 封钰:《五四新文化运动与中国美术转向》,《美术》2019年第5期。
[24] 曾小凤:《论五四新文化运动作为中国美术批评现代转型的起点》,《美术》2019年第5期。
[25] 尚莲霞、胡吉宏:《五四新文化运动与中国美术教育科学化体系的建立》,《美术》2019年第1期。
[26] 邓福星:《关注现实的美学:论王朝闻美学思想》,《美术》2019年第4期。
[27] 邓福星:《王朝闻美学思想的三个组成部分:兼论王朝闻美学思想的现实意义》,《美术观察》2019年第6期。
[28] 林木:《王朝闻的中国画观念及研究》,《美术》2019年第4期。
[29] 徐涟:《服务艺术创作,提升大众审美:王朝闻文艺理论的现实意义》,《美术观察》2019年第6期。
[30] 郑工:《艺术规律即日常之道:王朝闻批评话语的当下意义》,《美术观察》2019年第6期。
[31] 王一川:《王朝闻:艺术批评家的杰出范例》,《美术观察》2019年第6期。
[32] 刘悦笛:《作为"生活美学家"的王朝闻先生》,《美术观察》2019年第6期。
[33] 陈佳:《写意与表现:由杜威表现观引发的艺术哲学思考》,《美术》2019年第6期。
[34] 朱良志:《论中国传统艺术哲学的"无名艺术观"》,《南京大学学报》(哲学·人文科学·社会科学)2019年第1期。
[35] 叶朗主编:《观·物:哲学与艺术中的视觉问题》,北京大学出版社2019年版。
[36] 李军主编:《跨文化的美术史年鉴1:一个故事的两种讲法》,山东美术出版社2019年版。
[37] 郑工:《山水画笔墨空间意识三辨》,《美术》2019年第6期。
[38] 彭锋:《艺术的终结与禅》,《文艺研究》2019年第3期。
[39] [美]迈克尔·弗雷德:《专注性与剧场性:狄德罗时代的绘画与观众》,江苏凤凰美术出版社2019年版;张晓剑:《视觉艺术中媒介特殊性理论研究:从格林伯格到弗雷德》,《文艺研究》2019年第12期。
[40] [英]柯律格:《谁在看中国画》,广西师范大学出版社2020年版。
[41] 石守谦:《山鸣谷应:中国山水画和观众的历史》,上海书画出版社2019年版。

2019年艺术社会学研究

陆　豪

2019年度中国艺术社会学研究相较以往有所不同，整体呈现出较为明显的两种态势：一方面，对于西方艺术社会学理论的引介开始显出疲弱，更多是基于对以往引介的社会学范式继续展开研究；另一方面，越来越多的青年学者开始尝试将西方社会学研究方法与本土经验进行融合，尤其是对民俗学、思想史、非物质文化和科技等其他专业领域具体问题的研究中。这两种态势共同搭建出本年度艺术社会学研究的基本结构。

一、艺术社会学前沿问题研究

第三届艺术社会学青年学者论坛是本年度国内重要的学术活动，此次论坛以美国批判社会学家C.赖特·米尔斯的“艺术社会学的想象力”为议题，其旨意于把握历史、社会、政治与审美在现实中的关联。来自20余所高校和科研机构的与会学者分别从艺术社会学的西方观照、艺术社会学的中国经验、艺术社会史的个案呈现与理论建构，以及跨学科视野下的艺术社会学，共四个方面展开讨论。[1]南京大学周计武将艺术的社会生产、传播和消费机制放入现代性语境中，对艺术的庇护赞助体制转向市场体制进行了讨论，这种跨学科的研究方式有助于理解艺术性与社会性之间的关系。北京大学李洋以“电影等级体制”入题，认为在当下大数据的算法下，观众和网友对电影的观感形成一种艺术体制等级，进而避免了主观情绪在电影等级中的作用。复旦大学孙斌认为艺术需要从各种二元区分所造成的孤立状态下脱离出来，在社会变革中承担起再造经验的职责。上海师范大学姚云帆则从艺术批评切入，在分析本雅明的批评概念的基础上，认为批评应当与艺术作品的自律存在和社会历史价值统一起来，成为一种独有文类。而中国人民大学的常培杰对比分析了格林伯格和阿多诺的艺术自律观念，对现代主义和前卫艺术进行了深入剖析。西方理论与中国经验的结合一直是引发学界深思的主题，此次论坛上东南大学甘锋另辟蹊径，从大数据着手对中国画家的知名度进行一系列技术性的分析尝试，所得出的榜单反映了中西各方关系对中国画家的认知情况，这种技术性研究是一种新的研究路径。东南大学孟凡行在报告中谈及费孝通对艺术生活的论述并非对解决文化和艺术领域问题的回应，而是希望通过艺术引导人类走向美好社会。有别于艺术社会学研究，艺术社会史的研究对象更加明确，南京大学韩伟华在《论作为西方文明象征的帕特农神庙形象之建构》的报告中一反将帕特农神庙作为雅典民主象征的观点，他认为帕特农神庙更多的是现代政治与艺术合谋的产物，这也与美国历史学家马丁·贝尔纳的部分观点殊途同源。东南大学周渝的报告以个案研究展开，透过库尔贝的作品《偶遇》质疑一直以来将该作品视为“现场写生”作品的观点，其观点更倾向于是库尔贝从揭露社会黑暗现实到构建宏大艺术理想的重要转折，作品是时代艺术与社会思潮结合的典范。杭州师范大学诸葛沂则通过对康维勒的梳理，呈现了画商在现代艺术中起到的重要作用。河北大学王志亮以“堕落的艺术”展作品作为研究对象，总结出公众对于展览的评价大多不涉审美，而更倾向在道德和政治标准层面。中央美术学院赵炎以女性艺术家路易斯·布尔茹瓦为个案，表明艺术家在进入艺术史时都会遭遇风格化和符号化的过程，优劣参半。“数字人文”作为一种创新性学科，也成了此次论坛艺术社会学跨学科范畴的新兴对象。西北大学陈晓辉在《操作与文学的知识敞开——以弗兰克·莫莱蒂的数字人文批评为例》中具有针对性的讨论了莫莱蒂的数字人文批评方法，通过对其操作过程的分析，进而检验理论的有效性，发现新问题，重新架构原有研究。[2]此次论坛最大的尝试是对艺术社会学建构体系和问题进行了回归和拓展，并在基础理论之上对本土化经验、历史的细节、跨学科融合等问题进行了多元化考察，呈现出中国艺术社会学青年学者具有想象力的研究潜力和格局。

国内对西方艺术社会学理论的研学逐渐从侧重个案和传统理论转向具体阐释和现象研究，越来越多的学者不再满足于对单纯专业术语的概念性引介。卢文超在分析美国艺术社会学家盖瑞·法恩以“自学艺术”对民族志进行研究时认为，“法恩对自学艺术家的研究，关注的是他们作品的价值赋予过程”，具有一定程度的普遍性。[3]相较之下，“原生艺术”和“素人艺术”作为国内自学艺术的代名词逐渐开始受到关注，但目前尚处于一种价值判断层面的研究，即原始深层的心理诉求或需要。关于法恩的研究对未来国内自学艺术以及相关的艺术疗愈专业发展均有一定的观照价值。霍华德·贝克尔及其著述在国内一直保持着较高的研究热度，韩丹和肖立志在《标签理论：理解“艺术”和“越轨”的新向度——从霍华德·贝克尔的〈局外人：越轨的社会学研究〉和〈艺术界〉谈起》中对比分析了贝克尔的《局外人：越轨的社会学研究》和《艺术界》两部著述，讨论其如何将“艺术”和“越轨”定义为一种经掌权者引导、集体性参与的主观定义过程。同时提出艺术社会学应当以多元的分析视角实现对不同研究议题的全面阐述，当前新艺术社会学应以问题为导向，将审美纳入艺术社会学的图景，强调了问题导向思维在构建多元性分析视角当中的重要性。[4]陈岸瑛通过对丹托和迪基的艺术体制论的重新分析认为：“艺术世界既是社会关系的总和，也是逻辑关系的总和，认识前者，有助于破除有关艺术的审美神话；认识后者，有助于厘清和把握艺术价值的生成机制。”[5]普列汉诺夫的艺术社会学一直被认为是对马克思主义文艺理论的重要发展，他强调了社会学和历史学方法的重要性，重视文艺与社会生活的联系及其历史制约性，王建刚和应舒悦在《普列汉诺夫艺术社会学中的人类学思想》一文中分析普列汉诺夫的艺术社会学理论因受人类学思想的影响，其一元论唯物史观和社会学方法在具体研究中并未完成，旁征博引地总结出其艺术社会学理论的缺陷和“未完成”状态，与当下新社会艺术学不同的是，他认为“艺术社会学应该与诗学联手，进而走向社会学诗学”[6]。关于对艺术社会学自身的讨论，无论是布尔迪厄的艺术场，还是贝克尔的艺术界都在关注社会学能为艺术带来什么，而娜塔莉·海因里希则发出另一种声音：艺术能为社会学带来什么？海因里希认为社会学家应摆脱本体论立场，采用多元论的立场，“通过多重价值体系，扩展判断模式，因此获得更有效、更丰富的描述能力”[7]。针对上述问题，陈岸瑛在《从艺术史论角度看艺术社会学的潜能与限度》一文中分别从艺术社会学的起源以及对艺术史研究的影响、艺术社会史对常规艺术史形成了什么样的挑战、艺术社会学的解释限度等方面展开，分别针对解释系统、解释出来的现象和被解释对象进行讨论，他认为对三者做进一步的区分和梳理有助于艺术的理解和评价。[8]原百玲则梳理了自20世纪60年代以降，国外艺术社会学研究的经验和方法，分别从社会学方法探究艺术现象、艺术研究的社会学范式两个视角进行展开，“社会学家在严格遵循社会学的客观性研究立场”的同时，“往往抹煞了‘艺术的特殊性’‘意义和价值’等审美属性和价值属性问题”，[9]中国的艺术社会学应当依赖本土艺术案例的社会学调研，借此基础之上进行多元性角度的研究。为了解决社会学客观性与艺术独特性之间的问题，卢文超在《中间道路的艺术社会学——詹尼特·沃尔芙艺术社会学思想探析》中将詹尼特·沃尔芙与提亚·德诺拉的理论进行对比，并分析得出二者彼此在理论和经验层面上搭建艺术社会学与美学融合的学术路径。[10]

二、基础理论与跨学科的交互研究

艺术作品往往是被动地出现在传统艺术史和美学的研究视野内。当前越来越多的人文交叉学科的关注重心开始从“艺术说了什么”转移到“艺术做了什么”。[11]卢文超在《论艺术作品能动性》中分别从艺术人类学、艺术史和艺术社会学三个角度讨论艺术作品的能动性，明确艺术作品即人，我们与艺术作品的关系，就像我们与他人的关系，它们并非消极被动，而会对我们产生能动性影响。[12]关于艺术作品能动性的讨论能够加深对生活中“物”的理解，人与“物”之间构成了一种相互控制、彼此制造的关系网络。上海大学蓝凡提出了艺术社会性分类的可能性与必要性问题，即将人类生存的依据当作划分艺术类型的基础，从而合成一种与人类学和社会学跨界的艺术类型研究。[13]艺术社会学研究方法的核心是以事件的视角阐释艺术的生产与传播。然而，这种研究方法的问题是在艺术作品与社会事件之间建立因果关系，一方面遮蔽了艺术作品的审美独特性，另一方面使阐释的效力也大大降低。杨一博以艺术社会学“事件”概念为问题依据，对艺术社会学中的“作品向事件还原”的方法缺陷进行讨论，并提出替代性的叙事主义历史哲学方案，后者否定了作品向事件还原的可能性，论证了作品对事件的优先性地位，并建构彼此互动关系，这将有效地推动艺术学理论的发展。[14]

当代艺术的发展始终与政治、经济、文化等领域互动紧密，当代艺术与社会的关系在科技的催化下也产生了新的特征。陈德洪以介入式艺术为视点，就艺术介入社会的当代路径展开讨论，并对科技和产业革命推动的当代社会变革是否引发艺术与社会关系的新可能进行追问。[15]作为一种参照，网络艺术成为当代艺术的新景观，尤其是“线上艺术”与线下艺术之间的差异性联系。宋刚和宋伦宸在《当代艺术的新维度：线上艺术》中从新视觉、线上艺术与社会学的关系、线上艺术与视觉文化三个方面对线上艺术进行剖析，以逻辑判断的方式归纳人、网络、艺术与社会之间的联系，通过引入美国学者布洛维的公共社会学，延导出网络社会学的概念和关注对象。[16]中国当代艺术的发展面临着艺术与社会之间复杂的切入关系，杨钰琦在《浅谈中国当代艺术与社会学的关系》中提出了完全不同的看法，他将艺术创造与个人和社会价值导向进行关系，中国当代艺术家出现的整体焦虑导致艺术创作从未离开政治学范畴，从而与艺术核心精神想脱离，“就艺术与社会的关系而言，艺术与社会更不是一种对抗关系，不管艺术如何对抗都解决不了社会学层面的问题”“艺术与社会学的关系从根本上讲是一种疏远关系，社会学最根本的节点是政治”。[17]但这种脱离主流宏观架构回归纯粹艺术精神的批判，看起来更像是一种美好的艺术愿景。此外，学者佟玉洁针对艺术社会学范畴提出了“性别的流动性”这一新概念，她在《性别流动中的艺术社会学意义》中通过分析几位女艺术家的作品，阐释了性别材料与观念多元化在性别流动中的作用与意义。尤其是作品中历史性与现实性介入后的视野与格局会突破生物性别决定论的历史与现实的命题，她认为只有进入到相等同的艺术生产与社交互动平台后，才能有效地改善艺术生产环境中男女有别的文化理念，消除生物性别艺术创作局限的社会心理。[18]

三、艺术社会学的中国实践

艺术社会学作为当前国内蓬勃发展的学科之一，在不断引入西方前沿理论的基础上，逐渐摆脱传统思辨化的倾向，尝试步入中国本土经验与实践的研究。这种针对本土具体“事件”的研究整合推高并深化了我们对自身艺术的理解。李小林在《艺术社会学视野下的北宋汴京官窑》一文中将“民匠”这一概念置于阿诺德·豪泽尔的“互动”关系理论中，阐述宋代官窑与民匠之间因受到社会变化的影响而形成既限制又独立的社会关系，在社会、艺术和民匠的互动关系中，对民匠价值的认定呈现更加多维。民匠的无数次重复并非一种单调的机械复制，而是对某种工匠精神的淬炼，这与宋代权利规制、民匠个人成长以及社会理想紧密关联。[19]同为陶瓷方面的研究，蔡娇娇以社会学的“互动”关系理论对陶瓷装饰艺术历史进行梳理，发现社会环境因素对陶瓷装饰的图案、色彩以及工艺制作方面的影响颇大，除去装饰艺术的功能性，还承载着一定不同社会阶级情感的表达。[20]这种套用社会学理论介入本土研究的方式亦在民艺研究领域有所体现，《论“东北大花布”的艺术社会学建构》一文就以“东北大花布”的起源为出发点，通过“东北大花布”在不同阶段社会背景下的审美心理分析，以艺术社会学研究方法厘清其审美趣味流变的规律。[21]当“东北大花布”的使用价值弱化后，其文化价值越发凸显，作为一种大众视觉文化符号在与当代艺术高冷的“联姻”后，脱离大众审美趣味的“二次创作”成了一个值得深究的议题。中南民族大学王星星对于热贡唐卡署名问题的研究具有一定的代表性，他借用阿诺德·豪泽尔对艺术作品产生的两个归因：即艺术内的意识活动和艺术外的客观环境，对热贡唐卡画师的署名问题展开系统性探讨。从唐卡的匿名传统到热贡唐卡署名的产生，唐卡逐渐由宗教圣物转向艺术商品，传统画师的隐遁也转向对名利的追求。不同等级性的传承人“称号”成为署名产生的主要诱因之一，而署名问题引发的现代性商业化行为与唐卡市场以及宗教信仰发生的互动，致使画师群体不均衡的经济分配与宗教信仰之间出现矛盾，即谁来养家？为谁修行？“神圣世界”带来的巨大回报让画师诚惶诚恐的同时，署名不仅带来名利亦加速了唐卡艺术的流传以及教义的广布，这或许成了艺术商品与宗教信仰之间的一种现代性调试。[22]

2019年度，我国艺术社会学研究呈现出一种不同以往的面貌，对相关基础理论的讨论不再单一集中于对国外著述和思想的引介及转译，更多地开始转向对民俗学、思想史、非物质文化和科技等其他专业领域具体问题的关注，不断拓宽艺术社会学的研究范畴，从而使其在整个人文社会科学中的位置越发重要。纵观2019年艺术社会学研究，尽管主要的成果依旧集中于少数学者、对于问题的解释路径依旧过于单一、理论混杂借用的痕迹依旧不伦不类、“蹭热度”的学术现象依旧存在，但瑕不掩瑜，中国艺术社会学的研究方法愈发趋于多元化，越来越多的跨学科青年学者开始强势介入并蓄势发力，使得整体研究逐渐呈现出一种本土化的乘势而上的学术面向。

（陆豪　中国美术学院艺术学博士、广州美术学院副教授）

注释

[1] 周渝：《艺术社会学的想象力——第三届艺术社会学青年学者论坛综述》，《文艺研究》2019年第9期。

[2] 周渝：《艺术社会学的想象力——第三届艺术社会学青年学者论坛综述》，《文艺研究》2019年第9期。

[3] 卢文超：《盖瑞·法恩〈日常天才：自学艺术和本真性文化〉导读》，《民族艺术》2019年第6期。

[4] 韩丹、肖立志：《标签理论：理解“艺术”和“越轨”的新向度——从霍华德·贝克尔的〈局外人：越轨的社会学研究〉和〈艺术界〉谈起》，《中共福建省委党校学报》2019年第1期。

[5] 陈岸瑛：《艺术世界是社会关系还是逻辑关系的总和？——重审丹托与迪基的艺术体制论之争》，《南京社会科学》2019年第10期。

[6] 王建刚、应舒悦：《普列汉诺夫艺术社会学中的人类学思想》，《学术研究》2019年第9期。

[7] 卢文超:《艺术与社会学的奇缘——论娜塔莉·海因里希〈艺术为社会学带来什么〉》,《天涯》2019 年第 6 期。
[8] 陈岸瑛:《从艺术史论角度看艺术社会学的潜能与限度》,《艺术学研究》2020 年第 1 期。注: 此文是作者依据 2019 年 12 月 2 日由《艺术学研究》编辑部和马克思主义文艺理论研究所联合举办的第 15 期当代艺术学与美学论坛的发言和讨论整理而成。
[9] 原百玲:《艺术社会学研究概观》,《中国社会科学报》2019 年 9 月 23 日总第 1793 期。
[10] 卢文超:《中间道路的艺术社会学——詹尼特·沃尔芙艺术社会学思想探析》,《东南大学学报》(哲学社会科学版)2019 年第 5 期。
[11] 卢文超:《论艺术作品能动性》,《文艺争鸣》2019 年第 10 期。
[12] 卢文超:《论艺术作品能动性》,《文艺争鸣》2019 年第 10 期。
[13] 蓝凡:《社会变革与艺术实践: 艺术社会性分类的价值逻辑》,《艺术百家》2019 年第 1 期。
[14] 杨一博:《艺术社会学"作品向事件还原"方法论缺陷及矫正方案——兼论叙事主义历史哲学中作品与事件的关系》,《艺术评论》2019 年第 10 期。
[15] 陈德洪:《艺术介入社会的当代路径与反思》,《艺术科技》2019 年第 18 期。
[16] 宋刚、宋伦宸:《当代艺术的新维度: 线上艺术》,《重庆交通大学学报》(社会科学版)2019 年第 6 期。
[17] 杨钰琦:《浅谈中国当代艺术与社会学的关系》,《文艺生活·文海艺苑》2019 年第 1 期。
[18] 佟玉洁:《性别流动中的艺术社会学意义》,《美术观察》2019 年第 7 期。
[19] 李小林:《艺术社会学视野下的北宋汴京官窑》,《陶瓷研究》2019 年第 4 期。
[20] 蔡娇娇:《陶瓷装饰的艺术社会学分析》,《陶瓷研究》2019 年第 4 期。
[21] 刘寅凯、马林兰:《论"东北大花布"的艺术社会学建构》,《武汉纺织大学学报》2019 年第 3 期。
[22] 王星星:《艺术社会学视角下热贡唐卡画师的署名问题研究》,《青藏高原论坛》2019 年第 1 期。

2019年中国艺术人类学学术热点综述

安丽哲

2019年的中国艺术人类学研究主要围绕学科建设与理论探讨、符号功能与社会建构、传统艺术的现代化建构中的困境与思考、民族民间艺术的文化表征与传达、艺术乡村建设的经验与模式分析等方面展开。

一、艺术人类学的"中国学派"与理论建构

随着艺术人类学各个门类艺术理论研究的逐渐深入，2019年关于艺术人类学的理论与学科建设探讨呈现了前所未有的广度与深度，主要包括学科建设与经验反思、门类艺术人类学的发展状况与方法、艺术人类学研究中的常用关键词的理解与定义，以及艺术人类学发展趋势的探讨等方面。

在关于学科建设与经验反思方面，内蒙古师范大学董波教授就艺术人类学学会与艺术人类学中国学派的形成和发展之间的关系进行了探讨。她认为艺术人类学学会的师承关系

参加"当代艺术人类学论坛第四期"与会者合影　摄影：佚名

有效推动了具有学派特质的学术共同体的形成；艺术人类学学会的共同学术宗旨是艺术人类学中国学派形成的基础；艺术人类学学会的各代表人物的思想是艺术人类学中国学派形成的关键点。[1]在艺术人类学研究中常用关键词的理解与定义方面，深圳大学李新风教授探讨了民族艺术学的研究范围与对象，他认为首先民族艺术学的“民族”应该包括所有民族，不应该只是少数民族；其次，民族艺术学应当关注与生活、生产日常密切相关的艺术，尤其需关注那些更接近民族艺术本质的一些艺术形态；最后，通过反思传统的民族艺术学的观念与范式，从而建构艺术人类学的中国学派。[2]东南大学孟凡行副教授提出艺术人类学对艺术学的意义与其在人类学中作为一个研究侧面（分支学科）不同，由于它可担负起艺术研究从艺术物理层向艺术哲学层攀升过程中文化研究的功能，因而是艺术学必不可缺的层面；艺术人类学将艺术放入文化和社会网络中进行整体研究的思路，决定了研究对象不再是虚无缥缈的艺术，而是实实在在的艺术界；艺术民族志方法可帮助艺术学摆脱在面对从“死艺术”到“活态艺术”转变的当代艺术图景时的困境，且可为艺术学打造全新的一手资料系统；艺术人类学的理论和方法对传统的艺术学有“革新”价值，艺术人类学应抓住艺术学升门和艺术学理论升为一级学科的机遇，将自身建设成艺术学理论的二级学科。[3]

二、“物”的符号功能与社会建构

艺术本体的功能也一直是近年来艺术人类学探讨的焦点之一，源于中国非物质文化遗产保护运动与艺术人类学研究之间的紧密关系，在本年度多数对于民间艺术本体——“物”的功能考察上，研究者们得到了较为一致的观点，即“物”的象征功能对于社会秩序、社会伦理建构都发挥着重要的作用。云南大学金红博士的《动态的文化生态与民族艺术释义的再生产——傣族乐器“光邦”名称的意义表达》阐述了傣族膜鸣乐器——“乐器”光邦以其象征功能所具有的独特价值，在民心相通的构建中使社会和谐有序，从而揭示出“物”的存在是其内在功能满足外部需求的结果。[4]中国艺术研究院安丽哲副研究员用文献梳理与现实调查的方法，通过苗族服饰的个案，探讨了民族服饰各项功能以及当代演变，揭示民族服饰视觉符号的关键内核，并为当代民族服饰的发展与设计思路提供理论依据，从而达到进一步发挥其建构伦理秩序，促进社会发展的原有功能。[5]山东艺术学院荣树云通过杨家埠木版年画个案的调查论证了任何乡土社会中的人群都不能单个存在，必须在时空中“秩序性”地内嵌于其社会结构、社会制度中；社会结构就像文化的其他部分一般，是人造出来的，是用来从环境里取得满足生活需要的工具；乡土社会中的“秩序性”是人们为了满足一个群体或民族的日常生活正常运转，形成的一套完整的文化生态系统；乡土社会中的“秩序”使人们内心充满了安全感，生活里大小事情，靠世代流传的“集体经验”就能应付。[6]浙江财经大学罗易扉教授则概括了当代西方学者布朗、罗卡与乔瓦瑟对于美洲非裔艺术的研究方法即“物的社会生命史”方法，讨论了物从“私密之物”到再到“国家公共象征”的社会生命流转过程。同时她还谈到这些研究中的一个现象就是将“物”作为一种国家认同“武器”，实现了其在文化政治上的身份认同。[7]

三、传统艺术在现代化建构中的困境与思考

传统与现代的关系，以及传统的现代化问题一直是艺术人类学近年来关注的一个焦点。本年度的讨论主要涉及转化新思路、新概念、新方式的提出，以及在传统艺术现代化过程中出现的问题。人民大学的赵旭东教授提出一个乡土设计概念，他认为在文化转型的背景下，乡土设计是乡土社会观念和现代设计理念相结合的一种产物。在今天，面对这样的一种现代和传统并存的状况，我们真正需要在传统与现代、乡土和泥土之间寻找一种因为相互的结合而具有的一种创造性的转化，并由此而产生出一种新的东西，这同样也是乡土设计中应该重点去关注的一个核心问题。只有找到二者的结合点，乡土设计才能成功，乡土设计的成功即是一种传统地方性的现代化的成功，所谓“民族的即是世界的”说法的另一种表述。[8]云南省博物馆的郭佳副研究员以云南省周城村白族扎染技艺为个案，揭示了该技艺在社会变迁中所呈现出的不同生存状态，是民族非物质文化遗产传续博弈于传统与现代之间的真实写照，也是少数民族地区的乡村建设在传统与现代间、地方与全球间寻找发展出路与提升空间的一种映射。她认为行走在现代化进程中的乡村也在以新的方式反哺着生长于其中的民间艺术。[9]广西艺术学院人文学院谢仁敏教授认为在现代性冲击下，民间艺术遭遇了一系列困境。面对民间艺术的现代性困境，应立足乡土社会实际，一方面要把握其文化属性，实现保护传承上的创新；另一方面也要开发利用其经济属性，实现传统价值的创造性转化，才能真正让民间艺术获得更大的发展空间。[10]云南大学的向丽、陈顺尧从传统出发，探讨了作为“文化最精妙的表达方式”的审美和艺术如何建构时尚及其在当代社会发展中发挥的作用，强调了其在恢复和激活当代美学中的现实实践性的重要意义。[11]四川师范大学钟玮、刘佳以贵州省台江县施洞地区的苗族盛装刺绣为个案分析对象，提出地域刺绣手工艺的发展在体现对传统文化积淀与传承的同时，更应以理性的态度注入时代的审美精神，从而将手工艺设计的精神内涵融入现代创意生活实践之中，实现传统手工艺的现代多元化实践。[12]

当文化遗产被定义为资源的时候，各种产业的开发也不可避免地形成时代大潮，传统物质文化遗产在这种情况下会如何顺利转型成为中国艺术人类学研究的一个热点问题。广西艺术学院的李欣与高尚学教授则提到广西民歌的保护传承与产业化开发二者之间存在着两难之境，即缺乏一个合理有效实施的“度”。而“文化生态壁龛”概念的提出，很好地解决了广西民歌保护传承与产业化开发两者之间的悖论。这也为其他地区的民族艺术的价值开发与传承保护提供了参考。[13]西北民族大学美术学院李贝副教授以陶瓷唐卡的发展为个

案，探讨了由传统文化转换为文化资源，在传承和发展中找到民族特色文化保护新的路径，她认为适宜的产业化利用是民族特色文化可持续发展的新需求，民族文化产业发展为民族特色文化保护提供了资金、开拓了空间，同时也增强了对其保护的自觉和信心。[14]

四、民族民间艺术的文化表征与传达

这部分的研究聚焦于艺术表象所传达的深层文化结构变迁，内容涵盖从空间艺术到时间艺术，从个体到社区以及趋同化现象分析。

首先来看对民族民间空间艺术与时间艺术变化背后的文化分析。西北民族大学美术学院的牛乐教授认为伊斯兰教拱北是西北河湟多民族地区具有鲜明地域特点的文化景观，也是多民族艺术文化的集中展示，其在中国传统建筑装饰文化的基础上，成功地整合了中亚、西亚伊斯兰文化艺术的精华，并重构成独具特色的文化表意系统，体现了多元共生的文化心理结构，成为多民族文化交融与变迁的历史文本。[15]海南大学袁晓莉副教授详细解析了黎族龙被在清代各个时期图案的造型变化，从中分析出黎族信仰观念的变化，即由祖先崇拜到近世理想的生活境界。[16]中国艺术研究院关祎认为岩画不仅是一种艺术形式，在艺术人类学的视角下，岩画更是社会生活的重要组成部分，它的创作和存在同人类社会生活的方方面面都紧密相关，学者的研究应该具有“本土文化”或“本土知识”的视角，因而脱离了社会与族群的岩画研究将是刻板甚至偏颇的。[17]广东省清远市博物馆的吴平贞以外销瓷中鹰纹图案为研究对象，通过分析“鹰”纹外销瓷的图案来源、主题绘画风格、造型、胎釉和产地等问题，进而还原定制者与制作者的互动关系，探讨作为商品的“鹰”纹外销瓷图案背后体现的中西文化差异及早期中西文化交流的特点。[18]广西民族大学的程文凤、

2019年中国艺术人类学学术研讨会现场　图片来源：云南艺术学院新闻中心

廖明君教授从戴维·哈维的空间理论视角出发，结合彩调艺术历史发展经验，对彩调艺术进行空间解释，通过艺术家的空间体验和彩调艺术不同的空间表征来阐述彩调这一艺术实践活动与时空生存语境的联系，也为艺术体验与表达提供了新的理论研究视角。[19]

其次是对艺术个体以及具体艺术现象的关注，具体表现为艺术个体身份转化的深层文化原因以及社区定位所体现的文化再生产模式。中南民族大学的在读博士吴昶对艺术与手工艺的判断标准进行了探讨。他认为通常来说，我们以产品的属性、个体人的能动性表现和不同文化语境来作为判定其属性的重要因素。如今由手工艺人向艺术家转型过渡的情况正成为一种新的社会文化现象。在这种情况下，最好是在逻辑、历史与能动性三个维度之间去把握这种具有变量关系的"边界"。[20]中国艺术研究院在读博士赵跃以北京最大的艺术家聚集区宋庄作为研究对象，以改革开放40年来的中国社会变迁及经济全球化发展为背景，考察艺术区发生和发展的中国实践之路，将问题聚焦在艺术界内部关系的交互和艺术系统的再生产上。从最初的画家村"乌托邦"，到市场繁荣下的"艺术家社区"生态变迁，再到政府主导下的"艺术产业时代"，为了解中国艺术界的变迁动因及当下实践提供了一个视角。[21]

最后是关于民族民间艺术发展趋同性现象的文化分析与建议。昆明学院何马玉涓副教授通过对三个典型民族节日仪式艺术个案的纵向与横向对比，提出一个民族节日仪式的周期、程式发生改变，作为内核的仪式及其艺术程式表现出功能的多重性，包括社会功能、文化功能、历史功能、教育功能、娱乐功能和经济功能，人们通过对它的观念认可、传承与发展，完成个人及社会组织的自我实践。然而，趋同的社会需求和观念判断会引起各民族现代节日仪式程式的同质化倾向，这就需要不同区域的合力主体在推动民族仪式艺术发展的时候更加注重民族文化的差异性和特殊性，在民族文化传承的前提下，由内而外地进行选择、重组，满足民众情感需求，形成多样的仪式艺术表达。[22]

五、艺术乡村建设过程中的经验与反思

中国艺术人类学研究的一个重要特色就是关注社会发展与国家战略，在"乡村振兴"的时代背景下，2019年在艺术乡村建设方面的讨论也成为热点，内容主要包括海外艺术乡村建设模式分析，当代艺术参与乡村建设的经验与反思，民族传统艺术参与乡村建设的模式与思考。首先是海外艺术乡村建设的模式分析。四川美术学院张颖副研究员梳理了日本艺术乡建的社会历史背景、理论渊源、实践路径和价值向度，她认为除了延续刚性的政治体制改革和经济资本投入外，文化艺术在日本乡村复兴、地方创生中扮演越来越重要的角色。日本在乡村传统产业衰退、高龄少子化、交流机能减弱、生活方式个别化、共同消费手段消失的困境下，艺术不仅要直面社会的矛盾和问题，还必须以提供"美的共感"之形式，凝聚精神、唤起行动。[23]其次是当代艺术参与乡村建设的经验与反思，福建师范大学

“2019 中国艺术乡村建设论坛”现场　摄影：佚名

贺瀚副教授以台湾的艺术乡建个案为例，从以乡民为主体、集合地方知识系统、充分利用互联网络的角度，论述艺术乡建在人力资源利用、知识储备、传播渠道方面降低成本的可行性。并从艺术家角度谈到艺术乡建这一历史命题的当代意义。[24]燕山大学李东教授以北戴河村为个案，探讨了当代艺术走进乡村后出现的各种问题与挑战，分析了不同艺术乡建主体的群体状况，对于当代艺术乡建运动出现的各种差异化进行了反思。[25]最后是民族传统艺术参与乡村建设的模式与思考。中国艺术研究院方李莉研究员认为中国具有传统手工业的文化基因和传统的与自然相处的生态智慧，这些基因和智慧现在正在重新起作用。我们完全有可能让手工技艺与 3D 打印、电脑和网络结合，开启一个生态文明时代的新的生产方式，去接纳社会转型所将面临的新的一轮劳动力转移问题，并塑造一种新的生活样态，发掘中国传统的生态智慧，努力去实践一种高生态、高品质的“低碳生活方式”，并以此推动中国文化政治经济的发展，创造一种生态文明价值观以影响世界。[26]湖北经济学院的黄朝斌与顾琛教授认为在国家提出乡村振兴战略的助推下，如何正确认识“非遗”商品化的原真性保护与创意再造的关系，理解区域文化定位与品牌意识构建在“非遗”文化产业发展中的作用，帮助傩雕工艺传承人走出现实困境，使中国传统工艺实现创造性的转化和创新性发展，发挥出“非遗”文化应有的价值，以此助力乡村振兴，是亟待思考的几个问题。[27]云南大学博士闻云峰提到了在少数民族地区，可以建立一种有别于艺术家“外部介入”的以当地民族艺术为资源、以当地民众为主体的“山民在场”的“内部介入”的艺术乡建模式，利用当地民族文化资源，充分发挥当地山民的主体性和能动性，使得民族艺术文化资源与当地民众生活日常发生直接联系。[28]

综上所述，本年度的艺术人类学研究更多地将精英与大众艺术，主流与民族民间艺术置于时代背景下、历史洪流中，从而使得艺术人类学研究中的“艺术”的内涵和宽度得到了前所未有的扩展，呈现出更加多元化的研究态势。本年度的一个关键词是“共同体”，作为将艺术与人类学社会紧密联系起来的艺术人类学研究，如何在这个时代里寻找中国的“原创力”，创造出更多的成果为中国的社会发展服务，甚至为人类的社会发展服务，这需要我们所有的艺术人类学研究者组成一个共同体，构建共同的话语体系与讨论空间，从各个角度齐头并进，推动学科建设与社会发展。

（安丽哲　中国艺术研究院副研究员）

注释

[1] 董波：《艺术人类学中国学派的创生何以可能？——艺术人类学中国学派的创生与艺术人类学学会的推进》，《云南艺术学院学报》2019年第4期。

[2] 李新风在2019年中国艺术人类学学术研讨会上题为《有中国特色的民族艺术学的思考》的发言。

[3] 孟凡行：《艺术人类学的基本问题与学科发展新方向》，《思想战线》2019年第5期。

[4] 金红：《动态的文化生态与民族艺术释义的再生产——傣族乐器“光邦”名称的意义表达》，《民族艺术》2019年第1期。

[5] 安丽哲：《民族服饰的符号功能与伦理秩序的建构——以苗族服饰为例》，《贵州大学学报》（艺术版）2019年第5期。

[6] 荣树云：《秩序与生存：杨家埠木版年画行业习俗的人类学研究》，《民艺》2019年第3期。

[7] 罗易扉：《从私密文化再到公共象征：美洲非裔艺术“物的生命史”研究》，《美术与设计（南京艺术学院学报）》2019年第5期。

[8] 赵旭东在2019年中国艺术人类学学术研讨会上题为《创意在人类学与设计学的边缘——一种乡土遭遇设计之时的艺术人类学新综合》的发言。

[9] 郭佳：《传统与现代之间——云南大理周城村白族扎染现状的艺术人类学考察》，《民族艺术研究》2019年第5期。

[10] 谢仁敏在2019年中国艺术人类学学术研讨会上题为《民族艺术的现代性困境及其传承路径创新》的发言。

[11] 向丽、陈顺尧：《记忆·审美资本·时尚——以云南剑川传统工艺创意为例》，《民族艺术》2019年第5期。

[12] 钟玮、刘佳在2019年中国艺术人类学学术研讨会上题为《台江施洞苗族服饰刺绣解析与造物意涵的时代性审美实践》的发言。

[13] 李欣、高尚学：《文化生态壁龛视域下广西桂剧的保护传承与创新发展研究》，《歌海》2019年第3期。

[14] 李贝：《从文化产业的角度看陶瓷唐卡》，《民艺》2019年第3期。

[15] 牛乐：《多元文化的整合与重构——河湟伊斯兰拱北建筑装饰艺术》，《中国美术研究》2019年第1期。

[16] 袁晓莉在2019年中国艺术人类学学术研讨会上题为《汉化的近世理想：黎族龙被上的吉祥图案》的发言。

[17] 关祎：《艺术人类学视野中的岩画艺术》，《内蒙古艺术学院学报》2019年第3期。

[18] 吴平贞在2019年中国艺术人类学学术研讨会上题为《早期销美外销瓷“鹰”纹图案探微》的发言。

[19] 程文凤、廖明君在2019年中国艺术人类学学术研讨会上题为《彩调艺术空间体验与表达研究》的发言。

[20] 吴昶在2019年中国艺术人类学学术研讨会上题为《“越界”的手艺——关于艺术与手工艺交集现象的艺术人类学田野思考》的发言。

[21] 赵跃:《从宋庄画家村看中国艺术界的实践策略》,《内蒙古艺术学院学报》2019 年第 4 期。
[22] 何马玉涓在 2019 年中国艺术人类学学术研讨会上题为《西南少数民族仪式艺术观念嬗变研究》的发言。
[23] 张颖在 2019 年中国艺术人类学学术研讨会上题为《日本艺术乡建诸模式》的发言。
[24] 贺瀚:《剪纸传承新范式——以台湾"剪纸合作社"为例》,《艺术与设计(理论)》2019 年 Z1 期。
[25] 李东在 2019 年中国艺术人类学学术研讨会上题为《北戴河村——艺术走进乡村的实践》的发言。
[26] 方李莉:《中国乡村振兴的方向:从乡土中国迈向生态中国——艺术人类学视角》,《民族艺术》2019 年第 3 期。
[27] 黄朝斌、顾琛:《乡村振兴与非物质文化遗产的创造性转化——以傩雕工艺为例》,《中南民族大学学报》(人文社会科学版)2019 年第 6 期。
[28] 闻云峰在 2019 年中国艺术人类学学术研讨会上题为《内部介入:少数民族地区艺术山村建设的另一模式——以洱源县松鹤村为研究个案》的发言。

2019年中国当代艺术及综合材料艺术创作

刘学明

2019年，中国当代艺术界伴随着中华人民共和国成立70周年，掀起了世纪回顾与展望的热潮，威尼斯双年展中国馆展，各类大型当代艺术展、回顾展层出不穷。总体而言，2019年的中国当代艺术创作既有传承的延续，也有新的转向，整体呈现出一种“世纪交替、艺术更迭”的态势。

一、2019年中国当代艺术及综合材料创作特征与倾向

（一）综合材料艺术与装置艺术的“场域化”发展倾向

当代艺术创作中的“场域”[1]概念指艺术创作不仅停留在艺术外场，而是由内在延伸向社会场域，是来自于场域内外的多种力量元素的博弈所导致的前后连接的艺术场域的变化。由此艺术作品的实质并非一个物理客体，而是一个围绕作品的关联结构或者关系网络。这个结构网络包括艺术作品外部空间的结构关系，也包括作品与观众间的互动接受的结构，除了传统上观众在美术馆的视觉参与，观众的各种身体感知都可以被纳入整个放置、呈现艺术品空间的关系结构中。如果说此前中国当代艺术创作对场域结构的拓展是为了反抗固有的艺术视觉认知结构，那么现在中国当代艺术的“场域化”则被作为艺术家进行创作转换、新语境设置的一种方法，是一种作品与展场的互动关系的场域，从而完成作品对观众的“代入感”与“现场感”。

陈琦作品《别处》中所构建的一个光的空间，谷文达作品所营造的一个可自由出入穿梭的纪念碑式的内空间，实现了将传统艺术所构建的内在视觉空间转换为一种包容性、互动性的外部空间，突破了艺术媒介的边框限制。同样，谭平的《场域绘画》则是直接将展示空间变成作品的一部分，通过对作品边界的消解完成了一个时间化的空间组合，观众也成了作品的一部分，拓展了艺术的内涵与外延。正如费舍尔在《融合转向——多元文化时代的跨文化实践》一文中所描述的：“要在作品和观众之间建立一种超越视觉性的通感关系，它包含一些相当迷幻的感觉，如节奏与空间的振动，这是独具规模与体量的，是触觉与嗅觉的……所有这些使身体和回想产生共鸣，是感觉的层面，而不是意义的层面。”[2]这

也正是中国当代艺术创作对“场域化”青睐有加的主要原因。

表 1　2019 年具有“场域化”创作特征倾向的作品

序　号	艺术家	名　称
1	陈琦	《别处》
2	谭平	《场域绘画》
3	蔡国强	《乌云》
4	谷文达	《联合国—美国密码》
5	范勃	《回到现场》
6	傅中望	《斗笠》
7	李邦耀	《私人手册 1—23 号》
8	沈远	《地心引力》
9	宋冬	《水屏》
10	王天德	《柳公权》
11	向京	《降临》
12	尹秀珍	《般若波罗蜜多》

（二）当代艺术“受众浸入”式互动艺术创作类型的勃发

随着 2019 年国庆节“沉浸式体验”游行的风靡，“受众浸入”式互动艺术创作手法再次在当代艺术家的艺术创作中时兴起来，其实中国互动式装置艺术早就随着影像技术，尤其是人工智能程序的运用而被大众所认知，比如费俊今年创作的《有趣的世界》就是这种传统的延续、发展，但被人所诟病的是这类互动是一种强制性的观众引入。笔者在此强调的是：互动艺术虽说是一个双向交流的过程，是一种沉浸式的体验，但中国当代艺术创作中的互动形式应该更加关注受众浸入。首先，浸入不是简单的参与，而是当一个人感性地

费俊 《有趣的世界》装置二　互动影像装置　尺寸可变　摄影：赵越　图片来源：北京画院

参与到一种体验或活动中后，被激发去寻找其意义和欢乐。与此同时，浸入也有很多形式，或被动，或主动，抑或是全身心的投入甚至是单纯视觉浸入，这都取决于艺术家在引入观众时的艺术情境设计的力度与方式。比如陈琦的《别处》是用光来与观众身体步伐进行的一种空间式互动；傅中望的《斗笠》则是一种视觉上的历史体验互动，仅停留在审美情感层面；宋冬的《水屏》则是观众主动参与的一场情景式体验，毕竟写写画画是人的一种本能的快感的获取；尹秀珍的《般若波罗蜜多》通过抽签与观众互动就是一种引导式的观众浸入了，这就是2019年中国当代艺术“受众浸入”式互动艺术创作类型的表征，至少说明中国当代艺术创作中互动方式的变化，并走向一种新的可能。

2019年中国当代艺术“受众浸入”式互动艺术创作类型的勃发，从中国互动艺术的历史创作脉络来看，中国当代艺术中对受众浸入式艺术创作思想的热衷其实源于西方艺术发展的两股创作倾向：一是自20世纪60年代以来，西方当代艺术创作中始终有一条创作暗流，就是艺术如何结合在社会中，也就是如何消除艺术与生活的界限，于是出现了合作式、参与式、干预式的介入艺术的方式[3]；二是西方公共空间艺术[4]创作对民主性、互动性的强调。

表2　2019年具有“受众浸入”式创作特征倾向的作品

序　号	艺术家	名　称	材　质
1	陈琦	《别处》	PVC镂空
2	费俊	《有趣的世界》	互动影像装置网络摄像头、AI应用程序尺寸可变
3	傅中望	《斗笠》	枯树、竹编斗笠
4	李邦耀	《私人手册1—23号》	铝板、数码刻线、亚克力
5	沈远	《地心引力》	棉线、铝、铁、玻璃钢、羊毛毡、音响与儿童互动的装置
6	宋冬	《水屏》	喷砂玻璃、收集当地人使用过的各种生活中的不同容器、木头、毛笔、水
7	尹秀珍	《般若波罗蜜多》	脚手架、织物、铁网、珍珠棉、筷子、铁夹子、别针

（三）当代艺术创作从视觉经验向多元知觉经验的形态表现

东西方的艺术实践已证明，一部艺术史就是一部人类感知世界形式的历史，艺术其实是人类感知世界的媒介。简而言之，若从艺术与人的感觉关系来审视，传统的艺术创作基本上是围绕艺术家的视觉经验展开的，无论是西方的再现式艺术、现代主义艺术，还是东方中国强调主客体统一的写意、写实艺术，皆是以艺术家的视觉为核心建构的一种形式呈现，无论这种形式是内向的还是外向的。而随着现代社会进程，尤其是主体性哲学的发展，当代艺术创作无论是引入新材料的媒介实验，还是突破艺术与日常物品、生活的界限的探索实验，都丰富着艺术家的感觉表现形式。而现阶段中国的当代艺术创作由于历史、文化、社会方面的原因，仍然停留在创作“知觉经验对等物”[5]的阶段，所不同的是随着当代性语境的转变，艺术家的经验创作开始由单一的视觉经验向多元的身体知觉经验过渡，并成为艺术家突破个人风格、拓展传统主流艺术形式的一种方法论。典型的艺术家如隋建国拓展雕塑边界的创作历程，21 世纪以来他把探索雕塑的时间化、空间化的表现作为个人雕塑创作的核心与方法论，从他的《运动的张力》《时间的形状》《长沙的沙》等作品可管窥蠡测。但真正突破而又脱胎于传统雕塑形态的雕塑作品则是他 2008 年创作的《盲人摸象》，作品从传统雕塑创作的手感、触感切入，用身体的触觉经验外化对抗传统雕塑艺术家的视觉形态，颇有四两拨千斤的妙处，而今年创作的《云中花园—甘瑙德玛》则是延续《盲人摸象》作品的艺术创作思路，所不同的是将当代社会的 3D 打印技术融入创作中。这种经验的转化也反映在艺术家何翔宇《口腔计划——我们所创造的一切都不是我们自己》作品中，艺术家同样是将身体的触觉感知外化，所不同的是他的经验是内凹的、是私人的内空间感受的转化，因而更具个人日常经验性。但从中可以看到当代艺术家对个人自身私密式的知觉经验的重视，并努力将其作为个人创作的灵感之一，就像蔡国强在创作《乌云》作品时灵感来自年轻时俯瞰地坑内兵马俑军阵的视觉气势，和造八千雕塑只为埋葬的观念性之震撼，为此他的作品就是把这种个人记忆中的知觉体验外化出来，“乌云的变幻莫测，像墓穴浩荡兵马魂魄追来，也似中华帝国不散的阴影漂浮”[6]，这是完形心理学所说的一种“异质同构”式的心理经验，非单纯的静态视觉经验。

在触觉、心理知觉上的经验外，尹秀珍的《般若波罗蜜多》则是一种个人听觉经验的雕塑化形态表现，她将“般若波罗蜜多”录音转换成可视波形，并用织物做成若干的条状物组成这个波形，颇似法国里昂·斯科特最早用指针波形记录了人类最早的

费俊 《有趣的世界》装置二　互动影像装置　尺寸可变　摄影：赵越　图片来源：北京画院

声音——美国民谣《玛丽有只小羊羔》。总之，2019 年中国当代艺术创作方法已表现出从单一的视觉经验向多元知觉经验的形态表现过渡，必将在未来越来越受到艺术家的重视。

表 3　2019 年具有“多元知觉”创作特征倾向的作品

序　号	艺术家	名　称	材　质
1	蔡国强	《乌云》	火药、陶瓷，
2	何翔宇	《口腔计划—我们所创造的一切都不是我们自己》	雕塑装置
3	史金淞	《肖像习作 2#》	瓷、漆
4	隋建国	《云中花园—甘瑙德玛》	光敏树脂 3D 打印、防紫外线涂料、钢架结构
5	尹秀珍	《般若波罗蜜多》	脚手架、织物、铁网、珍珠棉、筷子、铁夹子、别针

（四）在“个人方法论”创作基础上的延续与拓展

此特征与趋势主要是针对中国当代知名艺术家近期创作的方法展开的。首先，2019 年中国当代艺术家的创作明显呈现出一种身份差异化的倾向：对于创作数十年的知名当代艺术家来说，他们的作品多是艺术创作体系化、风格化延续的结果，就如同隋建国个展题目“体系的回响”一样，2019 年的新作《云中花园》是在个人方法论创作基础上的延续与拓展——仍沿用雕塑语言来探讨时间与空间的思路，不过是将 2008 年《盲人摸象》的内在思想与 3D 打印技术的结合，艺术家的新尝试是一种将个人感觉技术化的延伸；同样，徐冰的《蜻蜓之眼》影像与蔡国强的《乌云》分别是追求复数性创作语言与火药符号语言基础上一种语言与意义的转换与赋能。而对向京、尹秀珍、沈远等女性知名艺术家来说，也没有跨越性别的差异，仍然是将个人化的风格语言与女性材料、女性感觉的结合与延伸，比如沈远的《地心引力》、尹秀珍的《般若波罗蜜多》作品所采用的织物、地毯材料即与观众增加了互动性，创作语言仍带有 20 世纪 90 年代女性主义的印记，并没有跳脱出女性身份，向京的《降临》作品也一样，虽然艺术家通过加入一些电动装置，增加了作品的审美维度，但也一样在强调她独有的特点——女性特有敏感度。

表 4　2019 年具有“个人方法论”创作特征倾向的作品

序　号	艺术家	名　称	材　质
1	蔡国强	《乌云》	火药、陶瓷
2	刘建华	《线条》	瓷
3	尚扬	《白内障—保鲜》	布面综合材料
4	史金淞	《肖像习作 2#》	瓷、漆
5	苏新平	《荒原 5 号》	纸上铅笔
6	隋建国	《云中花园—甘瑙德玛》	光敏树脂3D打印、防紫外线涂料、钢架结构
7	王天德	《柳公權》	宣纸、墨、拓片

（续表）

序　号	艺术家	名　称	材　质
8	向京	《降临》	硅胶、钢、电动装置
9	徐冰	《蜻蜓之眼》	影像
10	尹秀珍	《般若波罗蜜多》	脚手架、织物、铁网、珍珠棉、筷子、铁夹子、别针
11	沈远	《地心引力》	棉线、铝、铁、玻璃钢、羊毛毡、音响与儿童互动的装置

（五）传统媒介创作的材料语言形态转换与新技术介入

毫无疑问，科学技术的发展是推动现代社会发展的内在动力，而艺术的发展、走向也无法回避新媒介的运用与新技术的引入，不仅一步一步拓展艺术的边界，而且丰富着艺术语言的形态。从早期使用矿物质材料的湿壁画创作到油画，从布面丙烯到布面综合材料的发展，绘画在历代观念的更迭中紧跟时代的脚步；同样，传统雕塑也不例外，从罗丹青铜雕塑的光影表现，到亨利·摩尔的镂空石头雕塑，以及现代铸造技术下的组合雕塑、极少主义的物质性雕塑等，传统媒介艺术在新的观念引导下引入新的材料与技术实现了自身形态语言的转换，而对于深受西方艺术观念影响的中国当代艺术家也在此方面进行探索与实验，从2019年的作品来说，方力钧、刘建华对陶瓷材料的兴趣，陈琦对可镂空PVC材料的运用以及隋建国对3D技术、费俊对AI应用程序的引入，不仅拓展了自身创作形态的边界，也反映出中国当代艺术家求新、求变的转型精神。

尚扬的《白内障—保鲜》作品从形态上看，是将绘画与雕塑结合，将化工材料保鲜膜作为绘画作品的外包装而实现绘画意义的转换，从传统视觉鉴赏走向文化社会学的反思，这是对21世纪初艺术界、理论界“艺术社会学”[7]转向的延续。徐冰的《蜻蜓之眼》也是如此，艺术家的艺术创作从“知觉经验对等物”的创造走向“话语”叙述的影像作品，明显带有与丹托“艺术的终结”相似的“末世意味”。

表5　2019年具有“材料转换与新技术”创作特征倾向的作品

序　号	艺术家	名　称	材　质
1	方力钧	《2019》	陶瓷
2	陈琦	《别处》	PVC镂空
3	费俊	《有趣的世界》	互动影像装置网络摄像头、AI应用程序
4	傅中望	《斗笠》	枯树、竹编斗笠
5	李邦耀	《私人手册1—23号》	铝板、数码刻线、亚克力
6	刘建华	《线条》	陶瓷
7	隋建国	《云中花园—甘瑙德玛》	光敏树脂3D打印、防紫外线涂料、钢架结构
8	尚扬	《白内障—保鲜》	布面综合材料
9	徐冰	《蜻蜓之眼》	影像

二、关于2019年中国当代艺术及综合材料创作的“方法论”[8]剖析

2019年中国当代艺术及综合材料艺术创作所表现出来的五种趋势与特征是由中国当代艺术创作的当代性语境转变所带来的对艺术创作方法与资源再思考的结果。

（一）当代性[9]语境的转变：对比徐冰、谷文达、宋冬等前后两个时期的艺术创作

巫鸿曾在分析“当代性”一词时提出了中国当代艺术在20世纪90年代带有强烈的“前卫”意味，主要表现在对传统或正统美术机构、系统、形式进行挑战的美术实验，美术实验集中在媒介、作品内容、和展览渠道等方面。[10]而反映在艺术创作方法论上，则表现为三个特征：一是颠覆绘画，如1994年宋冬做了第一个装置行为艺术展览“又一堂课：你愿意跟我玩吗?”；二是当代题材，如谷文达的《联合国纪念碑》项目在创作之初就抛弃了石头或钢铁，而使用人体最无实体性的遗留——头发来创造一系列不同民族与种族的纪念碑[11]，以及20世纪90年代张大力围绕城市废墟所做的《对话》系列类的当代性实验。20世纪90年代，艺术的媒介和形式（放弃绘画，转而从事行为和摄影）、艺术的社会功能和观众、身份的实验等一系列颠覆性的策略才是1990—2010年中国当代艺术创作“当代性”的方法论。

何翔宇 《我们所创造的一切都不是我们自己》 铜、玻璃纤维、不锈钢、聚乙烯、热敏漆 尺寸可变 图片来源：何翔宇工作室

现在我们重新审视3位艺术家在2019年的当代艺术创作，徐冰的《蜻蜓之眼》是司空见惯的影像媒介，关注的无非是社会运行机制中的“看与被看”的话题；谷文达的《联合国—美国密码》是在此前创作基础上的一种贴合当下“大数据”口号的毛发制造的延伸，皆是全世界艺术家所共享的、共同关注的问题；宋冬的《水屏》则是在一个主流博物馆中现场创作，并且与古代书画、传统媒介共同展出，所有参展当代艺术家都是着眼于“屏”这个传统主题进行创作的，艺术家各自在传统、历史、记忆与个人体验等方面寻找一种文化架构，没有任何前卫的冲突与对抗性，所不同的只是艺术家个人创作的思维方法对现实关照的差异性而已。

由此，可清晰发现中国当代艺术自20世纪90年代以来的“当代性”已烟消云散，中国当下艺术的内容题材、手法，创作媒介类型以及中国当代艺术的展览机制都走向了一种多元，跨界并存的后历史语境，而现在的当代艺术创作是一种作为观念与方式的当代艺术。借用批评家王春辰的话来说，“今天的中国当代艺术创作已进入到以理论为立足点的创作与批评上”[12]，这就是中国当代艺术现时的当代性创作语境——“方法论”时代。

（二）从“艺术社会学”向“方法论”的转移：对比“当代性”语言形态转化的方法与资源

20世纪90年代至今的具有前卫意味的当代性思潮是与当时艺术界整体的“艺术社会学转向”趋势相伴相生的。为此，2005年，深圳美术馆论坛围绕“中国当代艺术的社会学转向”，邀请了老中青26位批评家对中国当代艺术批评与当代艺术创作的20年历程进行梳理和检讨，并出版了《艺术与社会——26位著名批评家谈中国当代艺术的转向》[13]论文集，以此来反思中国当代艺术。所谓的社会学转向，即当代艺术的创作与批评应该具有社会学的视野和问题意识，把人的行为和社会关系作为最重要的表现和关注对象，把艺术放在整体的社会环境中来观察。[14]

而今随着全世界艺术家所共享的市场、美术馆、博物馆展览机制的开放性，以及全球化的社会问题、共通的理论与观念思想，让东西方的当代艺术家可在同一个机制下对话、创作，由此进入了一个去“本土语境化”的平等创作时期。这明显可从2019年举办的“第58届威尼斯国际艺术双年展”中国国家馆的展览作品就可以看出。1993年，中国当代艺术家参加的“第45届威尼斯国际艺术双年展”展览的主题是“艺术的基本方位”，策展人奥利瓦以“东方的经过”作为分展览主题，只是把中国当代艺术作为全球化语境的一个组成部分，由此走红了“政治波普”和“泼皮现实主义”这类带有鲜明中国符号的艺术创作，这是在全球化语境下西方中心论对非西方的本土文化的需要所致；而“第58届威尼斯国际艺术双年展”中国国家馆主题“Re—睿”的展览作品主题是回溯文明的共识、生活的日常与人自身感知的呈现。重新审视那些人类文明发展的共同经验，这是当下东西方艺术家共同展示当代艺术思考的新方式，并无本土与国际化的差异。

这种“方法论”的转移是当下全球化空间理论勃兴的一种表现。全球化空间理论批评认为：“在全球化时代，不同文化系统的差异性和历史的延续性已经变得不重要，文化的差异就是个体的差异性。”因此围绕个体经验的观察、表现、发思就成为当下中国当代艺术创作的主要切入点，艺术家与哲学、批评理论的当代性互动变得更加紧密，于是才有了上文提到的中国当代艺术的场域化、浸入式、知觉经验化的创作趋势与特征。

此外，随着“当代性”创作语境的转变，必然带来近年中国当代艺术创作方法论的转变。比如，同样面对传统资源、历史文化传统，前后30年的中国当代艺术创作在“当代性”语言形态转化的方法就有着明显的不同：

20世纪90年代的中国当代艺术创作的整体倾向与方法论是对传统、历史文化资源的语言转换方法，无非是两种：一是对已经“图式化”了的传统、技法进行直线式的延伸，如政治波普与新水墨创作；二是从观念角度去链接，把本土文化的思维方式特别是东方人感知世界的方式加以运用[15]，如蔡国强、黄永砯等人的创作，这是一类艺术家“选择用什么样的传统资源”的创作态度与方法。而今天的中国当代艺术家在对接传统、历史资源上则表现出来的是一种“如何取用传统与经验”的方法论，比如陈琦对古书的运用，傅中望选择斗笠以及宋冬对书法屏风的借用都是将“古代与近代传统资源与文化现场”结合的一种个人化的方法论，是一种观念与思维方式的表达，这就是所谓的中国“当代性”语言形态转化的方法与特点。

（刘学明　中国艺术研究院2020级美术学博士研究生）

注释

[1] 张慧喆：《通向艺术场域史：一种开放而中立的艺术史书写》，《文艺理论研究》2014年第4期。

[2] [美]佐亚·科库尔、梁硕恩编著：《1985年以来的当代艺术理论》，王春辰等译，上海人民美术出版社2010年版。

[3] 王春辰：《艺术介入社会——一种新艺术关系》，中国当代艺术奖获奖论文，东八时区出版2010年。

[4] 王姿：《公共空间中互动艺术的大众参与性设计研究》，《美术大观》2016年第10期。

[5] [美]阿瑟·丹托：《艺术的终结》，欧阳英译，江苏人民出版社2005年版。

[6] 雅昌艺术网杨晓萌整理的《2019年最让人印象深刻的100幅中国艺术家新作》。

[7] 鲁虹、孙振华主编：《艺术与社会——26位著名批评家谈中国当代艺术的转向》，湖南美术出版社2005年版。

[8] “方法论”是后现代语，本意是指当代艺术创作侧重于表达多种思维方式。而此文关注的是中国艺术家在艺术创作过程中所展现出来的艺术创作思维方法与表现方法的个人智慧与创造性，是一种带有个人经验的方法论。

[9] [美]巫鸿：《中国当代艺术的“当代性”》，载[美]巫鸿《作品与展场——巫鸿论中国当代艺术》，岭南美术出版社2005年版。

[10] [美]巫鸿：《“当代”的一个案例——中国当代美术的条件、领域及叙事》，载[美]巫鸿《作品与展场——

巫鸿论中国当代艺术》，岭南美术出版社 2005 年版。
[11] [美]巫鸿：《中国当代艺术的“当代性”》，载[美]巫鸿《作品与展场——巫鸿论中国当代艺术》，岭南美术出版社 2005 年版。
[12] [美]佐亚·科库尔、梁硕恩编著：《1985 年以来的当代艺术理论》，王春辰等译，上海人民美术出版社 2010 年版。
[13] 鲁虹、孙振华主编：《艺术与社会——26 位著名批评家谈中国当代艺术的转向》，湖南美术出版社 2005 年版。
[14] 鲁虹、孙振华主编：《艺术与社会——26 位著名批评家谈中国当代艺术的转向》，湖南美术出版社 2005 年版。
[15] 范迪安：《文化资源与语言转换》，《福建艺术》2003 年第 1 期。

文献索引

文献索引

A

[德]阿道夫·希尔德勃兰特.造型艺术中的形式问题.潘耀昌,译.北京:商务印书馆,2019.

阿纳多.档案之梦.世界美术,2019(2)

艾米·K.哈姆林,孟春艳.卡拉·沃克的哀悼剧.世界美术,2019(2)

安生.包世臣碑学思想之渊源授受考述——兼与"源自阮元"说商榷.南京艺术学院学报,2019(2)

安祥祥.只有清湘合鬼神——齐白石关于山水画的审美认知与复杂情感.美术,2019(3)

安慧.造型优美 寓意丰富——北京古典园林洞窗的型制符号类型分析.荣宝斋,2019(3)

艾姝.知识传播与再造:新兴版画运动早期(1931—1937)的技法文献写作.美术研究,2019(3)

艾米莉·贝卡通,李卓娟.遗失之物.世界美术,2019(3)

艾蕾尔.女性艺术的新倾向——从"ZERO女性艺术+倾巢计划2019"扶持计划谈起.艺术工作,2019(3)

爱德华·科格尔,汪芸,朱宁.本土化的现代主义:沃尔特·格罗皮乌斯与中国建筑.装饰,2019(5)

艾蕾尔.装置领域女艺术家创作现状观察:以林天苗、陶艾民等为例.美术观察,2019(7)

艾姝.新兴版画运动早期制版材料的媒介探索.美术观察,2019(7)

安晓燕.造型、字体及图像——平面设计元素分析.美术观察,2019(8)

安丛.阶层、分享、馈赠:18世纪英国陶瓷潘趣酒碗的物质文化内涵.美术观察,2019(10)

艾姝.图像宣传、声音转向与现代文化——新兴木刻运动早期的"标语画"与口号.文艺研究,2019(10)

B

[美]罗伯特·贝格利.罗越与中国青铜器研究:艺术史中的风格与分类.王海城,译.杭州:浙江大学出版社,2019.

包立民.张大千艺术圈.北京:生活·读书·新知三联书店,2019.

白谦慎.晚清官员收藏活动研究:以吴大澂及其友人为中心.桂林:广西师范大学出版社,2019.

包俊宜.当代篆书创作大家谈.书法,2019(2)

八木春生,姚瑶.7世纪80年代至8世纪10年代中国各地佛教造像诸相——以与西安造像的关系为中心.中国美术研究,2019(2)

毕洋.试析良渚文化玉器组合纹饰的内涵.中国美术研究,2019(3)

毕学锋.以问题为导向的设计研究与实践.新美术,2019(4)

白文."灵山圣会"与"二佛并坐":敦煌莫高窟第249窟图像结构与主题.艺术工作,2019(4)

边千慧.智能手机媒介照片的存在形态:以"秒懂"的概念为例.南京艺术学院学报,2019(5)

白炳权.门吏的神格化——北魏平城时代武士壁画.美术观察,2019(5)

鲍诗度，史艨.中国城市家具理论研究.装饰，2019(7)

白谦慎.艺术史研究中的图录——从《古典的复兴》谈起.新美术，2019(9)

卞向阳.中国服装设计研究70年.装饰，2019(10)

白帆.清代白蛇传年画与蛇女故事——民间美术中的民间叙事书写管窥.美术观察，2019(12)

毕虹.晋北炕围画的艺术表现与审美观念.美术，2019(12)

毕罗.从唐代集字碑看王羲之真迹的存亡.中国书法，2019(13)

卞玉珂.长沙走马楼三国吴简书写形态研究.中国书法，2019(22)

C

[英]柯律格.大明：明代中国的视觉文化与物质文化.黄小峰，译.北京：生活·读书·新知三联书店，2019.

[意]切萨雷·里帕.里帕图像手册.[英]P.坦皮斯特，英译.李骁，中译.陈平，校译.北京：北京大学出版社，2019.

陈传席.紫砂小史.上海：上海人民出版社，2019.

陈乃明.江南明式家具过眼录.杭州：浙江人民美术出版社，2019.

陈葆真.图画如历史：中国古代宫廷绘画研究.杭州：浙江大学出版社，2019.

曹汛.中国造园艺术.北京：北京出版社，2019.

曹意强.艺术史二十讲.杭州：浙江人民美术出版社，2019.

曹庆晖.走进学院的中国画：中央美术学院中国画“三位一体”教学体系的历史、方法与问题.石家庄：河北教育出版社，2019.

陈池瑜.五四新文化运动与中国美术大众化转向.美术，2019(1)

陈燕华.民国地方报刊与地域性美术的现代化——以江西地区为例.美术，2019(1)

陈乃惠.当代漆画的“术”与“意”.美术，2019(1)

陈岸瑛.艺术乡建，构建联通城乡文化的交通网络.美术观察，2019(1)

陈都.徐悲鸿与黄宾虹对文人画态度的比较.美术观察，2019(1)

陈滢竹.艺术衍生品再设计课程探索.美术观察，2019(1)

陈明园.民国时期留欧女性西画创作群体考略.美术研究，2019(1)

陈平.《博多尼书评》贡布里希早期的一次思想实验.新美术，2019(1)

陈焰.从塞尚的视角解读绘画的深度与空间.新美术，2019(1)

陈素君.早期欧洲风景画的叙事性及其哲学基础.南京艺术学院学报，2019(1)

陈劲.《华灯侍宴图》的政治意涵探究.南京艺术学院学报，2019(1)

陈池瑜.黄慎绘画的书写性表现特征.湖北美术学院学报，2019(1)

陈昆.武昌艺专唐义精校长存世合作作品研究.湖北美术学院学报，2019(1)

陈振旺，樊锦诗.隋代后期莫高窟藻井图案研究.中国美术研究，2019(1)

陈志云.浅论容庚的书画收藏.荣宝斋，2019(1)

曹院生.“与古为新”的溥心畬帖学规范.南京艺术学院学报，2019(1)

曹丹.面向未来的学院派美术教育及其发展走向——从“美术”一词的泊来到百年学院派美术教育的转型发展.湖北美术学院学报，2019(1)

程旭，王霞.唐韩休墓壁画《乐舞图》研究.荣宝斋，2019(1)

蔡春旭.尽技之制：吴门书家的杂书卷册.美术研究，2019(1)

常青.西魏长安佛教艺术与丝绸之路上的石窟遗迹.美术研究，2019(1)

常樱.金代陶瓷上的秋葵——兼谈秋葵纹样的多重意味.装饰，2019(1)

丛志强.艺术教育与研究的拓进者张夫也.美术观察，2019(1)

崔树强.康熙时期的崇董书风成因探索.书法，2019(1)

陈浩，唐天衣.主题性美术创作的当代性（第二回）学术研讨会综述.美术，2019(2)

陈婧莎.18世纪朝鲜文献中的《清明上河图》.美术研究，2019(2)

陈冲.效仿、融合与延续——15世纪晚期的景德镇民窑青花瓷.美术观察，2019(2)

陈云海.图绘异象与希尔德加德的神学思想.世界美术，2019(2)

陈素君.被发明的风景 文艺复兴欧洲风景画的空间构建.新美术，2019(2)

陈振旺，樊锦诗.唐代莫高窟宝相花嬗变探微.南京艺术学院学报，2019(2)

陈琰.媒介演变下观看关系的改变与发展.南京艺术学院学报，2019(2)

陈轩.唐宋元花卉装饰的风格与演变研究.湖北美术学院学报，2019(2)

陈卓，柳翰.论中国传统缠枝纹的演变.中国美术研究，2019(2)

陈振濂.以开放的视野不断拓展康有为书学研究的学术空间.中国书法，2019(2)

陆明君.刀斧之下的"篆隶笔意"：清代碑学建构中的误读.中国书法，2019(2)

陈昭坤."堂堂小颜公，颇喜究奇怪"索解.中国书法，2019(2)

陈俊吉《法书要录》研究（下).艺术工作，2019(2)

曹建文.古今陶瓷文玩之思考.美术观察，2019(2)

曹庆晖.杨之光与中央美术学院.美术学报，2019(2)

蔡倩.宿迁烙画文创产品的设计与应用研究 .美术观察，2019(2)

常培杰."拯救表象"：阿多诺美学理论的核心命题.美术研究，2019(2)

崔伟.法分三修 蕲进于道——何绍基书学之路蠡探.荣宝斋，2019(2)

陈明.开放与变革下的新传统——中国现代水墨创作40年.美术，2019(3)

陈绘."物"之趣——论《明闵齐伋绘刻西厢记彩图》创作线索.美术学报，2019(3)

陈艺双.只寄得相思一点——金农与丁敬交游考.荣宝斋，2019(3)

陈轩.诗意空间与变装肖像——玻璃镜引发的清宫视觉实验.文艺研究，2019(3)

陈健捷.《宣和奉使高丽图经》中高丽陶瓷茶器探考.南京艺术学院学报，2019(3)

陈晓娟.语图互借及其现代转型.湖北美术学院学报，2019(3)

陈兵，沚阜.刘海粟的中国画教育思想探微.中国美术研究，2019(3)

陈正达.视觉传达设计的限制与突破——基于东方设计学构建的教学思考与实践.南京艺术学院学报，2019(3)

程玉萍.丝绸之路尖帽胡俑族属考.美术研究，2019(3)

陈元贵.郑之珍《劝善记》明清刻本插图流变考论——以高石山房本、富春堂本及种福堂本为主线的探讨.美术研究，2019(3)

程郁.宋代仕女形象背后的社会性别观念与阶级分层.艺术工作，2019(3)

蔡丹君.莲社故事文、图与《陶渊明集》之编纂.文艺研究，2019(3)

成石.赵孟頫跋欧阳询《化度寺邕禅师塔铭》"时中"考.书法，2019(3)

常艳.西安隋墓出土骆驼俑驮囊模印图像的再认识.南京艺术学院学报，2019(3)

崔研因，唐家路.民国时期"胶东道实业公司"抽纱花边样本考析.美术学报，2019(3)

陈勇."格物致知"在当代工笔花鸟画创作中的意义.美术观察，2019(4)

陈婧莎.南京博物院藏《虎山桥图卷》考辨.美术学报，2019(4)

陈国辉.鲁迅对马克思主义艺术观接受之考辨.美术研究，2019(4)

陈根远.西安碑林里的颜真卿.书法，2019(4)

陈日红，韩晶.近代艺术设计教育先驱王道平留日经历考析.湖北美术学院学报，2019(4)

陈名.试从诠释学的角度论艺术博物馆展陈中的原境重构问题.湖北美术学院学报，2019(4)

陈悦新.河北出土北朝隋唐石刻造像的佛衣类型.文物，2019(4)

陈旭鹏，王建新.陈洪绶行书技法及审美研究.中国书法，2019(4)

陈佳.清代地方官办初等书法教育研究.中国书法，2019(4)

陈海强.洋画引入春潮中的人物画生态.艺术百家，2019(4)

陈硕.论朱复戡书《修改补充草诀歌》.艺术工作，2019(4)

曹国媛.建筑表皮艺术形态的演进历程.美术观察，2019(4)

曹意强.美术翻译与人文价值.美术观察，2019(4)

程国栋.萧云从《离骚图》要论.南京艺术学院学报，2019(4)

蔡仕伟.陈之佛装帧设计探源与发展考略.南京艺术学院学报，2019(4)

蔡定益.明代的御窑与茶文化.中国美术研究，2019(4)

崔树强，廖丹.祝嘉对康有为书学思想的继承与实践.中国书法，2019(4)

陈太庆.神居之所——非洲雕像的形象与功能.美术，2019(5)

陈孝信."中国画"与"水墨画"问题之管见.美术观察，2019(5)

陈卓欣.《桐荫仕女图》油画作者考.美术学报，2019(5)

陈冲.从艺术到媒介：摄影的流变及其当代趋向.南京艺术学院学报，2019(5)

陈晨.吴镇"渔隐山水"及其笔墨语言内涵.中国国家博物馆馆刊，2019(5)

陈少珊."村梅"——小议南宋扬无咎的水墨梅花.荣宝斋，2019(5)

陈名生.胡小石"碑体行书"的流变与分期.中国书法，2019(5)

陈振濂.书法评审的艺术标准和时代目标.中国书法，2019(5)

陈丽霞.晚清美术教育窥探——以《学部官报》为中心.艺术工作，2019(5)

曹顺庆，佘国秀.本体与镜像——20世纪英语世界的中国艺术史研究.文艺研究，2019(5)

曹勇.从"字体设计"到"文字作为综合造型元素"——包豪斯后期基础课程中的字体课研究.装饰，2019(5)

曹毕飞，窦艳.叙事性艺术首饰的主题类型及解读模式.南京艺术学院学报，2019(5)

成联方.沈曾植"南北会通"观的审美谱系——从北碑三宗、《中岳嵩高灵庙碑》到欧虞褚李.书法，2019(5)

陈佳.写意与表现：由杜威表现观引发的艺术哲学思考.美术，2019(6)

陈青，王蒙.论传统剪纸技艺的时代再生.美术，2019(6)

陈锟.西方绘画中门窗的美学意义探究.美术观察，2019(6)

陈敏思.农民题材油画创作的时代性分析.美术研究，2019(6)

陈平原.晚清画报中的"声音".文艺研究，2019(6)

陈晓屏.帝国秩序的空间图式与空间再现——《绘图评点儿女英雄传》陈作梅插图研究.文艺研究，2019(6)

陈名.美术馆的社会规训之用——关于英国泰特美术馆二战前常设展展陈逻辑的解读.南京艺术学院学报，2019(6)

陈默.关于中学书法鉴赏课的一些思考.书法，2019(6)

陈元.弘一法师致刘质平信札探析.中国书法，2019(6)

曹悦.江户中期日本对中国篆书的接受——以《书法群碎》为例.书法，2019(6)

程国栋，刘敖.传宋元时期的《九歌图》综述.美术学报，2019(6)

程俊英.开山与转向：杨守敬对明治时期日本书坛的影响.中国书法，2019(6)

蔡春旭.吴门画派之衰？——关于隆万以来一种论调的讨论.艺术工作，2019(6)

常德强."文气"与"士气"的融合：仇英绘画风格的社会生成.美术学报，2019(6)

陈绘.曹涵美连环图画《金瓶梅》的风格之变.美术，2019(7)

陈琼贵.都市水墨的现代性之辨 题材、语言与观

念.新美术，2019(7)

陈泓，苏媛媛.从亚特兰大皮埃蒙特公园儿童游乐场看野口勇的游戏景观.装饰，2019(7)

陈振濂."重振金石学"旗帜下重倡"全形拓"的现状与意义.书法，2019(7)

陈玉.是"怪兽食羊"还是"麒麟瑞兽"——陕西茂陵"怪兽食羊"石雕的主题再讨论.荣宝斋，2019(7)

陈俊堂.陈巨来的书画篆刻圈交游.中国书法，2019(7)

查常平."另现代"的全球艺术之都：纽约.美术观察，2019(7)

陈曦.中国现代美术史中的武汉版画.美术，2019(8)

陈莺.求真与人情：符罗飞留学意大利时期画作解析.文艺研究，2019(9)

陈柯.直面在场的全局　巴塞罗那城市空间营造多维研究.新美术，2019(8)

陈殿.明清青花山石画法演变.装饰，2019(8)

陈南.中国古代"玉人"发展及其背后的信仰变迁——史前时期至秦代.荣宝斋，2019(8)

陈煜.论明清画史中的太监画家——以蒙古人陈喜为中心.荣宝斋，2019(8)

陈欢迎，李阳洪.略论宋徽宗瘦金体与其绘画之互文共生性.中国书法，2019(8)

陈磊.沙孟海题跋研究——以沙孟海书学院馆藏作品为例.中国书法，2019(8)

蔡则齐.先秦金文与传统书法人文精神探析.中国书法，2019(8)

陈红波，李阳洪."虚"在当代绘画中的意义和呈现途径.美术观察，2019(9)

陈彦姝.宫闱时尚——宋代工艺美术的女性侧面.美术观察，2019(9)

陈名.构建人气神话——从观众视角看泰特现代美术馆吸引力塑造的三部曲.美术观察，2019(9)

陈芸.《泉》之后：再论"何谓艺术".美术观察，2019(9)

陈一梅，赵珊珊.北魏《李壁墓志》考论.荣宝斋，2019(9)

陈倩.《新加坡双林寺建寺历史画》画稿初探.荣宝斋，2019(9)

陈培站，王曰美.传古备佚游于艺——以罗振玉题跋书法为考察中心.中国书法，2019(9)

蔡萌.摄影终结了？——社交媒体时代的摄影危机与挑战.美术观察，2019(9)

常佶，那新宇.当代艺术观念的文化反思.美术观察，2019(9)

丛涛.赵之谦《异鱼图》的奇趣.美术，2019(9)

从吴刚.丹托"艺术终结论"再思——以20世纪西方艺术情境的转变为背景.美术观察，2019(9)

陈超.克林杜霍夫雕塑训练班及其影响.美术，2019(10)

陈卉.视像时代的图像重混.美术观察，2019(10)

陈旻.辩护者的理由　路易·阿拉贡在1931.新美术，2019(10)

陈彦姝.走向繁荣：中国工艺美术史研究70年.装饰，2019(10)

曹小鸥.中国美术学70年回望·设计篇.美术观察，2019(10)

曹斌《张迁碑》"拙意"探究.中国书法，2019(10)

程灿.新时期以来山水画想象维度的变革.美术观察，2019(10)

程国栋.邓石如镇江行迹述略.荣宝斋，2019(10)

程征.为中国人物画发展道路垒砌一级新台阶——追思刘文西.美术，2019(10)

晨朋.列宾美术学院的第一位中国学生——富有传奇色彩的李铁根.美术，2019(10)

陈绿寿.回望壁画40年里程.美术观察，2019(11)

陈雅婧.须磨弥吉郎藏齐白石书画研究.美术观察，2019(11)

陈欲晓，罗小兵.陈洪绶仕女画的艺术特征和审美价值.美术观察，2019(11)

陈艺.关良与盖叫天交游考述.美术观察，2019(11)

陈冀峻.从民国报刊广告中探寻中国室内装饰的现代起源.新美术，2019(11)

陈量."激进"者的字体——陶博吾书画艺术.荣宝斋，2019(11)

陈振濂.立足于向当代书法创作提出一种追问.中

国书法，2019(11)

曹小鸥."区域设计"与中国区域经济的发展.新美术，2019(11)

蔡春旭.文徵明与苏州刻工——明代江南的碑刻制作活动管窥.文艺研究，2019(11)

蔡淑娟.民国时期图案教材的学术价值考.新美术，2019(11)

丛文俊.追求真实才能更好地认知传统.中国书法，2019(11)

丛文俊.以史为镜：当代书法审美的困境与未来.中国书法，2019(11)

崔斯盈.明治日本"意匠保护"立法思路的推进及演化.新美术，2019(11)

成朝晖.设计美学致用研究 探寻谱系化、图示化、可视化释义设计美学研究方法.新美术，2019(11)

陈履生.从第十三届全国美展看中国画走过的70年.美术，2019(12)

陈端.新中国70年山水画对"城市"的表现.美术，2019(12)

陈林.融入生活 感知时代——新中国70年工笔画发展回顾.美术，2019(12)

陈楠.建构具有生命力的视觉识别符号——实现IP活化的吉祥物设计.美术观察，2019(12)

陈明烨.弗洛伊德之后的《蒙娜·丽莎》研究简述——兼论精神分析与艺术史.美术观察，2019(12)

陈静.19世纪下半叶英国艺术批评中的波提切利.新美术，2019(12)

陈池瑜."十七年"时期美术创作的时代特征.中国文艺评论，2019(12)

陈彦姝.《蜀锦谱》研究.装饰，2019(12)

陈智.看前程——展览书法四十年的反思和展望.书法，2019(12)

陈典提.岷峨奇秀谈天藻——论谢无量的"诗情书意".中国书法，2019(12)

曹洋."现成"概念的设计实验与思考.新美术，2019(12)

蔡祜.新中国70年山水画的现代性进程.美术，2019(12)

陈志峰.论王羲之"书圣"地位的建构——基于政治、文化等社会因素的考察.中国书法，2019(14)

陈一梅.论"势"之渊源流变——以卫恒《四体书势》为中心.中国书法，2019(16)

陈道义.论古代玺印之装饰功能.中国书法，2019(16)

成联方.卫恒"古今杂形"对沈曾植书法的影响.中国书法，2019(16)

楚默.北朝敦煌魏楷演进的三个阶段及艺术特征.中国书法，2019(17)

陈敏.书法审美中的"熟"与"生"——以赵孟頫和董其昌为中心.中国书法，2019(18)

曹圆杰.黄道周楷书风格的形成及其审美意义.中国书法，2019(18)

程渤，华捷.元代刻工及其相关问题考证.中国书法，2019(18)

崔永升.从小楷《孝经》看黄道周之人书相合.中国书法，2019(18)

崔树强.倪元璐书法风格构成要素研析.中国书法，2019(19)

程国栋.邓石如《陈寄鹤书》版本问题脞谈.中国书法，2019(20)

陈玲玲.禁碑令下的两晋墓志简论.中国书法，2019(22)

陈振濂.甲骨文字·"甲骨文书法"？——关于甲骨文书法的断想.中国书法，2019(23)

陈英杰.谈甲骨文单字的数量及其相关问题.中国书法，2019(23)

陈硕《书林藻鉴》史源考.中国书法，2019(24)

陈佳.清代馆阁体相关问题研究.中国书法，2019(24)

陈阳静，侯东菊.论何绍基"碑眼帖心"的书法实践.中国书法，2019(24)

曹晓翔.停云馆及《停云馆帖》法帖来源略考.中国书法，2019(24)

D

[瑞士]达瑞奥·冈博尼.艺术破坏：法国大革命以

来的偶像破坏与汪达尔主义.郭公民,译.上海:上海社会科学院出版社,2019.

邓菲.中原北方地区宋金墓葬艺术研究.北京:文物出版社,2019.

邓伟明.浅析宋元明时期山水画中的渔父形象.美术,2019(1)

邓昶.湖南江永勾蓝瑶水龙祠壁画的"汉化"特征阐释——兼论瑶汉民族文化的互动及其调适机制.装饰,2019(1)

邓菲."性别空间"的构建——宋代墓葬中的剪刀、熨斗图像.中国美术研究,2019(1)

董冰峰.幽灵、类人、幻像:亚洲影像艺术中的自我反射.世界美术,2019(1)

董玉姝,董华.设计赋能:语境与框架.南京艺术学院学报,2019(1)

董波.试论伊斯兰玻璃对宋代官瓷的影响.中国美术研究,2019(1)

杜纶渭,郑钟跃.宋碑书法景观与区域文化建构——以潮州金山石刻为例.中国书法,2019(1)

段运冬.新千年来艺术史的争论与演进.美术观察,2019(1)

戴勇.中国史前拟形陶器的艺术特征.中国美术研究,2019(1)

戴雷.明末杨廷筠与安福本《绝交书》收藏考.中国书法,2019(1)

笞光明.《延安火炬》及其"变体"始末.新美术,2019(1)

邓莉丽.明代首饰图案中"瀛洲学士图"的艺术特征与流通动机研究.装饰,2019(2)

邓文杰.景德镇青年群体陶瓷创业空间的网络人类学解析.南京艺术学院学报,2019(2)

邓宝剑.书法理论中"形式""内容"二分法之辨正.艺术百家,2019(2)

董松."看不见"的艺术史:早期留法油画家郭应麟的发现与研究.美术学报,2019(2)

段炼.视觉分析与意识形态——米克·巴尔艺术史学的符号叙事研究.世界美术,2019(2)

戴璐.永恒与当下——以雷诺兹和庚斯博罗的肖像画创作为例.世界美术,2019(2)

蒂姆·史密斯·莱恩,杨声丹.永不终结的故事.世界美术,2019(2)

董松.寻找失落的"中国留法艺术学会".美术研究,2019(3)

丁鹏勃.遐迩一体 中外互鉴——谈有效利用海外中国古代文物资源.美术观察,2019(3)

丁方,史蕊.高原上的高峰——"神圣山水"理念解读.美术研究,2019(3)

丁澜翔."如画"的危机——刘子久《为祖国寻找资源》与1950年代的荒野风景.文艺理论与批评,2019(3)

戴一菲.唐代孤舟送别诗意与后世孤舟送别图.文艺研究,2019(3)

大卫·汉考克,戴陆.新自由主义的反文化逻辑.世界美术,2019(3)

沓名美和.从放置到活动:论菅木志雄对物派艺术的发展.艺术工作,2019(3)

邓福星.关注现实的美学——论王朝闻美学思想.美术,2019(4)

杜卫.中国美育传统论纲——当代中国美育基础理论问题研究之三.美术研究,2019(4)

丁澜翔.绵延之作——《首都之春》与1950年代"新北京"的视觉形象.美术学报,2019(4)

段雪敬.我的独龙族"纹面女"创作.美术,2019(4)

戴晓云.奉请何方如来:宝宁寺九佛名称辨别.中国美术研究,2019(4)

J.W.德鲁克,张斐然,易晓.包豪斯与风格派:荷兰先锋运动对德国设计的影响.装饰,2019(4)

董宝厚.马和之《毛诗七月图》与诗经诂训传.艺术工作,2019(5)

杜少虎.水墨何为:"新水墨"的出现到底有何意义?美术观察,2019(5)

丁澜翔.重返历史现场——《血衣》系列作品与王式廓的双重焦虑.美术研究,2019(5)

丁俊,过伟敏.建构建筑的"新地域主义".南京艺术学院学报,2019(5)

丁小明.隐叠复现:近代江南文化家族艺术文献整理的多重意蕴——以平湖传朴堂葛氏为中心的考察.南京艺术学院学报,2019(5)

戴文莲.龚贤课徒画稿四种述要.新美术，2019(5)

邓福星.王朝闻美学思想的三个组成部分——兼论王朝闻美学思想的现实意义.美术观察，2019(6)

邓新航，龙红.唐宋时期白衣观音图像在四大区域的发展与演变.南京艺术学院学报，2019(6)

邓琦."雅集"在清末民国时期的语义流变.美术观察，2019(6)

董丽慧.博弈与错位：从慈禧肖像看晚清国家形象塑造.文艺研究，2019(6)

董文强.融汇南北 变古出新——略论《龙藏寺碑》的历史价值及当代启示.中国书法，2019(6)

杜志东.二十世纪六十年代"亚非拉革命主题"中国雕塑探究.荣宝斋，2019(6)

邓灿.黑白苦旅——谈张仃战时漫画与焦墨山水的共性.美术观察，2019(7)

邓宝剑.董其昌书论中生、熟之说辨析.中国书法，2019(7)

董捷.西园与西楼：明季传奇版画考论二题.新美术，2019(7)

杜锋.王羲之草书《平安帖》研究.荣宝斋，2019(7)

段莹.元初《保母志》鉴藏热潮之原因——从杨琏真迦发陵事谈起.中国书法，2019(7)

丹尼尔·阿拉斯，韩文文，徐杨谷雨.莱奥纳尔多·达·芬奇：世界的节奏.新美术，2019(7)

邓福星.新中国美术70年的现代转型.美术，2019(8)

戴欢欢，卢坡.取法古人 书与文一——从姚鼐手札窥其书学观.中国书法，2019(8)

窦艳.乌铜走银工艺与错金银工艺的对比研究.装饰，2019(8)

杜锋.删繁就简 领异标新——齐白石山水画的传统渊源与形式美.荣宝斋，2019(9)

丁宁.凝视过去、现在与未来.美术，2019(9)

丁雨.从空间形式看晋东南地区宋金仿木构墓葬中的孝子图.装饰，2019(9)

邓平祥.百年之纪——周令钊先生的艺术和人生.美术，2019(10)

邓灿.何以"先驱"——欧仁·布丹写生作品中的彩色阴影与独立笔触.美术，2019(10)

杜延.潮州陶瓷装饰中的水意象.美术观察，2019(10)

丁澜翔.向心·鸟瞰·透视——再现"北平入城式"的三种构图策略及其空间激活.文艺研究，2019(10)

党明放，贺万里.一径石雕 千古奇观——陕西唐乾陵石刻艺术概论.荣宝斋，2019(10)

邓欢华.略论陆治《临王履华山图册》.美术观察，2019(11)

董泉.苏联时期乌克兰现实主义肖像画研究.美术观察，2019(11)

杜少虎."平民史观"与"个体叙事"——当代主题性美术创作的两个思想维度.美术，2019(11)

代大权.版画进入主题性创作的艺术空间.美术，2019(11)

丁亚雷.水墨肌理不在写意绘画的范畴——有感于第十三届全国美展的"写意画".美术，2019(12)

丁香阳.从"西画"到"油画"——兼谈民国时期与新中国美术创作的历史分野.美术观察，2019(12)

董家鸿.王士禛的金石活动及其学术意义.中国书法，2019(16)

窦元章.论傅山草书精神及其当代文化价值.中国书法，2019(20)

邓威.古代书论心手关系刍议.中国书法，2019(24)

董家鸿.苏轼"密州隶书题名"考.中国书法，2019(24)

窦元章.新见北魏《尧遵墓志》及其书法略论.中国书法，2019(24)

E

恩斯特·克里斯，贡布里希，邵宏.漫画的基本原理.新美术，2019(12)

F

[法]弗洛朗斯·热特罗.看见音乐：西方经典绘画中的音乐主题.李祎，译.武汉：华中科技大学出版社，2019.

[意]弗兰切斯卡·佩莱格里诺，费代里科·皮波

莱蒂.艺术中的经典文学形象与故事.李依臻，译.武汉：华中科技大学出版社，2019.

方闻.中国书法：理论与历史（典藏版）.卢慧纹，许哲瑛，译.上海：上海书画出版社，2019.

［英］菲利普·斯塔德曼.维米尔的暗箱：揭示杰作背后的真相.徐辛未，译.杭州：浙江人民美术出版社，2019.

傅申.海外书迹研究.葛鸿桢，译.上海：上海书画出版社，2019.

冯幼衡.形象之外：张大千的生活与艺术.北京：生活·读书·新知三联书店，2019.

冯晔.历史的回望：解读19世纪英国画家笔下的古罗马.美术学报，2019(1)

冯青.宋代尚意书风影响下的日本镰仓时代书法研究.艺术百家，2019(1)

方茜.留日书画家与印象派在中国的初期传播（1905—1912年）.南京艺术学院学报，2019(1)

方倩.印度桑奇大塔"鹿"图像研究.荣宝斋，2019(1)

弗兰克·威特卡姆，汪芸.18至19世纪日本对欧洲绘画的接收与吸纳.装饰，2019(1)

丰羽.子恺家书.中国书法，2019(1)

冯宝麟.当代篆书发展趋势探微.书法，2019(2)

范宇光.20世纪中国美术"趣"的"革命".美术，2019(2)

傅胜春.崇高的装饰感——西蒙·乌埃的巴洛克画风.美术，2019(2)

傅舟.近代岭南代表印人印艺创新摭论.美术观察，2019(2)

樊利杰.董其昌的当代价值.书法，2019(2)

付莎莎.四川宝兴东汉石棺墓陶器中的羊图像研究.装饰，2019(2)

房桦.隐逸与清峭：何香凝民国时期的岁寒图.湖北美术学院学报，2019(2)

方波.清末青年学子书法知识的构成与异动——以康有为为考察中心.中国书法，2019(2)

冯民生."五四"与中国绘画的现代实践.南京艺术学院学报，2019(3)

冯锦，傅慧敏.遗忘与强调：美术史上对李铁夫的书写.中国美术研究，2019(3)

方智果，熊承霞.跨界与融合：消费文化视角下家具设计的时装化.美术观察，2019(3)

方长山.芥子纳须弥："海派"背景里的"永嘉画派".南京艺术学院学报，2019(3)

付阳华.吴历绘画风格变迁研究.美术观察，2019(3)

付阳华，柳雨霏.空间、边界和寓意——明清绘画中"洞"的图像研究.文艺研究，2019(3)

费泳.日本飞鸟白凤半跏思惟像源流考.南京艺术学院学报，2019(3)

冯鸣阳.三种真实——宋代祥瑞画《瑞鹤图》的写实.美术，2019(4)

冯学勤.中华美育话语的现代建构与当代发展.美术研究，2019(4)

冯学勤.论动画意识与动画形上学.文艺研究，2019(4)

冯鸣阳.宋代《耕织图》的产生、图像变化及政治功能.中国美术研究，2019(4)

方争利.寻找民族身份感的认同——西夏绘画中的"镂冠".美术学报，2019(4)

范迪安.在美术教育中弘扬中华美育精神.美术研究，2019(4)

范菲菲.清代戴苍《王北山小像》考论.中国国家博物馆馆刊，2019(4)

樊波.中国书画美学的天人观念.南京艺术学院学报，2019(4)

弗里德里希·特查·巴赫，彭筠.布鲁内莱斯基与胖木雕匠：透视的人类学实验与作为细木镶嵌的图画范式.世界美术，2019(4)

弗朗索瓦·梅来思，高振华.处在十字路口的博物馆学.南京艺术学院学报，2019(4)

房桦.何香凝留日史事考察.美术，2019(4)

冯民生.五四运动：油画引进的文化启蒙.美术，2019(5)

冯远.上海美专迁并往事钩沉.美术，2019(5)

冯健亲.上海美专并迁往事纪实.南京艺术学院学报，2019(5)

冯超.艺术管理的价值导向研究.艺术工作，2019(5)

冯丹阳.风格派艺术在现代空间教学中的应用与思变.艺术工作，2019(5)

封钰.五四新文化运动与中国美术转向.美术，2019(5)

冯启乐.在诗意象征中隐居——古斯塔夫·克里姆特的风景画.美术观察，2019(6)

樊波.中国绘画的意象构成以及思想渊源.美术，2019(6)

范立.春蚕吐丝 纤毫毕现——明丁云鹏佛画成就探微.荣宝斋，2019(7)

封治国.晚清书画收藏家狄学耕生平史迹摭考.新美术，2019(7)

方亮.关广志的水彩画对"东方色彩"概念的重释.美术，2019(8)

范迪安.建立中国策展学.美术观察，2019(8)

范国明.书坛山斗 诗苑风流——许伯建书法艺术说略.荣宝斋，2019(8)

傅礼城.罗振玉金石题跋的形式感及美学内质.中国书法，2019(9)

冯健亲，赵笺.新中国70年现代漆画的发展与繁荣.美术，2019(10)

范迪安.周令钊：穿越百年的贡献与光荣.美术，2019(10)

付文志.以笔代刀纸作甲——董作宾的甲骨学成就与书法创作.书法，2019(10)

付莎莎.滇、川地区彝族驱病招魂毕摩画的图像对比研究.装饰，2019(10)

冯晔.现代生活的记录——维多利亚时代英国风俗画的复兴与发展.美术，2019(11)

冯琳.南京民国建筑的新民族形式.美术观察，2019(12)

方玉杰.张旭书法对后世的影响.书法，2019(12)

范淑英.国家美术形塑——新中国美术70年学术研讨会综述.美术，2019(12)

范晓楠.血与肉的扭结——培根与"战后"英国艺术.美术观察，2019(12)

傅如明，王阁祥.守骏莫如跛——苏轼论书诗《次韵子由论书》的美学意义.中国书法，2019(13)

傅强.书写中的"田园"——陶博吾书法观后.中国书法，2019(15)

樊波.六朝的书法品评及其三大标准体系.中国书法，2019(19)

冯晓晓.战国中山王三器铭文笔法浅析.中国书法，2019(22)

樊钧.《平复帖》与《张佐牍》比较研究.中国书法，2019(23)

方波.元初杭州书画圈的雅集与观念重构.中国书法，2019(24)

凡迪.巩县石窟寺中的北朝民间造像书法略探.中国书法，2019(24)

G

[日]宫崎法子.中国绘画的深意：图说山水花鸟画一千年.傅彦瑶，译.长沙：湖南文艺出版社，2019.

高媛.权力与场域：中国民营美术馆的艺术史叙事.湖北美术学院学报，2019(1)

耿朔."于襄阳致之"：中古陵墓石刻传播路线之一瞥.美术研究，2019(1)

顾亦鸣.对建安派版画几个相关问题的再认识.美术，2019(1)

郭俊.陶瓷茶具造型语义及其表现方式研究.南京艺术学院学报，2019(1)

管继平.丰子恺与广洽法师的"护生"情缘.中国书法，2019(1)

高晏卿，苏明哲.丝路沿线石窟三联珠式刹塔流变考.中国美术研究，2019(2)

耿锐.论高凤翰文艺观对神韵论的继承与突破.中国书法，2019(2)

郭锐.存在与自由：再议"纽约画派"抽象表现主义的绘画意识.美术观察，2019(2)

谷重."努笔"考.中国书法，2019(2)

宫林林.描述"次普通"：乔治·佩雷克的空间写作实践.新美术，2019(2)

宫浩钦.二战时期盟军飞机蒙皮艺术考.装饰，2019(2)

戈特弗莱德·贾格，陈旷地.具体摄影：在光学图像和数字图像之间.世界美术，2019(2)

高斯琦.论量度在唐卡绘画创作中的应用.美术观察,2019(3)

高居翰,翟梓宏.忆“好人贡布里希”.新美术,2019(3)

耿钧.成为中国符号:论16世纪至19世纪欧洲宝塔的造型利用与意义建构.南京艺术学院学报,2019(3)

郭伟其.远在他山的家山之石.美术观察,2019(3)

郭亮,范晓轩.从美术史到文化史——“贡布里希文献展暨研究论坛”札记.美术观察,2019(3)

郭静云,王鸿洋.探讨中国翼兽问题之要点.中国美术研究,2019(3)

郭禹池.石鲁和他的“红色经典”绘画.荣宝斋,2019(3)

葛佳平.走出沙龙 达维德《萨宾女人的调停》展览研究.新美术,2019(3)

缑梦媛.易变于界:门俗的三种基本行为方式.美术研究,2019(3)

高颖.服务设计中体验价值的创新路径研究.新美术,2019(4)

高正.民国时期上海家具设计艺术的发展变化.中国美术研究,2019(4)

高树浩,陈君兰.王肯堂与吴氏徽商鉴藏家的书画交游.荣宝斋,2019(4)

耿纪朋.论颜文樑对欧洲大陆美术教育体系的研究与传播.湖北美术学院学报,2019(4)

葛承雍.“化画入石”:新见唐人墓志上的线刻画.美术研究,2019(4)

管健鸿.画以载道——理学对南宋宫廷画家马麟的影响.荣宝斋,2019(4)

龚任界.书法史研究中的方法论反思.中国书法,2019(4)

高洪.充分发挥美术教育在美育中的重要作用.美术研究,2019(5)

耿杉.山水画创作中的“地方”聚焦.美术,2019(5)

顾丞峰.“中国画”概念已不适应当今艺术现实.美术观察,2019(5)

葛承雍.猎鹰:唐代壁画与诗歌共创的艺术形象.中国国家博物馆馆刊,2019(5)

管仲乐.技艺、血缘、信仰:房山石经文献所见辽代幽州石刻刻工家族.南京艺术学院学报,2019(5)

高罕钰.战国文字简化现象探因——以战国楚简为中心.中国书法,2019(6)

高树浩,陈君兰.王肯堂的鉴藏观念与刻帖批评.中国书法,2019(6)

耿明昭.唐寅仕女画的世俗性倾向与审美图式.美术,2019(6)

郭敏.黄庭坚对怀素草书的继承与创变.中国书法,2019(6)

顾平.“科学主义”的泛滥对“艺术教育”的危害.南京艺术学院学报,2019(6)

顾跃,赵晞龄.文化包容与情感认同:澳门回归后纪念性钱币设计.南京艺术学院学报,2019(6)

格雷格·艾伦,李卓.风景中的色彩.艺术工作,2019(6)

高震.南北宗论与明代的宗派标榜之风.中国书法,2019(8)

耿明昭.中国山水画之滥觞及其美学积淀.荣宝斋,2019(8)

郭振文.《芥舟学画编》“顾源”人名校勘浅谈.美术观察,2019(8)

宫大中.魏碑书艺形成阶段的里程碑——从《平城魏碑十二品》看“魏碑故里”.中国书法,2019(8)

高颖君.延安版画中“新农民”形象及其主体意识建构.中国文艺评论,2019(9)

谷卿.罗振玉的金石题跋及其考古理想.中国书法,2019(9)

宫林林.被创作的集体 米歇尔·伯恩斯坦的小说与“情境主义国际”群体.新美术,2019(10)

葛元昉.杨维桢杭州交游考.中国书法,2019(10)

郭健.精以为新 博而居古——吴昌硕赵铁山篆书风格比较.书法,2019(11)

顾浩,李成.红绿极简与他者的大要:以泥塑为例的人类学视域民间色彩潜在结构解读.新美术,2019(11)

高宗帅.织造衙门与产品风貌:从腰封墨书谈起.装饰,2019(12)

郭秋惠.改革开放的“艺术先声”:论首都国际机

场壁画的创作与价值.装饰，2019(12)

葛复昌.从《四体书势》看早期书论的自觉与独立.中国书法，2019(16)

谷国伟.端方的金石、拓片收藏及题跋.中国书法，2019(17)

郭建平，张真.《壎篪合璧》册页书法题跋研究.中国书法，2019(24)

郭红全，柳悦霄.朱熹艺术哲学中的书法美学本体论.中国书法，2019(24)

宫大中.从皇家石窟群到民间造像龛——巩县石窟寺皇家、民间相继共存的奇特景观.中国书法，2019(24)

H

黄惇.中国古代印论史.上海：上海书画出版社，2019.

何国庆，编著.万历驾到：多元、开放、创新的文化盛世.杭州：浙江大学出版社，2019.

洪再新.蒙古宫廷和江南文人：元代书画艺术研究论集.杭州：中国美术学院出版社，2019.

韩天雍，编著.日本篆刻艺术.南宁：广西美术出版社，2019.

黄一迁.20世纪前叶商务印书馆的美术大众化推广.美术，2019(1)

黄映恺.林语堂书法美论之再认识.美术观察，2019(1)

黄凌子.消隐在时光中的巴黎旧梦——乔瓦尼·博尔迪尼的艺术活动与风格.美术观察，2019(1)

黄大德.浅探李铁夫被边缘化之路.美术学报，2019(1)

洪子诚.死亡与重生？——当代中国的马雅可夫斯基.文艺研究，2019(1)

洪潇亭.反思中的对抗 1863年落选者沙龙及其批评.新美术，2019(1)

何毅华.四川甘孜州藏区的阿西土陶艺术.美术，2019(1)

韩鹏.窥视与赏玩：闵刻本《会真图》图绘之变革及其扩展性特征.南京艺术学院学报，2019(1)

贺询.个性的微光：弗兰茨·克萨菲尔·梅塞施密特的怪诞雕塑.世界美术，2019(1)

郝春燕.丰子恺“金石书画同源”观.中国书法，2019(1)

哈罗德·罗森伯格，范晓楠.巴黎的衰落.世界美术，2019(1)

黄小茵.瓦萨里阿雷佐故居与《名人传》的诞生.美术观察，2019(2)

黄辉.《枯树赋》刻帖及相关问题考.中国国家博物馆馆刊，2019(2)

黄伟.清代藏书家吴骞书画活动研究.中国国家博物馆馆刊，2019(2)

洪再新.广东现代画坛三题——黄宾虹与张虹交往新考.美术学报，2019(2)

胡桥.视觉之外：从希尼斯特别墅壁画中的帘幕说起.美术研究，2019(2)

胡祎祺.数字虚拟访客.世界美术，2019(2)

胡晶.李铁夫的“中国意象”.荣宝斋，2019(2)

何香凝.南宋遗民周密与赵孟頫交游考略.中国书法，2019(2)

韩洞.《纽伦堡编年史》中的谱系树图像.美术观察，2019(2)

韩璐，潘长学，刘宏宇.基于以人为本的中国城市绿道建设研究：功能、涵义与类型.南京艺术学院学报，2019(2)

韩洋.唐代笔法传说问题赜探.中国美术研究，2019(2)

侯艳兴.哈哈镜中的社会相：民国时期的自杀漫画研究.中国美术研究，2019(2)

红梅.20世纪上半叶中国美术现代性的两种叙事——以“先驱之路：留法艺术家与中国现代美术（1911—1949）展”为例.美术研究，2019(2)

黄宗贤.百年中国美术大众化思潮的流变与影响.美术，2019(3)

黄海蓉.女性艺术中的女性意识.美术观察，2019(3)

黄彦伟.张舜徽先生的艺术观及其书法实践.中国美术研究，2019(3)

洪权，林蓝.易大厂的绘画渊源及其与近现代岭南画家雅交考察.美术学报，2019(3)

胡晓瑞.吴大羽抽象绘画的诗意性研究.美术研究,2019(3)

胡昊华.姜娘子铜炉考.新美术,2019(3)

何建波.南宋“对幅诗意画”的制作及流变——以《御题马远山水册》及其伪作为例.南京艺术学院学报,2019(3)

何卯平.《番王礼佛图》创作年代考.中国国家博物馆馆刊,2019(3)

何伊宁.描绘历史:中国当代摄影中的历史叙事.艺术工作,2019(3)

韩刚.“士人画”“文人画”系谱二种考述.美术学报,2019(3)

韩添任.景德镇瓷雕滞后的现代进程:标志与缘由.美术研究,2019(3)

韩冬.奢侈品品牌展示空间多重叙事模式的研究.装饰,2019(3)

韩洋.北宋游师雄题刻活动考述.中国书法,2019(3)

郝斌.一座通向生活的新“桥梁”——以新中国初期的一场美术论争为中心.文艺理论与批评,2019(3)

黄小峰.重访《五马图》.美术研究,2019(4)

黄宗贤,肖雪.中国古代画史中“燕家景致”的知识生成.南京艺术学院学报,2019(4)

黄河,李勇.面向新经济的日本设计经营战略研究.南京艺术学院学报,2019(4)

黄海蓉.藏匿的象征——作品意义的开放性和模糊性.艺术工作,2019(4)

洪曼娜.延安时期的劳模宣传画与祝寿活动——以古元版画《给老炊事员祝寿》为例.美术学报,2019(4)

洪永稳.论宋代碑刻书法的艺术特色及其书法史价值.中国美术研究,2019(4)

胡平.20世纪早期中国广告图像的“图文”互释性.新美术,2019(4)

胡春涛.泰国曼谷建安宫《三国演义》壁画探讨.湖北美术学院学报,2019(4)

胡清清.新中国初期参与的大型国际美术展览及其意义.中国国家博物馆馆刊,2019(4)

韩立平.在“小学”的基石上:中国古代书学演进与本体建构.中国书法,2019(4)

贺万里,殷晓珍.康熙十四年:恽寿平在扬州.南京艺术学院学报,2019(4)

华硕.石涛与20世纪香港现代水墨艺术.南京艺术学院学报,2019(4)

黄振.鹿画的寄情与寓意:以八大山人《松树双鹿图轴》为例.美术观察,2019(5)

黄忠杰.城市地景与寰宇贸易:阿姆斯特丹国立博物馆藏《福州城图》考识.装饰,2019(5)

黄乔宇,刘瑞璞.晚清氅衣“隐襕”释证.装饰,2019(5)

洪再新.黄宾虹的世界意义　王中秀中国近现代艺术史研究的对象.新美术,2019(5)

胡媛媛.印度佛教艺术中药叉女形象特征探究.南京艺术学院学报,2019(5)

何梁.深刻理解中华美育精神,做好新时代美育工作——弘扬中华美育精神高端论坛综述.美术研究,2019(5)

何学森.书法册页装帧的格辙与旨趣.中国书法,2019(5)

侯佳鑫,解邦辉.“闲情雅趣”:徐三庚的闲章艺术.中国书法,2019(5)

侯奔奔.从文学改编到原创风俗——论贺友直连环画创作的转型.艺术百家,2019(5)

洪再新.务商、翻译、中国艺术与世界文学——中西文化交流的推手吴衡之考略(上).美术学报,2019(5)

洪再新.务商、翻译、中国艺术与世界文学——中西文化交流的推手吴衡之考略(下).美术学报,2019(6)

黄祎华.现代主义规划下的日常生活——以香港不断转变的城市区域为例.南京艺术学院学报,2019(6)

胡新地.从《季札挂剑图》漆盘看汉末漆器彩绘风格.美术,2019(6)

胡一峰.谈美论艺弘大道——读《中华美育精神访谈录》.美术研究,2019(6)

侯路.观看之道——大卫·霍克尼绘画的空间营造及主题表达.美术观察,2019(6)

贺景卫,彭迪.勾蓝瑶水龙祠壁画兵将服饰形象图

考及宗教内涵阐析.装饰，2019(6)

黄劲.清代欧峡《天后圣迹图》的图像与叙事.美术，2019(7)

黄文霖，吴群.抽象表现主义与东方艺术精神.美术观察，2019(7)

黄忠杰.德国“民族学”词源考释.新美术，2019(7)

黄小茵.米开朗基罗作品在威尼斯的传播与影响　在瓦萨里1550年版《名人传》之前.新美术，2019(7)

胡斌.中国在世博会上的艺术展示与国家形象的呈现.美术，2019(7)

胡继宁.塞冈提尼的绘画艺术.美术，2019(7)

胡湛.北宋邢州《封峦寺碑》考——兼及院体书法于邢州之传播.书法，2019(7)

何卯平.梁楷《出山释迦图》再考.美术，2019(7)

何连海.安阳殷墟一号铜印印文初考.中国书法，2019(7)

韩璐.20世纪浙江中国画文脉传承研究——潘天寿绘画艺术中造化与心源的互动.新美术，2019(7)

华天雪.不以山和水为主的新山水画——以宋文治井冈山写生为例.美术，2019(7)

黄杰.《清明上河图》“解”字招牌寓意补证.美术观察，2019(8)

黄明健.之间　建筑设计与教学的一种方法.新美术，2019(8)

黄杰.从虹桥与脚店彩楼看《清明上河图》的格局及命意关键.荣宝斋，2019(8)

黄大德.黄宾虹与李铁夫.荣宝斋，2019(8)

胡斌.在历史与当代的连接中寻找中国策展的路径.美术观察，2019(8)

胡传海.平城碑刻的历史性存在——谈前龙门时期大同碑刻的艺术价值.中国书法，2019(8)

何建波.规模晋唐：日本世尊寺行忠的书风渊源——以《后三年合战绘词》书法为中心.中国书法，2019(8)

侯颖慧，周宗亚.“以大观小”与中国画写意精神的生成.美术，2019(8)

黄丽莎.线法与呈影　从年希尧的《视学》看西洋画理在中土的实践.新美术，2019(9)

黄杰.“上河”即“上汴河”——《清明上河图》之“上河”命意考.荣宝斋，2019(9)

洪再新.中国艺术国际市场之成因　黄宾虹、吴衡之关系考.新美术，2019(9)

韩旭辉.四川出土东汉平民陶俑高领考.装饰，2019(9)

韩旭，刘赟.国家图书馆藏丛帖中二王尺牍目·王羲之篇.中国书法，2019(9)

黄小峰.货卖天灵：宋画中的头骨与医药.美术观察，2019(10)

黄成，纪立芳.制度、空间与图像：徽州宝纶阁彩画艺术考析.装饰，2019(10)

黄志坚.宋徽宗赵佶书画艺术师承渊源考.中国书法，2019(10)

何洁，王玥然.形意媒传·艺科融合——视觉传达设计研究的新视域.装饰，2019(10)

华天雪.中国美术学70年回望·美术理论篇.美术观察，2019(10)

黄艳.文化旅游热背景下的博物馆藏品展陈形式研究.新美术，2019(11)

黄丽帆，周剑峰.设计的“中国创造”中国现代设计教育中“工艺美术”的复兴.新美术，2019(11)

胡明强.吴冠中油画的民族化探索——献给吴冠中先生诞辰百年.美术，2019(11)

何潇娴.民间意识与文人趣味的博弈——从建安版画到漳州戏曲年画.装饰，2019(11)

汉内斯·迈耶，周向力，何健.新世界.新美术，2019(11)

黄明.“身份”焦虑.书法，2019(12)

胡鹏.从《嘉祐石经》看宋仁宗时期篆书的兴盛.中国书法，2019(12)

何桂彦.20世纪80年代四川乡土油画的兴起与嬗变.美术观察，2019(12)

韩晓冬.浅析汉代时期马的形象造型艺术转变.荣宝斋，2019(12)

韩瑞龙.佛心禅性 法相庄严——来楚生佛像印风貌探析.中国书法，2019(12)

黄惇.董其昌与文人篆刻艺术.中国书法，2019(13)

黄修珠.《宣和书谱》之“吴通玄”及相关问题辨

正.中国书法，2019(14)

何慧斌.地域、时代与书风选择——药王山北魏造像题记类型特征与成因考论.中国书法，2019(14)

黄映恺.方法与价值：二十世纪书法美学研究中的方法论.中国书法，2019(15)

洪权.易大厂印风成因探析.中国书法，2019(16)

惠洁，刘天琪.略论北朝时期鸟虫书式墓志盖装饰题铭.中国书法，2019(17)

胡湛.宋邢州《封峦寺碑》考.中国书法，2019(18)

黄伟.清代吴骞友朋关于碑刻信札六通考释.中国书法，2019(18)

胡裔涛.从“登峰造极”到“劣于诸子”——张怀瓘对王羲之草书批评的“矛盾”成因析论.中国书法，2019(22)

何慧斌.僧智详书《唐刘仲奖墓志》考论.中国书法，2019(22)

何冰.中国文化遗产研究院藏翁方纲致桂馥书札考.中国书法，2019(22)

贺进.试论“起笔”——兼谈碑帖范本临摹的相关问题.中国书法，2019(22)

郝惠谋.黄庭坚草书“起倒”笔法探析.中国书法，2019(22)

何学森.甲骨文研究的书法学发越.中国书法，2019(23)

黄天树.甲骨文的发现及其意义.中国书法，2019(23)

侯平.从北齐佛教造像记书法蠡测铭石书的转变——对北齐复古书风的再思考.中国书法，2019(24)

J

[英]乔治·布雷.伟大的艺术家.谭斯萌，李惟祎，钱卫，译.武汉：华中科技大学出版社，2019.

[美]乔治·库布勒.时间的形状：造物史研究简论.郭伟其，译.北京：商务印书馆，2019.

[英]杰西卡·罗森.莲与龙：中国纹饰.张平，译.上海：上海书画出版社，2019.

[美]詹姆斯·埃尔金斯.西方艺术史中的中国山水画.李伊晴，译.上海：上海书画出版社，2019.

[日]金原省吾.东方美术论.骆晓，译.杭州：浙江人民美术出版社，2019.

江宏.醉眼看丹青：绘画史上的名家与流派.广州：广东人民出版社，2019.

金玺美.韩国单色画的哲学思想探究.世界美术，2019(1)

姜丹丹.书写的力量与生命的转化——论王冬龄“乱书”实验之当代性.文艺研究，2019(1)

季海洋.“欧风东渐 度越古人”——民国时期女性中国画家的多样从艺形态.美术，2019(1)

金德光.当代青年油画的现状与问题.美术，2019(2)

金蕾.意大利文艺复兴时期女性艺术赞助人研究——以伊莎贝拉·德·埃斯特为例.美术观察，2019(2)

金晖，魏阳.源流与现状——关于中国漆画的当代思考.中国美术研究，2019(2)

蒋志琴.祝允明“遍友历代，归宿晋唐”说的理论内涵.美术观察，2019(2)

贾敏峰.东魏定州刺史库狄干造思惟像及相关问题.文物，2019(2)

姜寿田.论今文经学与康有为碑学的内在理路.中国书法，2019(2)

姜东君.王羲之书风对统一新罗书法的影响.中国书法，2019(2)

晋甜.20世纪中国画坛对“四僧”的重识.美术，2019(2)

金丹.论康有为的碑帖融合观.荣宝斋，2019(3)

蒋岩.“诗—画事件”：纽约派诗人与纽约派画家的合作.湖北美术学院学报，2019(3)

蒋含韵，王一川.不合时宜的超现代派画家丰子恺.艺术百家，2019(3)

姜靓.尚奇思潮影响下的晚明坊刻书籍版式设计探究.南京艺术学院学报，2019(3)

荆琦.温肇桐中国绘画史学史观解析.南京艺术学院学报，2019(3)

颉江泊.居延草书简连笔映带书写考察.中国书法，2019(3)

金晨怡.仙居童装中的挑花刺绣艺术特征及民俗符

号解析.装饰,2019(4)

金俞曝.仿作的悖论——《芥子园画传》中沈周绘画风格影响朝鲜画家作品研究.湖北美术学院学报,2019(4)

贾鹏.丙烯媒材作品修复问题研究——以膜层清洗实践为中心.美术学报,2019(4)

杰奎琳·克恩,佟季阳.未来的飞行.世界美术,2019(4)

姜永帅.明代园林绘画中的洞天与桃花源——从张宏《止园图》册说起.美术学报,2019(5)

焦磊,石磊.再析天津塘汉大地区工人版画的艺术与历史价值.美术,2019(5)

近藤一成,尤东进.苏轼《黄州寒食诗帖》与宋代士大夫.艺术工作,2019(5)

金卫东.曾国藩书学观念的历史考察.书法,2019(6)

金丹.董其昌书法创作观散论.中国书法,2019(6)

金祥涛.米芾《论草书帖》中"辙"字辨释.中国书法,2019(6)

蒋志琴."遍友历代,归宿晋唐":祝允明仿书与明中期书学仿古模式的创立.南京艺术学院学报,2019(6)

蒋茜,曲闵民.陌生化理论对当代书籍设计的启发.南京艺术学院学报,2019(6)

蒋乃玢.论书法的审美意象特征.中国书法,2019(6)

蒋淳霖.论碑起对行书审美和技法的影响.中国书法,2019(6)

江朝辉.翁方纲、阮元等潮州金山摩崖石刻误录考辨.中国书法,2019(6)

金恺承.陈巨来与民国沪上名家的交往.中国书法,2019(7)

蒋英.新兴艺术策源地——海派美术教育与20世纪中国美术活动研讨会综述.美术,2019(7)

姜坤鹏.玉、石分化的人文因素.美术观察,2019(7)

姜楠.伊朗书法艺术研究.美术观察,2019(7)

金龙强.形象与媒介　对建筑文本化中两个问题的思考.新美术,2019(8)

贾国涛.宜花宜人宜风雅——释证宋代青铜琮瓶初始功用及符号义涵的叠加性.装饰,2019(8)

贾维维.宋夏河西地区"八塔变"图像的来源与流布.文艺研究,2019(8)

姜寿田."平城体"与魏碑源流.中国书法,2019(8)

荆子洋.汉魏六朝书论术语"体势""书契"考.中国书法,2019(8)

嵇绍玉.传统书论中的"远".书法,2019(9)

江弱水.论《野草》的听觉艺术.新美术,2019(10)

贾韬.宋买地券书体、书风及相关问题研究.中国书法,2019(10)

焦福维.论人品与书品合流下的书法道统——兼论王羲之"书圣"形象的确立.中国书法,2019(10)

金翎.图像的屈从与抵抗——T.J.克拉克对绘画的沉思.美术观察,2019(11)

靳之林,刘佳.我与北平艺专和中央美院.美术,2019(11)

金蕾.游走于东西方传统之间——安尼施·卡普尔的空间美学.美术观察,2019(12)

嵇绍玉.回归本体 激浊扬清——书法批评的历史回顾与反思.中国书法,2019(12)

解安宁."长安书风"艺术形式特点刍议——以《姚伯多造像碑》为例.中国书法,2019(14)

金鑫.倪元璐书法笔法溯源.中国书法,2019(19)

解春龙.清人对倪元璐书法地位的认同历程.中国书法,2019(19)

简东.倪元璐书法的取法.中国书法,2019(19)

金鑫.唐冯承素之父《冯师英墓志》考释.中国书法,2019(20)

贾韬.徐三庚以金文入书、印研究.中国书法,2019(22)

江保锋.米芾晚年笔法的几种标志性呈现——以《太平州芜湖县新学记碑》为例.中国书法,2019(22)

蒋润.《大观帖》摹勒编次非龙大渊主持补说.中国书法,2019(24)

贾笠.卞永誉书画著述考论.中国书法,2019(24)

K

［美］卡尔文·汤姆金斯.杜尚.兰梅，译.武汉：武汉大学出版社，2019.

［英］肯尼斯·克拉克.裸体艺术.盛夏，译.北京：中信出版集团，2019.

孔铎.切萨雷·布兰迪艺术修复理论评介.美术，2019(1)

克里斯蒂娜·菲利波内，谢璞玉.爱丽丝·艾科克的能量系统.世界美术，2019(1)

克里斯托弗·特纳，鲁宁.激进几何学.世界美术，2019(1)

克莉丝汀·法尔，刘小庸.艾米·卡特勒：拒绝虚饰.世界美术，2019(2)

昆汀·布韦洛特，贾慧明.日常生活的场景？关于17世纪荷兰风俗绘画的思考.世界美术，2019(3)

克里斯汀·法尔，冀枞.奥利·埃普：孩子，及时行乐.世界美术，2019(4)

克利斯托夫·P.霍伊尔，刘海平.艺术的任务.世界美术，2019(4)

卡·马列维奇，刘士滢.至上主义·34幅素描.世界美术，2019(4)

孔叙仁，黄厚明.吴历笔性特征及部分存疑作品考辨.艺术百家，2019(6)

柯云风.廊的曲直应变——以留园石林小院为例.装饰，2019(6)

堀川英嗣，浅野泰之，王亚峰.与汉字的相会——“汉委奴国王”金印.书法，2019(6)

卡萝尔·吉布森-伍德，姚雨辰.乔纳森·理查森与萨默斯勋爵的素描收藏及早期英国艺术史写作.新美术，2019(9)

L

［法］拉斐尔·佩初兹.西方视野里的中国画家.朱子仪，译.北京：中信出版集团，2019.

［英］罗伯特·戴维斯，贝丝·琳达史密斯.文艺复兴人.祝羽捷，译.南京：江苏凤凰文艺出版社，2019.

林圣智.图像与装饰：北朝墓葬的生死表象.台北：台湾大学出版中心，2019.

练春海.重塑往昔：艺术考古的观念与方法.北京：社会科学文献出版社，2019.

卢甫圣.海派绘画史.上海：上海书画出版社，2019.

吕澎.中国现代艺术史.上海：上海书画出版社，2019.

李铸晋.鹊华秋色：赵孟頫的生平与画艺.上海：上海人民美术出版社，2019.

李清泉.由图入史：李清泉自选集.上海：中西书局，2019.

李军.佣书读画录.杭州：中国美术学院出版社，2018.

李军，主编.跨文化美术史年鉴1：一个故事的两种讲法.济南：山东美术出版社，2019.

劳继雄.说画.上海：上海人民美术出版社，2019.

郎绍君.大匠之门：齐白石的世界.杭州：浙江人民美术出版社，2019.

郎绍君.岚翠千层：陆俨少的诗性追求.杭州：浙江人民美术出版社，2019.

刘涛.魏晋书风：魏晋南北朝书法史札记.广州：广东人民出版社，2019.

刘晓达.筚路蓝缕，以启山林——由考古出土遗存略谈秦汉美术中的山水图像.美术学报，2019(1)

刘晨澍，宋志涛.上海创意经济与创新服务建设的文化发展模式研究.新美术，2019(1)

刘映廷.台湾传统建筑装饰修复研究——以壁画为例.南京艺术学院学报，2019(1)

刘渟.民国“无名艺术史研究”之滥觞：中外学者的汉唐陵墓考察著述论略.南京艺术学院学报，2019(1)

刘彦琪.中国早期青铜技术中的几何作图法.中国国家博物馆馆刊，2019(1)

林莹.中国古代山水画中“主仆出行”构图模式的嬗变——以携琴元素的加入为视角.中国美术研究，2019(1)

李修建.方李莉：艺术乡建的人类学视野、方法与观念.美术观察，2019(1)

李静.荣光与余晖：玻璃艺术的威尼斯样式.美术观察，2019(1)

李文奎，张璐.伏里土陶：文化符号再现与经济重构.美术观察，2019(1)

李超.看不见的“江南”——关于中国近现代油画艺术资源问题思考.美术研究，2019(1)

李公明.从悲悯到解放：左翼美术的初心与遗音——以黄新波《控诉》与胡一川《开镣》为例.文艺研究，2019(1)

李公明.冷战初期中国宣传画中的战争与和平——以“抗美援朝”宣传画为中心.文艺理论与批评，2019(1)

李锐.以课题导入为核心的动漫衍生品课程教学实践.装饰，2019(1)

李瑞哲.龟兹石窟壁画中的“唯礼释迦”思想.南京艺术学院学报，2019(1)

李晓蕾，王祝根.抽象性城市雕塑的内涵辨析.南京艺术学院学报，2019(1)

李亦文，薛琳.有关产品开发设计课程“文化互补式”双语教学模式与创新型人才培养的思考.南京艺术学院学报，2019(1)

李海兵.中国民族服饰文化的研究型教学模式初探.湖北美术学院学报，2019(1)

李零.山纹考——说环带纹、波纹、波曲纹、波浪纹应正名为山纹.中国国家博物馆馆刊，2019(1)

李浩然.韩乐然生平考——兼议其革命与艺术的双重性.荣宝斋，2019(1)

李占洋.古典建筑上的场景雕塑形式美感探究.艺术工作，2019(1)

李孟阳.三种“空间”的思索——安东尼·葛姆雷的雕塑艺术.艺术工作，2019(1)

吕江.漫画专业教学中的“写生”课程变革.南京艺术学院学报，2019(1)

罗莎琳德·马克韦尔，马天婵.凝结未来.世界美术，2019(1)

罗宏才.明清江南地区与海上丝绸之路的艺术品交流.南京艺术学院学报，2019(1)

练春海.论汉墓内棺盖上所置玉璧的礼仪功能.美术研究，2019(1)

雷德侯，曲艺.文字作为艺术、文字作为鉴评——4世纪中国三信札——《奉橘帖》之流传.南京艺术学院学报，2019(1)

兰芳.论汉代陶楼的造物尺度问题.南京艺术学院学报，2019(1)

陆骐.移动中的牙帐：以四季山水图为中心再议辽庆东陵壁画.中国美术研究，2019(1)

卢家华.里尔克与少年巴尔蒂斯的《咪蓄》.新美术，2019(1)

丽贝卡·迪明·科克伦，桑雨.连接的线.世界美术，2019(1)

刘佳帅.20世纪以来中国美术高峰的演变脉络与再塑依据.美术，2019(2)

刘恪.开源：从过去到未来的媒体艺术.世界美术，2019(2)

刘怀玉，鲁宝.智能城市时代的马克思主义问题域从列斐伏尔到斯蒂格勒.新美术，2019(2)

刘恪.舍我其谁？比约恩·麦鲁斯作品中“本色出演”的自我镜像与反观.新美术，2019(2)

刘天成.试论游戏概念设计.新美术，2019(2)

刘越.“胸有成竹”与“胸无成竹”——谈山水画写生中的“规范”与“自由”.美术观察，2019(2)

刘义.《宣和书谱》成书问题考辨.南京艺术学院学报，2019(2)

刘阔.心师造化与时俱进——王雪涛花鸟画艺术的分期和演变.湖北美术学院学报，2019(2)

刘利波.陶渊明形象与文人画研究.中国国家博物馆馆刊，2019(2)

刘耀桢.鸿都门学书法教育窥析.中国书法，2019(2)

刘根禾.文墨相发——由苏轼的书札观照其文人情怀.中国书法，2019(2)

李明.吴彬赴蜀与晚明巴蜀山水题材绘画.美术，2019(2)

李鹏.《九歌图》与《楚辞》注本.美术观察，2019(2)

李朝霞，陈工布.20世纪80年代美术期刊生态探究.美术观察，2019(2)

李沙，张璐.天安门建筑彩画艺术价值初探.美术研究，2019(2)

李京泽.论视觉文化与社会治理间的互动关系——以希腊-巴克特里亚时期阿富汗阿伊·哈努姆城的视觉世界为例.美术研究，2019(2)

李莉.吹度南北界——以“艺风社第三届展览会”

为中心.美术学报,2019(2)

李兵彩.古元延安时期新窗花艺术初探.文艺理论与批评,2019(2)

李智兴,周立涛,罗杰威.从《建筑的取决要素》看建筑学教育和设计的自主性.装饰,2019(2)

李明.汉藏文化影响下的理县羌族服饰文化分析.装饰,2019(2)

李泊潭.南宋隶书风格成因考释——以盱眙第一山存南宋隶书为例.南京艺术学院学报,2019(2)

李晨辉.广西壮族自治区博物馆藏传马和之《豳国四篇图》卷研究.南京艺术学院学报,2019(2)

李民.广告的视觉性与女性的趋从.南京艺术学院学报,2019(2)

李慧婷.民国时期上海搪瓷日用器具设计研究.南京艺术学院学报,2019(2)

李淑英.基于内容分析法的数字媒体艺术发展趋势研究.南京艺术学院学报,2019(2)

李万康.典志梳析与图像补证:元代秘书监图籍庋藏制度研究.中国美术研究,2019(2)

李健,于泽元,于杰.以美观美与美成肉身:美术创作过程中的审美生成.中国美术研究,2019(2)

李方.在宗教与艺术的交汇处修史立论——读《中国墓室壁画史论》.中国美术研究,2019(2)

李韬.《清明上河图》的三性考论.中国美术研究,2019(2)

李永彻.浅论康有为的碑学书风及书学思想.中国书法,2019(2)

李慧斌."干禄"与"卑唐":康有为碑学思想的折中与无奈.中国书法,2019(2)

李方红.通变与反思:宋代绘画研究中的分界与关联.艺术工作,2019(2)

罗天昱,钟远波."延展动画"的边界探讨.装饰,2019(2)

罗双."我代天地为画立法"——结合康德的天才论来解释石涛的一画论.中国美术研究,2019(2)

柳淳风.1960年代的文化大争论、趣味的转向与波普艺术的兴起.美术研究,2019(2)

梁江.2018:中国美术的回顾与前行.中国文艺评论,2019(2)

梁雨."南田新篁"研究.南京艺术学院学报,2019(2)

鲁微微.论20世纪80年代油画创作语言转型及当下启示.美术观察,2019(2)

鲁海峰.中国古代设计批评价值标准研究.艺术工作,2019(2)

陆兴华.权利和作品　列斐伏尔城市思想与中国城市化.新美术,2019(2)

陆兴华.将个人对城市的权利做成作品　兼论建筑/城规的策展性.新美术,2019(2)

陆骐.通过身体获得的新认知:欧洲十六世纪晚期至十七世纪出现的"机械图解手册".世界美术,2019(2)

卢卡斯·施塔内克,徐子羿.亨利·列斐伏尔《走向一种享乐建筑》　1968五月风暴后的建筑想象.新美术,2019(2)

卢芳玉.《雪浪石盆铭》版本浅识.中国书法,2019(2)

栾开印.新文化运动中的《绘学杂志》.美术,2019(2)

龙红,黄中.论《窸斋集古图》的文化意义.中国书法,2019(2)

拉斐尔·雷曼,本尼迪克特·格罗斯,菲利普·施密特,何依朗.条条大路通罗马:地域机动性可视化.装饰,2019(2)

赖荣幸.作为"现代艺术"的新兴版画——20世纪30年代《现代》杂志与版画传播.中国美术研究,2019(2)

刘曦林.从借洋兴中、推陈出新到人民性追求——五四以来的中国美术之路.美术,2019(3)

刘佳.论山西晋城玉皇庙二十八宿塑像的形象特征.美术,2019(3)

刘小庸.提埃波罗与卡米尼兄弟会的艺术赞助.世界美术,2019(3)

刘丽娴,凌春娅.沃斯时装屋的设计管理.装饰,2019(3)

刘灿辉.新见唐代西国《康媛墓志》.书法,2019(3)

刘方.阮璞中国画学研究方法与成就的再思与商榷.湖北美术学院学报,2019(3)

刘杰,柴洋洋,刘小荷.汉画像反映的木构桥梁研

究.文物，2019(3)

刘慧.阿旃陀石窟形制及其与敦煌毗诃罗的比较研究.中国美术研究，2019(3)

刘耕.心栖之境——论“吴门画派”“书斋山水”的渊源及时空意识.荣宝斋，2019(3)

刘晓陶.刘悲鸿“中西融会”之绘画理论与艺术实践刍议.荣宝斋，2019(3)

刘德龙，虞昊.张大千晚年身体状态与泼墨泼彩画风演变.荣宝斋，2019(3)

刘东芹.宋代御书刻石制度与皇权的巩固.中国书法，2019(3)

刘金亭.明代石刻刻工的题署及其身份.艺术工作，2019(3)

刘嵬.宣化下八里辽墓乐舞图像研究.艺术工作，2019(3)

李洁.沈从文先生美术教育思想对当下美术专业学科建设的启示.美术研究，2019(3)

李汇龙，邵晓峰.敦煌壁画中的榻.美术学报，2019(3)

李朝霞，段潇冉.美术组织的体制化建构：以中国美术家协会为例.美术学报，2019(3)

李传文.元代庐陵螺钿漆器设计蠡考.美术学报，2019(3)

李京泽.艺术的游牧.世界美术，2019(3)

李贝壳.观念之后——体制批判的三次浪潮.世界美术，2019(3)

李雪曼，何惠鉴，曾四凯.梁清标收藏之渊源及价值.新美术，2019(3)

李若晴.浮山崛起　嘉道年间罗浮山的重新发现与实景山水画创作.新美术，2019(3)

李鹏.从窈窕妩媚到愁思沸郁 浅谈张渥《九歌图》中“山鬼”的形象塑造.新美术，2019(3)

李银广.莫高窟第285窟西壁日天与月天图考源.装饰，2019(3)

李铁萌.数据艺术——当代技术思潮下的一种新艺术形态.南京艺术学院学报，2019(3)

李艳辉.论古希腊肖像艺术的早期发展——人像的政治性纪念功用的衍进与个性的强化.南京艺术学院学报，2019(3)

李万康.董其昌《项墨林墓志铭卷》的人物关系与递藏链.南京艺术学院学报，2019(3)

李雯雯.印度康纳冈娜哈里遗址的初说法图像研究.中国美术研究，2019(3)

李逸峰.敦煌草书简书写文化考察——以马圈湾汉简为中心.中国书法，2019(3)

李峰.内化与再造——当代城市公共艺术发展的地域性研究.艺术工作，2019(3)

李伟琴.论油画创作中的求异思维.艺术百家，2019(3)

陆蓓容.王鸿绪尺牍考释　管窥清代书画鉴藏史（上）.新美术，2019(3)

陆蓓容.王鸿绪尺牍考释　管窥清代书画鉴藏史（下）.新美术，2019(7)

吕晓.宋骏业《康熙南巡图》初探.美术研究，2019(3)

吕少卿.正统之路：渐江与董其昌语境中的师古与师造化.南京艺术学院学报，2019(3)

罗春兰，方健霖.《续修四库全书总目提要》书画、法帖类辨正十三则.艺术工作，2019(3)

雷刚，王梦珂，陈为龙.实时数据新闻的生成逻辑：知识挖掘与可视化设计.装饰，2019(3)

赖非.云峰山刻石中郑道昭书法的平城遗风.书法，2019(3)

黎向群.叶恭绰抗战时期在香港的文化活动及影响——新见同期的两件书作考评.书法，2019(3)

刘瑶.神话的“陷阱”与知识再生产——谈中国美术翻译.美术观察，2019(4)

刘文炯.从真武庙到玉皇阁——以明清以来蔚州西北乡村庙空间规制的变迁为中心.美术观察，2019(4)

刘纲纪.从蔡元培的美育理论到中华美育精神.美术研究，2019(4)

刘成纪.在中西比较中重新发现中国美育传统.美术研究，2019(4)

刘芊.北朝石刻佛教圣树图像的艺术渊源与流变.美术学报，2019(4)

刘旭光.欧洲近代艺术精神的起源——文艺复兴时期佛罗伦萨的文化与艺术.文艺研究，2019(4)

刘瑞鹏.书法与玄学审美自觉迩论.南京艺术学院学报，2019(4)

刘佳妮.文人画的缘起及其书法对于绘画写意的推助作用.南京艺术学院学报，2019(4)

刘芝华.从归乐园到洛原草堂:《洛原草堂》卷与白悦.中国美术研究，2019(4)

刘超."元祐党籍"碑刻与元祐文人精神——兼谈"苏学""苏字"在南宋的传播.荣宝斋，2019(4)

刘作胜.中村不折《六朝书道论》与康有为的书学思想.中国书法，2019(4)

刘镇，陈作霖.构想与展望：书法学的界域及走向.中国书法，2019(4)

刘天琪.隶书与八分名实略解——从《广艺舟双楫》中关于字体演进的观点谈起.中国书法，2019(4)

林木.王朝闻的中国画观念及研究.美术，2019(4)

林霄.一声千响 其理愈明——傅申先生怀素《自叙帖》"映写说"诸回应之述评与观察.中国书法，2019(4)

林俊臣.由康有为"僻碑"说展开的书法经典问题讨论.中国书法，2019(4)

李兆粪.鲁迅与1914年全国儿童艺术展览会.美术，2019(4)

李洁.视觉传达设计专业中的东西方语义与符号教学研究.美术观察，2019(4)

李景欣.哈尔滨现代工艺美术史考察（1949年—1978年）.美术观察，2019(4)

李雷.美育立人与美术革新——从美育看现代中国"美术革命"的发生.美术研究，2019(4)

李军.为什么故事总是可以有两种讲法?.美术研究，2019(4)

李华强.城市漫游与设计实践 对陈之佛上海时期社会活动空间的考察.新美术，2019(4)

李万万.博物馆学基础通论研究.南京艺术学院学报，2019(4)

李甍，崔启萌.民国女子泳衣的样式及其流行变迁.南京艺术学院学报，2019(4)

李彤.先秦时期汉字形式构成与思想观念之关系初探.中国书法，2019(4)

吕琼雯.造化乐园：关于民营博物馆现象研究.美术观察，2019(4)

罗世平.疏密二体：晋唐道释人物画样式考论.湖北美术学院学报，2019(4)

罗睿.19世纪海上丝绸之路上的中西文化交流——清代广州外销通草画的历史性考察.中国美术研究，2019(4)

梁达涛.翁同龢与李文田京城交游研究.中国美术研究，2019(4)

梁鸿.霸气堂堂在 一足抵十夫——回眸邓散木艺术人生的最后八年.荣宝斋，2019(4)

兰芳.云的意象——论汉代祥瑞纹饰的设计理念.中国美术研究，2019(4)

鲁苗，赵成清.早期西方汉学家的中国建筑研究初探.中国美术研究，2019(4)

廖奇琦.晋中南地区后土图像流变及原因述论.南京艺术学院学报，2019(4)

卢涛.展览，作为一种对话.新美术，2019(4)

鹿镭.线性结构的探索——伊丽莎白·特克的大理石雕塑.世界美术，2019(4)

刘向华.因由及进路——在创作中实现对"传统"的当代转换.美术，2019(5)

刘方.抽离与复合：20世纪以来"水墨"的建构历程.美术观察，2019(5)

刘军强，田建恩.唐代书家韩方明及其《授笔要说》.美术观察，2019(5)

刘晨.乾隆与《婕妤挡熊图》：汉宫故事的清宫图解.美术研究，2019(5)

刘悦笛.再现与"视觉的双重性"——贡布里希的错误与沃尔海姆的建树.美术研究，2019(5)

刘秋兰，李安源.《吴门百艳图》及其他——俞达香艳著作考述.美术学报，2019(5)

刘立士.碑派书法的概念清理、审美价值及当代问题.书法，2019(5)

刘畅.西藏唐卡画师历史源流考.南京艺术学院学报，2019(5)

刘若一.丰子恺漫画中的"联想"手法.南京艺术学院学报，2019(5)

刘世军，杨森."杨闽斋本"《西游记》的插图特色

及其“语—图”互文性研究.南京艺术学院学报，2019(5)

刘重喜.从“锺王比较”看胡小石书学思想.中国书法，2019(5)

刘礼宾.我们身处何处？——概念的黑洞和语言的飘零.艺术工作，2019(5)

林静静.日本早期佛教艺术特质——以法隆寺佛教艺术为例.艺术工作，2019(5)

李佳.绘画的状态.美术，2019(5)

李静.文创探索与实践：以高校与国家图书馆合作开发为例.美术观察，2019(5)

李雅君.九原岗墓室壁画中的佛教因素.美术观察，2019(5)

李俊.西藏札达县芒囊寺强巴拉康木雕初探.美术研究，2019(5)

李清泉，杨文萱.黄泉下的三维屏风.美术学报，2019(5)

李公明.再论古元延安木刻中的地主与农民题材——以“图史互证”看《逃亡地主又归来》和《减租会》.文艺理论与批评，2019(5)

李永强.20世纪初期刘海粟的现代艺术观.南京艺术学院学报，2019(5)

李雯雯.释迦“初说法”相关问题研究.南京艺术学院学报，2019(5)

李文秋.中华人民共和国成立七十年来连环画之演变.荣宝斋，2019(5)

吕品田.以天下为取——关于“中国画”的名实之辩.美术观察，2019(5)

罗易扉.从私密文化再到公共象征：美洲非裔艺术“物的生命史”研究.南京艺术学院学报，2019(5)

梁晓波.狂热的艺术家、伟大的爱国者——刘海粟抗战时期史料拾遗.南京艺术学院学报，2019(5)

兰凯伦.风景遐想与政治表达：社会主义视觉经验探微.美术学报，2019(5)

兰娟，周倩平.“标准化”与“相物之宜”——以车舆之制探两周制器思想.南京艺术学院学报，2019(5)

廖笑焱.重识透纳的“革命性”从对透纳的“误解”与辩护谈起.新美术，2019(5)

黎洁仪.细语梧桐：释读瑶绣梧桐花形纹的装饰运用与文化蕴意.装饰，2019(5)

龙明盛.图像记忆与族群认同——以瑶族水龙祠壁画砍牛图式为例.装饰，2019(5)

凌利中.承上启下 自出机杼——明董其昌的艺术超越及其相关问题.荣宝斋，2019(5)

郎绍君.临摹与写生 黄宾虹的“师古人、师造化”观.新美术，2019(5)

刘继.从写生到创作——读齐宝成的油画.美术，2019(6)

刘悦笛.作为“生活美学家”的王朝闻先生.美术观察，2019(6)

刘强.尼尔·古德曼雕塑现代性研究.美术观察，2019(6)

刘晨.媒介视野下的民国时期艺术教育期刊述论.美术研究，2019(6)

刘海飒，徐宝中.弗朗西斯·培根绘画中图像生成方法研究.美术研究，2019(6)

刘佳婧.“即兴编织”与纤维艺术中女性神话的重构.新美术，2019(6)

刘海恒，刘瑜帅.《唐漳州刺史李登墓志》考略.中国书法，2019(6)

刘霞，张发祥.摇弋沉浮 归于萧散——苏轼书法及其人生略谈.中国书法，2019(6)

刘鹏.钱穀卒年考.艺术工作，2019(6)

林木.笔墨在20世纪美术史中的多向度发展与演变.美术，2019(6)

林勇.当代技术语境下声音对视觉艺术的互动增益之思考.新美术，2019(6)

林银雅.新罗金冠曲玉象征内涵.南京艺术学院学报，2019(6)

李中军，夏梓.自然与现实——莱尔米特的绘画.美术，2019(6)

李宏伟.意象油画创作研究笔谈.美术观察，2019(6)

李力.早熟的艺术 永恒的童年——纪念奥地利画家席勒逝世100周年.美术观察，2019(6)

李立新.包豪斯与中国——写在包豪斯诞生100周年之际.南京艺术学院学报，2019(6)

李向民.西藏佛教造像业的历史流变.南京艺术学

院学报，2019(6)

李国新，杨蕴菁.毕昇之前的“活版印刷”——以洛阳汉画像砖装饰面的艺术技巧为例.荣宝斋，2019(6)

李松儒.益阳兔子山九号井简牍中楚秦过渡字体探析.中国书法，2019(6)

李建民.古代书论中的以人论书现象摭谈.中国书法，2019(6)

李军.清江浦上的画家朱熊——以佚名道光二十八年日记稿本为中心.艺术工作，2019(6)

吕晓.《小中现大》再研究.美术观察，2019(6)

吕道建.论五代两宋潇湘山水画的游观之境.美术观察，2019(6)

吕凤显.数码摄影中的图像生成与转换——艺术设计专业的摄影教学实验.南京艺术学院学报，2019(6)

柳淳风.当代水墨与当代艺术机制之间的空隙.美术，2019(6)

雷黎明.敦煌马圈湾汉简的字体特征及其书法价值.中国书法，2019(6)

梁鸿.他年画苑三千辈 个个毋忘念此翁——被淡忘的二十世纪画坛成功者胡佩衡.荣宝斋，2019(6)

路艳红.从新中国初期20年新年画创作看美术大众化实践.艺术百家，2019(6)

刘瑶.从传统到现代：谈中国画色彩观的建立.美术观察，2019(7)

刘海兰.新高考背景下美术基础教育的创新发展路径.美术观察，2019(7)

刘博，崔世华，赵倩.集约化、规范化整合与创新应用：上海多杆合一设计与建设研究.装饰，2019(7)

刘双花.美术片《大闹天宫》中孙悟空形象的源与流.装饰，2019(7)

李琳.中国美术教育的传统模式与现代探索.美术，2019(7)

林颢.18世纪欧洲洛可可色粉画艺术探寻.美术，2019(7)

李笑男.语言的“共同体”：影像艺术领域女艺术家创作现状观察.美术观察，2019(7)

李蕴慧.公众的美术馆——美国国家美术馆的公共意识.美术观察，2019(7)

李黎阳.自由的誓言——论德国非形式艺术.荣宝斋，2019(7)

李瑞振.陈巨来印学思想的两个维度.中国书法，2019(7)

吕埴.《汉宫乞巧图》考鉴.中国国家博物馆馆刊，2019(7)

罗越，叶国轩.中国绘画的分期与内容.新美术，2019(7)

雷璨铭.油画创作中风景元素与主体人物的关系研究.美术观察，2019(7)

梁舒涵.氍毹新物——清末民初天津杨柳青年画中的现代交通工具.美术观察，2019(7)

廖华.明清书坊对戏曲插图的意义及其影响.美术观察，2019(7)

凌利中.丹青宝筏——董其昌的艺术超越及甘翁关问题.中国书法，2019(7)

乐祥海.小画种 大天地——贺友直连环画艺术.荣宝斋，2019(7)

刘爽.李军：“中国策展学”的建立应以学术研究为前提.美术观察，2019(8)

刘佳.共存·融会：澳门平面设计的文化格局.美术观察，2019(8)

刘静霞.当代书刻造型艺术创作探析.美术观察，2019(8)

刘灿辉.新见北魏《王彤墓志》《封园姬墓志》跋.书法，2019(8)

刘刚.楼台高下夕阳中——余绍宋书法研究.书法，2019(8)

李春艳.司徒乔新疆时期水彩画探究.美术，2019(8)

李朝霞.高名潞：“中国策展学”的建立需要本土生发的原创性.美术观察，2019(8)

李翔宁，莫万莉.当代建筑展览与中国建筑策展学展望.美术观察，2019(8)

李艳青.当代油画临摹的意义和方法.美术观察，2019(8)

李雪镜.从漆性本源谈现代漆画的绘画性.美术观察，2019(8)

李爽.《枳阳府君碑》考略——兼谈其经典地位的

构建.中国书法，2019(8)

李培根."平城体""洛阳体"书风形成脉络探析——以迁都之前北魏平城石刻书法为中心.中国书法，2019(8)

李忠魁《宇文廙墓志》考释.中国书法，2019(8)

吕文明.从古质到今妍：卫夫人在两晋书法传承中的轴心地位.中国书法，2019(8)

吕怡然.我对水彩画创作语言的表现与探索.美术，2019(8)

柳淳风.制度矩阵的结构转向与波普艺术的崛起.美术观察，2019(8)

鲁明军.20世纪三四十年代的文人艺术与中国革命——以黄宾虹、郎静山及费穆为例.文艺研究，2019(8)

廖奇琦.博学精识 更自立意——论北宋李公麟的"道"与"艺".荣宝斋，2019(8)

黎丽明.文物的形成：以苏仁山作品为中心.中国国家博物馆馆刊，2019(8)

赖以儒.贞观国子书学与明书科的设置、实施及其意义.中国书法，2019(8)

刘磊.论"汪中旧藏《定武兰亭》"及其引发的"兰亭论辨".新美术，2019(9)

刘涛.王羲之《寒切帖》考.中国书法，2019(9)

李文秋.人民的心声——论1949年以来连环画的"大众化"捩变.美术，2019(9)

李公明.作为图像史料的"日常摄影"对历史研究的影响.美术观察，2019(9)

李笑男.日常摄影中的"真理".美术观察，2019(9)

李昌菊.本土美术批评的现代转型与当代价值.中国文艺评论，2019(9)

李特.中国古代宫廷艺术中的孔雀形象.荣宝斋，2019(9)

李刚田.王羲之书法的渊源与流变.中国书法，2019(9)

鲁闽.宋代婴戏图中童裤的辨析.装饰，2019(9)

卢春梅.立象以尽意——福田繁雄的设计策略及启示.美术观察，2019(9)

卢芳玉，马成芬.国家图书馆藏丛帖中二王尺牍目·丛帖提要篇.中国书法，2019(9)

露西娅·索林格·穆尼兹.文化的亲缘性：从西班牙到南美洲当代艺术特展.美术，2019(9)

琳达·罗斯·泰勒.长白云之乡的诗意：新西兰当代艺术特展.美术，2019(9)

刘精科.休闲文化视角下工业遗存景观的创新设计.美术观察，2019(10)

刘振朋."仰画飞檐"文献、图像与身份分析.荣宝斋，2019(10)

刘兴敏，李晶.溥心畬书学思想探微.中国书法，2019(10)

刘瑞鹏.崇古有别：《集王圣教序》与赵孟頫、王铎临本书风略论.中国书法，2019(10)

刘佳帅.书法经典的生成及其意义生产——基于文化社会学视野的考察.中国书法，2019(10)

刘大龙.明清文人对篆刻的"正名"研究.中国书法，2019(10)

林浩旋.阿尔贝蒂的人体比例理论初探.美术观察，2019(10)

李若晴.20世纪五六十年代革命圣地题材美术创作——以广州农民运动讲习所的表现为中心.美术，2019(10)

李冰清.珍宝画中的词与物：以勃鲁盖尔的《五感寓意画》为例.美术观察，2019(10)

李超.中国向来的灵魂——20世纪中国戏曲人物画研究.美术观察，2019(10)

李超，杨越淳，包德福.茶家具设计中传统文化符号的当代转化.美术观察，2019(10)

李华文，刘瑞璞.从发式到冠式：晚清大拉翅的标本研究及形制分析.装饰，2019(10)

李剑锋.展览推力："繁荣"与"异化"——关于当代书法展览机制的思考与蠡测.书法，2019(10)

李廷华.高二适与《新定〈急就章〉及考证》.书法，2019(10)

李静.论佛教对倪瓒书画的影响.中国书法，2019(10)

陆明君.中国美术学70年回望·书法篇.美术观察，2019(10)

陆兴华.艺术主体表达位置的排练 策展《野草》.新美术，2019(10)

拉克依·巴拉莱姆,牟蓝.女性艺术家在战斗.新美术,2019(10)

拉克斯媒体集,姚雨辰.加与减　关于集与集体.新美术,2019(10)

凌天明.锺绍京书史形象述考.中国书法,2019(10)

理查德·胡森贝克,唐晓林.前卫的达达:达达主义史.新美术,2019(10)

刘礼宾.新世纪青年雕塑家创作现状分析.中国文艺评论,2019(11)

刘灿辉.新见唐代《许日光墓志》兼谈"兰亭"书风.书法,2019(11)

刘赟,韩旭.国家图书馆藏丛帖中二王尺牍目·王献之篇.中国书法,2019(11)

林宸青.孙景波:复兴壁画艺术的根本在于培养人才.美术观察,2019(11)

林颢.闽台联合办学的先声——民国美术中的厦门美专.美术观察,2019(11)

李永强.中国古代主题性绘画的叙事表达.美术,2019(11)

李卓.乔纳斯·博格特绘画中的剧场世界.美术,2019(11)

李兆奕,章锐.拓荒与领引——1913年江苏全省儿童艺术展览会始末.美术观察,2019(11)

李凤志.论南京栖霞寺佛像造型语言的逻辑建构.美术观察,2019(11)

李尽沙.消费文化视角下博物馆衍生品的文化价值转向.新美术,2019(11)

罗茂梅.先以拜师学墨艺 后从仿古入丹群——明代仇英的绘画艺术.荣宝斋,2019(11)

梁怡.当代壁画的危机与机遇——景观社会中壁画创新之思.美术观察,2019(11)

卢珊.论刘文西绘画的艺术社会学价值——以《沟里人》为例.美术观察,2019(11)

卢宇.黄庭坚在元符三年的书学实践.中国国家博物馆馆刊,2019(11)

龙迪勇.时间与媒介——文学叙事与图像叙事差异论析.美术,2019(11)

刘希言.弃妇与逐臣——重读宋代三件绘画《绣栊晓镜图》《靓妆仕女图》《调鹦图》.美术,2019(12)

刘星雨.绿营视域下的帝国边疆——图解"营制总册"《云南标下元江营》.美术观察,2019(12)

刘晓峰.赵宧光旧藏明拓《石鼓文》考论.新美术,2019(12)

刘鹏.仇英的儿子和孙婿.新美术,2019(12)

刘艳.有双翼的眼睛　阿尔贝蒂认知模式下的视觉艺术之观.新美术,2019(12)

刘刚.潘龄皋书法及其生平研究.书法,2019(12)

刘绽霞."悟对通神"原义考.荣宝斋,2019(12)

林木.新中国时期中国画现代转型类型研究.美术,2019(12)

李苦禅.李苦禅笔墨琐谈十则.美术,2019(12)

李清泉.壶关上好牢1号宋金墓"杂剧演乐图"壁画内容考释.文艺研究,2019(12)

李闽山.中庸思想下蔡襄书法的重法与尚意.中国书法,2019(12)

李丹.杨慎《石屏歌碑》等石刻书法艺术探析.中国书法,2019(12)

吕品田."布新"与"除旧"——第十三届全国美展中国画展刍议.美术,2019(12)

罗一平.彰显新时代综合材料绘画的社会功能与文化使命.美术,2019(12)

罗实.美术学院零基础学生教学实践探究.美术观察,2019(12)

罗佳.唐宋陶瓷凤首壶所见丝绸之路艺术交流.美术观察,2019(12)

罗世平.中国画守正创新的一次检阅.美术,2019(12)

兰凌.土家织锦"单八勾"纹饰的另一种释读.装饰,2019(12)

卢炘.怀念英才——周昌谷诞辰90周年纪念活动综述.美术,2019(12)

赖起凤.江西泰和快阁黄庭坚书法刻石考.中国书法,2019(12)

刘志超.承继与延绵:赵熙书学论.中国书法,2019(13)

刘守昌.从周家台秦简略论隶变的特征、成因及影

响.中国书法,2019(13)

刘明才.徐渭书法结构刍议.中国书法,2019(13)

李艳霞.董其昌临仿书法之特色.中国书法,2019(13)

李万康.董其昌《项墨林墓志铭卷》的题跋及其史料价值.中国书法,2019(13)

李宁.摹搨考.中国书法,2019(13)

梁骥.沈荃、王鸿绪、张照对董其昌笔法传承考.中国书法,2019(13)

雒三桂.赵熙诗札三通考论.中国书法,2019(13)

刘元良.明中期书法审美风尚略论.中国书法,2019(14)

李万康,高泽婷.《墨缘汇观》"续录"研究.中国书法,2019(14)

李飞.古文印章演变的历史分期及衰落原因研究.中国书法,2019(14)

吕丽军.从英藏S.2711号等佛教写卷看吐蕃时期写经机制.中国书法,2019(14)

雷雨.试论药王山北朝造像碑题记的风格特征.中国书法,2019(14)

刘照剑."无""旡"字辨.中国书法,2019(15)

李永忠.竹刻扇骨书法的文人化审美取向.中国书法,2019(15)

刘瑞鹏.卫瓘"草藁"之"纵引"笔势略论——以楼兰文书中今草化倾向来佐证.中国书法,2019(16)

刘国芳.永乐宫纯阳殿、重阳殿壁画榜题书法释析.中国书法,2019(16)

刘志超.书论与文论的"互文性"阐释.中国书法,2019(16)

刘硕伟.反对奴俗 崇尚真率——论傅山"四宁四毋"书学思想的核心内涵.中国书法,2019(16)

李文灵."尽势"与"拓而为大"——"掌指""肘腕"之法要义寻绎.中国书法,2019(16)

李传君.论张宗祥对笔法的若干考辨与新释.中国书法,2019(16)

李承宗."先天"抑或"后天":气质类型与文化背景对书法审美的影响.中国书法,2019(16)

李云并.易大厂篆刻章法发微——以陆丹林评论为经纬.中国书法,2019(16)

柳国良,刘冲.金石学视阈下"卫门书派"的概念构建与形象生成.中国书法,2019(16)

刘鹤翔.书法研究的"空间转向".中国书法,2019(17)

李永忠.北朝写经体的三个基本问题.中国书法,2019(17)

李明桓.从唐代杭州龙兴寺经幢看唐代行草书碑刻书风.中国书法,2019(17)

刘昕.《遯盦古砖存》与三国两晋湖州砖文书风初探.中国书法,2019(18)

刘瑞鹏.倪元璐《致倪献汝信札》管窥.中国书法,2019(19)

刘宗超.北岳庙北宋前期碑刻"奉敕书"崇王现象.中国书法,2019(19)

李宁.真迹,还是摹搨——《伯远帖》所见南朝押署"充"字考.中国书法,2019(19)

刘灿辉.唐《殷日德墓志》考证——兼论盛唐褚、薛书风.中国书法,2019(20)

刘文秋.论"篆籀"在唐代的认知及笔法实践——以张怀瓘、蔡希综书论为切入点.中国书法,2019(20)

刘万磊.论篆刻边款的文学序跋属性.中国书法,2019(20)

李慧斌.王者之风:《集王圣教序》与唐代书法史一个断层的重建.中国书法,2019(20)

李小勇.试论书法史中的"正统"意识.中国书法,2019(20)

李祥.宋拓的价值与碑派格局的形成.中国书法,2019(20)

李含波.《曹娥碑》元代递藏考——兼论元代崇晋嗜古趣味.中国书法,2019(20)

廖丹.曹操"禁碑令"与墓志书风流变刍议.中国书法,2019(20)

刘大伟.汉碑碑阴书法价值探析——以八方汉碑为例.中国书法,2019(22)

刘瑞鹏.北魏洛阳时期墓志书风源流摭论——以《历代散佚碑帖珍本》为例.中国书法,2019(22)

刘立士.自然观念与隋唐书法理论的建构.中国书

法，2019(22)

刘佳妮.图像与文本的互融——米友仁《云山得意图》跋文考释.中国书法，2019(22)

李洪峰.论书八题.中国书法，2019(22)

罗建新.欧阳询《离骚帖》辨伪.中国书法，2019(22)

栾圣栋.试论倪后瞻对董其昌笔法观的继承.中国书法，2019(22)

赖非."云峰刻石"新发现《玄寺题字》考释——兼及郑道昭晚年的道教思想.中国书法，2019(22)

刘影.甲骨文例研究的回顾与总结.中国书法，2019(23)

李爱辉.甲骨缀合的发展回顾.中国书法，2019(23)

陆明君.在传统嬗变与时代重负中砥砺前行——全国第十二届书法篆刻作品展览评审工作及创作现状述评.中国书法，2019(23)

陆雪桐.殷契片羽 劬堂遗珍——刘鹗、柳诒徵递藏殷商甲骨.中国书法，2019(23)

刘鹤翔.士人玩好的兴起——基于宋代青铜器研究与鉴藏的考察.中国书法，2019(24)

刘鹏."隶变"下的秦印陶古隶入印现象探析.中国书法，2019(24)

李豪东.巩县石窟与龙门石窟造像题记书风对比研究.中国书法，2019(24)

李尚展.隋代墓志楷书风格类化及其影响探赜——以《苏孝慈墓志》为中心.中国书法，2019(24)

李睿仪.浅谈《五十音图》与假名书法.中国书法，2019(24)

李天择.济宁汉碑的地域分布及其历史文化价值.中国书法，2019(24)

李国栋.中晚明儒学演进与书法变革.中国书法，2019(24)

粮志艳.桐城派书论研究——以姚鼐、吴德旋、曾国藩为例.中国书法，2019(24)

M

［意］马里萨·拉涅里·帕内塔.庞贝古城：永恒的历史、生活和艺术.张晓雨，译.武汉：华中科技大学出版社，2019.

［美］玛戈·维特科夫尔，鲁道夫·维特科夫尔.土星之命：艺术家性格和行为的文献史.陆艳艳，译.北京：商务印书馆，2019.

［美］迈克尔·弗雷德.专注性与剧场性：狄德罗时代的绘画与观众.张晓剑，译.南京：江苏凤凰美术出版社，2019.

［加］玛格丽特·迪科维茨卡娅.视觉文化面面观.李芳，肖伟胜，译.重庆：重庆大学出版社，2019.

莫阳.藏器：青铜器的文化与收藏.北京：人民美术出版社，2019.

孟蕾，周晓陆.基于分型图谱量化法的唐代陶瓷执壶功能性造型研究.装饰，2019(1)

孟宪平.19世纪北欧的民族浪漫主义风景画.世界美术，2019(1)

马志明，潘越.创新背景下的设计学本科设计素描教学研究.装饰，2019(1)

闵靖阳.论江丰新中国成立之前的美术思想.艺术工作，2019(1)

米高峰，郭健，王少杰.结构主义——符号学视域下的电影服装造型设计研究.艺术工作，2019(1)

梅松.闭户以自精（上）——金城的摹古生涯考.荣宝斋，2019(1)

梅松.闭户以自精（下）——金城的摹古生涯考.荣宝斋，2019(2)

孟冠华.太原明秀寺大雄宝殿壁画艺术初探.美术观察，2019(2)

马修·兰普利，杨贤宗，柯腾.从象征到寓言：阿比·瓦尔堡的艺术理论.湖北美术学院学报，2019(2)

马俊华.碑帖相融——康有为晚年的书学变法.中国书法，2019(2)

马一恒.当代书法临摹范本问题探析.中国书法，2019(2)

马利.公共雕塑中儿童形象的原型研究.艺术工作，2019(2)

迈克尔·埃米，吴桐.引力之重——玛蒂尔德·鲁塞尔访谈.世界美术，2019(2)

迈克尔·弗雷德，孙峥.达维特/马拉：1794年自画像.世界美术，2019(2)

迈克尔·E.加德纳，黄利红.21世纪的无聊？列斐

伏尔、比弗和符号资本主义转向.新美术，2019(2)

莫沁杰.论大卫·霍克尼20世纪60—70年代的绘画风格.美术学报，2019(2)

满盈盈.克孜尔第123窟七宝图像与龟兹延氏王.中国美术研究，2019(2)

孟凡萧.张彦远画论“自然”范畴的三维透视.中国美术研究，2019(3)

马天婵.关于雷安德罗·埃利希的“迷宫叙事”.世界美术，2019(3)

马静静.简牍：作为媒介的历史属性及其功效.南京艺术学院学报，2019(3)

马跃明.宋代石刻中的司马光隶书——以杭州南屏山《家人卦》摩崖题刻考订为中心.中国书法，2019(3)

毛宜.试论宋徽宗花鸟画的政治意涵.美术观察，2019(3)

穆宝清.作为“视觉艺术家”的莎士比亚 以《哈姆莱特》为例.新美术，2019(3)

缪斯.1962年MoMA波普艺术研讨会的交锋——美国波普艺术的崛起与纽约批评界的反应.世界美术，2019(3)

M.H.米勒，赵伟.大骗局——美国诺德勒画廊倒闭案的幕后.艺术工作，2019(3)

孟召汉.黄公望与元末松江文人圈之互动——以《九珠峰翠图》为中心.美术学报，2019(4)

马尔科·比拉吉.卢志荣的作品本质.新美术，2019(4)

马晓翔.刍议新媒体装置艺术的媒介运用、媒介传播与艺术语言.南京艺术学院学报，2019(4)

马彦蕾，张志庆.蒋彝《中国书法》的传播学解读.中国书法，2019(4)

迈克尔·弗雷德，朱橙.现代主义绘画与形式批评.世界美术，2019(4)

莫崇毅.诗人的表演：渔洋山人与“自我画像”.南京艺术学院学报，2019(4)

缪斯.纽约知识分子的前卫艺术观念.世界美术，2019(4)

玛蒂娜·达马托，初伊洵.图像的宝库.世界美术，2019(4)

马蹦非.美第奇家族艺术赞助的心理动机与15世纪佛罗伦萨艺术.美术观察，2019(5)

马刚.与时代同行——新中国70年主题性美术创作历程与现状概述.美术研究，2019(5)

莫世峰.无尽的调适：1949年后李斛的素描及中国人物画创作研究.美术学报，2019(5)

麦静虹.何为装饰？装饰何为？——再论装饰艺术的概念与功能.美术学报，2019(5)

孟宇.贾似道“长”字印考辨.中国书法，2019(6)

马蹦非.论抽象艺术中的古典主义精神.艺术工作，2019(6)

毛文睿.明代赵宧光书法格调思想研究.荣宝斋，2019(6)

毛万宝.“兰亭学”：从学科定位到学科构建.中国书法，2019(6)

穆宇静.浅述藏传佛教玉雕造像的意义及可行性.美术观察，2019(6)

莫军华，郭明雄.“斜”亦为美——虎丘、比萨“两座斜塔”的审美意象.南京艺术学院学报，2019(6)

孟莉.陈巨来印学二要.中国书法，2019(7)

马立.陈巨来元朱文印宗法问题.中国书法，2019(7)

马靖芸.论龙山石窟“半启门”图像的文化意涵.美术，2019(8)

马治权.有批评方有进步.书法，2019(9)

毛节民.论邓散木的篆刻艺术.书法，2019(9)

孟繁玮.中国美术学70年回望·美术传播篇.美术观察，2019(10)

孟莉.王阳明书法艺术探赜.中国书法，2019(10)

马塞尔·扬科，牟蓝.创造性的达达.新美术，2019(10)

孟鸿声.轴心期视域中的简帛书法与隶变突破.中国书法，2019(11)

孟云飞.古代书画收藏传统与当下文化消费.美术观察，2019(12)

孟云飞.从“积淀说”看中国画传统笔墨的传承变革.中国文艺评论，2019(12)

马菁汝.对话——卡普尔及其作品.美术，2019(12)

马立军，王景璇.论梁启超《碑帖跋》中的“魏碑体”

理论其构建方法.中国书法,2019(14)

马靖芸,宋玖安.十九世纪碑学视阈下的《兰亭序》观念.中国书法,2019(15)

毛秋瑾.魏晋十六国写经书法及相关问题.中国书法,2019(17)

孟大江.赵之谦创新求变的创作观念管窥.中国书法,2019(18)

马其伟.倪元璐书作署款及其交游考.中国书法,2019(19)

孟鸿声."甲骨文之父"王懿荣及其家世考略.中国书法,2019(22)

马新宇.书法的理想——从王羲之、颜真卿的"神品"地位说起.中国书法,2019(22)

莫伯峰.殷墟甲骨文的书体风格研究概述.中国书法,2019(23)

马亚楠.日本篆书字书《奇文不载酒》研究.中国书法,2019(24)

马健中.巩县石窟北朝造像题记文体、文字特点例析.中国书法,2019(24)

梅跃辉.书法批评的现代转换.中国书法,2019(24)

N

[英]奈杰尔·斯皮维.艺术创世记.盛夏,译.北京:中信出版集团,2019.

[英]诺曼·布列逊.视阈与绘画:凝视的逻辑.谷李,译.重庆:重庆大学出版社,2019.

倪建林.试论墨浪子与"姑苏版"版画《全本西厢记图》.南京艺术学院学报,2019(1)

牛乐.多元文化的整合与重构——河湟伊斯兰拱北建筑装饰艺术.中国美术研究,2019(1)

倪志云,倪纯如.姚最及其《续画品》的写作再研究.美术学报,2019(2)

聂皓雪.美国早期现代艺术语境下本土民俗艺术的话语建构.湖北美术学院学报,2019(2)

聂皓雪.作为母题的隐喻:现代主义艺术中的人体模型/人偶形象述略1910s—1950s.南京艺术学院学报,2019(3)

牛克诚.艺术史翻译的新维度.美术观察,2019(4)

钮震江.徐三庚印风渊源.中国书法,2019(5)

倪旭前.虚谷生卒年及出家问题考.美术,2019(7)

倪文东,范功,郭名峰,王渊,薛婷,张培艳.放眼量 起宏图——二〇一八年中国书法热点述评.中国书法,2019(8)

倪葭.高翔《蟒导河官衙即事图》探微.中国国家博物馆馆刊,2019(9)

牛国栋.传世马远作品中的"双胞"及"多胞"研究.中国国家博物馆馆刊,2019(9)

牛国栋.美术史知识生产中的"讹误"与"常识"——以马远字号为例.美术,2019(10)

聂信.由"四宁四毋"探讨书法美的本真.书法,2019(10)

倪绍敏,李小云,段亚鹏.多维关联分析视角下"浣纱记"图案的宗族教化思想研究.装饰,2019(11)

倪新光.从黄道周帖学观念对董其昌帖学反拨看晚明帖学创作.书法,2019(11)

倪祥武."势"在必得——论《张猛龙碑》中的"险峻"审美因素.书法,2019(11)

宁瑶,林逸鹏.1949年后中国画人物画造型的现代性转型研究.美术,2019(12)

牛时兵.北宋《张龚墓志》考略.中国书法,2019(16)

倪新光.试论清代碑学内部观念之争.中国书法,2019(22)

聂国强.朱彝尊的印学思想探析.中国书法,2019(24)

O

欧阳雪莲.生态景观解说序列研究:基于中西方游憩者审美比较分析.装饰,2019(1)

欧阳摩壹.胡小石的隶书创作观.中国书法,2019(5)

欧阳云.从王一亭《三秋图》卷看海派画家艺术交游.荣宝斋,2019(11)

P

[意]易诺晨.达·芬奇笔下的她:文艺复兴时期的女性与女性肖像画传统.韦韩,译.长沙:湖南美术

出版社，2019.

潘攀.汉代神兽图像研究.北京：文物出版社，2019.

彭飞.不好为人师——齐白石与国立北平艺专两题.美术学报，2019(1)

彭卿.中国近代“风景画”观念研究.南京艺术学院学报，2019(1)

彭飞.潘天寿捍卫国画述略——以1953年至1957年间浙杭报章所见潘天寿相关佚文史料为例.中国美术研究，2019(1)

潘岷.从考古材料研究紫砂的起源和演变发展.中国美术研究，2019(1)

潘健华.中国女红造物中的习俗美术.中国美术研究，2019(1)

帕特里克·罗斯勒，庞莉.反抗纳粹的愚蠢——一个永存的观念？.世界美术，2019(1)

庞观.香水瓶及衍生设计发展研究.美术观察，2019(1)

帕·亚·弗罗连斯基，于润生.反透视（二）.世界美术，2019(1)

帕·亚·弗罗连斯基，于润生.反透视（三）.世界美术，2019(2)

彭锋.艺术的结与禅.文艺研究，2019(3)

彭莱.画史疏凿手：试论阮璞先生的中国绘画研究.湖北美术学院学报，2019(3)

彭砺志.孔子小学“书教”考论——兼论孔子书艺观对后世书学思想的影响.中国书法，2019(3)

彭锋.思想与虔诚.艺术工作，2019(3)

潘天波.《髹饰录》与中华工匠精神核心理论体系.中国美术研究，2019(3)

庞政.试论早期祠堂画像中西王母与羿（后羿）的组合.中国美术研究，2019(3)

平凡.庞薰琹现代艺术观念的建构及其当代意义.美术学报，2019(3)

彭卿.中国近代的美术公共精神.美术，2019(4)

彭飞.许道宁隶书《傅求等题名》石刻考释.美术观察，2019(4)

彭飞，王艳明.广州市市立美术学校的解散及其在香港复校问题考析.美术学报，2019(4)

潘力，乐丽君.日本当代艺术的新世代.美术观察，2019(4)

潘耀昌.浅议黄宾虹中国书画观的文化逻辑.新美术，2019(5)

潘婷.论米芾对褚遂良书法的接受.荣宝斋，2019(5)

普拉杰·德赛，李玉华.进步艺术家团体的艺术.艺术工作，2019(5)

彭锋.写意美学的三个面向.美术，2019(6)

彭智.重塑书法之诗性、超越性与人文性.中国文艺评论，2019(7)

潘鲁生.王朝闻的工艺审美观——纪念王朝闻先生诞辰110周年.美术观察，2019(6)

潘莉，吴佼姣.齐白石与湖湘名士杨度、杨钧交往考——以湘潭市博物馆藏印为例.美术观察，2019(6)

潘妙.当代伊朗金属器皿中人物装饰主题、风格与技法之关联.装饰，2019(6)

彭烨峰.静言幽谷底 长啸高山岑——陆深书法简论.书法，2019(7)

彭锋.模式二知识与中国策展学.美术观察，2019(8)

潘昌初，薛益泉.中国的城市化建设与非物质文化遗产关系研究.美术观察，2019(8)

皮永生，樊亚峤，张田田.设计为乡村文化资源赋能.美术观察，2019(9)

潘万里.早期中国本土摄影理论中的画意模仿论.中国文艺评论，2019(11)

彭圣芳.恭造之式与外造之气——清代器物审美中的权力运作.新美术，2019(12)

彭锋.艺术学理论学科建设历程与前瞻.中国文艺评论，2019(12)

潘长学，韩璐.现代艺术与审美救赎.新美术，2019(12)

潘承晋.从“第十二届国展”看当代篆书创作状况.书法，2019(12)

彭砺志.药王山北朝造像碑的碑学审美形态演进.中国书法，2019(14)

潘旭辉.从彭素夫妇墓志看复古与尚意书风下北宋文人的书写状态——兼及苏辙的书法创作.中国书法，2019(16)

皮佳佳."无意于佳"——思想史视野下的苏轼"尚意"书风.中国书法,2019(23)

潘丽.论包世臣的碑学理论与书法实践.中国书法,2019(24)

Q

[日]青木正儿.金冬心的艺术.李景宋,译.杭州:浙江人民美术出版社,2019.

[日]青木正儿.中国文人画谈.李景宋,译.杭州:浙江人民美术出版社,2019.

邱才桢.书写的形态:中国书法史的经典瞬间.北京:北京大学出版社,2019.

邱振中.王铎:图形分析与书法才能的构成.中国书法,2019(1)

乔纳森·古德曼,胡祎祺.制造透明——对话内奥米·坎贝尔.世界美术,2019(1)

乔宇.体验式饮食器具设计研究.南京艺术学院学报,2019(1)

乔治·迪米特里亚迪斯,王颖.犍陀罗艺术:哲学与考古学危境.中国美术研究,2019(1)

齐特拉·巴拉苏布拉马尼亚姆,程辰.构建之中——与荷姆莉·博达的对谈.世界美术,2019(1)

齐增东.中国古典园林的精神在现代餐饮空间中的重现.艺术工作,2019(1)

祁小春.王羲之子孙辈为何不讳"之"字?.新美术,2019(1)

泉武夫,李银广.印度·中国·日本的弥勒信仰与美术——兜率天的菩萨像及其源流.中国美术研究,2019(1)

亓文平.身份的焦虑——中国现代水彩画民族性问题简论.中国美术研究,2019(1)

祁小春.古籍版刻书迹释例(上).艺术工作,2019(1)

祁小春.古籍版刻书迹释例(下).艺术工作,2019(2)

邱春林.器玩:身份、手泽与情趣.美术观察,2019(2)

祁小春.陶弘景《真诰》中所见王羲之资料及其相关考察.中国书法,2019(2)

秦瑞丽.20世纪早期的现代展览制度与美术大众化实践.美术,2019(3)

邱茗.东汉《王孝渊碑》艺术浅析.美术观察,2019(3)

钱晓芳.谈美育实践与文化发展的关系.新美术,2019(3)

秦兆凯.金钱 体制 当代艺术——从一条鲨鱼的故事说起.美术观察,2019(4)

秦明.故宫藏《宋拓武梁祠画像册》题跋研究——从康有为题跋谈起.中国书法,2019(4)

邱振中.书法:传统的前世今生.书法,2019(4)

乔纳森·古德曼,李恩多.神性显现的瞬间:丽莎·希巴赫.世界美术,2019(4)

乔治·迪迪-于贝尔曼,姜雪阳.图像,语言.世界美术,2019(4)

邱志文.论线质感(上).书法,2019(4)

邱志文.论线质感(下).书法,2019(5)

邱志杰.百年荏苒:实验艺术在中国.美术研究,2019(5)

陈传席.明代书法与边防.美术研究,2019(5)

邱敏.微信化阅读方式影响下的艺术批评.艺术工作,2019(5)

齐永新,刘海青.文人工笔画初始形态探析.美术观察,2019(5)

曲丹儿.瓶上瓶——古希腊陶瓶的互文性研究.美术观察,2019(5)

丘挺.更化则可善治——中国水墨画的现代意义.美术观察,2019(5)

切尔西·弗克斯维尔,博蓝奇.作为视觉信息的木刻版画——日本江户时代中期中日书籍版画的传播及影响.美术观察,2019(5)

秦晓磊.沈周《沧洲趣图》的意涵、年代及接受者.美术,2019(6)

秦玮.南宋居简《登承天万佛阁》论析.中国书法,2019(6)

邱楠.清代刻本中宋体字结构特征的易读性研究——以《湖海楼丛书》为例.美术学报,2019(6)

曲艺."阿瞒驻辔立多时,欲上花骢尚娇色。"——五版本《杨妃上马图》再考.南京艺术学院学报,

2019(6)

祁小春.魏晋尺牍法帖杂考——关于尺牍的“完整”性问题的讨论.美术研究,2019(6)

瞿燕花.敦煌壁画对现当代中国美术的启示与推动.美术,2019(6)

奇洁.叶恭绰《后画中九友歌》研究.美术研究,2019(6)

邱敏.雕塑领域女艺术家创作现状观察：以施慧、姜杰、耿雪为例.美术观察,2019(7)

秦韵佳.沃霍尔丝网肖像的“坎普”之魅.美术观察,2019(8)

秦渊.《真赏斋帖》版本及华夏家世小考.荣宝斋,2019(8)

邱志杰.中国策展学的现实语境和历史资源.美术观察,2019(8)

邱志军.区域性美术馆捐献性收藏刍议.美术观察,2019(8)

曲康维.《西岳降灵图》再考.美术,2019(8)

屈波.新中国成立初期人民美术出版社的图像生产与传播.美术,2019(9)

钱陈翔.心学影响下的张瑞图书学思想探析.中国书法,2019(10)

秦建华.职业化与赞助网络——对布拉姆·克姆佩斯《绘画、权利与赞助机制》的分析.美术,2019(10)

秦晓磊.盆菊幽赏：沈周山水雅集图与北京文官之接受.文艺研究,2019(11)

齐喆.创作能力是中国壁画界的核心问题.美术观察,2019(11)

祁小春.法帖中所见“复书”形式再考——以王廙《两表》为例.中国书法,2019(11)

屈波.新中国主流美术谱系——以全国美展美术门类的变迁为中心.美术,2019(11)

戚灵岭.时期与品质.新美术,2019(12)

邱才桢.“中正之笔”的倾斜——评倪雅梅《中正之笔：颜真卿书法与宋代文人政治》.中国书法,2019(16)

邱振中.书法的现代阐释.中国书法,2019(19)

乔宇.元末隐士书家的艺术观.中国书法,2019(22)

曲斌.试析宋人评蔡襄书法的向度及原因.中国书法,2019(22)

屈跃宽.民国书法社团源流及价值探析.中国书法,2019(24)

R

[美]杜朴,[美]文以诚.中国艺术与文化.张欣,译.长沙：湖南美术出版社,2019.

[加]罗斯·金.印象巴黎：印象派的诞生及其对世界的革命性影响.冯璇,译.北京：社会科学文献出版社,2019.

任珊珊.国内美术馆公共空间职能的维度与界限研究.湖北美术学院学报,2019(1)

任华东.中西艺术融合视域中的粉彩瓷艺术.美术观察,2019(2)

任平山.吴越阿育王塔四本生图辨.文物,2019(3)

阮璞.画学补证.湖北美术学院学报,2019(3)

任亮颖,余日昌.从抽象艺术观到生命现象艺术观——米歇尔·亨利对康定斯基艺术观的内涵提升.南京艺术学院学报,2019(6)

任康丽.明代建筑界画及民俗形态分析.美术观察,2019(12)

任昊.唐宋碑刻中集王羲之行书现象研究.中国书法,2019(12)

任谢元,王新利.唐代皇室书家述略.中国书法,2019(16)

冉令江,杨树国.论卫门“古法”传统在北朝初期的传承——以崔、江士族书家为例.中国书法,2019(16)

S

[美]斯韦特兰娜·阿尔珀斯.制造鲁本斯.龚之允,译.北京：商务印书馆,2019.

[英]索姆·詹宁斯.中国明代陶瓷.张淳淳,译.上海：上海书画出版社,2019.

[日]松本荣一.敦煌画研究.林保尧,赵声良,李梅,译.杭州：浙江大学出版社,2019.

石守谦.山鸣谷应：中国山水画和观众的历史.上

海：上海书画出版社，2019.

邵亦杨.全球视野下的当代艺术.北京：北京大学出版社，2019.

尚刚.给孩子的国宝.北京：中信出版集团，2019.

沈伟.《历代帝王图》研究.杭州：浙江大学出版社，2019.

尚辉.超当代：艺术的变革与守恒.艺术工作，2019(1)

尚莲霞.孙中山铜像委员会与民国雕塑教学的探索之路.美术研究，2019(1)

尚刚.撒答剌欺在中国.南京艺术学院学报，2019(1)

尚磊明.清代上海画家吴世贤的生平事迹及诗画交酬考证.中国美术研究，2019(1)

孙磊.山东艺术学院与新中国美术教育发展.美术，2019(1)

孙超龙.孤魂怪笔写残秋——浅谈李老十绘画的造型特点.美术，2019(1)

孙欣.当代的历史性——由伦敦当代艺术展示谈起.美术观察，2019(1)

孙君.艺术的想象与乡村的真实.美术观察，2019(1)

尚莲霞，胡吉宏.五四新文化运动与中国美术教育科学化体系的建立.美术，2019(1)

孙雨晨.清末民初士人的心灵书写史——朱祖谋《彊村校词图》题咏阐论.美术学报，2019(1)

孙利光.关于李慧月金银字《华严经》的扉画.新美术，2019(1)

孙稼阜.名家临名帖——董其昌临杨凝式《神仙起居法》(上).书法，2019(1)

施錡.《司马槱梦苏小小图》与金元之际的音乐表演形态.美术观察，2019(1)

邵捷，钱镜.形者通灵：文伯仁《方壶图》轴研究.中国美术研究，2019(1)

邵晓峰.敦煌椅子图式的另一种诠释——以《舍利弗宴坐》为例.中国国家博物馆馆刊，2019(1)

石雅如，陈芳.略论“胡服”“深衣”与宋儒的正统观.美术观察，2019(1)

萨姆·科曼，张锐.莫琳·加拉斯.世界美术，2019(1)

莎拉·E.芬森，李恩多.格兰特·伍德的奔骑.世界美术，2019(1)

单凌寒.宋拓黄庭坚《此君轩诗》帖综考.中国国家博物馆馆刊，2019(1)

孙夕恺.从澄怀味象到现实之境.美术，2019(2)

盛葳.黄胄与赵望云、韩乐然、司徒乔的交往和互动.美术，2019(2)

盛葳.去塞求通：民族国家视阈下的《大公报》塞北边疆写生.文艺理论与批评，2019(2)

沈雪曼.生死与涅槃——唐宋之际佛教与世俗墓葬的交错领域.中国美术研究，2019(2)

宋晓霞.黄胄与20世纪少数民族题材美术创作.美术，2019(2)

宋芳斌.两宋绘画类书籍概览及其传播效应探究.美术学报，2019(2)

宋姣，夏令蓝.民国时期艺术教育法规研究.南京艺术学院学报，2019(2)

宋扬.当代艺术语境下的中国假山石.南京艺术学院学报，2019(2)

宋玉超，谢蓉蓉.赵孟頫《草书千字文》相关问题研究.中国书法，2019(2)

邵军，张国栋.梅清黄山之行考略.南京艺术学院学报，2019(2)

史立成，郭宇.VR影像语言的局限及发展的可能性探讨.装饰，2019(2)

尚婕.泉州城市吉祥物设计探讨.美术观察，2019(3)

孙妍.当代公共艺术——消费时代的审美景观.美术研究，2019(3)

孙志浩.光之后的故事——后现代视野下玻璃艺术的审美嬗变.南京艺术学院学报，2019(3)

盛葳.第一眼：中国前卫艺术的美国形象建构.美术研究，2019(3)

施錡.暮色、新月与送别：《南邻》诗意画的中日流变.南京艺术学院学报，2019(3)

苏燕，陈征洋.明清明式家具文献比较研究——以社会学和人类学的视角.南京艺术学院学报，2019(3)

沈歆，张宗明.晚明文人清课的意义探究——以孙克弘《销闲清课图》为中心.文艺研究，2019(3)

邵凌玮.柏林，大都市和现代性——论鲁特曼的《柏林，大都市交响曲》.新美术，2019(3)

邵军.贺履之画学思想摭谈——兼谈京津画派的四王观念.湖北美术学院学报，2019(3)

史正浩.元代画家胡廷晖与故宫博物院藏《春山泛艇图》.中国美术研究，2019(3)

舒光强.海外中国文物修复之我见.美术观察，2019(3)

萨比娜·T.克里布尔，初枢昊.摄影理论简史.世界美术，2019(3)

隋丞.问题与方法——近观中国当代版画.艺术工作，2019(3)

孙媛.近代天津日租界大和公园的建设背景及造园特点.装饰，2019(4)

孙媛媛.数码媒体与观众体验——以V&A博物馆为例.世界美术，2019(4)

施茜，李庆.从版画到瓷器——十七八世纪东西方陶瓷转印技术的传播.美术，2019(4)

苏雪薇.当代语境下的北部湾油画创作.美术，2019(4)

施锜.南宋李生《潇湘卧游图》的形式传承、文化背景和禅宗旨趣.中国国家博物馆馆刊，2019(4)

沈建.传统·对立·创新——意大利设计风格谈.美术观察，2019(4)

沈莹，胡月.财富、美德与荣誉——意大利文艺复兴壁式墓的风格演变及其意义.世界美术，2019(4)

宋修见.马克思主义美育观与中华传统美育的会通.美术研究，2019(4)

宋建文，周伟，马哲峰.老年人健康管理命题中的科艺融合方法研究.新美术，2019(4)

宋方圆.动画本体与新形式——动态图形设计的视觉范式研究.南京艺术学院学报，2019(4)

邵亦杨.艺术批评走向何处？.美术研究，2019(4)

邵亦杨.不可见之美——欧洲反形式主义艺术.世界美术，2019(4)

石燕婷.试析传统文化对张充和书法的影响.中国书法，2019(4)

沙子鉴.传承经典应对时代挑战——记巴黎国立美术学院的当代教学体系.美术观察，2019(4)

孙美琳.别样的“中”与“西”——中山陵形式问题新探.南京艺术学院学报，2019(5)

孙慰祖.徐三庚印风的形成及其特色.中国书法，2019(5)

孙璐，郭艺，康康.清代以来扬州木版年画体系独立性探究.艺术百家，2019(5)

盛竹云.视觉信息选择的多元法则及其在美术与设计中的作用.新美术，2019(5)

苏金成，陈金杜.钱君匋写意花卉风格与教学研究.荣宝斋，2019(5)

沈煦.《职贡图册》之考鉴与图题辨正.中国国家博物馆馆刊，2019(5)

宋文文，王贵阳.藏传青铜佛造像谱系研究.南京艺术学院学报，2019(5)

沈文婷，樊波.精神分析美学视域下的作品解读——以超现实主义艺术为例.艺术百家，2019(5)

宋协伟.与时代同行，向未来前行——中央美术学院设计教育的历史回顾与前瞻.美术研究，2019(5)

石澍生.试论东晋十六国及南北朝早期书体由隶向楷的演变兼及分期等问题——以吐鲁番出土书迹为中心.南京艺术学院学报，2019(5)

石荣强.变换视角 解构承传——对传统绘画图式的重新认识与利用.南京艺术学院学报，2019(5)

施并塑，林银焕.中国现代漆画先行者吴埜山生平及作品考.美术，2019(5)

尚辉.边界的拆除：40年从中国画到水墨艺术的变革.美术，2019(6)

孙赟路.独宗羲献 托古自化——明末清初王铎临古书法研究.荣宝斋，2019(6)

孙玉明，顾娟.分权之后的狂欢与隐忧：自媒体环境下的艺术批评.艺术工作，2019(6)

盛瑨.静态美术作品的数字化拓展研究.南京艺术学院学报，2019(6)

施錡.西方视野中“禅画”范畴的生成与变迁.美术学报，2019(6)

苏冠元.稷山金代段氏家族墓之砖雕艺术分析.美术，2019(6)

苏梦熙.论海德格尔晚期对现代艺术的“抗拒”——对《关于克利的笔记》的分析.艺术工作，2019(6)

沈歆.明代宦迹图与孔子圣迹图.艺术工作,2019(6)

邵莉媛.从商业插画到民族史诗——穆夏的慕尼黑岁月(1885—1887).美术观察,2019(6)

邵宏.顾恺之"传神"说的语境.美术学报,2019(6)

史钟颖.在流变中互生——驻布鲁塞尔艺术创作体悟.南京艺术学院学报,2019(6)

申晓南.参与式艺术在中国及其问题.艺术工作,2019(6)

司开国.延安文艺座谈会后鲁艺的美术展览活动.中国国家博物馆馆刊,2019(6)

苏胜,顾森.陕西安塞农民画.美术,2019(7)

沈攀,林广思.20世纪八九十年代深圳的抽象式园林.装饰,2019(7)

沈浩,李煜华夏.由钱泳《履园丛话》论宋四家引发的思考.中国书法,2019(7)

宋树德,孙志伟.连云港市城市家具系统建设.装饰,2019(7)

宋雪云鹤.陈巨来润例拾遗.中国书法,2019(7)

宋立.陈巨来的"仿印"手段.中国书法,2019(7)

舒志锋.塞尚、电影与梅洛——庞蒂的知觉问题.文艺研究,2019(7)

邵常铭.清赵之谦"胡、沈、魏、赵同时审定印"考论——兼议印款书法在赵之谦书风转变中的作用.荣宝斋,2019(7)

尚辉.跨越在古典与现代之间的巴巴.美术,2019(8)

孙荣生.德国新表现主义绘画的"得意"与"限制".美术,2019(8)

孙秀丽,高西美.数字时代艺术博物馆展示的交互设计.美术观察,2019(8)

孙琳.不合楷法 不拘一格——龚自珍书法艺术探析.中国书法,2019(8)

宋光智.穿越图像与现实的精神观照——我的版画工作方式.文艺研究,2019(8)

石琳.技术学视域下"模件化"印刷技术的边缘化——以程甲本《红楼梦》切入.装饰,2019(8)

商桦.徐悲鸿油画《毛主席在人民中》的创作动因及作品遭际探析.新美术,2019(9)

孙国良,陈昌宝.山水画画题与画意.美术观察,2019(10)

孙晖《瞟城汪氏春晖堂藏印百品》出版小记.书法,2019(10)

盛杨.传承与衍变——新中国70年雕塑艺术的创作与发展.美术,2019(10)

苏万循.关广志建筑水彩画的本土化意义.美术观察,2019(10)

苏专.数字化视域下的东莞非遗传承与创新.美术观察,2019(10)

沈榆.设计"外史"构建中"图、文、物互证"方法研究——以中国现代设计史为例.装饰,2019(10)

邵金金.刘熙载书法美学思想探微.中国书法,2019(10)

申冰冰.从"骨撑肉,肉没骨"探析苏轼书法的独特面貌.中国书法,2019(10)

尚辉.现实主义的中国化探索——新中国油画70年的审美再造.美术,2019(11)

孙韬.当代壁画的材料探索和问题分析.美术观察,2019(11)

孙如静.当代综合材料绘画的"水墨情结".美术观察,2019(11)

沈宝莲.论主题性绘画创作的当代性价值.美术,2019(11)

沈必晟,熊仁强.王福庵早年汉上缘:从一九二七年的印事起始——兼及王福庵先生早年的十六枚印章.荣宝斋,2019(11)

石宏超.庙堂之于乡野,民间相对官式——由几种做法看江南民间建筑与《营造法式》间的关系.新美术,2019(11)

石永峰.王学在近代日本——以内藤湖南的王帖题跋为中心.中国书法,2019(11)

水赉佑.苏轼雪浪斋铭刻石考.书法,2019(11)

松浦章,马成芬.清代长崎贸易与王羲之法帖的舶载.中国书法,2019(11)

孙锐,刘仲林.民间吉祥文字与民间书法的形式构成初探.中国书法,2019(12)

宋磊.文旅吉祥物的价值与设计.美术观察,2019(12)

宋战利.李白《上阳台帖》考略.中国书法,2019(12)

申旭庆.论“阳明心学”对徐渭的影响——以徐渭“师类”五人为考察对象.荣宝斋，2019(12)

水赉佑.十二卷本《星凤楼帖》考.中国书法，2019(13)

宋玉超.古琴书法铭刻与形式.中国书法，2019(15)

史忠平.汉魏两晋南北朝时期的佛经书写者——基于取经与译经活动的考查.中国书法，2019(17)

宋捷.董逌跋张旭酣醉作书考察——兼论酒对于书法创作之影响.中国书法，2019(18)

苏金成，陈金杜.河东卫氏书法传承及对西晋后章草发展的意义.中国书法，2019(19)

宋雪云鹤.倪元璐书法接受史述略.中国书法，2019(19)

石常喜，冉令江.论倪元璐心态转变对其书法风格影响.中国书法，2019(19)

石澍生，杨立凡.晋唐时期公文书写人试探.中国书法，2019(19)

孙海桥.《通犀饮卮诗帖》受书人“道隐相国”考——兼论诗帖的撰写背景与史料价值.中国书法，2019(20)

宋祖楼.评楚默新著《敦煌书法史》.中国书法，2019(23)

苏浩.吴昌硕与山本竟山交游略谈——以山本家藏吴昌硕尺牍、笔谈为中心.中国书法，2019(24)

宋玉超.巩县石窟寺造像题记“匾”字考论.中国书法，2019(24)

T

［英］T.J.克拉克.告别观念：现代艺术史中的若干片段.徐建等，译.南京：江苏美术出版社，2019.

唐波.画学史写作中的想象与真实——以《历代名画记》中“吴道玄观裴旻舞剑”的文本书写钩沉为例.中国美术研究，2019(1)

谭力新.现代绘画中“平面性”的理论探讨：从形式主义到文化论述.南京艺术学院学报，2019(1)

谭洁.17世纪艺术来源与创作的思考——贝洛里艺术“理念”观的建构.湖北美术学院学报，2019(1)

佟欣.观众与民众——李桦1947年前后的木刻创作与社会介入.美术学报，2019(1)

佟玉洁.自拍：作为自我成像的摄影叙事两个维度.艺术工作，2019(1)

谭亮.具身交互语境下的环境媒体设计：理论框架与研究进路.美术学报，2019(2)

托马斯·克洛，蒋苇.后波洛克时期现代主义的典范如何背叛了格林伯格.世界美术，2019(2)

滕学荣，高娣，杨琳.恭王府门窗装饰纹样的艺术内涵研究.美术研究，2019(2)

仝艳锋.壁画中的西游取经人物形象演变述论——兼论济南章丘大圣寺、市中关帝庙西游取经壁画.南京艺术学院学报，2019(2)

唐仁惠，刘瑞璞.晚清满族服饰“错襟”意涵与匠作.装饰，2019(3)

田春.墨西哥屏风的来源：日本还是“中国”.美术学报，2019(3)

田振宇.赵孟頫书画作伪者——章藻其人其作论.书法，2019(3)

陶义美.浅析高克恭山水画对“米氏云山”的继承与突破.美术，2019(3)

T.J.克拉克，易英.左派艺术史的终结.世界美术，2019(3)

唐家路，王拓.张道一对陈之佛图案思想的继承与发展.新美术，2019(4)

唐璐璐，向勇.西欧传统手工艺的传承与当代探索.新美术，2019(4)

向帆，谭亮.情感热潮下的冷思考：《情感化设计》评述.装饰，2019(4)

童俐.基于“社会参与感”营造的老年社区空间设计研究——以杭州市为例.新美术，2019(4)

托马斯·马克斯，郭浩南.埃克·施密特——乌菲齐美术馆的新领导者.世界美术，2019(4)

唐宇.凡而圣：汉画六博图的形式与意涵.美术学报，2019(5)

唐波.画学书写与形象塑造——顾恺之画家形象生成考述.美术学报，2019(5)

唐宇.唐初《帝王图》三题.艺术工作，2019(5)

谭鸿遐.文本文献视域下的黄筌花鸟画派研究——从黄筌人格风景到群体程式.艺术百家，2019(5)

童衍方.徐三庚的萍踪交友、篆刻与书法.中国书

法，2019(5)

汤宇星.明代南京城市风景的建构——从“金陵八景”到“金陵四十景”.艺术工作，2019(5)

唐卫萍.走出“诗”本位的诗画关系论：重读钱锺书《中国诗与中国画》.美术研究，2019(6)

谭玉龙.墨西哥民间美术的色彩表现.美术，2019(6)

汤宇星.名山事业：随园与袁枚的书画交游.美术学报，2019(6)

唐宇.马画与屏风：昭陵六骏研究.美术观察，2019(7)

唐存才.金石全形拓初考.书法，2019(7)

谭洁.贝洛里《理念》写作的观念来源.新美术，2019(7)

田顺.白族扎染工艺中的建筑意象研究.装饰，2019(7)

佟玉洁.性别流动中的艺术社会学意义.美术观察，2019(7)

童俐.以实现自我价值为核心的养老场所空间环境设计.美术观察，2019(7)

涂安然.构建江南：宋文治笔下太湖风景之变迁.美术，2019(7)

田旭峰，陈彪.中国书画篆刻印泥的主要流派.书法，2019(8)

汤恒.香山帮建造的再阐释.新美术，2019(8)

田振宇.罗振玉与《化度寺邕禅师塔铭》漫论.中国书法，2019(9)

童衍方，唐存才.博采众长 自出机杼——来楚生篆刻艺术刍议.书法，2019(9)

唐晓林.以创作集体为方法.新美术，2019(10)

陶喻之.本事与别证——清董邦达《慈山图》研究.中国国家博物馆馆刊，2019(10)

汤海涛.论20世纪80年代云南美术现象的历史成因.中国文艺评论，2019(10)

唐晖.重识壁画的边界.美术观察，2019(11)

田熹晶.王献之书帖中所及病痛与服食之关系.中国书法，2019(11)

田黎明.新中国成立以来笔墨的教学、写生与创作——从我对水墨人物画的学习与体会出发.美术，2019(12)

邰惠莉.敦煌研究院藏敦煌遗书的来源和价值.中国书法，2019(17)

陶运清.清代女书家钱斐仲卒年考.中国书法，2019(18)

W

[美]巫鸿.传统革新：巫鸿美术史文集卷一.郑岩，编.上海：上海人民出版社，2019.

[美]巫鸿.超越大限：巫鸿美术史文集卷二.郑岩，编.上海：上海人民出版社，2019.

[美]巫鸿.陈规再造：巫鸿美术史文集卷三.郑岩，编.上海：上海人民出版社，2019.

[英]威廉·沃恩.英国美术的黄金时代.龙晓滢，译.北京：北京大学出版社，2019.

吴琼.读画：打开名画的褶层.北京：中国青年出版社，2019.

吴端涛.蒙元时期山西地区全真教艺术研究.北京：文物出版社，2019.

王中秀，主编.黄宾虹文集全编.北京：荣宝斋出版社，2019.

王中秀.梦蝶集：王中秀美术文钞.杭州：中国美术学院出版社，2019.

王子琪.开帐：荣宝斋与二十世纪早期的北京艺术社会.北京：荣宝斋出版社，2019.

王伊悠.美美与共：佛利尔与中国艺术的故事.上海：上海书画出版社，2019.

王家葵.一卷田歌是道书：玉叩斋随笔.杭州：浙江人民美术出版社，2019.

韦正.将毋同：魏晋南北朝图像与历史.上海：上海古籍出版社，2019.

万君超.大千三十：张大千一九二九年交游考及其他.杭州：浙江人民美术出版社，2019.

王尔义.行走在油画与连环画之间.美术，2019(1)

王南溟.乡建、艺术乡建与城乡互动中的几种理论视角.美术观察，2019(1)

W.J.T米切尔，朱橙.学科间性与视觉文化.世界美术，2019(1)

王洪伟.从《山林精舍图》管窥宋旭与松江画派之影响关系.美术学报,2019(1)

王浩."致广大,尽精微"及其话语重塑——徐悲鸿美学思想辨证.文艺研究,2019(1)

王燕,廖媛雨.《燕闲清赏笺》与明代青铜器的鉴藏.装饰,2019(1)

王新亮.腹有诗书气自华——沈从文书法分期试探.书法,2019(1)

王可.裂变的世界——新媒体艺术的理论范式研究.南京艺术学院学报,2019(1)

王薇.发绣技法"金刀劈发"真实性考辨.南京艺术学院学报,2019(1)

王春辰.美术馆与美术史建构.湖北美术学院学报,2019(1)

王德福.丹阳南朝齐梁石刻探访.中国美术研究,2019(1)

王瑞芹.从一根扁担管窥传统民间造物设计之善.中国美术研究,2019(1)

王德宝.德兴新出宋《张磐墓志》考及书风源流.中国书法,2019(1)

王树山.鲁艺精神的重塑与弘扬.艺术工作,2019(1)

王璜生.真实、拷问与错位:中国当代摄影与"红色图像".艺术工作,2019(1)

吴继金.周恩来在建立美术界抗日统一战线中的作用.美术学报,2019(1)

吴从瑞.中国当代工笔画对传统色彩的继承与发展.美术,2019(1)

吴雪杉.疏离正典:视觉艺术中的Grotesque.世界美术,2019(1)

吴江涛.论宋代禅宗美学视域下的文人书法.书法,2019(1)

吴明娣,戴婷婷.圣而凡 华而雅——清供图源流.南京艺术学院学报,2019(1)

吴守峰.李瑞清教育思想对近现代中国美术教育的影响和贡献.南京艺术学院学报,2019(1)

吴越滨,吴京颖.六朝越窑艺术发展考析.中国美术研究,2019(1)

伍端.建筑的流变性及其当代因应——源计划于珠三角城市的反思性实践.美术学报,2019(1)

魏茜,欧阳雪芬.纤维材料在陶瓷修复中的独特性表现.装饰,2019(1)

温静,田亚莉.基于城市公交的公益广告全民化推广研究——以南昌地铁"荷塘印象"主题列车为例.装饰,2019(1)

维吉尼亚·哈格尔施泰因·玛夸特,吴晶莹.《新大众》和约翰·里德俱乐部艺术家(1926—1936):观念、主题与风格之衍变.世界美术,2019(1)

王一川.艺术高峰的含义和层面.美术,2019(2)

王志亮.事件、话语及微观史——谈《艺术&语言国际:艺术世界中的观念艺术》的几点启发.美术研究,2019(2)

王文娟.徐悲鸿的素描观及其再理解.美术研究,2019(2)

王中焰.书法题跋、款文与钤印在绘画鉴赏中的导读要义——以吴昌硕绘画为例.美术研究,2019(2)

王铁华."虚体"的策略——关于中央美术学院燕郊校区规划和附中设计的文本叙事.美术研究,2019(2)

王墉.明代文人山水画中的耕田形象解读.美术学报,2019(2)

王国红.只因曾读数行书——俞平伯手稿管窥.书法,2019(2)

王洪伟.艺术风格与历史事件——关于董其昌新颖画法成因的三种史学解释.南京艺术学院学报,2019(2)

王延智.从虞龢到孙过庭——从"四贤"品评看南朝至初唐书法"文质说"思想之嬗变.南京艺术学院学报,2019(2)

王璇.古文字中消隐的上古造物思维.南京艺术学院学报,2019(2)

王中旭.何谓花木画?——唐宋元时期花木画之独立与兴盛.湖北美术学院学报,2019(2)

王晨林.炉铫合鸣:茶炉、茶铫古器物演变研究.湖北美术学院学报,2019(2)

王书吟.明清以降《清明上河图》的图像文化史研究——兼论"清明上河"绘画母题的"江南化"与"盛世说"的产生.中国美术研究,2019(2)

王端廷.基因变异——走向观念主义的水墨艺术.艺术工作,2019(2)

韦宾.“专尚南宗”与“南北宗论”的流变.湖北美术学院学报，2019(3)

伍端.知觉的空间——情景论范式下的空间深层结构研究.南京艺术学院学报，2019(3)

王立夫.中国史前陶器装饰工艺分类及衍生.美术观察，2019(4)

王艾.朴稚的探索——民国初期岭东地区的美术社团.美术学报，2019(4)

王馨.视觉行动主义——当代视觉文化中的一种新的视觉实践形态.世界美术，2019(4)

王芊，马晓飞.神圣空间的重构与华人国家认同的变迁 以新加坡天福宫为中心的研究.新美术，2019(4)

王子琪.论艺术中介在传统文化创造性转化中的作用 以饾版印刷术为例.新美术，2019(4)

王天乐.南宋山水扇画中人物“望”的图像阐释.南京艺术学院学报，2019(4)

王汉.从司马金龙墓所出人物图像谈北魏与东晋南朝的艺术交流.湖北美术学院学报，2019(4)

王诗晓，金源.20世纪以来海外道教艺术现状研究.中国美术研究，2019(4)

王强.弗利尔美术馆藏唐胡瓌《蕃兽图》考.中国美术研究，2019(4)

王强，陈嘉晔.阿昌族南传上座部佛教建筑设计研究——以云南省陇川县户撒乡芒俄村奘房为例.中国美术研究，2019(4)

王炜.世纪刻痕——王琦的艺术历程.荣宝斋，2019(4)

王延智.壁上烟云：宋代题名书法刻石初探.中国书法，2019(4)

王照宇.《黄杨集》册明代跋文研究.中国书法，2019(4)

王岩.赵大钧先生早期的素描理念与现代主义绘画启蒙.艺术工作，2019(4)

王小柠，祝遵凌.比例介入艺术——从西奥菲勒斯到琴尼尼绘画理论中的科学观.艺术百家，2019(4)

汪瑞.翻译这件“小”事.美术观察，2019(4)

王家增，邵丰田.图像在当代架上绘画中的新应用——论米歇尔·博里曼斯的艺术创作.艺术百家，2019(4)

吴钇辰.传统的激活——潘絜兹及其工笔重彩画.美术，2019(4)

吴琼.美术翻译与美术研究.美术观察，2019(4)

吴雪杉.装饰画：张仃与中国1960年代的“现代主义”.美术研究，2019(4)

吴玉亮.宋代儿童题材绘画的特点及政治隐喻之刍议.美术学报，2019(4)

吴光荣.中国现代设计巨匠 陈之佛特展策展手记.新美术，2019(4)

吴湘.云山与潇湘：米家山水与江南传统的复兴.南京艺术学院学报，2019(4)

吴燕武.唐宋时期水星神像的图像志研究——从波士顿美术馆藏《辰星像》说起.湖北美术学院学报，2019(4)

吴鸿.理性的自由主义者的艺术践行.艺术工作，2019(4)

武东.从参照到创造：17世纪荷兰代尔夫特陶器里的“中国塔”.美术学报，2019(4)

伍海环.中国古代枕具仿生造型设计美学研究.中国美术研究，2019(4)

瓦尔特·本·米歇尔斯，初枢昊.照片与化石.世界美术，2019(4)

王士军.大庆版画的形成与演变.美术，2019(5)

王春辰.“水墨”概念与“中国画”概念的矛盾与互用.美术观察，2019(5)

王正光.论砚、墨不可废.美术观察，2019(5)

王照宇.略谈徐悲鸿的古书画收藏.美术观察，2019(5)

王小柠，祝遵凌.从透视正法到透视网格——论阿尔贝蒂绘画理论中的空间转化.美术研究，2019(5)

王舒静.列利赫创作中的东方主题.美术研究，2019(5)

王洪伟.董其昌“充讲官”与万历党争之关系.美术学报，2019(5)

王晓明.汉字艺术和汉语对外传播交流的研究.新美术，2019(5)

王金磊.创新、协作与承传：上海字模一厂画稿组的书法字体设计实践.装饰，2019(5)

王博哲.乾嘉隶书观念的转变对碑学思想的促

进.书法,2019(5)

王一楠.被忽视的杨士贤《赤壁图》——真伪与流传初探.南京艺术学院学报,2019(5)

汪晓东.《天工开物》所附土砻图考释.装饰,2019(5)

吴彧弓.补葺与重构:"中国画"的历史沿革.美术观察,2019(5)

吴天跃.韩国出土的吴越国钱俶造铜塔和石造阿育王塔研究.美术学报,2019(5)

吴键.滕固的"艺术学"构想与其"文化"之思——以其留日求学经历为中心.美术研究,2019(5)

吴佩炯.审美意识的重新发现:美国汉学研究中的艺术与审美意识关系问题.文艺研究,2019(5)

吴斌.唐太宗《温泉铭》与楚汉争霸.书法,2019(5)

吴洪亮.由"Re"及"睿"的洞察——关于第五十八届威尼斯双年展中国馆的策划.荣宝斋,2019(5)

万新华,徐森.浙派人物画先导黄羲的笔墨理论与临摹观念——以《画学研究集稿》为中心.美术学报,2019(5)

魏聪聪.辽代画院待诏张文甫小考.美术,2019(5)

邬大勇.情节与形象 19世纪俄罗斯历史情节绘画的一些分析.新美术,2019(5)

王镛.笔墨变革的现代精神.美术,2019(6)

王水清.中国古代绘画中的怪石.美术,2019(6)

王一川.王朝闻:艺术批评家的杰出范例.美术观察,2019(6)

王海滨.当下中国画创作中的"用光"问题探讨.美术研究,2019(6)

王国红.王孙漂泊天涯老——溥儒书法渊源及传承意义.书法,2019(6)

王洪敏.大英博物馆藏乾隆御用玉帽架初探.中国国家博物馆馆刊,2019(6)

王景.二十世纪前期《北洋画报》所见的女性国画家及其教育.荣宝斋,2019(6)

王平.论郝经书学的理学化特质.中国书法,2019(6)

王鲁炎.作品不是表达的终极,而是某种未决状态的假设.艺术工作,2019(6)

吴思佳.临摹、交流与融合——传承敦煌壁画艺术的思考.美术,2019(6)

吴振全.岭南传统图形符号在视觉传达中的"再设计".美术,2019(6)

吴雪杉.不必古人:髡残与清初的"仿王蒙"山水.美术学报,2019(6)

吴鸿清.柳公权及其书法艺术.书法,2019(6)

吴曦.中国拱桥的"天地"形式审美阐释.南京艺术学院学报,2019(6)

吴秋野.《云起楼图》作伪者考.荣宝斋,2019(6)

吴宗超.文士意识之下周越书史地位的泯没.中国书法,2019(6)

吴亚宾.论吴宽对苏东坡行书意韵的传承.中国书法,2019(6)

武定宇.北京城市副中心公共艺术文化政策刍议.美术研究,2019(6)

万笑石.春籍田而祈社稷:马和之《载芟》图中的礼仪空间与祭祀图像.美术学报,2019(6)

万子亮.中国水印木刻版画印版演绎.南京艺术学院学报,2019(6)

魏波.弘一法师"先器识后文艺"学书观发微.中国书法,2019(6)

魏艺.论宋元时期多民族设计风格的交流方式及特点.美术学报,2019(6)

王宏.新时期水墨创作对城市景观题材的艺术表现.美术,2019(7)

王小丽.自性、感性与理性之融汇:水墨领域女艺术家创作现状观察.美术观察,2019(7)

王南溟.批评同质化,何来展览的差异性?.美术观察,2019(7)

王翠萍,孙琳.黄山八面厅木雕"十二花神"形象溯源.美术观察,2019(7)

王素柳.丹青点笔化神奇 没骨山水之"没骨法"考.新美术,2019(7)

王平,毛建波.基于数据库的山水画"主题"研究.新美术,2019(7)

王艺蒙,林澄昀.中国城市品质化建设的问题与对策研究——《城市家具建设指南》的研究背景及价值意义.装饰,2019(7)

王晓勤,刘纯青,金建华.客家村围公共空间形态

特征及影响因素研究——以江西省栗园围为例.装饰,2019(7)

王幼敏.故宫藏米万钟三札系年及所涉晚年事迹.书法,2019(7)

王建磊.陈巨来“雅静秀润”印观.中国书法,2019(7)

汪单.城市更新下的公共艺术发展历程 以20世纪六十年代美国艺术百分比为例.新美术,2019(7)

汪贻洵.唐醉石法书感怀琐志.荣宝斋,2019(7)

吴国豪.董其昌与赵孟頫的“争衡”心态及其策略.中国书法,2019(7)

王峦.试析17世纪荷兰风俗画中的谜题、功能及形式.美术,2019(8)

王倩.宫廷再造——中央美术学院藏《庆寿图》研究.美术观察,2019(8)

王漪璠.“非自然”的固守——坎普艺术展与坎普美学.美术观察,2019(8)

王希羽.论徐三庚书法的“流丽”与“流弊”.书法,2019(8)

王炜,张丹华,冯钢.赫连山、赫连简墓壁画的绘制、描润与配置——兼谈唐代壁画墓的“太原模式”.文物,2019(8)

王少羽.《畏庐遗迹》与林纾艺术风格初探.中国国家博物馆馆刊,2019(8)

王梦笔.王国维印学研究例说.中国书法,2019(8)

王俊杰,吴川淮.《比丘尼昙媚造像题记》书法艺术的当代启示.中国书法,2019(8)

王峥.融会诸体 自有我在——石涛《书画杂册》题画书法研究.中国书法,2019(8)

吴洪亮.在回眺中探求未来——关于2019年威尼斯双年展中国馆策展的来路.美术观察,2019(8)

吴郑宏.从设计视角看“文化挪用”理论的中国价值.美术观察,2019(8)

吴运友.论陆机《平复帖》的笔墨特征.中国书法,2019(8)

魏亚丽.从“莲花化生”到“连生贵子”——论西夏“婴戏莲印花绢”童子纹样的文化内涵.装饰,2019(8)

王江鹏.延安鲁艺美术教育培养机制考略.美术,2019(9)

王少羽.新文化运动中林纾的绘画及理论.美术,2019(9)

王鹏.游文辉《利玛窦像》及明清油画材料.美术,2019(9)

王照宇.华云书画收藏研究.新美术,2019(9)

王一飞.隆兴寺摩尼殿壁画绘制者身份及殿内题记工匠姓名之浅析.新美术,2019(9)

王士乾.浅谈黄牧甫篆刻的章法和取法.书法,2019(9)

王亚辉.唐代墓志诸王宗室书人稽考.书法,2019(9)

吴尚君,高赫添.浅论璎珞在现代饰品中的设计应用——平面设计元素分析.美术观察,2019(9)

吴晓淇,王胜男,蹇凯.谈中国风景园林学发展的时代命题.新美术,2019(9)

吴小军.手工艺的出路——以贵州雷山银饰锻制技艺为例.装饰,2019(9)

翁剑青.中国现当代雕塑形态的流变与多元趋向——以70年中国城市雕塑发展为研究对象.美术,2019(9)

翁宜汐.传统社会手工艺家族“差序格局”的“伸缩性”——以沈氏子孙分家始末为例.装饰,2019(9)

王薇,张子涵.16世纪尼德兰绘画世俗性表现的多种维度及精神隐喻.美术,2019(10)

王端廷.中国美术学70年回望·外国美术篇.美术观察,2019(10)

王垚.晋唐笔法初探——以《远宦帖》摹本、刻本比勘为例.中国书法,2019(10)

吴琼.柱子的隐喻:十五世纪意大利“圣母领报图”的神秘神学.文艺研究,2019(10)

武廷海.《考工记》成书年代研究——兼论考工记匠人知识体系.装饰,2019(10)

魏杰.篆刻边款捶拓技法新探.书法,2019(10)

魏崴.对米友仁1124—1129年活动的两点新认识.中国国家博物馆馆刊,2019(10)

魏东方.再议刘熙载的书法审美倾向.中国书法,2019(10)

温京博,马宝霞.数字时代的博物馆情境体验.美术观察,2019(10)

王晓珍.瞿昙寺明清建筑实物及壁画中的建筑彩画.美术,2019(11)

王芳.走向城市、社区、乡村的墙绘艺术——当代壁画的新趋向.美术观察,2019(11)

王颖生.机场壁画四十年.美术观察,2019(11)

王少羽.图像与师承——试论中国画研究若干问题.美术观察,2019(11)

王巍.中国画笔墨文化建构思考.美术观察,2019(11)

王华军.民国初期绘画现实主义路径比较——以陈师曾与徐悲鸿为中心.美术观察,2019(11)

王芳.中国壁画事业的开拓与前瞻——李化吉访谈.美术观察,2019(11)

王洋.从“总体”到“合作”——包豪斯群体的更替与选择.新美术,2019(11)

王洪伟.董其昌“坐失执政意”真实原因探考.中国国家博物馆馆刊,2019(11)

王琦.陶瓷皮囊壶对比研究——以唐代与辽代的陶瓷皮囊壶为例.荣宝斋,2019(11)

王乃勇.书法评审与展览创作.中国书法,2019(11)

王家葵.二王法帖医药词汇笺释.中国书法,2019(11)

翁剑青.当代中国城市壁画状态浅议.美术观察,2019(11)

翁震宇,张鑫.基于跨界融合的高校设计创客教育系统研究.新美术,2019(11)

王受之.关于吉祥物.美术观察,2019(12)

王馨,赵迪.公众眼中的吉祥物.美术观察,2019(12)

王小柠.比例与反比例　文艺复兴时期的绘画比例之争.新美术,2019(12)

王少凡.《李嘉隐墓志》辨伪.书法,2019(12)

王雪源.试论初唐书法“场域”下的“崇王”现象.书法,2019(12)

王国红.试论吴湖帆的书法分期及审美特征.书法,2019(12)

王方呈.祝允明大草书风的分期与取法管窥.中国书法,2019(12)

王月彤.以北宋皇室墓志看书伎官对经典唐措的传承.中国书法,2019(12)

王维.宋代赐额敕牒碑刻书法的分期及原因探析.中国书法,2019(12)

王峰.《墨薮》编撰思想述略.中国书法,2019(12)

汪晓东.谈设计研究的学科范式问题.美术观察,2019(12)

汪黎特.孤帆一片日边来——吴湖帆书画用印浅述.书法,2019(12)

汪映雪.渐江与潜口汪氏的书画交谊考.中国国家博物馆馆刊,2019(12)

吴越滨,佘月.清代扬州园林的文人画意研究.美术观察,2019(12)

吴雪杉.金扇:明代墓葬与中日交流.文艺研究,2019(12)

武定宇,姚珊珊,苏典娜.不止是山水——当代山水精神的传承与创新.美术观察,2019(12)

武迪.晚清书家赵起鹏生平、交游考述.中国书法,2019(12)

韦秀玉.《洛神赋图》的造型与图像研究.中国国家博物馆馆刊,2019(12)

王兴国.赵熙致林山腴书札述略.中国书法,2019(13)

王书峰,倪盼盼.赵熙书法折衷思想述要.中国书法,2019(13)

王希羽.赵熙书风之流变.中国书法,2019(13)

王连起.从董其昌的题跋看他的书画鉴定.中国书法,2019(13)

王仁海.赵明诚山东题刻考略.中国书法,2019(13)

王智杰.从《吴洪标造像碑》等探秘药王山北魏石刻书法之美.中国书法,2019(14)

王晓光.长沙尚德街东汉简与东汉后期墨书研究.中国书法,2019(14)

王学强.论药王山北朝造像记书法的经典化——以《姚伯多造像碑》为中心.中国书法,2019(14)

王方呈.建构、评述与认知:明清书史中的祝允明形象考察.中国书法,2019(15)

吴国宝.陶博吾的“人格”境界.中国书法,2019(15)

吴丹.薛满生旧藏竹刻折扇.中国书法,2019(15)

王赛,李雪沆.从金农诗文看其书学思想的嬗变.中国书法,2019(16)

王琪,刘慧龙.端庄杂流丽 刚健含婀娜——《怀仁集王羲之书圣教序》技法三论.中国书法,2019(16)

武云霞.名伶时慧宝与民国书画市场.中国书法,2019(16)

阮弦.论张怀瓘书论中的品评方法.中国书法,2019(16)

王高升.从国博藏《增一阿含经・高幢品》卷看北朝敦煌写经书法.中国书法,2019(17)

魏小虎.端方金石学与史实考证——以《赵氏夫人墓志铭》为例.中国书法,2019(17)

王珏.汉刘邦《大风歌碑》为北宋摹刻东汉碑考.中国书法,2019(18)

吴嘉茵.从《书法雅言》看项穆的书学思想.中国书法,2019(18)

吴慧平,张伟文.十九世纪至二十世纪初雷州书法艺术述略.中国书法,2019(18)

王一钦.倪元璐书法风格符号的内在索隐.中国书法,2019(19)

王峰.倪元璐书法品评之嬗变.中国书法,2019(19)

王亚辉.重精抑熟:王羲之的书法观念.中国书法,2019(19)

王连龙,丛思飞.唐《高延福墓志》考略.中国书法,2019(20)

王文广,王格萱.范式永存——唐碑经典形制与纹饰形成的意义述论.中国书法,2019(20)

王国红.萧蜕篆书风格分期略述.中国书法,2019(20)

王德荣,包文运.新见朱熹撰文《太学程君正思墓表》考.中国书法,2019(20)

王文贤.论颤笔.中国书法,2019(20)

吴倩.魏晋书论中的"骨"说范畴衍化——兼论"骨"在唐宋以后之流变.中国书法,2019(20)

吴胜景.论《书概》中关于"丑"的审美意蕴.中国书法,2019(20)

王春.梁启超书法"四美"说探析.中国书法,2019(22)

王维.关于篆刻艺术中汉印范式的确立.中国书法,2019(22)

吴旭春.黄庭坚草书笔法观及其影响.中国书法,2019(22)

伍剑.《谷朗碑》艺术价值浅析.中国书法,2019(22)

王子杨.近二十年来甲骨学研究述略.中国书法,2019(23)

王劲.从云冈到巩县——北朝造像题记书法的审美嬗变及其原因.中国书法,2019(24)

伍强胜.杨慎书法品评略论.中国书法,2019(24)

魏东方.传统书论中的"古"概念探析.中国书法,2019(24)

位俊达.巩县石窟寺北齐题记书法风格与审美特征略论.中国书法,2019(24)

乌峰,王璨.从邹城新出土度量衡铭文看新莽篆书艺术.中国书法,2019(24)

X

[美]谢柏轲.中国画之风格:媒材、技法与形式原理.柴梦原,译.北京:北京大学出版社,2019.

邢义田.今尘集:秦汉时代的简牍、画像与文化流播.上海:中西书局,2019.

谢明良.贸易陶瓷与文化史.北京:生活・读书・新知三联书店,2019.

谢明良.中国陶瓷史论集.北京:生活・读书・新知三联书店,2019.

谢明良.六朝陶瓷论集.北京:生活・读书・新知三联书店,2019.

薛龙春.古欢:黄易与乾嘉金石时尚.北京:生活・读书・新知三联书店,2019.

薛龙春.王铎年谱长编.北京:中华书局,2019.

徐小虎.日本美术史.桂林:广西师范大学出版社,2019.

徐建融.中国绘画史.杭州:浙江人民美术出版社,2019.

徐建融.画禅八观:董其昌的艺术世界.杭州:浙江人民美术出版社,2019.

谢志明.丰子恺书法的人间情味.中国书法,2019(1)

谢建军.当代书法审美根源论之反思.中国书法,2019(1)

徐建融.传统正脉——《学书札记》之二十五.书法,2019(1)

徐丹丹.论综合性博物馆展示的“权威性”——从观众认知的角度.湖北美术学院学报,2019(1)

徐学标.秦汉刻符研究.艺术百家,2019(1)

许珂.西涯图:清代文人视域下的帝京胜景图.艺术工作,2019(1)

辛旭龙.论书画频道在文化传承中的媒体作用.美术观察,2019(1)

辛晨旭.设计学科教学中的地域性与民族性研究.艺术工作,2019(1)

薛龙春.清初贰臣刊刻王铎法帖的意图探究——以新见王铎《日涉园帖》《论诗文帖》为中心.美术研究,2019(1)

薛龙春.王铎三件书作考论.中国书法,2019(1)

薛志军,傅遥.使命与阵营——1930至1970年代国内外艺术思潮与美院影像教育萌芽.艺术工作,2019(1)

夏学兵.景德镇民国时期德化“何派”传人略考.装饰,2019(1)

夏冬波.吴昌硕五首山水题画诗及衍流.荣宝斋,2019(1)

西岛慎一,堀川英嗣,王亚峰.门客文人杨镇荣.书法,2019(1)

胥恒.蛇与暴风雨——普桑田园牧歌中的“变奏”.美术,2019(1)

熊言安.苏轼《枯木竹石图》卷中的鉴藏印和米芾题跋献疑.南京艺术学院学报,2019(1)

谢光跃.综合材料绘画的美学特征.美术,2019(2)

徐利明.启功书法教学理念的三个基点——并论其现实启导意义.南京艺术学院学报,2019(2)

徐建融.中小学书法教育——《学书札记》之二十六.书法,2019(2)

辛尘.印式:篆刻艺术学的逻辑起点(上).中国书法,2019(2)

辛尘.印式:篆刻艺术学的逻辑起点(下).中国书法,2019(4)

熊文彬.西藏阿里札达县译师殿壁画年代及相关问题——兼论古格故城坛城殿和托林寺杜康殿壁画题记与年代.文物,2019(2)

西蒙娜·德·西莫尼,彭婉昕.空间与时间的政治经济学批判——亨利·列斐伏尔的研究计划.新美术,2019(2)

西岛慎一,堀川英嗣,王亚峰.一往无前的凌云超.书法,2019(2)

席乐.米芾与贺铸交游述略.荣宝斋,2019(2)

胥瑞岫.百花呈瑞 富贵吉祥——清代花木画及其意涵.湖北美术学院学报,2019(2)

徐润泽.看不见的操控之手:赫伯特·拜耶展览展示设计观念研究.装饰,2019(3)

许嘉.跨越装饰的织物.新美术,2019(3)

许力炜.1937年第二次全国美展西画作品中的“国家美术”及其背景.新美术,2019(3)

夏可君.何谓策展人?当代中国策展人将有何“修为”?.艺术工作,2019(3)

辛旭龙.王原祁绘画传承探析.美术,2019(3)

徐薇子.孤岛系列创作记.美术,2019(4)

徐丽慧.《山海经》中的异兽形象考析.南京艺术学院学报,2019(4)

徐峰.东汉黄肠石题刻书法艺术价值初探——以东汉任城王墓刻石为例.中国书法,2019(4)

徐光东.王尔烈书法发展脉络探究.中国书法,2019(4)

许静,周原.湘西苗族银饰中的文化内涵解析.美术,2019(4)

许东生.浮光掠影——油画的光影语言探析.美术学报,2019(4)

许奋.新时代美育视野下多元创新型视觉艺术人才培养机制探究.湖北美术学院学报,2019(4)

辛梦玮,卢思羽,白迎雪.文化的力量——《颜真卿:超越王羲之的名笔》展览观后.书法,2019(4)

薛艳丽.寿阳县野狐岭关帝庙壁画粉本考.中国美术研究,2019(4)

夏洛特·菲尔,张春艳.哪些重要观念改变了设计及它们为什么重要?最重要的设计早期观念.新美术,2019(4)

熊言安.苏轼《木石图》卷本幅及刘良佐、俞希鲁题跋考辨.荣宝斋,2019(4)

席涛.大型邮轮公共空间的信息设计方法研究.南京艺术学院学报,2019(4)

邢鹏飞,黄宗贤.错位的移植:南洋劝业会场馆设计新解.装饰,2019(4)

谢安辉.徐三庚篆刻符号的文化索隐.中国书法,2019(5)

辛尘.胡小石的书学.中国书法,2019(5)

肖发展.从信仰到创作——19世纪拿撒勒画派的宗教底色.美术,2019(5)

薛永年.称"中国画"还是叫"水墨".美术观察,2019(5)

薛元明.书法"清流".书法,2019(5)

徐亮节.尚扬创作风格简析.美术,2019(6)

徐涟.服务艺术创作,提升大众审美——王朝闻文艺理论的现实意义.美术观察,2019(6)

徐步雪.论今体书取势倾斜度对"吴式石鼓文"的影响.书法,2019(6)

徐寅岚,陶思炎.日本《诗经名物图解·木部》辨正.南京艺术学院学报,2019(6)

徐宾,许大海.运河输送视野下"海上丝绸之路"手工艺传播路径.南京艺术学院学报,2019(6)

徐堃.西藏佛造像业制造管理机制研究.南京艺术学院学报,2019(6)

徐智本.吴昌硕文人画艺术的两种审美取向.荣宝斋,2019(6)

许彤.明代中晚期"京口三山"图像及其仙山意涵.中国国家博物馆馆刊,2019(6)

辛尘."印理解析"(三):篆刻家——篆刻艺术创造的能动主体.中国书法,2019(6)

肖世孟.五色之"五"考.美术观察,2019(6)

肖伟.翰林图画院画家与《宣和画谱》.美术学报,2019(6)

薛永年.奠基与开拓——缅怀金维诺先生.美术研究,2019(6)

夏冬波.邓石如与巢湖文人交游考.荣宝斋,2019(6)

夏学兵.即将消失的面孔——彭沛民的美术活动与迁徙.美术研究,2019(6)

夏燕靖.峥嵘岁月中反映伟大时代巨变的精神画卷——读1950年《人民美术》双月刊.美术研究,2019(6)

熊炜.玄色体系绘画与"笔墨八股".美术研究,2019(6)

谢意.伦勃朗《浪子回头》的光影表达和罩染技法.美术,2019(7)

徐鸣.江华瑶族长鼓的历史溯源与文化底蕴.装饰,2019(7)

薛元明.套路——书法圈的"浅规则".书法,2019(7)

谢饮涧,成联方.《汉孟琁碑》考证续举.中国书法,2019(8)

徐丹,陈雪颂.油画语言在动画中的运用与传播.美术观察,2019(8)

辛尘."印理解析"(四):印中求印——篆刻形式语言生成及其分析之一.中国书法,2019(8)

薛良."中国策展学"与策展人才培养.美术观察,2019(8)

薛元明.从"污点书家"到"著名书法家"的污名化.书法,2019(8)

西沐.新时期中国艺术金融发展的趋势与前沿.荣宝斋,2019(8)

邢习娇,张宗建.论石涛绘画及题跋中墨法的阐释与实践.中国书法,2019(8)

谢菲,贺阳.辫线袍"肩线"结构及其形成原因.装饰,2019(9)

熊潇雨.张大千与山田往来信札述略.书法,2019(9)

席乐,卢玉珊.嗜古之癖 淳厚雅逸——清翁方纲的生活、社交与书法.荣宝斋,2019(9)

徐江.知识图谱视角下的设计元研究管窥.装饰,2019(10)

徐建融.不知而作.荣宝斋,2019(10)

许江.祖国不老 油画长新——新中国油画成长之路.美术,2019(10)

辛尘.印理解析(五):印中求印篆刻形式语言生成及其分析之二.中国书法,2019(10)

夏颖翀.博物馆数字媒体展陈设计中的情感化设计

思考.美术观察,2019(10)

许国平.南宋刻《甲秀堂法帖》相关问题考——以故宫博物院藏南宋拓本为主.中国书法,2019(10)

徐虹.中国油画写意的历史与当下.美术,2019(11)

徐忠义.荷加斯与新教伦理——荷加斯及其“公共道德主题”作品的清教背景.美术观察,2019(11)

徐尉杰.五代贯休《罗汉图》的艺术表现.荣宝斋,2019(11)

许哲.抽象动画综合媒介投影艺术探析.美术观察,2019(11)

许伟东.书法博士问题三议.书法,2019(11)

郗海飞.壁画——多元文化诉求与公共文化生态.美术观察,2019(11)

徐戈.欧洲自动机艺术的兴盛与衰败.新美术,2019(12)

徐光普.多元审美取向与书法本体——以书法临创的三种观念冲突为视角.中国书法,2019(12)

许卫国.“礼仪”文化视野下的汉字书写研究.中国书法,2019(12)

辛尘.印理解析(六):印中求印——篆刻形式语言生成及其分析之三.中国书法,2019(12)

肖巨成,朱明.李汉仪雕塑的风格特征与历史贡献.美术,2019(12)

薛飞.新见隋《李士谦墓志》考.中国书法,2019(12)

薛养贤,杨二斌.楷书书体源流考论.中国书法,2019(12)

夏冬波.吴昌硕“一月安东令”接了谁的印绶——兼与朱关田先生商榷.荣宝斋,2019(12)

郗海飞.壁画与公共艺术的新使命.装饰,2019(12)

薛帅杰.康熙时期南书房侍从崇尚董其昌书法考论.中国书法,2019(13)

薛龙春.二王用笔无“提按”.中国书法,2019(13)

辛尘.印理解析(七):印中求印——篆刻形式语言生成及其分析之四.中国书法,2019(14)

辛尘.关于近年来篆刻创作几种倾向的思考.中国书法,2019(15)

辛尘.印理解析(八):印从书出——书法在篆刻中的地位及篆刻的文人化提升(上).中国书法,2019(16)

辛尘.印理解析(九):印从书出——书法在篆刻中的地位及篆刻的文人化提升(下).中国书法,2019(18)

向净卿.古今中西交汇点上的端方金石学.中国书法,2019(17)

徐慧极.发轫之际:“势”体文的写作方式与书学意义.中国书法,2019(18)

薛养贤,李姿瑶.赵之谦隶书的创新路径及当代启示.中国书法,2019(18)

辛尘.印理解析(十):印外求印:篆刻艺术形式的张力及其对印式规定的游离(上).中国书法,2019(20)

辛尘.印理解析(十一)印外求印:篆刻艺术形式的张力及其对印式规定的游离(下).中国书法,2019(22)

薛飞.隋代石刻隶书略论.中国书法,2019(22)

许春光.王珣与《伯远帖》书史地位变迁述略.中国书法,2019(24)

辛尘.印理解析(十二)印出情境:篆刻艺术形式的情、理、境支撑及其进一步拓展.中国书法,2019(24)

薛浩.两汉碑刻署名考略.中国书法,2019(24)

Y

叶朗,主编.观·物:哲学与艺术中的视觉问题.北京:北京大学出版社,2019.

衣若芬.书艺东坡.上海:上海古籍出版社,2019.

尹吉男,主编.中国美术史.北京:高等教育出版社,2019.

杨建明,黄天球.弓箭在由兵器向礼器转变中的设计变化.美术观察,2019(1)

杨先艺,刘震,彭宝玉.广东近现代美术百年钩沉.美术研究,2019(1)

杨天婴.捷羽古人意——林风眠画作中的瓷绘身影.美术学报,2019(1)

杨肖.“职贡图”的现代回响——论20世纪40年代庞薰琹的“贵州山民图”创作.文艺研究,2019(1)

杨怀武.新疆克孜尔石窟佛传壁画研究现状.新美术,2019(1)

杨孝鸿.关于流散日本的汉代画像石调查与研究.中国美术研究,2019(1)

杨子.未来智能科技的幻想艺术——陈龙阙、陈敦煌视觉图像的传达.艺术工作,2019(1)

姚霜.皇帝的新衣:意大利文艺复兴与中国明代艺术中的非洲长颈鹿.美术学报,2019(1)

姚相君.莲鹤方壶中"莲花纹样"设计来源新解.艺术工作,2019(1)

叶玉.挥毫藻思催　青浦曹氏与宋摹周文矩《宫中图》卷.新美术,2019(1)

殷双喜.影像艺术中的时间与历史.艺术工作,2019(1)

阴耀耀.郎世宁中西合璧画法探析.美术观察,2019(1)

岳阳,赵帅.承继与拓展——唐义精的教育观念和艺术思想探析.湖北美术学院学报,2019(1)

于洋.沉潜与造境——黄胄的人物写生及其对当代主题性美术创作的启示.美术,2019(2)

杨娟娟.论雷诺阿后期创作的转型与突破.美术,2019(2)

杨雨佳.中国传统民间美术图像构成与语义表达.美术研究,2019(2)

杨博.关于高校独立动画短片创作教学维度延展的思考.装饰,2019(2)

杨洪涛,孙海桥.元末明初书家吴志淳及其刻书小考.中国书法,2019(2)

尹鹏."香山雅会"何其多——小议"香山九老图"图像的流传.美术学报,2019(2)

尹定邦.创建信息设计的中国时代.美术学报,2019(2)

尹子琪.《图画见闻志》中绘画历史发展观研究.南京艺术学院学报,2019(2)

闫超.离散身体的前兆——列斐伏尔与20世纪70年代的"享乐"建筑.新美术,2019(2)

闫飞,李勇.犍陀罗佛传艺术的多辩之源.南京艺术学院学报,2019(2)

伊丽莎白·潘多尔菲,初枢昊.想象的地理学家.世界美术,2019(2)

余春娜.动画创作发展的"源"与"熵"——从平面的单一化选择到立体的多元化渗透.装饰,2019(2)

叶佑天."诗意动画"在我国发展的缘起与趋势.装饰,2019(2)

叶启,吕作用.何年何月——书法作品中的署款格式略探.书法,2019(2)

叶磊.中国传统造型艺术的对日传播与回流——以古代书画艺术的中日交流为例.艺术百家,2019(2)

岳妍.蓬皮杜国家艺术和文化中心的中国收藏研究.美术,2019(2)

岳进.王世贞山水画题跋的历史脉络.中国美术研究,2019(2)

阎盈汐.当代水墨的抽象叙事:"图像转向"中图像符号与话语符号的博弈.艺术工作,2019(2)

于春莉,鲁勋洲."颊上三毫"之文化探微.美术观察,2019(3)

杨慧丹.怪自何来?——《点石斋画报》的志怪图像阐释及其跨文化属性.美术,2019(3)

杨肖.中西绘画传统在现代艺术语境中的对话与会通——庞薰琹与他眼中的波提切利.美术,2019(3)

杨晓能.史克门与李雪曼——20世纪美国博物馆中国艺术收藏与研究的领军人物.美术观察,2019(3)

杨华.融于生活的英国社会美术教育.美术研究,2019(3)

杨肖.现实性的"两副面孔":略论20世纪上半叶留法中国艺术家的"写实主义"和"现代主义"探索.文艺理论与批评,2019(3)

杨崇和.视觉纹理的再现 十至十七世纪中国山水画中的例证.新美术,2019(3)

杨斌."琴子"即赵之谦好友、晚清画家陶燮咸考.书法,2019(3)

杨小语.权力之"徽":正仓院"含绶鸟"纹考.南京艺术学院学报,2019(3)

杨冬晓.从"颊上三毛"到"瘦形神远"——论六朝人物画"形神"关系的表现策略与美学影响.中国美术研究,2019(3)

杨万里.骨气与天机:傅山的艺术精神及其当代价值.中国美术研究,2019(3)

杨海涛.论濮仲谦竹刻艺术的美学特征与后世承继.艺术百家,2019(3)

姚少丽.鲍少游的革新中国画理念及其绘画实践——以广东省立中山图书馆藏《水浒传》册页为中心.美术学报,2019(3)

姚俊.走向异质性:洛杉矶与洛杉矶学派.世界美术,2019(3)

闫丽丽.从游戏到建造:阿尔玛·布歇在包豪斯的玩具设计.装饰,2019(3)

殷俊,陈春.跨越时空的成人童话——韦斯·安德森动画的镜头语汇研究.装饰,2019(3)

殷晓蕾.20世纪上半叶中国画学文献的辑佚、整理及研究.中国美术研究,2019(3)

严晓星.琴书名印考.艺术工作,2019(3)

易英.落选沙龙.美术观察,2019(3)

于洋.华锦与褧裳——郑锦艺术风格及画学思想探析.美术研究,2019(4)

杨占河.西夏历史题材油画创作构图研究.美术,2019(4)

杨得聆.构筑内心的家园.美术,2019(4)

杨冰莹.现代性的注脚:民国时期的天津女性绘画.美术观察,2019(4)

杨冰莹.中西交汇中的天津早期现代艺术.美术学报,2019(4)

杨简茹.一段不能忘却的视觉文化史——1950—70年代的北京市美术公司与国家任务.文艺理论与批评,2019(4)

杨凡舒.情感动员与政论漫画——从1946年的"猫国春秋——廖冰兄漫画展"谈起.文艺理论与批评,2019(4)

杨慧丹."画报"的跨文化境遇:美查的都市传媒本土化实践.装饰,2019(4)

杨吉平,李亚杰.相知何必曾相识——傅山与颜真卿书法师承关系论略.书法,2019(4)

杨骥.从绘画到摄影——紫色在视觉艺术创作中的技法探析.南京艺术学院学报,2019(4)

杨柳.北朝墓葬壁画中竹林七贤形象的文化解析.中国美术研究,2019(4)

杨天.持"法"求变 变中守"法"——清李鱓的美学思想.荣宝斋,2019(4)

姚立伟.汉画中西王母形象原型探析.美术学报,2019(4)

姚相君.鲁迅美术学院"写实性"雕塑源流研究.艺术工作,2019(4)

尹智欣.后数字时代的公共艺术特征研究——以数码媒介促进人与城市的交互沟通.艺术工作,2019(4)

喻琴.李一夫工艺美术教育思想探微.湖北美术学院学报,2019(4)

余剑峰.环境陶艺在空间构成中的隐现关系研究.南京艺术学院学报,2019(4)

于博.宋辽时期墓葬中的孝子图像及其相关问题研究.中国美术研究,2019(4)

于婉莹.去概念化与去绝对化:艺术与科学中的规律的认知与反叛.艺术工作,2019(4)

于洋.共存与博弈——当代语境下"中国画"与"水墨"概念之辩.美术观察,2019(5)

杨慧丹.魔幻现实主义图式:《点石斋画报》的志怪图像阐释及其媒介性质.美术观察,2019(5)

杨勇.崔白"变格"考.新美术,2019(5)

杨东谕.《八十七神仙卷》的"线"之美及其对当下人物画的启示.新美术,2019(5)

杨祥民.论古代丧葬祭祀中的礼器之扇——翣.南京艺术学院学报,2019(5)

杨昆.后弘前期西藏佛造像业贵族家族式供养.南京艺术学院学报,2019(5)

杨絮飞,李黄.不动而动——浅析河南南阳汉画像石的审美技巧.荣宝斋,2019(5)

杨亮.徐三庚篆刻美学中的"残与媚".中国书法,2019(5)

余辉.薄松年先生的遗产.美术,2019(5)

殷双喜."君民之学"与"新旧之学"——20世纪初期中国美术教育与创作的现代转型.新美术,2019(5)

殷凌云.博物馆译介中译者话语权泛化之反思.新美术,2019(5)

尤明辉.新年画运动对任率英工笔画创作的影响.美术观察,2019(5)

于洋.家国意蕴 时代群像——新中国70年主题性人物画回望.美术研究,2019(6)

杨华.不断推进学科融合的英国美术教育.美术,2019(6)

杨天."蜀江"风光 时代印迹——论宋文治"'蜀江'写生系列".荣宝斋,2019(6)

姚相君.汉代佛教图像与宇宙观.美术观察,2019(6)

姚大钧.开放的科幻——开放媒体创作方法论.新美术,2019(6)

姚珏,朱孟武,张犇.《洛神赋图》与云水法的起源.艺术百家,2019(6)

伊娃-玛利亚·森,韦昊昱."德国制造"——德意志制造联盟:20世纪早期的德国工业设计、建筑设计与艺术院校改革.装饰,2019(6)

伊宝,高策,史宏蕾."耕索软套"系统图像考辨.中国国家博物馆馆刊,2019(6)

袁志坚.中国画里的真山水与真精神.中国文艺评论,2019(7)

袁玥.前弘时期吐蕃佛造像赞助研究.南京艺术学院学报,2019(6)

余美莲.畲族典型衣衫形制与结构特征.装饰,2019(6)

叶康宁.断砖一出人间后:保母塼志的发现、传播与接受.美术学报,2019(6)

于洪涛.从里耶秦简官署公文字迹看文本眷写与书手.中国书法,2019(6)

于恩东.书禅一理 法法是心——从黄庭坚论书看禅学与书法心理之关联.中国书法,2019(6)

义之.论草书"行法"——以怀素《自叙帖》技法为例.中国书法,2019(6)

杨简茹.油画领域女艺术家创作现状观察:以闫平、喻红为例.美术观察,2019(7)

杨敏,冀晓东.中国城市家具标准与认证体系研究.装饰,2019(7)

杨公拓.以追光蹑影之笔 写通天尽人之怀——南宋僧法常禅画述论.荣宝斋,2019(7)

杨庆.陈巨来"百年印人评说".中国书法,2019(7)

闫雪峰.中国女性版画在新时期的创新与裂变.美术,2019(7)

伊娃-玛利亚·森,韦昊昱.乌尔姆设计学院:20世纪50至60年代联邦德国工业设计的训练中心.装饰,2019(7)

余姚人.线的力量:结构于中国绘画史的关键词.荣宝斋,2019(7)

叶梅.陈巨来篆刻语言探究.中国书法,2019(7)

杨芷.巴巴的《丑角》及其他.美术,2019(8)

杨庆.论颜体的碑帖双面属性及其当代影响.中国文艺评论,2019(8)

杨天.丹青一派现异彩——宋文治、叶矩吾艺术研究.荣宝斋,2019(8)

杨长振.北齐《邸珍墓志》及相关问题考辨.中国书法,2019(8)

严雨,贾珺.清漪园绣漪桥"桥景"分析.装饰,2019(8)

杨小彦,郑梓煜.观看的艺术与日常的影像——一种视觉的艺术生产以及日常观看的世俗泛化.美术观察,2019(9)

杨莉莉.社交网络中的日常摄影、日常呈现及权力控制.美术观察,2019(9)

杨国庆.颜体"经典化"对儒家实用书写的超越.中国文艺评论,2019(9)

尹建宏.试析20世纪中国美术"舞蹈速写"现象.美术,2019(9)

闫辉.刻版铭史——论清代宫廷铜版画战图及其它.美术观察,2019(9)

伊藤滋,王亚峰,堀川英嗣."三井本"的同石拓本现世——《馆本十七帖(无尘书屋藏本)》考.中国书法,2019(9)

于晗.论黄庭坚书法的抒情特征.新美术,2019(9)

于洋.拓境前行 展呈时代——全国美展与新中国70年美术创作的路向建构.美术,2019(10)

于丽丽.非凡性与限定性——论"二居"的没骨小品画.美术观察,2019(10)

杨林顺,刘媛."晋尚韵"与"宋尚意"书评模式寻绎.中国书法,2019(10)

杨斌.赵之谦"卷锋"笔法探赜.中国书法,2019(10)

杨伟梁.从钱泳《书学》看其与阮元、康有为碑帖观念的异同——兼谈清代中后期碑帖观的嬗变.中

国书法，2019(10)

于洁.从翁同论书诗探其学书观.中国书法，2019(10)

尤莉，许溪.亚波罗精神与佛教雕刻 国立艺术院教师对国际学者的解读与关于中国艺术的论争.新美术，2019(10)

阴耀耀.从山西大院砖雕书法看明清时期晋商书法观念.中国书法，2019(10)

于幸泽.传统“图式”“技艺”在当代艺术中的转化应用.美术观察，2019(11)

伊娃-玛利亚·森，韦昊昱.包豪斯：20世纪艺术、设计和建筑领域最具影响力的艺术学院.装饰，2019(11)

俞建良.顾炎武书法赝品考.荣宝斋，2019(11)

袁由敏.经典的超链接 田中一光海报中的文化溯源.新美术，2019(11)

喻仲文，潘婷.唐代盉子考.装饰，2019(11)

叶培贵.三个维度的展开.中国书法，2019(11)

殷双喜.别开生面图新壁——当代壁画创作的两个问题再认识.美术观察，2019(11)

杨思梁.形式分析与中国画论的渊源.新美术，2019(12)

杨勇.树风声于当时 标新意于来者——谢无量书法蠡测.中国书法，2019(12)

姚冯翀.从南宋太学石经看宋高宗书法的取法——兼及石经书法的影响.中国书法，2019(12)

俞乐琦.明代王世昌《山村暮霭图》考析.美术观察，2019(12)

余晨星.雕塑作品中的人民生活　自刘开渠以来的现实主义雕塑创作综述.新美术，2019(12)

叶鹏飞.谢稚柳的书法艺术.书法，2019(12)

殷双喜.装饰与现代性——回望首都机场壁画.装饰，2019(12)

尹兴.董其昌书法“临仿”现象探析.中国书法，2019(13)

杨晓萍.书法艺术之“再现”与“表现”研究——基于中西对话层面的考察.中国书法，2019(14)

姚珏.二〇一二年以来《中国书法》碑刻书法研究专题综述.中国书法，2019(14)

于广华.从艺术“物性”看书法的“现代性”探索.中国书法，2019(14)

杨晓.古琴书迹考辨举隅.中国书法，2019(15)

延雨.怀中“宝”扇：晚清金石收藏的衍生品及其赏玩风尚.中国书法，2019(15)

杨德富.试论明末书法的创变及其价值取向——以徐渭、傅山为例.中国书法，2019(16)

余浩，赵会艳.高昌墓表书风特征及分类探析——以《二十四画品》为观照.中国书法，2019(16)

于有东.卫门书家的文学写作与书法创作刍议.中国书法，2019(16)

杨亮.《大元东郡宋氏世德褒嘉之碑》考释——兼论康里巎巎楷书的书法史意义.中国书法，2019(18)

余智鸣.书法史研究中的符号述真.中国书法，2019(18)

殷全增.王昶《金石萃编》考据题跋析例.中国书法，2019(18)

于宁.人书合一：卫俊秀书学思想评议.中国书法，2019(18)

俞丰.再谈《妹至帖》《大报帖》缀合释读.中国书法，2019(19)

杨瑞.论王弘撰书法作品的文献及审美价值.中国书法，2019(20)

叶立文.试论清代篆书的演变——以王澍、邓石如、吴昌硕为例.中国书法，2019(20)

于立松.《文宣王记碑》及宋代隶书发展概论.中国书法，2019(20)

杨建虎.考选制度视阈下隋代楷书的审美选择——以《历代散佚碑帖珍本》中隋代墓志为例.中国书法，2019(22)

杨沛沛.对立之困与和解之道——二十世纪以来书法“形”“义”关系审思.中国书法，2019(22)

杨勇作.物象 自然 字势——由《四体书势》谈及河东书法.中国书法，2019(22)

姚朋魁.苏轼《黄州寒食诗帖》辨析.中国书法，2019(22)

于洁.从论书诗看康有为的碑帖观.中国书法，2019(22)

杨晓萍.论书法中的“中和”观念.中国书法，

2019(24)

于唯德，刘静华.汉代隶书碑额书法风格探析.中国书法，2019(24)

于宁.清末民初中山地区书法管窥.中国书法，2019(24)

元国霞.南宋泥金草书《后赤壁赋》书者考.中国书法，2019(24)

Z

赵炎.超现实的艺术批评——安德烈·布勒东与超现实主义艺术.石家庄：河北美术出版社，2019.

钟银兰.钟银兰书画鉴定文集.上海：上海书画出版社，2019.

朱万章.过眼与印记：宋元以来书画鉴藏考.北京：北京大学出版社，2019.

朱万章.《鉴画积微录》续编.杭州：浙江大学出版社，2019.

朱万章.尺素清芬：百年画苑书札丛考.桂林：广西师范大学出版社，2019.

郑岩.年方六千：文物的故事.北京：中信出版集团，2019.

张长虹.我用我法：石涛艺术与社会接受研究.上海：上海书画出版社，2019.

郑燕燕.塔式罐与香宝子渊源略考.美术学报，2019(1)

郑旋.重新定义策展人——论作为艺术家的策展人.世界美术，2019(1)

郑姣，董畅，王墨兰.汶川绵虒羌绣图案“围城十八”图像解析.装饰，2019(1)

郑岩.试析唐代韩休墓壁画乐舞图的绘制过程.文物，2019(1)

赵琰哲.总觉风尘侠骨多——明末清初名妓肖像的艺术表达与自我认同.美术研究，2019(1)

赵利光.元代鉴书博士考论.南京艺术学院学报，2019(1)

赵晓华.《枌东老屋校书图》及相关问题研究.中国国家博物馆馆刊，2019(1)

赵逸群.伊墨卿最后的一通手札——伊秉绶致吴贤湘札初考.中国书法，2019(1)

张海平，卫恒先.民国雕塑家江小鹣的艺术活动与作品考察.美术观察，2019(1)

张鹏.傅抱石抗战客蜀时期之交游对其故实画创作影响考述——以郭沫若、宗白华等为主要研究对象.美术观察，2019(1)

张云奇.临县义居寺天王殿壁画图像考察 .美术观察，2019(1)

张平.施洛塞尔与维也纳美术史学派.新美术，2019(1)

张茜.库尔贝《画室》的人物与场景.新美术，2019(1)

张夏菁.1688年王原祁的武林之旅.新美术，2019(1)

张素琪，洪昉霖.中国美术学院校名变迁考.新美术，2019(1)

张磊.话语与场域：近代中国工艺美术的现代性阐释.装饰，2019(1)

张清文.麈尾的起源及功用等诸事杂考.南京艺术学院学报，2019(1)

张翔.城市、建筑、造像：缅甸室利差呾罗古城遗迹初探.南京艺术学院学报，2019(1)

张爱华，张轩.辛亥革命的勇士、美术教育的开拓者——记武昌艺专首任校长蒋兰圃.湖北美术学院学报，2019(1)

张慨.隋唐五代绘画的历史地理学考察.艺术百家，2019(1)

周功钊.构境“小”式——试论唐宋园林与山水画中的图式.美术学报，2019(1)

周诗岩.莫霍利-纳吉Ⅱ——总体实验与视觉生产.新美术，2019(1)

周青.写真自然得神韵——析宋人花鸟画中的没骨表现手法.新美术，2019(1)

周志.从范畴、路径与导向看设计学科的间性特质——兼与祝帅兄商榷.南京艺术学院学报，2019(1)

曾长航.明亮的音乐盒子——奥古斯特·麦克的绘画世界.美术，2019(1)

曾天华.图存与救亡——抗战时期入滇美术家及其作品考察.美术学报，2019(1)

曾希圣.西画东渐的历史先声——油画传入中国本土的三个路径.南京艺术学院学报,2019(1)

朱甜,张坚.国立杭州艺专图书馆发展历程.新美术,2019(1)

朱剑."道"观念视域下的中国山水画之"淡".荣宝斋,2019(1)

朱友舟.关于汉代以前毛笔的几个问题.中国书法,2019(1)

宋吉昊,黄颂.明清时期书画"居停主"考述.中国书法,2019(1)

章腊梅.古籍版式对书籍设计的影响.新美术,2019(1)

左靖.碧山、茅贡及景迈山——三种文艺乡建模式的探索.美术观察,2019(1)

邹轶泓.决澜社作品中的现代性——基于庞薰琹作品形式分析的研究.中国美术研究,2019(1)

仲星明,徐千善.论莫高窟壁画中的"能量波纹"佛像背光.南京艺术学院学报,2019(1)

郑付忠.吴昌硕"捐官""辞官"始末新考.美术学报,2019(2)

赵宏伟.沉浸体验中的本体感觉.世界美术,2019(2)

赵炎.路易斯·布尔茹瓦:性别、符号化与身份建构过程的再思考.世界美术,2019(2)

赵少俨.王渊墨花墨禽的风格分析.美术,2019(2)

赵冰.从建筑设计走向对城市空间的策展——重思列斐伏尔空间理论眼光下的建筑.新美术,2019(2)

赵燕.关于"深衣"当代新中式范式体系研究.湖北美术学院学报,2019(2)

赵成杰.《金石萃编》校订考——以罗振玉、罗尔纲、魏锡曾为中心.中国书法,2019(2)

赵天宇,孟庆凯.绘画创作瞬间性表达背后的心理诠释.艺术工作,2019(2)

张希文.从《清明上河图》到莫高窟——记英国艺术史学家韦陀.美术观察,2019(2)

张闻捷."再造商礼"——战国楚地商代礼俗的复兴.美术研究,2019(2)

张晴.明清的摩登——世界艺术史中的闾门版画.美术研究,2019(2)

张颖.作为记忆图像的《不可见的物》——兼论阐释早期贾科梅蒂的方式.世界美术,2019(2)

张红梅.黎族传统手工艺造物与原始宗教信仰的关系.装饰,2019(2)

张孝玉.王潜刚及其《清人书评》.书法,2019(2)

张黎.从计算到赋权:对抗性设计如何从知识构建行动.南京艺术学院学报,2019(2)

张永康.张振铎花鸟画的现代性写意及影响.湖北美术学院学报,2019(2)

张犇,黄小格.羌族民间宗教器具造物范式的"互文性"辨析.中国美术研究,2019(2)

张颖昌.赵孟頫《雪赋卷》考述.中国国家博物馆馆刊,2019(2)

张渝.作为种子的光阴——汤文选的艺术旅程.荣宝斋,2019(2)

张耀辉.康有为晚年青岛交游考.中国书法,2019(2)

张宗建.木版年画题跋中的民间书写与审美研究.中国书法,2019(2)

张烁烁."耻向书家作奴婢"——碑学运动中的"去中心化"及其当代意义.中国书法,2019(2)

周岚.摄影中关于疾病主题的表现.世界美术,2019(2)

周赞.有话尽在画中传——试论张肇铭书画艺术思想.湖北美术学院学报,2019(2)

周颢.王霞宙艺术思想研究.湖北美术学院学报,2019(2)

周劲松.程序规范 制作精良——宋代书籍刊刻解析.荣宝斋,2019(2)

曾小凤."王画"——陈独秀"美术革命"的思想闸门.南京艺术学院学报,2019(2)

朱亮亮.从"广东省展"到"全国美展"——民国时期中国画"新""旧"之争考述.美术学报,2019(2)

朱海燕.高校艺术设计史教学策略创新研究.美术观察,2019(2)

朱橙.景观与监视:托马斯·鲁夫的观念摄影.世界美术,2019(2)

朱浩云.浅述庞元济的收藏.荣宝斋,2019(2)

左小康.抗战时期"中国美术学院"的若干史实考证.美术研究,2019(2)

左金众.中古戴佛冠菩萨艺术形象探析.中国美术研究,2019(2)

章宏伟.《向氏评论图画记》与“画目二大籍”关系辨正——《清明上河图》研究.美术研究,2019(2)

祝卉,韩钰琪,刘帅希,田润泽.动画艺术的时代延展.装饰,2019(2)

祝捷.中国艺术品质押融资的历史谱系与发展流变.荣宝斋,2019(2)

庄元.创伤展览中的“绕行”叙事设计研究.南京艺术学院学报,2019(2)

臧小戈.从传承模式谈传统手工艺保护机制的建立.南京艺术学院学报,2019(2)

宗椿理.毂贯轴·轮纳辐·軎系铃——秦始皇帝陵二号铜安车轮轴体系的设计解析.南京艺术学院学报,2019(2)

郑频.从“开物”走向“天工”的当代漆艺.美术,2019(3)

郑适.论南北纸马艺术的图式特征与审美趣味——以永州和内丘为例.装饰,2019(3)

赵振宇.宋代画家空间流动问题刍议.美术学报,2019(3)

赵伟.“南北水陆”辨.美术观察,2019(3)

赵丹.“西学东渐”与中国美术史学的现代转型.美术研究,2019(3)

赵敬鹏.明刊本《水浒传》“招安”情节的图像阐释.文艺研究,2019(3)

赵华.赵孟頫隆福写经考.书法,2019(3)

赵璐璐.视觉语汇与歌剧《原野》.南京艺术学院学报,2019(3)

赵岳峻,王军围.从界画看南京城市遗址景观的保护与传承.南京艺术学院学报,2019(3)

赵振宇.宋初移民与开封绘事.中国美术研究,2019(3)

张涛.新桃换旧符——论齐白石与五四新文化运动.美术,2019(3)

张晓剑.从现代主义到后现代主义——围绕极简艺术的批评案例研究.美术,2019(3)

张晴.天下与世界——从“苏州文献展”策展理念到“苏州学”的建立.美术观察,2019(3)

张建敏.论庄子精神在中国传统绘画中的表现.美术观察,2019(3)

张莎玮,沈康.传统村落与水共生的生存智慧.美术学报,2019(3)

张璞.“一种超级的虚构”——卡罗尔·波维的拼贴雕塑.世界美术,2019(3)

张新文.反纪念碑的艺术——吉米·达勒姆的装置作品.世界美术,2019(3)

张晨.“气韵生动”与“游牧艺术”——德勒兹眼中的中国艺术与理论.世界美术,2019(3)

张博闻,过伟敏.18世纪中国亭在本土与欧洲的“西化”研究——以卡桑公园亭与万花阵亭为例.装饰,2019(3)

张道一.审美之钥——《陈之佛全集》总序.南京艺术学院学报,2019(3)

张应鲲.舞蹈即兴与空间建构——跨学科空间设计教学课题探索.南京艺术学院学报,2019(3)

张页.中国传统文化元素在西方设计界的运用研究.南京艺术学院学报,2019(3)

张东华,田一平.书修身,诗余画——徐渭“书第一,画四”解.湖北美术学院学报,2019(3)

张同标.重论南阳西关汉画像石:不是嫦娥奔月,而是女娲捧月.中国美术研究,2019(3)

张扬.论汉画像石孝行图的“通行”与“泛化”.中国美术研究,2019(3)

张毅捷,何洋,朱玉珉.朱玉《揭(劫)钵图》顾潜题跋研究.中国美术研究,2019(3)

张德芳.敦煌马圈湾汉简概述.中国书法,2019(3)

张永华.东海徐浩家族书法研究刍论.中国书法,2019(3)

张静淼.《水竹居图》与倪瓒早期山水画论.中国国家博物馆馆刊,2019(3)

周鲒.中国现代漫画起源中的岭南地缘.美术,2019(3)

周刚.论绘画的形与美.新美术,2019(3)

周成.清代藏家型金文书法——张廷济个案研究.艺术工作,2019(3)

曾克明,曹国媛.博物馆建筑空间形态的叙事性设计策略解析.美术学报,2019(3)

曾小凤.未完成的历史重塑——李斛《广州起义》“差评”现象研究.美术学报，2019(3)

曾小凤.危机之下重建“批评”——以关键词“批评”(criticism)译介与接受为视角的历史叙事.中国美术研究，2019(3)

朱橙.从“视觉性”到“形状”——形式重心的转移与美国晚期现代主义艺术的危机.美术，2019(3)

朱万章.董其昌画像考.美术观察，2019(3)

章藻藻.古代玉器实践与教学体悟.美术研究，2019(3)

章锐.从“艺术巴塞尔”的发展看当代艺术生态特质.装饰，2019(3)

祖宇.博蒙特·纽霍尔与摄影史.新美术，2019(3)

钟朝芳.日本对工艺“传统”的认识.新美术，2019(3)

仲丛惠.传统文化视域下中国唐代彩塑的“外化逸风”——南禅寺彩塑造像考证.中国美术研究，2019(3)

赵利权.沈家大院书法装饰与空间叙事研究.装饰，2019(4)

赵成清.蔡元培与20世纪上半叶的中国现代美术展览.美术学报，2019(4)

赵诗佳.监控的艺术：关于两个艺术项目的探讨.世界美术，2019(4)

赵炎.技术伦理：当代艺术视野中的一个论题.世界美术，2019(4)

赵帅，岳阳.“现代美术联合展览”与“中国当代艺术展览”之研究.美术研究，2019(4)

赵建雷.从“画师”到“美编”:《点石斋画报》中苏州画家的图式嬗变与媒介政治.南京艺术学院学报，2019(4)

赵玲.阿玛拉瓦蒂佛像起源问题研究.南京艺术学院学报，2019(4)

赵成清.蔡元培的美育理论与实践.湖北美术学院学报，2019(4)

赵阳.十八世纪异国关注下的图像中国.湖北美术学院学报，2019(4)

赵连赏.明代毛纪《四朝恩遇图》人物服饰研究.文物，2019(4)

赵雅辞.道教影响下的佛教图像——以观音与双童子胁侍为例.中国美术研究，2019(4)

赵志红.抗战时期美术教育在四川的格局与价值重构.中国美术研究，2019(4)

赵敏住.明清西方天文学对朝鲜时期地球研究的影响及其视觉表达：以韩国所藏《坤舆万国全图》为中心.中国美术研究，2019(4)

赵琰哲.水色山容到处装——明、清女性笔下的山水景致.荣宝斋，2019(4)

张雪娇.在朴素与无畏中反映崇高——丹麦画家迈克尔·安切尔笔下的“斯卡恩”生活.美术，2019(4)

张炼.服饰空间造型对面料花型风格的影响——兼谈中国服饰发展的相关问题.美术，2019(4)

张乃千，肖宇窗.川中石窟艺术中的“乾闼婆”与“紧那罗”.美术观察，2019(4)

张杰.科技时代的艺术与艺术教育初探.美术研究，2019(4)

张怀玲，凌承纬.从历史文献看抗战时期大后方漫画的现实主义表达.美术学报，2019(4)

张伟.重新定义民族认同：1943—1945年司徒乔的新疆之行.美术学报，2019(4)

张康.荷兰17世纪风俗画的繁荣与“写实—表面现实”的创作方法.美术学报，2019(4)

张译之.虚空之域——安尼施·卡普尔的非物质叙事.世界美术，2019(4)

张春艳.德国包豪斯与中国的大众住宅及其日用设计实验(1950—1980).新美术，2019(4)

张康.荷兰17世纪肖像画的演变与创新.南京艺术学院学报，2019(4)

张晨.陈设设计受众研究——以社会学及文化研究的视角介入.南京艺术学院学报，2019(4)

张抒.陈之佛及其《表号图案》探析.南京艺术学院学报，2019(4)

张旸.设计认知过程研究方法之探析.南京艺术学院学报，2019(4)

张自然.《宣和奉使高丽图经》美术史学价值管窥.中国美术研究，2019(4)

张索，芮念晨.马公愚篆刻分期及印学观.中国美术研究，2019(4)

张志远.论“筋节”与草书审美.中国书法，2019(4)

张函.康有为《广艺舟双楫》话语研究.中国书法，2019(4)

张草.由利簋看西周金文的时代特征.中国书法，2019(4)

张展忠.论“牵丝”.中国书法，2019(4)

周朝晖.从蔡谦吉作品看上海美专早期西洋画教学.南京艺术学院学报，2019(4)

周京南.乾隆时期宫廷家具的嵌玉装饰述论.荣宝斋，2019(4)

周晓晴.“宋代碑刻书法”观念考论——以王世贞、孙鑛、张宗祥为例.中国书法，2019(4)

曾克明.博物馆空间与叙事的美学探究.美术观察，2019(4)

朱万章.《石渠宝笈》特展的热效应与冷思考.美术观察，2019(4)

朱万章.清人画龙刍议.荣宝斋，2019(4)

朱青生.三种不同的世界艺术史教学.世界美术，2019(4)

朱纪.“唐秦惠墓志”文字识辨与楷书特征分析.南京艺术学院学报，2019(4)

朱馨芽.慈禧油画肖像与其照片之间的关系问题.湖北美术学院学报，2019(4)

朱浒，邵娜英.魏晋南北朝青瓷狮形器功能再探.中国美术研究，2019(4)

朱惠龙.秦戳印陶文的分类与功用探究.中国书法，2019(4)

朱茂刚.飞白的由来及在草书中的美学意义.中国书法，2019(4)

章慧珍.浅析潮州通花瓷的传统出新.美术，2019(4)

章文，范凯熹.破译“同质化”探寻“新设计”AI时代博物馆文创产品智能开发与研究.新美术，2019(4)

左国华.空间叙事学视阈下书法作品的形式与内涵研究.中国书法，2019(4)

祝童，刘松来.论清遗民书法取向——以《鼎脔》周刊为中心.南京艺术学院学报，2019(4)

祖宇.“城市版面文本美学”的研究范畴与基本方法.新美术，2019(4)

佐佐木佑记，程俊英.康有为《广艺舟双楫》在日本的接受和影响——以中村不折为中心.中国书法，2019(4)

郑娜.“移位”的介入——试论当代艺术中的空间逻辑.艺术工作，2019(5)

郑荔.泛媒时代下的新媒体艺术之变.艺术工作，2019(5)

赵振华.借力笔墨“意趣”的当代水彩画创新思路.美术，2019(5)

赵之昱.卡通品牌形象代言人的设计与故事性在新媒体时代下的应用研究.美术研究，2019(5)

赵成清.霍布森与20世纪上半叶明清陶瓷研究.南京艺术学院学报，2019(5)

赵启斌.胡小石楷书创作分期述略.中国书法，2019(5)

赵梓铭.近代辽宁专业美术教育的中坚力量——奉天美专.艺术工作，2019(5)

赵娜.心灵与媒介：新史学视域下的牧溪禅画图像.艺术百家，2019(5)

张蔚星.胡小石致曾昭九札述略.中国书法，2019(5)

张晓凌.五四新文化运动与中国美术的现代转型.美术，2019(5)

张东华，田一平.宋代理学观念下人品与画品的关联——以《梅花喜神谱》为中心的考察.美术，2019(5)

张玲丽.从屏风到条幅——中国古代高脚家具对绘画形制影响初探.美术观察，2019(5)

张雅静.美术史中的达摩形象与一苇渡江.美术观察，2019(5)

张珏，李瑞君.清末民初中国人生活方式的现代转型.美术研究，2019(5)

张坚.笔墨：德里斯珂与黄宾虹——20世纪初美国大学对中国书画理论的接纳.美术研究，2019(5)

张曼华.中国古代画论中的泼墨泼彩蠡议.美术学报，2019(5)

张磊.明清时期碑帖融合思想的形成.书法，2019(5)

张湛.设计系统宏观框架的国际比较研究.南京艺术学院学报，2019(5)

张聪，耿剑.地神、药叉还是阿特拉斯：北朝弥勒图

像托足者新说.南京艺术学院学报,2019(5)

张炜羽.徐三庚早岁虞山印踪及其晚年在沪弟子.中国书法,2019(5)

张品芳.论碑帖拓本的装潢形制与艺术——以上海图书馆藏《宋拓郁孤台法帖》为例.中国书法,2019(5)

张红军,冯广贺.文人日常与康有为书法的传统进路.荣宝斋,2019(5)

张坚.都市精神废墟里的拾荒者——王中秀对黄宾虹绘画的现代性的认识.荣宝斋,2019(5)

张海军.图像的介入与当代绘画的可能性.艺术工作,2019(5)

张同标.基于神彩论的书法品藻观念:从字势通感到文学化.艺术百家,2019(5)

张鹏.傅抱石人物故实画画题新义详考.艺术百家,2019(5)

周飞强.潘天寿早期参加的艺术展及重要作品考略.新美术,2019(5)

周锦嫦.何香凝同一时期山水图绘的两种意象——从《山水图》与《江楼秋思图》谈起.荣宝斋,2019(5)

曾小凤.论五四新文化运动作为中国美术批评现代转型的起点.美术,2019(5)

曾小凤.以"骂"之名——论"五四"新文化运动的"批评"形态.文艺研究,2019(5)

朱万章.董邦达与《石渠宝笈》.美术研究,2019(5)

朱万章.考古、书画鉴藏与地域文化——从叶恭绰致容庚信札谈起.美术学报,2019(5)

朱赛虹.清宫写抄类典籍装帧形制探微.中国书法,2019(5)

朱光耀.重访罗赤子的花鸟画.艺术百家,2019(5)

郑工.山水画笔墨空间意识三辨.美术,2019(6)

郑工.艺术规律即日常之道——王朝闻批评话语的当下意义.美术观察,2019(6)

郑频.当代漆画的触觉之美.美术观察,2019(6)

赵俊杰,崔雅博.南朝"竹林七贤与荣启期"砖印壁画墓的年代与等级——以南京石子冈M5与西善桥宫山墓为中心.美术研究,2019(6)

赵志红.延异与拓展的中国现代写生观念与方法.美术研究,2019(6)

赵娟.图像的景观:鲍希曼的建筑写作与魏玛共和国的"黄金二十年代".美术研究,2019(6)

赵曦.试论《楚辞》视知觉色彩文化认知.美术研究,2019(6)

赵维红.高士毋作奇怪颜——祁寯藻和晚清"柳骨"书风.书法,2019(6)

赵志红.演绎与拓展:写生之于现代美术史的意义.南京艺术学院学报,2019(6)

赵明.明清印谱集古风尚与日本古印谱编撰——以日本国会青山文库旧藏本《博爱堂集古印谱》为例.南京艺术学院学报,2019(6)

赵婧,魏东方.略论书法美学原理的三个问题——从《中国书法批评史》谈起.中国书法,2019(6)

张译丹,吴彧弓.王朝闻文艺理论及其现实意义——纪念王朝闻诞辰110周年学术研讨会发言摘要.美术观察,2019(6)

张春继.关于艺术商品化和商品艺术化的思考.美术观察,2019(6)

张鹏.傅抱石抗战客蜀时期之交游对其故实画创作影响考述——以郭沫若、宗白华等为主要研究对象.美术研究,2019(6)

张子康.不可忽视的观众和影响制造者——对雷安德罗·埃利希"太虚之境"的深思.美术研究,2019(6)

张亚彬,殷小烽.材料选择与美感呈现——浅析长春世界雕塑公园雕塑材料的选择.美术研究,2019(6)

张鹏.傅抱石人物故实画之美术史价值述略.美术学报,2019(6)

张涛.视觉现代性与媒介角色互换——以周令钊《"皇军"的宣传术》为例.美术学报,2019(6)

张曙光.偶发与表现:埃里克·费舍尔绘画研究.美术学报,2019(6)

张海欧."梁楷":一个二十世纪生成的画史名词.荣宝斋,2019(6)

张伟文.康有为"卑唐"说之再讨论.中国书法,2019(6)

张威.文艺批评的理论维度、方法策略及原则——评特里·巴雷特《艺术批评:理解当代》.艺术工作,

2019(6)

张宾雁，汪磊．土为今用：传统年画形式元素对新中国油画（1949—1966年）的影响．艺术工作，2019(6)

张敏．喜龙仁的转向．艺术工作，2019(6)

张巧．主题性创作的当代表达——以两大"历史题材美术创作工程"为中心．艺术百家，2019(6)

周佳鹂．个体在符号互动中的生成 米德"自我"理论探析．新美术，2019(6)

周星．中国视角与当代价值——关于艺术学理论认知相关问题的思考．艺术工作，2019(6)

曾小凤．傅抱石《〈水调歌头・游泳〉词意图》中的"三峡"及其现代性．文艺理论与批评，2019(6)

朱怡芳．伦理规训的五种手工艺传习体系．南京艺术学院学报，2019(6)

朱青生．《中国当代艺术年鉴》编辑方案（2005—2018)．艺术工作，2019(6)

郑长安．宋文治的书画收藏与创作．美术，2019(7)

赵志红．空间与场域 公共艺术新关系的重构．新美术，2019(7)

赵辉，赵广清．陈巨来与施蛰存．中国书法，2019(7)

张为民，程熠．乡土艺术村景观更新的共生发展路径探析．美术观察，2019(7)

张旭．福柯与中国艺术史研究范式．文艺研究，2019(7)

张乔．法国克吕尼博物馆早期的陈列观念．新美术，2019(7)

张旻雯，张明．艺术改变社会：上海公共艺术协同创新中心的探索之路．装饰，2019(7)

张彬．东涂西抹，笑语浮华：宋代戏剧化妆"粉墨涂面"考．装饰，2019(7)

张冰．董其昌的米芾情结．中国书法，2019(7)

周凹凸．晚清民国铜印及其印钮的特殊性．中国书法，2019(7)

朱亮亮．国展标准与大众传播——30年来中国艺术节美术展览综述与思考．美术，2019(7)

朱秋丽．柯九思的鉴藏与交游考．中国国家博物馆馆刊，2019(7)

朱天曙．颜真卿书风与董其昌．中国书法，2019(7)

诸文进．陈巨来篆刻艺术综论．中国书法，2019(7)

赵成清．福开森与中国古代绘画研究．美术，2019(8)

赵智．指示的像似符——当代摄影中的造像．美术观察，2019(8)

赵晓梅．江南市镇迎神赛会中的桥庙空间研究——以枫泾北镇施王寿诞香汛为例．装饰，2019(8)

赵振宇．南宋临安绘事崛兴之人才因素．荣宝斋，2019(8)

张鹏．人文映鉴 精神传薪——新中国70年中国人物画创作历程与问题述略．美术，2019(8)

张红梅．东北三省地域美术风格的确立——以20世纪中叶三届东北三省美展为中心．美术，2019(8)

张可永．桥上的神祇——民俗文化语境下的闽东木拱廊桥彩塑造像．美术观察，2019(8)

张世月．文明视野中的设计服务对象衍变探讨．美术观察，2019(8)

张艳梅．河北高校动漫教学模式改革探微．美术观察，2019(8)

张焱．杨凝式书法特征分析及新见《乞花帖》《李青莲序跋》鉴定．书法，2019(8)

张炜羽．方介堪篆刻艺术概述．书法，2019(8)

曾明．规度时风 泽被印坛——赵叔孺的篆刻艺术．书法，2019(8)

朱平．民国时期北京画坛的王君异．美术，2019(8)

邹佳睿．在革命的旗帜下——李桦一九四九年后对水墨画的态度及其成因讨论．荣宝斋，2019(8)

赵昊．抗战时期《解放日报》生产劳动主题美术图像研究．美术，2019(9)

赵梅红．拓扑形态建筑造型语义研究——以扎哈・哈迪德建筑作品为例．美术观察，2019(9)

赵娟．北宋内府书画收藏机构设置考．美术观察，2019(9)

张晓凌．全球视野下对艺术当代性的重构．美术，2019(9)

张楠．风流犹缅兰亭贤——《畅春修禊》卷所涉北京动物园雅集旧事考．美术观察，2019(9)

张保平．别样的组合秩序——莫兰迪油画静物构

图的类型化分析.美术观察,2019(9)

张乔.英国鉴赏家机构1813年举办的雷诺兹爵士纪念展.新美术,2019(9)

张俊.约翰·罗斯金在劳作者学院的素描教学.新美术,2019(9)

张宇.碑刻前的碑刻——中国古代碑刻探源.荣宝斋,2019(9)

张天弓.王羲之尺牍草书"今体"之辨析——从宋人鉴识王羲之书迹看.中国书法,2019(9)

邹建林.日常摄影与大众无意识.美术观察,2019(9)

邹涛.吴昌硕篆刻艺术概论.书法,2019(9)

郑曙旸.中国环境设计研究60年.装饰,2019(10)

赵志红.文化现场与体系重构——20世纪初中国美术史研究的现代转向.美术观察,2019(10)

赵江洪,赵丹华,顾方舟.设计研究:回顾与反思.装饰,2019(10)

赵成清.波西尔与中国古代绘画史研究.荣宝斋,2019(10)

赵明.儒学与书学:清代"贰臣"书家批评境遇及当代反思.中国书法,2019(10)

赵萍,张学鹏.颓然天放:苏轼书法中庄子"无"的思想体现.中国书法,2019(10)

张晨.风景的凝视与身体的脸化——德勒兹论乔托.文艺研究,2019(10)

张佳峰.忧郁的土星之子——论维特科尔对文艺复兴艺术家身份的考察.文艺研究,2019(10)

张杨.作为生产技术的集体创作——以解放区美术"新洋片"的集体创作为例.新美术,2019(10)

张维.略论章草的美学特征及现代启示.书法,2019(10)

张飞.涧上高风 傲雪老梅——论清初徐枋的遗民情结与书法观念.荣宝斋,2019(10)

张红军."康派"学术圈的形成和变迁.中国书法,2019(10)

张睿涛《张猛龙墓志》献疑.中国书法,2019(10)

周予希.被埋没的中国现代设计先驱:钟熀及其建筑装饰公司考.装饰,2019(10)

朱军献.民族意识与家国情怀——两宋时期的历史题材绘画.美术,2019(10)

朱万章.仇英《清明上河图》人物小像探索.中国国家博物馆馆刊,2019(10)

朱万章.清周闲与葫芦画.荣宝斋,2019(10)

朱京生.中国美术学70年回望·近现代美术篇.美术观察,2019(10)

朱伯华.中国书画笔墨纷争浅析.中国文艺评论,2019(10)

朱琪.再谈清代陈鸿寿的家世考证问题.荣宝斋,2019(10)

朱青生.审美素养与创造力.荣宝斋,2019(10)

翟爱玲,吴晓明.《说文解字》部首篆书异形考.中国书法,2019(10)

郑博文.四时清供:恽冰《十二月季花卉图》探论.荣宝斋,2019(11)

赵庆,邢鹏飞.理性主义与文化身份:民国摩登居室的现代性建构.装饰,2019(11)

张世彦.新中国壁画艺术散论.美术,2019(11)

张春艳.大华铁厂与匿名的包豪斯.新美术,2019(11)

张旸.设计专业知识对于实现创新的意义及体现.新美术,2019(11)

张孝玉.婉丽遒劲自风流——邓石如篆刻小议.书法,2019(11)

张隽.文人身份表述下的画史人物形象——从李唐画史地位变迁谈起.荣宝斋,2019(11)

张热云.笔墨新风写新景——罗铭的艺术历程与艺术风格初探.荣宝斋,2019(11)

张凯.宋金墓室壁画中的墨书题记.中国书法,2019(11)

周耀威.从"自然之竹"到"手中之竹"——谈传统中国画创作中对形的理解.美术观察,2019(11)

周茜.清遗民庄清逸与尚小云名剧《摩登伽女》新探.文艺研究,2019(11)

朱彦.明版《长物志》各卷审定人物考——兼论明代"长物"观念的形成和传播.新美术,2019(11)

朱存明,窦萌.汉画像《力士图》的文化解读——以徐州汉画像《力士图》为中心.荣宝斋,2019(11)

郑剑.青春的孤独——布鲁诺·瓦尔波特的木雕艺术.美术,2019(12)

赵敏.八千卷楼旧藏《玉燕楼书法》考论.中国书法,2019(12)

张宜.雄强与豪迈:李苦禅写意精神的新高度.美术,2019(12)

张荣东.中国花鸟画新境界的开启者——论李苦禅在当代的启示.美术,2019(12)

张子康.化物——卡普尔虚无的营造.美术,2019(12)

张颐武."吉祥物"的文化意涵和美学追求.美术观察,2019(12)

张天佐.物的诗意:当代综合材料绘画的物质语言嬗变.美术观察,2019(12)

张平.滕固中国绘画史研究中的几个观念.新美术,2019(12)

张书彬.中古法华信仰新图像类型之考释——以榆林窟第3窟《昙翼感普贤菩萨化现女身图》(拟题)为中心.新美术,2019(12)

张自然.宋人笔记所载苏轼书事论略.中国书法,2019(12)

张波.米芾得张旭《秋深帖》过程考察.中国书法,2019(12)

张华清.篆名由来新论.中国书法,2019(12)

周玮.浅论桃源木雕的艺术特征.美术,2019(12)

周志."首都国际机场壁画文献展"研讨会纪要.装饰,2019(12)

曾齐宝.刀法即笔法——中国传统雕塑之线性表现与书画用笔.新美术,2019(12)

曾智峰.从宋代的"湖州竹派"探寻文人画的精神意涵和审美特质——以广州艺术博物院藏北宋文同《墨竹图》为例.荣宝斋,2019(12)

朱友舟.上博简《缁衣》南北交融的书风研究——兼论其为齐系文字特点的抄本.荣宝斋,2019(12)

朱海林.金石学视野下的南宋隶书观念——以《隶释》《隶续》为中心.中国书法,2019(12)

祝帅.吉祥物设计之我见.美术观察,2019(12)

张冰.清代碑学延展中的"二王"阐释.中国书法,2019(13)

曾少林.敦煌本《佛藏经》断代考.中国书法,2019(14)

朱天曙.构建与阐释:中国古典书论体系在唐代的形成.中国书法,2019(14)

赵明.琴书雅意:琴铭书法文化意涵蠡测.中国书法,2019(15)

周侃.北京大运河碑刻的文化记忆与书风递嬗.中国书法,2019(15)

朱琪.故宫博物院藏明代文人篆刻考辨.中国书法,2019(15)

朱圭铭.祝允明书学思想的三个方面.中国书法,2019(15)

张函.古代书法品评的表与里.中国书法,2019(16)

赵际芳,葛复昌.不废江河万古流——历代杜诗书法创作摭论.中国书法,2019(17)

张瑞田.天意君须会 人间要好诗——"杜甫千诗碑"的文化意义.中国书法,2019(17)

周敏珏.端方与杨守敬金石交游考述.中国书法,2019(17)

赵利光.元代书家康里巎巎门客弟子考略.中国书法,2019(18)

张天弓.王羲之"晚年好迹"与"末年书"考——兼论梁武帝、陶弘景《论书启》书法史论之意义.中国书法,2019(18)

张索.持敬与从易——从书写心理看书体分类之新径.中国书法,2019(18)

周广胜,吕金光.杨维桢"画法即书法所在"观点摭谈.中国书法,2019(19)

朱燕楠.倪元璐的小字书写与尺牍书法探析.中国书法,2019(19)

赵明.日本丝印的图纹审美及其功用——兼谈其与假名入印关系.中国书法,2019(20)

赵云雁.吴琚对米芾书法的承续与发展.中国书法,2019(20)

张胜利.清代乾、嘉、道时期江南地区私家刻帖活动探究——以钱泳为中心.中国书法,2019(20)

周珩帮.唐《〈述书赋〉字格》所见书论语词的衍化.中国书法,2019(20)

邹阳."孙虔礼,字过庭"考实.中国书法,2019(20)

朱中原."诸体入展"与"诸体兼擅"何以成为可能.中国书法,2019(21)

张慧兵.武周《弘化大长公主墓志》及相关问题考.中国书法,2019(22)

张志庆.李华“截”“拽”笔法探赜.中国书法,2019(22)

周侃.胭脂别有风云气——论陈小翠书法与其诗、画之关系.中国书法,2019(22)

周敏珏.端方“秦权主题”收藏研究.中国书法,2019(22)

张永红.周原甲骨文的审美特征.中国书法,2019(23)

张玉林.略论邹梦禅书法及篆刻艺术.中国书法,2019(24)

赵琳.民国时期的书法“个性”说析论.中国书法,2019(24)

朱玉洁.现代学理式书法批评的发生.中国书法,2019(24)

（黄琳　编）